澳门文录：

走向文学地图的纵深处

杨义◎著

中国社会科学出版社

图书在版编目（CIP）数据

澳门文录：走向文学地图的纵深处/杨义著．—北京：
中国社会科学出版社，2016.11
ISBN 978－7－5161－9338－9

Ⅰ.①澳…　Ⅱ.①杨…　Ⅲ.①中国文学—文学史—文集
Ⅳ.①I209－53

中国版本图书馆CIP数据核字(2016)第280843号

出 版 人　赵剑英
责任编辑　郭晓鸿
特约编辑　席建海
责任校对　石春梅
责任印制　戴　宽

出　　版　中国社会科学出版社
社　　址　北京鼓楼西大街甲158号
邮　　编　100720
网　　址　http://www.csspw.cn
发 行 部　010－84083685
门 市 部　010－84029450
经　　销　新华书店及其他书店

印　　刷　北京君升印刷有限公司
装　　订　廊坊市广阳区广增装订厂
版　　次　2016年11月第1版
印　　次　2016年11月第1次印刷

开　　本　710×1000　1/16
印　　张　27
插　　页　2
字　　数　372千字
定　　价　99.00元

凡购买中国社会科学出版社图书，如有质量问题请与本社营销中心联系调换
电话:010－84083683

序　言

从北京南下澳门大学，已是将近六年。2010 年 8 月，正是澳门有风云，也有台风的季节，而田里的稻子开始抽穗灌浆，眼看着就要开镰收割了。经过多年孜孜矻矻的学术积累，我在澳门进入了开镰收获的季节，一茬又一茬地割稻子，精神上颇有点痛快淋漓。澳门是东西多元文化激荡交融之地，与北京又形成南北对话，学理思考中荡漾着上下求索的气旋。面对多维思想时空，应对各种学术疑难和谜团，在坚守实证的前提下，增加了许多透视壁障的视野和方法，对具体的文化事象的把握就多了一层超越感和透彻感。超越以追求更高的境界，透彻以抵达更精湛的深度。

一个朝气蓬勃地崛起的民族，总要反观自己文明的原始和精神的发生，知道“本我”从何而来，向何而去，从而获得安身立命、出发力行的牢固根基。这就是老子所说：“知人者智，自知者明。”心地光明，如日月照临心镜，仰望星空，知群星拱卫北斗，自然是刚健进取的气象。这就需要对原始经典注入活泼泼的生命，使之成为我们文学、文化、文明的源头活水，这是现代大国不可须臾或缺的必修功课。因此我深入古典学、发生学的深层脉络，叩问《老子》《庄子》《墨子》《韩非子》《屈子》，尤其是处在传统思想主流位置的《论语》。这就是我在近六年间陆续撰述的取名《还原》的六部书。而这部《澳门文录》，则是对老、庄、墨、韩和《论语》进行发生学、古典学叩问时的思想见证和方法论建构的吉光片羽的汇集，可以多少窥见那些专书背后的精神体验和方法运作。它不仅是授人以“鱼”，而且是授人以“渔”。范仲淹《江上渔者》诗云：“江上往来人，但爱鲈鱼美。君看一叶舟，出没风波里。”驾驭风波，追捕鲈鱼，收获的是活蹦乱跳的生命，艰苦中自会泛起无限的快乐。

还是庄子说得好：天地有大美而不言。孔子对此也体验得非常透彻：“天何言哉！四时行焉，百物生焉，天何言哉！”大千世界生生不息，生命使世界变得精彩。这些年我都在做着返本还原的探寻，意欲回到事象的原本，因迹求心，追问其中的历史现场、人性形态和生命行为。比如孔子在周游列国之前，曾经有过一次历时十余年的“小周游列国”，即在鲁昭公十七年（前525）孔子27岁时，向东夷部族的郯子问黄帝时以云记事，及少皞氏以鸟名官；其后适齐，学舜帝的《韶》乐；之杞、之宋，求夏、殷两代的礼制文献；最后在鲁昭公三十一年（前511）其41岁时，适周问礼于老聃。他在回归原本，在探求礼制沿革中，实现了“三十而立，四十而不惑”的文化使命。这种探求兼及书面文献和口头传统，兼及华夏和四夷，显示了精神的博大渊深。所有这些，都需要我们缀合材料碎片，贯穿生命的活力，恢复知识发生的历史现场。

古典学的关键在于返本还原，返本还原的活力在于激活生命，如《周易·系辞下》云：“天地之大德曰生。”读经典而对生命行为茫然无知，把文字当成死文字，只知道用一些僵硬的框框套来套去，这就是没有通窍。要通窍，就要换上一个根底精湛而又智性、悟性、灵性齐备的脑袋，调动多种多样的思想方法，如本“文录”所揭示的以“地图”为方法，以“钓”为方法，以史解经，以礼解经，以生命解经，各得其宜，各资其用，在深度综合中敞开创新的大门。比如《老子》书中存在女性生殖崇拜，即所谓“谷神不死，是谓玄牝。玄牝之门，是谓天地根”，这就要从老子的部族渊源、文化人类学考察和地方志资源中深入求证，剖析老子的“坤乾”哲学，以及他将之转化为“上善若水”的水性水德的哲思，托出“柔弱胜刚强，鱼不可脱于渊”的大智慧。从人类知有其母而不知有其父的混沌状态开始，“坤乾”文化是人类认知世界的第一步；其后再以“乾坤”文化作为认知世界的第二步。又如，庄子由楚入宋，宋玉由宋入楚，国族流动中，给他们的生存体验注入文化基因的何种假借连通，存在何种同同异异，都是需要审慎体察的。在这里，最忌“阴沉木”头脑。所谓阴沉木，又叫阴杪，指某些久埋土中而质地坚硬的木材，旧时认为是制作棺材的贵重材料，贵重自是贵重矣，可惜思想的顽固僵化已经到了不可理喻的程度。

东周秦汉的典籍制度独具面目，它们往往是口传和抄录交互进行，竹简成组流行和汇辑整理先后交替，汉人整理采取纲纪群籍、分类部次，以及“考镜源流，辨章学术”的义例，呈现了成书的错综复杂的过程性。这是与宋元以后刻板印刷，往往一版定乾坤的书籍制度大相径庭。假如以宋元以后的版本目录学的形态，硬套东周秦汉书籍的存在方式，无端判定它们是“伪书”，就会自设尴尬的陷阱，面对出土文献的严峻挑战。比如《左传》记载吴楚“柏举之战”，没有孙武的名字，就以为历史上并无孙武其人，《孙子兵法》乃孙膑所著；其实孙武只是客卿和军事专家，其资格不足以进入记载，有资格进入记载的只是吴王阖闾、王弟夫概、重臣伍子胥、太宰嚭，以及楚国的令尹、司马。这些记载是遵循严格的官方历史价值标准的。兵家著作就突破了这种历史价值标准，如战国《尉缭子》就说：“有提十万之众而天下莫当者，谁？曰：桓公也。有提七万之众而天下莫当者，谁？曰：吴起也。有提三万之众而天下莫当者，谁？曰：（孙）武子也。”[①] 提三万之众而天下莫当，就是孙武参与指挥的柏举之战。于此可知，官方史家与兵家所持的价值标准极其不同，并非史家未载，历

① 上海师范学院古籍整理研究室等注：《尉缭子注释》，上海古籍出版社1978年版，第13页。

史上就不存在。山东临沂银雀山汉墓同时出土《孙子》十三篇和《孙膑兵法》，就使这种忽视历史价值观的“辨伪”陷阱露出尴尬，其教训应该认真吸取。

实际上，东周秦汉典籍成书的过程性，使这些典籍出现“历史文化地层叠压”的现象。文化地层叠压，是考古发掘中遇到的现象，一个长久居住的古文化遗址，自下而上可能出现四千年前、三千年前、二千年前的文化遗存，又由于外在的干扰而出现地层叠压之间的“打破”。东周秦汉典籍的成书过程与之相似，原始竹简在多次传抄和转录中，可能“叠压”进某些后起的理念、术语和思维方式，古人不是存心作伪，而是他们处理古老典籍时，不可能完全脱离自己的大文化语境和知识结构。对于这种叠压现象，关键不在于辨其真伪，而在于考其原委，尤其要辨析缝隙和细节中蕴含的生命信息、文化信息、历史信息。比如《战国策·楚策四》载有荀子第二次入楚当兰陵令，途中作《疠怜王》之书答谢春申君，而《韩非子·奸劫弑臣》也有相似的文字。有的笺注者就判断《韩非子》文本为真，《战国策》文本是刘向误编，为伪。这种简单的真伪之辨，封闭了通向生命信息之门。其实，考虑到荀、韩之间的师生关系，就有三种可能的解释：一是韩非所作，《战国策》把它误安在荀子的名下；二是韩非抄录老师文稿，而混入自己的存稿中；三是荀子授意门弟子韩非捉刀，而弟子有意保存底稿，留下一个历史痕迹。这就有必要对两个文本，进行深入的校雠，结果发现：(1)《战国策》文本删节淡化了《韩非子》文本的一些明显带法术家倾向的用语；(2)对于弑君之臣增加了“春秋笔法”；(3)采用的一些历史事件为荀子熟知，而对韩非是第二手材料；(4)用“疠怜王”的谚语作主题，乃是儒家的命题，而非法家的命题；(5)篇名增加了一篇赋，并引《诗》述志，这是荀子创造的文体和常用的手法。根据这番校雠，《疠怜王》信函乃是荀子让韩非捉刀起草，韩非留一份备案，然后经荀子改定后寄出的。二者都是真，是过程中不同功能的真，相互间出现历史文化地层叠压、打破和参差，折射着一些关键性的生命信息和文化信息。这些信息意味着荀子由赵经韩，准备到楚都陈郢应春申君聘请时，韩非已在荀子门下，时在公元前253年；6年后，李斯在秦庄襄王卒年（前247），辞别荀子离楚入秦。即是说，韩非、李斯师事荀子，共计6年，即公元前253至前247年。他们聚首的地方是在楚国的新都陈郢（今河南省淮阳县），此地离韩非所在的韩都新郑、李斯的家乡上蔡，都在两三日的路程之内。此时荀子60多岁，韩非40多岁，韩非已经形成法术思想的体系，他只向荀子学帝王术，而且不经常在荀子身边，需要在韩国首都等待时机从政；李斯此时20多岁，经常在荀子身边问学，《荀子》中记载有二人的答问，《史记·李斯列传》记载有李斯告别荀子入秦，都是证据。至于作为儒家宗师的荀子为何培养出两个法家巨擘的千古谜团，也就迎刃而解了。公元前511年老、孔会，是先秦诸子百家的开幕式；公元前253—前247年荀、韩、李的聚首，是先秦诸子百家的闭幕式，在这260余年间出现了九流百家风起云涌的思想原创，为思想中国提供了铸造德行、诗性、人间关怀之智慧的多元共生的经典源头。

中国精神和智慧存在数千年不绝的坚韧的生命力，而且它又无所弗届，渗透到社会人生和文化经典的方方面面。我们对它们的考察需要跨越时空，既溯流而上，又顺流而下；对于文史哲、原始信仰、宗教、民俗，均能合而观之，出入无碍。人文边界是人为设定的，各时段、各学科本来是相互连贯、相互浸润、相互激荡的。因此“跨界研究”，就成了我们的基本方法。文学研究，重视人的存在和人性行为；跨越学科边界，才能发现有体温、有颦笑、有哀乐的生命。本“文录”在探讨文学、文化、文明之根后，为此还收入了李、杜与盛唐气象，鲁迅与文化现代性，俗文化的本质与功能等方面的文章，还有一篇关于读书的“颠倒歌”——书在读我。就是为了证明，中国人是世界上第一流的聪明民族，在千古一贯中，又有感时伤世的责任感，不断地以精神探索、原创欲望和生命发扬，为自身民族的生存发展提供精神动力。历史在见证我们，我们也在见证历史，在忧患的底色中透出弘毅刚健，仰望星空，群星灿烂，现在鞭策我们，未来属于我们。

杨　义*

2015 年 8 月 13—16 日初稿

2016 年 4 月 30 日修订

---

* 杨义，1946 年生，中国社会科学院学部委员，文学研究所研究员、博士生导师，中国文学创新工程首席专家，中国澳门大学讲座教授，中国鲁迅研究会会长。著有学术著作 60 种，涵盖现代文学、古代文学、少数民族文学、诸子学，包括图志学、叙事学、诗学、文学地理学。近年进行先秦诸子的返本还原研究，2015 年 3 月由中华书局出版百万言的《论语还原》，该书被资深学者称为“中国古典学研究的一部里程碑式的著作”。

目　录

重绘中国文学的历史地图[①]

【内容提要】“重绘中国文学的历史地图”，是一种实践性很强的学术理想。这需要在反思百年文学史写作中发现其软肋。由此提出富有针对性的重绘文学地图三原则：一是在原本比较重视时间维度上，强化空间维度；二是在文化中心动力的基础上，强化“边缘的活力”；三是从文献的验证中，深入文化意义的透视。其中有两条重要方法：一曰破解精彩，一曰追问重复。由此所重绘的文学地图，是一个现代东方大国与世界对话和交往的升级版的文化身份证。

【关键词】文学地图；时空结构；边缘活力；升级版的文化身份证

绪言：问题的提出

“重绘中国文学的历史地图”，这个题目是2001年笔者在一个国际性的会议上讲的，笔者有一个梦想，要给中国文学和文化，绘制一个完整的、丰厚的，又非常体面的、非常有魅力的地图，这个地图应该包含广泛的地理领域，同时把少数民族对中华民族的贡献也写进

---

① 本文系作者在2007年7月中央省部级领导干部历史文化讲座讲演稿的基础上修改而成，2014年10月9日修改毕。

来。其实笔者系统地讲这个题目，是 2003 年在剑桥大学当客座教授的时候，后来在国内一些著名大学也讲过，还出过一本名为《重绘中国文学地图》的讲演集。在 21 世纪以来，笔者思考最多、最基本的研究命题就是重绘中国文学地图。现在这个概念，实际上已经被社会广泛接受，你要是打开 Google 搜索，输入“文学地图”这个术语的话，能够搜索到 700 多万条，很多人都用了这个概念。因此，现在有必要对“文学地图”“中国文化地图”的内涵及其基本的问题，验明正身，进行深入的阐释。

文化地图赋予文化以宏大的地理容量，又赋予地图以深刻的文化内涵，使文化与地图二者相得益彰。实际上重绘中国文学地图的命题，对于文学和文化研究，提供了一个属于我们民族的新的文化整体观，新的历史观、世界观和方法论。这样的地图就成了认识世界的重要路标。地图在中国，最早是孔夫子“式负版者”[①]。《论语・乡党》的这个“版”就是版图，孔夫子看到背负国家地图的人，就把身体微微向前一俯，双手恭敬地伏在车前横木上，向地图致敬，向土地致敬。《管子》一书，是托名春秋时候的管仲，实际上是齐国首都临淄的稷下学派汇编的一部书，《管子》专门有《地图篇》，认为：“凡兵主者，必先审知地图。轘辕之险，滥车之水，名山、通谷、经川、陵陆、丘阜之所在，苴草、林木、蒲苇之所茂，道里之远近，城郭之大小，名邑、废邑、困殖之地，必尽知之。地形之出入相错者，尽藏之。然后可以行军袭邑，举错知先后，不失地利，此地图之常也。”[②]行军作战须有地图，管理国家也离不开地图。《周礼・地官・司徒》言，“土训掌道地图”[③]，“若以时取之，则物其地图而授之”[④]，专门设立了掌管地图的官员。长沙马王堆汉墓出土的地图，用不同颜色标示山川、道路、城邑及军事要塞、设防地点，该地图绘制于公元前

① 杨伯峻：《论语译注》，中华书局 1980 年版，第 113 页。

② 《管子》，北京燕山出版社 1995 年版，第 226 页。

③ 杨天宇：《周礼译注》，上海古籍出版社 2004 年版，第 241 页。

④ 同上书，第 247 页。

168 年，是现今存世界上最早的地图。古人为地理书作注，常常引用《周地图记》，或者秦《地图》。可见中国古代是非常重视地图的。刘邦打进咸阳之后，萧何所做的第一件事，就是收集秦国的地图和法律书，后来建了石渠阁庋藏。可见地图是关系到一个朝代、一个民族的视野宽窄、事业兴废的大事情。

明、清、近代以来，中国人的世界视野，首先也是从地图开始打开的。16 世纪末 17 世纪初，意大利传教士利玛窦到北京，首先是献给万历皇帝一张《坤舆万国全图》。中国人想看世界，地图就告诉你，中国原来是世界的一个部分。鸦片战争前后，林则徐以钦差大臣的身份到了广州，首先安排翻译《四洲志》，实际上是世界四大洲（亚洲、欧洲、非洲、美洲）的图志。魏源根据他的托付，编写了《万国图志》。中国人由于屡受西方列强的挤压和凌辱，就关注地图，从新的时空结构开始重新审视自己是如何存在于浩浩世界的。

像我们这样的国家，三千年前创造了地图，四百年前开始更新地图，如今经济持续以 9%以上的高速增长 30 多年，成为世界上的第二大经济体，实际上是在一笔一笔地重绘世界政治经济地图。在文化上，具有五千年文明史的这个朝气蓬勃的现代大国，应该以大眼光、大手笔绘制出属于自己的“文学—文化地图”。这幅地图应该表达源远流长的整个民族发生发展的精神谱系，展示它的完整面貌、本质特征、灿烂辉煌的文化景观，以不可抗拒的魅力进入每个人的心灵中，进入世界人类的核心视野中。这对于一个民族的凝聚力、认同力，以及与世界进行堂堂正正的文化对话的自信力、创造力的形成，都是至关重要的。

那么为什么要提出“重绘”两个字呢？因为中国人写现代意义上的文学史已经有百年的历史。1904 年，当时京师大学堂（现在的北京大学）有个 28 岁的年轻老师林传甲，花了半年的时间写了一本薄薄的《中国文学史》；东吴大学的黄人教授，也在这一年开始写一部厚厚的《中国文学史》。这就开辟了中国人写文学史的纪元，到现在中国人写的文学史已经有 1600 部，各种各样的文学史，有通史的、有断代史的、有文体史的等。

审视这1600部文学史，发现它们以知识条理化培养了一代代文学教育和研究的人才，功不可没，有几部还可以进入经典领域。但是这些文学史普遍存在一些基本性的缺陷。第一个缺陷是它们基本上不写少数民族，只是汉语的书面文学史。那么，居住在占60%的国土上，人口逾亿的少数民族文学，凭什么理由不进入文学史的主流叙述？第二个缺陷是忽略了文学文化的地域问题、家族问题这些空间要素。讲中国的文学文化，不讲家族是讲不清楚的，不讲地域问题是讲不清楚的，是接不上地气的。第三个缺陷，就是忽视了雅俗文学互动的传统。根据英国牛津大学一个研究室的基因研究，人类开口讲话，已经有10万至12万年，但是人类有文字的历史才五千年。也就是说，人类如果把这10万年当成1年，就要到12月20日才会写文字，中国人的甲骨文，大概12月的24日才出现，印刷术的发明大概是12月26、27日了，互联网大概就是12月30日23点，再差两三秒钟新年的钟声也就响了。这个时间表告诉人们，人类早期大量的文化记忆和文学表述，是用口耳相传的方式来实现的。口头传统对于人类的历史记忆和文学表达，具有本体论的价值。当然口头传统往往比较通俗，比较粗糙，但是“子不嫌母丑”，我们不应忽视或剥夺人类祖先开口说话就获得的话语权。何况那里还是人间万象得以发生的源头呢！

这些缺陷，也不排除清代学术的负面影响。清代学术在文献、版本、考据、辑佚、音韵、训诂等领域成就重大，泽及后世。但清代学术不是无缺陷、无短板的，有的缺陷、短板还带有根本性。第一个短板，是华夷之辩。清代华夷问题是个禁区。乾隆年间编《四库全书》的时候，连涉及少数民族问题文献中的“胡”字都要删掉，或者改成其他说法。文人不敢多谈少数民族，因为清朝主子本身就是少数民族，谈了容易引起文字狱。第二个短板，清人看不起俗文学和口头传统，认为不雅驯，不足凭信，不登大雅之堂。其实中国许多文学、文化形式，都是起源民间，然后才有文人记录和雅化。割弃了民间，就是砍掉许多文学、文化方式的双脚，使它们不能走路，寻找不到自己的发生源头和生命过程。第三个短板，是只有金石学，没有科学意义上的考古学。中国近百年的考古，出土了大批量三千多年前的甲骨文和简帛。安徽蚌埠有一个双敦遗址，在陶片上发现了七千多年前的文字符号 600 个。那是七千年前古民的一个垃圾沟，破碗、破罐底上有字符，有些字符结构可以跟甲骨文参照，像丝绸的丝字，就跟甲骨文一样。在中国文字起源的问题上，甲骨文以前只发现了几十个字符，现在有 600 个字符，集中在一个地方出土，这就是一个值得注意的文化资源。

安徽省蚌埠市有一个涂山，传说大禹娶的是涂山姑娘，《吴越春秋》说："禹三十未娶，行到涂山……乃有白狐九尾造于禹，禹曰：'白者，吾之服也。九尾者，王之证也……'禹因娶涂山，谓之女娇。"[①]《左传》记述："禹合诸侯于涂山，执玉帛者万国。"[②] 过去都以为这是个传说，现在在安徽涂山下面的禹会村，发现了四千多年前部落活动的遗迹。考古学家认为，"禹会诸侯"得到了证明。这表明，历史传说、口传的东西，虽然掺入想象和修饰，但它往往有一个由头，存在某些历史碎片的底子，可以作为发生学的资源进行仔细的辨析。清人没有解决这些问题，许多问题有待于今人结合文献和考古发现，进行深入的富有创造性的考察。不要一味地向古人仰着脖子，一代有一代的学术，一代人要做一代人可以开拓的学问天地。基于这种觉悟，我们有必要重绘中国文学地图。

反思百年文学史写作的成功和缺陷，就必须提出用一种新的整体观、新的世界观，来给中国文学和文化重新绘制一张地图。针对前述文学史的三个缺陷，这里有三个关键性的学理问题必须加强。这就涉及时间与空间、中心与边缘、材料与意义三大关系，衍化出三个学理：第一个学理是在时空维度上强化空间；第二个学理是在文化中心动力的基础上，强化"边缘的活力"；第三个学理，是在丰厚的资料

① 薛耀天：《吴越春秋译注》下卷，天津古籍出版社 1992 年版，第 227—228 页。
② 杨伯峻编著：《春秋左传注》，中华书局 1990 年版，第 1642 页。

验证基础上强化精神文化深度。由此可知，重绘中国文学的历史地图，实质上是中华民族文化哲学的实现。我们的文化哲学，讲究“天行健，君子以自强不息”，又讲究“地势坤，君子以厚德载物”，天地与人构成“三才”。甲骨文的“才”字，上面一横表示土地，下面像草木的茎（嫩芽）刚刚出土，其枝叶尚未出土的样子。本义是草木初生。《说文解字》卷六“才部”：“才：艸木之初也。从丨上贯一，将生枝叶。一，地也。凡才之属皆从才。”段玉裁注中发挥：“艸木之初而枝叶毕寓焉，生人之初而万善毕具焉，故人之能曰才，言人之所蕴也。凡艸木之字。才者，初生而枝叶未见也。屮者，生而有茎有枝也。㞢者，枝茎益大也。出者，益兹上进也。”①“三才”思想所蕴含的文化哲学，就是天上百象、地上百物、人间百态相互沟通，扎根地下，生生不息，伸展于无穷的天际。这种文化哲学蕴含海纳百川的生命哲学。

一　在时空维度上强化空间意识

以往文学史研究，比较重视时间维度，如今要在时间维度上增加空间维度，不仅要增加，而且要强化。空间是时间展示的舞台，时间流动的渠道。没有空间，哪来的时间的存在、流动和延伸？这一切都需要在各种各样、无边无际的空间里完成。

过去讲时间维度，弦绷得很紧，总在吹毛求疵，找出批判的对手或敌人。如清朝的《增广贤文》所形容的：“谁人背后无人说，哪个人前不说人？……江中后浪催前浪，世上新人赶旧人，人生一世，草木一春。来如风雨，去似微尘。”② 文学史和文学批评喜欢分析这部作

① （汉）许慎：《说文解字注》，（清）段玉裁注，上海古籍出版社1981年版，第499页。
② （清）周希陶：《增广贤文》，安徽文艺出版社2004年版，第5页。

品是革命的还是反动的，是激进的还是保守的，是现实主义的还是浪漫主义、现代主义、后现代主义的，等等。这种时间维度注重思潮、流派和时代性，并非没有必要，有时无可厚非。但在文化建设时期，看问题就要在时间维度上突出空间维度，转换思想方法。空间维度展示的是地理、民族、家族、城乡问题，主流写作和边缘写作、官方写作和民间写作，以及雅俗的文化层面、文化脉络的流动。因此空间维度是开眼界的维度、看世界的维度、探根源的维度，实在是大有作为。空间维度往往能够把问题翻转一面来看，这就可以袪除遮蔽，露出根须，碰到心窝。

比如公元11世纪北宋的王安石变法，从时间维度看，展示的是一方要革新，一方要守成。这种判断甚至掩盖了对于变法或保守的措施是否合时宜，是否有利于民众的安居乐业、国家的长治久安的审视，过多地从书面文件上论是非。如果加上空间的维度，就出现了“横看成岭侧成峰，远近高低各不同”（苏轼《题西林壁》）的观察视野。在此视野中，就闪现出南北家族的问题。在王安石的周围汇集着那些变法派的士大夫，基本上都是江西和福建人。司马光是陕州夏县涑水乡（今山西运城安邑镇东北）人，世称涑水先生。在司马光周围汇集的是山西、陕西、河南等地的中原士大夫。家族的籍贯不是静态的，而是动态的。北方的中原士大夫家族安土重迁，根基深厚，文化态度趋于守成。

南方的士大夫家族是北方迁移过来的，迁移对一个家族来说就是一种性格。比如广东人闯不闯南洋，山东人闯不闯关东？这本身就是家族性格的反映。王安石家族本是太原王氏，唐人李肇《唐国史补》卷上云：“四姓惟郑氏不离荥阳，有冈头卢、泽底李、土门崔，家为鼎甲。太原王氏，四姓得之为美，故呼为‘钑镂王家’，喻银质而金饰也。”[①] 据何光岳《中华姓氏源流史》（湖南出版社2003年版），王

① （唐）李肇：《唐国史补》卷上，《影印文渊阁四库全书》第1035册，台湾商务印书馆1986年版，第421页下栏。

氏于唐末自太原迁临川，王安石是第四代。迁移家族的性格具有开拓性、冒险性，同时也有投机性。王安石以“天变不足畏，祖宗不足法，人言不足恤”的精神推动改革，力图革除北宋的积弊，推行新法以富国强兵。他的《元日》诗云：“爆竹声中一岁除，春风送暖入屠苏。千门万户曈曈日，总把新桃换旧符。”他是要像新年的爆竹，爆出辞旧迎新的巨响。《登飞来峰》诗云：“飞来峰上千寻塔，闻说鸡鸣见日升。不畏浮云遮望眼，自缘身在最高层。”他是置身于高峰，不是担心高处不胜寒，而是穿破浮云，看取日出，充满理想主义情怀的。梁启超称赞王安石“三代下求完人，惟公庶足以当之矣”，把青苗法、市易法类比近代“文明国家”的银行，把免役法类比“与今世各文明国收所得税之法正同”，还认为保甲法“与今世所谓警察者正相类”，推崇这场变法“实国史上，世界史上最有名誉之社会革命”①。

笔者曾到江西南丰探访过曾文定公祠（曾巩祠堂），调阅了南丰曾氏族谱，得知曾家是个很大的家族，在两宋期间出了 51 个进士。现在中国香港地区的曾荫权就是曾氏后人。王氏家族迁到江西临川后，与吴氏家族、南丰曾氏家族交叉联姻，过了三代就成了地方上一个大家族集团。曾巩的姑妈，是王安石的外祖母。曾巩和王安石无话不谈，劝王安石不要把变法搞得这么激进，全面开花，王安石就没有听进去。于是在王安石当了副宰相（参知政事）的时候，曾巩就请求到外地当了十几年的州通判或者州太守，然后才回汴梁，所以没有卷入后来的党争。曾巩父亲去世较早，他要承担家庭的生活担子，为人稳健持重，他的文章也有大哥式的持重风格。比曾巩小 17 岁的弟弟曾布就不一样，他对王安石变法参与很深，实际上与福建泉州晋江人吕惠卿成了王安石变法的左右手。曾布后来当了宰相，但是与蔡京不合，晚景凄凉，《宋史》将他列入《奸臣传》。空间维度包括地域、家族等维度的介入，使我们对政治文化、诗文品格的体验变得丰厚活泼，使它们从字里行间走到青山绿野，和我们在天地悠悠之间进行情

---

① 梁启超：《王荆公·叙论》，中华书局 1936 年版，第 1 页。

绪交流和思想对话。

时间维度加上空间三维，再进入精神的超维度，就会使人们的感觉和思想来一个鲲鹏展翅，万里翱翔。其中的畅快有时简直就像李白《上李邕》诗所云："大鹏一日同风起，抟摇直上九万里。假令风歇时下来，犹能簸却沧溟水。"笔者写过一部《楚辞诗学》，研究上古诗歌为何要从《楚辞》开始。因为《诗经》代表的是中原文化，《楚辞》代表的是长江文明。中华文明五千年绵延不绝，黄河文明加了一个长江文明，形成复式文明形态，是非常关键的。过去总以为稳健中庸、儒道释组合成互补结构，是中华文明没有中断的原因。可以承认是一个原因，但这只是全部原因的冰山一角。冰山是要海洋承载的，我们是要大地承载的，思想因素只是苍茫大地开出的花朵。更重要的是中华文明除了黄河文明之外，还有长江文明。你想想中国有多少个南北朝吧，确实如《三国演义》开篇所说："话说天下大势，分久必合，合久必分。"中国北方存在或潜伏着一个强大的草原帝国，一旦它统一了漠北广阔的草原，万里长城是很难挡住它的十万铁骑的。因此魏、蜀、吴三国以后，有了东晋南北朝，还有两宋、辽、金、夏。如果没有长江天堑，游牧民族的强劲秋风就会毫不留情地狂扫江南甚至岭南的落叶，中华民族就可能拦腰折断。但就是有了这条"滚滚长江东逝水，浪花淘尽英雄"，才可能使人有机会将"古今多少事，都付笑谈中"。十万铁骑要从长江中下游飞渡，展开战阵，谈何容易！这实在就像老子说的："上善若水"[①]，"天下莫柔弱于水，而攻坚强者莫之能胜"[②]。长江滚滚滔滔地挡住了北方游牧民族的铁骑，中原地区的许多士大夫家族渡江南迁，以他们的智力和财力把南方开发得比中原还要繁荣发达，东晋如此，唐代"安史之乱"如此，南宋也如此，到了宋、元以后，全国的赋税倚仗江南，元代全国的赋税 1/3 出自江浙行省，加上湖广和两广，全国财富的六七成在南方，经济力量转化成

---

① 陈鼓应：《老子注译及评介》，中华书局 1984 年版，第 89 页。

② 同上书，第 350 页。

对文化的强大推动力。而滞留在黄河流域的少数民族，经不起两三代，就被汉族建立的衣冠文物慢慢中华化了。因此中国出现一种非常突出的文化认同现象，所有的少数民族到了中原之后，都不是夷狄自居，而是以中原正统自居，叫作前秦，叫作后燕，叫作西夏，叫作金，或取《易经》之义，叫作元。逐渐中华化的北方和浸染南蛮百越熏风的南渡衣冠士族，在其后又来了一个南北融合，这就把中华民族做大了。

更古老的埃及文明为什么会中断？因为它只有尼罗河狭窄的绿洲，马其顿人来了，阿拉伯人来了，它连个回旋的余地都没有。西亚两河流域的文明也非常古老，但此两河只相当于中国黄河、长江腹地的1/7，同样经不起摔打。中华民族这一江一河，拥有山川纵横的庞大腹地，能够以“百川归海，有容乃大”的文化哲学，容纳多民族的碰撞融合，这就形成异常独特的南北“太极推移”，在推移中使自身的文化外溢，使中华文化圈变得更加波澜壮阔。

中华民族在南北文化的“太极推移”中，形成的文化哲学是“文化重于种族”，这是陈寅恪先生研究南北朝史的一个发现。当世界其他地区的种族冲突加深，陷于山河破碎的时候，中华民族却以文化融合和包容多元民族，使自己阅尽风波而生命不磨。这是中国文化应该受到它的子孙感恩的根本处。根据DNA的检测，北方汉族的DNA和北方少数民族的DNA的接近程度，超过了北方汉族和南方汉族；同样南方汉族的DNA和南方少数民族的DNA的接近程度，超过了南方汉族和北方汉族。历史上许多古民族到哪儿去了，鲜卑人到哪儿去了？突厥人到哪儿去了？西夏人到哪儿去了？它们的很大部分融合到汉族里来了。汉族已经成为混血的人种，汉族在北方混有北方游牧民族的血，在南方混有百越民族或所谓南蛮的血。不混，血不浓；不混，种不优。混混复混混，民族不困顿。

正是长江中游民族混合的过程，给《楚辞》染上了鲜活而绚丽的色彩。研究《楚辞》，就是研究文学中的长江。

楚人由中原挺进长江云梦，《左传·昭公十二年》记载楚人之言：

"昔我先王熊绎辟在荆山，筚路蓝缕以处草莽，跋涉山林以事天子，唯是桃弧、棘矢以共御王事。"① 楚人南来，不是只讲教化，而是大讲兼容，因此《楚辞》才能比较完整地保存了南方的神话、历史及歌舞形态、祭祀仪式。《离骚》驾驭龙凤，役使众神，上叩天门，下求丘女；《九歌》祭祀太一、东君、二湘，还忘不了三苗民间对河伯的记忆；如此等等，使中原的诗三百即便晋身为"经"，也挡不住《楚辞》与日月同光。《诗经》当然也有一些南方的歌诗，但是采集江汉一带的南音而纳入中原礼乐系统之后，它经过中原乐师的修改，已经雅言化了。这就需要楚人用自己的歌喉来歌唱。研究《楚辞》必须要到荆州去看一看收藏楚国文物的博物馆，读懂楚文物，才能读懂《楚辞》的奇异想象方式和绚丽的语言形态。这是不宜固执经学的眼光，而应在看过那荆州博物馆之后，换上异于中原礼乐文化的楚文化眼光，去看作为审美思维史的独特存在的《楚辞》。

唐诗是大唐气象的表达方式，读懂唐诗，就可以明白什么是泱泱大国的艺术精神。那么为何要把李白、杜甫放在一起来研究，实行"李杜合论"呢？"合论"的研究方式，就是对中华民族的黄河文明、长江文明和胡地文明进行合观，掂量出中国语言的诗性能力究竟可以达到何种程度。杜甫出生在河南巩县（今巩义市），属于河洛亚文化圈，他的祖父杜审言是我国近体格律诗走向成熟的一个关键的诗人。杜甫说"吾祖诗冠古"（《赠蜀僧闾丘师兄》），因而他把诗学当作家学，宣称"诗是吾家事"（《宗武生日》）。这也就表明，他的家族文化基因离不开对近体诗的格律推敲。他往上追踪他的十三世祖杜预，就是为司马氏统一中国建立汗马功劳的镇南将军杜预。杜甫作过一篇《祭远祖当阳君文》，"昭告于先祖晋驸马都尉镇南大将军当阳成侯之灵"②，所谓驸马都尉，就指杜预是司马懿的女婿、司马昭的妹夫。他晚年功成名就之后，成了"左传癖"，为《春秋左传》作注，收入

① 杨伯峻编著：《春秋左传注》，中华书局 1990 年版，第 1339 页。

② （唐）杜甫：《杜工部集》，岳麓书社 1989 年版，第 362 页。

《十三经注疏》的《春秋左氏注》就是杜预注的，即杜甫祭文所谓“《春秋》主解，膏隶躬亲”。杜甫对于远祖文化事业，表示“不敢忘本，不敢违仁”，这也使得杜诗蕴含浓郁的历史意识。

杜甫从远近二祖继承来的诗与史的双构思维，实在是中原文化的精华所系。被清人誉为“古今第一律诗”的，就是杜甫的七律《登高》:“风急天高猿啸哀，渚清沙白鸟飞回。无边落木萧萧下，不尽长江滚滚来。万里悲秋常作客，百年多病独登台。艰难苦恨繁霜鬓，潦倒新停浊酒杯。”杜甫40多岁就得了糖尿病，就叫作“我多长卿病”，长卿就是司马相如，得的是消渴症，即糖尿病。到了夔州（今重庆市奉节县）“百年多病独登台”的时候，又患了风痹症，右手不能写字，用左手来写字，写的字人家都认不得，后来又得了肺病。在夔州有几十亩橘子园，但他过不惯南方生活，埋怨“家家养乌鬼，顿顿食黄鱼”（《戏作俳谐体遣闷》）。一个河南巩县（今巩义市）的老先生漂泊到长江边上的夔州顿顿吃黄鱼，实在不习惯，因此感慨“万里悲秋常作客”。精神维系是“即从巴峡穿巫峡，便下襄阳向洛阳”，襄阳是杜预的封地，洛阳是杜审言的老家。所以杜甫是中原文化的产物，血管中流动着诗与史的血液。

那么，李白的血管中流动着什么？李白以西北少数民族的胡地文化，尤其是长期生活和漫游其间的长江文明，去改造中原诗歌的肌理和气质，从中激发生气勃勃的抒情风采。关于李白出生胡地，在李白故去的当年，其族叔当涂令李阳冰为李白文集作的《草堂集序》中，交代李白临终“草稿万卷，手集未修，枕上授简，俾余为序”[①]，因此他说李白家世是李氏一支曾经“谪居条支”，“神龙之始，逃归于蜀”，是得到李白的委托的。在李白死后55年，与李白有通家之好的宣歙观察使范传正作《唐左拾遗翰林学士李公新墓碑并序》，说是访得李白孙女二人，“绝嗣之家，难求谱牒。公之孙女搜于箱箧中，得公之

① 高文、何法周：《唐文选》，人民文学出版社1997年版，第274页。

亡子伯禽手疏十数行，纸坏字缺，不能详备”[①]，只能以记忆印证其大概，称说：“隋末多难，一房被窜于碎叶，流离散落，隐易姓名。故自国朝已来，漏于属籍。神龙初，潜还广汉。”[②] 范碑记载李白出生在碎叶，即现今吉尔吉斯斯坦的托克马克市，属于唐朝安西四镇之一。李阳冰、范传正对李白出生地的指证，在关于李白出生地的各种说法中，最是可靠，只不过一者说的是大地方，一者说的是具体地方。李白家人的名字，妹妹叫月圆，儿子叫明月奴，叫颇黎，都是沾染胡人气味的名字，而不是取义于中原典籍的名字。李白自称是“陇西布衣”，又在诗中说“乡关渺安西”，都为李序、范碑的说法提供内证。李白五六岁时，随家迁居蜀郡绵州昌隆县（今四川江油市）青莲乡，童年接触过胡人风俗、乐舞；由于父亲李客是丝绸之路上的客商，迁蜀之后也当与经商胡地者或胡人商贾保持着接触。唐代文明是汉族与少数民族共同创造的文明，鲁迅说过，唐室大有胡气，李白诗风也不可回避地沾染了胡气。

李白天性喜欢游历名山巨川，这就把胡地商贾的习性与长江文明结合起来了。他是从 25 岁离开蜀地远游，终生未返青莲乡，津津乐道于“仗剑去国，辞亲远游，南穷苍梧，东涉溟海。见乡人相如大夸云梦之事，云楚有七泽，遂来观焉。而许相公家见招，妻以孙女，便憩迹于此，至移三霜焉。曩昔东游维扬，不逾一年，散金三十余万，有落魄公子，悉皆济之”[③]。李白性情乐于漫游，“五岳寻仙不辞远，一生好入名山游”（《庐山谣寄卢侍御虚舟》）。在《客中行》中，接受各地的主人邀请一同饮酒，就可以唱出：“兰陵美酒郁金香，玉碗盛来琥珀光。但使主人能醉客，不知何处是他乡。”他尽情享受着盛唐文明的富足和道路的平安，几杯美酒就把他乡当故乡了。杜甫的姿态

① （唐）范传正：《唐左拾遗翰林学士李公新墓碑并序》，詹锳《李白全集校注汇释集评》，百花文艺出版社 1996 年版，第 10 页。

② 同上。

③ （唐）李白：《李太白全集》卷 26《上安州裴长史书》，上海书店出版社 1988 年版，第 606 页。

可没有这样潇洒，安史之乱中当了难民，流落成都，得到友人资助，在浣花溪畔盖了一间草房，不料秋风秋雨不作美，他就赋《茅屋为秋风所破歌》："八月秋高风怒号，卷我屋上三重茅。茅飞渡江洒江郊，高者挂罥长林梢，下者飘转沉塘坳。"天公不作美还不算，更可感叹的是"南村群童欺我老无力，忍能对面为盗贼，公然抱茅入竹去。唇焦口燥呼不得，归来倚杖自叹息"。这就是客居的悲哀了。如果杜甫是个土著，南村群童是不敢肆无忌惮地当面抱走他的茅草，因为他们的爷爷奶奶、七大姑、八大姨，"我"都认识，"我"向他们讨个说法，这些顽童是要挨打屁股的。客居的孤独感和凄凉境况还在于"俄顷风定云墨色，秋天漠漠向昏黑。布衾多年冷似铁，骄儿恶卧踏里裂。床头屋漏无干处，雨脚如麻未断绝。自经丧乱少睡眠，长夜沾湿何由彻"。那年冬天，老朋友严武才来任成都尹、剑南节度使，如果有这座靠山，群童不敢抱走茅草，村民也会帮忙修补草屋。事情并非如郭沫若《李白与杜甫》中所分析的，杜甫是个小地主，把南村群童都叫作盗贼，把自己的儿子叫作骄儿，是地主阶级的意识形态。[①] 他是一个客户，有客户的孤单凄凉，推己及人而及于天下寒士："安得广厦千万间，大庇天下寒士俱欢颜，风雨不动安如山。呜呼！何时眼前突兀见此屋，吾庐独破受冻死亦足。"这是难能可贵的仁者胸怀，属于中原儒者对于"家"，包括自家、他家的君子风的体认。

李白的绝句是盛唐第一。他的许多绝句都被广为传唱。盛唐流行胡人乐舞，李白自小就浸染于斯，所以他的歌诗适合于胡乐伴唱，易于流行。他的七绝《早发白帝城》，被认为是"七绝第一"，相信大家对这首诗都会吟诵："朝辞白帝彩云间，千里江陵一日还。两岸猿声啼不住，轻舟已过万重山。"笔者曾经和一位大干部同桌共餐，他随口问我：李白《早发白帝城》的"两岸猿声啼不住"，是公猿在啼还是母猿在啼？他总以为是李白 20 多岁出川时候写的诗。实际上李白

---

① 参见郭沫若著作编辑出版委员会《郭沫若全集》（历史卷），人民出版社 1982 年版，第 360—361 页。

晚年受到永王李璘所谓“谋反”案件的牵连，流放夜郎（今贵州境内），顺着长江逆水上行赴贬地，到了白帝城附近，得到朝廷的大赦，于是轻松愉快地“朝辞白帝彩云间”而回江陵。据《唐大诏令集》载：乾元二年（759）二月，因关内大旱，肃宗下令赦“天下见禁囚徒，死罪从流，流罪以下一切放免”①。因此，李白应在三月得到赦免令，然后坐船返江陵。暮春三月，公猿、母猿都要发情，都会哇哇叫，因此“两岸猿声啼不住”。

其实这首诗的关键不在这里，而在“千里江陵一日还”的“还”字。读懂这个“还”字，就读懂了李白。李白那时已是59岁的老人，他要“还”到哪儿去呢？如果他有农业文明的家族在青莲乡故里，他会落叶归根，“还”到青莲乡。比如称赞李白是“谪仙人”的秘书监贺知章，80多岁时告老还乡，就回到他的故乡越州永兴（今浙江省杭州市萧山区），写了《回乡偶书》诗：“少小离家老大回，乡音无改鬓毛衰。儿童相见不相识，笑问客从何处来？”其中的“少小离家老大回”，魂归故里，落叶归根，按农业文明的世俗思维，不回祖宗故里，就是流落他乡的孤魂野鬼。因此“少小离家老大回”的“回”字，与李白“千里江陵一日还”的“还”字，表达了不同的文化归属。59岁的李白乃胡地商贾的子嗣，他的“千里江陵一日还”，不是“还”到绵州青莲乡，他父亲是个客户，没有一个自己的大家族。李白“还”到江南去，漫游洞庭，到庐山与妻室会合，最后死在当涂（今安徽马鞍山市）。传说他在当涂采石矶酒楼醉酒赴江，水中捉月而溺死，或骑鲸成仙。《旧唐书》说，李白“以饮酒过度，醉死于宣城”②，这里距离他的故乡数千里。

人文地理学展示的也是空间维度，这个维度连通“地气”，它的介入引起原先的文献材料、文化资源的重新编码。世界很大，应该多维度“看”世界，多维度对世界万象进行编码，从中引发思想原创。

---

① （宋）宋敏求：《唐大诏令集》，学林出版社1992年版，第435页。

② （后晋）刘昫等：《旧唐书》卷190下《文苑传下·李白》，中华书局1975年版，第5054页。

比如中国古代有很多关于老虎的故事，就可以对之进行人文地理学的分类和编码。中原是有老虎的，甲骨文中也记载商王打死过一只老虎，还在虎头骨上刻字，作为陪葬品。中国西部的古羌族，是以虎作为图腾，古羌族分流出来的彝族、纳西族、土家族，都是用虎作为图腾崇拜的神圣对象。中国的虎故事数百个，要使之不至于叠床架屋，就须选择人文地理学的利刃，将之分类编码。

比较成熟的虎故事，出现在春秋战国的文献记载。春秋战国时期有三个虎的故事最有名。一个是《礼记·檀弓》的“苛政猛于虎”①。孔子过泰山侧，有一个妇人在哭，孔子问她为什么这样恸哭，她说老虎把她家三代的男人都吃掉了。那么，为什么不搬走呢？因为这里没有苛政，没有苛捐杂税。孔子叹息：苛政猛于虎！从政治维度、时间维度进行解释，这个虎故事是用孔子的仁学和德政思想批判苛政。但是如果换为空间维度、人文地理的维度，就发生了意义变化。它透露了人的政治经济活动，使一部分人进入了老虎的领地，所以产生了人虎的对抗，老虎才凶狠地把这家三代男人吃掉。这个是齐鲁之交的泰山老虎。

第二个有名的虎故事，是《战国策·魏策二》的“三人成虎”②，魏国的老虎。魏王派庞葱（又作“庞恭”）陪伴太子到赵国邯郸做人质。庞葱临行前对魏王说：“现在有一个人说，街市上出现了老虎，大王您相不相信？”魏王说：“不信！”“有两个人说，街市上出现一只老虎，大王您相信吗？”魏王还是回答：“我就有些怀疑了。”“那么要是三个人都说街市上出现一只老虎，大王您会相信吗？”魏王就回答：“寡人信之矣。”庞葱说：“街市明明白白没有老虎，然而三人这么说，就成了真有老虎。现在赵国的邯郸离我们大梁也远于街市，而议论我的人超过三人。但愿大王明察。”这就是古人所谓：“众口铄金，三人成虎，不可不察也。”③ 以往从故事本身论故事，其意义就是谣言重复

---

① 杨天宇：《礼记译注》，上海古籍出版社 1997 年版，第 177 页。

② 关树东编著：《战国策》，吉林人民出版社 1996 年版，第 407—408 页。

③ 王启湘：《周秦名家三子校诠》，古籍出版社 1957 年版，第 13 页。

多遍，好像就成了真实，是邹阳《狱中上梁王书》所说的“众口铄金，积毁销骨”。但是如果从空间维度考察，魏国的老虎，由于人的密集活动，在城市里已经绝迹，近郊也不易见到，但远郊山区还有。魏国据有山西南部、河南大部、河北小部，这些中原地区的老虎和人已经形成排斥关系。

第三个有名的虎故事，是《战国策·楚策一》中的“狐假虎威”[①]。江乙对荆（楚）宣王说：“老虎到处寻找百兽来吃，抓到一只狐狸，狐狸说：‘虎先生，你是不敢吃我的。天帝使我做百兽中的老大，现在你要吃我，是违背天帝的旨意的。你如果以为我的话不可信，那我就在你的前面走，你跟随在我后面，看看百兽见到我，胆敢不逃命吗?’老虎觉得有道理，故而与之同行。百兽见了都逃走。老虎不知道百兽是害怕自己而逃跑，以为它们害怕狐狸。”从时间维度，从政治社会意义来看，“狐假虎威”是以狐狸假借老虎的威风吓退百兽，比喻倚仗别人的势力来吓唬人。即所谓狐假虎威，狗仗人势，虚张声势，倚势欺人。如果换为空间维度来看，这是楚国的老虎。在人虎关系上，人对老虎还保持着一定的审美距离，把老虎当成笨伯，谈论起来带有一点幽默感；老虎周围的食物链是完整的，有狐狸、有兔子之类的小动物，人与虎并没有发生对抗。这个是楚国，也就是长江流域的人虎关系。

西汉时期有一本书，叫《盐铁论》，介绍西汉财政大臣和文学贤良之士，在长安讨论盐和铁的管理政策。《盐铁论》里面有一个文学贤良之士就说，南夷多虎和象，北狄多马和骆驼。在长安这样讲，就说明中原虎少，南方虎多。这种地理生物群的差异，在空间维度上深刻影响了中国两千多年的虎故事的叙述类型，形成了北方系统的虎故事和南方系统的虎故事的鲜明对比。北方系统的虎故事，人与虎是对抗的，是英雄主义的写法；南方的虎故事，人与老虎是带有人情的，相互关系染上了一层神秘感，是非英雄主义、反英雄主义的写法。这

---

① 关树东编著：《战国策》，吉林人民出版社 1996 年版，第 212—213 页。

一点，我们可以举很多例子。

比如晋朝干宝的志怪小说《搜神记》，讲了庐陵即欧阳修的家乡江西吉水的一个虎故事。[①] 说有个老虎跑到村子里，叼走了一个会接产的老太太，原来是山里母老虎难产。老太太帮助母老虎产下三个虎仔后，老虎把她送回家。这个老虎以后每天给老太太叼去很多小动物，来酬报她。你看这虎很精灵，知道谁有产婆的本领，不仅不伤人，而且知恩图报。还有传为唐朝太子宾客刘禹锡写的《刘宾客佳话》，刘禹锡诗云“巴山楚水凄凉地，二十三年弃置身”，他在四川、湖南这些地方给流放有23年，于是写了一个发生在浙江诸暨即西施的故乡的虎故事。[②]。诸暨有一个老太太在山里走路，你看南方老虎总是跟老太太打交道，因为老太太心慈手软，无力跟老虎较量，就出现了另类的人虎关系。老太太在山里走路，看见远处小道上有个老虎在痛苦爬行，爬到了她面前，伸出前掌，原来前掌有个大芒刺，老太太就把芒刺拔了。老虎很惭愧，没有什么可以报答她，站了一会儿就走了。以后那只老虎每天夜里都给她家叼来小动物，老太太生活改善了，吃得肥肥胖胖的。但是她多嘴，跟亲戚说这个老虎怎么怎么给她叼食物。老虎好像有灵性，当晚就叼来一个死人，害得老太太也吃了一场官司。老太太讲清楚是老虎叼来的死人，就被无罪释放了。回到家中当晚，这老虎又叼来小动物。老太太爬到墙头上说：虎大王你可不要再叼死人来了。老虎对人是知恩报恩，心也通灵，老太太多嘴就给她来个恶作剧，这种关系实在是带点万物皆灵的神秘主义。

明朝冯梦龙是苏州人，他的《古今谈概》对南方老虎说三道四：“荆溪吴康侯尝言山中多虎，猎户取之甚艰，然有三事可资谈笑。其一，山童早出，往村山易盐米，戏以藤斗覆首。虎卒搏之，衔斗以去。童得免。数日山中有自死虎。盖斗入虎口既深，随口开合，虎不得食而饿死也。其一，衔猪跳墙，虎牙深入，而墙高难越，豕与夹墙

---

① 参见（晋）干宝《搜神记》，中华书局1979年版，第237页。

② 参见（宋）王谠《唐语林》卷6，古典文学出版社1957年版，第219页。

而挂，明日俱死其处。其一，山中酒家，一虎夜入其室，见酒窃饮，以醉甚不得去，次日遂为所擒。”① 荆溪属于温州雁荡山的南山区，此处老虎傻头傻脑，误食误饮，出尽洋相。如此说虎，可见人与虎并无敌意。

还有安徽黄山的老虎，也是那样令人发笑。明代谢肇淛《五杂俎》笔记里写的安徽黄山上的老虎。② 有个壮士晚上在山涧小屋里，看磨米磨面的水磨。一会儿进来一只老虎，把壮士吓坏了。老虎一把将壮士抓过来，坐在自己屁股底下。老虎一看水磨转个不停，也看入迷了，忘记屁股底下坐着一个人。老虎屁股底下的壮士，过一会儿缓过神来，明白处境危险，这怎么脱身呢？他睁眼一看，看见老虎的阳物，翘翘然，就在他的嘴巴上方，他一口就咬住老虎的阳物，疼得老虎哇哇叫，一下子就落荒而逃。第二天这个壮士就到处夸口，说他把老虎赶跑了。笔记中这样评点：过去的英雄是“捋虎须”，如今的壮士是“咬虎卵”。这是一种消解英雄的写法，南方的老虎变成这样愣头愣脑，屁股底下坐着一个大活人也忘了，还要端详琢磨水磨的工作原理，活该被人咬伤阴部，这种老虎和人的关系简直就是匪夷所思。地理空间维度一进来，南方老虎大惊失色，自己原来如此不堪。

北方的老虎就可以夸口自己威猛。比如说，黄须儿曹彰是曹操的儿子中最有武艺的一个。当时乐浪郡进贡了一只老虎，乐浪郡属于汉代辽东四郡之一，在朝鲜平壤附近。乐浪郡进贡了一只大白虎，锁在笼子里面，整天发威大吼，笼外的好汉们听了，个个都心寒胆战。黄须儿曹彰就进入铁笼，把老虎尾巴绕在自己的胳膊上，使劲抖了几下，就把老虎治服了。老虎是非常凶猛的老虎，人是非常勇猛的人，这是人虎对抗的英雄主义写法。最著名的北方虎和英雄的故事，就是《水浒传》中的武松打虎。景阳冈的老虎是吊睛白额大虫，使附近行人和猎户都闻风丧胆，“原来那大虫拿人，只是一扑，一掀，一剪”

① （明）冯梦龙：《古今谈概》卷 35，辽海出版社 2001 年版，第 759 页。
② 参见（明）谢肇淛《五杂俎》卷 9，中央书店 1935 年版，第 7 页。

的绝技。武松与老虎打斗，最后把老虎按在地上，“提起铁锤般大小拳头，尽平生之力，只顾打。打得五七十拳，那大虫眼里、口里、鼻子里、耳朵里，都迸出鲜血来。那武松尽平昔神威，仗胸中武艺，半歇儿把大虫打做一堆，却似躺着一个锦布袋”。《水浒传》第二十三回有诗为证：别意悠悠去路长，挺身直上景阳冈。醉来打杀山中虎，扬得声名满四方。

但是，英雄主义的武松打虎故事，传播、旅行到南方之后，它会变得诡异多端。比如这只老虎到了鲁迅的家乡绍兴，绍兴“目连戏”的游行表演中有武松打虎的插曲，鲁迅的《门外文谈》对它作了记载。[①] 就是说某甲扮武松，某乙扮老虎，表演武松打虎，某甲很壮，某乙很弱，打斗起来，强壮的武松把老虎打得哇哇叫，老虎就说：你干吗这样打我啊？武松说：我要不狠狠打你，你不把我咬死了吗？某乙就说：那我们换一下，我当武松，你当老虎。结果强壮的老虎就把武松咬得哇哇乱叫乱跑。老虎说：我不狠狠咬你，你就把我打死了？鲁迅说：比起希腊的伊索、俄国的梭罗古勃的寓言来，这个目连戏中的“武松打虎”是毫不逊色的。其实“武松打虎，虎打武松”这种颠倒错综，以民间的幽默消解了英雄，颠覆了《水浒传》的经典叙事。清人笔记中记载浙江会稽有位水月老人，“时浙西多虎，老人辄语之曰：‘山上大虫任打，门内大虫休惹。’”[②] 这是把山上老虎和家中泼妇相提并论，拿南方的老虎开涮。

武松打虎故事传到淮扬，可是别来无恙乎？笔者欣赏过扬州评弹说唱武松打虎。是说武松喝了这十八碗酒后，上了景阳冈，醉劲上来，就在青石板上睡着了。一会儿来了一阵风，出现虎吼，武松就惊醒了，他瞪大眼睛到处找老虎，没有发现，找不到藏在树丛中的老虎。老虎躲在树丛里说：“哈哈，武松你没有发现我，我可发现你了。”老虎简直是在跟人玩捉迷藏。武松与老虎开打，武松的棍子不

---

① 参见鲁迅《门外文谈》，人民出版社 1974 年版，第 54 页。

② （清）徐珂：《清稗类钞》第 10 册，中华书局 1986 年版，第 4545 页。

是打在松枝上折断的，而是打到老虎的前面，老虎歪着脑袋说："这是什么？是不是香肠啊?""咔嚓"一口，就把棍子咬掉了半截，老虎好像在吃淮扬大餐。老虎似乎变成顽童，在紧张的气氛中添加了轻松，从而对英雄主义的叙事作了智性的超越。

与武松开打的老虎往南走，沾染了逗乐开心的习气。这只老虎往北走，走到蒙古，清朝蒙古有个喀尔喀蒙古语翻译本《水浒传》，今藏于乌兰巴托。蒙古人不懂得用南拳北腿打虎，骑在马上弯弓射箭，把虎射死，并非难事。蒙古好汉有三种绝技：骑马、射箭、摔跤。《水浒传》翻译需要随风入俗，武松跟景阳冈老虎搏斗，武松抓住老虎的前腿，老虎抓住武松的肩膀，人与虎之间一招一式，来了一个蒙古式摔跤，在景阳冈上滚来滚去，把摔跤写得很精彩。景阳冈上还有个水坑，武松最后把老虎摔到水坑里，窝着它的头，骑着它的背，挥拳猛打。景阳冈上的老虎哪里见过蒙古式摔跤，只好败下阵来。总之，老虎在北方，在人虎对抗中，都要抖擞威风，准备采取英雄主义的姿态。地理空间维度的加入，造成了老虎重新排队，出现了南北两个老虎系列。西方有新批评理论家认为：创作激情只是一种发现新类比的快乐。[①] 我们发现二千年间的老虎故事分为南派与北派，乐何如哉！其实，老虎故事分南北，是南方和北方民性的折射，如鲁迅说："北人的优点是厚重，南人的优点是机灵。但厚重之弊也愚，机灵之弊也狡。"[②]（《花边文学·北人与南人》）厚重的愚鲁，可以衍化为人和兽的英雄主义；机灵的狡狯，可以抽引出人与兽的情感互渗的神秘性。这里展示的是重绘文学、文化地图的关于时间与空间关系的第一原理。

---

① 参见赵毅衡在《新批评——一种独特的形式主义文论》中所引休谟之语。

② 鲁迅：《花边文学》，译林出版社 2014 年版，第 18 页。

二　在文化中心动力的基础上，强化“边缘的活力”

“边缘的活力”，是笔者创造的一个术语，对于解释少数民族在中华文明上的贡献，是很有效的。研究少数民族文学的学人，还专门为这个术语开过一些研讨会；包括一些关于非物质文化遗产的文件，也用了“边缘的活力”这个说法。边缘的活力，既是有效的，又是普遍的，它与中心文化的吸引力形成张力，使我们的文学、文化可以两条腿走路。

当然为了使边缘活力万派归宗，不至于在碰撞中无端耗散，中原文化的吸引力也是必不可少的。中原文化领先发展，文明含量比较高、雅、精。比如宋代国势较弱，但它把儒学演绎出理学，宋人的道脉、史脉、文脉、诗脉都很强。欧阳修、苏东坡的文章诗词，司马光的《资治通鉴》，都引起少数民族的景仰。唐朝把中国文化做大了，宋朝把中国文化做精了。要是没有宋人精心经营文化根本，蒙古人铺天盖地进来，就会出现文化的荒芜和夭折。但是宋人的道、史、文、诗四脉兼佳，根深叶茂。蒙古人进来后，对中原文化产生了景仰，皇室重理学，蒙古色目子弟纷纷写汉语诗词，赵孟頫的书、画、诗“三绝”使马上民族为蓬头垢面而自惭形秽。蒙古人首先把朱熹《四书集注》当成科举考试的标准。这就使得中华民族的文化血脉延续了下来，所以中原文化的吸引力是有核心价值的。

但是处在这个中原中心位置的官方文化，很容易模式化，甚至僵化。因为要获得官方意识形态的地位，就必须把自己弄得很精致，很严密，同时也就很死板。比如“三纲五常”，要改动一个字都很难。中原中心文化面临两难的尴尬，它有领先发展的优先权，具有吸引力、凝聚力，但凝聚容易引起凝结，进而凝固化。但是边缘文化，地位不显，禁忌较少，身处边缘带有原始性、流动性，带有不同的文化板块接合部的混合性，这些都是“活力”的特征。当中原的文化僵化之后，边缘文化就会输入一种新鲜的带有野性的文化因素。有一幅图画叫作《东丹王出行图》，是辽国开国皇帝耶律阿保机长子东丹王，自投后唐明宗后，长期居住中原，改名李赞华绘制的美术精品。人物相貌都似胡人，东丹王神情忧郁，若有所思，他与紧密的随从衣冠、服饰、佩带已经不同程度汉化，而奔前跑后的骑兵依然是胡冠、胡服。画卷末端有近似宋高宗赵构的题词：“世传东丹王是也。”由此可以发现，汉文化对少数民族文化的影响往往是由上而下的；而少数民族的文化对汉文化的影响，往往是由下而上的。

为何如此？当然是少数民族唯有贵族有能力聘请汉族最好的老师，有机会接触汉族的珍贵典籍，比较容易接受中原的文明。而一般的少数民族猎户，整辈子、几辈子都没有离开他那个山沟沟，又何谈汉化，何谈接受汉文明？所以汉文化的扩散是从上而下。而汉族士大夫不可能穿着胡服上朝，不可能在朝廷里跳胡人歌舞，除非像唐朝那种胡气很重的朝代。一般的朝代，达官贵人是不允许在朝廷里卖弄胡人的礼仪的。所以少数民族的影响，先影响民间，然后才影响上层。比如佛教进来的时候，它是一种胡教，要直接跟中原儒学对话，就会被鄙视为出家人不忠不孝。但是佛教通过西域少数民族，通过北朝的少数民族，然后逐渐渗入汉族的民间和上层。根据文献记载，在晋朝以前，汉族士大夫是没有人当和尚的，所谓“沙门无士人”，当和尚的都是胡人。到了“五胡乱华”之后，出现生存、生命的危机，汉族士人才开始有出家的。中国的三大石窟，主要也是少数民族所建。大同的云冈石窟，是北魏鲜卑族搞的；洛阳龙门石窟，是北魏和沾染胡气的唐人修造的；敦煌莫高窟，出现在汉族和少数民族混居的地方，丝绸之路的西域胡商，以及西夏贵人都贡献了不小的力量。所以佛教三大石窟的形成，少数民族起了最重要的作用，比汉族人士的作用还大。佛教后来成为中华文明的一个部分，它的运转过程离不开胡人。

讲到唐朝，笔者想起“燕瘦环肥”的说法，李白《清平调》，“借问汉宫谁得似？可怜飞燕倚新妆”，把汉成帝的皇后、瘦美人赵飞燕，同唐玄宗的贵妃、胖美人杨玉环联系在一起。出土的唐朝壁画和陶俑，一个个胖嘟嘟的，那是时代的风气以胖为美。风气的根源在于唐朝王室是相当程度胡化了的汉人，他们的母系，什么独孤氏、窦氏、长孙氏，都是鲜卑人或突厥人，唐朝宰相也有不少出自少数民族。因此，唐朝文明是汉族和少数民族共同创造的，李氏发迹于少数民族执政的北朝，担任过北周鲜卑族政权的六镇将领。马背上的胡人不喜欢弱不禁风的女人，而喜欢健壮的女人，你看元朝皇后的画像，一个个都是大方脸。《蒙古秘史》记述成吉思汗的祖先，哥俩出去打猎，看到一个姑娘在草地上撒尿，撒得很远，实在是健康，就把她掠回去当了妃子。马背民族不像汉族那样搞很复杂的婚姻手续，又问名，又纳彩，他们需要健壮的妇女，生育力很强，又能随军作战。草原上风大，瘦美人很容易被一阵风刮跑了。唐朝喜欢胖美人，与关陇集团进入中原相关。秦朝入主中原，兵马俑也是很强壮的。因而唐宫中的杨贵妃必然是一个胖美人，才能"回眸一笑百媚生，六宫粉黛无颜色"。汉朝就不一样了，他们沿袭了楚王好细腰的风气。如果到徐州参观西汉楚王墓，就会发现墓里的骑马武士陶俑是女人相，腰身纤细，如果没有脸上那两撇胡子，真以为就是女人。西汉皇室继承了楚王好细腰的嗜好，才有赵飞燕这样的瘦美人大受宠幸。宋人乐史《杨太真外传》记载了唐玄宗、杨贵妃对汉成帝皇后赵飞燕的观感："唐玄宗在百花院便殿，披览《汉成帝内传》，杨贵妃随后赶到，问他：'看什么文书？'唐玄宗笑曰：'不要问，知道了又要纠缠人。'杨贵妃拿来一看，写的是：'汉成帝得到赵飞燕，身轻禁不住风吹。担心她被风刮跑，特意制造了一个水晶盘，让宫人以手掌承着水晶盘，赵飞燕在上面歌舞。又制造七宝避风台，其间放了各种香料，怕赵飞燕的四肢不能承受。'唐玄宗问：'贵妃你让风吹一吹，如何？'因为贵妃微胖，所以玄宗这样说，跟贵妃开个玩笑。贵妃回答：'《霓裳羽衣》一曲，可以超过以往的一切。'"① 以瘦为美的风气，是刘邦在楚地起义，把

① （宋）乐史：《杨太真外传》卷上，中华书局1991年版，第6页。

楚风带进宫廷的结果。汉高祖刘邦回故乡，高唱《大风歌》："大风起兮云飞扬，威加海内兮归故乡，安得猛士兮守四方!"这就是楚风歌曲，带有南方少数民族的音调。中国幅员辽阔，各地域板块、各民族从东南西北各方给民族共同体增添的文化要素和审美趣味千差万别。在几千年的民族融合进程中，许多古民族和少数民族已然消融在汉族里。因而不讲少数民族，就讲不清楚汉族；正如不讲汉族，也讲不清楚少数民族一样，它们都成了一个总体民族的一部分。民族共同体的精神过程和少数民族"边缘活力"，是我们重绘中国地图中，需要认真补写的文章。

少数民族文学、文化，给整个中华文明增添了许多光彩。中原文化的理性占据主流的过程发生较早，孔夫子"不语怪力乱神"。所以史诗和神话传说，在中国得不到完整的记载，散落成为碎金状态。写文学史为了与世界接轨，就从《诗经·大雅》里选了五首诗，说成是周朝的开国史，但是加起来才 338 行，怎么跟《荷马史诗》去比较?史诗是一种大规模的民族群体创造，如果把少数民族计算进来，情形就发生根本性变化。少数民族有三大史诗，一是《格萨尔王传》，藏族和蒙古族的史诗，根据现在的整理，大概有 60 万行以上。我们少数民族文学研究所编辑精选本，就有 40 卷，现在已经编到将近 20 卷了。还有是蒙古族的《江格尔》，柯尔克孜族和吉尔吉斯斯坦共同的《玛纳斯》，大概也是一二十万行。还有南方、北方许多少数民族里的神话史诗、民族起源的史诗、民族迁徙的史诗，数量在几百种之多。中国绝不是一个史诗的贫国，而是史诗的富国。人类史诗的版图必须重绘，因为世界上五大史诗的长度加起来，还不如我们一部《格萨尔王传》。世界五大史诗最早的是巴比伦刻在泥板上的《吉尔伽美什》，3000 多行；影响最大的是荷马史诗《伊利亚特》和《奥德塞》，分别有 2 万行和两三万行；最长的是印度史诗，《罗摩衍那》写猴王哈奴曼，背着喜马拉雅山一跳就跳到斯里兰卡。有人说孙悟空这一形象的出现受了哈奴曼的影响，理由并不充分。最长的史诗《摩诃婆罗多》有 20 万行。所以笔者讲过这样的话：公元前那一千年，世界上最伟大的史诗是荷马史诗；公元后的第一个千年，世界上最伟大的史诗是印度史诗；公元后第二个千年，世界上最伟大的史诗，应该是中国史诗，历史会证明这一点的。

《格萨尔王传》是活形态的史诗，现在还有几百个艺人会歌唱，还在不断地滚雪球，篇幅越滚越大。它讲述藏区妖魔横行、生灵涂炭，梵天王就派他的儿子下凡，就是格萨尔。格萨尔赛马称王，平定各路妖魔，在地狱里面救出母亲和爱妃，然后返回天国。说唱艺人讲的故事梗概都差不多，但是每个人讲的具体内容则千差万别。群体创造，千年传承，每个艺人都有一套拿手本领。荷马史诗已经成了化石，但是格萨尔还是活形态，研究起来，还可以在江河学游泳，而不是站在岸上讲游泳术。比如格萨尔的艺人学，有些歌手叫“神授艺人”，说神教他唱的，他可能原来不会唱《格萨尔》，后来大病了一场，或做了一个梦，醒来他就会唱了，一唱就是几部、十几部、几十部。人类记忆是有极限的，一个人最多能够记多少首诗，大概几千首或上万首吧，但说唱艺人记了几十部，现在活着的艺人最多能唱70多部。有的艺人自称是格萨尔的骏马踩死的那只青蛙，投胎人间，讲述那里的神奇故事。他也可能说自己是跟格萨尔打仗的某位将军，所以他唱格萨尔，唱到将军被格萨尔打败这一段就不唱了，不好意思，败军之将，不可言勇，诸如此类。有的艺人，叫作“圆光艺人”，对着镜子就产生幻觉，能滔滔不绝地唱，没有镜子，撕一张破报纸拿在手里也能唱。但是没有这张破报纸，他唱不了。如此等等，对于人类的精神、心理、灵魂、记忆力的研究，提供了非常原始生动的材料。这些都显得奇特神秘，大开眼界，反映了跟中原文化很不一样的“边缘活力”。

少数民族以其独特的野性强力，有时会在主流文化无从措手处，介入文化发展的进程。一个很有意味的文学演变线索，是《莺莺传》怎么变成《西厢记》的。《西厢记》是中国古代的一个家喻户晓，也非常美妙的爱情故事，它的原始版本是唐人元稹写的《莺莺传》。唐传奇《莺莺传》中张生对莺莺是始乱终弃的，一开始百般殷勤，到头来绝情地把人家抛弃了，还说些女人是尤物、是祸水之类的文过饰非、不咸不淡的话。当然此类绝情抛弃，唐人是能够接受的，根据陈寅恪的说法，唐代士人结婚，要娶大家族；仕途须进士出身，才受人尊敬。莺莺不是出身大家族，抛弃她，另外去找一个属于大家族的韦氏，是唐人认可的。至于女人“祸水”“尤物”这一套，唐人好像也讲得出口的，因为唐律里规定“娶则为妻，奔则为妾”。到了宋代，像秦观、赵令畤这些苏东坡的门下人士，对莺莺非常同情，作了很多曲子，赵令畤《商调蝶恋花》鼓子词叙说：“至今士大夫极谈幽玄，访奇述异，无不举此以为美谈；至于倡优女子，皆能调说大略。”[①] 但是在宋朝文化体制里，他们婚前性生活的行为不可容忍，最终都是悲剧。汉族《礼仪》里记述结婚要有六道手续，婚礼是六礼，不能逾越。此事的结局，是何时何地发生突破性的变化？是在金。金章宗时候有个董解元，写了一部《西厢记诸宫调》，创造了红娘和闯阵的和尚这么一些草根人物，终使有情人皆成眷属。团圆的结局只能够发生在女真人入主中原的金代，而不能发生在北宋、南宋，这是值得深思的。

根据《大金国志》和《辽史拾遗》的记载，女真有两个很独特的风俗：第一个独特的风俗是，贫家女子求偶就到街头唱歌，唱自己怎么漂亮，怎么会做女红，男子中意，就把她领回家，觉得合适才去下聘书，这就带有古老的试婚制度的遗留。还有一个风俗叫“纵偷”，正月十五的上元节，朝廷放假三日，假期里，谁去偷人家的金银财宝，谁去偷人家的妻妾，偷自己的情人，政府是不治罪的。这是古老的抢婚的遗留。在少数民族这种风俗底下，始乱的婚前性生活的问题，又何足道哉？这就给莺莺和张生“有情人终成眷属”，“从今至古，自是佳人，合配才子”，提供了很大的伦理空间。到了元代王实甫《西厢记》就专心致力于锤炼章句了：“小生姓张名珙字君瑞，本贯西洛人也，年方二十三岁，正月十七日子时建生，并不曾娶妻。”

① （元）王实甫：《西厢记》，王季思校，河北教育出版社2007年版，第230页。

情痴得令人发笑。清人梁廷枏《曲话》说："世传实甫作《西厢》，至'碧云天，黄花地，西风紧，北雁南飞'，构想甚苦，思竭，扑地遂死。"[①] 可见作家对崔莺莺唱出的绝妙好词，竟是如此呕心沥血。少数民族入主中原之后，把原本的伦理规范、贞节约束统统解构了，而另行一套。伦理空间是儒学严重关切的领域，少数民族提供的解构性的新空间，直接作用于文学进程。

为什么元人来了之后，带点野性和胡腔的杂剧发展起来了？元朝朝廷里也看杂剧，元朝的皇帝批文时，用的是大白话。皇帝批道："知道了。"用语俗白得不得了，白话戏剧也就顺势发展起来了。宋朝皇帝还要找几个翰林学士、中书舍人来代笔。元朝连科举考试都终止了80年，怕举子们结成同年、同党难以驾驭。官员由他们当面选，成吉思汗召见耶律楚材，就跟耶律楚材说：你不是契丹人吗？我来给你报仇，把契丹亡国的仇人灭了，你应该为我服务才对呀。耶律楚材说：我父亲、我祖父都在金朝做了很大的官，金朝也就是我的国家了。成吉思汗毫无介怀，把他征为自己的随行官。元朝建立初期，派了程钜夫到南宋亡国的地域，在江南找到赵孟頫。赵孟頫是宋朝的宗室，赵匡胤的后代，元朝用人，用了宋朝宗室子弟也毫不忌讳。元朝没有文字狱——虽然不甚重视文人，文人地位很低，但觉得文人不可能折腾起来，用不着搞文字狱。虞集是元诗四大家之首，他按老皇帝的命令起草诏书，说某某皇子不能当太子，不能继承王位。后来元朝宫廷政变频繁，七变八变之后，这个皇子当了皇帝，就有人在背后告虞集的状，说就凭虞集起草这份诏书，也要治罪把他除掉。但是这个新皇帝说：这不是他的事，是我们家里的事。还照样用虞集。少数民族进来之后，很多风气都变了，风气一变，文学发展进程不可能不受影响，这涉及文学、文化的发展动力。

---

① 伏涤修、伏蒙蒙辑校：《西厢记资料汇编》（下），黄山书社2012年版，第499页。

三　精神文化深度问题

所谓精神文化深度问题，就是如何从文献的验证中深入文化意义的透视。中国文学、文化、历史的研究材料浩如烟海，不想在材料海中沉没，就得留出地步，探出头来，从材料中发现价值、意义、智慧、学理，这是任何有创造性的学者，或者任何一个要使书本知识能化得开的人，必须思考的问题。读书化不开，那就等于没读。“化”字非常重要，“化”字在古文字里，左边是站立着的“人”字，右边是颠倒着的“人”字，就是翻跟斗，我一个跟斗翻到你那儿，你一个跟斗翻到我这儿，也就化了。

为了考察这个命题，可以举出陈寅恪研究北朝史的例子。《北史》记载北朝两个少数民族官员辩论天象与礼仪的关系，其中一人看到对方引用汉语典籍说理，就骂他“汉儿多事，强知星宿”，其实对方是个鲜卑族人，只因为知道一些汉族礼仪，就说他是“汉儿”。《资治通鉴》卷一百七十一记述此事，胡三省注就看到这其中隐含种族和文化的关系。陈寅恪由此强调，中华文明是文化重于种族。[①] 就是说种族的矛盾可以用文化去包容和化解，这一点为某些异域文化难以达到。所以中国许多民族都认同中华文化，只要认同文化，就是中华。不管你的血缘、种族，只要有文化认同，就可以和睦相处。清朝入关，认同汉族文化，汉族也逐渐认同它。开始江南士大夫不与清朝合作，顺治皇帝非常挠头，怎么办？他问了一个汉族大臣。这位大臣出了一个主意：开科举。顺治年间就举行科举考试。江南士子抵制，不来参加考试。朝廷就降低录取标准，而且提高进士待遇，过去一甲、二甲进士，授予翰林院庶吉士，外放只给六七品的县令；现在安排当四五品

① 参见陈寅恪《魏晋南北朝史讲演录》，黄山书社 1987 年版，第 296 页。

官，靠一张试卷就荣华富贵，这是很有引诱力的。江南士子看了之后，那中榜者平时功课还不如我呢，就靠考一场试，就得了知府，那我也可以去考。一次、两次，到了第三次，大家都坐不住了，都去考科举，一下子就把江南的士子都吸引过来了。他们慢慢地就认可清廷的文化姿态，清廷认同儒家文化，认同代圣贤立言的八股文，这就不必过分计较他们的种族了。中华民族的文化哲学跟西方不同的一个特点，就是文化重于种族，这就使得中华文明在具体的民族之上，形成一个融合多元民族的总体民族，这种文化哲学、文化景观在世界上几乎是独一无二的。

在透过“一体而融合多元”的文化哲学的基础上，我们应该顾及自身的文化脉络，从汗牛充栋的材料中探索和发现深层的意义。

从经典作品中读出深层的意义，有两种重要方法值得思考：一曰破解精彩，一曰追问重复。

经意或不经意的重复出现，并非无缘无故，可能关联着深层的文化心理。如果在一些经典作品中，发觉以某种形式重复着一些场景、现象、故事成分，可就要当心，一定要追问这类重复的奥妙何在。追问是对问题意识的敏感。比如，我们读明代从民间逐渐演化为文人集成改定的三部最重要的古典小说《三国演义》《水浒传》《西游记》，关切它们之间是否存在相互重复的叙事因素。经过反复比较掂量，发现这三部小说的主要人物结构，都存在一个“主弱从强”的问题。就是第一把手比较懦弱，跟从他的人都比较强。《三国演义》中刘备和孔明、关张、赵云是这么一种模式，《水浒传》中宋江和吴用、林冲、李逵，也是这么一种模式，《西游记》更不用说，唐僧和孙悟空、猪八戒，明显是主弱从强。这就有必要追问：为何如此？

首先“主弱从强”是一种非常高明的叙事艺术设计。《西游记》如果把唐僧写得跟孙悟空一样高强，那《西游记》就不用写了，因为一个筋斗云就能完成西天取经。正是因为唐僧比较懦弱，同时又没本事，还长了一张娃娃脸，有一身据说吃了之后长生不老的嫩肉，这就引得沿途的男女妖怪垂涎三尺，不断地招灾惹祸。于是只能靠孙悟空、猪八戒来给他破除灾祸，这就形成了一种叙述的张力。同时，孙悟空和猪八戒这哥俩儿又不一样，孙悟空是个野神，无法无天，野性不驯；猪八戒是个俗神，俗世的七情六欲非常的发达。这哥俩儿碰在一起，就非常好看，充满了戏剧性和幽默感。

取经四众汇齐后，继续往前走，那黎山老母邀请三个圣化成富家的寡妇和女儿，住在松林别墅，等着他们四个家伙到来，要招他们来当女婿。唐僧害怕得不得了，说这与佛门规矩不合，推让给孙悟空。孙猴子忙说我不会这个，指着猪八戒说：呆子会，他在高老庄的时候干过这种营生。猪八戒嘟嘟囔囔地辩解：和尚都是好色的，为什么要找我老猪开玩笑呀。他说完后，声称要拉着马去后面吃草，便去找那个老太太，一口一个娘，说：娘你别看我师傅唐僧长得俊，但是不中用，我老猪中用。孙悟空变成红蜻蜓，飞回来向唐僧汇报，唐僧还不相信。老太太告诉猪八戒，三个女儿娇美任性，都不喜欢他的大嘴巴，怎么办？只好让猪八戒去撞天婚，把他眼睛蒙上，摸着谁就是谁。老猪心痒痒地东找西摸，一回摸着柱子，一回摸着桌子腿，碰得鼻青脸肿，最后一个网兜把他兜住，挂在松树上。第二天醒来，不见了大宅院，唐僧师徒睡在松树林里，就是没有八戒。八戒远远地被吊在树上，孙悟空跑过去说：呆子，你娘到哪儿去了？也不请喝喜酒。对他百般调侃。猴子、猪精打打闹闹，好戏连台，九九八十一难就不显得单调，读者乐呵呵地跟着他们一路走了十万八千里。但还有一个沙和尚。沙和尚的作用是什么呢？沙和尚的作用就是“无用”，他要是像孙悟空、猪八戒那样有本事、好出头，哥们三个就摆不平了。他无用才能大用，他成了取经群体的黏合剂、润滑油。如果没有沙和尚，师父给妖怪抓走，孙悟空、猪八戒可能就散摊子了，一个回花果山，一个到高老庄去了。就是因为有个沙和尚，苦口婆心地劝解调和，一会儿这里抹一抹，一会儿那里抹一抹，七抹八抹，最后抹到西天去了，完成了他们取回真经的生命承诺。所以这种人物结构是一种很大的智慧，对于叙事文学的审美要求，发挥了巨大的杠杆效能。

但是还要追问，只是一部《西游记》摆弄“主弱从强”的伎俩也就罢了，但是《三国》《水浒》这些从民间演变出来的大书，都不约而同地重复“主弱从强”，这就非同一般了。如果再看《隋唐演义》和《封神演义》，也对“主弱从强”不离不弃，这就说明这种人物结构带有深层文化的普遍性。就像中国古代的智慧人物都能掐会算，带有方士化的倾向一样。姜子牙能掐会算，诸葛亮能掐会算，徐茂公也能掐会算。似乎智慧人物如果没有这种素质，光会指挥千军万马，好像智慧还不够高明，还不够神秘莫测。为什么出现这类问题？这就涉及中国文化的深层结构、深层意义。《论语·子罕》说：“子曰：知者不惑，仁者不忧，勇者不惧。”《论语·宪问》又说：“子曰：君子道者三……仁者不忧，知者不惑，勇者不惧。”《礼记·中庸》说：“知、仁、勇三者，天下之达德也。”儒家这些经典都把仁、智、勇三者，作为通达天下的道德能力进行综合对比的思考。经过反复追问和探究，“主弱从强”的人物结构原来折射着中国文化中仁、智、勇三者的深层关系。第一把手代表着仁，依凭仁而赋予智与勇以价值。这种赋予，是旗子，是带有本质性的。如果没有唐僧赋予孙悟空、猪八戒以价值，他们再有本事，也只不过是个妖精。变猴，变猪，狐狸精变人，有什么区别呢？所以信仰使妖精变成法力高强的战斗神。《三国演义》如果没有刘备仁政爱民的思想行为，诸葛亮的谋术就变成一个策士的诡计；关张、赵云也只不过是会拼拼杀杀的一勇之夫。同时智和勇又反过来赋予仁以动力，没有智与勇而只是讲仁，就像孔子、孟子到处奔跑，卫灵公请教的是战阵，齐宣王接受的是孙膑“围魏救赵”“马陵之战”那一套兵家本领。所以仁要发挥作用，需要智、勇提供动力。在中国文化结构中，仁对智、勇制约，是以柔克刚，是以柔来驾驭刚的。仁驾驭智、勇，三者互为本质与功用，就可以形成一往无前的综合力量。

追问深层意义的另一种方法，叫作破解精彩。一部经典著作不可能所有的部分都精彩，都精彩就不精彩了，红花总要绿叶来扶持。既然是众所公认的经典和它的最精彩之处，那就隐藏着群体潜意识的症结。《史记》是中国正史第一书，鲁迅称它为“史家之绝唱，无韵之

《离骚》”[①]，那么《史记》最精彩处何在，绝唱发自何方？《史记》写得最精彩的，是《项羽本纪》。那就应该追问，《项羽本纪》何以出彩？分析《项羽本纪》的叙事结构，就会发现，太史公除了交代项羽的身世之外，实际上写了项羽的三个故事：一个故事是巨鹿之战。项羽率师北上，在河北巨鹿与章邯带领的秦军主力相遇，陈胜、吴广都被章邯的军队打得落花流水。面对章邯大军，各路诸侯都恐惧得不敢出战，只作“壁上观”，项羽率领“楚战士无不一以当十，楚兵呼声动天，诸侯军无不人人惴恐。于是已破秦军，项羽召见诸侯将，入辕门，无不膝行而前，莫敢仰视”。项羽带着军队破釜沉舟，直闯敌阵，一举消灭秦军主力，这是项羽最大的战功，确立了他的霸王地位。第二个故事是鸿门宴。范增准备在席间杀掉刘邦，但项羽妇人之仁，犹犹豫豫，张良、项伯左推右挡，还有樊哙闯进来搅局，就让刘邦乘机溜走了，这就使项羽陷入“楚汉纷争”的人生转折。第三个故事是垓下之围和乌江自刎。最后刘邦、韩信、彭越把项羽围困在安徽省北部的垓下，张良让士兵夜里唱楚歌，使项羽大惊：“汉皆已得楚乎？是何楚人之多也！”于是悲愤失望，在中军帐里跟美人虞姬喝酒歌舞：“力拔山兮气盖世，时不利兮骓不逝。骓不逝兮可奈何，虞兮虞兮奈若何！”笔者最近探访过垓下，与虞姬墓只隔了一条小河。笔者说：你们旅游发展后，应在河上架桥，给桥起个什么名字呢？就叫奈若何桥吧，“虞兮虞兮奈若何”。故事中最精彩的一幕当然是“垓下歌”“霸王别姬”。但是，出现了一个不容回避的问题：中军帐里“霸王别姬”这一幕，是谁记录下来的？虞姬自杀了，项羽自杀了，中军帐里的江东弟子全部阵亡了，难道是刘邦派了探子或者安了窃听器吗？查无对证。很可能是太史公好奇去采访古战场时，当地父老讲了这么一个故事。但是二千年来，中国人相信不疑，好像没有霸王别姬这一幕，这个末路英雄的圆圈就没有画圆。中国最杰出的一部历史书的最好篇章中画龙点睛的一幕，竟然是民间文学！可见民间传统在一个民

---

① 鲁迅：《汉文学史纲要》，《鲁迅全集》第9卷，人民文学出版社2005年版，第435页。

族文学、文化中起了何等重要的根本性作用。

文学研究也需要作田野调查，中国人本来就有“读万卷书，行万里路”的传统。王国维勾勒了清代学术的特点，认为：清初学问是大，乾嘉学问是精，道光咸丰以后的学问是变。[①] 清初学问之大，跟走路问学有关，顾炎武平生“足迹半天下”，他考察山川风俗、疾苦利病，足迹所及，许多活生生的文化资源就进入他的学问领域，遂成一代通儒之学。太史公为了写《史记》，也在全国探访古迹和民间口头传统，用来与文献相参证。中华民族共同体形成的过程中，有过三次很重要的旅行，对我们文明的建构起了重要作用：一次是孔子周游列国，了解国情，传播道术；一次是秦始皇巡视天下，疏通道路，显示大一统的雄风；再一次是太史公行走关陇、晋冀、江淮、吴越、三楚、齐鲁及西南夷，拓展心胸，搜罗见闻，连通地气，使其撰写的《史记》对中国的历史、政治、文化、树人的建构，发挥了巨大作用。“读万卷书，行万里路”，实际上是以脚尖丈量中国文化的脉络。

破解精彩的重要功能，是激活经典的生命。比如《水浒传》是古典小说的结构。《水浒传》写得最精彩的地方在哪里？在“武松十回”。这十回书，是怎么样写武松呢？它除了写武松景阳冈打虎，显示他的神威奇勇之外，实际上写了武松跟五个女人的关系。由于绿林好汉的行规是好酒不好色，它就偏偏拿你最忌讳、最敏感、最要躲避的事来拷问你的灵魂，哪一壶不开就提哪一壶，看看你对这些女人的生理、心理、行为文化的反应。“五女闹武松”，这五个女人的第一个是潘金莲，家庭里的女人，自己美丽而淫荡的嫂子，抬头不见低头见，还不断地对你进行性骚扰，你怎样对待这个问题？既要考虑家庭伦理，又要顾及江湖道义，武松的应对方法堂堂正正，而未免有点儿过激了。第二个是江湖上的女人，十字坡开黑店卖人肉包子的女老板，母夜叉孙二娘。武松对付她的方法与对付自己的嫂子可不同，包子端上桌

---

① 参见王国维《王国维先生全集初编》三《沈乙庵先生七十寿序》，台湾大通书局1976年版，第1163页。

后，武松扒拉着包子，问包子里是什么肉，还有毛，是小便上的毛吧？对女老板说小便上的毛，含有调戏的意味。酒里下了蒙汗药，两个押解公人都被醉倒了。武松行走江湖，这种招数瞒不了他，他暗地里把酒泼掉，却假装倒地，两个店伙计来搬这个牛仔到厨房宰割，也许武松会硬功，怎么也搬不动。最后孙二娘脱光了膀子来抱他，武松一个翻身就把孙二娘压在腿下，压得孙二娘哇哇叫。金圣叹评点说：好一个“当胸抱住，压在腿下”。菜园子张青进来通报家门，与武松结拜为兄弟。对江湖上的女人，不打不成交，结果才杀了一个嫂子，又认了一个嫂子。

第三个是市场上的女人，快活林的老板娘。武松被押解孟州府，管牢房的金眼彪施恩以酒肉款待，武松就到快活林找施恩的仇人蒋门神算账。他不是先与坐在绿槐树下交椅上乘凉的蒋门神开打，而是直奔酒店，看见蒋门神的妾在柜台上，就以不规则的市场规矩，对端来的酒挑挑拣拣，还问老板娘为何姓蒋不姓李，又让人家陪酒，“主人家娘子，待怎地，相伴我吃酒也不打紧”，就来这么疯疯癫癫的一套，惹得老板娘发怒才开打，把她扔进酒缸里去。第四个是官场美人计的女人，就是鸳鸯楼的玉兰。这位好汉也有软肋，很是怜香惜玉。张都监在鸳鸯楼下安排筵宴，庆赏中秋，叫武松同来饮酒。又叫出心爱的养娘玉兰唱《月明曲》，张都监指着玉兰说：要择个良辰吉日，将玉兰配给武松做妻室。武松起身再拜，说是“枉自折武松的草料”，意思是说自己是牛马，只能当牛做马来报答了。结果武松被诬陷为强盗，差点儿丧了性命。第五个是野地里的女人，张太公的女儿。武松血溅鸳鸯楼后，化装逃亡，夜走蜈蚣岭，碰到飞天蜈蚣王道人搂着一个姑娘嘻嘻哈哈。武松就拔刀杀死老道，救下姑娘，这个姑娘就是张太公的女儿，要把金银献给武松。在前不着村、后不着店的深山老林里，法律管不着，舆论管不了，一个单身的汉子如何处理这个问题？这五个女人有美有丑，有贞有淫，有爱有憎，有真有假，而且是五种不同的类型，家庭里的，江湖上的，市场里的，官场里的，野地里的。中国小说不是不怎么直接写心理吗？它把握神经上最敏感的弦，绿林好汉与女人的问题，不断地挑逗你，碰撞你，看你如何反应，就把此人的里里外外、前前后后的生活态度、人生行为方式，全抖出来了。这是一种非常高明的写法，专门捅那最敏感、最忌讳的心理中的马蜂窝，捅得你心烦意乱，穷形极相。如此反向着力，是很高明的叙事策略。

但是我们要追问：为何这样写？精彩叙事的深处，隐藏着何种文化意义有待破解？仔细地考察，发现说书人或者施耐庵有一种独特的生活哲学，认为山中老虎可怕，心中老虎更可怕，把女色当成心中的老虎去叙写。武松只有既能降服山中的老虎，以显示他的神威；又从各种不同的角度降服心中的老虎，以显示他的高尚，才能成为中国民间社会，尤其是江湖社会里公认的一个堂堂正正的英雄好汉。金圣叹在《读第五才子书法》中说："鲁达自然是上上人物，写得心地厚实，体格阔大。论粗卤处，他也有些粗卤；论精细处，他亦甚是精细。然不知何故，看来便有不及武松处。想鲁达已是人中绝顶，若武松直是天神，有大段及不得处。"① 所谓武松类似天神而为鲁智深不及之处，就是他降服"心中虎"的神圣心理定力。"五女闹武松"，结果闹出了他人性中的神性来。中国文化比较重视人格修养，这种思维方式在江湖文化和民间文化中也得到了真切的体现。

如果从这种角度去追问文学经典的深层文化意义，去破解文学经典的精彩底蕴，揭示中国文学的本质特征和形式韵味，以此描绘出来的中国文学地图，将是精彩纷呈、魅力独具的，能够内之作为我们的精神依托，外之作为我们与现代世界进行文化对话的凭据。

从前面的分析中可知，我们所提倡的文学地图，内在地贯穿着文化哲学。它建构了重绘文学地图的三个学理原则，以及透入文化意义深层的两种有效方法，这就可以由丰富多彩的文学现象进入中国文化的本性和文化过程，对文化的内在结构和动力系统作出横向及纵向描述和剖析，考察文化本性是如何一层一层展开、实现和壮大的。由此

① （清）金圣叹：《金圣叹文集》，艾舒仁编，巴蜀书社 1997 年版，第 236 页。

我们可以触摸和把握中国文学和文化波澜壮阔的推进，包括它经历兴衰和重建中所呈现的深厚强劲的生生不息的再生力。民族与人通过文化的创造，反过来创造自我，在与众多文化形式的对话与融合中不断充实和提升自身，所谓“海纳百川，有容乃大。壁立千仞，无欲则刚”[①]。遂使这种文化哲学既有博大的兼容性，对于种族文化能够海纳百川；又有刚直不阿的主体性，在世界民族之林的竞争共赢中自强不息。由此而对文学所作哲思，是大国文化创新系统的必有之义；由此所重绘的文学地图，是一个现代东方大国与世界对话和交往的升级版的文化身份证。

① （清）方浚师：《蕉轩随录》卷10，清同治十一年（1872）刊本。

以“地图”为方法考察“文学中国”[①]

——中国文化绘图人杨义为浙江大学 EMBA 学生讲述“文化中国”

【内容提要】从中国文学史的三大弱点出发，阐发黄河文明和长江文明的“太极推移”对中华民族生命力的意义，点明中国文学具备的家族特性和国族基因，并由此引申出中华文明“中心凝聚力—边缘活力”的复合型动力机制，最终导向以“地图”的方式重绘“文学中国”，“重塑”传统文学形态的现代性这个重大命题。由于本文是在新闻稿的基础上，大幅度改写和发挥而成，这就形成了多声部或交响乐的文章方式，这种文章方式前所未见，也许能给高明读者诸君带来兴趣。

【关键词】文学地图；中华文明；边缘活力；文学中国

“重绘中国文学地图”是杨义教授近年提出的一个重要学术命题，围绕这一命题，杨义先生从自己的学术经历、学术思想的形成谈起，具体形象地论述了“重绘”说所包含的丰富的文化意蕴、文化资源、思想构成和理论方法，以及其在现代中国文化建设中身份证式的意义。这些问题的要点在于以“地图”作为方法。由此引出的话题，不仅涉及有关中国文化、中国文学基本认识的一些问题，而且也涉及了古今诗学、叙事学、图志学、文学史观、文明史、民族文化等问题的

---

① 2015 年 6 月 12 日根据浙江大学新闻稿补充订正。

许多方面，都离不开“地图”这一关键性的方法。以“地图”关照文化中国，内容丰富，谈笑风生，新意迭出，把大家的思想导向广阔的精神探寻的空间。

一　中国文学史三大弱点

新的重要的研究命题，往往是从发现前代学术建树的止步处及其学术弱点、盲点、迷误点开始的。从不生草木的贫瘠之地，培植出青翠可喜的草木，生长成生气勃勃的大森林，这就是创造性和现代性的追求所在。因此，以“地图”作为方法论的生成过程，是具有现实学术状况的针对性的。杨义教授开门见山地提出了中国文学史虽有许多建树，但存在三大弱点。中国人写现代意义上的文学史是从1904年开始的，到现在已有100多年历史。《儒林外史》开场诗说：“百代兴亡朝复暮，江风吹倒前朝树。”[①] 这种“江风”不仅是时代风云，而且是思潮风浪，它一方面吹倒一些树，另一方面又催生了一批树。在这百年期间，国人写的文学史加起来大概有2000多部，它们在历史总结、知识传授和教育中国文学人才方面起到了很大的作用，这一点不应低估。但是许多著述普遍存在三大弱点，也是需要进行深刻反思和认真补救的。

第一个弱点是这些文学史基本上是汉族的文学史，不讲少数民族的文学史。少数民族居住地占中国土地的70%，总人口过亿，创造的文学文化多姿多彩，不讲这部分内容，中国文学史的版图是不完整的。

第二个弱点是这两千多部文学史都比较注重书面的资源，而不甚重视口头传统。其实口头传统是人类文化发生过程中带有本体价值的

① （清）吴敬梓：《儒林外史》，人民文学出版社1981年版，第1页。

系统。据研究，人类会讲话已经有 12 万年的历史，而最早的文字却只有五千年历史。在漫长的时期，一个民族的原始记忆和民族的神奇想象，是通过口耳相传保留下来的。在远古时代文字传统是很少的，而口头传统非常强大。“所以你不讲民间的问题，光讲书面的东西，就好比是你看到水果摊上的水果，但却没有看到水果的种子是如何生根、发芽、开花、结果的。”民间与书面的参照，就出现生命的过程。

我们不能忽视藏族的《格萨尔王传》、蒙古族的《元朝秘史》、维吾尔族的《福禄智慧》等这种伟大的史诗性的作品。“我们的文学史过去都不写刘三姐，如果我们的文学史写一个刘三姐，我认为比写汉、唐、宋、明的二三流的诗人更重要。因为她沟通了汉族和南方的少数民族，沟通了书面文学和口头文学，把我们的文学变得丰富多彩了。”唯有沟通，才能展示多元共存、多维映照的文化面目，才能因辉映而辉煌。

第三个弱点是对我们文化的深层意义的发现和发明，重视得不够。文化研究要进入深水区，不能偷工减料，也不能生搬硬套，食古不化、食洋不化都是肤浅的做法。我国现在的文学史，往往喜欢用西方的概念来贴文学，屈原是浪漫主义，李白是浪漫主义，杜甫是现实主义，谁谁又是什么主义……用一个概念把这些文化的精髓和内涵都蒙蔽了。生搬硬套，乃是学术上偷懒的行为，是非常要不得的。《红楼梦》的补天遗落的石头，绛珠还泪，太虚幻境之类，它们所展示的天人境界，奇幻精彩，蕴含许多言说不尽的人生与宇宙的哲学问题；但一不留神，就会被简单的现实主义一个词遮蔽，甚至把它们作为神秘主义的糟粕抛弃了。中国土地上的大树，枝繁叶茂，硕果累累，值得我们细细地观赏，细细地品味，不要急急忙忙就把它们装进外国人的篮子里。我们何不也参照外来的经验，用自己的材料编制一些灵巧精致的篮子？我们有责任发现和肯定中国文化原创性的专利权，有责任开拓自身的述学方式和话语方式。文化自觉，在于发出具有自身原创性的声音。解决之道，就是启用“地图”的总体方法，并建立一套与之相适应的具体方法。

二 “黄河文明、长江文明共存是中华民族两千年文明不中断的原因”

“中华民族为什么两千年文明而不中断?”要以“地图”的方法解读文化中国，首先要面对关于民族承续性和生命力的问题。中国存在于东亚大陆，这就是中国的命运；关注东亚大陆的生存空间，就是关注中国的命运。命运是连接着“地气”的，离开“地气”的所谓“命运”，只不过是一种玄谈。

学术是一种智慧，一种以新鲜的思想眼光，激活层层厚积的材料深处的生命意义的智慧。说到中华民族不可摧毁的生命力和传承力，“除了儒为主流，儒、道、佛三家思想互补，赋予我们一个很稳定的根基深厚的文化心理结构外，最重要的原因是中华民族除了黄河文明之外，还有长江文明，使得我们在生存竞争中拥有很大的回旋余地”。黄河、长江是滋育中国的母亲双乳，是中国文化生命永远的经脉。

在古代，北方的游牧民族崛起之后曾多次占领了黄河流域，但是北方的游牧民族来了之后，中原很多大家族就迁徙到了南方，如东晋时王谢子弟、山东琅琊王氏（就是王导、王羲之家族），还有河南陈郡阳夏的谢氏家族（谢安、谢灵运家族）都迁移到南方去了。东晋的第一代皇帝晋元帝司马睿，15 岁袭封琅邪王，其后被封为安东将军、都督扬州诸军事。他在有“江左管夷吾（管仲）”之称的王导的建议之下，移驻建康，自然与北方头等士族琅琊王氏有深刻的渊源，时人谓之“王与马，共天下”是也。王导以丞相身份辅佐东晋元帝、明帝、成帝三世，奠定江东局面，王氏家族在南朝时期出了八位皇后，在家族政治联姻上做足了文章。与之并称而继起的谢氏家族更多一点名士气质，谢安、谢玄在淝水之战中击败气势汹汹的前秦苻坚，“八公山上，草木皆兵”，拓展了东晋的疆土，平衡和稳定了各大家族间的势力。谢玄之孙谢灵运开拓了山水诗的流脉，将自然山水作为独立的审美对象，深刻地影响了中国诗歌的发展格局。王导、谢安家族都居住在建康秦淮河畔，是三国时代孙权旧部禁军驻地，当时禁军身穿黑衣，因而世称“乌衣巷”。南宋陈亮将王导、谢安相提并论，认为：“（王）导、（谢）安相望于数十年间，其端静宽简，弥缝辅赞，如出一人，江左百年之业实赖焉。”[①] 这是评论这种局面的开拓和稳定，至于衣冠南渡所开发的移民文明，更是影响了一时朝野的习俗。金人元好问作诗称赞说：“丁宁王谢堂前燕，文采风流有故家。”[②] 明人郑仲夔《耳新》卷三谈论历朝好诗说：“触目见琳琅珠玉，政如王谢子弟，优者龙凤，劣者虎豹。”[③] 王谢堂前燕子，成了东晋南朝名士风流的见证。

由此可见，大家族的迁移，足以改变一方水土的人脉构成和士人风气。依靠长江的天然屏障，这些移民家族发挥了巨大的政治能量、经济力量、教育背景、智商水平、审美情趣，经过长期经营，慢慢把南方发展起来，在经济文化上比北方更见发达。而少数民族滞留在北方也逐渐被汉化，崇尚和接纳中原的衣冠文物；南方的汉族吸收了一些少数民族的文化，幽丽奇特，亲近自然，也丰富和改良了文化基因。这就形成了中国历史上值得深入研究的“南北朝效应”的命题。正如有位西方学者所说，如果人口分布是天定的，那么人口流动便是历史的发动机。南北之间依凭黄河文明和长江文明形成了“太极推移”，产生了跨地域的文化对撞和文明重建，为中华民族的生存发展架起了一台无比巨大的历史发动机，一再地在新的层次上又形成了南北融合，越推越博大，越推越深厚。

在古代冷兵器时期，长江是天堑，借助这个天然的工事，多次把北方游牧民族十万铁骑挡在了长江流域以北。于是隔着滚滚长江东逝水，两大文明系统都以不同的机缘在追求着中华文化的正统，遵循着

---

① （宋）陈亮：《陈亮集》，中华书局 1974 年版，第 92 页。

② 元好问：《元好问全集》，姚奠中主编，山西人民出版社 1990 年版，第 430 页。

③ 国学扶轮社校辑：《古今说部丛书第 2 集》卷 3，中国图书公司和记 1915 年版。

“分久必合，合久必分”的张力原则，在阻隔与融合中造就了中华民族五千年文明不曾中断，而且历久弥坚。所谓千古江山有所思，思绪绵绵，写成了中华文明大开大阖的历史传奇。东晋蜀郡的史学家常璩《华阳国志》卷三分析长江天堑和巴蜀形势，说：“蜀王怒，伐苴侯。苴侯奔巴，求救于秦。秦惠王方欲谋楚，群臣议曰：‘夫蜀，西僻之国，戎狄为邻，不如伐楚。’司马错、中尉田真黄曰：‘蜀有桀、纣之乱，其国富饶，得其布帛金银，足给军用。水通于楚，有巴之劲卒，浮大舶船以东向楚，楚地可得。得蜀则得楚，楚亡则天下并矣。’”① 司马迁的八世祖、秦国名将司马错的这番对地理形势的剖析，揭示了中国历史上大分大合的一个莫大的秘密，在冷兵器时代南北相争的格局中，谁得巴蜀，谁就能够跨越长江天堑的阻隔，进而一统天下。秦统一天下如此，三国归晋如此，隋灭南朝如此，因为侯景之乱后，巴蜀已属北朝，南朝只有三峡以东的江南地；元朝灭南宋也是取金之后40年西征，并西取巴蜀、大理国，然后才席卷江南。金人未能灭南宋，就是由于它始终没有占据巴蜀，马背上的民族在长江下游采石矶渡江，要冒很大的风险，必然大败而归。

因此，杨义教授认为，地理空间在文化研究联系着中国的命运，具有不容低估的价值。据说为姜子牙所作的《六韬》说：“将必上知天道，下知地理，中知人事。登高下望，以观敌人变动：望其垒，即知其虚实；望其士卒，则知其去来。”② 这里讲的是通晓地理，对行军作战、克敌制胜的关键性意义。不仅此也，登高远望，洞悉地理，对于文化研究，也具有根本性的意义。地理空间的展开，“地图”作为一种方法论，使我们更加深入地认识中国文化的性格、行程和命运，历尽劫难，浴血重生，文明的再生能力由于连着“地气”而历久弥新。这就是知地理（重要的是人文地理），才可能看清文学、文化、文明的“虚实”、“变动”和“去来”。

① （晋）常璩：《华阳国志》，齐鲁书社2010年版，第28—29页。

② 曹胜高、安娜译注：《六韬·鬼谷子》，中华书局2007年版，第176页。

三　“中华民族文学是中原凝聚力基础上强化边缘活力”

中华文明的起源是多元的，像满天繁星。有如传说中舜帝唱的《卿云歌》曰：“卿云烂兮，纠缦缦兮，日月光华，旦复旦兮。”[①] 又如曹操的诗云：“日月之行，若出其中。星汉灿烂，若出其里。”[②] 一种沧海式的胸怀，哺育了中华文明群星灿烂，日月经天。多元起源的效应，是南北互动，中原凝聚力与边缘活力形成巨大的张力系统，在广阔幅员的大开大阖中推动了中华民族历史发展的车轮。著名的文明发生地，有黄河流域发现龙山文化、仰韶文化，辽河上游的红山文化，在浙江的良渚文化、河姆渡文化等。北方酒的起源早，南方蚕丝的起源早。在河南漯河市舞阳县贾湖遗址的陶片上发现有酒类饮料的沉淀物，将人类酿酒史提前到了距今九千年前。这里出土的七声音阶的鹤骨笛，是世界上发现年代最早、至今尚可演奏的乐器，反映了我国史前音乐文明的稀世智慧。八千年前贾湖契刻使用利器为工具把文字符号刻在龟甲、骨器上有 14 例，比殷墟甲骨文早上四五千年，文字的萌芽又如此苍翠可喜。山东龙山文化时期丁公遗址出土的一件泥质磨光灰陶大平底盆底部残片上，刻有整齐的 5 行 11 个字，展示了四千年前古文字的早期踪迹。

南方文明中浙江余姚河姆渡文化遗址，出土了距今七千年的成套的纺织工具，伴随出土的两件象牙雕盅形器表面，分别刻有家蚕纹和纺织纹的写实图像。浙江吴兴钱山漾遗址出土了距今五千年的盛在竹筐里的丝织品，所用原料经专家鉴定是家蚕丝。清人杨屾《豳风广义》说，“蚕为衣冠文物之祖”[③]，“昔黄帝命伯余制帛作布，织纴之

---

① 郭茂倩编：《乐府诗集》卷 83，文学古籍刊行社影宋本。

② （三国）曹操：《曹操集》，中华书局 1959 年版，第 11 页。

③ （清）杨屾：《豳风广义》，农业出版社 1962 年版，第 88 页。

功，因之而始，衣冠文物之所出也”[①]，这些昭示着丝绸之路得以形成的最初的发明足迹。春风吹绿了江南岸上青草，以及桑叶，因而也吹绿了江南的文明，包括桑蚕文明。

既有中原文明的领跑者，又有南北文明的相互策应，四夷文明的竞争互动，这就在三个层次上形成了中华文明发展动力的良性张力结构。在早期发展中，中原地区由于部族密集度很高，使其竞争激烈，互相取法、相互交手又互相制衡，所带来的结果就是中原文明的领先发展，先进才有立足之地。紧张感是一种生命感，激烈的竞争所造成的紧张感，成了文明发展上充满忧患意识的内在动力。因此黄河冲积平原上长出了参天大树，形成了五帝及夏商周三代文明，成为中华文明走向多元一体的标志。

“对中华民族文学和文化发展的动力结构的考察，是在中原的动力基础上强化边缘的活力。”中原文明一直处于领先发展，这得益于竞争。在部族密集众多的中原地区，竞争是一种潜在的力量，各个部族在竞争甚至流血式的打交道中，文明程度也在紧张感和忧患感中取得长足的进步。这就在中原地区形成中华文明的内核，形成千古一贯的凝聚力。这个内核在其后的扩容发展的过程中，遭遇到来自边缘部族的巨大压力，如何把边缘压力转化成边缘活力，有一种牢固的内在凝聚力就显得非常必要，不然就会在不同文化板块的碰撞中相互耗散。这种耗散必须在凝聚中得到加倍的补偿，聚散从容，不然就不能愈碰撞愈博大了。

中华民族由此形成了“中心凝聚力—边缘活力”的复合型的动力机制。复合型机制的好处在于，能凝聚而不至于无度耗散，有活力而不至于长久沉滞。应该看到，中原文明领先发展，然而一旦形成官方意识形态之后，就容易凝固化、模式化。比如三纲五常，动一个字都很难。但是少数民族文明，我们称之为边缘文明，却带有很活泼的活力，甚至是野性的活力。有了中心、边缘的互动互补，中华文明的发

① （清）杨屾：《豳风广义》，农业出版社1962年版，第133页。

展就总体而言，既不耗散，又不凝滞，实在可以叫作春光无私，野风有情，形成了作为一个文化共同体和命运共同体的共识与共谋。

边缘文化有三个明显的特点：带有原始性；带有流动性；带有不同文化板块接合部混合性。所以，边缘文明就可以为中原文明提供很多新鲜的东西。“当中原文化在有序性结构中以模仿求精致，而趋于老化或僵化的时候，边远地区民族文化有可能给它提供一些别开生面的文化方式和美学方式，这是互动的概念、互补的概念。”从长远来看，少数民族对汉族影响是由下而上的；汉族文化对少数民族文化的影响是由上而下的。这就形成互相激荡、互相换位、互相推移的文化旋涡。《尔雅·释水》云：“涡辨回川。”[①] 孔子的大弟子颜回字子渊，意思来自深渊处水流呈现回转的形状。这个名字是深深契合中华文明多元共进的奥秘的。

中心的凝聚力和边缘的活力是互动的结构，有这种互动才能在长期的积累中，形成我们多元一体的民族文化结构。“聚”的小篆字源，下面是三个人，表示人多；上面的“取”，作为声符。本义是村落，或聚落。这就意味着所谓凝聚力也不是孤家寡人的事，而是以共同的文明教化和价值认知聚集人心。《史记·五帝本纪》谓：“一年而所居成聚，二年成邑，三年成都。”[②] 聚就是村落，它也要在日积月累中发展成城邑和都会。聚是动态的，是凝聚的出发点。《周易·乾卦》说：“君子学以聚之，问以辩之，宽以居之，仁以行之。”[③] 在聚、辩、居、行的程序中，以学问、宽容、仁爱加以贯通，这都说明凝聚力是以人心为依归的。以此而与边缘活力打交道，既是凝聚力的外拓，又是边缘活力的内渗，二者之间存在长远的曲线的因果关系。只有深刻地揭示这一点，才能使我们的文学史写作，展示“落霞与孤鹜齐飞，秋水共长天一色”的开阔邈远的天地境界。

---

① （晋）郭璞注：《尔雅正义》卷7，（宋）邢昺疏，阮元校刻本。

② （西汉）司马迁：《史记》，中华书局1959年版，第34页。

③ （魏）王弼等注：《周易正义》卷1，（唐）孔颖达疏，阮元校刻本。

四 “中国古代文学不讲家族问题是讲不清楚的”

杨义教授认为，在时间的维度上强化空间维度，是一种研究模式的转型。古代铸造器物的模子，用木做的叫模，用竹做的叫范，用泥做的叫型。《说文解字》说：“型，铸器之法也。”① 处理事物的方法、标准、规范、角度、方式的变化，是一种根本性的变化。一经转身，就海阔天空。从时间维度看文学，我们看到的就是革命、反动，进步、保守，或者是现实主义、浪漫主义、现代主义逐一推进，在时间维度上发展成一条线。但是空间维度一展开之后，就增加了许多盘根错节的曲线，地域、家族、国族、中心、边缘、台阁、林下、城与乡等纷纷涌现，文学资源丰富了，地理天空开阔了，文化意义也随之深化了。单就地域文化而言，就有楚国文化、齐国文化、鲁文化、秦文化、三晋文化、燕赵文化、吴越文化、陇右文化、雪域高原文化等，涌现出深厚的资源和丰富的文化经验。“看文化”要有两只眼睛，一是历史编年学，二是文学地理学，如果没有“地图”的意识和方法，就是文化认知上的“独眼龙”。“独眼龙”的视野是偏斜的，有所遮蔽的。由此进一步深化和具体化，就出现家族的问题。家族问题扎根于地域文化，又超越地域文化，是切切实实地贯通各种时空的中观性问题。

家族命题，是中国文化的实质性命题。它是实实在在而富有质感的。“孟子曰：人有恒言，皆曰天下国家。天下之本在国，国之本在家，家之本在身。”② 这是儒家对天下国家的根本问题的思考，家是一个不可回避的中间环节。讲中国古代文学不讲家族问题，往往是讲不清楚的，家族不光是血缘的问题、经济问题，还有文化传递的问题。

---

① （清）段玉裁：《说文解字段注》，成都古籍书店1987年版，第738页。

② 杨伯峻译著：《孟子译著》，中华书局2006年版，第167页。

家风家学，都为作家注入童子功，注入文化基因。诗书传家的文学家族掌握着丰厚的文化权力和文化资源，通过联姻和交游，给地域文化打上深刻的烙印，烙印是不易磨灭的痕迹。

因此在家族文化分析中，有必要把整体的历史观照与个案的家族分析相结合。北宋的科举和“党争”，有政治上的是是非非，但都浸染着浓郁的家族文化色彩。“司马光反对王安石变法，这是从政治上讲有进步和保守之分。其实，从家族上来看，司马光集团的家族多是北方的家族，安土重迁，不愿意迁移，文化根基非常深厚。而王安石集团的家族都在今江西福建一带，南方的家族是从北方迁过来的，迁移本身就是一种家族的性格，迁移的家族带有开拓性、冒险性，还有投机性。”

杨义以家族问题来阐释空间维度对文学研究的重要性。作家迁徙的空间、家族迁徙的空间、文化中心转移的空间、主流写作和边缘写作的空间，这都为“地图”作为方法提供了实实在在的依据。这些空间都非常辽阔、苍茫而富有变化，正因为这样，文学才能呈现出异彩纷呈，美不胜收。“三十功名尘与土，八千里路云和月”，“东边日出西边雨，道是无晴却有晴”，空间展开了，岁月与路程交互为用，日月运行，晴雨莫定，研究者的文化胸襟也就敞开了。在此风雨阴晴中，家族文化往往能够以其相对独立性，传承独特的学术脉络，相当程度地起到了以不变应万变的作用。比如两汉孔府子弟以家传经学为己任，专门“纲纪古训”，反对俗儒杂以妖妄，以“永垂来嗣”的方式保守孔学的原本性。从孔子第10世孙孔安国，在汉武帝时整理传授孔壁发现的《古文尚书》，直到东汉晚期孔子的20世孙孔僖，如《后汉书·孔僖传》所记载的：“孔僖，字仲和，鲁国鲁人也。自安国以下，世传《古文尚书》《毛诗》。”[①] 古文经学由此在孔府之学中，埋下了牢固的根基。本来西汉前期的文景之际，确立齐、鲁、韩三家《诗》为博士，均为今文经，而属于古文经的《毛诗》被排斥在外；

---

① （宋）范晔：《后汉书》，中华书局1965年版，第2560页。

至武帝立五经七博士后，今文经成为官学，掌握了丰富的利禄资源，不容古文经染指。古文经学在经历西汉时期被压抑之后到西汉末开始萌动。刘歆主张设立《左氏春秋》为官学，受到强烈的反对。直至东汉光武帝排除众议，设立《左氏春秋》为博士，到东汉章帝《白虎通义》的颁行，标志着古文经学逐步跻身显学之列。应该说，孔府一脉相承的古文经学，在二三百年间作为一股伏流，对东汉以后古文经的崛起，发挥了存亡继绝的支撑功能。

家族文化对空间的转移，感慨万端。空间的转移往往能够窥见家族文化变异的踪迹。《世说新语》的这则记载很有意味：晋明帝几岁时，坐在父亲晋元帝膝上。有人从长安来，元帝问洛下消息，潸然流涕。于是问明帝说：“你觉得长安与日相比，哪个更远?”明帝回答：“日远。不闻人从日边来，居然可知。”元帝感到很惊奇。第二天聚集群臣宴会，然后重复问明帝同一个问题，明帝却回答说：“日近。”元帝大惊失色，说：“你为何说的与昨天不一样呢?”明帝回答：“举目见日，不见长安。”可见空间是可以刺激人的想象力的，把小孩子天真的回答记载下来，就能够引发一种世事沧桑的感慨。尤其是偏安君臣面对小孩子在南方首都，以日之远近谈论北方故都的远近，只知消费小孩子的聪明，而对国土残破无所动心，更是在太阳底下把他们精神上的猥琐暴露无遗。由此可知，小孩子只有空间直觉，当权者没有“地图”意识，是不足以启动文明的新视境的。由此也可知，地理空间折射着精神的空间。“地图”意识，也就成了一种方法，一种胸襟，也成了一种精神形态。

五　以“钓”的方法追问“庄子是楚庄王的后代”

“我觉得搞文学研究，考证做得很好，那是真本事。但是借助考证的过程，来深化文化意义的认识，那也是一个真正的能力。”杨义教授认为，在文献材料考证的基础上，怎样深化深层文化意义的发现是文学研究的重要问题之一。不能够从材料中发现问题，找出思想，那只不过是“材料奴”，成不了大气候的。中国学术要在世界上发出自己的声音，舍弃原创性的深层文化意义的发掘，就失去了根本性的依据。

讲座上，杨义教授以庄子的国族考证为例，阐述了这个思想。

国族问题，是家族问题的拓展和深化。国族问题，关系到先秦诸子进行思想原创的文化基因，只有深入国族考究，才能提供先秦诸子发生学的真确依据。“多维度透过历史的烟尘，才能进入诸子思维的精神深处。”杨义认为，历史的空白远大于历史的记载，所以，他用“空白哲学”解读庄子，试图接近庄子的本原。搞研究如果是拉风箱，风箱的空虚处也是意义，没有空虚处，就是木头疙瘩，是鼓不出“一点浩然气，千里快哉风”的。虚实相生，就是“空白哲学”的一种特别的功能。

《史记·庄子传》讲述楚威王派使者去请庄子到楚国当卿相，庄子对使者说，你看你们的庙宇里面做牺牲用的牛，虽然吃得好，穿得好，但是到祭祀的时候，他连当野猪的资格都争取不到。你看河沟里面的乌龟，“曳尾于涂”，拖着尾巴在泥里面打滚，但是它是自由自在的。你说我是当那个牛好呢，还是当这个乌龟？使者说，还是当你的乌龟去吧，就回去了。在这个充满凶险的机遇和诱惑的陷阱的时世，齐国的孟尝君尚且要玩起“狡兔三窟”的把戏，家族在楚国政治变乱中流亡于宋的庄子也只好躲避诱惑，不当庙宇祭祀的牺牲（似乎含有杀身之祸），甘当一只在泥地里爬行的乌龟了。应该说，庄子的“乌龟”比孟尝君的“狡兔”，更能全生葆真，更有生命的从容。一篇300多字的《史记·庄子传》，用了100多字讲这么一个故事，可见庄子与楚国的因缘不浅，这种因缘又飘拂着身家凶险的阴影。对这类文字缝隙里的问题进行追问，才可能产生深刻的研究。熟视无睹，看不到文字缝隙里的问题，就无从谈论研究的深刻性。对于先秦诸子的解读，如何恢复具有人性深度的感觉，乃是关键中的关键。

这里需要的是追问。陶渊明《归去来兮辞》云：“悟以往之不谏，知来者之可追。”[①] 追是既追溯以往，又探究未来，盘根究底，“打破砂锅纹（问）到底”。为什么是楚威王，而不是以好客驰名的梁惠王、齐宣王找庄子做官？更不是庄子生活的宋国剔成君、宋王偃起用庄子？庄子生活落魄，为什么还能和当时的君王将相直接对话？他于学“无所不窥”，在贵族教育的时代，他的知识又是从哪里来的？我们必须参透与庄子身世相关的政治进退、言行资格、知识来源这三大玄机。参透玄机的方法，倚重一个“钓”字，钓的本义，是以钩、饵取鱼。“钓”作为一种方法，就是追问事物的原本，放长线钓大鱼。庄子是由楚入宋的人氏，宋玉是由宋入楚的人氏，他们在国族文化认证上不乏纠缠。宋玉《钓赋》提倡尧、舜、禹、汤贤君治世，“以贤圣为竿，道德为纶，仁义为钩，禄利为饵，四海为池，万民为鱼”[②]。所钓乃是清明政治之鱼，心系四海，钓竿可谓粗大。细按宋玉的表达方式，与《庄子·外物》篇讲了一个另类故事存在渊源：任公子用大绳绑上巨型钓钩，用50头牛作钓饵，在东海钓了一条庞然大鱼，挣扎起来白浪如山，海水震荡，声响就像鬼神嚎叫，令人千里之外都胆战心惊。把它割碎制成腊肉，成千上万的人都大饱口福。巨哉，钓也！这个“钓”字可作的文章，自然还很多，钓名、钓奇、钓誉，不一而足。而柳宗元《江雪》诗，钓的是弥天盖地的寂寞：“孤舟蓑笠翁，独钓寒江雪。”[③] 庄子也钓，宋玉也钓，柳宗元也钓，钓竿的指向不一，方向互殊。我们不需宋玉的功利、柳宗元的清冷，而要有庄子的魄力，以粗绳大钩，且来钓出庄子国族家世这条大鱼，破解二千年来庄子国族家世的三大玄机。这就是韩愈《进学解》说的：“记事者必提其要，纂言者必钩其玄。”[④] 经过缜密的钩其玄、提其要，我们钓出了《史记·西南夷列传》所说的“楚威王时，使将军庄蹻将兵循江

① （晋）陶渊明：《陶渊明集》卷5，四部丛刊本。

② 吴广平编注：《宋玉集》，岳麓书社2001年版，第122页。

③ 王国安笺释：《柳宗元诗笺释》，上海古籍出版社2007年版，第268页。

④ 卞孝萱、张清华编选：《韩愈集》，凤凰出版社2006年版，第313页。

上，略巴、黔中以西。庄蹻者，故楚庄王苗裔也”[1]；以及宋人郑樵在《通志·氏族略》所记述的“庄氏出于楚庄王，僖氏出于鲁僖公。康氏者，卫康叔之后也。宣氏者，鲁宣伯之后也”[2]。相互加以参照，由此再作年代定位，就发现“庄子其实是楚庄王二百年后的后代，是疏远的贵族后裔，他的家族因为政治避难而逃到了宋国边远的蒙地”，“是家族的传统让庄子能够得到文化的传承；楚庄王之后的身份使得庄子具有和诸侯往来交游的资格；也由于这种身世，楚威王才‘闻庄子贤’，平反冤案，要聘请他回楚国任要职”。所谓“楚威王闻庄子贤”，这种“闻”就是与庄氏家族有关系的旧公族人氏的推许，不然楚威王是无从知道庄子的贤与不贤的。在对庄子族源祖脉的分析基础上，杨义进而带领我们进入《庄子》书的深处进行追问，一钓复一钓地“钓”出其事物原本和深层意义。《庄子》中有许多的故事，比如庄子“鼓盆而歌”，一钓就可以发现这是古时楚地丧礼风俗的遗产，再钓就可以明白庄子从中升华出超越的进入大化流行的生死观。《庄子》讲混沌的故事，儵忽为混沌“日凿一窍，七日而混沌死”[3]。混沌之术是楚人的族源信仰，“儵忽”是楚国的方言。以楚国方言写楚国原始信仰，这是连着庄子刻骨铭心的乡愁和文化DNA的。“儵忽”现在写作“倏忽”，是高速闪忽的样子。《吕氏春秋》说：“儵忽往来，而莫知其方。”[4] 就以速度兼及时间与空间了。这些都是反复追问、反复施钓的斩获。国族空间的展开，为“钓”出诸子的人性特征和文化基因提供了发生学的根据，“钓”之为方法，可谓大矣。杨义娓娓道来，用这些故事佐证他考得的庄子国族家世的观点，令人感受到智慧的喜悦。

---

① （西汉）司马迁：《史记》，中华书局1959年版，第2993页。

② （宋）郑樵：《通志·二十略》，中华书局1995年版，第7页。

③ 郭庆藩辑：《庄子集释》，中华书局1961年版，第309页。

④ 《吕氏春秋》，清毕沅校本。

六　中国文学地图——我们文化的身份证

最后，杨教授再次强调，描绘中国的文学地图，必须在时间维度上增加空间维度，恢复地图的完整性和深厚性。因为时间是在空间中展开的，没有空间，时间无法展开，必须展开空间，才能实现时间。比如南北空间的问题，古人就有许多体验和概述，如《世说新语·文学篇》所谓“北人学问，渊综广博”，“南人学问，清通简要”；“北人看书，如显处视月；南人学问，如牖中窥日”①。又如《隋书·儒林传序》所谓“南人约简，得其精华；北学深芜，穷其枝叶”②。这都是以空间作为维度，来把握地域学术品格的。

时间介入空间时，添加了许多人性人情，使时空结构荡漾着人文趣味。《说文解字》段氏注：“介，画也。画部曰：画，界也。按界也，当是本作介也。介与画互训。”③ 指的是疆界，界限，如《诗经·周颂·思文》所云：“无此疆尔界。”④ 陆德明释文：“界”作“介”。介入又有居中、佐助之义，如《左传·襄公九年》：“介居二大国之间。”⑤ 时空的相互介入，包含跨领域的质疑和对话，是生发新思想的极好途径。《诗经·小雅·采薇》就呈现了跨领域的对话，其中吟唱道：“昔我往矣，杨柳依依。今我来思，雨雪霏霏。”⑥ 周代北方的猃狁（即后来的匈奴）入侵中原，周天子派兵戍守边疆和抗击猃狁。兵士离乡时，是杨柳依依的春天，回乡时是雨雪霏霏的冬天，时间的流动就展开和实现在一来一往的空间变化之中，其间的希望和渺茫摇荡

---

① （清）余嘉锡：《世说新语笺疏》，中华书局 1983 年版，第 216 页。

② （唐）魏徵等：《隋书》卷 75，武英殿本。

③ （清）段玉裁：《说文解字段注》，成都古籍书店 1987 年版，第 51 页。

④ （汉）郑玄笺：《毛诗正义》卷 19，（唐）孔颖达疏，阮元校刻本。

⑤ 《春秋左传》，阮元校刻本。

⑥ （汉）郑玄笺：《毛诗正义》卷 9，（唐）孔颖达疏，阮元校刻本。

不已。考《世说新语·文学篇》，谢安曾经聚集子弟，问"《毛诗》何句最佳?"他的侄子谢玄回答的，就是上面提到的"昔我往矣，杨柳依依。今我来思，雨雪霏霏"。谢玄因淝水之战立下赫赫战功被封为康乐公。他喜欢孙子谢灵运的灵秀聪慧，于是谢灵运8岁就孙承祖爵，承袭为康乐公，食邑二千户，世称谢康乐。谢灵运开创山水诗的潮流，是否与乃祖对自然界的这种敏锐的融合生命情感的审美感觉之遗传有关？所谓"池塘春草谢家春，万古千秋五字新"①，这是一个很有意思的问题。

空间和时间相互依存和介入，由此展示了事物演化的秩序和非秩序。而且外在的时空关系又折射在内在的心理空间之中，回旋错综，光影闪烁，使古今、中外、彼此之间发生了错综复杂的纠葛和定位。在雨雪霏霏中一人独行，故乡有妻室儿女在等待，那是他的全部希望和温存所在，是他奔走的勃勃活力，这都蕴含在杨柳依依的美好回忆中，使得人性人情之美跃然纸上。由于把握了时空的奥秘，在动态中觉察出同质空间如何破裂为异质空间，异质时空又如何融合为同质时空，就能够在定位、定量、定性上把握文学的意义特质、存在形态和演变方式，使我们的学术避免支离破碎之弊，而在时间、空间和社会文化存在的辩证关系上作出根本性的思考。

讲"地图"作为方法，最终应该讲到它的归属，应该认识到它是植根于大文学观的。"大"的甲骨文和金文的字形，有如人的正面形，伸手蹬足。《说文解字》云："天大、地大、人亦大焉，象人形。"② 因此大文学观离不开事物的完整性和对人性的深入体验。杨义认为，从大时空的视野上考察，中国文学史观念至今有三变，一是古代文史混杂、文笔并举的"杂文学观"；二是20世纪从西方借鉴来的承认文学独立价值，既推动其个性化、流派化，又使之成为独立学科的"纯文学观"；三是近年来讲究综合创新、重视文化时空过程和深层意义的

---

① （金）元好问：《元好问全集》，姚奠中主编，山西人民出版社1990年版，第339页。

② （清）段玉裁：《说文解字段注》，成都古籍书店1987年版，第521页。

“大文学观”。

这种变，使中国文学换一副眼光打量世界，世界也换一副眼光打量文学。变就是更，就是易，就是动，就是转，就是化。《庄子·田子方篇》说：“夫至人者，上窥青天，下潜黄泉，挥斥八极，神气不变。”[①] 庄子讲的是不变，以不变应对万变，《周易·系辞上》却讲的是变，由变而至于通：“一阖一辟谓之变，往来不穷谓之通。”[②] 变和通，使事物在文化血脉的连续性上出现发展推移的阶段性。通就是达，就是破除障碍，彻底明了，往来交接。《周易·说卦》所谓“坎为通”，跨过坎子就一通百通。文学和文学研究的潜在活力，就被这种“变通”激发出来了。“大文学观”更重视文学的空间性，当然是动态的空间性，在空间中展示文学的发生、文化的特质和文明的生命。中国文学地图的绘制，便是意在将这种“空间性”予以定格，以便在更坚实的程度上对文学史的领土重新“丈量、发现、定位和描绘”，踏踏实实地发现其文化身份和精神归属。不同时段的文学地图，“比例尺”有大有小，最终呈现的中国文学样貌也互有差异，但绘图的原则方法，却是一以贯之的。杨义始终注意中国文学版图的三个层面，一是精神层面的内外相应，即个体经验与时代命题的交互作用；二是文化层面上的雅俗相推，即文人探索与民间智慧的互动互补；三是跨地域民族文化的多元重组，即中原文学与边地少数民族文学的相激相融。他相信，如此绘制出来的中国文学地图，“原本比过去的任何文学史著作所描绘的样貌都要恢宏壮阔、丰饶、精彩得多”。

杨义以“地图”的方式重绘“文学中国”，其意义绝非单纯的“补漏”，而是对传统文学形态的现代性“重塑”。他注意到，“塑”的本义是用泥土抟成人物形象，“重塑”就是将旧泥人打破，注入活水，重新抟造出别具神采的新泥人。赵孟頫的妻子管道升有一曲《我侬词》说：“你侬我侬，忒煞情多，情多处，热如火。把一块泥，捻一

① 郭庆藩辑：《庄子集释》，中华书局1961年版，第725页。

② （魏）王弼等注：《周易正义》卷7，（唐）孔颖达疏，阮元校刻本。

个你，塑一个我。将咱两个，一齐打破，用水调和。再捻一个你，再塑一个我。我泥中有你，你泥中有我。与你生同一个衾，死同一个椁。”[①] 由此可以作比喻性的引申，从而领会到，“重塑”是把文学、文化、文明的固有智慧与新鲜的现代性智慧相借鉴、相贯通、相比较、相深化、相融合，揭示文学深层的人性人情，开拓出文学、文化、文明的新视野、新境界。在这种意义上说，“文学地图”是一种新方法，也是一种新思想理念，如汤之《盘铭》曰：“苟日新，日日新，又日新。”[②] 以文化创新臻于精深和大美，这是一个民族的梦魂所系。如《尚书·胤征》：“旧染污俗，咸与惟新。”[③] 创新是学术的生命所系，创新才能驱除民族的暮气，振兴民族的朝气。一个现代大国，尤其是具有伟大传统的现代大国，都应该以充分的创新意识，朝气勃勃地绘制出一张完整的、丰厚的、富有魅力和生命力的文化地图，作为我们认识自我，并与世界人类进行深度平等对话的亮丽的身份证。文化身份证，是一个民族以现代文明的新姿态而走向世界的见证。

---

① （明）冯梦龙评辑：《情史》，凤凰出版社 2011 年版，第 166 页。

② （汉）郑玄笺：《礼记正义》卷 60，（唐）孔颖达疏，阮元校刻本。

③ （西汉）孔安国传：《尚书正义》卷 7，（唐）孔颖达疏，阮元校刻本。

中国优秀传统文化的生命之源*

【内容提要】探究中国优秀传统文化的生命之源，首先要从发生学的角度厘清什么是“中国”，理解其“三千年一贯”和秦汉时期形成的民族共同体意识，沉淀在民族文学、文化、文明中代代相因的爱国精神脉络和民族文化“海纳百川”开放、包容的特点。考察我们民族的立国之根和生命之源，有四个特性应引起注意：第一，中华民族文化根本的深厚性；第二，文化哲学的包容性；第三，文化血脉的充沛性；第四，文化景观的丰美性。这四个特性之耦合，使我们的民族文化拥有博大的创造力和活跃的共享力，从而接通地气，生生不息。

【关键词】发生学；爱国精神；文化血脉；孔学精华

一　发生学上的“中国”

讨论“中国优秀传统文化的生命之源”，首先就要认识“何为中国”。我们是中国人，中国就在我的脚下，就在我的心中，还要花费心思去认识中国吗？这岂非“骑着毛驴找毛驴”？我的回答：是的，正因为你是中国人，才更应该把关系到自己从何而来的“中国”弄个

* 2008年5月第一次讲演，2015年4月15—18日修订。

一清二楚。明白人，首先要明白自己。一百多年前的世纪交替之际，革命志士就曾经如此认识中国："十九世纪之中国，一落千丈于世界竞争之盘涡；若二十世纪之中国，则一跃千丈于世界竞争之舞台，此理势之必然也。"[①] 一百年后已是中国在迅猛崛起的现时代，中国已经开始成为世界经济、政治、历史和环境格局的最重要的参与者之一，因此"何为中国""中国何为"成了需要彻底思考的一个历史性的问题。宋朝释觉范《石门文字禅》卷六有一句充满机锋的话："平生学牧牛，鼻索尝自把。而今失所在，宁复事鞭打。"[②] 认识中国，就牵住了牛鼻绳，把握住问题的关键，许多问题就迎刃而解。既然世界用种种术语理解或曲解中国，那么中国人就要从自身的文化因缘中认识和认同中国。我们需要完整地、直接地、通透地把握民族国家、宇宙人生的真实本质和精神风采。

必也正名乎？"中国"这个称号的出现，起码经历了三千多年的苍茫岁月。拥有如此悠久的国名，证明它是世界上名副其实的文明古国。有这么一个"三千年一贯"的名号的国家，举世唯此最是醒目。这是中华民族这个超庞大的共同体的精神连接纽带之所在，生存发展的根基之所在。公元前 11 世纪西周早期成王时代的青铜器《何尊铭文》，就记载了周成王继承武王遗志，营建东都成周（今洛阳）的历史事件："隹武王既克大邑商，则廷告于天曰：余其宅兹中或（国），自兹乂民。"[③] 周武王战胜殷商后，就祭告上天，要在洛阳这块中心国土上建都，由此来治理和安定国民。"中国"指周人居住的关中、河洛地区的中原之地。上古文献《尚书·梓材》也说："皇天既付中国民，越厥疆土，于先王肆。"[④] 上天既然已经托付周朝来治理中国民众，能够远拓疆土，于是先王之道就能广大。这是周公教导他的弟弟

---

① 金天翮：《女界钟》，上海古籍出版社 2003 年版，第 5 页。

② （宋）释惠洪：《注石门文字禅》（上册），（日）释廓门贯彻注，张伯伟等点校，中华书局 2012 年版，第 391 页。

③ 马承源：《何尊铭文初释》，《文物》1976 年第 1 期。

④ （汉）郑玄注：《尚书正义》卷 14《梓材第十三》，《十三经注疏》，（唐）孔颖达疏，中华书局 1980 年影印本，第 96 页。

康叔如何治理殷商故地的训告之词，也有三千多年的历史了。“中国”的国族称号是三千年一贯，“生不改名，死不改姓”，这里蕴含东方民族生命的天机，这是我们首先要认识到的第一点。

第二，中国的称号在春秋战国时代就逐渐趋向民族共同体意识，迨至秦汉之世，民族共同体开始奠基。这是又一个关键，光是有名号还不够，还要有一个坚固的历史实体。秦汉就是当时人类史上第一流的历史实体。这个实体具有超强的延续性和辐射力，“秦时明月汉时关”，连天上的明月，地上的关山，都姓了秦汉。其实，略早一些时候，“中国”的名称就进入礼乐制度，借助诗歌来表达国家意识和感情志趣，渗透到中国人的民族身份认同中。《诗经·大雅·民劳》：“民亦劳止，汔（qì，几乎，差不多）可小康。惠此中国，以绥四方。”虽然郑玄说：“中国，京师也。……爱京师之人以安天下，京师者，诸夏之根本。”[①] 但诗中关切人民的劳苦，追慕“小康”；主张惠及中国，安抚四方的诸侯和百姓，国族意识已不言自明；何况它一连四次提到“惠此中国”，只是一次提到“惠此京师”。这是公元前 9 世纪知识者的诗篇，中国与四方的国族意识已是呼之欲出。孔子在《礼运》讲“小康”“大同”，其中的“小康”就源自孔子非常熟悉甚至经他整理过的《诗经·大雅·民劳》。中国理念的引入，使得“究天人之际”不再是“巫史”阶层的专利，“通古今之变”也非“王官”对意识形态的垄断。这一点，深刻地影响了中国人的社会生活理想。也可以说，从《诗经·民劳》《礼记·礼运》以来，小康之梦为中国人追寻了二三千年。中国与理想同在，就有了心灵的光辉。到了战国中叶，《孟子》书 9 次讲到“中国”，其空间意义已经拓展到了黄河、淮河、汉水、长江流域的广大地区。《孟子·梁惠王上》曰：“莅中国而抚四夷。”[②]《滕文公上》说：“禹疏九河，瀹（疏通）济漯而注诸海，决汝

① 李学勤主编：《十三经注疏》，《毛诗正义》，北京大学出版社 1999 年标点本，第 1138 页。

② 杨伯峻：《孟子译注》，中华书局 1960 年版，第 16 页。

汉，排淮泗而注之江，然后中国可得而食也。”[①] 这就把中国的幅员与《禹贡》“九州”联系起来，与治理水患使民衣食饱暖联系起来。民以食为天，在黄河、淮河、长江流域，食物的丰收离不开水利。《礼记·王制》说：“中国戎夷，五方之民，皆有性也。”[②] 这是关心中国的中央和东南西北四方风俗民性的多样性，以及多样性的互相沟通。《礼记·礼运》又说：“故圣人耐（能）以天下为一家，以中国为一人者，非意之也（不是只凭自己的主观想法‘以意为之’），必知其情，辟于其义，明于其利，达于其患，然后能为之。”[③] 这是记录下来的孔子之言，视天下人为一家，和睦相处，全国统一，蕴含孔子“大一统”的思想。其余如《大学》《中庸》等儒学主流文献，都使用“中国”一语，思考中国问题。如《中庸》：“仲尼祖述尧舜，宪章文武……见而民莫不敬，言而民莫不信，行而民莫不说。是以声名洋溢乎中国，施及蛮貊；舟车所至，人力所通，天之所覆，地之所载，日月所照，霜露所队，凡有血气者莫不尊亲；故曰配天。”[④] 这里接触了治理中国的人文教化的历史命题。孔子传承尧舜和周文王、武王的道统，使人们的习见、言行莫不敬、信、喜悦。特别讲到喜悦，就是注重天覆地载、日月所照的广土众民的幸福感。到了汉代，“中国”一词就成了广泛的民族共同体意识。从《史记》使用“中国”一词 112 次，《汉书》使用“中国”一词 156 次，就可以证明中国人对自己属于中国的精神关切，已是根深蒂固了。中国人思考问题由此有了民族身份认同的坚实的立足点。

为什么要对“中国”一词进行如此超长时段的历史追踪呢？因为唯有如此，才有力地证明，中华民族的文化共同体的发生，存在与西方民族不同的历史过程。经过超长时段的历史追踪，可以不容置疑地

---

① 杨伯峻：《孟子译注》，中华书局 1960 年版，第 124 页。

② （汉）郑玄注：《礼记正义》卷 12《王制第五》，《十三经注疏》，（唐）孔颖达疏，中华书局 1980 年影印本，第 110 页。

③ （汉）郑玄注：《礼记正义》卷 22《礼运第九》，《十三经注疏》，（唐）孔颖达疏，中华书局 1980 年影印本，第 194 页。

④ （宋）朱熹：《中庸章句》第 31 章，《四书章句集注》，中华书局 1983 年版，第 38 页。

揭示由“中国”一词熔铸的民族意识，并非孤立，也非幻设的，而是在其形成的周、秦、两汉时期，已经存在诸子百家争鸣、五经整理流布、古史记载汇集的丰厚积累，在思维模式上已经有了水到渠成的历史传统。西方民族的发生，根据欧美学者的研究，是在资本主义形成的过程中，即17、18世纪逐渐形成它的民族共同体。他们宣称，这种“想象的共同体”的“想象”，是特殊意义的“创造”“发明”，不是虚构，不等同于捏造、虚假，而是现实的另一种形式。如风靡一时的美国学者本尼迪克·安德森在回答民族主义之谜中，把民族主义（nationalism），或称民族属性（nationness），或是民族归属（nationality）作为特殊类型的“文化人造物”，认为民族主义不应被看成有意识的信奉各种政治意识形态，而应该与文化体系联系在一起，才能真正理解民族主义。包括斯大林也认为，民族国家的形成是资本主义形成和发展的结果。对此，当时中国科学院历史研究所第三所（近代史研究所）的老所长、历史学家范文澜，对民族是资本主义时期形成的观点，表达了不同意见。他认为，中华民族的形成跟西方不一样，我们的民族在秦汉时代已经形成了。①

如前面所述，中华民族经过春秋战国的思想原创和碰撞融合，在秦汉时代就奠定了自己的民族共同体。我们称作汉人、唐人，它的特点就是有汉唐盛世。China现在与“瓷器”同字，但它的发生可能源于“秦人”。公元11世纪黑汗王朝（西方学界称为喀喇汗王朝，QaraKhanids）的马赫穆德·喀什噶里编著《突厥语大辞典》，自称是秦人（即中国人）。连同中世纪阿拉伯、波斯文献多处记载，把黑汗王朝东部的喀什噶尔地区与马秦（于阗）、契丹并列为秦的三个组成部分。天竺人称广州为Cina。历史悠久而不曾中断，民族多元而相互融合，中华民族自秦汉以降，开始形成一个复合形态的民族，所谓“秦汉规模”，所谓“秦汉以来山东出相，山西出将”，所谓“文必秦汉，诗必盛唐”，所谓“历代帝王传国玉玺，从秦汉以来，递相授

① 参见范文澜《试论中国自秦汉时成为统一国家的原因》，《历史研究》1954年第3期。

受”，历代士人都把秦汉视为中华文明史的一个重大关节。至今中华民族在总体民族下统摄有56个具体民族，血肉相连，命运与共，成了人类民族发展史的一个奇迹，说明了这个总体民族拥有非常优秀的“海纳百川，有容乃大”的文化哲学。这种优势的文化哲学，有林则徐的一副对联为证，这就是：“海纳百川，有容乃大；壁立千仞，无欲则刚。”

二 作为文化之精华的开放的“爱国”精神

爱国精神是对中华民族文明起源和存在形态的精神折射，是上述“中国”命名“三千年一贯”的第一个关注点及秦汉时期就形成民族共同体的第二个关注点在文化心理结构上的内化。古中国勤劳智慧的人民有非常丰盛的物质的和非物质的发明创造，足以引起每个成员的自豪感，值得每个成员由衷爱惜和倾慕。

这种爱国意识不是空洞的，而是充实的、脚踏实地的，足以使亿万子民以无限的大爱去拥抱这块神奇的大地。这就是为何《易经》在强调了“天行健，君子以自强不息”之后，又强调“地势坤，君子以厚德载物”。中国大地以其厚德所承载的文明信物，实在是繁花似锦，光彩夺目。根据近百年考古发现，中华民族起源的广泛多元性，已得到了非常可靠的证明。正如一个考古学家所说，中华文明的起源不像一根蜡烛，而像满天的星斗。中国人重世系，就是要把遍地珠玑贯穿为整然有序的珠串。考古发现遍布于黄河、长江、长城南北，陇右，岭南和云贵川，都有早期人类深刻的脚印。最早的稻谷发现在哪里呢？在湖南的道县，在湖南靠近广东的地方。一万多年前的稻谷、陶器和用火痕迹一齐发现，说明中国南方是水稻农业的发祥地，像这么早的农业文明在世界上堪称罕见。帝尧为陶唐氏，《桃花扇》说：“久著仁贤声誉重，中外推戴陶唐。”[1]《老子》说“埏埴以为器”，黏土加水，反复捶击、踩踏制作陶器，都说明中国陶器发明甚早。在河南渑池县仰韶村发现的“仰韶文化”，距今七千年至五千年。出土的彩陶器精彩绝伦，用红、黑彩色绘画出人面形纹、鱼纹、鹿纹、蛙纹与鸟纹，形象逼真生动。彩陶器如水鸟啄鱼纹船形壶、人面纹彩陶盆、鱼蛙纹彩陶盆、鹳衔鱼纹彩陶缸，都是彩陶极品。附饰在陶器上的各种动物塑像，如人面头像、羊头器纽、鸟形盖把、隼形饰、壁虎及鹰，都质朴奇特，妙趣横生，充满人类童年的天真气息。应该看到，放宽我们的空间视野，也就是放宽我们的文明胸襟，从各种彩陶纹样和器物造型上发现了早期人类在原始信仰中，也含有天真和幽默，这种幽默天真灿若漫天霞彩。

爱国精神扎根于苍茫的大地，凝结为图腾的象征物。Totem 一语来源于印第安部族，原始人类以某种自然物的图形作为本氏族的保护神和徽志，就是图腾。龙是华夏民族身份认同的图腾，把爱国精神与“龙的传人”联系在一起。《说文解字》解释：“龙，鳞虫之长。能幽能明，能细能巨，能短能长。春分而登天，秋分而潜渊。”[2] 中国人赋予自己的国族图腾以复合的形态和神奇的能力，蕴含既能包容又能演进的民族品性。在冀北、辽西、内蒙古赤峰市一带发现了红山文化，赤峰出土的玉龙，蜷曲的躯体呈 C 字形，闭嘴伸吻，双眼呈棱形突起，脑后飘拂着鬣毛，被考古界誉为“中华第一龙”。龙飞塞北，翱翔于丰富的祭祀民俗之间，没有出土文物为证，人们岂曾想象得到这种塞外腾龙的文化奇迹？当时还处在母系氏族的时期，牛河梁遗址还发现了女神庙、积石冢和祭坛。出土的面涂红彩的泥塑女神头像，眼珠用两颗晶莹碧绿的圆玉球镶嵌而成，威严而又慈祥地凝视着她的子民的生存和发展。同时还有多具泥塑女性裸体塑像的残体出土，都是以泥涂在人头骨上成像的，人泥合体，作为古人种学的研究标本，可

① （清）孔尚任：《桃花扇》，王季思等校注，人民文学出版社 1958 年版，第 102 页。

② （东汉）许慎：《说文解字》卷 11 下，中华书局 1963 年影印本，第 245 页。

以使中华子嗣第一次见到五千年前用黄土模塑的真实的祖先形象。女神庙或祭祀遗址存在的女性生殖崇拜，折射着母系社会的风俗信仰。红山文化以玉龙和女神头像，撞开了原始文明的遥远而神秘的大门，把中华文明的文化血脉延伸到苍茫绵远的地方。中国考古出土的瑰宝远不止这些，如浙江的河姆渡文化遗存，四川广汉三星堆的青铜文化，河南安阳殷墟的甲骨文，荆州楚墓竹简，西安秦陪葬墓的兵马俑，长沙马王堆汉墓帛书，敦煌石窟壁画、塑像、抄卷，都出土了令世界震惊的文明重器，无不证明了中华文明的源远流长、博大精深。考古带着史前的和历史的烟尘，穿透了文明，也见证了文明，带着遥远的阳光住进今人的心里。

中国的国族意识三千年一贯，在多元起源和多元融合变得精湛宏博、光华万丈，无不激发国人的文化共同体的向心力和凝聚力。爱我中华，也就成了一面国族认同的精神旗帜。一种开放包容又意志坚定的爱国精神，成为中国传统文化的精华，沉积为中国人的一种有责任感的信仰。孔子提倡坚定的气质，说："岁寒然后知松柏之后凋也。"[①] 他在气候变化和物种反应上，寻找人的精神气质与天地精神的契合。屈原作《离骚》，抒写诗人驾玉龙、伴彩凤，以风神、雷师为仪仗，上下求索，去国神游，在东升太阳的明亮光辉中，"忽临睨夫旧乡。仆夫悲余马怀兮，蜷局顾而不行"[②]。他忽然俯瞰生我养我的故乡，自己对国族的眷恋悲情感染得连仆从也悲伤，马也伤怀，退缩回头不肯行走。他在神话想象及人与马的精神感应中，张扬国族意识的感染力。湖南长沙有屈原、贾谊二公的祠堂，对联上写道："亲不负楚，疏不负梁，爱国忠君真气节；骚可为经，策可为史，经天行地大文章。"（清·梁章钜《楹联丛话》卷四）[③] 屈原这种生死与共的爱国怀乡之情，感动了世世代代的中国人，把一个全民同庆的端午节奉献给他，在吃粽子、划龙舟中缅怀他的忠贞爱国、爱民兴邦的情怀。

---

① 杨伯峻注：《论语》，岳麓书社 2000 年版，第 86 页。

② （汉）王逸：《楚辞章句》卷 1，四库全书本，第 24 页 b。

③ （清）梁章钜：《楹联丛话》卷 4，白化文等点校，中华书局 1987 年版，第 44 页。

“爱国”一词，据《战国策》记载，在公元前 3 世纪就出现了。秦国派足智多谋，被称为“智囊”的右丞相樗里疾率领 100 辆马车去访问西周，西周君用 100 名士卒的盛大仪仗出城欢迎，仪式非常隆重。楚王知道以后大为震怒，严词责难周君不该这样重视秦国使者。周的臣子游腾就对楚王解释说：秦国是一个虎狼之国，贪得无厌，凶猛狡猾，有吞灭周朝的野心。周君派手持长柄武器的士兵迎接秦国樗里疾，是为了防备不测，“周君岂能无爱国哉？恐一日之亡国，而忧大王”①。周君难道不爱他的国家吗？唯恐一旦被灭，对您楚国也不利，这是为了大王担忧啊。楚王这才高兴起来。这里的所谓“爱国”，只不过是一种政治策略，尚未沉积为一种内在的坚毅的精神力量源泉。

真正的爱国意识的形成，是秦汉形成民族共同体的派生物。开始成为精神力量源泉的“爱国”意识，是东汉河南颍川的史学家荀悦揭示出来的，他是荀子的 13 世孙，生活在公元 2 世纪。他在《汉纪·惠帝纪》说：“亲民如子，爱国如家。”②《哀帝纪》又说：“视民如子，爱国如家。”③ 这里把国、家、民、子，结合成为一种思想链条，相互阐发，延伸到人的血缘关系之中。自此“爱国如家”成为通常用语，浮出精神文化的地表，开始开花结果。如西晋大臣刘颂《除淮南相在郡上疏》中说：“上下一心，爱国如家，视百姓如子，然后能保荷天禄，兼翼王室。”④ 值得注意的是，“爱国如家”一语融合了中国人的思维方式，将人伦情感混融于政治情感之中，后来发展成“血浓于水”的表述，将爱国精神扎根于人们的血缘情感，成为一种价值源泉、气节根基，形成了一种“家国意识”或“家国想象”。

鲁迅说：“‘发思古之幽情’，往往为了现在。”⑤ 现在指向未来，

---

① （西汉）刘向集录：《战国策》卷 2《西周》，上海古籍出版社 1988 年版，第 50 页。

② （东汉）荀悦、（晋）袁宏：《汉纪》，张烈点校，中华书局 2002 年版，第 72 页。

③ 同上书，第 492 页。

④ （唐）房玄龄等：《晋书》卷 46，中华书局 1974 年版，第 1299 页。

⑤ 鲁迅：《又是“莎士比亚”》，《鲁迅全集》第 5 卷，人民文学出版社 1973 年版，第 629 页。

却在时间的流动中成为往昔。有了这条“爱国如家”的思想链，反观中国文学史上的爱国精神的楷模，历代士人指认出前有屈原，后有杜甫。二人先后辉映，以其卓越的诗篇将爱国精神，注入中国人的灵魂。唐人吴融《渔翁》诗推崇屈原曰：“应嗟独上涔阳客，排比椒浆奠楚魂。”① 清人王士祯等的《师友诗传录》推崇杜甫说：“有宋以来谈诗家，乃祧盛唐诸人，而专宗少陵。……独是工部之诗，纯以忠君爱国为气骨。故形之篇章，感时纪事，则人尊诗史之称。”② 清人薛雪《一瓢诗话》谓：“杜浣花（杜甫）一举一动，无不是忠君爱国、悯时伤乱之心，虽友朋杯酒间，未尝一刻忘之。颠沛不苟，穷约不滥，以稷、契自期。”③ 清人吴乔《围炉诗话》卷一：“诗如陶渊明之涵冶性情，杜子美之忧君爱国者，契于《三百篇》，上也。”④ 爱国作为一种诗性脉络，贯穿于中国文学、文化与文明，成为我们国家民族千年传承的精神潜能。

爱国精神也是与时俱进的，在古代根据国族形势的变化，进行过许多错综复杂的调整；到了近代，面对国际帝国主义的欺凌和侵略，又出现了以救亡图存为基调的现代民族国家意识的自觉。启蒙者、革命者从不同的角度，思考国家的本质、构成、道义及其国际处境和未来命运。在世界民族竞争的视境中的民族国家意识，成了思想启蒙和政治革命的内在驱动力。梁启超《论民族竞争之大势》纵览最近四百年欧美日本的民族国家意识，警悟到“爱国心不盛，而真正强固之国家不能立焉”⑤。于是他提倡“少年中国说”，谓：“今日之责任，不在他人，而全在我少年。少年智则国智，少年富则国富，少年强则国强，少年独立则国独立，少年自由则国自由，少年进步则国进步，少年胜于欧洲则国胜于欧洲，少年雄于地球则国雄于地球。红日初升，

① （清）彭定求等编：《全唐诗》卷686《吴融三》，中华书局1980年版，第7879页。

② （清）郎廷槐等编：《师友诗传录》，《清诗话》（上），上海古籍出版社1978年版，第145页。

③ （清）薛雪：《一瓢诗话》，杜维沫校注，人民文学出版社1979年版，第108页。

④ （清）吴乔：《围炉诗话》卷1，续修四库全书本，第16页a。

⑤ 梁启超：《论民族竞争之大势》，《新民丛报·时局汇编》1902年版，第22页。

其道大光。河出伏流，一泻汪洋。……纵有千古，横有八荒。前途似海，来日方长。美哉我少年中国，与天不老。壮哉我中国少年，与国无疆。”[①] 如此呼唤少年，是呼唤我国家振奋朝气，驱除暮气，成为一个朝气勃勃的奋发进取的文化共同体。为此，他在《呵旁观者文》（《玉篇》：呵，责也）中，痛斥旁观的混沌派、为我派、呜呼派、笑骂派、暴弃派、待时派。麦梦华也提倡国家主人的责任：“惟鼓其爱国之心，张其独立之气，厚其竞争之力，弃野蛮之覆辙，循文明之正轨，则今日腕力之屈者，宁知他日心力之不伸。若其勇于野蛮之横暴，而怯于文明之竞争，来日方长，则四万万之同胞，其将何所托命乎！”[②] 梁氏动用了各种文章形式，激励民族的觉醒，他在政治小说《新中国未来记》第一回中说：“欲将我中国历史的特质发表出来，一则激励本国人民的爱国心，一则令外国人都知道我黄帝子孙变迁发达之迹。”[③] 第三回又说：“法兰西人爱国心最重，岂是学我们中国人一样，任凭这些民贼把他的祖传世产怎么割，怎么卖，怎么送，都当作无关痛痒的么。”[④] 尤为可贵的是，他的爱国意识采取开放的心态，他在《〈改造〉发刊词》中说：“同人确信国家非人类最高团体，故无论何国人皆当自觉为全人类一分子而负责任，故褊狭偏颇的旧爱国主义不敢苟同。”[⑤] 将国家民族意识与全人类的视野相融合，是一种有深度的历史理性意识。广东新会县梁氏宗祠，所悬楹联中，据说有出自饮冰主人梁启超的一联云：“溯千年血统，似续相承，废专制行共和，改革先从家族起；入廿纪盘涡，竞争益烈，以保种为爱国，救时还赖子孙贤。”[⑥] 可见梁启超是中国现代民族意识觉醒的代表性人物，其英气勃勃的文章感人至深。

爱是人生在世的真挚的精神思慕，周敦颐爱莲、陶渊明爱菊、王

---

① 梁启超：《少年中国说》，《清议报全编》第1卷，横滨新民社1900年辑印，第89页。

② 麦孟华：《呵旁观者文》，《清议报全编》第2卷，横滨新民社1900年辑印，第6页。

③ 梁启超：《新中国未来记》，《饮冰室合集》第89，中华书局1988年影印本，第3页。

④ 同上书，第21页。

⑤ 梁启超：《〈改造〉发刊词》，《改造》1920年第3卷第1号。

⑥ （清）李伯元：《南亭四话》卷5《庄谐联话》，江苏古籍出版社2000年版，第263页。

羲之爱鹅、林和靖爱梅、米芾爱石、苏东坡爱砚，爱爱怜怜还惜惜，都体现了一种真切的生命寄托和人文情怀。近代爱国精神的勃兴，体现了经历贫弱挨打的中国人的一个共同心愿和一种真切的生命寄托，就是振兴中华。爱我中华，振兴中华，是中国人的百年之梦。大概在百余年梁启超发表那些提倡爱国精神的文章之前，1895 年，孙中山成立了兴中会总会。为什么叫兴中会呢？就是要振兴中华。孙中山在兴中会章程中明确提出了“振兴中华”的口号，要求会员“心地光明，确具忠义，有心爱戴中国，肯为其父母邦竭力，维持中国以臻强盛之地”[①]。爱国精神的落脚点，就是振兴中华。如今这种融会 13 亿人民的精神，可以激发出无穷无尽的创造力量。改革开放才短短 30 余年，中国便跃居成为世界上第二大经济体。英国有一个学者这样说，21 世纪从什么时候开始呢？21 世纪始于中国的 1978 年，这一年，一个社会主义国家开始从平均主义向市场经济迈出了尝试性的一步，它创造了一个完全不同的历史，中国的转变已经使世界的重心东移。可见这个古老民族在改革开放之中激发出多么大的生命力和创造力，简直不可估量。那种把爱国精神与狭隘民族主义等同观之的论者，是对中国历史和中国文化心胸的隔膜、误解或贬抑，是难以解释中国文化的现代性、开放性和创造性的。

三　立国之根与“海纳百川”的文化哲学

爱国精神是一种包容广大的情怀。既爱东方大地上 960 万平方公里的国土、300 万平方公里的海疆这广袤的地理中国，又爱 13 亿人口的人民中国，还爱五千年文明的文化中国，也爱与世界和睦共进、相互学习的人类中国，这才是全面的爱国情怀。所谓“传统”，是在与

---

① 孙中山：《孙中山自述》，人民日报出版社 2014 年版，第 41 页。

现代性对话中激活了的文化存在。没有现代性，也就没有传统的新生动力。结合文献、考古和文化田野调查来考察这个民族的立国之根和生命之源，有四个基本命题应引起注意：第一，中华民族文化根本的深厚性；第二，文化哲学的包容性；第三，文化血脉的充沛性；第四，文化景观的丰美性。

首先，是中华民族文化根本的深厚性。

文化根本的深厚性毋庸置疑，世界上有哪个国家拥有与我们的“二十四史”媲美的历史记载？《史记》根据口头传统与东周文献，从《五帝本纪》，从黄帝写起。中华儿女自称是炎黄子孙，根据源自口头传统的文献记载，距今五千年前，炎帝和黄帝是两兄弟，炎帝居住在姜水一带，黄帝居住在姬水一带。炎帝文化从陕西向东发展，在冀州与黄帝部族相遇，通过斗争融合，跟东面九黎部族的蚩尤文化发生碰撞，在河北涿鹿把蚩尤打败了。后来黄帝和炎帝又在现在的山西运城地区阪泉也打了一仗，不打不成交，推进了更大规模的部落联盟的融合。蚩尤部族南移，开始了开拓生存空间，与南北部族融合的艰难过程。可见，融合有互相交往的方式，也有互相战争的方式。战争对于部族而言，是流血的、残酷的、痛苦的事情，但是通过交手而交心，可以在愈来愈深的程度变得你中有我，我中有你。中原地区通过曲折过程，付出多重代价形成了炎黄文化。炎黄文化是华夏民族的祖根。人们口耳相传，把很多最早的发明，比如把播五谷，尝百草，发明农耕和中医中药，记在炎帝神农氏的身上；又把用火、熟食、造车、造衣服、造文字，这些功劳记在了黄帝的身上。黄帝的妻子嫘祖养蚕织布，蚕丝是中国人的发明。当西方用大麻、兽皮做衣服的时候，我们考古发现最早的蚕丝织品，浙江良渚文化遗址出土，已有五千多年。这是中华民族对人类的杰出贡献。后来演化出丝绸之路和海上丝绸之路，为中国文明走向世界开拓出横贯万里和烟波万顷的通道。把文明的脚印记在圣人的账上，折射着中国人把创造发明视为神圣、奉为信仰的尊敬心态。

跟黄帝有关的创造中，传为黄帝的史官仓颉造字，是人类由野蛮走向文明的坚实脚步。汉字成了中国文化的根中之根。仓颉或说是河南人，或说是陕西人。河南南乐县仓颉墓，有北宋名相寇准祭拜仓颉庙时留下的古碑对联："盘古斯文地，开天圣人家。"仓颉创造文字，是一种惊天动地的智慧，西汉刘安《淮南子·本经训》说："昔者仓颉作书，而天雨粟，鬼夜哭。"① 鲁迅说："我还见过一幅这位仓颉的画像，是生着四只眼睛的老头陀。可见要造文字，相貌先得出奇，我们这种只有两只眼睛的人，是不但本领不够，连相貌也不配的。"② 早期人类用绳子打结来记事，也如鲁迅所说："我们那里的乡下人，碰到明天要做一件紧要事，怕得忘记时，也常常说：'裤带上打一个结！'"（《且介亭杂文·门外文谈》）③ 后来把文字刻在竹片、木头和甲骨上，这是一个了不起的发明。汉字的创造，对国家的统一和稳定，对民族共同体的万世长存起了关键的作用。汉字以其独特的字形承载千古文化内涵的能力，在世界上是首屈一指的。因为我们使用象形文字，文字形态比较稳定，具有跨时空、超方言、超语音，因而可以达至大时空的融合和凝聚的特性。文字史也就蕴含民族认同的历史。在时间上，秦汉时代、唐宋时代和我们现在，说话发音不能说没有变化，但是古今一贯的文字形态把我们的历史紧紧地串起来了。从空间上说，中原和江浙、闽粤，方言有很多，互相听不懂，如果用拼音字母做我们文字的话，广东就得有客家话、潮汕话和广州话三种文字。语言学家把中国各地的方言分为八大方言区，如果没有汉字的贯通功能，中国可能早就分裂成几十个国家了。拼音的方法容易在会话语音变动的隔膜中，潜移默化地产生民族的离心力。欧洲为何小国林立，不能排除它们用拼音文字的原因。比如德国和比利时的语言，或者荷兰和英国的语言，它的距离并不比中国北方话和广东话距离大，但是因为用的是记音文字，所以就很难将这些国家维持成为一个文化共同体。法语、意大利语、西班牙语、葡萄牙语之间的差别比中国方言的

① 何宁：《淮南子集释》（中），中华书局1998年版，第571页。
② 鲁迅：《鲁迅全集》第8卷，人民文学出版社2014年版，第202页。
③ 鲁迅：《门外文谈》，《鲁迅全集》第6卷，人民文学出版社1973年版，第90页。

差距小得多，但它们都是独立的国家。所以，汉字是人类文化史上一个非常宝贵的发明，是中华民族史上非常值得珍惜的传家宝。这种文字源远流长，也能超越国界，传播到海外。在历史上，朝鲜、越南和日本都曾经使用汉字，至今日本字还是汉字和假名的混合文字。这就是汉字的外溢能力。内聚和外溢，使汉字成了人类语言的奇迹。

由于有了这么一个民族文化的根，当民族出现了危机，需要用革命和救亡的方法获得自己新生的时候，我们往往就想起了黄帝这条“祖根”。中国资产阶级搞革命的清朝末年、光绪二十九年，有个叫刘师培的资产阶级革命家就提出中国要用黄帝诞生的那一年作为纪元记年，用这种方法来提醒人民民族的感觉。光绪二十九年，也就是1903年，是黄帝降生4614年。孙中山在1912年1月1日宣布就任中华民国临时大总统，按黄帝登基算起，宣布黄帝纪元是4609年11月13日。如果按这种算法，现在（笔者讲演的时间）是黄帝纪年4712年了，这就是我们何以说中国有五千年文明史。当然我们考古发现，七千年前中国土地就出现了人类文明的多元足迹。孙中山宣布民国元年的时候改为基督纪元，这在中国是很大的事件。中国过去改朝换代，叫作“改正朔”，正就是正月，一年之始；朔就是朔日，一月之始。改朝换代就要根据天人关系，改变历法，即所谓“古之王者必改正朔，易服色，异度数”①。因此，改用公元纪年对于古老的中国，是一个很重要的面向世界的精神史转变。我们既然改用了公元，改用了世界上通用的时间体制，说明中国要在世界民族之林中竞争生存，奋斗发展。这里表现的是一种开放的心态。开放与爱国并举，从黄帝时代传下来的这条粗壮绵长的文明“祖根”在改革开放中获得无比强劲的生命力。

其次，中华民族文化哲学的包容性。

中华民族有一种优异的文化哲学，就是具有广博的文化包容性，

---

① （清）顾炎武：《日知录集释》，（清）黄汝成集释，栾保群、吕宗力校点，上海古籍出版社2006年版，第428页。

以包容性来滋育生生不息的民族之根。“容”的偏旁“宀”是房屋，可以遮风挡雨，荫庇万物；下面的“谷”字是空虚的山坳，如《老子》所说：“江海所以能为百谷王者，以其善下之，故能为百谷王。”[①]也就是以谦虚宽厚的态度容纳天下人类的德行和智慧。这种包容性以炎黄根脉为大宗，对不同部族之间的血缘差异、习俗差异，以海纳百川的文化胸襟包容起来。历史学家陈寅恪讲“中国是文化重于种族”，就是发现在东方大地上不同的种族之间的矛盾可以用文化来化解和包容，以和为贵，和而不同，在这个层面上的不同可以生发出更高的文化层面上融合。而西方一些种族的冲突，文化就推波助澜，包容不了，所以我们中央民族学院可以有 56 个民族一起唱歌跳舞。中国土地上文化和种族之间的良性张力和容纳力，使得我们的文化和文明形成了泱泱大国的格局和风范。钱穆（宾四）是继陈寅恪之后的一个大历史学家，他在《国史大纲》中把中国文化和西方文化比较，说：“中国史如一首诗，西洋史如一本剧。”[②] 一本戏总要落幕，所以有不同的变化，经常在很强烈的冲突之后就落幕了。而一首诗在和谐的节奏中转移到一种富有声情美的新阶段，令人不可截然划分。所以诗代表中国文化最美的部分，而戏剧在中国上古文化中不占多大的比例。而西洋恰恰相反，古代戏剧是文学的最高境界。钱穆还把秦汉王朝与西方约略同时出现的罗马帝国相比较，把二者的社会结构形态作了一个比喻，说罗马帝国就像大屋子里面悬着一盏巨大的灯，而秦汉王朝就像大屋子的四周点燃很多的灯互相映照。罗马帝国是用强光征服人家，但是只要这盏灯一灭，整个屋子都暗了，而秦汉王朝群灯映照，相互交融，只灭一只灯，其他灯还是发光的。所以罗马帝国曾经跟秦汉帝国是一个势均力敌的大帝国，但是它延续一段时间就灭了，秦汉虽然经历了很多波折，但是作为一个民族还是生生不息地延续下来了。这种中西文明性格和命运的差异，给人深刻的文化哲学的启示。

---

① （魏）王弼注：《老子道德经注校释》，楼宇烈校释，中华书局 2008 年版，第 169 页。
② 钱穆：《国史大纲·序》，商务印书馆 1991 年版，第 13 页。

大唐盛世，是中国文化包容哲学的高度发扬，形成了中原民族与周边民族共同创造文明的壮丽的文化景观。唐太宗说："自古皆贵中华，贱夷、狄，朕独爱之如一，故其种落皆依朕如父母。"[①] 唐朝贞观四年（630），大破东突厥，于是西域、北荒诸蕃君长，聚集长安，尊崇唐太宗为"天可汗"，意思是"天下总皇帝"。有如《资治通鉴》卷一百九十三记载："四夷君长诣阙请上（唐太宗）为天可汗，上曰：'我为大唐天子，又下行可汗事乎？'群臣及四夷皆称万岁。是后以玺书赐西北君长，皆称天可汗。"[②] 中原天子接受带有"胡儿气"的称号，可见心胸之开放性、包容性。继唐太宗之后，唐高宗、武后、中宗、睿宗、玄宗、肃宗、代宗都曾接受天可汗的尊号，历时约一个半世纪。《唐会要》卷一百云："（贞观）四年三月，诸蕃诣阙，请太宗为天可汗。方下制，今后玺书，赐西域北荒之若长，皆称皇帝天可汗。诸蕃渠帅有死亡者，必下诏册立其后嗣焉。统治四夷，自此始也。"[③]"天可汗"制度体现了大唐帝国的旷世魄力，除了是"唐朝皇帝"的荣誉称号之外，还是一种有实质意义的国族之间的组织体系，以维持当时各同盟国族的商品贸易、礼仪交往和集体安全。元稹《和李校书新题乐府十二首·法曲》诗云："女为胡妇学胡妆，伎进胡音务胡乐。……胡音胡骑与胡妆，五十年来竞纷泊。"[④] 中原的雕版印刷、诗歌、典籍、礼俗、丝绸流传域外，域外的奇货、音乐、舞蹈、宗教涌入中原，商队、商船络绎不绝，初步形成了多元一体的文明形态。

出诸这种包容性文化哲学的实践功能，中华大地各民族的融合提速推进。现在根据 DNA 的检测来绘制中华民族的血缘地图，结果北方的汉族和北方少数民族血缘相近的程度，超过了北方的汉族和南方

---

① （宋）司马光编著：《资治通鉴》卷 198《唐纪十四》，（元）胡三省音注，中华书局 1956 年版，第 6247 页。

② （宋）司马光编著：《资治通鉴》卷 193《唐纪九》，（元）胡三省音注，中华书局 1956 年版，第 6073 页。

③ （宋）王溥：《唐会要》卷 100，中华书局 1955 年版，第 1796 页。

④ （清）彭定求等编：《全唐诗》卷 419《元稹》，中华书局 1980 年版，第 4717 页。

的汉族；而南方的汉族和南方少数民族的血缘接近程度，也超过了南方的汉族和北方的汉族。唐人王建《凉州行》在“凉州四边沙皓皓……年年旌节发西京”中发现，“多来中国收妇女，一半生男为汉语。蕃人旧日不耕犁，相学如今种禾黍。驱羊亦着锦为衣，为惜毡裘防斗时。养蚕缫茧成匹帛，那堪绕帐作旌旗。城头山鸡鸣角角，洛阳家家学胡乐”[①]。中华民族在各族群生产生活方式互渗的历史发展过程中，汉族吸收了很多古民族和部族，包括游牧族群和蛮夷族群的文化因素。以文化作为纽带，加强了族群间的浸染，比如说当年的鲜卑人、契丹人、西夏人到哪里去了，许多都融合到汉族混合族群中了。当然有一部分还保留或衍化，但是不少人跟汉族通婚，改用汉姓，改从汉俗，也就融进了不以种族纯粹为第一义的汉族之中，所以才产生南北汉族血缘差异比较大的情况。

与中华民族包容性文化哲学南辕北辙的，是西方现在有些敌对势力对“台独”分子、达赖集团、分裂势力给予支持，当然主要是因为价值观、国家利益跟我们不同，另外他们并不了解中华民族是怎么形成的，基因中存在何种文化哲学。某些霸权国家倚重以分裂的办法，去解决民族之间的差异，结果搅得生灵涂炭，而中华民族是用和合方式、互相兼容方式实现民族的和谐统一。欧洲人到美洲殖民后，对印第安人掠夺、屠杀，几乎灭绝种族。我们在辛亥革命前宣传排满，宣扬“驱除鞑虏”，但在革命过程中虽然有一些顽固的满人官僚在少数地区被杀，但是并没有出现种族灭绝的状况，被杀的满族人是很少的。而建立中华民国之后，很快提出汉、满、蒙古、回、藏五族共和，在共和体制中注入“和为贵”的文化基因。中华民族是富有包容性的民族，并不是说革命前宣传时，为了激励汉人起来革命，宣传激进的口号，在革命中和革命后就采取不共戴天的极端手段，相反，在历史进程中还是采取融合的方法，追求五族共和之境。

中华文化的分布，有其得天独厚之处，它的腹地存在两条世界级

① （清）彭定求等编：《全唐诗》卷298《王建》，中华书局1980年版，第3374页。

的大江河，一条黄河，一条长江，它们滋育了中华民族族群生存承续力和文化生命力。黄河文明加上长江文明，就像巨大无比的一双筷子，可以夹起各种肥肥瘦瘦的文化肉片，不管是鸡肉、狗肉、牛肉、马肉，在文明发展的大餐上具备大加施展的充分余地。在中世纪的漠北草原上，从兴安岭一直到欧洲东侧，戎马关山，兴起了强悍的草原帝国。冷兵器时代，农业文明靠着高大的城墙阻挡它的马队，通关互市，但是一旦草原民族统一漠北，它的强劲冲击力是长城难以抵挡的。靠什么阻挡它的锋芒？靠长江天堑。金人李汾《汴梁杂诗》云："天堑波光摇落日，太行山色照中原。……谁知广武英雄叹，老却穷途阮步兵。"[①] 游牧民族入主黄河流域之后，中原地区很多的大家族比如说河南谢氏家族、山东的王氏家族就来到了南方，把长江流域发展得比北方更加繁华。长城挡不住善于马战的游牧民族，但是长江挡住了它，因为不善于水战，十万铁骑渡过长江，展开阵势，谈何容易。曹操带着 80 万北方大军，到了荆州就折戟沉沙。"滚滚长江东逝水，浪花淘尽英雄。"金主完颜亮是金朝第四代皇帝，建都北京的第一人，据说他读了柳永词《望海潮》，神往"东南形胜，三吴都会，钱塘自古繁华"，"有三秋桂子，十里荷花。羌管弄晴，菱歌泛夜，嬉嬉钓叟莲娃"的南都繁盛，赋《题临安山水》诗云："万里车书一混同，江南岂有别疆封？提兵百万西湖上，立马吴山第一峰！"[②] 萌生了投鞭渡江，灭亡南宋，一统天下的野心，却在长江采石矶一带，被南宋劳军的一介书生虞允文搜集的船只，以 1.8 万人挫败了完颜亮的 30 万大军。这就在长江文明和黄河文明之间形成了"太极推移"，你推过来，我推过去。尽管《礼记・王制》曰："中国戎夷，五方之民，皆有性也，不可推移。"[③] 但在太极推移的历史实践中，民性民风发生了许多

① （金）李汾：《汴梁杂诗》，（金）元好问编《中州集》卷 10，中华书局 1959 年版，第 492 页。

② 张学淳编：《千古绝句　赏析辽金元明清诗》，上海社会科学院出版社 2013 年版，第 12 页。

③ （汉）郑玄注：《礼记正义》卷 14《梓材第十三》，《十三经注疏》，（唐）孔颖达疏，中华书局 1980 年影印本，第 96 页。

实质性的变化。北方少数民族滞留在黄河地区，日渐中原化；北方汉人把中原文明带到南方，又浸染了百越文化，于是不断南北融合，使中华民族的规模发展得越来越宏大。

中华民族还有一种可圈可点的文化态度：就是不欺生，能够“见贤思齐焉”，使得各地域、各部族创造的文化精华由此可以共享。据傲心、嫉妒心，是族群交往的大忌。唯有见贤思齐，抛弃一己之私欲、一己之偏见，才能带来族群间的和谐相处，共同发展。“共”原是“拱”的本字，拱手谦让，才能荣辱与共。段玉裁《说文解字注》曰：“拱，沓手也。……凡沓手，右手在内，左手在外，是谓尚左手。男拜如是，男之吉拜如是，丧拜反是。左手在内，右手在外，是谓尚右手。女拜如是，女之吉拜如是，丧拜反是。”[①] 可见这种谦恭的礼仪，是非常庄重的。唯有庄重而谦恭，才能做到如唐人薛稷所云：“博古强学，见贤思齐，一善或同，千载相遇。”[②] 孟子说舜帝是东夷人，他耕种的地方在历山，就是现在济南的千佛山一带，到济南千佛山还可以看到舜帝的庙。舜帝不仅成了儒家仁德的楷模，而且有苗不服，舜帝“乃修教三年，执干戚舞，有苗乃服”[③]，就赢得南方的三苗心悦而诚服。舜帝收服了湖南一带的三苗民族，最后葬在九嶷山。他的两个妃子娥皇、女英也追随南到洞庭，如晋朝张华《博物志》卷八所说：“帝崩，（舜之）二妃啼，以涕挥竹，竹尽斑。”[④] 杜甫《奉先刘少府新画山水障歌》诗云：“不见湘妃鼓瑟时，至今斑竹临江活。”[⑤] 毛泽东《答友人》诗云：“斑竹一枝千滴泪，红霞万朵百重衣。”在屈原作《九歌》祭“二湘”之后，人们把湘水的神灵，转托给舜帝及二

---

① （清）许慎：《说文解字注》卷12上，（清）段玉裁注，上海古籍出版社1981年版，第23页。

② 周绍良编：《全唐文新编》第2部（第1册），吉林文史出版社2000年版，第3122页。

③ （清）王先慎：《韩非子集解》卷19《五蠹第四十九》，钟哲点校，中华书局1998年版，第445页。

④ （晋）张华：《博物志校证》卷8《史补》，范宁校证，中华书局1980年版，第93页。

⑤ 聂巧平注释：《唐诗三百首》，崇文书局2012年版，第202页。

妃。本来舜帝是生于东夷民族的，在济南一带耕作，但是湖南九嶷山、洞庭湖的南蛮部族并不把他当成外人，而当成同一个民族的象征，共享他的仁孝道德。

大禹治水的伟业，是中华民族性命攸关的生存工程，因为洪水对早期农业文明是一个很大的威胁。历史记载，大禹出自西羌，与古羌族关系密切。《蜀王本纪》说，大禹生在发生过大地震的汶川（又称汶山郡），他在梓潼县（现在四川绵阳的东北部）用直径一丈二的梓树造了第一艘独木舟。《埤雅》说："梓为百木长，故呼梓为木王。"[①]这是用木王承载人王。大禹治水疏通了江淮，又破山通河，凿开龙门。大禹娶的妻子在安徽的涂山，《华阳国志·巴志》记载："禹娶于涂，辛、壬、癸、甲而去，生子启呱呱啼不及视，三过其门而不入室，务在救时，今江州涂山是也，帝禹之庙铭存焉。"[②] 孟子对大禹治水的精神大加表彰，《孟子·滕文公上》说："禹八年于外，三过其门而不入。"[③] 李白《公无渡河》诗称赞："大禹理百川，儿啼不窥家。"[④] 现在涂山上有禹王庙，还有启母庙，我们过去总以为"禹会诸侯于涂山"是一个神话传说，但是考古学家在涂山南麓、淮河东岸的禹会村，发现了四千多年前部落活动的迹象，所以考古学家说"禹会涂山"得到了证明。而且在安徽的蚌埠还有双墩遗址，这是七千多年前古民的一个垃圾堆，发现了很多陶碗碎片，每个碗底有一个字符，共有 600 个字符，有些字符的形态竟然跟甲骨文可以互相参照。殷墟甲骨文是三千多年前的遗物，现在竟然发现了如此多的七千年前的字符。尽管每个碗底一个字，还形不成句子，不能释读，但是已有造字结构，则是不须怀疑。埃及文字最早是五千年，这些字符竟然是七千年！大禹要教化九夷，死在会稽（现在的绍兴）。一个人生在四川，

① （宋）陆佃：《埤雅》，中华书局 1985 年版，第 360 页。

② （晋）常璩：《华阳国志校注》卷 1《巴志》，刘琳校注，巴蜀书社 1984 年版，第 20—21 页。

③ （清）焦循：《孟子正义》卷 11《滕文公上》，沈文倬点校，中华书局 1987 年版，第 377 页。

④ （清）王琦注：《李太白全集》卷 3《乐府》，中华书局 1977 年版，第 160 页。

又凿开龙门，又会诸侯于涂山和会稽，这在古代的交通条件下是很难设想的。这说明我们中华民族的一些部族对另外一个部族的英雄不是排斥，而是认同、接受，共享公而忘私、民为邦本、艰苦奋斗的大禹文明。大禹遗址的广泛分布，反映了众多部族闻说大禹事迹，采取的是包容共享的态度。

笔者在英国参观伦敦西敏斯特教堂，那里埋葬了很多英国大名人，例如弥尔顿、拜伦，莎士比亚尸骨在故乡，却也在那里为他设个灵龛。那一年参观时，问在里面巡逻的一位老人，有没有詹姆斯·乔伊斯，他很生气：这个人是搞爱尔兰独立运动的，你到都柏林去找！英国有莎士比亚，爱尔兰有詹姆斯·乔伊斯，不妨在文化上兼容互补，何必摆出“非我族类，其心必异”的面孔？中华民族对东夷的舜帝、西羌的大禹，都采取“见贤思齐”的雍容大度，纳入中华民族的发展脉络之中。庄子说：“嗜欲深者，天机浅。”[①] 孔子说：“君子不以人废言，言有可取，安得而不取之？”[②] 包容才能把事业越做越大，关起门怎么能做大？中华民族越做越大，就是由于我们存在“有容乃大”的文化哲学基因。

四 充沛的文化血脉与丰美的文化景观

再次，中华民族文化血脉的充沛性。

文化如水，畅流天地，润物无声。充沛，乃是百川归海的气象。唐朝释玄应《一切经音义》卷十六说：“沛，水波流也；沛，亦大

---

① （清）王先谦：《庄子集解》卷2《大宗师第六》，中华书局2006年版，第56页。

② （宋）朱熹：《论语集注》卷8《卫灵公第十五》，《四书章句集注》，中华书局1983年版，第166页。

也。”[①] 这需要我们拥有苏轼所说的“天覆群生，海涵万族”的历史观。水之性、水之德，老子讲得很清楚，由此升华出“水的哲学”。这就是《老子》书中所说：“上善若水。水善利万物而不争。处众人之所恶，故几于道”；“江海所以能为百谷王，以其善下之，故能为百谷王”；“天下柔弱莫过于水，而攻坚强莫之能先”。[②] 有了这种水一般的智慧，有了这种“天覆海涵”的胸怀，就可以在具体的历史认知中，还古人以古人应有的伟大，还现代人以现代人应有的充分的创造空间，不要古今互相埋怨，而要古今互通智慧。古今疏通，才能源流充沛。中国文化血脉有诸子百家、三教九流、经史子集、四库与四野，少数民族三大史诗以及民间百戏百艺，其丰富性和浑厚性都值得我们进行深度的现代性阐释、批判、转化和弘扬。

讲文化血脉当然要讲孔子，孔子文化当然是民族传统文化的主流所在。笔者最近出版《论语还原》百万言，就专门阐释《论语》和孔子文化地图是如何发生，如何被建构的。要摸清核心的文化家底，才能使现代文化的创造根底扎实，元气丰沛。在清朝末年，革命派重族性，提倡用黄帝纪年；维新派重文化，康有为提出用孔子纪年，把孔子诞生之年为元年，康有为《礼运注·序》中，以孔子降生之年为纪年，把光绪十年（1884）甲申冬至日，署为孔子 2435 年。康有为、梁启超等人在光绪二十一年（1895）十一月创办《强学报》，开始使用孔子纪元，是孔子 2446 年，孔子诞生到现在是 2566 年。其后康有为企图把孔教申请成为国教，但没有做成。孔子是一个伟大的老师，并非宗教教主。孔子给中华民族提供了可以作为思想起点的一整套智慧，但他并不以“天纵之圣”自居，认为可以于此止步不前，当一个“啃圣人族”就心满意足了。孔子的思想，一讲起来可能就数出仁义道德、礼义廉耻等，其为历朝统治者定为官方意识形态的保守倾向和

---

① 徐时仪校注：《一切经音义三种校本合刊》（中），上海古籍出版社 2008 年版，第 1496 页。

② （魏）王弼注：《老子道德经注校释》，楼宇烈校释，中华书局 2008 年版，第 20、169、187 页。

不适于现代生活之处，在“五四”以后的很长时间里，受到严峻的批判。但是本人觉得，现代大国应有“天覆海涵”的胸怀，出以郑重的历史观，还古人应有的伟大，还现代人充分的创造空间，不要古今互相埋怨，而要释本真之义，通古今之怀，才能在智慧上达到“双赢”。

如果要从孔子思想中找精华，起码可以找出八个方面，或称“孔学精华八端”，第一个思想：仁，“泛爱众，而亲仁”，“夫仁者，己欲立而立人，己欲达而达人”①，实际上就是博爱思想。《中庸》孔子回答鲁哀公问政说：“仁者，人也。”这就是要把人当成人来对待，把二人相需作为社会关系原则的起点。《孟子·尽心下》引申说：“仁也者，人也。合而言之，道也。”②《孟子·告子上》又说：“仁，人心也。义，人路也。舍其路而弗由，放其心而不知求，哀哉!”③这就把仁与人、人心、道，贯通起来。朱熹的再传弟子真德秀，把《孟子》此言录入儒家的《心经》。总之，能够博爱众生，就是圣哲情怀。

第二个思想：忠恕，“己所不欲，勿施于人”。这属于道德黄金律，人类若能认同此也，则天下太平焉。笔者曾经到刘邦的家乡沛县，一座大风歌碑高耸于斯。《史记》记载刘邦斩白蛇起义，是赤帝之子斩白帝之子，证明刘邦建立汉朝是一种天命。但到了大风歌碑博物馆里，听到的是另一个民间故事，刘邦拿出剑斩白蛇的时候，白蛇说话了：你斩我脑袋，我就报复你的脑袋，你斩我的尾巴我就报复你的尾巴。刘邦一剑把中间斩断了，结果就有一个王莽，把东汉和西汉从中间斩断了。民间说报应，暗示“己所不欲，勿施于人”的处事原则。孔子弟子问孔子，有没有一个字可以让人受用一辈子呢？孔子就说了一个“恕”字，以自己的心推想别人的心，不要损人利己，自己发达也要使别人发达。《中庸》中“子曰：道不远人……忠恕违道不

---

① 程树德：《论语集释》，中华书局1990年版，第428页。

② （清）焦循：《孟子正义》卷28《尽心章句下》，沈文倬点校，中华书局1987年版，第977页。

③ （清）焦循：《孟子正义》卷23《告子上》，沈文倬点校，中华书局1987年版，第786页。

远，施诸己而不愿，亦勿施于人。”[①] 所提倡的是尊重他人、平等待人，不要把自己不情愿的要求强加给别人。这个思想对人类以坦荡胸怀处理人际关系，是情理中蕴含圣洁。

第三个思想：是由他的弟子有子传达出来的，“礼之用，和为贵”[②]。这也是源自孔子思想，孔子对鲁哀公说过：“圣人为能和，乐之本也。”（《吕氏春秋·慎行论》）从孔子思想派生出来的《易经·乾卦·彖》曰：“大哉乾元，万物资始，乃统天。……乾道变化，各正性命。保合大和，乃利贞。首出庶物，万国咸宁。”[③] 就是说，能够包容博大，才能集合四方为统一的整体。和平共处、和衷共济，才能万国咸宁，世界太平。《说文解字》又将“和”解释为“相应也”。这就是《老子》说的“音声相和”，你唱我和，互相呼应。由此可以达到《广雅》所云：“和，谐也。”相互协调而成和谐社会、和谐世界。

第四个思想：好学勤勉。《论语》开宗明义：“学而时习之，不亦乐乎？”学习是孔子的第一道遗训。孔子还不厌其烦地讲“三人行，必有我师焉”；“学而不思则罔，思而不学则殆”；“敏而好学，不耻下问”。孔子甚至把“好学”当成自己比忠信更突出的行为标志，他说：“十室之邑，必有忠信如丘者焉，不如丘之好学也。”[④] 他是把“吾十有五而志于学”，当作自己文化生命的真正开端。

第五个思想：有教无类，不分贫富贵贱等级而进行文明化育。春秋以前，“学在官府”，成为贵族子弟读书做官而接受教育的特权，孔子把官学变成私学，以期培养一批君子贤人布道从政。他提出的“有教无类”的教育思想，打破了贵贱、贫富、华夷的界限，弟子三千来自鲁、齐、晋、宋、陈、蔡、秦、吴、楚列国。有出身贵族阶层的，如南宫敬叔、孟懿子、司马牛；更多来自平民家庭的子路、颜回、闵子骞、仲弓、子贡、曾参、冉有、子夏、子张、公冶长；还有“蛮夷

---

① （宋）朱熹：《中庸章句》第 31 章，《四书章句集注》，中华书局 1983 年版，第 23 页。
② 程树德：《论语集释》，中华书局 1990 年版，第 46 页。
③ （唐）孔颖达正义：《周易正义》卷 1，《十三经注疏》，中华书局 1980 年版，第 14 页。
④ 程树德：《论语集释》，中华书局 1990 年版，第 358 页。

之邦”的吴国子游、楚国人公孙龙和秦商。他甚至还想到“九夷”之地施教，《论语·子罕篇》云：“子欲居九夷。或曰：‘陋。如之何?’子曰：‘君子居之，何陋之有?’”[①] 陋就是不文明，君子型的文化辐射可以化野蛮而趋于文明。

第六个思想：结交朋友，要交好朋友，交有益的朋友。益友有三种：友直、友谅、友多闻。要选正直、诚信、博学多闻的人来交往。《易经·兑卦·象辞》：“君子以朋友讲习。”孔颖达疏曰：“同门曰朋，同志曰友，朋友聚居，讲习道义，相说之盛，莫过于此也。故君子象之以朋友讲习也。”[②] 所谓“同志曰友”，就是益友，而不是损友、狎友，讲求的是讲习学问，共襄道义，陶铸人格，形成一种社会的正能量。

第七个思想：讲究气节、意志。孔子提倡“修己以敬”，“敬事而信”，“言忠信，行笃敬”，“岁寒，然后知松柏之后凋也”。意思是：天气冷了，才知道松柏是最后凋零的。他把耐寒植物与人的气质相比拟，输入了直观的以树喻人的原始思维，从而沟通了人心与天地之心。孔子又强调“三军可以夺帅，匹夫不可夺志”。把军事统帅与匹夫相提并论，强化了意志的根本性。在《孟子》的阐发中，又与大丈夫的浩然之气相联系，说是：“夫志，气之帅也。”志的价值，在《国语·晋语》又突出其道德内涵，宣称：“志，德义之府也。”这就和文天祥《自赞》所说的“孔曰成仁，孟云取义。惟其义尽，所以仁至。读圣贤书，所学何事？而今而后，庶几无愧”[③]，在意志气节上一脉贯通了。

第八个思想：发愤图强，任重道远。孔子让他的弟子怎么介绍他呢？介绍孔子做人“发愤忘食，乐以忘忧，不知老之将至”。他重要的弟子曾子说：“士不可以不弘毅（意思：志向宏大，意志坚定），任

---

① （宋）朱熹：《论语集注》卷5《子罕第九》，《四书章句集注》，中华书局1983年版，第113页。

② （唐）孔颖达正义：《周易正义》卷6，《十三经注疏》，中华书局1980年版，第79页。

③ （宋）文天祥：《文文山全集》，国学整理社1936年版，第503页。

重而道远。”阐发孔子思想的《易经·乾卦·象》曰：“天行健，君子以自强不息。”君子取法上天刚健、运行不息之象，以天道塑造理想人格，而奋发进取、自强不息，是一个民族蓬勃发展的精神动力。1914 年，梁启超在清华大学作题为“君子”的演讲时，即以此激励清华学子发愤图强：“君子自励犹天之运行不息，不得有一曝十寒之弊，且学者立志，尤须坚韧强毅，虽遇颠沛流离，不屈不挠；若或见利而进，知难而退，非大有为者之事，何足取焉。人之生于世，犹舟之航海，顺风逆风，因时而异。如必风顺而后扬帆，登岸无日矣。”[①]

上述孔子思想，强调仁、恕、和、学、教、友、志、强八个字。而所有这些都贯穿以仁，统摄于礼，驱动以诚，落实以敬。孔子思想，是早期人类关于人际关系、人间伦理和社会秩序的合理化思考所得的智慧之果。品其果，须探其根，它有三个重要来源：第一，周公的礼乐制度；第二，孔夫子是宋国的后代，继承了商朝的祖宗崇拜而发展出“孝”文化；第三，孔夫子仁义道德的“仁”字从哪里来的？一个重要途径是从东夷民族来的。因为《说文解字》《汉书·地理志》《后汉书·东夷传》都记载“夷俗仁”，“仁而好生，万物柢地而出”，“东夷天性柔顺”，不同于南蛮、西戎、北狄。孔子欲居九夷，老是讲：我的道行不通的话，要乘坐小木筏子漂浮出海。孔子说要到九夷居住，“君子所居，何陋之有”。这就是刘禹锡《陋室铭》中“孔子云：何陋之有”的出处。他还说过“天子失官，学在四夷”这类话。东夷散布在今山东、淮河流域，甚至包括辽东、朝鲜半岛。这些部族处理人和人之间的关系、人和自然之间的关系，是采取和睦、柔顺、友好、好生的态度，跟野蛮强悍的其他边远部族不一样。孔子最核心的思想竟然来自少数民族的部族，这一点就可见孔夫子的高明之处，在于把民间的习俗、少数民族部落的民俗转化到中华民族的核心思想之中。人们总是说，孔子严于华夷之辨，那是后儒的发挥，至于孔子本人的华夷之辨却潜存另一种开明的眼光。

---

① 梁启超：《君子》，《清华周刊》1914 年第 20 期。

最后，中华民族文化景观的丰美性。

一个民族文化要有原创性，原创推动发展。但有原创性没有共享性，只是三五个人在那里孤芳自赏，老百姓对之茫然无知，这种文化就会后继乏人，容易中断。原创性要与共享性结合起来，才能创造民族文化新的辉煌。有如苏东坡诗云：“行看花柳动，共享无边春。”或如朱熹诗云：“等闲识得东风面，万紫千红总是春。”原创性与共享性相结合，借骀荡东风，催生文化的满园春色是也。

中华民族经过长期发展和广阔地域上多民族互相吸收、包容共进，创造了千姿百态的文化艺术形式。比如烹饪术，中国初民，也用过叉子吃饭。在黄河上游的齐家文化遗址中出土过一枚骨质餐叉，为扁平形的三齿叉，样子相当接近于我们现代餐桌上的餐叉，这说明中国在五千年前就使用了餐叉。一直到商、周时代，不少地下遗址中都发现过餐叉。在使用餐叉上，几千年前的古中国人就没有让西方人专美。更了不得的是，中国人往往把烹饪术和治国术联系在一起，商朝的开国贤相伊尹，从一个陪嫁的奴隶以烹调术说动商汤王，最终推翻了夏桀的统治，可见烹饪术与建国、治国存在深刻的关系。《老子》所说：“治大国若烹小鲜。”治理一个大国就像烹一条小鱼一样，不能老翻它，得顺其自然，老翻小鱼就烂了，政策也是不能翻来翻去。这也是烹饪术用来比喻治国术。是否可以这样说：黄老之学成为“君人南面之术”，是从烹煎一条小鱼开始的？

此外的文化景观还有中医、武术、各种地方戏剧、剪纸、年画、陶瓷、刺绣等，这些都是极其宝贵的人类非物质文化遗产，享有崇高的世界声誉。可以说，中华民族拥有世界上形式最丰富的非物质和物质的文化遗产，以不可抗拒的魅力吸引着中国和世界的眼光，称得上“独乐乐，不如与人乐乐；与少乐乐，不如与众乐乐”，创造了一个“快乐中国”。中国人欣赏天上的月亮和星辰，就编造出嫦娥奔月、牛郎织女的故事，人可以飞上天，天上可以画出河流，架起鹊桥，天上人间别具一份亲切感。就拿门神来说，由《山海经》就有记载的神荼、郁垒，演变成为后世的门神秦叔宝、尉迟恭（又称胡敬德），一个是山东好汉，一个是少数民族的好汉，给你守卫门户，还不合家平安吗？如歌剧《白毛女》所唱的："门神门神骑红马，贴在了门上守住家；门神门神扛大刀，大鬼小鬼进不来，哎——进呀进不来。"

据《永乐大典》，尤其是后来在《西游记》的记述，说泾河龙王听说有个算命先生算得特别准，给一个渔夫算你今天在哪里下网，明天在哪里下钩，一定可以打到很多鱼虾。龙王就担心害怕把鱼子虾孙都钓光了。所以他就去找那个算命先生打赌，你说你能算命，能算出什么时候下雨吗？算命先生说："明天辰时布云，巳时打雷，午时下雨，未时雨足，共得水三尺三寸零四十八点。"龙王听到后想：我管下雨的，你能算出来？就说："如果你败了，我就要砸你摊子，如果我败了，我赔你50两银子。"龙王回去后接到玉帝谕旨，要他按时辰下雨三尺三寸零四十八点。岂料龙王偷奸耍滑，推迟了一个时辰下雨，下了三尺三寸八点，少了四十点，犯了天条，不诚信就要犯下欺天大罪。第二天龙王找算命先生砸摊子，算命先生说：你犯了天条，推迟了一个时辰，少下了四十点，竟想瞒天过海，终逃不掉要上"剐龙台"，宰了你。那怎么办？龙王问。算命先生说：砍你脑袋的人是魏徵，你去求唐太宗。唐太宗知道是手下大臣魏徵处斩，便答应老龙。为了救老龙性命，唐太宗将魏徵召来谈论安邦定国的大计，又留他在身边下棋，不给魏徵机会，于是君臣在便殿对弈，一递一着，摆开阵势，结果魏徵打了个盹，梦斩老龙。人间平平常常的下棋、瞌睡，竟然可以戏弄了神通广大的龙王爷于股掌之间，实在匪夷所思，足见中国民间对神灵也不妨揶揄打趣。这就有老龙每夜提着血淋淋的龙头来向唐太宗索命，唐太宗也只好派秦叔宝、尉迟恭站岗放哨才得安宁，后来干脆把两位将军画作门神，威风凛凛地站岗看门了。

中国门神的产生，一是人也可以成神，二是神也有人间的小算盘和受诛杀，三是由于龙王不诚信。让你龙王爷什么时候下雨，你没有按时"交货"，"交货"时还"偷工减料"，犯了天条。这就是孔子所说的"自古皆有死，民（龙）无信不立"了。中国的文化形式包含许多生动的民间智慧和隽永的文化内涵，使我们谈论缥缈的鬼神、尊严的帝王时，也充满比西方的幽默更加俏皮、更能见证生命的滑稽和诙谐。这些文化景观是从中华民族广博深厚的泥土上生长出来的繁花茂草，众木成林，莽莽苍苍，令人目不暇接。这既证明了中国文化土壤的丰饶，又证明了这些文化方式的丰草茂林连通地气。一方水土养育一方特异的文化景观，或者可以叫作“文化水土景观”。

中华民族文化的四性，即文化根本的深厚性、文化哲学的包容性、文化血脉的充沛性、文化景观的丰美性，充分显示了这个民族博大精深的创造力，并由于其创新的价值和生动的魅力获得了波澜壮阔的全民共享性。一个民族文化要有原创性，原创性点亮了民族的精神，高扬了民族的智慧旗帜。只要我们能对它有真诚的尊重，充分开发其精华的深层价值和生动活泼的表达方式，就可以使全民族尽享文化的辉煌，而且群策群力创造出思想文化的现代性的辉煌。我们必须以深刻的现代性，重铸中华民族文化的本体身份、精神魂魄和生命之源，此乃天下之公器。《诗经·小雅》云：“瞻彼洛矣，维水泱泱。”[①] 泱泱，就是水流丰沛，气魄宏大。中国大地何止有洛水，我们有黄河、长江和滔滔百川，其山川之美，颇能引发“千岩竞秀，万壑争流”的赞叹。笔者想，中国的人种是高度聪明的人种，得此山川人文之助，千古文明之赐，只要我们全民族众志成城，全球华人同心协力，就一定能使我们文化创新开拓，上不愧于五千年灿烂辉煌文明，下不愧于改革开放全面崛起的发展潮流，培育出中华民族新世纪文化的深厚底气、生生不息的创新能力和泱泱大国的磅礴气象。

---

① 程俊英译注：《诗经译注》，上海古籍出版社 1985 年版，第 440 页。

中华文化考源的三句话四特性*

2015年4月20日8时30分到9时30分，杨义教授在河南新郑市郑州大学西亚斯国际歌剧院，为“第九届黄帝文化国际论坛”作了当日的第一场讲演。当晚，在新郑市炎黄文化中心，看了电影《轩辕大帝》。以下是录音整理的增补稿。

（嘉宾）杨义：各位领导和来宾，大家早晨好！刚才介绍说我是研究鲁迅的，鲁迅是我在学术研究上的第一个领域，可以说是我的“学术第一站”。在鲁迅研究告一个段落之后，我又去研究了中国小说史，写过一部150万字的《中国现代小说史》，这部书在国内外还在使用，作为教材、教学参考书、研究生必读书。后来我还研究了古典小说、古典诗词。其后我出来当中国社会科学院两个研究所的所长，文学研究所的所长，还有少数民族文学研究所的所长，所以我的研究又涉及少数民族。我不是讲套话的，要看相当多的材料才发表自己的意见，因而在少数民族文学领域跋涉日深。当了11年的文学研究所、民族研究所的所长，提出了重绘中国文学地图的命题。在卸任所长一职之前，我开始研究先秦诸子，一直往上走，我4年前在中华书局出过4本书：《老子还原》《庄子还原》《墨子还原》《韩非子还原》。前不久又出了一本百万字的《论语还原》。用百万字来解释《论语》的深层秘密，清理它的发生过程。这种重要的核心经典文化是我们的根

* 根据2015年4月20日新郑市政府网的录音整理增补。

子所在，因此对于它的许多理念、许多智慧的发生，对于它的许多已经成为语录体的“子曰”的历史现场，都有深入探讨的必要。我们要做中国人，就要明白自己的家底；要做一个明白人，明白的第一要义就是明白自己，有自知之明。明达之士，须在心中点亮几盏明灯。

今天这个会议的主题，定为研究“中国优秀传统文化”，下面我就接着这个题目来讲一讲自己的一些见解，探讨中国优秀传统文化之源，探讨它的本质是什么，它的现代价值在什么地方。至于“中国”这个词，如果我们要深入分析的话，我觉得起码有三句话要讲，有三盏明灯需要点亮。（2015 年 4 月 20 日 08：57：17）

（嘉宾）杨义：第一句话，“中国”这个词是我们“三千年一贯”对自己的民族身份的称呼。“中国”一词最早出现在西周初年，公元前 11 世纪西周的首都在镐京（长安附近），周成王按照武王的遗愿，要在洛阳修建都城——东都，留下了一个青铜器“何尊”，铭文记载在周武王打败了商纣王之后，周成王祭告上天要在“中国”建都，在这里治理和安置人民。当时讲的“中国”，指的是今天的河洛地区和关中地区，这个就是三千年前的事情。《尚书·梓材》是讲为政之术的，要像梓人工匠治理木材成为器物那样。周公为此对弟弟康叔也讲到了“中国”。说是上天既然已经把中国的臣民疆土都托付给先王，今王也只好施行德政，以便和悦、教导殷商那些迷惑的人民，用以完成先王所接受的使命。战国魏王墓（汲冢）出土的竹简，有《穆天子传》，记述周穆王驰骋八骏，西巡天下，行程九万里，会见西王母。其中写到，西征时，从赤乌之人那里，“天子于是取嘉禾以归，树于中国”。无论是古老的传世文献，还是地下出土的金石简帛，都证明“中国”名字是“三千年一贯”的，这在世界上是独一无二的，它陪伴着中国民族国家一路走来，呈现出惊人的连续性和生命力。中华文明发端上与其他民族的不同，自然会演绎出一系列的特质差异。根子的差异，生发出文明形态的差异。三千年拥有一个共同的词语表达它的国家和民族，唯有中国，这是我要讲的第一点。（2015 年 4 月 20 日 08：59：42）

（嘉宾）杨义：第二点，我们中国在春秋战国时候，出现了五经，出现了古史，出现了诸子百家，经过列国的兼并融合，促成了中国的民族文化共同体在秦汉时代已经奠基，已经形成，这与西方民族发生的轨迹很不一样。这种文明发端的不同，演绎出一系列最重要的特质差异。西方讲民族国家的形成是17—18世纪资本主义的成果，但中国的历史学家，比如范文澜就不同意这个观点，他认为中华民族这个历史实体的形成，是在秦汉时代。这只要读《史记》、读《汉书》就清楚了。《史记》用了126个“中国”，《汉书》用了156个“中国”。在我们更早的典籍《礼记》里的《大学》《中庸》，都用过“中国”这个词，但是为数比较少，到了汉代我们就响亮地叫出：我们的祖国叫“中国”。在夏、商、周三代形成的华夏民族雏形的基础上，春秋战国时期华夏与四夷、中原与边疆各族文化互渗、种姓互通、军事互争，在族群间的融合中出现大一统意识。经过秦与楚、齐、韩、赵、魏、燕合纵连横的风云变幻，秦灭六国，于公元前221年实行中央集权制，分天下为36郡。它的疆域东至海及辽河以东，西至甘肃，北至蒙古，南至江南闽粤，实施了统一文字、统一度量衡等国家举措。这种空前的大一统，为汉朝所继承和发展，并且开发了西南夷，凿通了丝绸之路，奠定了中华民族作为多民族共同体的初始模样。

中国人也被叫作“汉人”或者“唐人”，因为我们有汉唐盛世。但是英文称呼中国叫China，与英文中的瓷器是同一个字。是的，因为中国生产精美的瓷器，曾被欧洲贵族视为珍宝，现在到西方博物馆、皇宫、贵族城堡中，还可以看到大量中国造的瓷器，简直是金碧辉煌。实际考究起来，China就是秦人，11世纪中国新疆和西域的黑汗王国的《突厥语大辞典》，以及那个时候的波斯文献，都指认秦人包括三个部分：一个是喀什，一个是于阗，一个是契丹。由此看来，中亚和后来的欧洲叫我们为China，实际指的是秦人。这就形成了承传二千年的民族文化共同体意识，它是以秦、汉、唐为标志的文明大国，这是我要讲的第二点。(2015年4月20日09：04：16)

（嘉宾）杨义：第三点，就是中国的爱国精神，“爱国”这个观念是怎么形成的？爱国精神是夏、商、周三代及秦汉逐渐形成的大一统意识的继承和弘扬，是我们民族对这片生我养我的土地和人民，以及由他们创造出来的如此丰富物质、非物质的创造的认同感和归宿感。认同国族，形成国格，维系国脉，升华国魂。一个国家总是要有一种精神，一种魂魄的。“爱国”这个词当然在《战国策》里面也有了，当时周分为东周和西周，秦国当时派一个使者到西周去，使者带了100辆车，来势汹汹，周王就用了100个士兵手持长矛去迎接他。楚王听闻后就有点吃醋，说你怎么用100个士兵这么隆重的仪仗队列，去迎接秦国使者，我楚国使者也没有这种待遇，这不是一碗水没有端平吗？周朝的大臣对楚王说，我们周王要“爱国”，以手持长矛的士兵防备不测，这也是为了你们楚国好，我们安定了你们也就安定了。这是“爱国”这个词的随口使用，但是真正意义上“爱国”这个专门的概念，是谁创造的？东汉时期河南颍川人荀悦写了一部《前汉记》，在里面讲“亲民如子，爱国如家”，“视民如子，爱国如家”。爱国精神世代相传，成了中华民族持续发展的一个精神结晶和文化脉络。(2015年4月20日09：06：33)

（嘉宾）杨义：讲中国，我们要了解中国，名号“三千年一贯”，秦汉时期已经形成民族共同体，汉代开始就形成“爱国”理念。这三句话，就是中国文明形态的三个高耸云天的地标。到了宋、元、明、清，你查一查书，爱国的诗文大量存在，“王师北定中原日，家祭无忘告乃翁”，“人生自古谁无死，留取丹心照汗青”，这些诗句都是那么震撼人心。古人讲爱国诗人，总把屈原、杜甫并列。杜甫是河南巩县（今巩义市）人，屈原是楚国人，地无论南北，心都是连在一起的。屈原以自己的生命奉献给他自己的故国、自己的乡土，表达了复归先祖的原始信仰，所以中国人对屈原专门奉献一个节日。宋朝苏东坡门下的四学士之一张耒的“端午”诗云：“竞渡深悲千载冤，忠魂一去讵能还。国亡身殒今何有？只留离骚在世间。”端午节是一个全民同庆的节日，我们用划龙舟、吃粽子来怀念屈原诗人的风采和爱国情怀。(2015年4月20日09：08：27)

（嘉宾）杨义：中国人爱国，是不忘根本的行为，“君子务本，本立而道生”。“本”字为木下有一横，指向树根之所在，与“末”字木上加一横，指向树木末梢之所在不同，我们谈论文学、文化、文明，不能本末倒置。接下来我们要讲中华文明文化的生命之根，推本溯源，它的生命力存在何处，有何表现？我想讲四点：第一点，我们文化的根非常深厚，文化根的深厚性；第二点，是讲我们的文化哲学，文化哲学的包容性；第三点，讲我们文化血脉，文化血脉的丰沛性；第四点，讲我们的文化景观，文化景观的丰美性。今天要讲的，概括起来，就是前面的三句话和这里讲的四个特性。三句话是纵的维度，四个特性是横的维度。三句话是文明的地标，四个特性是文明的四条龙脉。因为四个特性一点一点地讲起来比较麻烦，我们今天就来一个“化繁为简”，作一些简明扼要的讲述。

河南新郑是黄帝故里，古地理书多有记载。郦道元《水经注》卷二十二引皇甫谧《帝王世纪》云：“有熊氏之墟，黄帝之所都也。郑氏徙居之，故曰新郑矣。”唐太宗的儿子李泰等人编撰的《括地志》也说：“郑州新郑县，本有熊氏之墟也。”因此，新郑在中华民族族源上占有重要位置。在清朝末年资产阶级革命的时候，1903 年刘师培就提出来以黄帝纪年。辛亥革命成功、中华民国成立，孙中山就任中华民国临时大总统的时候，他是用黄帝登基的那一年作黄帝纪年的元年，1912 年是黄帝纪年 4609 年，到今年（2015）是黄帝纪年 4712 年，这是按照孙中山宣布年份顺序推下来的，如果按刘师培这个顺序推下来，可能黄帝登基的时候才十几岁。我们讲中华文明五千年，就是以炎黄作为我们的标志。新郑是“有熊氏之墟，黄帝之所都也”。黄帝有熊氏还有一个史官叫仓颉，仓颉造出文字。开封府陈留县有仓颉城。又说仓颉氏是冯翊县（今西安市西北）人，那里建有仓颉造字台，他的生日据说是农历三月二十八日。汉字的发明，是我们中华民族一个伟大的创造，中华民族的汉字具有超越基因，能够超越方言、超越时空，产生了一种大时空的凝聚力。欧洲文字是用字母记音的。所以古今音不同，这个国家和那个国家记音不同，就离析成不同的文字。比如英国和荷兰，或者是德国和比利时，或者是意大利和西班牙，他们文字的声音距离，还没有我们中国北方方言和广东话的距离大。但是它们记音的结果，就是没有共同的文字，天长地久也就分割成不同的国家。我们的方块字可以用相同的字形吸附多种语音，在吸附中形成精神纽带，灌注了民族凝聚力。每个字的结构具有形象性和抽象性、哲理性和艺术性相统一的特征，里面存在中国造字者的宇宙意识、万物体察和文化认知，这就隐藏我们千古一贯的丰富的文化基因。文字学成了文化学的种子，这是中国文字的不离不弃的本性。(2015 年 4 月 20 日 09：11：19)

（嘉宾）杨义：仓颉造出来的字不光是我们中国用，而且还有外溢效应，韩国、日本、越南都用过汉字，滋育过这些域外文明。真所谓“昔者仓颉作书，而天雨粟，鬼夜哭”（《淮南子·本经训》），实在是惊天动地，赐予食粮，震撼灵魂。现今几十年来，许多华裔作家，又把汉语教学和汉语写作外溢到东南亚和欧美。我第一次到韩国，买了一台照相机，我用英语问功能（function）是什么？售货员不懂，要是问这个照相机是怎么工作的，用一般的话跟他讲，他可能懂，不过专门的“功能”他就不懂，但是后来我在纸上写了“功能”两个汉字，他也懂了。韩国人曾经使用过汉字，到后来因为民族要搞独立，就造出了另外一套文字，跟汉字实行切割。作为中国人，只要我们使用汉字，民族的根子就在脑海里扎得很深，切割不断，用不同的方言交流遇到困难时，还可以进行“笔谈”，用写字互相沟通。由此看来，文字本身隐含我们文化根的深厚性和稳定性，这条根一直延伸到我们一出娘胎就开始学习的母语，成为我们精神上难分难舍的核心要素。唐朝司空图《障车文》云：“二女则牙牙学语，五男则雁雁成行。自然绣画，总解文章。”[①] 金代元好问见五岁小女诵诗，大发感慨：“牙牙娇语总堪夸，学念新诗似小茶。好个通家女兄弟，海棠红点紫兰

---

① （唐）司空图：《司空表圣诗文集笺校》，祖保泉、陶礼天笺校，安徽大学出版社 2002 年版，第 321 页。

芽。”[①]（《德华小女五岁能诵予诗数首，以此诗为赠》）他们无论在政治衰落或外族入侵的时代，都能够从母语和文字的联系中，看到民族血脉的延续。（2015 年 4 月 20 日 09：12：11）

（嘉宾）杨义：其次是文化哲学的包容性。中华民族善于吸收和消化外来文化，中华民族的主体文化本身又能包容来自各种文化的种族，只要你认同中国文化你就是中国人。比如说宋朝的汴京（开封）有一种“一赐乐业教”，也就是以色列人、当时称为“蓝帽回回”的宗教，当时是一个有相当规模的群体。17 世纪初，意大利的传教士利玛窦在开封就偶然遇到了一个犹太人，他的手稿透露了开封有十几户犹太家庭，据说已经在那里居住了五六百年了。现在都到哪里去了？后来都以文化习得和相互通婚的方式，融到中国人群里面来了。中国人并不歧视和迫害犹太人，他们和汉族、回族、满族通过大范围的通婚，逐渐融合到中华民族的怀抱中了。北京阜成门内的妙应寺白塔，原来的辽代建筑被焚毁后，元朝忽必烈聘请尼泊尔的佛塔工艺师阿尼哥在原址上重建这座地标性建筑，这位工艺师在元朝从业当官 45 年，被封为光禄寺大夫、大司徒、凉国敏惠公，其子孙后代也融到中华民族中来了。

中华民族的文化哲学有一个特点，就是文化重于种族，文化可以覆盖和融合多元的种族，多元的种族可以认同和参与创造共同的文化。这就是苏轼说的“天覆群生，海涵万族”。中国古代有很多古老的民族，比如鲜卑人、突厥人、契丹人、党项人，他们一部分以自己选择的姓氏，融入汉族里面，当然也有一部分保留、演变成现代的少数民族，从而形成了以一个总体民族涵盖 56 个具体民族的文明形态。在我国古代民族的发展中，汉族是越滚越大的，羌族是越来越分散的，所以现在是羌人的很少，但是在古代西部边境一带都是羌族，连夏朝的开创者大禹，据说也出自西羌。在长期的民族融合过程中，中原、东夷、西羌以及北方的草原民族、南方的山地民族，都变成四海一家。

所以中华民族的凝聚力、融合力，是举世第一流的。中华民族几

① 薛瑞兆、郭明志编：《全金诗》（第 4 册），南开大学出版社 1995 年版，第 201 页。

千年的文明为什么不曾中断？我们过去都讲因为儒家、道家或佛家思想的融合功能如何了得，这当然算是一个理由，但不是全部的理由。在中世纪北方崛起一个草原大国，这个草原大国不断地向南面的农业文明发起冲击，很多南面的农业文明在强大的冲击下折断了，解体了。唯独中华民族五千年岿然不动，没有被冲断，原因何在？原因在于我们有一个黄河文明，还有一个长江文明，黄河、长江中间有很大的腹地。游牧民族过来了，一般情况下，老祖宗修造万里长城可以抵挡住它的锋芒，但是游牧民族一旦统一了漠北，长城是难以招架的，所谓“饮马长城窟，水寒伤马骨。……长城何连连，连连三千里。边城多健少，内舍多寡妇”（三国陈琳《饮马长城窟行》）。在此“君独不见长城下，死人骸骨相撑拄”的岁月，唯有长江天堑和广大腹地的千山万水把游牧民族的力量耗散和挡住了。江河东流，切割中华大地分为南北，形势错综，风俗差池，如《诗经·邶风·燕燕》所云：“燕燕于飞，差池其羽。”我们应该对长城、对长江与中华民族的命运，作出长时段的历史反思。由于长城、长江的存在，中国出现了南北朝的状态，南北朝有南北朝独特的政治局面、族群构成和文化生态，应该作为“南北朝学”来研究，研究南北之间“太极推移”的历史动力学。（2015 年 4 月 20 日 09：14：42）

（嘉宾）杨义：既然草原民族想要把十万铁骑搬运到长江南岸，是谈何容易的事情，那么地理形势问题在时间的作用下，就有可能蜕变或发酵成重大的文化问题。族群—地理—时间—文化，组合成一个巨大的问题链，牵引着中国的命运。北方少数民族到了中原之后，滞留在中原，第一代还可以保持弯弓骑射的昔日雄风，慢慢地第二代、第三代，总觉得住在未央宫比起住在帐篷里舒服，他们也就接受中华文明精湛的衣冠文物、文明方式的吸引和熏染，逐渐被中华化了。原来居住在中原的一些大家族，比如河南的谢氏家族，谢安、谢灵运这个家族，还有山东的王氏家族，王导、王羲之这个家族，他们都渡江南去，经过一代复一代的经营，终于把江南开发得比北方更繁荣，从而导致经济文化中心的转移。而且这些中原家族到了南方之后，跟南方的民族实行血缘联姻，文化互渗，互相走近而融合共处。所以我们现在DNA检测，北方的少数民族和北方汉族DNA的接近程度，超过了北方的汉族和南方的汉族，形成一个你中有我，我中有你，打断骨头连着筋的休戚与共的文化共同体。

我们有一句老话，叫作“环肥燕瘦”，唐玄宗的贵妃杨玉环是个胖美人，汉成帝的皇后赵飞燕是个瘦美人，为什么出现这个审美趣味的差异呢？如果不考虑中华民族地理文化板块，我们是说不清楚的，只能浮皮潦草地说，时代不同，审美方式发生了变化。时序意识如果没有地理意识的参与，就可能变成“独眼龙”，唯有时序与地理结合，才能擦亮一双穿透历史的眼睛。实际上我们知道一句话叫“楚王好细腰，宫中多饿死”，宫中美人由于楚王的嗜好，“上有好者，下必有甚焉”，都拼命绝食，竟然饿死了。其实，在先秦时期不只是楚人欣赏细高挑的美人，别的诸侯国也有这种风气。《诗经》喜欢称呼美女为“硕人”“硕女”，最有名的是《卫风·硕人》：“硕人其颀，衣锦褧(jiǒng)衣（用细麻布做的罩衣）”，“硕人敖敖，说于农郊”。诗中形容出嫁给卫庄公的齐女庄姜“手如柔荑，肤如凝脂，领如蝤蛴，齿如瓠犀。螓首蛾眉，巧笑倩兮，美目盼兮”。说她的手就像柔软的小草，她的肤色就像那凝结的玉脂；她的脖颈洁白丰润像天牛的幼虫，她的牙齿整齐、洁白得就像瓠瓜的籽儿。前额丰满就像蝉儿，眉毛弯曲就像飞蛾的须儿；笑起来非常漂亮迷人啊，眼波流动一片灿烂。清人姚际恒由衷感叹：“千古颂美人者无出其右，是为绝唱。”因此古人以硕大为美，硕人已成了美人的同义词。不过，《诗经·硕人》只是赞美美人的身材、肤色、眉毛、眼神，而楚人的审美却在颀长的身材之上强调细腰，这种风气以楚国最盛。只要读一读《墨子》《荀子》，还有《战国策》，楚王喜好的不仅是宫中的细腰，而且喜好“士”的细腰。所以楚之臣都节食，节食到什么程度？节食到用手撑着地板才能站起来，扶着墙才能走路。战国楚墓出土的帛画，《人物驭龙图》《人物龙凤图》，男的是高冠细腰，女的是宽袖细腰。因为楚王喜好巫风舞蹈，细腰宽袖，才能舞姿翩翩。我怀疑，屈原也是细腰，楚王好细腰，使楚国的臣子们讲究“香草美人”，都有点女性化了。且不说明末清初的画家陈洪绶的《屈子行吟图》，描绘了颜容憔悴的屈原的长剑细腰，就连《离骚》也说“众女嫉余之蛾眉兮”，屈原把同事比成一群女性，都嫉妒他的娥眉。《离骚》又说：“高余冠之岌岌兮，长余佩之陆离。”《九章·涉江》还说：“带长铗之陆离兮，冠切云之崔嵬。”戴着高高的帽子，长长的玉佩或长剑在腰间晃动、陆离，不是细腰而是水桶腰行吗？所以细腰风在楚国是从宫中蔓延到士人阶层了。（2015 年 4 月 20 日 09：20：39）

（嘉宾）杨义：出土文物是最好的见证。比如徐州出土的西汉前期的楚王墓，出土了数以千计的兵马俑。从背后看这些陶俑，一个个都是细腰的，文官武将都是细腰的，反过来才发现他们长着两撇胡子。徐州的教授说：杨义先生是第一个注意到这些兵马俑都是细腰的。陕西的汉景帝阳陵的陪葬墓穴出土的陶俑有两样物品给人印象深刻：一个是陶俑中猪、羊、狗成群结队，狗肥得像猪一样。乍看总以为是猪，讲解员说这是狗，翘着尾巴的是家犬，拖着尾巴的是狼犬。西汉前期王族好吃狗肉，因为樊哙是屠狗的，樊哙和刘邦是连襟，早年是酒肉朋友，自然爱吃狗肉。汉景帝是刘邦的孙子，爷爷奶奶爱吃狗肉，孙子也爱这一口美味。另外给人留下深刻印象的，就是所有人形陶俑都是细腰的。本来这些人俑穿着衣服，木制的胳膊是会活动的，二千年后衣物胳膊都腐烂了，留下赤条条的文官、武官、宦官、宫女的身子，都是细腰长腿。汉人是楚风日上，刘邦和跟他一起打江山的丰沛列侯都是楚人。为什么刘邦要把江山交给吕后而不交给戚姬，所谓“商山四皓”只是一个借口。主要是因为吕后是当年狗肉朋友们的当家大嫂，降得住拉杆子造反的那 32 个丰沛列侯；刘邦虽然对戚姬有感情，也只好和她在宫中唱楚歌、跳楚舞。戚姬对樊哙的屠狗刀是无可奈何、心存恐惧的。在皇位继承权上，刘邦是爱江山不爱美人，他已经预感到他身后的政治势力的较量和博弈，只有吕后才能把握大局。所以楚风北上是汉朝初年政治文化的一个特点。（2015 年 4 月 20 日 09：23：27）

（嘉宾）杨义：刘邦战胜项羽后，回到他的家乡高唱《大风歌》：“大风起兮云飞扬，威加海内兮归故乡，安得猛士兮守四方。”《史记》只记录了这么三句，平心而论，刘邦与乡亲父老醉酒高歌十余日，恐怕连300句歌词都不止，但是如果把300句都记录下来就显得平庸芜杂，难以流传了。凝缩为三句楚歌的著作权，有一半应该属于《史记》的作者司马迁。从刘邦的歌声中，可以体会到汉初的楚风北上，楚风是喜欢细腰女人的。这就是为何有“汉成帝获（赵）飞燕，身轻欲不胜风。恐其飘翥，帝为造水晶盘，令宫人掌之而歌舞”的传说了。（2015年4月20日09：25：10）

（嘉宾）杨义：那么，为什么唐人喜欢胖女人？唐人属于关陇集团，身上散发着“胡儿气”。唐太宗李世民的皇后是长孙氏，祖先为北魏拓跋氏；母亲窦氏，即纥豆陵氏，出自鲜卑没鹿回氏部落；祖母独孤氏，是北魏时期北鲜卑部落的后裔。也就是说，唐初皇族的血统有一半来自胡人。马背上的民族喜欢强壮的女人，他们要“逐水草而居”，不断迁徙，随军作战，草原上的风大，像赵飞燕那样的细腰女人一不留神，就会被风刮跑的。成吉思汗的五六代祖先，哥俩出去打猎，看见有个姑娘在草边撒尿，撒得很远。他们就说，这个女子强壮，马上抓回去当妃子。健壮是游牧民族选择女人的首要条件，健壮就生存能力强，生育能力也强。李世民的妻子长孙皇后，生有三个儿子：长子废太子李长乾，四子魏王李泰，九子晋王李治（后来的唐高宗）。长孙皇后死后，魏王李泰在洛阳龙门石窟宾阳洞，给她造了一尊佛身像。我到洛阳参观龙门石窟时，讲解员介绍说长孙皇后的佛身像是个大方脸，可见造像“胡化”了。我说长孙皇后本来就是胡人，是少数民族。唐朝的贵族墓穴壁画和出土陶俑中的女性，一个个都是胖嘟嘟的，那是他们格外青睐的美人胚子。杨贵妃本是唐玄宗之子寿王的妻子，却被身为公公的唐玄宗讨来做了贵妃，可见唐朝皇族婚姻还沾染着浓郁的胡人习气。因此，杨贵妃只有是胖美人，才能在唐宫中“回眸一笑百媚生，六宫粉黛无颜色”。由此可见，中国地域文化的各个板块，包括汉初的楚风北上、唐初的关陇之风南下，给整个文

明增添了不同的文化因素和审美情趣，从而融合多姿多彩而成浑厚博大。（2015 年 4 月 20 日 09：29：17）

（嘉宾）杨义：中华民族文化哲学的包容性，被形容为“百川归海，有容乃大”。林则徐厅堂上自题对联：“海纳百川，有容乃大。壁立千仞，无欲则刚。”清末资产阶级的革命口号中有一句话是“驱除鞑虏”，但在辛亥革命过程中除了少数冥顽不化的分子外，并没有种族灭绝的行为，随即提出了汉、满、蒙古、回、藏“五族共和”的政治形态。从“驱除鞑虏”到“五族共和”，这是中华民族包容性文化哲学的突出实践。从积极的意义上说，中华民族之间存在“见贤思齐”的传统，这本是孔夫子的话，看到比自己贤明、高明的人要向他看齐。大禹据说来自西羌，在四川汶川大地震那一带有许多大禹的遗迹。但是夏后氏建都的地方是在河南嵩山附近，就在中岳一带。大禹由于治理黄河、淮河的滔天洪水的功劳，被拥戴为全民族的英雄。先秦不少文献，尤其是青铜器“遂公盨”的铭文，在近三千年前就记录大禹治水的业绩。四川、陕西、河南、安徽、浙江的广大国土上，都留下大禹治水和会合诸侯的遗址，所谓大禹时“天下万国”，许多部落联盟不分彼此，都感戴他辛劳为民的丰功伟绩。（2015 年 4 月 20 日 09：36：40）

（嘉宾）杨义：大禹的儿子叫夏后启，传说是他的母亲化成石头，爆裂开，把他生下来的。安徽涂山的禹王庙中，有一块启母石。河南嵩山南麓汉代“启母阙”附近，也有巨大的“启母石”，还从巨石上裂下来一块石头，就是夏后启。可见无论在嵩山、涂山，不同部族都怀念大禹。涂山附近还有“禹会村”，《左传》记载：“禹会诸侯于涂山，执玉帛者万国。”在禹会村附近的考古发掘中，发现了四千多年前部落活动的遗址，证明历史记载并非空穴来风。安徽涂山邻近的蚌埠市，有一条古人废弃垃圾的山沟，叫作“双墩遗址”，出土了大量陶器、石器、蚌器、骨器等文物及丰富的动物骨骼。古人在每一个陶碗底部都刻了一个字符，总共有 600 多个字符。殷墟甲骨文是三千三百年前的文字，这是七千年前的 600 个字符。当然由于一个碗底只有一个字符，要连成句子才能读懂它。但是其中的文字结构跟甲骨文相似的。我们七千年前就有这么多的字符了；2003年，在河南贾湖发现的一些刻在龟甲上的符号，距今已经八千年。所以中华文明的根子很长很深，值得我们崇敬和珍惜。这一点就足以证明我们文化根的深厚性，文化哲学有容乃大的优越性，文化血脉汇集东西南北的丰沛性。(2015年4月20日09：37：46)

（嘉宾）杨义：还有我们文化景观的丰美性。上面说的三句话的文明地标、四个特性的文化龙脉，都值得我们作为民族记忆而珍重地收藏。收藏文化亮色，才能促进文化自觉。当中国人就要有中国人的责任，把这些文明的精华深入阐释，发扬光大，这是中国人对世界人类的责任。中国人把我们老祖宗从黄帝或者从先秦诸子留下来这么丰富的思想文化资源，都进行深度的发生学和古典学的研究，研究他是怎么发生的，激活它们内蕴的热力和生命，实际上还有许多工作要做。我们要有这份“文化自觉”。为什么我的《论语还原》写了百万字，就是因为《论语》里面有很多问题，两千年来没有好好解决，这些问题不去认真破解，就可能成为我们文化认知上的软肋。《释名·释形体》说：“肋，勒也，所以捡勒五脏也。”锻炼肋骨坚强，才能护卫我们文化的心、肝、脾、肺、肾。曾经提倡“爱国如家”的东汉荀悦在《汉纪·元帝纪》就说过：“五脏病则气色变于面。”在某种意义上说，还原《论语》的本义、生命和知识来源，就是为了使我们文化的五脏健康强劲。《论语》是怎么编成？它在春秋战国时期的50年间编过三次，谁参加编撰，谁都会留下生命痕迹。谁当主编，谁就有话语权，都会或隐或现地在文本中留下他的设计和编排。比如说一个学校的书记或者校长，各自编一本书来反映十周年的教研成果，各自收录的文章和编排的顺序都会出现千差万别。他们都会觉得自己的方向正确，最懂学问甚至最不偏不倚。这就是以看起来的客观性，隐含藏而不露的精致的价值选择。对于《论语》的编纂过程，也要把古人当作活人，将心比心，以心究心，才能如实地发现是哪几个弟子后学编的，他们主编时如何表达自己最懂“真孔子”，最能继承孔子之道。

比如《论语》二十篇，为什么有六个弟子上了篇名？从古《论语》到今《论语》，篇章顺序和文字使用上有过哪些变化？《论语》中那么多的“子曰”，是在何时、何地、针对什么情境说的？我们读《论语》时，想过这些吗？追问过这些吗？不思考、不追问，是读不出《论语》的深层内核的。这就是孔子告诫弟子说的：“学而不思则罔，思而不学则殆。”学思结合，才能深入。

比如《论语·阳货》子曰：“唯女子与小人为难养也，近之则不逊，远之则怨。”女子是什么？女子是女孩子，小人是小孩子，这种望文生义的说法，符合孔子的原意吗？在造圣人的时期，总把孔子的话无限泛化，以为可以包治百病，但也使圣人感到尴尬，要为他一时一地说的话负起无限的责任。真是做人难，做圣人更难。要使孔子成为平常可亲的人，平常而具有大智慧的人，就要回到孔子说这话的历史现场。是在什么场合说的，针对什么问题说的？要从发生学上破解孔子这些话的原本含义，就有必要回到“子见南子”公案的发生现场。孔子那时已经57岁了，急着要找一个机会施展他的政治才能。“君子疾没世而名不称焉”，57岁已经进入人的暮年，就算是君子吧，也担忧自己死后不被人称颂。所以用了一种权宜之计，就是通过子路的连襟、卫灵公的男宠弥子瑕的渠道，拜见卫灵公的夫人南子，以为这样就可以得到在位39年、已是垂垂老矣的卫灵公的重用。结果始料不及地被南子这个“女子”和弥子瑕这个“小人”涮了一把，竹篮打水一场空。卫灵公并无重用孔子的意思，只让他坐在跟班的次车上，跟在自己与南子出去兜风取乐的马车后面吃灰尘。这对于当过鲁司寇、弟子盈门的孔子而言，这是很大的刺激，他怒而申斥：“未见好德如好色也。”《史记》说，孔子因此“丑之”而离开卫国。孔子把自己比成“德”的化身，认为“为政以德，譬如北辰，居其所而众星共之”。现在这种“德政”思想遇到了女色和男色、女子和小人的严峻挑战，是可忍孰不可忍！这些判断，需要我们缀合散落在《论语》各篇，以及战国秦汉群书中的材料碎片，以务真求实的科学态度进行仔细的辨析，才能回到当年的历史现场，发现孔子之言的真实含义。

研究古代文化的发生学，材料记录比较少而且零碎。春秋（即公元前770年至前403）的历史时段有300多年，存世文献只有孔子编撰的《春秋》1.8万字，《左传》18万字，10万多天平均每天不到两个字，在复杂纷纭的东周列国政治生活和人事关系中，很多问题都没有记录下来，即便记录了，也语焉不详。材料中没有记录的事情，并不等于世界上就不存在。如何记录，还有史官的价值观问题。不考虑这些，就会成为读死书的两脚书橱，失却生命体验的那份乐趣。在这一点上，是“道可授兮不可传”，需要启动自己的悟性。（2015年4月20日09：41：41）

（嘉宾）杨义：清朝有一个学问家毛奇龄说，“六经无髭髯字”，儒家六经中没有记载“髭”（上嘴唇的胡子）“髯”（两腮的胡子），但是中国人的胡子不是汉代才长出来的。先秦时代中国人的胡子，庄严典重的经书注意与否，记录与否，进入文献记载与否，所有这些与胡子存在与否并不能等同，是应该分开来看的两回事。存在过的历史，与记载了的历史，是相映发而有区别的。所以我们对这些问题要了然在心，才能够心胸透亮，知道怎样在芜杂或零碎的材料之间穿行和转身，从字里行间把历史的生命读深、读透。《论语》在汉人说的“夫子既卒”时开始编撰，64个弟子在墓前守心孝三年。64个弟子回忆记录孔子的言行，汇总的材料恐怕有十几万字，在古代要是刻写在竹简上，那就足够装满好几车，传道的书籍是不能这么繁重的，怎么办？就要组成一个讨论编纂的班子，严加取舍，把一些觉得不太重要的材料舍弃不用，或者觉得不太符合孔子仁爱的核心思想的材料也搁置起来，留下最能展现孔子之道的嘉言懿行。留下材料也要精简，把牵连其中的各种场合与人事的背景材料也删除，留下精粹的部分加以润色，这就成了今天能够看到的语录体。孔子跟鲁哀公、跟季氏、跟弟子们的对话，不可能只有一两个来回，只能记上百十个字这么简单。《孔子家语》记鲁哀公问政于孔子，有五个半来回；清华简记述孔子和季氏的对话，有七个来回，这已经是精简过的记录。《论语》记录孔子回答鲁哀公、季康子的话，应是经过严格取舍到了近于苛刻的程度，才会如此精练。比如哀公问曰："何为则民服?"孔子对曰："举直错诸枉，则民服；举枉错诸直，则民不服。"又比如，季康子问政于孔子。孔子对曰："政者，正也。子帅以正，孰敢不正?"现实生活中，长官向你请教重大政治问题，是不可能这么三言两语就应付了事，实际的对话会比记录下来的多上几倍也不止。(2015 年 4 月 20 日 09：42：34)

（嘉宾）杨义：《论语》是弟子后学编纂成的，是弟子后学所展现出来的夫子。《论语》中许多"子曰"的历史背景还可以进行不同程度的还原，但还原需要缀合先秦五经、古史、诸子、《史记》、汉代群书及出土简帛的相关材料。这种还原就像出土文物发现很多陶瓷碎片一样，如果不好好把这些碎片登记、分类、对比、黏合，它们就是躺在仓库的一堆似乎可以回收利用的垃圾，或者一堆垃圾宝贝。只有根据它们出土的地点、土层，根据它们呈现的形制、弧度，根据它们的花纹装饰，根据它们的裂纹断口，参照同时代的同类器物，以科学的审慎态度、精湛的工艺技术把它们黏合起来，残缺的地方再补一块石膏，从而复原成一个基本完整，有时是精巧可喜，有时是辉煌壮观的古陶罐，从而以古文明的体量和魅力感动和震撼现代人类。世界上许多大博物馆的陶罐、雕像都是这样复原成功的。包括河南渑池的仰韶彩陶，都是通过黏合碎片而创造辉煌的。如果没有这种复原的功夫，它们就不可能通过震撼人心的魅力，把古老文明的丰富信息输入现代人的心灵。为什么要还原《论语》、还原老庄、还原先秦诸子，目的就是要还原我们的文化根、还原古代圣哲的智慧和生命、还原经典形成过程的本义。返本还原，是为了认识自我文化基因的来由，把古今对话、古今互通智慧建立在坚实可靠而生气勃勃的原发点上。在这种意义上说，还原乃是一种从根本上的原创。返本还原是对我们的思想学术能力的检验和展示，并用这种可以贯通千古的思想学术能力，去启动现代大国思想学术创新的大门。只有呕心沥血地做到了这一点，我们才上不愧于千古文明，下不愧于三千世界，开创一个泱泱大国的现代文明博大精深的新形态。就讲到这里，谢谢！(2015 年 4 月 20 日 09：43：54)

构建返本还原的古典学*

——检视我在《文学遗产》上的足迹

治学之人，总有几家刊物和他的因缘较深。还在40年前，1974年前后，北京琉璃厂中国书店就在内部开放了一些旧书刊。那时我还在地处周口店古人类遗址附近的北京石油化工总厂宣传处当干事，凭着微薄的薪金，竟在百里外城里的中国书店购回《文学研究集刊》5册，还盖有“西谛藏书”的印章，以及《文学遗产增刊》二三十册。不知冥冥中有什么鬼使神差，一二十年后，我竟然和这两个重要的刊物结下了不解之缘，尽管我买这些刊物时，它们已经停刊。我朦朦胧胧地觉得，只要任何种类的历史研究继续存在，古典世界的历史、典籍和智者就依然留存着它们传递文化基因的功能，就不应该数典忘祖。

创刊于1954年的《文学遗产》，开头是中国作家协会古典文学部在《光明日报》第3版创办的《文学遗产》专刊，1956年转由中国科学院文学研究所主办。作为代表我国古典文学研究的最高档次的权威性学术刊物，它已经走过了60年的坚实创新的历程。它1979年复刊至今，也已经35年。《唐六典》：凡男、女始生为“黄”，四岁为“小”，十六岁为“中”，二十有一为“丁”，六十为“老”。如此说来，

---

* 2014年3月14日稿。

《文学遗产》也称得上老刊物了。因此，当编辑部的朋友们希望我写点回忆它的文字的时候，我觉得自己没有资格谈论《文学遗产》的全部历史，在我从现代文学转治古典文学时，它已经在学术界存在将近40年了。我只能讲我治“中国古典小说史论”的第二年，1991年就在《文学遗产》上发表文章，后来治古代诗学、提倡重绘中国文学地图，直至近年研究诸子学，都在上面发表过文章。在刊物最近20年的版面上，留下了我一步步走入返本还原的古典学深处的曲曲折折的脚印。

中国自来就讲究深究古典，推明古典，稽古典学之至意。唐人谢观《东郊迎春赋》云：“遵古典以立则，授人时而敬用。”[①]《元史·礼乐志》说：“稽诸古典，参以时宜，沿情定制。”[②] 清人袁枚《改诗》诗云：“脱去旧门户，仍存古典型。役使万书籍，不汩方寸灵。”[③] 我做学问，喜欢追问这是什么，它从哪里来，它的深层有何奥秘。于是追根溯源，逆水行舟，由现代到明清、唐宋、战国、秦汉，每到一处，就建一座营盘，因而历尽艰辛，却也饱览了沿途的无限风光。当然，我们讲古典学，既要深入古典的本质，它的存在方式和生命形态，这种深入的探寻，又比古人多了现代意识、批判精神和世界视野。

我第一次跨进《文学遗产》的门槛，是1991年发表《汉魏六朝杂史小说的形态》。从现代文学转治古典文学，我选择的第一个切入口，是古典小说，而且按照鲁迅写小说史先检视《汉书·艺文志》“小说家”的做法，首先返回中国“小说”一词的原本。因而提出中国小说发端于战国的判断。于是从《山海经》《穆天子传》以及散布于诸子书的《伊尹说》片段，考察中国小说发端期的原始形态。这种思路，实际上是对中国古典学的返本还原。《汉魏六朝杂史小说的形

---

① 周绍良编：《全唐文新编》第4部（第1册），吉林文史出版社2000年版，第8931页。

② （明）宋濂等：《元史》，中华书局1976年版，第1665页。

③ （清）袁枚：《小仓山房诗文集》，周本淳标校，上海古籍出版社1988年版，第336页。

态》在文体形态的脉络上，是上接《穆天子传》的。在具体的思路上，我运用了文化学、叙事学的方法。我最初的两篇文章，曾经请沈玉成、曹道衡先生指点过，他们极口称赞我的艺术感觉和某些考证上的独到之处，还用《左传》上的文字现象肯定我的考证的可信性，同时也提示应该注意古典文学研究运用材料的一些惯例。编辑部的卢兴基先生还带着一个外地高校研究古代小说的年轻学者，就我的文章进行一次交谈。这些师友切磋，使我逐渐了解古代文学领域的研究状况和约定俗成的思路，为我以对话的态度进入古典学领域，提供了来自各种角度的背景提示和知识方式。《诗》云："嘤其鸣矣，求其友声。"鸟从深谷飞往高大的树顶，尚且知道以嘤嘤的叫声，召唤知音。何况我们人类，岂能不懂得通过与同行、与经典的精神对话，获取连天上神灵听了都有动心的文化奥秘？

在古典学领域浸染日深，我就逐渐产生了一种想法，研究中国古典学，小说更多世俗的心理，而诗歌更多精英的表达。中国本是一个诗之国，《诗》《骚》列于经，变乎经，唐宋诗词道尽文人风流，成为一代精神方式。不研究古典诗词，是难以触摸古典文学的精魂的。刘昫作《旧唐书·文苑传》说："臣观前代秉笔论文者多矣，莫不宪章谟诰，祖述诗骚。"章学诚《文史通义》说："廊庙山林，江湖魏阙，旷世而相感，不知悲喜之何从。文人情深于《诗》《骚》，古今一也。"具体而言，李白诗篇被称为"远宪《诗》《骚》"，韩愈的歌谣又被称为"《诗》《骚》苦语"，苏轼读孟郊诗，感受到"孤芳擢荒秽，苦语余诗骚"。苏辙作《东坡先生墓志铭》，特别提到："至其遇事，所为诗骚、铭记、书檄、论撰，率皆过人。"古代诗歌闪烁着历代文人骚客内在的忧郁和精神的光华，中国古典学若不言及诗骚词曲，可能会顿失精神。因而在研究古代小说史之后，我转入古代诗学领域，陆续写成《楚辞诗学》《李杜诗学》。1997 年年底，在《文学遗产》上发表了《〈离骚〉的心灵史诗形态》，由于文章较长，主编徐公恃先生建议将后半部分起名《〈离骚〉的诗学机制》，发表于次年的第 1 期。至于《楚辞诗学》的其他章节，除了《〈天问〉：走出神话和反思历史的千古奇文》，发表在1998年第1期的《中国社会科学》之外，其余文字都见于各高校的学报了。《风俗通义·皇霸第一》云："及至始皇，承六世之遗烈，抗长策而御宇内，吞二周而叱诸侯，履至尊而制六合，兼帝皇而威四海。于时议者恨楚之疏远屈原，魏不用公子无忌，故国削以至于亡。秦因愚弱之极运，震电之萧条，混壹海内，为汉驱除。……高祖践祚，四海乂安。世宗攘夷境，崇演礼学，制度文章，冠于百王矣。"可见汉人好言《楚辞》，除了刘邦和丰沛列侯皆是楚人，淮南王都寿春乃楚辞老窝之外，也与汉初总结历史教训，"议者恨楚之疏远屈原"的历史反思相关。

1998年年底，我出任文学研究所所长的时候，面临《文学遗产》出版经费极其拮据的局面。我就着手借助著名高校的援助，与编辑部的徐公恃、竺青先生协力解决这个难题，而我当时正在撰写的《李杜诗学》的篇章，并没有在《文学遗产》上出现。直到《李杜诗学》一书出版两年后，2005年4月2日我在国家图书馆文津讲坛作了《李白诗的生命体验和文化分析》的讲演，以醉态思维、远游姿态、明月情怀三个命题，解释李白继承了诗酒风流传统，又借助于胡地以及长江、黄河文明的综合气质，为我们民族的精神体验、审美体验提供了一个新的空间和新的形式。新任《文学遗产》主编的陶文鹏先生是研究唐宋诗词的名家，他发现这篇讲演新鲜活泼，富有独创性，遂将之发表在2005年第6期上。2005年11月在绍兴召开"纪念陆游诞辰880周年暨越中山水文化国际研讨会"，我作为主办单位之一的文学研究所的代表，发表了《陆游：诗魂与越中山水魂》的主题讲演。我在开场白中说，自己对陆游研究是一个后来者，是来向专家们学习的。但几位资深的长辈教授说，不能这样讲，你对陆游诗歌轨迹提出的那些问题，极具关键性、启发性，并一再问及这篇文章在哪里发表。研讨会还特邀我和陶文鹏先生，为当地的文学爱好者分别作了题为《中国古典小说的文化分析》和《陆游与中国爱情诗》的专题讲座，在讲座完了喝茶休息时，我把长辈教授的意见告诉陶文鹏先生。他就把这篇关于陆游的讲演稿拿回去，发表在2006年第3期。上述这些，就是我由叙事学转向诗学之后，与《文学遗产》发生的因缘了。打通叙事学和诗学，使我的古典学研究的思路双轨并驰，变得丰富而充满情趣，产生了如杜诗所云“随风潜入夜，润物细无声”的精神效应。

由于我还兼任少数民族文学研究所所长，于此期间我一再强调文学研究的空间意识，以及思考如何把少数民族文学写入主流的中国文学史。我日益自觉地感到，作为中国文学史的研究者，对少数民族文学知识的缺失，应该看成是知识结构的重大缺陷。为了到剑桥大学当客座教授作准备，我写了一份《重绘中国文学地图》的讲稿，认为文学史的写作不仅要把握文学是一种生命体验这一要义，同时需要树立起“大文学观”的理念，从文化表达的层面创建现代中国的文学学理体系。因此，可以从如下三个层面来重新考察中国文学的历史：一是精神层面的内外相应，即个体生命与历史时代命题的交互作用；二是文化层面的雅俗相推，即文人探索与民间智慧的互动互补；三是跨地域民族文化的多元重组，即中原文学与边地少数民族文学的相激相融。我觉得这些命题，对于文学观和文学史观的更新相当重要，也就建议在《文学遗产》上发表。当它在 2003 年第 5 期刊发出来时，我已经在剑桥大学不仅作了这个讲演，而且对剑桥大学图书馆所藏的 1900 余种诗学著作的状况进行普查了。

学术研究如果要追求精深和彻底，是不能回避或游离于对民族原始经典的返本还原研究的。没有抵达原始经典的深处，就谈不上抵达古典学的核心。中国古典学的核心，在于对先秦经史诸子之学作出富有创造性和生命力的现代阐释，原原本本却生龙活虎，令人大开眼界。梁启超 1912 年在《莅北京大学校欢迎会演说辞》中，以西方经验为参证，“敬祈诸君勉力为中国之学问争光荣”。他认为：“故凡人类间具有系统之智识，大学校莫不列为学科，固不问其按切实用与否也。譬如西洋大学有希腊罗马古典之学，北京大学亦有经训考证之科。以言实用，邈乎远矣，而大学校亦不得不列之为一科。夫大学校之目的既在研究高深之学理，大学校之学课又复网罗人类一切之系统智识，则大学校不仅为一国高等教育之总机关，实一国学问生命之所在，而可视之为一学问之国家者也。且学问为文明之母，幸福之源，一国之大学即为一国文明幸福之根源。其地位之尊严，责任之重大，抑岂我人言语所能尽欤！诸君受学于此最尊严之大学，负研究学问之大任。”他由此得出结论：“普通学校目的在养成健全之人格与其生存发展于社会之能力。此为全教育系统之精神，大学校之目的固亦不外乎是。……特别之目的维何？曰研究高深之学理，发挥本国之文明，以贡献于世界之文明是焉。”清末民初的梁启超和五四运动后的周作人，先后呼吁过，要以希腊之精神改造中国的国民性。更带本质意义的是，深刻的古典学的中国形态的建构，可以成为一个民族从颓唐迷惘中自尊自重，觉醒振作起来的本原性的精神源泉。

早在梁启超之前，王国维就思考中国古典学，发现文学在古典学中的重要位置。王国维在《奏定经学科大学文学科大学章程书后》就说：“至文学与哲学之关系，其密切亦不下于经学。今夫吾国文学上之最可宝贵者，孰过于周秦以前之古典乎！《系辞》上下传，实与《孟子》《戴记》等为儒家最粹之文学。若自其思想言之，则又纯粹之哲学也。今不解其思想，而但玩其文辞，则其文学上之价值已失其大半。”又在《去毒》篇中说：“吾人对宗教之兴味存于未来，而对美术之兴味存于现在。故宗教之慰藉，理想的；而美术之慰藉，现实的也。而美术之慰藉中，尤以文学为尤大。何则？雕刻、图画等，其物既不易得，而好之之误，则留意于物之弊，固所不能免也。若文学者，则求之书籍而已。无不足其普遍便利，决非他美术所能及也。故此后中学校以上，宜大用力于古典一科。”在古典学中，文学牵系着人的性灵，而通向经学、哲学和宗教。由于文学高度关心人，关心人的生活形态和内心世界，有了文学之精神，古典学才能激活生命，变得精彩纷呈。

两所所长我连任了 11 年，由于对古典学不断进行返本还原之思考，在这 11 年的后期，我逐渐感觉到，要探明中国古典学的根底和精髓，需要对经史诸子之学下一番苦功夫，以发明其深层的意义和生命的活力。因此在当所长后期，我就对孔孟、老庄、墨韩、《孙子兵法》、《吕氏春秋》以及群经、秦汉文献、出土简帛，进行穷搜博览，潜心探究，陆续从知识发生和生命还原的角度，写出一批探索性的文章。长达 4 万余字的《诸子还原初探》，就由新创刊的《中国社会科学院文学研究所学刊》2008 卷刊载了。不到 1.8 万字的《〈论语〉还原初探》，就发表在《文学遗产》2008 年第 6 期上。这篇文章探讨了《论语》由孔门弟子后学编辑成书的复杂过程，还原其中呈现出来的教育体制、编纂义例、修辞观念、文乐思想、言诗法式的多重关系，追寻导致“儒分为八”以及演化为汉学、宋学的最初的隐微踪迹，为研究先秦诸子文本的编撰体制、成书过程及其思想体系的成形，提出了一些新见解。那时《文学遗产》已经创办了“网络版”，据编辑部的竺青、张剑先生告知，这篇文章在网络版上点击率是领先的，这对我多少也是一种鼓励。

似乎《文学遗产》与我的《论语》研究缘分不浅。这几年我潜心撰述《论语还原》一书，作为国家社会科学基金后期资助的项目，完稿时已有 90 余万字。于是我把导论的一部分截下，奉送给《文学遗产》，借助它的同行专家评议机制，了解对我一些不同于前人的见解的反应。这篇题为《〈论语还原〉的方法论效应》的稿子，在编辑部接受同行评议半年，终于发表在 2014 年第 1 期上。文章的要点认为，《论语还原》须推求原始，走近历史现场，进入文本脉络，发现一部“活着的《论语》”。关键在于将文本看作是人之所写、人之所编，是人之精神活动的痕迹，从而因迹求心，对文本进行深度的生命分析。这里提出三种“方法综合”：一是对本有生命的复原性缀合，二是对战国秦汉书籍制度的过程性辨析，三是对大量材料碎片进行全息性的梳理整合。作为案例，由此对《论语》中一些孔子之言进行编年学考定；对《论语》在春秋战国之际 50 余年间的三次编纂及曾子学派的崛起，进行深度剖析；对孔子适周问礼于老子的年份，进行全息性排除和考定，并以现代天文学对之进行验证。就是在这番研究中，我确定了以史解经、以礼解经、以生命解经的研究途径。后来一位资深的先秦文学研究者还称赞：“杨义先生在前代研究者止步处着力，拓展出宏大的研究局面，可见当代学术不逊前人，更有推陈出新、整合提升之功。还原研究启动了史源学、编年学、考据学、文献学等，实行以史解经、以礼解经、以生命解经，用传统方法助力还原过程，细读诸子生命，缀合诸子思想，分析诸子文化，对各个问题作出过程性辨析，推求原委，排除疑似，去伪存真，求证出一个个有机的生命真体。还原的方法是通观总体和综合的方法，目的是回到历史的现场。如考订孔子适周问礼时，对纷繁驳杂的材料，通过综合的方法发现深埋在生命里联系，通过编年学的定位、天文学的信息，确定了老子和孔子会面的确切时间是鲁昭公三十一年（前 511），廓清了纷纭千年的争议，在先秦文化史、思想史上具有重要的意义。”

古典学被称为西方的“国学”，由于以古希腊语、拉丁语为基础的西方古典学教学体系，不仅是跨学科的，而且也是跨国度的，只能说是对现代西方人文社会科学的返本还原。中国古典学则是一个文明古国发展成的现代大国的“国学”，对其本质、内涵、血脉、生命的返本还原，又充满创造活力的研究，乃是现代大国学术能力不能回避的试炼。在我有限的学术经历中，已经感觉到中国古典学的无比博大，我以古今小说史的研究，接触到它的血肉；以诗词研究，接触到它的神采；以兼及少数民族文学的重绘中国文学地图，接触到它庞大的体量；最后以诸子学研究，接触到它的根底和精髓。这逆时间矢向而上的四个方面的研究，重中之重、源中之源，在于对中华文明源头的先秦典籍、出土文献和诸子学术的研究。而我接触的领域，大多在《文学遗产》上留下自己的心迹和足迹，并未跳出它的如来巨掌。可见《文学遗产》的气度，是广纳百川的。与这样的刊物“心心复心心”地结缘，是可以把自己的学问做实、做深、做大的。有这么一份刊物汇集古典文学界的群体智慧，当是中国当代学术的幸事。

古典学的活力在于生命还原*

大家好！今天我讲演的题目本来拟定的是“重绘中国文学的历史地图”，但是考虑到我这些年深有感受的，就是研究中国文化如果不研究先秦、不研究诸子、不研究经史这些文化精髓，是不会研究彻底的。所以临时更换为谈谈古典学和先秦诸子发生学的命题，尤其是生命还原的命题，这大概可能对你们学识的根本关怀会有所启发，会触动一些思考。下面就让我们从这个方面作一些共同探讨和交流。

大概是 2006 年，也就是我卸任所长的前两三年，就开始思考“后所长”时期要做点什么，开始尝试着思考和探讨先秦诸子的知识生成与生命形态。那时候是想潜下心来，先看看书，清清思路，写写文章，但是随着一步又一步的追问，逐渐从内心浮出一种名字叫作“还原”的思想办法。这不是标新立异，而是要返本还原，觉得返本还原才算得上最有根底的创新。还原就是回到事物的原本，解读原始经典的本义、本源、本质，包括它的知识发生、人性表达和生命行为，呼唤出大智慧的古人与我们共享智慧，这是非常快乐的事情。因为要搞一门学问，就必须要看见这门学问所存在的位置，以及我们自己能够从中另辟一个什么位置。先秦诸子学是一门很大的学问，前人有过很多研究，积累深厚，楚辞学也是如此。那么我们入门之后能做

---

* 本文根据杨义先生 2015 年 5 月 19 日在吉林大学的学术讲演整理而成，整理于 2015 年 8 月 11—13 日。

些什么？是顺着前人的思路继续研究，还是开辟出新的路子？所以，我提出“还原”这一研究方法，一开始就有很多人不理解，这并没有什么，都理解了，又怎么能够谈得上原创性？那么，还原到底是什么？比方说研究先秦诸子时，我们如果要进行返本还原，就是要还原它的原本脉络、原本的历史现场、原本的文化基因，还有蕴含其中的古代圣者、智者的悲喜哀乐、音容笑貌的生命形态。清人在这方面做了很精湛的版本、目录、校勘、文字的工作，这是我们坚实的出发点，但是这些笺注都比较零碎，没有着重发现生命，没有把这些材料当作生命的痕迹来解读，没有把厚重而零散的材料贯穿成一种生机勃勃的人情、人性、生命来体验和对话。民国学者注重“疑古”，疑古可以启动思想的新维度，打破陈陈相因的板结思考，但是“过度疑古”就可能把我们的文化家底碎片化，甚至粉末化、空心化了。因此，疑古成癖，实际上是弱国心态，抽掉自己的文化主心骨。西方人可以根据《圣经》中的一段话，或者神话史诗中的一段描写，而把自己的历史往前延伸两千年。我们中国几千年来的历史文献浩如烟海，在古典学研究上可谓得天独厚，某些前辈学者却因它们历尽劫难的流传中出现一些相互抵牾的地方，把五千年传承不绝的文明史砍掉了两千年。这里表现出来“文化定力”的欠缺，总是自乱阵脚，好像我们的古人都在作假书一样，伪书满目，这种对于传统太不尊重，相当程度地掏空了学术的支点，实在令人惋惜。

对原始经典的尊重，就是对我们的文化元气的培育。培育的关键是还原生命，古典学的活力在于生命还原，还原出文明的根基、精髓、高尚的理念、精神、人格、习俗的生成过程，给现代文明注入丰沛的源头活水。比如司马迁“究天人之际，通古今之变，成一家之言”，写成《史记》130卷，为千古信史发凡起例，能说他在造假吗？他为了写这部书倾尽了全部精力，但因为这部书篇幅过大，有些东西没有弄清楚，也是可以理解的，但是作为“千古史家之祖”，“厥协六经异传，整齐百家杂语”，绝对不会存心造假。他千方百计想要把历史事件、人物、制度弄得一清二楚，讲了许多浩气长存的“中国故事”，是作为旷世信史、名山事业来郑重编撰的。某些地方讲得不到位，甚至有些地方出了一些差错，但错也有他错的道理，并不是有意造假所致，应该进行史源学的辨析，参照出土文献予以订正。再比如汉武帝（公元前 141 年—公元前 87 年在位）创设宫廷藏书的秘阁，以聚集天下图书，半个世纪后刘向在秘阁为给皇帝整理简书 19 年，汇辑众简，判别优劣，择善而从，是不可能存心造假的，因为造假欺君是要掉脑袋的。刘向父子有他们整理图书的惯例和义法，非常认真地“部次条别，将以辨章学术，考镜源流”。那为什么还有人觉得他是在造假呢？他整理出来的先秦诸子书都是为了造假吗？这对于汉人整理图书的国家机制和整理人的态度、体例，并无理解的同情。刘向他们留下来的资料都有很珍贵的简帛作为依据的，重要的是考察这些简帛的来源和流传的原委。

先秦两汉的书的编撰整理，是一个过程。有过程，就有源头、脉络、分合、异同、始末，而且在这些过程中贯穿着生命的活动。比如《论语》，是写在竹简上的，过一段时间要重新抄写，以便在不同的地域和学派中传承，反复的传抄和口传，难免出现差异和蜕变。到了汉代又重新整理，在这些过程中，有的材料本身是非常古老的，后来又渗入了一些后起的理解和材料。其间出现一些“传闻异辞”的情况，它的来龙去脉是怎么回事，为何使得这本书变成了这个样子？这才是我们需要用心体察的。民国时期的研究者颇有学养深厚的版本目录学家，但他们根据的往往是宋元以后的版本学。宋元以后的版本目录是刻版印刷，刻版印刷往往是一版定乾坤，和战国秦汉的抄本和口传并行的书籍制度的特征是存在根本性的差异。如果完全用宋元以后的版本生硬地要求先秦两汉的书籍，就会自己造成陷阱。因为汉人在整理的时候可能加了一点话，加了一点背景材料，尽量让资料完整，以便后人能够读懂。有的地方加得地道，有的地方加得差池，需要辨析。但如果没有《史记》、没有刘向整理的《战国策》，对于先秦的某些资料就辨不清何时、何地、何人对谁讲的。由于经过了汉人的整理和考辨，我们才获得读懂它们的能力和依据。在这一点上，是不应数典忘祖的。关于《论语》的编纂，众弟子回忆孔子的材料，交上来的恐怕有十几万字，然而对于一部要传道的书，在春秋末、战国初，就不可能编成十几万字，十几万字制成竹简，要装好多车，成本很高，不易记诵，也是不利于传道的。那么究竟怎么处理？就要定一个规矩，进行选择、删节、润色，编一个精粹简明的版本，一万多字就是当时的重典了。这就要求今日的研究者重新回到历史现场，“还原”这个立规矩、编纂传道之要典的历史过程。

关于《论语》到底是怎么编成的，过去我们总是模模糊糊，没有弄清，经常认为不是孔子弟子开始编纂，而是在战国后期或者是汉代才有人去汇辑编成的。我们之所以两千年来在许多关键问题上没有真正认识本来的孔子，就是因为把《论语》当作了闪着灵光的圣贤书，诚惶诚恐，被强光弄花了眼，只是看到了表面的光斑，就盲目地“理解的要执行，不理解的也要去办”，不把它当成可以进行科学理性分析的德行书、智慧书来读，开展民主的思想交流和从容的精神对话。这里常常存在圣人对平常人的精神压抑感，平常人难以舒展他应有的质疑能力和创造能力。其实，形成创造性的对话能力和兼具智性、理性的思考判断能力，比起熟背几条语录，更有助于人的文明进化。这才是活人读书，而不是死读书。《论语》本来属于传，不是经，是弟子们解说和认识孔子的回忆录，而且是经过多次编纂而成的。这就造成了编辑学上一个常识性的现象：谁主编就要留下谁的痕迹，主编的人都要留下他自己的价值判断。难道说他们有私心吗？这很难说。编纂者都会相信他们最了解真孔子，最能传承孔子之道，他们是抱有真诚的责任感的。只是我们要给自己留一点理性的分析空间，应该看到编纂的过程是一个有价值的过程。

那么《论语》到底什么时候开始编的呢？这就需要我们动用“以礼解经”的方法，礼是古人的行为规范，尤其是祭祀、守丧的仪轨，是非常严肃庄重的。子曰：“生，事之以礼；死，葬之以礼，祭之以礼。”这就是孝。众弟子遵照殷礼为孔子庐墓守心孝三年（25 个月），他们事师如事父，“三年无改于父（师）之道，可谓孝矣”。庐墓守孝的时候，大家斋戒祭祀，心理状况要达到很“诚”、很“敬”的程度，“祭如在”，仿佛夫子的音容笑貌都浮现在人们眼前，和你进行言谈应对，这是回忆夫子最好的时候。因此，《论语》的最初编纂，是在孔子逝世的公元前479年，众弟子庐墓守心孝时启动的，只有看到这一点，才算理解众弟子诚敬至孝、三年无改父师之道的珍重的心。那么为什么起书名叫作《论语》，而不像《老子》《庄子》《孟子》《荀子》的惯例，叫作《孔子》呢？这就涉及编纂的程序和书名的本义。以往的注疏家把“论”解释成经纶的纶，讨论的论，车轮的轮，伦理的伦，教我们离开《论语》发生的现场，从字典查找解释。发生学要求我们返回历史曾经发生过的现场，临场发现《论语》书名生成的本义。这就有一个《论语》的“内证高于外证”的原则，因为内证蕴含孔子及其弟子遣词用字的真实习惯。“语”字在《论语》中用了十几次，大多是言谈应答的意思，而且孔子以前就存在过“语”这种文体，孔子也引用过。而“论”字在《论语》中只用了两次，非常关键的，是《论语·宪问》：“子曰：为命，禆谌草创之，世叔讨论之，行人子羽修饰之，东里子产润色之。”孔子交代，子产制作国家政令，要聚合郑国几位有能力、有智慧的大夫进行起草、讨论、修饰和最终的润色。既然孔子有这份交代，弟子又记录在案，《论语》的编纂就必须遵从这个程序。组成一个众望所归的编纂小组进行讨论，成为《论语》编纂的核心环节。由此产生的《论语》就是经过讨论取舍的记录嘉言懿行的一种“语”的文体。众弟子庐墓守心孝时送上来的材料有十几万字，第一步就必须讨论，加以选择取舍，裁定哪些材料比较重要，比较符合孔子原意，比较有利于塑造儒门的风采，把这些材料汇辑整理，其他就全都淘汰了，淘汰的量占大多数。第二步把选进来的材料还要删除冗杂的背景介绍，然后加以润色，就变成了现在我们常见到的“子曰……”的类型，突出了孔子说的最精粹的话。

然而，如果我们要对这些“子曰”进行历史现场的还原，重睹孔子与众弟子传道问学的音容笑貌，就需要重新搜集和缀合那些被淘汰和删除的材料碎片，把人物的生命行为加以复原，使我们能够触摸孔子及其弟子的体温和脉搏。有幸的是，一些被删掉了没有被编入《论语》的材料依然在流传，其数量几乎是论语的十几、二十倍。这些材料散落在战国群经、诸子、古史和《史记》、汉代的一些文献杂录书中，虽然芜杂，也算丰富。但过去有一种偏见，认为唯有《论语》才是真的，其他的材料都是假的，不足为凭的。实际上这是站在《论语》编纂者的立场，以为真伪标准只能服从他们的价值判断，收进来的就是真的，删掉的就是假的。如果我们承认这些材料多是来自原始竹简，只是书写者的学派有别、流传方式各异，经过辩证考实，是可以梳理出不少当时发生现场的蛛丝马迹的。有些材料还展示了现场观察的不同侧面。

比方说《论语·阳货》记载："子曰：唯女子与小人为难养也，近之则不逊，远之则怨。"这句话，是在什么历史现场、针对什么事情说的？二千年来困扰着许多孔子之徒和注疏家。比如北宋经学家邢昺就认为女子不包括周武王的母亲"文母"，朱熹就认为女子是臣妾之流，都是增字解经，节外生枝。中国台湾地区的钱穆（宾四）先生在《论语新解》里解释："此章女子小人指家中仆妾言。妾视仆尤近，故女子在小人前。因其指仆妾，故称养；待之近，则狎而不逊。远，则怨恨必作，善御仆妾亦齐家一事也。"其实，孔子 3 岁丧父，由其母亲养大，不仅不应一般地说女子"难养"，而且要敬重才对。这就有必要如前面说到的返回历史现场，清理这番言论的针对性。有针对，才能看到生命的锋芒。《论语》《史记》都记载，孔子的政治生涯中有两次遭遇女子。第一次见于《论语·微子》："齐人归（馈）女乐，季桓子受之，三日不朝，孔子行。"齐国赠送了 80 名歌女给鲁国，季桓子接受了，鲁定公和季桓子沉溺乐舞，三天不理朝政，于是孔子离开了鲁国，走上周游列国的历程。走到曲阜东面的一个小镇，季桓子派一个大夫为他送行，孔子为那人唱了一首歌："彼妇之口，可以出走。彼妇之谒，可以死败。盖优哉游哉，维以卒岁。"这首歌斥责歌女败坏政治空气。那位大夫回来后禀告了季桓子，季桓子感叹说："夫子罪我以群婢故也夫！"第二次遭遇女子，见于《论语·雍也》："子见南子，子路不说。孔子矢之曰：'予所否者，天厌之！天厌之！'"南子是卫灵公的宠妃，因"美而淫"出名，孔子第二次进入卫国的时候已经67岁，年岁不饶人，急于寻找机会施展为政以德的抱负，就通过子路的连襟、卫灵公的男宠弥子瑕的门径，谒见南子，想不到依然没有受到卫灵公的重用，只是把他当作摆设，跟在马车后面出去兜风，招摇过市。孔子丑之，痛感"吾未见好德如好色者也！"于是离开卫国。在这里孔子追求的是"为政以德"，自己是"德"的化身；他抨击"好色"，包括女色（南子）和男色（弥子瑕）。"吾未见好德如好色者也"，是与"唯女子与小人为难养也"相呼应的，合起来说是"好色"，包括女色、男色；分开来说是女子指南子，小人指弥子瑕。从中可以领略到，孔子主张为政者应该远离女色与小人，以德为政，以贤为用，使政治归于正轨。"子见南子"公案的相关材料在《论语》里起码有五章，但却分散在四篇里，这也折射了孔子弟子编纂《论语》时的心理状态，既可以感觉到这桩公案在儒门反响广泛，又不愿意把所有材料堆积在一起，免得铸成"公案"专档，成为世人议论纷纷的话柄。这就需要我们"眼光如炬，心细如发"，搜集和缀合材料碎片，才能恢复历史现场上发生过的生命行为和思想情绪的宣泄，还原一个"活的孔子"，一部"活的《论语》"，以便超越时空阻隔，实现古今精神互动和智慧共享。

前面说过，《论语》编纂是一个漫长复杂的过程。把《论语》当成古人生命的痕迹，结合诸多的内证、外证和前人研究的成果，跨越拘执，贯通彼此，以迹求心，以生命解经，就可以发现《论语》的早期编纂存在三次：首先是仲弓、子游、子夏在公元前479年庐墓守心孝时，出自"三年无改父（师）之道"的至孝而启动第一次编纂。因此《论语》中子路、颜回、子贡的材料最多、最鲜活，颜回、子路死在孔子之前一二年，同门回忆，绘声绘色；二人都没有私家弟子，假如几十年后由别人的弟子采集材料，就会流失不少现场感和生命色彩了。其次是《论语·先进》中有一份"孔门四科十哲"的重要名单，十哲都称字，不是孔子的口吻；十哲中没有有子、曾子，不是有若、曾参之门的作为，只能是仲弓第一次编纂留下的。汉儒郑玄点出这次编纂，《论语》中的许多内证材料证明有过这次编纂，这需要我们不把书读死，而是调动一点悟性，就自然有得于心。

《论语》第二次早期编纂，发生在三年庐墓守心孝（25个月）期满的公元前277年。按照殷礼，守孝期满就可以重新开门论学从政，这就是《孟子·滕文公上》说的“子夏、子张、子游以有若似圣人，欲以所事孔子事之”。由于人事变动，这次编纂，出现了“有子曰”，尤其是全书近500章而紧跟第一章“子曰”之后的第二章：“有子曰：其为人也孝弟，而好犯上者，鲜矣；不好犯上，而好作乱者，未之有也。君子务本，本立而道生。孝弟也者，其为仁之本与!”有若刻苦坚毅，虽称不上杰出，但出语不凡。又如孟子所说：“子夏、子游、子张得圣人之一体，冉牛、闵子骞、颜渊具体而微。”这也是一个相当出色的编纂群体。由于第二次编纂，《论语》出现《子张》篇，这一篇在全书中相当特别，没有“子曰”“孔子曰”，所有材料都出自子张、子夏、子游、曾子、子贡五人，都是三年守孝期满，众弟子哭泣告别后依然留在鲁国的大弟子。因而只能是这次编纂留下的生命痕迹。《论语》中有六个弟子公冶长、冉雍（仲弓）、颜渊、子路、原宪、子张上了篇名，这都是存在深刻的理由，体现了编纂者的价值衡量。《论语》的材料80%是孔子周游列国以后的材料，因为孔子早期的弟子少，整体文化水准不高，有的已经去世，所以就没办法提供更多的材料。最多的材料就是孔子后期周游列国时弟子随行的回忆，以及晚期修订六经时候的材料。

《论语》历经一次又一次的反复编纂修改，说明孔门是将它作为不可代替的传道书、传家宝。第三次编纂出现在曾子死（前432）之后。柳宗元根据《论语》中称谓的变异，有子、曾子称“子”，推断有、曾之门参与编纂，这是有道理的。但有子出山时，曾子反对，表明他们的弟子不应同时编纂。曾子比孔子小了46岁，又比孔子多活了1岁，曾子死离孔子死几乎50年。《论语》中最晚的两条材料，是有关曾子死，他临终遗言：“鸟之将死，其鸣也哀；人之将死，其言也善。”这只能是临终侍疾的弟子才能提供。曾门弟子的第三次编纂，风格是比较审慎内敛，没有把自己名字标上篇题。在整个《论语》的500章中，只增加了3%的材料，就改变了《论语》的路线，由原来的颜回路线，变成了颜回、曾子两条路线。且不说居于《论语》全书第四章的“曾子曰：吾日三省吾身：为人谋而不忠乎？与朋友交而不信乎？传不习乎？”提倡一种“反省内求”的修养办法，以忠、信、传习为标准，模塑自身完美的君子人格，启动了儒学“从自己做起”的思想路线。还可以进一步探讨《论语·里仁》记载：“子曰：‘参乎！吾道一以贯之。’曾子曰：‘唯。’子出，门人问曰：‘何谓也？’曾子曰：‘夫子之道，忠恕而已矣。’”同样的命题，也发生在孔子和子贡之间，《论语·卫灵公》记载：“子曰：‘赐也！女以予为多学而识之者与？’对曰：‘然，非与？’曰：‘非也。予一以贯之。’”另一章又记载：“子贡问曰：‘有一言而可以终身行之者乎？’子曰：‘其恕乎！己所不欲，勿施于人。’”对于孔子“一以贯之”的道，曾子是明白透彻，直抵本源的；而智商第一的子贡却要专门点拨，才恍然大悟。二者比较，曾子最能传承孔子之道的精髓，是不言而喻的。

曾氏家族，其实是鲁国一个很殷实的家族。曾子五世祖曾巫，本是山东省南部的鄫国世子，是要继承国君之位。但是由于老国君娶了莒国的小老婆，生了女儿嫁回莒国后生了外孙，就让外孙继位，断绝了鄫国的香火。曾巫只好投奔鲁国当了大夫，曾巫生曾夭，曾夭生曾阜，他们分别是季氏宰、叔孙氏家臣。这些材料散见于《春秋》及其三传，尤其是《左传》昭公元年（前541），只是后世没有将它们与曾子家族联系起来。《左传》的记载，发生在公元前505年曾子出生之前36年。然后曾氏家族接下来就是曾点、曾参。曾子出自亡国贵族后裔，其先辈不算显赫，但也甚是殷实。如此殷实家族在鲁国经营数代，亲朋故旧定然不少，具有一定实力，因而曾点一次游春，就可以“冠者五六人，童子六七人”，虽称不上冠盖如云，却也是足够风光。孔门弟子中，谁能若此？曾子对儒学的理解很纯粹，但他能够把儒学做大，也需要有家庭经济基础和鲁国人脉的支持，这些问题是都要从社会的大语境中加以周密考察的。

在孔子道统传承中，子思是一个关键。有内证表明，子思也参与了《论语》第三次编纂。宋儒是认可孔、曾、思、孟的道统的。源头在于《孟子·离娄下》所说：“曾子、子思同道。曾子，师也，父兄也。子思，臣也，微也。”韩愈在《送王秀才序》中进一步确认：“吾常以为孔子之道，大而能博，门弟子不能遍观而尽识也，故学焉而皆得其性之所近。……孟轲师子思，子思之学，盖出曾子。”程颐则认为：“孔子没，曾子之道日益光大。孔子没，传孔子之道者，曾子而已。曾子传之子思，子思传之孟子。”在《论语》中考察子思的生命痕迹，以及他和曾子的关系，《泰伯》篇的这段记述值得注意：“曾子曰：‘可以托六尺之孤，可以寄百里之命，临大节而不可夺也。君子人与？君子人也。’”在孔门谈论托孤，众人都会心知肚明，是关于子思的托孤。孔子 19 岁成婚，20 岁即生孔鲤；孔鲤 50 岁卒，留下一个七八岁的孔伋（子思）。此时孔子已垂垂老矣，就面临托孤子思的问题。所谓“六尺之孤”，战国时期 1 尺相当于 23.1 厘米，6 尺身高也就将近 1.40 米。这正是七八岁的子思的身高。子思不可能是孔鲤的“遗腹子”，他幼年聪慧，就接受了孔子之学的耳濡目染。《孔丛子·记问篇》记载：“孔子闲居，喟然而叹。子思再拜，请曰：‘意子孙不修，将忝祖乎？羡尧舜之道，恨不及乎？’夫子曰：‘尔孺子安知吾志？’子思对曰：‘伋于进膳，闻夫子之教：其父析薪，其子弗克负荷，是谓不肖。伋每思之，所以大恐而不懈也。’夫子忻然笑曰：‘然乎？吾无尤矣！世不废业，其克昌乎！’”后人怀疑这则记载的真实性，其实是中了过度疑古的毒。子思著有《坊记》《表记》《缁衣》《中庸》，他的述学方式都是一口一个“子曰”，如果他在孔子生前还懵懂不解事，在七十子面前又怎么可以振振有词地说他的祖君是如何如何说呢？只要承认子思的述学方式，就不能排除子思在孔子生前已经能够多少领略孔子的言传身教。《汉书·艺文志》载有“子思二十三篇”，本注云：“名伋。孔子孙，为鲁穆公师。”子思应是活了 82 岁。

曾氏家族应是托孤子思的最佳选择。“可以托六尺之孤”，就是托子思之孤；“可以寄百里之命”，就是肩负传承孔子之道的遗命；“临大节而不可夺”，就是对这些托付坚定不移。至于孔门托孤，当然可以托给子贡，衣食无忧，但是子贡会带着他去做生意，到处游说、当官，这实非孔子所愿；也可以把他托给子游、子夏，但子游是吴国人，子夏是后来的魏国人，他们在鲁国没有家族根底。唯有鲁国曾家，家境最殷实，在鲁国的根底很深，是托孤的理想场所。子思不一定是曾子的独家弟子，他作为孔子的孙子，在丧礼祭祀上充当“尸”，七十子都会对他特别关爱和指点，但是后来众弟子离开鲁国，曾门独大于鲁，托孤的关系使他跟曾子的因缘特别深，就被后人指认为曾子的弟子了。不妨认为，这段“曾子曰”是子思参与第三次编纂时特意加上去的，表达他对曾氏家族接受托孤的真切谢意，肯定了曾子光彩照人的君子人格。

子思参与第三次编纂留下的生命痕迹，还见于《论语·宪问》的首章：“宪问耻。子曰：‘邦有道，谷；邦无道，谷，耻也。’‘克、伐、怨、欲不行焉，可以为仁矣？’子曰：‘可以为难矣，仁则吾不知也。’”这则记载，在《史记·仲尼弟子列传》中是如此表述的：“子思问耻。孔子曰：‘国有道，谷；国无道，谷，耻也。’子思曰：‘克、伐、怨欲不行焉，可以为仁乎？’孔子曰：‘可以为难矣，仁则吾弗知也。’”其中“邦”字改为“国”字，是汉人为避汉高祖刘邦之讳所致。原宪字子思，与孔伋的字相同，司马迁是得见《古论语》的，照录为“子思问耻”，沿袭的是《论语》编纂时弟子间相互称字的惯例。由于孔伋参与第三次编纂，他在儒门的声誉已经超过原宪，此子思不愿与彼子思相混淆，就把“子思问”改为“宪问”了。理应引起高度注意的是，《论语》书名最早见于典籍，是在子思著述的《礼记·坊记》。其中有言：“《论语》曰：三年无改于父之道，可谓孝矣。高宗云：三年其惟不言，言乃讙。”这应是子思参与《论语》编纂成书后的宣告，其中“三年无改于父之道，可谓孝矣”，是揭示第一次编纂的精神动机；“高宗云：三年其惟不言，言乃讙”，是揭示第二次编纂的历史契机。子思是把《论语》的三次编纂当作一个完整的持续接力的过程，当作儒门传道的公共财富。此时，子思 50 多岁，60 岁以后写成《中庸》，深化了由《论语》奠定根基的传道过程。

读经典而读不出真性情、活生命，只能说是没有通窍。《论语》的三次编纂，留下了孔子及其弟子的许多脚印、心性和生命迹象，都有待于我们加以激活。三个编纂群体从不同的角度把握和体认"真孔子"和孔子之道，使之变得博大、丰厚，在互相对质和深化中形成一个开放的立体化的道术系统。其中，仲弓、子夏一脉，通过荀子，通向汉学；曾子、子思一脉，通过孟子，通向宋学。汉、宋两大儒家学派都在《论语》早期编纂中埋下了伏笔，血脉流贯，潜藏儒学发展的巨大可能性。返本还原的研究，要求我们把《论语》内外的材料碎片缀合、贯穿为真实可感的生命存在，以便古今共享智慧的喜悦。这种"缀散为整"的工作，就像文物考古，把很多古陶碎片按照它出土的地层、形制、纹路、弧度和断口的形态，把它复原成一件完整的古陶器物。如果在考古文物学上不下足这种返本还原的功夫，世界上许多大博物馆中那些震撼人心的陶器、雕像，可能都还是堆积在仓库中的碎片。只有用科学的方法恢复了它的本来生命，才能以古文明的强大的文化内涵和精神魅力对现代社会发生巨大的精神震撼。这些潜藏生命的材料碎片，散落在传世文献和出土文献之中，散落在书面文献和口头传统之中，需要博采穷搜，考究原委，精心审慎地接通血脉，才能激活它们的内在生命。比如过去有一种"诸子出自王官说"，这是汉人在大一统的政治格局中对知识来源和价值规范的认知，关注以上统下的知识秩序。如《汉书·艺文志》所说："儒家者流，盖出于司徒之官"；"道家者流，盖出于史官"；"阴阳家者流，盖出于羲和之官"；"法家者流，盖出于理官"等。实际上先秦诸子最大的贡献，在于超越和突破王官之学的固有框架，在相当有限的书面传统之外，发现了连通地气的浩瀚苍茫的民间口头传统和民俗资源，包括天下父老关于黄帝、尧、舜、禹和混沌的传说。将之纳入拯救乱世人生、引导文明航向的哲学思考，跟王官之学发生了猛烈的碰撞，使"道术为天下裂”，从而引发了中国思想的旷古未见的大爆炸，开创了中国思想史的黄金时代。

同时，大量的地下文献的出土，使我们对先秦的书籍制度，包括诸子成书的过程性有了一个大彻大悟，觉察到许多战国秦汉典籍存在历史文化地层叠压的现象。在口传和转抄并行、竹简成组流传和汇辑整理的过程中，在原有的底子上难免有后来的观念、术语、材料渗入，对此不可简单粗率地判定真伪，而应该审慎缜密地剥离其中的历史文化地层叠压，以实事求是的态度来研究中国文学、文化、文明。

以古典学门径逍遥于诸子六大迷津*

先秦诸子学研究，是中国古典学研究的一个核心领域，也是我最近五六年全神贯注的一个研究领域，尤其关注这个领域的智慧、生命和根脉。我原来研究现代文学，从鲁迅研究起步。后来从事现代小说史、古代小说、楚辞唐诗以及少数民族文化研究。一路走来，在一系列的贯通性文化研究中，越来越感觉到，人文是一个时代的标志、旗帜、灵魂和风神。

许多历史时代，都是以人文创造留在人们难以忘怀的记忆中的。失去人文的光华，就可能令人感到鄙陋不堪。不妨设想一下，春秋战国时期战祸连绵，以斩获的头颅、串上耳朵去领赏，所谓“《春秋》之中，弑君三十六，亡国五十二，诸侯奔走不得保其社稷者不可胜数也”[①]，陵夷至于战国，“强吞弱而众暴寡”使生灵涂炭，如果没有孔子、孟子、老子、庄子这些古圣先贤点亮思想创造的明灯，这半个千年会是一个血迹淋漓、率兽食人的世界；倘若大唐时期，没有李白、杜甫、韩愈、柳宗元这样一些文化巨星，唐朝就只剩下一群享受着和糟蹋着“稻米流脂粟米白，公私仓廪俱丰实”（杜甫《忆昔》）的文明果实的平庸的大胖子了。孔、孟、老、庄，李、杜、韩、柳，以人文智慧为他们所在的时代增添光彩，成为那个时代快哉斯风的文采风流的标志。

---

* 本文为 2011 年 12 月 24 日在中央国家机关读书活动上的讲座录音整理稿，2014 年 10 月 5 日修订。

① （西汉）司马迁：《史记》卷 130《太史公自序》，中华书局 1982 年版，第 3297 页。

人文播种着哲思，播种着诗意，播种着史脉，也就是播种着人心。文化工程说到底是一种人心工程。《周易》说："刚柔交错，天文也。文明以止，人文也。观乎天文以察时变，观乎人文以化成天下。"人文的重要功能，是对天下人心的化而成之，奠定民族的精魂。大哉人文，有人文的旗帜，才有"诗意栖居"。说到时下，伴随着社会经济全面振兴的历史大潮，道德转型，人欲膨胀，人文的提升成为当务之急，文化创造建设的工程也就迫在须臾地提上了日程。文化创造，需要大胸襟、大眼光、大手笔。在前段时间《中国社会科学报》召开的编委会上，我提出，建立人文学，就是要贯通文、史、哲、宗教、人类学，思考中国现在的人文状态和应对的策略，打开中国人文的博大庄严之境。对中国作为一个迅猛崛起的现代大国，应该具有的何种文明形态和人文气象，要猛然觉悟，大有作为。文化研究，也要形成高瞻远瞩的战略思想和方法论，开拓朝气蓬勃的新局面。

那么，究竟如何进行文化研究呢？

作为"人文化成"的文化，指的是一个民族的生活样式和精神方式。所谓"化"就是"生"，就是"变"，就是"感动"，文化由此具有动词性，具有历史主动性，就是以精深的文明成果和建制，化入民族的生活样式和精神方式之中，化入民族的肌体以培育人的健康清明的灵魂。难怪博学多闻的西晋学者束皙在《补亡诗·由仪》中说："文化内辑，武功外悠。"唐朝的崇贤馆学士、人称"书簏（竹箱）"的李善注《文选》，对这句诗作了这样的解释："辑，和也。言以文化辑和于内，用武德加于外远也。悠，远也。"这种解释略嫌简单，其实，"辑"就是聚集、安顿、统辑，如《尚书·汤誓》所说"辑宁尔邦家"，或如《汉书》所说"统楫（辑）群元"。把国家和民众统辑起来，而归于安宁，这当然是文化所具有的教化和凝聚的内在功夫，不像武功那样气势汹汹令人悠忧和悠荡，是一种催人忧伤痛苦的外在功夫。因此梁启超才这样说："文化者，人类心所能开释出来之有价值的共业也。"他把文化与人类心、价值观、事业的公共性联系起来，是散发着浓郁的启蒙意识的。回过头来看束皙作的《补亡诗》，这位少年才俊的本意，是补写《诗经》中"有其义而亡其辞"的《南陔》《白华》《华黍》《由庚》《崇丘》《由仪》诗六篇，把只有笙乐、没有歌词的缺陷补齐，以之作为礼乐文明的载体，可见他是从《诗经》的传统脉络来谈论文化的内在性的，谈论文化的礼乐形态。这种文化观念运用到文学上来，必然就产生"大文学"的理念。文学观要大起来，就应该敞开文化批评的视野，将空间维度有机嵌入时间维度，形成时空的互动、互补、互相阐发；进而高度关注汉民族和少数民族共同创造中华文明的整体文化观的本质意义；并且以科学和人文互补的理性和感性，对待雅俗不同文化层次的本质价值和互动关系；还原历史文化典籍蕴藏的生命状态和生命过程。这就形成了大文学观所展开的时空观、整体观、动态观和生命观。

第一，将空间维度有机嵌入时间维度。时间本来就在空间中运行，时空一体，是中国人天人合一的宇宙体验的延伸。《庄子·齐物论》说："旁日月，挟宇宙，为其吻合。"《文子·自然》说："往古来今谓之宙，四方上下谓之宇。"在这些战国文献中，宇是空间，宙是时间，宇宙联合组词，就是时空混一。但在以往的历史文化研究中，对于时间维度的把握通常是我们考虑的关键点，考察一代代的人们如何推动潮流，与时俱进。谁是先进，谁是落后；谁是革命，谁是反动，都不妨贴上标签。文学思潮从古典主义、写实主义、浪漫主义、现代主义、后现代主义，浪潮迭迭推进，似乎一浪比一浪优胜。事实上，空间维度亦是文化研究中不可或缺的有机组成部分。因为时间是在空间中运行并展开的；没有空间，时间就会变成没有居所的游魂野鬼。空间维度的加入，时间的矢向联系着大地，在多维上各显神通，赋予时间以质感和质量。把握时间的流动，要高瞻远瞩，这里的高和远，都有空间的位置和向度。

在此，我想通过对“环肥燕瘦”的历史考证，为大家尝试着开启一扇文化研究通向空间维度的大门。“环肥燕瘦”的“环”，指唐玄宗的贵妃杨玉环；“燕”指汉成帝的皇后赵飞燕。杨玉环是一个胖美人；赵飞燕是一个瘦美人。苏东坡诗云：“杜陵评书贵瘦硬，此论未公吾不凭。短长肥瘦各有态，玉环飞燕谁敢憎。”（《孙莘老求墨妙亭诗》）清代周伯义《扬州梦》卷三《梦中事》说：“环肥燕瘦，各极其致，而究以肥不堆肉，瘦不露骨为宜。”[①] 那么，为什么汉人喜欢瘦美人，唐人喜欢胖美人呢？如果局限于时间维度，那就只能作出时代的变迁引起审美趣味形态的变化这类简单的回答。

我们有必要展开空间维度，才能使答案变得丰富、深刻，充满趣味。《后汉书·马援传》有一句话叫“楚王好细腰，宫中多饿死”[②]。说的是楚王喜欢细腰的美人，因此宫中的美人都束腰节食，很多人染上厌食症，以致饿死了。从先秦诸子及古史书，诸如《墨子》《荀子》《韩非子》《战国策》的记载中，可以发现楚王好细腰，不仅仅好宫中细腰，而且好“士”的细腰。宋朝王楙《野客丛书》卷二也发现这一点：“《传》曰：‘楚王好细腰，宫中多饿死。’《荀子》乃曰：‘楚王好细腰，故朝有饿人。’《墨子》又曰：‘楚王好细腰，国多饿人。’《淮南子》亦曰：‘灵王好细腰，民有杀食而自饥也。’人君好细腰，不过宫人，岂欲朝臣与国人皆细腰乎？天下之事，讹谬之远，大率如此，岂独一细腰事乎！”[③] 因此，楚国臣子投合国王的爱好也都节食。节食到什么程度呢？要撑着地板才能站起来，扶着墙才能走路。

楚王何以喜欢细腰到如此地步？考究来看，楚国巫风比较盛，国王带着群臣观赏巫风舞，或者亲自跳巫风舞。歌舞娱神，自己也就变成神的子女了。细腰于是关联着民俗信仰。粗壮的水桶腰身跳起舞来不好看；而细腰就能翩翩起舞，不亦乐乎。荆州出土的楚国帛画《人

---

① 李保民、胡建强、龙聿生主编：《明清娱情小品撷珍》，学林出版社 1999 年版，第 1004 页。

② （南朝·宋）范晔：《后汉书》卷 54，中华书局 1965 年版，第 853 页。

③ （宋）王楙：《野客丛书》，中华书局 1987 年版，第 19 页。

物驭龙图》《人物龙凤图》中，无论男女皆为细腰，甚至细得只有一匝粗，他（她）们是要飞升到天国的。细腰意味着易于飞升。我想屈原也是细腰，也有飞仙信仰。明末清初的画界怪杰陈洪绶的《屈子行吟图》，虽然是描绘“屈原既放，游于江潭，行吟泽畔，颜色憔悴，形容枯槁”（《楚辞·渔父》），但那瘦削身材，长剑细腰，端是屈子真容。《楚辞·离骚》：“高余冠之岌岌兮，长余佩之陆离。”《九章·涉江》：“带长铗之陆离兮，冠切云之崔嵬。”呈现出屈原头上戴着很高很高的帽子，腰间佩着低昂摆动的长剑的形象。倘若屈原是水桶粗腰，长剑何以能在腰间如此摆动？屈原《楚辞》中有“芳草美人之喻”，这很可能跟楚国臣子的女性化有关系。有人说屈原把楚怀王作为他的恋爱对象了。其实“芳草美人”不是同性恋的问题，而是楚国臣子女性化的问题。“众女嫉余之蛾眉兮”，展现出屈原把同事、同僚说成一群女子，嫉妒自己的蛾眉，这具有明显的女性化倾向。这是楚风很值得注意的一点。

我们还可以从出土的陶俑中获得说明。在出土的系列兵马俑中，秦始皇兵马俑个个膀大腰圆，那是关中风气。再看西汉徐州楚王墓出土的兵马俑，都是一尺多高，从后面看像女人的腰段（细腰），转过去看有两撇胡子。那些骑兵、武士、文臣皆为细腰。到陕西汉景帝阳陵，陪葬陶俑中有两样东西令人印象最深，一是陪葬中有很多陶做的牛、马、猪、狗，其中陶做的狗胖得像猪一样。据讲解员讲，那翘着尾巴的是家犬，拖着尾巴的是狼犬。汉朝前期的皇帝、王族几乎人人爱吃狗肉，汉景帝是刘邦的孙子，也爱吃狗肉。据史料记载，刘邦的连襟樊哙出身寒微，早年曾以屠狗为业。樊哙的妻子吕须是吕雉（汉高祖刘邦的皇后）的妹妹。他曾与刘邦一起隐于芒砀山泽间，是刘邦的心腹猛将。现如今到沛县，樊哙狗肉还是一道名菜呢。二是汉阳陵出土的陶俑，无论宫娥、宦官、文臣武将，都是细腰长腿。原本是穿着衣服，木制手臂能活动，两千年后都腐烂了，剩下来的细颈、细腰、长腿，这是西汉前期的楚风浸淫于皇室。汉成帝迷恋的皇后赵飞燕是个体态轻盈瘦弱的美女，由于她的舞姿轻盈，人们反而忘却了她的真实姓名，而称呼她“飞燕”。成帝特制了水晶盘，命宫人托盘，让飞燕在盘上起舞，还担心她被大风吹走。西汉皇帝喜欢瘦美人，缘于这种楚风北上而浸淫皇室。南宋平阳木刻年画《隋朝窈窕呈倾国之芳容》也称为《四美图》，画的是王昭君、赵飞燕、班昭、绿珠四位古代美人，看来西汉喜欢窈窕婀娜之风，也多少感染了宋人。

唐代则是“关陇之风”南下。“关”指关中，“陇”指陇上、陇西。骆宾王诗云：“汉月明关陇，胡云聚塞垣。”（《早秋出塞寄东台详正学士》）“关陇之风”指的就是定居关中，胡汉杂糅，文武合一，互相通婚，形成了关陇六镇胡汉集团，从中散发着一股浓郁的西北一带游牧民族的风气。陈寅恪《金明馆丛稿二编》如此形容：“取塞外野蛮精悍之血，注入中原文化颓废之躯，旧染既除，新机重启，扩大恢张，遂能别创空前之世局。”唐代开国皇帝高祖李渊自称出自陇西李氏，以西凉武昭王李暠的嫡裔自居，其祖父李虎是少数民族北周政权的高级军事统帅，开国六柱国之一。李唐王朝的母系几乎都是少数民族。唐高祖李渊的母亲独孤氏、妻子窦氏，都是鲜卑贵族。唐太宗李世民的妻子长孙皇后的祖先为北魏宗室长。可以说，李唐王朝一半的血统是少数民族。因为草原马背民族居无定所，逐水草而居，女性要参政，并且随军作战，所以少数民族喜欢健壮的女人。所谓“日暮途远，人间何世？将军一去，大树飘零；壮士不还，寒风萧瑟”（庾信《哀江南赋》），生存条件是很艰苦的。据《蒙古秘史》等典籍记载，成吉思汗的祖先外出打猎时，看到一女子在草原上撒尿，撒得很远。由此判定这位女子十分健康，随即将这位女子带回去做了妃子。[①] 可见游牧民族需要健壮的女人，和男人一样驰骋于大漠草原之上。

唐太宗长孙皇后生有三子：一是长子李承乾，就是太子，后来被废掉了。二是四子魏王李泰。唐太宗认为他像自己，倍加宠爱，宠冠诸王，是唐太宗最宠爱的儿子，甚至对李泰的待遇逾越礼制，将大名

---

① （蒙古）策·达木丁苏隆编译：《蒙古秘史》，谢再善译，中华书局 1956 年版，第 80 页。

鼎鼎“居地三十顷，周回十七里”的芙蓉园赐给了李泰，宠遇超过了太子的规格，由此引起了皇位继承的宫廷变动。三是九子晋王李治，唐太宗为了保证自己的三个嫡子都能够活下来，果断地立了李治为太子，就是后来的唐高宗。长孙皇后死后，四子魏王李泰发愿在龙门石窟宾阳洞为他的母亲造了一座佛身像，佛龛落成，唐太宗亲自前往，大阅于伊阙。佛身像的面相是大方脸，并且脸是鼓出来的，很健壮。这是典型的胡人长相。因此，在“关陇之风”南下的唐代，唐玄宗的爱妃杨玉环必须是一个胖美人，由此才能“回眸一笑百媚生，六宫粉黛无颜色”。可见，“唐室多胡气”，唐人诗集中多有“胡乐”“胡酒”“胡姬”的吟唱，这种胡气浸润到唐代日常生活和诗人的血脉骨髓中，包括他们对美人肥胖形态的选择。只有把人物、事件放在生发他们的空间中，找到一种在场的感觉，才能够客观地走进鲜活的历史。中华民族幅员广袤，空间文化丰富绚烂，每一个文化板块色彩不同，给整体文明输入了姚黄魏紫、环肥燕瘦的多姿多彩的文化要素，经过融合，变得浑厚、杂色、充满活力。

第二，确立汉族和少数民族共同创造中华文明的整体文化观，这对于民族多元一体的中国具有本质意义。中国是一个地域辽阔、部族种族众多的民族共同体。每一个地域、每一个民族都为这个共同体注入了自己的生存智慧和文化元素。《晏子春秋》说：“百里而异习，千里而殊俗。”各民族形成了丰富多彩的民俗习惯，涉及衣、食、住、行，呈现于节庆、礼仪、婚姻、生育、祭祀、丧礼，渗染着宗教信仰、民间崇拜。由此，使得中华文化博大精深、浩无际涯、深不见底、灿烂辉煌。我曾经当过中国社会科学院文学研究所、少数民族文学研究所所长，后来“少数民族文学研究所”将“少数”两个字去掉，变成了“民族文学研究所”。我兼任两个所的所长，似乎走进斯坦尼斯拉夫斯基体系，沉浸在角色的情感之中，进入“无我之境”，与少数民族文学发生了“移情—共鸣”。在边学习、边体验、边研究中，我深深感到，少数民族给中华民族增添的东西很了不得，比如藏族的《格萨尔》、蒙古族的《江格尔》、柯尔克孜族的《玛纳斯》等伟大的史诗和叙事长诗。多是民族性群体创造，不少属于国际显学。

在文化动力系统研究中，我曾提出“边缘活力”的概念，这个概念现在在少数民族文学界，在非物质文化遗产保护领域，已经采用者很多。打个比方，坐在主席台上，你的活力就不如在主席台下面。在台下可以打个盹、抽空出去上个洗手间。可是，你在上面想打个瞌睡就众目睽睽，不太雅观。也就是说，少数民族处在边远地方，它的文化能够保持相当程度的自生自长、少有拘束，可以说是自由生长的活力。如王安石《梅花》诗所说：“墙角数枝梅，凌寒独自开。遥知不是雪，为有暗香来。”生长在墙角，自然是边缘化了，但它独具风骨，能够凌寒开放，给大地散播出浓浓的“暗香”。与之形成对照的是中原文化或者主流文化，往往由于地处中心，有被模式化、系统化，同时也可能被封闭甚至产生僵化的隐患。少数民族的边缘文化来自于不同文化板块的接合部，因而多带有原始性、混合性、流动性、野性，彰显出极强的蓬蓬勃勃的生长、更新活力。在中原文化与少数民族文化相互碰撞融通的过程中，可以为中原文化植入某些鲜活的气息。

民族文化的相互影响不是单向的，而是采取对流形态的。少数民族对汉族中原文化的影响往往是一种自下而上的渗透，而中原汉族文化对于少数民族的影响则是自上而下的蔓延，形成了一种生生不息的文化旋流。沈括《梦溪笔谈》卷六这样叙说北方游牧民族接受中原文化的礼俗，说：“大凡北人衣冠文物，多用唐俗。”明人游潜的《梦蕉诗话》就元朝理学家、诗人刘因（字梦吉，号静修）的一句诗，作了发挥，说：“元静修刘先生《过易台诗》云：‘万里河山有燕赵，百年风气自辽金。’易台，今顺天所属地也。太宗皇帝（明成祖、永乐皇帝朱棣的庙号）相都其处，以控要害，燕赵河山，钩距盘固百七十年，衣冠文物之化焕然盛备，旧习已移。其未纯者冶容剽悍之俗尔。”由此可见，中原衣冠文物对少数民族的感染力是不容小觑的。这种感染和接受是自上而下的，因为懂汉语的大多是少数民族中的达官贵人、上层人士，只有这些达官贵人、上层人士才可以请得起汉语经籍文化老师。少数民族在接受汉文化的过程中会产生这样三个文学层次：其一，他们用汉字写出系列文章，而且写得比汉人还要好。比如老舍、沈从文、萧乾等人。老舍原姓舒舒觉罗氏，北京满族正红旗人，是中国现代著名小说家、文学家、戏剧家。沈从文，原名沈岳焕，湖南凤凰县人，祖父沈宏富是汉族，祖母刘氏是苗族，其母黄素英是土家族，血统汉、苗、土家杂糅，世居苗族地区而对苗族发生深切的认同感和归宿感，是中国现代著名的文学家、小说家、散文家和考古服饰学专家。萧乾原名萧秉乾，蒙古族，是世界闻名的记者，卓有成就的翻译家、作家，也是著名的中外文化交流使者。他们都以汉语写作鸣于世。其二，一批少数民族作家用汉语文字专门描写少数民族聚居的边疆、雪域高原、草原文化，如玛拉沁夫写他的蒙古族“茫茫的草原”和“敖包相会”：“十五的月亮升上了天空哟，为什么旁边没有云彩？我等待着美丽的姑娘呀，你为什么还不到来哟嗬?”其三，相当一批少数民族作家用自己的母语写作。在55个少数民族中，除回族使用汉语外，其余民族都有自己的语言，其中22个少数民族使用了本民族文字。不少人用维吾尔语、藏语、蒙古语等母语写作，在表达本民族生活、文化、风俗和思想情感上显示了天然的优势。如维吾尔族诗人尼米希依提、铁依甫江·艾里耶夫，蒙古族诗人纳·赛音朝克图、巴·布林贝赫、阿尔泰，哈萨克族的库尔班阿里等人，以母语体验生活、抒发情怀，都有更加真切、婉转、精妙的表现。少数民族作家这种语言文化层面的分别，与接受汉语文化影响的深浅程度存在深刻的关系。

第三，高度关注并以科学与人文相结合的理性精神对待不同文化层次的本质价值和互动关系。在文学研究中，雅俗隔绝的做法并不可取。但是以往的文学史通常只讲书面文学史，忽略或是少讲来自民间的口头文学。其实，人类许多文学方式往往起源民间，最先在民间播种发芽，然后才在整个文学天地上生长成参天大树的。比如诗之国风、骚之《九歌》、乐府之《陌上桑》《孔雀东南飞》《木兰词》及巴歈吴歌，词之民间“曲子词”和秦楼楚馆新声，曲之元代“八娼九儒十丐”的“书会才人”，小说源头的古代神话传说和唐代的佛教俗讲、宋代的瓦舍说书，都在中国文学文体发生和创新上注入了源头活水，其后才出现滚滚滔滔之势。鲁迅在《门外文谈》中就说过：“就是《诗经》的《国风》里的东西，好许多也是不识字的无名氏作品，因为比较的优秀，大家口口相传的。王官们检出它可作行政上参考的记录了下来，此外消灭的正不知有多少。希腊人荷马——我们姑且当作有这样一个人——的两大史诗，也原是口吟，现存的是别人的记录。东晋到齐陈的《子夜歌》和《读曲歌》之类，唐朝的《竹枝词》和《柳枝词》之类，原都是无名氏的创作，经文人的采录和润色之后，留传下来的。这一润色，留传固然留传了，但可惜的是一定失去了许多本来面目。到现在，到处还有民谣、山歌、渔歌等，这就是不识字的诗人的作品；也传述着童话和故事，这就是不识字的小说家的作品；他们就都是不识字的作家。但是，因为没有记录作品的东西，又很容易消灭，流布的范围也不能很广大，知道的人们也就很少了。偶然有一点为文人所见，往往倒吃惊，吸入自己的作品中，作为新的养料。旧文学衰颓时，因为摄取民间文学或外国文学而起一个新的转变，这例子是常见于文学史上的。不识字的作家虽然不及文人的细腻，但他却刚健，清新。”这种论述，具有深刻的文学发生学的洞见。

只讲书面传统，不讲口头传统，就忽视了文学的发生发展的生命过程。这就好比只讲水果摊上的水果，而不讲水果的种子种到地里，是如何生根、开花、结果的。不讲发生过程，只讲最后结成果实的水果，这是很难抵达其文学的生命特质的。据史料记载，人类会写文字只有五千年的历史，人类历史上最早出现的文字是五千年前的埃及文字。中国甲骨文有三千多年的历史，如果讲到字符，就有八九千年的历史。这在人类生存史上依然是相当短暂的。而且古代能够用文字著书立说的人也是寥寥无几，大量的部族起源、迁徙、始祖传说、天文观测、发明创造，在很长的时间是口耳相传的，或者是巫师歌舞，或者是职业家传。据牛津大学实验室对语言基因（DNA）变异的研究表明，人类会说话的历史已经有十二万年了。十二万年与五千年的时间差距表明，大量的民族记忆、民族想象是通过口传心授而流传下来的。史官文化只是人类文化史中很少的一部分。比如黄帝、尧、舜、禹的传说早已存在，可是，这种传说得以用文字记录是在孔子生活的年代，疑古学派往往认为这些传说是先秦诸子杜撰出来的，不足取信的，这是一个误区。根据语言与文字产生的时间差可以推断，一些民间传说靠口传心授流传下来，又继而被先秦诸子用以创造出属于他们自己的学问。司马迁写《史记》的时候，走了几万里路，所到之处，都听到关于黄帝、尧、舜的讲述。这是一个民族对自己部族始祖的一种记忆。太史公正是借助民间口头传统及孔子所述的《五帝德》《帝系姓》一类材料，将中华民族的始祖记忆，延伸到苍茫古远的岁月。

祖源记忆，是人类追问根本和身份的思想形式，具有深刻的象征性。苗族却认为人类文明有三祖：炎帝、黄帝、蚩尤。《苗族古歌》告示，蚩尤是他们的祖先，“古时苗族住在直米力，建筑城垣九十九座，城内铺垫青石板，城外粉刷青石灰，城里住着格蚩尤老和格娄尤老”[①]。苗语记音的“直米力”，是地域名称，传说在河北一带，是一个宽广平坦的大平原。蚩尤在与黄帝苦战中被执，宁死不屈，在黎山（今山东阳谷一带）被杀害。蚩尤将颈上的枷锁，掷于大荒之中，化为火红的一片枫林。这就是《山海经·大荒南经》所述：“有宋山者，有赤蛇，名曰育蛇。有木生山上，名曰枫木。枫木，蚩尤所弃其桎梏，是为枫木。”[②] 这个传说流布甚远，明代李时珍《本草纲目》转引王瓘《轩辕本纪》云：“黄帝杀蚩尤于黎山之丘，掷其械于大荒之中，化为枫木之林。《尔雅》注云：其脂入地，千年为琥珀。”[③] 清人张宗法《三农纪》卷十六引《述异记》：“黄帝杀蚩尤于黎丘之山，掷其械于大荒中，化为枫木之林。”只有重视口头传统，才可以破解楚辞《九歌》祭祀河伯，与南楚三苗的族源记忆的关系，才能深化对《招

① 潘定智等编：《苗族古歌》，贵州人民出版社 1997 年版，第 276—277 页。

② 刘悦霄编：《山海经》，内蒙古人民出版社 2006 年版，第 156 页。

③ （明）李时珍：《本草纲目》，中医古籍出版社 1994 年版，第 832 页。

魂》“湛湛江水上有枫，目极千里伤春心”的深层意义的把握。其实，重视源自口头传统的《苗族古歌》，就可以贯通历朝志异书和《楚辞》经典的文化潜流，就可以破解汉族与少数民族文学“你中有我，我中有你”的深层秘密。对于那些只见文献记载、漠视口头传统的学究而言，有必要请他们寻味一下清朝康熙年间的大学问家毛奇龄所说：“六经”里面没有“髭”字和“髯”字（“髭”就是上嘴唇上的胡子，“髯”就是络腮胡子），但是中国人的胡子绝对不是汉代才长出来的。因此，没有文字记载并不等于不存在，口头传统对于古典典籍发生学的研究，具有重要价值。凡事都有一个底子，我们也不应成为无底的葫芦。

过去通常认为，先秦诸子产生于官方文化，即所谓“诸子大抵出于王官”，如《汉书·艺文志》曰“儒家者流，盖出于司徒之官”[①]，“道家者流，盖出于史官”[②]，“阴阳家者流，盖出于羲和之官”[③]之类。其实这是刘向、刘歆父子和班固从王朝大一统的意识，看诸子的发生，认为是国家的知识培育了思想家的知识。诚然，先秦诸子做学问首要的是读书、识字，变成士人阶层。在这个过程中，先秦诸子在某种程度上接受了官方文化的影响，也是不可回避的。然而，先秦诸子一个很重要的、带本质性的贡献，却在于他们把民间口头传统、民俗想象资源，引入思想创造的中心视域，打破了周代王官体制的局限，使“道术为天下裂”，从而引发了思想文化的大面积原创和突破。因此，在文化研究中高度关注并科学对待不同文化层次的问题，应该被视为中国古典学研究的一个关键。

第四，还原历史文化典籍蕴藏的生命状态和生命过程，是古典学研究的一种新境界。先秦诸子书不是一堆死材料，而是古代智慧人物的生命结晶、生命痕迹。读书读得最快乐的时候，是读懂书中的生命；研究最快乐的地方，是唤醒千古精魂，与自己进行音容相接的精

---

① （东汉）班固：《汉书》卷30，中华书局1962年版，第1728页。

② 同上书，第1732页。

③ 同上书，第1734页。

神对话。关于先秦诸子的书，《老子》最早，有5000字；《孙子兵法》有6000多字；《论语》有1.5万多字，这在当时算是很大的书了。《庄子》达到6.6万字，共33篇。其中内篇7篇，是由庄子作的；外篇15篇是由别人记的；还有杂篇11篇，是后学所作。这是前人的说法，实际上还有许多有待商量地方，庄子的生命不仅见于内篇，也见于外篇和杂篇。无论如何，这些书影响了中国，进入了中国人的精神世界。所以，我们研究先秦诸子，就是研究中华民族的文化精神DNA。先秦诸子既是我们思想上的先驱，又是我们精神上的朋友。先驱开展思想的原创，朋友启发文明的对话。面对丰厚的人类文化遗产，我们应该做的事情，乃是在与历史文化的沟通中，深入地进行原创对话，并以对话开拓新的原创。另外，要发现原创和深入对话还要从文献处入手，在空白处运思。古书结构的皱褶和缝隙中，往往存在生命的气息。能够发现生命气息，应该看作是哲学文献学的妙用。要尽可能地从文献的蛛丝马迹上进入先秦诸子的生命本质，也就是“以迹求心”，剖心见诚。在把握多种多样学科文献材料，包括出土文物文献材料的基础上，运用历史编年学、人文地理学、文化人类学、姓氏学及考古学等方法，揭示历史文化存在的生命状态与生命过程。可以把以史解经、以礼解经、以心解经的方法，推广到诸子学的研究，点破迷津，从中发掘典籍的本质和智者的生命。

下面，我们在把握上述文化研究要义的基础上，通过破解几个诸子学的疑难，进一步体会、领略文化研究之本旨及方法，以期对我国先进文化的创造和建设起到抛砖引玉的作用。唐玄奘《大唐西域记》卷首，有唐人之序称赞法师说：“廓群疑于性海，启妙觉于迷津。”千古迷津，须在妙觉中渡过性海，破解群疑，发明生命。

迷津之一：老子庙为何不见李父之踪影？

李耳其人好像是天生的“老子”，而非“儿子”，谁也无法考证出他的父亲来，他的身世给人留下莫名其妙的谜团。但老子是知有母的，在河南鹿邑（古代的苦县）老子故里，李母庙就在老子庙的北面，没有李父庙。老子可能出生在一个母系部落，才会如此吊诡。唐司马贞《史记索隐》在解释老子“姓李氏”时说：“按：葛玄曰：‘李氏所生，因母姓也。’又云：‘生而指李树，因以为姓。’”[①] 这是母系社会获得姓氏的方式。了解这一点，才可能解释何以在先秦诸子中，唯有《老子》带有母性生殖崇拜的意味。历史学家吕思勉、哲学家冯友兰以及一些外国汉学家，都有这样的见解。最为明显的例证，是《老子》六章：“谷神不死，是谓玄牝。玄牝之门，是谓天地根。”[②] 牝的原始字形是“匕”，作女性生殖器形状，正如牡字去掉“牛”旁，乃男性生殖器形状一样。玄牝之门，即玄深神秘的女性生殖器之门，竟然是天地之根，这不是母性生殖崇拜，又作何解释？而且“牝”字又有孔穴之义，如《礼记·月令》郑玄注，就把接纳门闩的孔穴，叫作“牝”[③]。那么，这个“玄牝”简直就是老子形容的生成天地的无限幽深的“黑洞”了。六十一章又说：“大邦者下流，天下之交，天下之牝（马王堆汉墓帛书甲本作‘天下之牝，天下之交也’）。牝常以静胜牡，以静为下。”[④] 这些话都语义双关，从神圣的生殖崇拜，转化出或发挥着致虚守静、以柔克刚的思想。

人们也许会问：春秋晚期中国已进入相当高度的文明进程，周公

① （西汉）司马迁：《史记》卷63，中华书局1982年版，第2140页。

② 陈鼓应：《老子注译及评介》，中华书局1984年版，第85页。

③ （清）阮元：《十三经注疏》，上海古籍出版社1997年版，第1380页。

④ 陈鼓应：《老子注译及评介》，中华书局1984年版，第301页。

制礼作乐、推行封建体制已经五百年了，难道还存在母系部落吗？应该认识到，上古中国是一个多元共构的，并非是同步发展的初级阶段的文化共同体。可以说，非均质、非同步是其地域文化构成的突出特点。《周礼·冬官考工记》说：“匠人营国，旁三门，国中九经九纬，经涂九轨，左祖右社，面朝后市。”这里的“国”就是列国四四方方的都城。周室及其分封诸国的中心都市，经济文化比较发达，受周公礼制的影响较深。远离城邦的边鄙之地，则存在明显的原始性，中央政权和邦国的力量相当虚薄，依然活跃着许多氏族、部落和部落联盟。在这些边远地区，就很可能存在母系氏族，或母系氏族的遗风。甚至20世纪的中国西南部还有母系遗风，二三千年前的属于陈楚边远之地的苦县赖乡，又怎么能排除有母系氏族或它的遗存形态生存在山谷溪流之间呢？

值得注意的是，《老子》二十一章，在讲了“道之为物，惟恍惟惚。……窈兮冥兮，其中有精，其精甚真，其中有信”[①]，“精”与“信”都蕴含生殖因素之后，特别讲到“自今及古，其名不去，以阅众甫。吾何以知众甫之状哉？以此”。众甫二字，马王堆帛书甲、乙本均作“众父”，称母为唯一，称父为众数，这种用语是否带点群婚制的信息呢？老子是否也因而知有母，而不知有父呢？我们知道，老子也是讲究回复根本的，问题在于他把根本置于何处？《老子》十四章：“复归于无物。”十六章：“夫物芸芸，各复归其根。归根曰静，是谓复命。”二十八章：“复归于婴儿”，“复归于无极”，“复归于朴”。所谓复归“无物”“无极”“朴”“静”“婴儿”，就是复归于道与人的原初状态，道的原初形态是“无”，人的原初形态是“婴儿”，这就是“道法自然”的思维纲纪。以被世人称为“老子”者，倡导“复归于婴儿”，可见他对生命体悟之透彻，之毫无滞碍。在这一系列的往来归复中，《老子》五十二章的表述尤其值得注意：“天下有始，以为天下母。既知其母，复知其子。既知其子，复守其母。”他把天下之始，复

---

① 陈鼓应：《老子注译及评介》，中华书局1984年版，第148页。

归到“天下母”，还是母性至上；在人伦关系中，需要对待处理的“知母”“知子”和“复守其母”的血缘纽带，其间并无父子关系，可见老子是知有母而不知有父的。将这种思想与儒家相比较，其间的差异判若水火。《孝经·圣治》孔子曰：“天地之性，人为贵。人之行，莫大于孝，孝莫大于严父，严父莫大于配天……父子之道，天性也，君臣之义也。”儒家崇孝，严父处在“莫大”的地位，并以此作为解释“君臣之义”的伦理情感出发点。知有母，是人体验自己从何而来的第一了悟；知有父，则是第二了悟，可见老子思想的原始性程度，高于儒学。

这就涉及对“家”的看法，封建制度是注重“家”的宗法性血缘纽带的，这种血缘纽带连接的也是“父终及子”“兄终及弟”的父系承传。这就只能从这种意义上解释《孟子·离娄上》孟子曰：“人有恒言，皆曰：‘天下国家。’天下之本在国，国之本在家，家之本在身。”对于“家”是否为“本”，《老子》又是如何表述？其十八章云：“国（邦）家昏乱，（安）有忠臣。”五十七章云：“民多利器，国（邦）家滋昏。”五十四章说得更系统：“善建者不拔，善抱者不脱，子孙以祭祀不辍。修之于身，其德乃真；修之于家，其德乃余；修之于乡，其德乃长；修之于国（邦），其德乃丰；修之于天下，其德乃普。故以身观身，以家观家，以乡观乡，以国（邦）观国（邦），以天下观天下。”老子以“邦家”组词（后世避刘邦讳，改为“国家”），虽然他也讲了修身、修家、修国、修天下，似乎与儒者《大学》的修齐治平具有相似的言说顺序，但强调的是“以身观身，以家观家，以乡观乡，以国观国，以天下观天下”，讲求的是各个环节“自观观自”的独立性，而不是以家庭伦理观察治理国家的政治学。考究老子政治学，以父系为支柱的家庭伦理因素非常淡薄。《老子》八十章云：“小国寡民，使有什伯之器而不用。使民重死，而不远徙，虽有舟舆，无所乘之。虽有甲兵，无所陈之。使人复结绳而用之。甘其食，美其服，安其居，乐其俗。邻国相望，鸡犬之声相闻，民至老死不相往来。”这里说的“民”与“人”，都不需父子、君臣关系赋予他们价值，他们远离器具文化和战争体制而复归于自然浑朴，“小国寡民”

大概是对老子童年的氏族文化的理想化描述。《老子》三十九章：“昔之得一者：天得一以清，地得一以宁，神得一以灵，谷得一以盈，万物得一以生，侯王得一以为天下贞。……故贵以贱为本，高以下为基。”在这个系列中，天、地、神、万物、侯王都可以顺理成章，唯独以“谷”与之并列，带有深刻的老子特色，这种特色如前所述，联系着母性生殖崇拜的情结。

我们可以考察一下陈国的民风。周武王封帝舜的后代妫满于陈（今河南淮阳），就是陈胡公，建都在宛丘之侧，又把元女太姬配给陈胡公。太姬无子，以神巫祈祷得子，因此喜欢巫觋祈祷鬼神的歌舞之乐，由此衍生出巫风浓郁的求子生殖的民俗。唐朝李吉甫《元和郡县图志》中说：“《尔雅》：陈有宛丘，又丘上有丘为宛丘。注：‘四方高，中央下，曰宛（碗）。’”[①] 《诗经·陈风·宛丘》云：“子之汤（荡）兮，宛丘之上兮。洵有情兮，而无望兮。”[②] 这是讽刺陈国君主淫荒昏乱，游荡无度的。进一步追溯，陈国宛丘本是“太皞之虚”，传说中伏羲女娲的故土，伏羲是他的母亲踩着神的脚印受孕而生的，至今每年三月还表演伏羲母亲踩着神的脚印的舞蹈，叫作“履迹舞”，尤其是那里有一种陶器玩具叫作“泥泥狗”，一个、两个、三个直到九个头，胸前都绘有色彩斑斓的女人阴部的图案，非常醒目，是女性生殖崇拜的遗存，可见母性生殖崇拜具有深刻的人文地理遗传。

陈地的地理风物对老子影响至深者，一是谷，二是水。《大戴礼记·易本命》说：“山为积德，川为积刑。高者为生，下者为死。丘陵为牡，溪谷为牝。”山川丘谷，都与生殖崇拜脱不了干系，《淮南子·墬形训》重复了这种说法：“山为积德，川为积刑；高者为生，下者为死；丘陵为牡，溪谷为牝。”这就使得山川丘谷，都蒙上了女性生殖崇拜的烟雾。宋人吴曾《能改斋漫录》卷七说：“韩退之《赠崔立之诗》云：‘可怜无补费精神，有似黄金掷虚牝。’洪庆善曰：

① （唐）李吉甫：《元和郡县图志》卷9，影印文渊阁四库全书本（第468册），第239页下。

② 周振甫：《诗经译注》，中华书局2002年版，第190页。

‘牝，溪谷也。古诗云：哀壑叩虚牝。’余按，古诗之意，虚牝当是壑中之窟穴耳。所以《老子》曰：‘玄牝之门，是谓天地之根。’然《大戴礼》以丘陵为牡，溪谷为牝。洪盖取大戴之意耳。”这里把山谷中的洞窟，与《老子》的“玄牝”联系在一起，是值得寻味的。

老子自小就在流经赖乡的谷水、涡水中天真无邪地嬉戏，因而对溪谷洞穴的神秘，以及水性、水德体验极深。他是大自然的赤子，因而他提出“道法自然”。《庄子·天下》称老聃之学“其动若水，其静若镜，其应若响”[①]，是咀嚼到了老学中的水味道的。《老子》八章说：“上善若水。水善利万物而不争，处众人之所恶，故几于道。……夫唯不争，故无尤。”[②] 这就是老子体验到的水之德。不妨设想，涡水、谷水滋润着童年老子所在的氏族部落的田地林木，流水何尝有侵占田地林木的收获的欲念，它只留下波纹的笑，留下两岸的绿，就向低处毫无留恋地奔流而去了。这就是流水，“善利万物而不争”的流水。老子只能望着它蜿蜒的身影而遥致敬意了。还有水之性，《老子》七十八章说：“天下莫柔弱于水，而攻坚强者莫之能胜，以其无以易之。弱之胜强，柔之胜刚……正言若反。”[③] 柔弱胜刚强，是老子最有标志性的发现之一，而最初启发他的莫非水，最好的喻体也莫非水。这个发现既可鼓舞弱者敢于坚持的勇气，又可告诫逞强者收敛其锋芒，还可涵养强大者游刃有余的处事谋略，成为各阶层的人们以“天下之至柔，驰骋天下之至坚”的思想源。老子从水性中发现了“柔弱胜刚强”，从水德中发现“善利万物而不争”，这和孔子叹逝川，《孙子兵法》谓“夫兵形象水，水之形，避高而趋下。兵之形，避实而击虚。水因地而制流，兵因敌而制胜。故兵无常势，水无常形，能因敌变化而取胜者，谓之神”[④]，可以并列为先秦诸子对水之哲学的三项杰出的发现。

---

① 陈鼓应：《庄子今注今译》，中华书局 1983 年版，第 881 页

② 同上书，第 89 页。

③ 同上书，第 350 页。

④ （春秋）孙武：《孙子》，中华书局 1985 年版，第 10 页。

迷津之二："唯女子与小人为难养也"究竟是什么意思？

古典学首先要考虑的，是返回经典的本义。连经典的本义都音影模糊甚尔茫然无知，乃是高谈阔论古典学之耻。《论语·阳货》中孔子的一句话："唯女子与小人为难养也，近之则不逊，远之则怨。"[①]此语在妇女解放和女性主义思潮中，最受诟病。对于这个问题，古人也是有异议的，比如朱熹对此就作过一些解释。现在很多场合，对于孔子之于女子的评说也在尽力作一些涂饰。其实，与其费尽心思地为这句话的正确性作辩护，倒不如考察一下这句话产生的历史境遇。历史现场呈现了经典本义的机锋。在孔子的政治生涯中，在两个情境中遭遇两个女子，对其造成的政治波折发过沉痛的感慨。

第一次遭遇女子：《论语·微子》说："齐人归女乐，季桓子受之，三日不朝，孔子行。"齐国怕鲁国因任用孔子当司寇而称霸天下，就送来80个漂亮的歌女，迷倒了季桓子，甚至三天不上朝。祭祀的时候，也没有分给孔子一份应得的冷猪肉。所以孔子走了，走得很慢，是在等着季桓子。季桓子是鲁国最大的权贵，如果把鲁国的天下分成四部分，季桓子占两份。他甚至比鲁侯还要有权力。孔子走了以后，季桓子就派了人去追孔子，想挽留他。孔子说，那让我唱一个歌吧。孔子借歌声指责"彼妇之口""彼妇之谒"。替季桓子挽留的人回去禀报，季桓子则感叹："夫子罪我以群婢故也夫！"就是说，孔夫子因为这帮女子怪罪我了。在如此情境中，发一点"女子与小人"并提的感慨，并不令人意外。与其说孔子在抽象地谈论"女子"，不如说他在批评"好女色"；与其说孔子在孤立地谈论"小人"，不如说他在针砭"近小人"。应该说，这次遭遇女子，"小人"似乎缺席，但它为

① 金良年：《论语译注》，上海古籍出版社1995年版，第218页。

孔子对女子、小人的愤愤不平的申斥，作了切近的铺垫和心理上的累积。

第二次遭遇女子：《论语·雍也》记载孔子离开鲁国出入于卫国，发生“子见南子”事件。子见南子，子路不悦。夫子指天发誓说：“予所否者，天厌之！天厌之！”据《吕氏春秋》记载，孔子是通过卫灵公宠臣弥子瑕的渠道，见到卫灵公的釐夫人南子：“孔子道弥子瑕见釐夫人。”[①] 这一点，与《淮南子·泰族训》《盐铁论·论儒》的材料相仿佛。这个嬖臣弥子瑕，大概就是《史记》所说的南子派使的人。这次拜访却引起子路的误会，害得孔子对天发誓。而卫灵公却没有因此尊敬和重用孔子，只给他一个坐在“次乘”上，跟在自己和南子的车屁股后面，陪伴他们兜风的待遇。引得孔子对如此女子、如此小人，大动肝火，痛陈在卫国“好色”已经压倒了“好德”，并且为此感到羞耻，离开了卫国。好色包括女色（南子）和男色（弥子瑕）。在如此情境中，孔子对“女子（南子）与小人（弥子瑕）”作出申斥，又有什么可大惊小怪的呢？此事发生于卫灵公四十年，即鲁定公十五年（—495），孔子57岁，这就是回到孔子说此话的历史现场。

迷津之三：为何会有“孙武其人乃子虚乌有”之说？

古典学既要发现人物事件被记载的原因，也要发现人物事件未被记载的奥秘。不要忘记，历史记载是人对历史存在的选择性行为，其中隐含记载者（史官或其他士人）的价值观。令人迷惑不解的一个迷津，在于《左传》没有记载《孙子兵法》的作者孙武，尤其是吴楚柏举之战没有记载。面对这个迷津，疑古的先生认为孙武其人子虚乌有，甚至剥夺了他的《孙子兵法》的著作权，认为那是孙膑的作品。

---

① 许维遹：《吕氏春秋集释》卷15，中华书局2009年版，第389页。

检讨一下吴楚柏举之战记载，《左传》只记载四个人：一是吴王阖闾；二是吴王的弟弟夫概，三是伍子胥；四是太宰嚭。就是没有孙武。为何如此？因为被取材的官方文献是实行“官本位”的价值标准，孙武是客卿，不是重臣，不像伍子胥是帮助吴王阖闾（公子光）上台的重臣。那时，官方文献通常不记载参谋长或者高级参谋、军事专家，往往把功劳记在国王、重臣身上。在这场战役中，楚国一方也只记载了令尹和司马，几十万人的战争，列名的总共六人，孙武只好受点委屈，名落孙山。这是历史记载的不公平之处，现代研究者大可不必站在古代史官的立场。

但是先秦兵家文献《尉缭子》记载，有提十万之众，而天下莫敢当者，他是谁呢？是齐桓公；有提七万之众，而天下莫敢当者，是谁呢？是吴起；有提三万之众，而天下莫敢当者，是谁呢？是孙武子。[①]在柏举之战中，孙武在前锋协助指挥吴国三万军队对抗楚国二十万军队。开始是军队坐在船上溯淮河西上，楚军就张着口袋准备让吴军钻进来，但吴军突然中途把船抛掉，如孙武所说的“兵之形，避实而击虚”，直插楚国首都。不听吴王阖闾的阻止，即所谓“将在外，君命有所不受”，突然发起攻击，以“其疾如风”之势，未等楚军回援，就穷追猛打，十一天就攻入楚国郢都。这种战争谋略，就是孙武“兵者诡道也”的战略思想，超越了春秋时代把战争当成“军礼”，而主张“兵不厌诈”的新战争形态。孙武认为，战争须在于敌方露出破绽，有可乘之机中取胜。用兵应该奇正结合，正是按牌理出牌，奇是超出牌理出牌，这就是神出鬼没。曹操说：“吾观兵书战策多矣，孙子所著深矣。”唐太宗李世民也称赞：“朕观诸兵书，无出孙武。”曹、李都是大战略家，如此褒奖，是孙武智慧的千年回响。孙武作《孙子兵法》，一个很重要的贡献是把兵法变成一种非常有实效性的战略战术举措，又进而把战略战术变成了一种高智慧的哲学。《孙子兵法》既是兵家圣典，又是人类竞争生存和博弈策略的智慧宝库与启示录。

---

① 参见华陆综《尉缭子注译》卷 1，中华书局 1979 年版，第 9 页。

迷津之四：墨子的出生地究竟在哪里？

人文地理学是一种重要的古典学思想方法。对典籍、对诸子，都应该深入考察其发生的时地，其出生的里籍，这样才能使典籍和诸子生根。中国幅员广大，各个地域的种族、部族在漫长的历史过程中，积累了丰富多彩的地域文化成果。由于不同地域给诸子注入的文化因素不同，因此诸子家族身世的考定，对于破解诸子的文化基因，具有关键的价值。但这方面的资料短缺，又给我们的考定留下许多难题和迷津。

正史上有关墨子的记载，极其支离破碎。《史记·孟子荀卿列传》所附的墨子身世片段，只有 24 个字："盖墨翟，宋之大夫，善守御，为节用。或曰并孔子时，或曰在其后。"① 这里将墨子附于列传中孟子、邹子、稷下先生淳于髡之辈及荀子之后，年代是明显错乱的，只用 20 余字就交代了一个学派领袖的一生，说明风行 200 余年的墨子显学，在太史公的时代已衰微到了几乎进入绝学之境。而且《史记》说墨子为"宋大夫"，与《墨子》记载的他从不接受爵位，是互相矛盾的。《汉书·艺文志》记载："《墨子》七十一篇。"② 可见当时《墨子》书尚未散佚；但注曰："名翟，为宋大夫，在孔子后。"只是将墨子确定在孔子后，也是称其任职而不及墨子里籍。因此墨子的里籍在何处，《史》《汉》均无交代，以致后世至今有关他的里籍争论不休。

怎样才能厘清墨子的出生地呢？有效的办法不是斤斤计较后人的议论纷纷，而是让墨子自己作出交代。墨子里籍问题，就不说今人争做名人的老乡了，《史记》《汉书》就没有记个明白，但是"模糊也是

① （西汉）司马迁：《史记》卷 74，中华书局 1982 年版，第 2350 页。
② （西汉）司马迁：《史记》卷 30，中华书局 1982 年版，第 1738 页。

一种意义”，其间另有隐秘。那就只好请教墨子本人，当面对质了。墨子对楚王说，“臣北方之鄙人”[1]，因此他就不是楚国人，家在北方，但是哪国人，还是来了个“模糊”。他“出”曹公子于宋，用一个“出”字介绍自己的弟子到宋国做官；止楚攻宋之后，“过”宋而未被守闾者接纳，那他不是宋人，在宋地无家。

更具有里籍定位价值的，是墨子无意中提供的一个定位系统。他说：“南有荆、吴之王。”楚国还要加上吴国，说明他的里籍所在北方偏东；“北有齐、晋之君”，那么他所在不是特别靠北，晋国还要加上一个齐国，说明这不甚靠北的地方偏东；“东方有莒之国”，那么他所在，为莒国正西，也就是鲁国的“南鄙”那些附属小国。这些话见于《墨子·非攻中》。言者无心，听者有意，墨子讨论“非攻”思想，在无意中隐藏一个关于他的家乡的定位系统。鲁国南面存在过有名字可考的小型国家，在春秋战国时期就有 20 多个，有的小到只有十几里或几十里，这些都属于东夷部族。墨子属于草根，出身于百工，也就是泥瓦匠、木匠之类的工匠，因此往往居无定所，游动于东夷部族之间，所以他的里籍并不居于战国七雄之列，鲁国南方边鄙之地的东夷小国不容夸口，只能“模糊”了事。但是，认真地研究排除模糊，在化解模糊中发现，墨子思想与东夷文化结有不解之缘，或者说墨子文化中隐藏东夷的 DNA。这对于将诸子研究纳入中华民族共同体发生过程中的华夷互动体系，具有本质的价值，可以极大地拓展墨子研究的文化空间。

为什么墨子提倡“节用”“非乐”，反对“厚葬”呢？因为他是草根，出身百工，追随治水英雄大禹的“摩顶放踵，利天下为之”的行为作风，凡与自己的立身行为方式相左的奢侈现象，都极力抨击。《庄子·天下》就说：“墨子称道禹行，曰：不能如此，非禹之道也，不足为墨。”大禹治水在三千年前的青铜器豳公盨就有记载，这是中华民族生存史上的壮举。墨子是一个宣传鼓动的高手，他对门徒说，

---

① 许维遹：《吕氏春秋集释》卷 21，中华书局 2009 年版，第 594 页。

贵族们花天酒地、歌舞荒淫，把许多玉器、陶器、青铜器都埋进坟墓里去了，我们却吃不饱，穿不暖，死了连一张席子裹尸都没有，这个世道还有公平正义可言吗？这有点类似反对贪腐，对于鼓动民众是非常有效的。群众鼓动起来了，用什么来约束和监督呢？他提倡“天志”和“明鬼”，上天有眼，鬼神监督。学者翻一翻《左传》等书，发现春秋战国时期已经有“民本思想”，就觉得墨子讲天讲鬼，思想后退了。其不知“民本思想”只是当时精英分子的思想萌芽，广大草根民众还是信天信鬼的，明处对得起天，暗处对得起鬼，这种无所不在的监督，带有很强的心理强制性。

既然墨子说，他的思想行为是从大禹那里学来的，就有必要考察一下他学到的是何种形态的大禹。大禹的子孙分封在杞国，此时已经迁到山东的新泰、昌乐、安丘一带，沾染了很浓的东夷色彩。此地在鲁国东北，离墨子家乡很近。《史记·楚世家》记载，楚惠王“四十四年（前 445），楚灭杞”[①]。亡国之后，夏后氏族人迁逃鲁国诸地。此时墨子二三十岁，从杞国流亡贵族、巫师、歌手的口中，得以听闻他们带到民间的大禹故事。《墨子》书记述的大禹故事非常怪异，非常原始，没有经过儒家整理改造，带有东夷文化神神怪怪的色彩。《墨子》中引述的诗书，八成以上与经过儒家整理过的诗书不同，大概也与此不无关系。墨子虽然出在孔子之后，墨子的思想来源却追溯到孔子之前，诸子之徒往往将其思想与民间口头传统相联系，从地气中汲取生命的力量。

进入政治学领域，墨子提倡“兼爱”和“非攻”，也是站在平民百姓和弱势群体一边的。儒家的仁爱和礼仪，是讲究尊卑等级、亲疏远近，推己及人。一讲尊卑等级，就没有草根平民的份了。所以墨子讲“兼相爱、交相利之法”，提倡一种消解尊卑等级的普遍的爱，大家都是“天之民”，各国不分大小，都是“天之邑”，不能以尊压卑，不能以大欺小。墨子的理论取消了为君为父者的尊严特权，也就招来

---

① （西汉）司马迁：《史记》卷 40，中华书局 1982 年版，第 1719 页。

孟子的严厉批评，《孟子·滕文公下》称："圣王不作，诸侯放恣，处士横议，杨朱、墨翟之言盈天下。天下之言不归杨，则归墨。杨氏为我，是无君也；墨氏兼爱，是无父也。无父无君，是禽兽也。"[①] 爱而不讲尊卑亲疏，父权、君权就受到漠视和动摇，这就是孟子不能不辩的原因。

我们破解了墨子的家乡何在，就破解了墨子思想的文化基因从何而来。故乡的山川风物、文化资讯，润物无声，植入学者的文化血脉，这是古典学的重要关注点。但是，来自河南中南部的有些人，坚持墨子家乡在他们那里，在感情上难以接受墨子家乡在鲁南郳诸小国。如果进一步分析先秦文献中墨翟、禽滑釐及其身后的墨家"钜子"的活动轨迹，可以认定，河南中南部是墨家民间结社团体的根据地，或是他们止楚攻宋，实行非攻主张的大本营。说句开心话，鲁南郳诸小国，是墨子的"韶山冲"，韶山冲在文化基因的发生上非常关键；河南中南部，是墨子的"井冈山"，井冈山在政治作为的意义上比韶山冲更为重要。

近代以来，由于西方科学思潮的启发，《墨辩》声誉鹊起，《大取》《小取》二篇也列入其中。梁启超有感于胡适的心得，认为墨子十论是"教'爱'之书"，墨辩六篇是"教'智'之书，是要发挥人类的理性"[②]。此波愈涌愈烈，以至杨向奎推崇"一部《墨经》，无论在自然科学哪一个方面，都超过整个希腊，至少等于整个希腊"[③]。考察《墨辩》诸篇的发生，有必要搜索墨子思维方向的一次重大转换，由青壮年时期的满腔激情，到晚年充满悟性和理性的冥思。

其中的心理转捩点隐藏在汉代邹阳的一句话中，《史记·鲁仲连邹阳列传》载："宋信子罕之计而囚墨翟。"[④] 一次牢狱之灾，是可以促使人对于此前的人生和思想进行深刻的反思。墨子进入 60 余岁的

① 杨伯峻：《孟子译注》，中华书局 2005 年版，第 155 页。

② 梁启超：《墨子学案》，商务印书馆 1926 年版，第 81—82 页。

③ 张知寒：《墨子研究论丛》（一），山东大学出版社 1991 年版，第 56 页。

④ （西汉）司马迁：《史记》卷 83，中华书局 1982 年版，第 2473 页。

晚景，难免会检讨和反思自己的学说和行为，于此高龄被囚，其检讨和反思就会更是刻骨铭心，激情也就沉淀为理智。被囚中的寂寞苦思，触发他忆及早年工匠生涯的艰苦和乐趣，又思及百工众艺，以及日常事例、学理辩论中的深层原理。出狱后，再也不能自由出入宋国；至于楚之北境，鲁阳文公在其父司马子期于白公之乱（前 479）中殉难前后，被楚惠王封为南阳鲁阳县大夫的，当比墨子长二三十岁，此时当已作古，因而也不宜再到其封地。即是说，墨子《经上》《经下》的构思写作，可能在墨子自宋出狱后，不再能留宋或入楚，唯有返回鲁南鄙故里之时。"墨辨流派"以"经"为题，当与墨子有深刻关系，《墨子》书不可能把墨子后学的文字称为"经"，而凌驾于宗师，天底下未见有如此编辑体例。

从年龄心理学看，人在晚岁，往往津津有味地反刍早年的经验。人在捡拾早年的脚印中，捡拾青春的梦。墨子囚后返乡，旧雨重逢，朝花夕拾，许多当年的得意之事和幼稚笑话又何尝不可作为谈资？当年能工巧匠师徒相授，不乏绝技和秘诀，甚至录为秘不示人的散简。抚摩散简，如睹故人，窥探这些绝技秘诀背后的原理，也是人生之乐事。因此，百工之技，绳墨之学，融合民间能工巧匠世代相传的智慧，成了墨子《经》上、下对百科技艺进行思考的切近而稔知的资源。从文化血脉而言，百工技艺，也是凿山开渠、治理洪水的大禹所推崇的，这就是《周礼·考工记》所云："有虞氏上陶，夏后氏上匠。"① 从地缘血脉而言，如《左传》定公元年记载，薛宰云："薛之皇祖奚仲居薛，以为夏车正。"② 古薛侯国在徐州滕县（现为滕州市）界，后为孟尝君田文封邑。《后汉书·舆服志》又云："至奚仲为夏车正，建其斿旐，尊卑上下，各有等级。周室大备，官有六职，百工与居一焉。一器而群工致巧者，车最多，是故具物以时，六材皆良。舆方法地，盖圆象天，三十辐以象日月，盖弓二十八以象列星。"③ 可见

---

① 杨天宇：《周礼译注》，上海古籍出版社 2004 年版，第 602 页。
② 杨伯峻编著：《春秋左传注》，中华书局 1990 年版，第 1524 页。
③ （南朝·宋）范晔：《后汉书》卷 54，中华书局 1965 年版，第 3642 页。

造车“一器而群工致巧”，是百工技艺含量最高的行业。墨子之高明，在于立足故里技艺之所长，汲取民间能工巧匠世代相传的智慧，打开了由家常日用、百工之艺，凿空通向科学的通道，这种绳墨之学的抽象化或数理化的延伸就是几何学、物理学、光学之类。这是一种由经验上升为数理的科学主义的智慧，凿开这一科学理性源泉的，非墨子莫属。

迷津之五：庄子的家世究竟如何？

历史在不同的时期有着不同的聚焦点，西汉前期历史聚焦于黄老而非老庄。因此，司马迁叙述先秦诸子时，对庄子只作附传，附在《老子韩非列传》，可见当时由黄老之术接受老子，由秦朝政治继承韩非的历史轨迹。庄子尚未进入历史关注的中心，据《史记·日者列传》记载，博士贾谊和中大夫宋忠在长安“相从议论，诵易先王圣人之道术，究遍人情，相视而叹。贾谊曰：‘吾闻古之圣人，不居朝廷，必在卜医之中。”两人坐车游于卜肆，乃访“司马季主者，楚人也，卜于长安东市”。司马季主与弟子“方辩天地之道，日月之运，阴阳吉凶之本”，见两人则引老子、庄子之说，质疑“子独不见鸱枭之与凤皇翔乎？”援引“庄子曰：君子内无饥寒之患，外无劫夺之忧，居上而敬，居下不为害，君子之道也”。而阐明“骐骥不能与罢驴为驷，而凤凰不与燕雀为群，而贤者亦不与不肖者同列。故君子处卑隐以辟众，自匿以辟伦，微见德顺以除群害，以明天性，助上养下，多其功利，不求尊誉”的道家处世原则。可见汉初的公卿大夫多是取法黄老，至于庄子，主要流传于下层士人或卜医隐者之间。因而太史公受时代风气的限制，只能非常粗略地说庄子：“庄子者，蒙人也，名周。周尝为蒙漆园吏，与梁惠王、齐宣王同时。”① 蒙地在宋国（河南商

① （西汉）司马迁：《史记》卷63，中华书局1982年版，第2143页。

丘）北部，漆园吏就是乡镇里种漆树、造漆料小作坊的账房先生，恐怕连个股长都够不上，太史公并没有称庄子是“宋蒙人”，国籍待定。太史公也没有提及庄子与宋君剔成、宋王偃同时，而说“与梁惠王、齐宣王同时”，可见他与宋国王室政治没有关系。细读《庄子》，你会发现，庄子的家世蕴藏着二千年来被忽略了的三个未解之谜：

第一，一贫如洗的庄子何以获得博学？庄子家穷到了要向监河侯借粟为炊。监河侯推托“将得邑金，将贷子三百金”。意思是说，要等到收取税金后给其三百金。庄子见此情形，以涸辙之鲋（鲫鱼）作比喻说，我来的时候看到一条鱼，在车辙的沟里喘气，求我给它一点水救命。我答应鱼儿说，我将南去游说吴越之王，引来西江的水，给你喝个痛快，好吗？鱼儿回答说，那你到干鱼铺子里面去找我吧。穷到这个地步的一个人，著书时“其学无所不窥”① 的博学多闻，何从谈起？在当时，学在官府，施行的是贵族教育。就是必须要具有贵族的血统，才有学习知识的机会。孔子的伟大贡献在于把官学变成了私学，变成了民间的学问。他招收了很多不是贵族的弟子。可是，孔子的后学并没有招收过一个叫庄周的弟子，孔子的后学也没有写出《庄子》这类书。那么，庄子的知识又是从哪里来的呢？知识的发生，知识的来源，是古典学必须叩问的命题。

第二，一个漆园吏何以能与王侯将相对话？有地理史料记载，庄子生活在宋国的蒙地，就是河南商丘的北部，人迹罕至的一片沼泽地。庄子可以跟草木虫鱼、飞禽走兽进行无障碍的精神对话，可以做他的蝴蝶梦，更有雄心壮志一点，可以放飞鲲鹏展翅，那是一种湿地文化，自可以逍遥自得。庄子天真地把蜗牛两只触角的摆动，看作两国开战，死伤五万人。庄子把在集市上所看到的庖丁解牛编成故事，讲述起来出神入化，令人震撼。这都可以自得其乐，活着的蜗牛和变成佳肴的肉牛，都不会抗议。但庄子一个小小的漆园吏，放着漆园不去管理，却神情傲慢地跑去和诸侯及其将相打交道，说些令人难堪的

① （西汉）司马迁：《史记》卷63，中华书局1982年版，第2143页。

话。这就未免令人困惑了：如此身份卑微的人怎么可以跟那些王侯将相对话，在等级森严的社会，若无相当的身份，恐怕早就受到驱逐或拘押。庄子何德何能，竟敢对权势之辈，出言不逊呀？

第三，穷困潦倒的庄子，何以对楚威王委以要职的邀请不屑一顾？楚威王时期，楚国疆域达到最大幅员，如《战国策·楚策》苏秦耸动楚威王说："楚，天下之强国也。大王，天下之贤王也。楚地西有黔中、巫郡，东有夏州、海阳，南有洞庭、苍梧，北有汾陉之塞、郇阳，地方五千里，带甲百万，车千乘，骑万匹，粟支十年，此霸王之资也。"如此一流强国为何要聘请北方小国的并无显示治国才干的漆园吏？《史记》和《庄子》中，三次记述楚王派使者迎请庄子委以要职，都为庄子所拒绝。《史记》庄子传 281 字，不提庄子是"宋蒙人"，却用占其篇幅四成以上的 123 字，写楚威王派二大夫聘请庄子之事，这在史传写作上是非常破格的写法，其中奥妙若何。《庄子·秋水》却用自报家门的方式证明此事："庄子钓于濮水（此水于春秋时属陈国，楚灭陈而归楚，在楚边境而邻宋），楚王使大夫二人往先焉，曰：'愿以境内累矣！'庄子持竿不顾，曰：'吾闻楚有神龟，死已三千岁矣，王巾笥而藏之庙堂之上。此龟者，宁其死为留骨而贵乎，宁其生而曳尾于涂中乎？'二大夫曰：'宁生而曳尾于涂中。'庄子曰：'往矣！吾将曳尾于涂中。'"另一则见于《列御寇》："或聘于庄子，庄子应其使曰：'子见夫牺牛乎？衣以文绣，食以刍叔（菽），及其牵而入于太庙，虽欲为孤犊，其可得乎？'"庄子接到楚王委以要职的邀请，比喻说，宁可享受河沟泥水里打滚的乌龟的那份自由自在，也不愿做一头平日里享福，祭祀之日被屠宰的牛。这些都是话里有话的，似乎到楚国还可能挨宰、当祭祀的牺牲品，没有遭受过政治迫害的隐痛，岂能说出这番话？楚国是当时一流的大国，又为何要到宋国聘请区区小吏委以重任？人们也许会说，这是"庄子寓言"，不必较真。但寓言是有底线的，尤其是涉及自己身世的时候，不然就是骗子了。

上述三个千古之谜若不解开，我们和庄子对话，却不知站在对面的是谁。只有对庄子的家族身世进行深入考证，才可能深入认识庄子的生命形态，认识他文化基因为何若此、从何而来。但是在以往的研究中，人们往往忽略了先秦的姓氏制度与汉代以后存在根本的差异，忽略了对庄子国族家世的精到考证。假若对上古姓氏制度作一番考察，那么，庄子家族渊源的信息就可以浮出水面。事实上，庄子是楚庄王相距 200 余年的后代，他的思想发散着浓郁的楚文化气息。

楚庄王芈姓，谥号“庄”，楚穆王之子，春秋五霸之一。“三年不蜚，蜚将冲天；三年不鸣，鸣将惊人”[①]，就是他的故事。白居易诗云：“三年不鸣鸣必大，岂独骇鸡当骇人。”楚庄王“骇人”可骇得大了去了，他曾经问鼎中原，带着军队挺进东周首都洛阳近郊，问周朝九鼎有多重？又说，楚国的青铜器很多，把每一件武器的钩子摘下来就可以制作九鼎。楚庄王之前，楚国一直被排除在中原文化之外。庄王称霸中原，威震中原，使楚文化辐射中原，如朱熹所说：“楚庄王盛强，夷狄主盟，中国诸侯服齐者亦皆朝楚，服晋者亦皆朝楚。”[②] 因而他为华夏的统一，为民族精神复合性的形成，发挥了独特的作用，即所谓“楚庄秦穆，并夷狄之诸侯，列名五伯，垂芳千祀”[③]。楚庄王的直系子孙就是楚王，旁系子孙到第三代，就是到孙子这一代，就可以用他的谥号“庄”，来作自己的姓氏。《史记·西南夷列传》《汉书·西南夷两粤朝鲜传》都说：“楚威王时，使将军庄蹻将兵循江上，略巴、黔中以西。庄蹻者，故楚庄王苗裔也。”可见楚国的庄氏，出自楚庄王。宋人郑樵《通志·氏族略》说得更明确：“庄氏：芈姓。楚庄王之后，以谥为氏。楚有大儒曰庄周，六国时常为蒙漆园吏，著书号《庄子》。齐有庄贾，周有庄辛。”庄氏出自楚庄王，这是专指而非泛指的，这一点非常重要。只不过庄子的年代（约公元前 370—公元前 280），距离楚庄王（公元前 613—公元前 591 年在位）已经 200

---

① （西汉）司马迁：《史记》卷 40，中华书局 1982 年版，第 1700 页。

② （宋）黎靖德：《朱子语类》卷 83，中华书局 1985 年版，第 2149 页。

③ （明）杨士奇、黄淮等：《历代名臣奏议》卷 285，台湾学生书局 1985 年版，第 3734 页下。

余年，起码经过了七八代。由此推测，庄子家族应该是楚国一个很疏远的贵族。

既然庄氏乃楚国疏远的贵族，那么又何以居留在宋国的蒙地？此事需从楚威王（公元前339—公元前329年在位）派使者聘请庄子当卿相入手。由此往前推50年左右，看楚国发生了何种重大事件，导致庄氏家族的这一支无法在楚国存家安身。大概42年前，也就是在庄子出生前十几年，楚悼王（公元前401—公元前381年在位）任用吴起变法，《史记·吴起列传》载其："明法审令，捐不急之官，废公族疏远者，以抚养战斗之士"，"南平百越，北并陈、蔡，却三晋，西伐秦"①，拓展了楚国的实力和国土。吴起改革弊政的重要措施之一，是"令贵人往实广虚之地，皆甚苦之"②。当时楚国的一些疏远贵族，可能被充实到新开拓的国土上，甚至降为平民躬耕于野，因而对吴起积怨甚深。《说苑·指武》载，屈宜臼就对吴起说："吾闻昔善治国家者，不变故，不易常。今子将均楚国之爵而平其禄；损其有余而继其不足，是变其教而易其常也。且吾闻兵器者凶器也；争者逆德也。今子阴谋逆德，好用凶器，殆人所弃，逆之至也，淫泆之事也。"因而等到楚悼王一死，宗室众臣发生暴乱而攻打吴起，追射吴起并射中悼王的尸体。射中国王的尸体，犯的是灭门重罪，因而在楚肃王继位后，对贵族论罪，致"夷宗死者七十余家"③。属于疏远公族的庄氏家族应是受到牵连，仓皇避祸，迁居到远离楚国的宋国北部乡野。因此庄子家族属于疏远的流亡家族，以破落户子弟的身份创造他的诗性哲学。

《战国策·楚策一》载："威王问于莫敖子华曰：'自从先君文王，以至不穀之身，亦有不为爵劝、不为禄勉以忧社稷者乎?'莫敖子华对曰：'如华不足以知之矣。'王曰：'不于大夫，无所闻之。'莫敖子华对曰：'君王将何问者也。彼有廉其爵，贫其身，以忧社稷者。有

① （西汉）司马迁：《史记》卷65，中华书局1982年版，第2168页。
② 许维遹：《吕氏春秋集释》卷21，中华书局2009年版，第597页。
③ （西汉）司马迁：《史记》卷65，中华书局1982年版，第2168页。

崇其爵，丰其禄，以忧社稷者。有断脰决腹，一瞑而万世不视，不知所益，以忧社稷者。有劳其身，愁其志，以忧社稷者。亦有不为爵劝，不为禄勉，以忧社稷者。'”子华接着列举了令尹子文、叶公子高、莫敖大心、棼冒勃苏、蒙谷等五例为社稷分忧以致献身的典型，“王乃大息曰：‘此古之人也，今之人焉能有之耶?’莫敖子华对曰：‘昔者先君灵王好小要，楚士约食，冯而能立，式而能起。食之可欲，忍而不入。死之可恶，然而不避。章闻之：其君好发者，其臣抉拾。君王直不好，若君王诚好贤，此五臣者，皆可得而致之。'”莫敖为楚国屈氏世袭，《说苑·指武》还有《淮南子·道应训》，均记载屈宜臼是当面反对吴起变法的。可见，楚威王即位之初，就热切地求贤辅政，同为屈氏的莫敖子华也可能提及40多年前由吴起被杀而引起的冤案，这才有楚威王“闻庄子贤”，派遣大夫延聘庄子之事。

通过梳理庄子家族渊源，我们真切而深入地解开了庄子为何能够接受贵族教育，为何敢对一些诸侯将相开口不逊，为何楚国邀请他去当大官，而他又以不愿当牺牲的牛，作为拒绝聘任的理由，三大疑难，一扫而空。大门一经敞开，就可以深刻地切入《庄子》书的腠理，剖析其间的文化DNA，反过来《庄子》书的文化DNA又成了印证庄子是楚人的内证。

一旦我们进入《庄子》，就可以感受到楚文化的气息扑面而来。在《秋水》中，庄子由于受故人惠施无端怀疑要谋取其梁相地位，在国中搜查三日三夜，就向惠施讲了一则辛辣的寓言，其中说道：“南方有鸟，其名为鹓鶵（鸾凤之属），子知之乎？夫鹓鶵发于南海而飞于北海。”庄子家族生于南方，他便自居为“南方有鸟”，而且自拟为楚人崇尚的鸾凤。其家族迁于北方，便说“发于南海而飞于北海”，在鸟由南飞北的叙述中，隐含庄子家族由楚至宋迁徙的踪迹。在《逍遥游》中，鲲鹏受斥鴳之讥，是“有鸟图南”，发于北冥而飞于南冥，这同样可以体验到庄子有一种南方情结和大迁徙的回归情结，这应是无意识地隐含他的家族的历史记忆。到这里，我们算是触摸到了庄子的体温，感受到他深切的乡愁。

乡愁的内核是与礼俗信仰千丝万缕地联系在一起的，盘根错节，不可剥离。信仰内蕴，礼俗外铄，渗透于人的思想行为方式于有形、无形中。庄子丧妻时的“鼓盆而歌”颇受儒者诟病，也为世人视为异类，但这何尝不是事出有因？它与楚国的原始民俗存在深刻微妙的关系。据《明史·循吏列传》：“楚俗，居丧好击鼓歌舞。”①材料来自明史，民俗却久已相传。《隋书·地理志》记述湖湘一带的“蛮左”丧葬习俗是：“无缞服，不复魂。始死，置尸馆舍，邻里少年，各持弓箭，绕尸而歌。”②唐人张鷟《朝野佥载》卷二又说：“五溪蛮父母死，于村外阁（搁）其尸，三年而葬，打鼓路（踏）歌，亲戚饮宴舞戏，一月余日。”③这些记载足以使我们把庄子鼓盆而歌，与古老的楚地原始风俗联系起来。在古中国的习惯中，其他生活方式或可入乡随俗，唯有“丧祭从先祖”，这个惯例是不能随便变更的。此类民俗具有顽强的延续性。根据考证，庄子老婆 60 岁死，在古时已是长寿，鼓盆而歌，也表达了庄子对老婆长寿而终感到安慰。只不过庄子流亡异地，家穷，无法邀集亲友或延请巫师击鼓歌舞，只好独自拿起盆子敲打唱歌。另外，从庄子向惠子阐述为什么“鼓盆而歌”的原因来看，庄子已将古俗哲理化了。他认为：“生也死之徒，死也生之始，孰知其纪！人之生，气之聚也，聚则为生，散则为死。……故万物一也，是其所美者为神奇，其所恶者为臭腐；臭腐化为神奇，神奇化为臭腐。”对生死一如的生命链条作了这种大化流行的观察之后，庄子得出结论：“通天下一气耳。圣人故贵一。”（《庄子·知北游》）从有生民之日起，生老病死就成了人类必须面对、无从回避的重大问题。庄子看透了人之生死只不过是天地之气的聚散，通晓了万物皆化的机锋，因而生也乐、死也乐，坦坦荡荡地对待寿夭生死。所以，在鼓盆而歌的行为中，便自然蕴含见证天道运行的仪式。

比较起来，庄子写他的祖籍地楚国，与写他的居留地宋国的态度

---

① （清）张廷玉等：《明史》卷 281，中华书局 1974 年版，第 7210 页。

② （唐）魏徵等：《隋书·地理志》，中华书局 1973 年版，第 898 页。

③ （唐）张鷟：《朝野佥载》，中华书局 1979 年版，第 40 页。

和手法，存在巨大的反差。写楚国，他灵感勃发，神思驰骋，心理空间似乎比宇宙空间还要无际无涯；写宋国社会则似乎回到地面，描绘着各色人物的平庸、猥琐、狭隘甚至卑劣。《庄子·列御寇》中庄子说："今宋国之深，非直九重之渊也。宋王之猛，非直骊龙也。"因此"月是故乡明"的那轮明月，似乎被重渊猛龙所吞噬，似乎沉落在污浊的水坑中了，需要那只在泥泞里拖着尾巴的乌龟去打捞。庄子最影响人的思维，一是大鹏展翅，一是蝴蝶梦。人清醒的时候和睡觉的时候，其界限在哪里？是我变蝴蝶，还是蝴蝶变我。庄子借梦来思考人的生命界限问题，却令人读之如沐春风。流亡使一个没落的贵族后裔，从自然中发现诗，从诗中发现哲学，他成了诗性哲学的开创者。王国维认为："南人想象力之伟大丰富，胜于北人远甚。彼等巧于比类，而善于滑稽，故言大则有若北溟之鱼，语小则有若蜗角之国，语久则大椿冥灵，语短则惠蛄朝菌。至于襄城之野，七圣皆迷，汾水之阳，四子独往，此种想象，绝不能于北方文学中发见之。"① 显然，王国维是把庄子作为南方文学的杰出代表来对待的。

迷津之六：荀子、韩非、李斯如何缔结师生因缘？

春秋战国时期有两次重要思想家的聚会：一次是春秋晚期，孔子到洛阳向老子问礼，这是启动以后三百年中"百家争鸣"的关键；另一次是战国晚期，韩非和李斯拜荀子为师，这给三百年的"百家争鸣"画上了一个句号。这两次聚会，可以看作诸子百家争鸣的开幕式和闭幕式，把广阔的中国大地变成了东方的"雅典学园"。但是不仅孔子何时会老子，而且荀子与韩非、李斯如何成为师生，以往都是争论不休的糊涂账，或者尚未破解的千古之谜。意大利文艺复兴的艺术

① 王国维：《屈子文学之精神》，载《静庵文集续编》，上海古籍书店 1983 年版，第 33 页。

家拉斐尔因受任装饰梵蒂冈使徒宫，而在1509年至1510年间创作了巨幅的《雅典学园》壁画，难道我们春秋战国诸子百家的后人，就疑神疑鬼、畏畏缩缩不能绘出那幅东方思想文化上创世纪的壁画吗？

这里只讲诸子百家闭幕式的后一次聚会。《史记·老子韩非列传》记载韩非“与李斯俱事荀卿，斯自以为不如非”[①]。《李斯列传》记载李斯“乃从荀卿学帝王之术。学已成，度楚王不足事，而六国皆弱，无可为建功者，欲西入秦。辞于荀卿”[②]。那么，韩非、李斯是多大年纪、在什么地方、以什么方式、当了多少年荀子的学生呢？二千年来，人们找不出材料加以证明。战国晚期三大思想巨擘聚首于楚，乃是思想史上大事，有必要恢复它的历史现场。

梳理荀子生平，他50岁在齐襄王时代才游学稷下学宫，“最为老师”，“三为祭酒”，在孟、庄之后已是首屈一指的学术大家。其间他曾游秦见应侯与昭王，不能说他无意于用秦。《荀子·强国》记述秦相“应侯问孙卿子”；《儒效》记述秦昭王与荀卿答问；《新序·杂事第五》又记载“秦昭王问孙卿”，都透露了他曾经干谒秦国最高当局，时间约在齐王建八年（前257，秦昭王五十年）前后。由此他在稷下受谗，为楚春申君聘为兰陵令，时在春申君相楚八年（前255）。荀子在楚又受冷箭，辞楚归赵，再应春申君招请，已是两年后了。此时荀子作《疠怜王》之书，以答谢春申君，见于《战国策·楚策四》[③]，而《韩非子·奸劫弑臣》也收录此文[④]。一个令人迷惑不解而长期引起纷争的问题是：此文的著作权属谁？过去人们纠缠于一真一伪的简单思维，老虎咬天，无从下口，令人想到邯郸淳《笑林》有“执竿入城”的笑话，说：“鲁有执长竿入城门者，初竖执之，不可入，横执之，亦不可入，计无所出。”关键在于知道“转身”，一经转身，问题就迎刃而解，鲁人的长竿就可以透过城门，直达城池的深处。如果考虑到

① （西汉）司马迁：《史记》卷63，中华书局1982年版，第2146页。

② （西汉）司马迁：《史记》卷87，中华书局1982年版，第2539页。

③ 关树东编：《战国策》卷17，吉林人民出版社1996年版，第261—262页。

④ 陈奇猷校注：《韩非子集释》，上海人民出版社1974年版，第251—252页。

荀、韩之间的师生关系，就有三种可能的解释：一是韩非所作，《战国策》把它误安在荀子的名下；二是韩非抄录老师文稿，而混入自己的存稿中；三是荀子授意门下弟子韩非捉笔，而弟子有意保存底稿，留下一个历史痕迹，而荀子修改后将它寄出。仔细比较《战国策·楚策》和《韩非子·奸劫弑臣》略有文字差异的《疠怜王》文本，觉得上述第三种解释较为合理。原因有五：

一是《楚策》本比《韩非子》本删去一些芜词，文字更为简洁。而且改动了一些明显带法家倾向的用语。将“人主无法术以御其臣，虽年长而美材，大臣犹将得势，擅事主断，而各为其私急。而恐父兄豪杰之士，借人主之力，以禁诛于己也”，改成“夫人主年少而矜材，无法术以知奸，则大臣主断国，私以禁诛于己也”。改掉了“御其臣”“得势、擅事”等法家惯用词语。

二是《楚策》本在修改《韩非子》本时，增加了“春秋笔法”。把“劫杀死亡之主”“劫杀死亡之君”中的“杀”字都改作“弑”字，把弑齐庄公之崔杼称“崔子”的四处删去二处，改为直称其名“崔杼”二处。这些都可以看作起草者有法家倾向，改定者为儒家老师，精通“春秋笔法”。

三是文中采用的一些历史事件为荀子熟知，而对韩非而言并非直接的材料，当是老师口授，弟子笔录的。比如李兑在赵国掌权，围困沙丘百日，饿死主父（赵武灵王），乃荀子青年时代在赵国所知。尤其是淖齿在齐国受到重用，竟把齐闵王的筋挑出悬在庙梁上，使他宿夕而死。此事发生在荀子到稷下之前几年，此前未见史载，当是荀子初到稷下所听到的宫廷秘闻。这对于荀子是第一手见闻，对于韩非是第二手材料，说明此文经过荀子口授。

四是本文用“疠怜王”的谚语作主题，乃是儒家的命题，而非法家的命题。《四部丛刊》影印元至正刊本《战国策》鲍注：“疠（癞也）虽恶疾，犹愈于劫弑，故反怜王。”[①] 也就是说，当国王比起生恶疾，还要难受，还要危险。只有儒家想当王者师，才会如此说三道四；法家是王之爪牙，甚至国王“头顶生疮，脚下流脓”，也要当国王的狗皮药膏。这样的主题岂是崇尚君王权威的韩非所敢说、所能说。实在是老师大儒如荀子，方能出此狂傲之言。

五是《楚策》此文之后，还增加了一篇赋。曰：“宝珍隋珠，不知佩兮。袆布与丝，不知异兮。闾姝子奢，莫知媒兮。嫫母求之，又甚喜之兮。以瞽为明，以聋为聪，以是为非，以吉为凶。呜呼上天，曷惟其同！”又引《诗》曰：“上天甚神，无自瘵也。”赋为荀子创造的文体，引《诗》述志是儒者包括荀子常用的手法。因此，当都是荀子改定时所加。这五条理由可以证得，这篇《疠怜王》的答谢书，是一篇由荀子授意，韩非捉笔，最后由荀子改定寄出的文章。

过去有学者想证明《疠怜王》的《韩非子》本与《战国策》本，一真一伪，其实这两个文本都是真的，只是过程中的真，不同层面的真。顽固的真伪之辨，应该转换为深入的原委剖析，才可以打破研究的僵局。《韩非子》中的文本，是被授意起草时的真；《战国策》的文本，是改定后寄出时的真。真所谓“赠君一法决狐疑，不用钻龟与祝蓍”，判决狐疑的方法，是要转变思想方法，如实地承认万事万物存在的多种可能性，而不是一根筋到底的一种可能性。如果以上的对韩非捉刀、荀子修订的考证可以相信的话，一系列的问题就迎刃而解了。荀子由赵取道于韩，准备到楚都陈郢应春申君再次聘请时，韩非已在荀子门下，他们结缘于韩国首都新郑，时在公元前 253 年；李斯在 6 年后，即秦庄襄王卒年（前 247），辞别荀子离楚入秦，由吕不韦的举荐而为秦王政所用。即是说，韩非、李斯师事荀子，共计 6 年，公元前 253 年至公元前 247 年。此时荀子 60 多岁，韩非 40 多岁，李斯 20 余岁。其时楚国首都已迁至东北的陈城（或称陈郢，今河南省

---

① （宋）鲍彪、（元）吴师道：《战国策校注·楚卷第五》，四部丛刊初编本（第 258 册），第 39 页 a。

淮阳县)，他们聚首的地方是在楚国的新都陈郢，其地离韩都新郑和李斯故乡上蔡都在二三百里路程之内，交通颇便。

那么，他们师徒相聚的方式何如？仅李斯20余岁，正是从师问学的年龄，较常在荀子身边。这又为《荀子》书中李斯、荀子的问答所证实。《荀子·议兵》："李斯问孙卿子曰：'秦四世有胜，兵强海内，威行诸侯，非以仁义为之也，以便从事而已。'"云云。《荀子·强国》杨倞注引李斯问荀卿曰："当今之时，为秦奈何？"孙卿曰："力术止，义术行，秦之谓也。"李斯进入秦国之前，《史记·李斯列传》又记载李斯向荀子告别请教："今秦王欲吞天下，称帝而治，此布衣驰骛之时而游说者之秋也。"因此，20余岁的李斯是经常随师请教的。韩非从师的方式与李斯有明显的差异。韩非年逾40，又是韩王之弟，属于政治上相当敏感的人物，必须常住韩都，经营当官的机会，不然就可能长久被边缘化。他们师生相处的时间并不长。韩非未必常在身边，而且韩非师事荀子时，已经是相当成熟的法术家或思想家，因而荀子对他的影响不是体系性的，而是智慧性。并且荀子是三晋之儒，异于邹鲁之儒，出礼入法，在稷下10余年浸染了某些黄老及其他学派的学术。比如作为齐国稷下学派文汇的《管子》成分就相当复杂，《汉书·艺文志》把它列入道家，属于"知秉要执本，清虚以自守，卑弱以自持，此君人南面之术也"[①]之学派；《隋书·经籍志》把它列入法家[②]。稷下学术的混杂状况，当然为荀子所取材。荀子由此增强了提倡君主"贵为天子，富有天下，名为圣王，兼制人，人莫得而制"（《荀子·王霸》）的威权专制的政治取向，他入秦观风俗吏治，交接秦相应侯，不排除有几分用秦之心，授徒也用帝王之术。因此在这些方面与韩非并不隔膜，反而深化了韩非的"归本于黄老"。这样就可以顺理成章地解开儒家宗师荀子为何培养出两个法家巨擘的秘密了：一是因为韩非已是成熟的法家；二是因为他们的师生

① （西汉）司马迁：《史记》卷30，中华书局1982年版，第1732页。

② （唐）魏徵等：《隋书》卷34，中华书局1973年版，第1003页。

关系发生在荀子长期当稷下祭酒之后。

随之古典学研究的深入和问题意识的增强，诸子迷津，触目皆是。深刻的古典学研究，于此大有作为。先秦诸子与我们远隔二千余年，许多材料蒙上厚厚的历史烟尘，专题探讨又遭遇了材料的有限性甚至碎片化的困境，厘清一些历史谜团谈何容易，简直就如《诗经》所云："战战兢兢，如临深渊，如履薄冰。"但先秦诸子又是我们的文化根子所在，不渡过迷津，就难以到达我们文化发生的原本。迎难而上，勉力而为，也许就是我们返本还原研究的宿命。本人的《老子还原》《庄子还原》《墨子还原》《韩非子还原》着手破解的千古疑难就有 38 个，正在撰写的《论语还原》所要破解的千古疑难为数更是可观。每破解一个千古之谜，我们就向诸子的原本生命和真实本质，走近了一步。经过这番返本还原研究，我们就可以用熟悉的、真确的甚至亲切的姿态，与先秦诸子进行深度的文化对话，追问他们为我们民族注入何种智慧，他们在创立思想时有何种喜怒忧愁，在中华民族数千年发展中他们提供的思想智慧有何种是非得失，在现代大国文化建设上这些古老的思想智慧如何革新重生。这种文化解释能力，是与现代大国安身立命的根基联系在一起的。诚如《淮南子·泰族训》所云："根深则本固，基美则上宁。"① 或如《晋书》所云："基广则难倾，根深则难拔。"② 这是人文学者追求的文化自觉应有的要义之一。又有所谓"酒逢知己千杯少，话不投机半句多"，既然经过返本还原研究，与先秦诸子机锋相投，那就会有说不完的心里话。在人生路上，或者国家发展的进程中，无论风雪雨晴，都有一批高智慧的圣贤时时光临你的心灵，这将是为人在世享受不尽的莫大福分。

---

① （汉）高诱：《淮南子注》卷 20，上海书店出版社 1986 年版，第 364 页。

② （唐）房玄龄等：《晋书》卷 5，中华书局 1974 年版，第 134 页。

对先秦诸子生命之源的综合考察*

【内容提要】先秦诸子的学术生命闪烁着天才之光，又荡漾着世俗之波折。本文通过缀合文献材料碎片，参照出土简帛遗文，对老子柔弱克刚强的坤乾之道和女性生殖崇拜；对庄子奇思妙想的家族文化基因和深刻的乡愁；对墨子的东夷文化和大禹信仰，以及篇章真伪的谜团；对韩非《解老》《喻老》的著作年代，以及“归本于黄老”的真相，进行了返本还原的深度追问，回到中国思想文化大创造的源头活水，观水于源，以期汲取源源不绝又充满活力的智慧，使现代中国的思想文化创造根基深厚而元气充盈。

【关键词】先秦诸子；文化基因；返本还原

先秦诸子是一群穿透千古而熠熠发光的生命存在，形成了群星灿烂的属于思想家的时代。但是对于这个风生水起、波澜壮阔的诸子时代，长期以来，人们在相当程度上满足于沐浴着诸子的智慧之光，却不甚注意去探究他们智慧之光的起源。较少追问：诸子是谁？为何把书写成如此模样？他们的知识和智慧从何而来？因而从发生学和古典学上探求先秦诸子文本的生命光源，从根子上探求其更深的根，也就成了 21 世纪诸子学中一个需要彻底探究的历史性命题。

关键在于，应该真切地承认和敏锐地感觉到，诸子书是人写的，

---

* 2013 年 9 月初稿，2015 年 3 月改定。

人编的，它们的章句缝隙中，必然存在古代智慧人物、博学人物的生命痕迹。它们不应被看作冰冷的材料，而应该看作是有体温、有脉搏的生命结晶。从诸子学入手，带动古典学及经学的研究，是一种创新性的学术思路，它解开了二千年以经学为中心对诸子研究造成的附庸性的压抑，以开放平等、思想多维的姿态，驰骋于浩浩荡荡的古典学旷野之上。学术视角这么一转身，就转换出文化上的民主，思想创造上的自由，尽情感悟和体验诸子关于自然、社会与人生的睿智，以及他们的思想发生、源流脉络和内蕴的生命。

由于二千年历史尘埃厚积，文化雾障重重，释读中真知灼见与误读曲解混杂，诸子智慧生命在种种遮蔽中遭遇了严重的“碎片化”。对于自身的文化之根、典籍之本，岂可采取“运极道消，碎此明月”[①]的态度？我们是“跪着”看，“踩着”看，还是挺直腰杆“站着”看古代的圣哲之士，这是一个立场态度问题。你看到古人是什么样子，实际上折射着你是站在什么位置，采取什么姿态，是“跪着”“踩着”还是“站着”。“跪着”“踩着”都是不能真正理解和透视古人，唯有“站着”甚至在行进中与古人结伴而行，才可能与古人进行深入的对话，才可能将古人的智慧转化为现代智慧。现代人要明白自己精神构成的来源，对自身的文化DNA获得自觉，就有必要启动经典文本，祛除历史烟尘对原本智慧的遮蔽，端正被重重偏见扭曲了的聪明，激活经典蕴含的生命，寻找已经进入我们知识构成的原本的文化元素，激活自身民族文化本有的充沛的生命力。这是一个缀合碎片、激活生命的“反碎片化”的思想过程。有趣的是，就连郭店楚墓出土的简书《成之闻之》都强调：“是〔故〕君子之于言也，非从末流者之贵，穷源反本者之贵。苟不从其由，不反其本，未有可得也者。君上享成不唯本，功〔弗就矣〕。农夫务食不强耕，粮弗足矣。士成言不行，名弗得矣。是故君子之于言也，非从末流者之贵，穷源反本者之贵。苟

① （梁）萧统编：《文选》，海荣、秦克标校，上海古籍出版社1998年版，第402页。

不从其由，不反其本，虽强之弗入矣。”[①] 儒家也有“君子反古复始，不忘其所由生”[②] 之言。这些都可以启示我们探求先秦诸子文本的生命光源时，为何强调返本还原的思想方法。古人的撰述，是一种有生命的行为；我们对古人撰述的解读，也是一种有生命的行为。既然撰述与阅读互相赋予意义，那就需要在经典还原中以心比心，以心究心。人生而有情，无情未必真豪杰，阅读有人生性情的书要有亲切的感觉，不要瘟头瘟脑。这全在于我们要把本是活生生的古人呼唤出来，成为一个有感觉的在思想着、行动着的生命存在，和我们进行老友重逢式的开怀交谈，“兴趣高远，人不能及”。

先秦诸子出自士，本质上不能说自王官。士是贵族的底层，处在与平民最接近的上方，其中的智者往往转化王官之学为私学，转化民间智慧为思想，其人其学闪烁着知性的光辉。诸子的著述、流传、整理，往往都有一个岁月迁延的复杂过程。在这个复杂的过程中，往往由于不同年代、不同地域、不同群体的介入，而出现“岁月斑块”，产生了意味深长的“历史文化地层叠压”。这就使得我们至今看到的诸子书，有如中药铺里的药柜，镶嵌了无数的小抽屉，抽屉们相隔远远近近，不一定就符合它们发生的顺序，或者它们内容的编制。我们却要从这种按照另外的思维结构而排列的小抽屉中检出可以配选、混拌的药材，形成有意义的问题，形成有效的方剂。许多小抽屉装着各种药，而且一个小抽屉混合着多味药。这里所要辨析的不少简单的一股脑的“真伪”问题，而是要考察其为何如此的原委，考察“其所由生”，从中窥见古人抱持种种价值观、风习兴趣、思想个性的生命活动。这就是要剥开诸子生命的核仁，何为“仁”？“仁者，人也”；仁者，也是“核也”，“果核中实有生气者亦曰仁”（《康熙字典》释仁）。核桃仁的“仁”字，本作“人”，明代后改作“仁”，敲开核桃的外壳，得到的是“仁者，谓其中心欣然爱人也”。《春秋·元命苞》谓：

---

① 荆门市博物馆编：《郭店楚墓竹简》，文物出版社 2003 年版，第 41 页。

② （汉）郑玄注：《礼记正义》，（唐）孔颖达疏，北京大学出版社 1999 年版，第 1329 页。

“仁者，情志好生爱人，故立字二人为仁。”这就需要以我们的心去撞击诸子的心，破外壳而得内仁，仔细探寻其间的精神脉络和创造门径，也就用得上苏东坡所言“旧书不厌百回读，熟读深思子自知”（《送章惇秀才失解西归》），在“文献群”的聚散存佚和“文献流”冷热浮沉之中，设身处地，情感移入，激活生命，进行思想智慧的对质反思。能够发现生命，乃是阅读中乐莫大焉的快感。因此直接面对诸子文本的这种“直接性”，是解读诸子生命发光之源的要点所在。

一　老子之道的生成体制和内在脉络

尊重令人心近，令思想拱开历史尘埃而开出灿烂的花朵。要以自己的心，叩开先秦诸子之第一子——老子的心，就要以尊重历史的态度回到春秋末世的历史环境和老子本人的生命过程。由此可以发现，适值此历史关键点，适值老子此关键人物的手中，以一个玄妙莫测的“道”字，打开了诸子纷起的潮流，形成了中国历史上思想原创高度发达的，属于全民族思想文化奠基的“基本时代”。这个时代给我们民族的思想学术，立下了“基本”。老子讲“归根”，孔门讲“务本”，孔子晚年学《易》，也把他的务本思想伸向茫茫天宇，他说：“天何言哉？四时行焉，百物生焉，天何言哉?”（《论语·阳货》）先秦诸子百家多在“究天人之际”“通古今之变”上进行本体性的运思。在文化资源上说，就是要开发这个“文化思想原创的基本时代”中那些可以重新焕发活力的智慧。如果到存心要论证老子在庄子之后，那么先秦两汉大量记载老子的材料，就无法找到它们存在的价值，这对于文明史无疑是可悲的。

《史记·老子列传》云，老子乃“周守藏室之史”。对此清人阮元作了如此评述：“《周官》诸府掌官契以治藏，《史记》老子为周守藏室之史。藏书曰藏，古矣。……汉以后曰观，曰阁，曰库，而不名藏。隋唐释典大备，乃有开元释藏之目。释道之名藏，盖亦摭儒家之古名也。”[①] 以国家图书馆典藏的规模，老子的渊博就远非《庄子》所说的“惠施多方，其书五车”[②] 所能比拟，即苏轼所谓“自孔子圣人，其学必始于观书；当是时，惟周之柱下史聃为多书”[③] 是也。为“信而好古”的孔子所钦佩，与为将典籍视为“古人之糟粕”的庄子所称许，其信息内涵岂可同日而语？老子因而是远近闻名的礼仪内行，引得远在鲁国的孔子也来向他问礼。史与礼，乃是上古知识的总汇。老子在双重知识总汇上的丰厚学识，使他既能以史的眼光透视古今之变化，以礼的序列分析社会之吉凶，又能在扬弃旧史观和突破旧礼制中，建立一种具有高度的本体超越性和宏观的历史审视力的道术思想体系。《老子》书，是厚积薄发的智慧结晶。

周朝的史官不限于记史事、掌典籍，同时也司祭礼、观天象、卜吉凶、论兴亡，其中的出色者往往是学者兼智者。可贵者，老子不仅是史官，而且是对史官之道能够进行反思和超越的智者。“聃为多书”，他却超越群书之琐屑，直抵于大道之恢宏。《老子》第六十七章：“天下皆谓我道大，似不肖。夫唯大，故似不肖。若肖，久矣其细也夫！”[④] 天下人都说“我的道”宏大，不像任何具体事物的模样。正由于它宏大，才不像任何具体事物。如果它像任何具体事物，那么“道”早就显得琐屑渺小了。老子道之大，是大得无边无际、无始无终的，如其二十五章所云：“有物混成，先天地生。寂兮寥兮，独立〔而〕不改，周行而不殆。可以为天下母。吾不知其名，字之曰道，〔吾〕强为之名曰‘大’。大曰逝，逝曰远，远曰反。故道大，天大，地大，王亦大。”河上公注：“道大者、包罗（诸）天地，无所不容也；天大者、无所不盖也；地大者、无所不载也。王大者、无所不制

① （清）阮元：《杭州灵隐书藏记》，《揅经室集》（下），中华书局1993年版，第616页。
② （清）王先谦：《庄子集解·天下》，中华书局1987年版，第296页。
③ （宋）苏轼：《李氏山房藏书记》，《东坡文钞》卷24，明万历茅著订正重刻本。
④ 陈鼓应：《老子注译及评介》，中华书局1984年版，第27页。

也。”[①] 甲骨文和金文的“大”字，都像人的正面张开双手双脚的形状。这就是说，摆出手脚，正面面对天地人间的万事万物，这就是大道的气象。

这么一个“大”字，就使老子之道产生了形而上的超越性，以之反观一般史官为君王占卜人事、战事之吉凶的“道”，就显得卑卑乎不足道矣。如其三十章所说：“以道佐人主者，不以兵强天下。其事好还。师之所处荆棘生焉。”这无疑是对当时芸芸者皆是的“以道佐人主者”的当头棒喝，直指他们依照“道”的原则辅佐君主，就不能以兵力逞强于天下。穷兵黩武之事必然招来报应。军队所到之处，荆棘丛生，大战之后，必然出现荒年。春秋晚期如此以道非议和抑制战争，是具有超越性的大眼界的。在三十一章中又进一步发挥：“夫佳兵者不祥之器，物或恶之，故有道者不处。君子居则贵左，用兵则贵右。兵者不祥之器，非君子之器，不得已而用之，恬淡为上。胜而不美，而美之者，是乐杀人。夫乐杀人者，则不可得志于天下矣。”兵器乃是不祥之物，实在讨人厌恶，所以有“道”的人不轻易动用它。君子平日居处以左边为贵，而用兵打仗却以右边为贵。兵器这种不祥之物，不是君子乐意使用，而是万不得已才使用，最好有一种恬淡的平常心，胜利了不要自鸣得意。如果自以为了不起，那就是喜欢杀人。喜欢杀人的人，就不可能得志于天下。老子的“无兵文化”是针对战乱年代的，出现于战乱年代的诸子，非战成了主流，其中使用的思维方式，应和“反者道之动”的潇洒和超越，这是我们在追求富国强兵时需要重新反思的。战时非战，乱世昌言无为，老子的超越性思考，知音甚少，相当孤独。《老子》第七十章说：“吾言甚易知，甚易行。天下莫能知，莫能行。言有宗，事有君，夫唯无知，是以不我知。知我者希，则我者贵。是以圣人被褐而怀玉。”老子叹息，自己的话非常容易理解，非常容易实行。但是天下竟无人能理解，无人能实行。言论有宗旨，行事有主意，道之信念耿耿不昧。正由于人们对

---

① 王卡点校：《老子道德经河上公章句》，中华书局 1993 年版，第 101 页。

这个道理无知，因此才不理解我。能理解我的人很稀少，那么能取法于我的人就难能可贵了。因此别看有道的圣人穿着粗布衣服，怀里可是揣着珍贵的美玉，以平民的衣装包裹贵族的珍宝。老子以玉喻道，对之格外珍惜。珍惜是珍惜，但他心里也透亮，卓尔不凡者难免落入孤独之境。《老子列传》记载：

> 孔子适周，将问礼于老子。老子曰："子所言者，其人与骨皆已朽矣，独其言在耳。且君子得其时则驾，不得其时则蓬累而行。吾闻之，良贾深藏若虚，君子盛德容貌若愚。去子之骄气与多欲，态色与淫志，是皆无益于子之身，吾所以告子，若是而已。"孔子去，谓弟子曰："鸟，吾知其能飞；鱼，吾知其能游；兽，吾知其能走。走者可以为网，游者可以为纶，飞者可以为缯。至于龙，吾不知其乘风云而上天。吾今日见老子，其犹龙邪！"[①]

老、孔皆是学养储备极丰的人，但孔子信而好之、一以贯之，老子则超而越之、以道化之。如此博学之人，竟然认为"其（古）人与骨皆已朽矣"，这对于孔子是一种精神震撼。孔子对老子"犹龙邪"的感觉，与老子对道的描述是贴合的。《老子》十四章云："是谓无状之状，无物之象，是谓恍惚。迎之不见其首，随之不见其后。执古之道，以御今之有。能知古始，是谓道纪。"这就是没有形状的形状，不见物象的形象，这就叫作"惚恍"。"惚恍"就是"犹龙邪"，迎着看不见它的头，跟着也看不见它的尾。把握早已存在的先验而又法自然的"犹龙"之"道"，用来驾驭现实存在的具体事物。能知道宇宙的初始，就算是认识"道"的纲纪规律。这就是《老子》第十五章所谓："古之善为道者，微妙玄通，深不可识。"

如此悟道，也是师从有自。《说苑》记述老子师从常枞：

---

① 《史记·老子韩非列传》，中华书局1956年版，第2140页。

常枞有疾，老子往问焉，曰："先生疾甚矣，无遗教可以语诸弟子者乎?"常枞曰："子虽不问，吾将语子。"常枞曰："过故乡而下车，子知之乎?"老子曰："过故乡而下车，非谓其不忘故耶?"常枞曰："嘻！是已。"常枞曰："过乔木而趋，子知之乎?"老子曰："过乔木而趋，非谓其敬老耶?"常枞曰："嘻！是已。"张其口而示老子曰："吾舌存乎?"老子曰："然!""吾齿存乎?"老子曰："亡!"常枞曰："子知之乎?"老子曰："夫舌之存也，岂非以其柔耶？齿之亡也，岂非以其刚耶?"常枞曰："嘻！是已。天下之事已尽矣，无以复语子哉!"[①]

以"过故乡""过乔木""辨齿舌"，来训示悟道的思想方法。善教诲哉，常枞！那么，常枞是谁？历史并无对他的专门记载，大概属于流动民间的士人。《世本·氏姓》云："常氏，老子师常从。"[②] 从与枞音同相通，这是汉人根据先秦信息的追述。《文子·上德》曰："老子学于常枞，见舌而〔知〕守柔，仰视屋树，退而目川，观影而知持后，故圣人虚无因循，常后而不先，譬若积薪燎，后者处上。"[③] 1973年定州八角廊村40号汉墓（墓主被确定为西汉中山怀王刘脩），出土有《文子》残简，可知《文子》是西汉诸侯王搜集于民间的"先秦旧书"，证明"老子学于常枞"，也透露了"见舌而知守柔"的故事。《汉书·艺文志》在"天文"类的这条著录也值得注意："《常从日月星气》二十一卷。"这涉及常枞之学。《汉志》说："夫天文者，序二十八宿，步五星日月，以记吉凶之象，圣王所以参政也。《易》曰：'观乎天文，以察时变。'然星事凶悍，非湛密者弗能由也。"[④] 这种观天察象以窥天道，以预言人间吉凶祸福兴衰，在周朝，属于史官的职

① （汉）刘向：《说苑校证》卷10《敬慎》，向宗鲁校正，中华书局1987年版，第243—244页。

② （三国）宋衷注：《世本》，孙冯翼集，中华书局1985年版，第60页。

③ （战国）文子：《文子校释·上德》，李定生、徐慧君校释，上海古籍出版社2004年版，第223页。

④ （东汉）班固：《汉书·艺文志》，（唐）颜师古注，中华书局1962年版，第1763页。

责范围。宋王应麟《汉书艺文志考证》卷九认为，常从即常枞，“老子师之”，“《说苑》常枞有疾，老子往问焉”。应该看到，老子之所以能够从苦县赖乡一个原始氏族的成员成长为士，并且能够到洛阳当守藏室史官，是与向常枞学天文，察吉凶，知祸福，有着深刻的关系。老子没有师从常枞这一步，是不会走向文明中心洛阳的。

常枞、老子以齿舌论刚柔之道的故事，多年后传播到晋国。《说苑·敬慎》记载，韩平子问于叔向曰：“刚与柔孰坚？”对曰：“臣年八十矣，齿再堕而舌尚存。老聃有言曰：‘天下之至柔，驰骋乎天下之至坚。’又曰：‘人之生也柔弱，其死也刚强；万物草木之生也柔脆，其死也枯槁。因此观之，柔弱者生之徒也，刚强者死之徒也。’夫生者毁而必复，死者破而愈亡，吾是以知柔之坚于刚也。”① 叔向所引老聃之言，见于通行本《老子》四十三章、七十六章。也见于马王堆帛书《老子》甲、乙本的四十三、七十八，文字略于差异。②

这位叔向，即羊舌肸，叔向是其字，被封于杨（今山西省洪洞县），以邑为氏。他在晋悼公十二年（前561），因“习于春秋”，被推荐为太子彪之傅，年纪可能比老聃长一二十岁。他曾应聘于周，对诗书与周史官之言颇为熟悉。太子彪即位为晋平公（公元前557—公元前532年在位），他以太傅身份活跃于晋国与列国政治之中。他大概死于晋顷公十二年（鲁昭公二十八年，公元前514）以前。因为这一年晋国杀祁盈及杨食我（叔向之子），灭祁氏、羊舌氏，分羊舌氏之田为三县，却不见叔向的消息。《左传》以后的记载也是大臣引用“叔向有言曰”，没有他活动的踪影。③ 这说明了什么呢？说明叔向对韩平子说“臣年八十矣”那番话，是在鲁昭公二十八年（前514）以前，这一年离笔者考定孔子适周问礼的鲁昭公三十一年（前511），还有三年以上。也就是说，如果《说苑》的记载可靠，那么老聃在洛阳当守藏室之史的时候，已有他的著述以单简或组简别行方式，为熟悉

① （汉）刘向：《说苑校证》卷10《敬慎》，向宗鲁校正，中华书局1987年版，第245页。
② 高明校注：《帛书老子校注》，中华书局1996年版，第35、197页。
③ 杨伯峻编著：《春秋左传注》，中华书局1981年版，第1491—1493页。

周之史官言论的叔向所知。《老子》五千言的写作，由来已有时日，由此前推 3 年至公元前 517 年，再由孔子适周问礼后推 3 年至公元前 508 年，这 10 年应是老子著道德五千言的时间。《老子》五千言，是“十年磨一剑”的结果，洛阳是《老子》诞生的故乡。而它以单简、组简别行式的传播路线，首先是由周入晋。

值得注意的是，《老子》书所得乃是常枞论柔弱与刚强之精神，而非其形迹，五千言绝不用齿与舌的比喻。这也许是聆取师训的时间久了，融会贯通了，不必用转述法了。比较相近的说法，见于《老子》第七十六章：“人之生也柔弱，其死也坚强。草木之生也柔脆，其死也枯槁。故坚强者死之徒，柔弱者生之徒。是以兵强则灭，木强则折。强大处下，柔弱处上。”这里把牙齿舌头之辨，拓展到人类及自然草木之生死。人活着时身体柔软，死后身体就僵硬。草木生长时柔软脆弱，死后就枯槁干硬了。因此刚强是死亡的属性，柔弱是生长的属性。所以，用兵逞强就会遭到灭亡，树木强硬了就会遭到砍伐摧折。这就是强大处于下位，柔弱反而居于上位的道理了。四十二章又云：“故物或损之而益，或益之而损。人之所教，我亦教之。强梁者不得其死，吾将以为教父。”一切事物，受到减损反而获得增益；接受增益反而得到减损。别人这样教“我”，“我”也这样教人。强暴横蛮者死无其所，“我”将这一点当作施教的先导。这与《文子·上德》所记述的老子学于常枞的精神，可资印证。五十二章又曰：“见小曰明，守柔曰强。”能察见细微，叫作“明”；能持守柔弱，就是“强”。又如四十三章云：“天下之至柔，驰骋天下之至坚。”进一步引申，就是三十六章的辩证法思想了：“将欲歙之，必固张之。将欲弱之，必固强之。将欲废之，必固兴之。将欲取之，必固与之。是谓微明。柔弱胜刚强。鱼不可脱于渊，国之利器不可以示人。”四十五章又进一步引申：“大成若缺，其用不弊。大盈若冲，其用不穷。大直若屈。大巧若拙。大辩若讷。静胜躁，寒胜热。清静为天下正。”在大获成功中看到缺陷，它的功用就永不衰竭；在丰盈的东西中发现空虚，它的功用不会穷尽。把正直发挥到极致，就好似能够弯曲；最为灵巧，看起来好似笨拙；最佳的辩才，好似不善言辞。清静胜过躁动，寒凉胜过暑热。清静无为是天下进入正轨的特征。这种辩证法，贯穿百物、性情和政治。

经过反复引申和阐扬，《老子》已是青出于蓝，表现出开阔丰盈的创造性。它把柔弱刚强之辨与水联系起来，与生命的本源联系起来，与“道法自然”联系起来，提出一种“不争之德”。如第八章就很著名：“上善若水。水善利万物而不争，处众人之所恶，故几于道。居善地，心善渊，与善仁，言善信，正善治，事善能，动善时。夫唯不争，故无尤。”最高的善就好像水一样。水善于便利万物而不与万物相争，处在众人都讨厌的地方，所以最接近于“道”。居处在善地，心存渊深的善念，待人慈善真诚，说话恪守信用，为政善于治理，处事善于发挥能力，行动善于把握时机。正由于有不争的美德，所以没有因过失而受怨责。六十六章又曰：“江海之所以能为百谷王者，以其善下之，故能为百谷王。是以圣人欲上民，必以言下之。欲先民，必以身后之。是以圣人处上而民不重，处前而民不害。是以天下乐推而不厌。以其不争，故天下莫能与之争。”江海所以能够成为接纳百川流往的“百谷王”，是由于它善于处在低下处。因此，圣人要提升人民，必须言辞谦下，要想引导人民，必须把自身的利益放在后面。所以，有道的圣人位居于人民之上，而人民并不感到负担沉重；身居于人民之前，而人民并不感到受祸害。这样，天下的人民都乐意推戴而不感到厌烦。因为他不与人民相争，所以天下没有人能和他相争。“百谷王”的信仰，导向无为而治的帝王术。如七十八章所云：“天下莫柔弱于水。而攻坚强者，莫之能胜。以其无以易之。弱之胜强。柔之胜刚。天下莫不知莫能行。是以圣人云：受国之垢，是谓社稷主；受国不祥，是为天下王。正言若反。”他不仅感悟着水所具有的海纳百川的本性，而且感悟着水所具有的攻坚制胜的特质。普天下再没有何物比水更柔弱的了，而攻坚克强却找不到何物胜过水。弱战胜强，柔战胜刚，普天下无人不知，但是无人能实行。所以圣人发话了：“承担国家的屈辱，才能成为国家的君主，承担国家的祸灾，才能成为天下的君王。”正面的话说出来，好像在反说一样。他由此发现水之三德：柔弱胜刚强之德，处下而几于道之德，善利万物而不争之德，也就做到了如《老子》第八十一章，也是全书最后一句话所说：“圣人之道，为而不争。”以水喻道，也就是取法自然，也就是遵循二十五章所谓“人法地，地法天，天法道，道法自然”的道理了。

《老子》书由“水的哲学”，通向无为而治的政治哲学。在他看来，道永远是顺任自然，以无为而达到无所不为，按照“道”的原则为政治民，万事万物就会自我化育、自生自灭而得以充分发展。在生灭化育中，他强调一个“自”字，自身驱动，自然而然。如三十七章所云：“道常无为而无不为。侯王若能守之，万物将自化。化而欲作，吾将镇之以无名之朴，镇之以无名之朴，夫将不欲。不欲以静，天下将自定。”老子外之强调自然化育，内之强调“为而不恃，功成而弗居”的无为思想，从而形成自己的生存哲学。这是一种超然而高尚的道德意识，如五十一章曰：“道生之，德畜之，物形之，势成之。是以万物莫不尊道，而贵德。道之尊，德之贵，夫莫之命而常自然。故道生之，德畜之。长之育之。亭之毒之。养之覆之。生而不有，为而不恃，长而不宰。是谓玄德。”在生成、养育、成形、取势的过程中，万事万物莫不尊道而贵德。道德的可贵在哪里？在于道生长万物而不加以干涉，德畜养万物而不加以主宰，顺其自然。得道之人遵循这种道德，就能够做到生长万物而不据为己有，抚育万物而不自恃有功，导引万物而不追求主宰支配，这就是奥妙玄远的德之所在。这是符合天道而提升人道的，有如七十七章所言：“天之道其犹张弓与？高者抑之，下者举之。有余者损之，不足者补之。天之道，损有余而补不足。人之道，则不然，损不足以奉有余。孰能有余以奉天下，唯有道者。是以圣人为而不恃，功成而不弗居。”天道即自然规律，不是很像张弓射箭吗？弦拉高了就压低一些，偏低了就抬高一些，拉得过满了就放松一些，拉得不足了就补救一下。

因应着自然规律的天道，是“损有余而补不足”的。而“损不足以奉有余”的人间道理，就有拯救和提升的必要，必须反复强调“为而不恃，功成而不处”的道德意识，才能将人道提升到天道的高度。做到这一点很不容易，就如四十一章所分析的那样：“上士闻道勤而行之；中士闻道若存若亡；下士闻道大笑之，不笑不足以为道。故建言有之。明道若昧。进道若退。夷道若纇。上德若谷。大白若辱。广德若不足。建德若偷。质真若渝。大方无隅。大器晚成。大音希声。大象无形。道隐无名。”人的道德境界千差万别，分为上中下三等，闻道之余，努力实行者有之，将信将疑者有之；闻道之后，哈哈大笑者也有之。他们自作聪明，把行道之人看成迂阔陈腐，看成冤大头，在这种情形下，不被这种人嘲笑，那就不足以称其为道了。真正的道，是在经受嘲笑中磨炼深度的，这就使得光明的道似乎暗昧，前进的道似乎后退，平坦的道似乎崎岖；这也导致崇高的德好似峡谷，最洁白无瑕好似含有污垢，广大的德好像不足，刚健的德好似怠惰，质朴纯真好像混浊不清。因而促使道的呈现形态，是最方正反而没有棱角；最响亮反而无声无息；最大的形象反而没有形状。道幽隐在“无名”之中，追求大器晚成。

这就使得老子不能不反思，为何采取“曲则全，枉则直，洼则盈，敝则新，少则得，多则惑”这种反常的形态了。他在二十二章中提出解决的方案：“是以圣人抱一为天下式。不自见故明；不自是故彰；不自伐故有功；不自矜故长；夫唯不争，故天下莫能与之争。古之所谓：曲则全者，岂虚言哉！诚全而归之。”什么是得道者应该抱持的“一”呢？三十九章曰：“昔之得一者：天得一以清，地得一以宁，神得一以灵，谷得一以盈，万物得一以生，侯王得一以为天下贞。”这个清、宁、灵、盈的道，就是他孜孜以求的“一”。如河上公注曰：“言人能抱一，使不离于身，则〔身〕长存。一者，道始所生，大和之精气也，故曰一。”① 只有抱持着这个无限大的“一”作为天下事理的范式，才能不张扬而显明，不自是而是非彰明，不夸耀而有功劳，不自我矜持而能长久。如此不与人争，所以普天下没有人能与他

① 王卡点校：《老子道德经河上公章句》，中华书局1993年版，第154页。

争。古时所谓“委曲便会保全”，难道是空话吗？它是可以实在而完全归入这个“一”的囊中的。那么是什么妨碍这个“一”的完整性？四十八章尖锐地指出：“为学日益，为道日损。损之又损，以至于无为。无为而无不为。取天下常以无事，及其有事，不足以取天下。”学识愈是增长，文饰也就愈是增加。因而求道者应该退处于“无为”，以此为立足点而达到“无为而无不为”，取天下要以不骚扰人民为治国之本，苛政害民，那就不足以取天下了。由此而滋生了反智的思想，如十九章认为：“绝圣弃智，民利百倍；绝仁弃义，民复孝慈；绝巧弃利，盗贼无有；此三者，以为文不足。故令有所属，见素抱朴，少私寡欲。”这里不仅要抛弃聪明智巧，而且要抛弃儒家的仁义理念，认为圣智、仁义、巧利三者全是巧饰，不足以治理社会病态，所以要使人们的思想有所归属，抛弃圣智礼法的浮文，减少私心和情欲，才能保持纯洁朴实的本性。

其实，在老子作道德五千言的时代，儒家的仁义学说尚未大行。马王堆帛书穿越老子以后三百年的历史风烟，已经将战国思潮的嬗变在帛书抄本中留下真实的痕迹。比如帛书甲本有这么一章：“绝声（圣）弃知（智），民利百负（倍）。绝仁弃义，民复畜兹（孝慈）。绝巧弃利，盗贼无有。”[①] 这除了一些异体字和讹误字之外，与通行本十九章已无差别，把圣智、仁义、孝慈等儒家核心观念作为排斥、弃绝的直接对象，显然带有战国中期儒道争鸣的印记。而且很可能是庄子后学转抄时的改动。《庄子》外篇《在宥》说：“绝圣弃智，而天下大治。”《天道》编造老聃对孔子说：“又何偈偈乎揭仁义？……夫子乱人之性也。”《天运》中这类言论就更多，如老子对孔子说：“仁义，先王之蘧庐也，只可以一宿而不可久处”；“仁义憯然，乃愤吾心”；“夫六经，先王之陈迹也。岂其所以迹哉！今子之言，犹迹也。夫迹，履之所出，而迹岂履哉！”这里把仁义比喻为先王简易的旅舍、鞋子的痕迹，是乱人性、愤吾心的东西，极尽嘲讽、弃绝之能事。因此前

① 高明校注：《帛书老子校注》，中华书局1996年版，第311页。

人考证“自古代学术思想之系统着眼，说明《老子》书当出《庄子》内篇七篇之后”，自其中的某些改动和演变而言，并非毫无道理。然而以偏概全，忽视先秦书籍传抄体制，终为博学所误。考察郭店简本《老子》甲组，编排在开头的简文转写为今文，就是：“绝智弃辩，民利百倍。绝巧弃利，覜恻（盗贼）亡又（无有）。绝伪弃虑，民复季子（孝慈）。”[①] 其中并没有对儒家仁义的抨击，排斥儒家仁义乃是道家后学面对儒学的强势崛起，借《老子》文本转抄所作的回应。不能仅凭转抄时的某种改动，就断言《老子》出于《庄子》后，那是站不住脚的。老子出自这种反智思想，如五十七章所主张：“故圣人云：我无为，而民自化；我好静，而民自正；我无事，而民自富；我无欲，而民自朴。”这四个“民自”，就是强调在无事无欲的自然淳朴中，实现人民自然而然的自我化和自然富足。

柔弱克刚强，无为而无不为的天道一贯的特征，折射着《老子》属于“坤乾”文化，异于《周易》的“乾坤”文化。坤居乾前，女性居上。究其原因，与老子出生于陈楚边地的母系氏族存在深刻的关系。《汉书·地理志》说：“陈国，今淮阳之地。陈本太昊之虚，周武王封舜后妫满于陈，是为胡公，妻以元女大姬。妇人尊贵，好祭祀，用史巫，故其俗巫鬼。《陈诗》曰：‘坎其击鼓，宛丘之下，亡冬亡夏，值其鹭羽。’又曰：‘东门之枌，宛丘之栩，子仲之子，婆娑其下。’此其风也。”《册府元龟》卷五三五曰：“陈夫人好巫，而民淫祀。（胡公夫人，武王之女太姬，无子，好祭鬼神，鼓舞而祀；故其《诗》云：‘坎其击鼓，宛丘之下，无冬无夏，值其鹭羽。’）”可见陈楚之地巫风、生殖崇拜与“妇人尊贵”的母系氏族遗风的混杂。唐司马贞《史记索隐》在解释老子“姓李氏”时说：“按：葛玄曰：‘李氏所生，因母姓也。’又云：‘生而指李树，因以为姓。’”[②] 因母得姓，乃是母系氏族的姓氏制度。由此可知，老子之根联系着知有其母而不

---

① 李健：《素朴为王　郭店老子甲本的思想体系》，中国文史出版社 2014 年版，第 105 页。

② （西汉）司马迁：《史记·老子韩非列传》，中华书局 1982 年版，第 2140 页。

知有其父的母系氏族，其故里只有李母庙而无李父庙。《老子》书中隐含母性生殖崇拜，突出表现在第六章："谷神不死，是谓玄牝。玄牝之门，是谓天地之根。"牝的原字"匕"，乃女性生殖器。牡的原字"丄"，乃男性生殖器。《大戴礼记·易本命》谓："丘陵为牡，谿谷为牝"，"至阴生牝，至阳生牡"。[①] 因此，谷神乃是母性生殖之神。谷神永恒不灭，这是玄妙的母性生殖器。玄妙母体的生育之产门，就是天地的根。这是诸子书中罕见的女性生殖崇拜的经典表达。五十二章又曰："天下有始，以为天下母。既得其母，以知其子。既知其子，复守其母，没身不殆。"母是天下之始，因母知其子，知子复其母，是母系氏族的人伦认知体制。六十一章又云："大国者下流，天下之交。天下之牝。牝常以静胜牡。"这种崇牝的信仰，渗透于政治外交、百物生克之中。法国女性主义批评家克里斯特瓦《妇女的时间》中认为，女性时间是循环时间（cursivetime），女性身体的月经周期、妊娠和哺育周期等节奏与自然界循环和万物生长规律相连，使得女性与反复性和永远性相关。而线性时间（lineartime）以进步与发展为前提，趋向未来，是父亲的历史时间。[②]《老子》十六章云："致虚极，守静笃。万物并作，吾以观〔其〕复。夫物芸芸，各复归其根。归根曰静，是谓复命。复命曰常，知常曰明。不知常，妄作凶。知常容，容乃公，公乃王，王乃天，天乃道，道乃久。没身不殆。"归根复命，就是以循环时间使生命遵循天道运行，生生不息，没有终止。有如河上公注曰："言万物无不枯落，各复反其根而更生也。静谓根也。根安静柔弱，让卑处下，故不复死也。言安静者是为复还性命，使不死也。复命使不死，乃道之所常行也。"[③] 这种"复"就是"循环时间"，《老子》二十八章再展示"复"在生命循环中的意义："知其雄，守其雌，为天下谿。为天下谿，常〔恒〕德不离，复归于婴儿。知其白，守其黑，为天下式。为天下式，常〔恒〕德不忒，复归于无极。知其

---

① （清）王聘珍：《大戴礼记解诂》，中华书局 1983 年版，第 258 页。

② 艾晓明主编：《20 世界文学与中国妇女》，天津人民出版社 2008 年版，第 201 页。

③ 王卡点校：《老子道德经河上公章句》，中华书局 1993 年版，第 62 页。

荣，守其辱，为天下谷。为天下谷，常〔恒〕德乃足，复归于朴。”这里将复归之道，与知雄守雌联系起来，而彰扬“天下豀”“天下谷”。豀、谷、牝，是隐喻女性生殖崇拜的，于是又使循环时间结构与女性生殖崇拜相连接。“世界各民族几乎都有过对生出人类的女性生殖器崇拜（如土家族至今仍存在‘石穴’崇拜）的历史。”[①] 许多民族志材料，都注明“谷神崇拜”，是一种原始的女性生殖崇拜。在此生命之源中，复归于婴儿，是生命的更新；复归于朴，是心性的更新；以反复的更新，复归于无极，也就是趋于永恒了。

二　庄子使哲学审美化的生命特质和文化基因

从老聃到庄周归本于道，都是非议和超越礼制的，实际上乃是非议和超越旧有的处在崩溃中的制度规矩。他们认为礼是忠信之薄，致乱之首；反对“中国之君子，明乎礼义而陋于知人心”[②]；主张“法天贵真”，不应屑屑然拘束于世俗之礼。正是在老子追求“天道之真”的基础上，庄子进而追求“人心之真”，以此为出发点，庄子“得至美而游乎至乐”，把他的哲学高度审美化或文学化了。他的文学思维，最无匠人气。他以汪洋恣肆、诡异多姿的旷世文章，如百川灌河，如月光泻地，磅礴礴礴又委婉清俊，淡然无极而众美从之，为中国文化提供了超越性的审美空间和想象方式，以自然的和方外的人生意象，形成了一个灵气荡漾的“庄生世界”。庄子的思想文章，具有不可磨灭的“青春性”。中国人每当面对“天下何其嚣嚣”，而想返回文化源头寻找“精神家园”的时候，往往都选择这个富有魅力和灵性可人的“庄生世界”。庄生之道，滋生禅悦。

---

① 吕大吉、何耀华总主编：《中国客民族原始宗教资料集成·土家族、瑶族、壮族、黎族卷》，中国社会科学出版社 1998 年版，第 58 页。

② （清）王先谦：《庄子集解·田子方》，中华书局 1987 年版，第 176 页。

司马迁叙述先秦诸子，对庄子只作附传，附于《老子韩非列传》之中，语焉不详地说："庄子者，蒙人也，名周。周尝为蒙漆园吏，与梁惠王、齐宣王同时。其学无所不窥，然其要本归于老子之言。"①蒙是宋国之地，但《史记》并没有按照他叙述诸子的惯例，点明庄子是"宋蒙人也"，而是非常出格地用了全传300余字的100余字，记述庄子在楚王之聘中，感受到要把他当成庙堂祭品的潜在危险：

> 楚威王闻庄周贤，使使厚币迎之，许以为相。庄周笑谓楚使者曰："千金，重利；卿相，尊位也。子独不见郊祭之牺牛乎？养食之数岁，衣以文绣，以入大庙。当是之时，虽欲为孤豚，岂可得乎？子亟去，无污我。我宁游戏污渎之中自快，无为有国者所羁，终身不仕，以快吾志焉。"②

《史记》以历史编年意识，把《庄子》书的同类记载，系于楚威王继位初年（前340）。《庄子·秋水》记载："庄子钓于濮水（按：此水于春秋时属陈国，楚灭陈而归楚，在楚边境而邻宋），楚王使大夫二人往先焉，曰：'愿以境内累矣！'庄子持竿不顾，曰：'吾闻楚有神龟，死已三千年矣，王巾笥而藏之庙堂之上。此龟者，宁其死为留骨而贵乎，宁其生而曳尾于涂乎？'二大夫曰：'宁生而曳尾于涂中。'庄子曰：'往矣！吾将曳尾于涂中。'"另一则见于《列御寇》："或聘于庄子，庄子应其使曰：'子见夫牺牛乎？衣以文绣，食以刍叔，及其牵而入于太庙，虽欲为孤犊，其可得乎？'"③楚国是当时的一流大国，为何到宋国聘请一个小吏而委以重任，而且这个小吏也无何等政治声望或实用的治国本事？《史记》选择这一逸闻入庄子传，而又不标示居于宋的庄子是宋人，意味着太史公对庄子国族虽未及专门考证，却依然留下庄氏家族由楚流亡至宋的潜在话题。

---

① （西汉）司马迁：《史记》卷63，中华书局1982年版，第2143页。

② 同上书，第2145页。

③ （清）王先谦：《庄子集解》，中华书局1987年版，第147—148、285页。

朱熹不是从《史记》，而是从《庄子》书，谈论他对庄子国族的感受，谓“庄子自是楚人……大抵楚地便多有此样差异底人物学问”[①]。庄子家族于楚是有国难归的流亡贵族，其庄氏的来源可以跟《史记·西南夷列传》称楚威王时期的将军“庄蹻者，故楚庄王苗裔也”相参证。《汉书·西南夷两粤朝鲜传》也有同样的记载。正由于家族自楚奔宋，已破落到借粟为炊、编履救穷的地步，居住在偏远的蒙泽湿地。庄子的“涸辙之鲋”，展现的是一个诗人智者的生存困境和精神困境。庄子谓“江海之士，避世之人”，所好是“就薮泽，处闲旷，钓鱼闲处，无为而已矣”。[②] 可以设想，只要他的生活略能安顿，这就是他的生活趣味和生存状态。这块蒙泽湿地，使庄氏家族获得了避开政治迫害的生存避风港，也使庄子思想获得了一个有大树丰草、有蝴蝶、有鱼、有螳螂、有蜗牛的梦一般想象的滋生地。

读《庄子》书，会感觉到若浓若淡的乡愁。“流人思乡”，庄子体验得最是深切。《徐无鬼》说：“子不闻夫越之流人乎？去国数日，见其所知而喜；去国旬日，见其尝见于国中者喜；及期年也，见似人者而喜矣。不亦去人滋久，思人滋深乎！夫逃虚空者，藜、藋柱乎鼪、鼬之迳，踉位其空，闻人足音跫然而喜矣，而况乎兄弟亲戚之謦欬（咳嗽、谈笑）其侧者乎！久矣乎！莫以真人之言謦欬吾君之侧乎！”[③] 这真是至性至情的文字，事非亲历者不能为此言。也许庄子的祖辈、父辈长期流亡在异国荒凉虚空的湿地，杂草（藜、藋）把野物（鼪、鼬）的小径都遮蔽了，却听不到故乡人的脚步声、咳嗽声、谈笑声，其内心之苦，真个难以名状。垂老之年，只好讲一些遥远的失落了的故乡故事，绘声绘色，添油加醋，幽幽地讲述给自己的子孙了。故事声明是“越之流人”，其时越国已被楚威王击破几灭，而流亡者居留地的环境，与庄氏居留的蒙泽如出一辙，因而只能说，这是借用越人的名号而言思楚之情，暗示的乃是楚之流人的思乡之苦。如此解读，

① （宋）黎靖德编：《朱子语类》卷125，岳麓书社1997年版，第2697页。

② （清）王先谦：《庄子集解·刻意》，中华书局1987年版，第132页。

③ （清）王先谦：《庄子集解·徐无鬼》，中华书局1987年版，第210页。

才算触及庄子家族的内心隐痛。而且古有楚越并称的旧例，《庄子·德充符》谓："自其异者视之，肝胆楚越也；自其同者视之，万物皆一也。"《管子·霸形》谓："踰方城济于汝水，望汶山，南致楚越之君。"《墨子·节葬下》谓："南有楚越之王，而北有齐晋之君。"《天志下》又谓："譬之若楚越之君，今是楚王食于楚之四境之内，故爱越之人。今天兼天下而食焉，我以此知其兼爱天下之人也。"《史记·货殖列传》谓："楚越之地，地广人希，饭稻羹鱼，或火耕而水耨。"因此庄子言"越之流人"，隐喻着"楚之流人"。

由于庄子家族被迫离开故土，所以，这个家族有着迁徙的精神底色，这就是《庄子》中鲜明的"南国情结"的深层心理原因。在《庄子·秋水》中，庄子由于遭受故人惠施怀疑他要谋取其梁相的地位，在国中搜查三日三夜，就向惠施讲了一则辛辣的寓言，其中说道："南方有鸟，其名为鹓鸰（鸾凤之属），子知之乎？夫鹓鸰发于南海而飞于北海。"庄子家族生于南方，他便自居为"南方有鸟"，而且自拟为楚人崇尚的鸾凤。楚史、楚文化研究者张正明曾说："在楚国的文物中，凤的雕像和图像多得不可胜数，远非周代其他各国的文物可比。这些凤的雕像和图像，虽有多种多样的体型和姿态，但都显得雍容华贵，伟岸英武。楚人认为只有在凤的引导下，人的灵魂才得以飞登九天，周流八极。"[①] 庄子家族迁于北方，便有"发于南海而飞于北海"的说法，在鸟由南飞北的叙述中，隐含庄子家族由楚国至宋国迁徙的踪迹。就是这只"非梧桐不止，非练实不食，非醴泉不饮"的带点贵族气的鹓鸰，竟然被抓到一只腐鼠的鸱（猫头鹰之属）怀疑要抢走自己的美食，而仰头"吓"它。庄子质问惠施："今子欲以子之梁国而吓我邪？"

假如深入考究这个鹓鸰、鸱、鼠的事件发生的时间，我们将会获得更多的讲述者的生命信息。惠施（约公元前370—公元前307）为梁惠王之相，是在梁惠王后元一年（前334）。这一年，惠施受梁惠王

---

① 张正明：《楚史》，湖北教育出版社1995年版，第16—17页。

之命，促成与齐王在徐地会见而相互承认称王之举，由此被委任为梁相二十五年（至公元前 309 年被排挤出魏国）。他在大梁（今开封）搜查庄子三日三夜，当发生在他任梁相的第一年，即公元前 334 年。前面讲过楚威王派使者，到濮水聘请庄子之事，则发生在楚威王（公元前 339—公元前 329 年在位）即位的初年。也就是说，楚国聘请庄子在前，而庄子对之不屑一顾；惠施在大梁搜查庄子在后，相互时间距离不到五年。因此说了这则“鸱吓鹓鸰”寓言的言外之意就是：惠施老友，楚国请我，我都没有动心，难得我会去抢你在梁国的那只死老鼠吗？你也太不了解你这个老友了。

联想到 19 世纪后半叶，德国古典学家维拉莫维茨在《古典学术史》的开篇对古典学的性质、对象和方式表述：“古典学术的对象是古希腊罗马文明的本质及其存在的每一个方面。该学科的任务是用学术的方法来复活那个已逝的世界。”对先秦诸子的返本还原，宗旨也在于走近诸子，激活那个已逝的世界。春秋战国诸子的思想原创，为何能够如此旷世独立而又彪炳千古？重要的原因之一，在于深厚沉积的原始民俗资源和口头传统，第一次大规模进入士人的文化解释系统，在撞击王官知识系统时产生巨大的思想爆裂力量。庄子感受到这种爆裂的冲击，以自由精神对民俗信仰和自然百物进行心灵感应，以如梦似烟的寓言抒写了他的诗性哲学。

我们知道，庄子丧妻时“鼓盆而歌”的行为很是惊世骇俗：

> 庄子妻死，惠子吊之，庄子则方箕踞鼓盆而歌。惠子曰：“与人居长子，老身死，不哭亦足矣，又鼓盆而歌，不亦甚乎!”庄子曰：“不然。是其始死也，我独何能无慨然！察其始而本无生，非徒无生也，而本无形，非徒无形也，而本无气。杂乎芒芴之间，变而有气，气变而有形，形变而有生，今又变而之死，是相与为春秋冬夏四时行也。人且偃然寝于巨室，而我噭噭然随而

哭之，自以为不通乎命，故止也。”[①]

据《明史·循吏列传》：“楚俗，居丧好击鼓歌舞。”[②] 这是楚人的原始风俗，唐宋以降的笔记及湖北中西部地方志多有记述。这与《礼记·曲礼》标示的周孔礼制“助葬必执绋，临丧不笑”，“望柩不歌”，“适墓不歌”，[③] 大为不同。《孟子》引古《志》云：“丧祭从先祖。”[④] 应该领会到，中原文化与楚文化在丧葬民俗中有着巨大的差异。中原丧礼立足于一个“哀”字，而楚人却立足于一个“乐”字。《隋书·地理志》记述古老的楚俗：“《尚书》‘荆及衡阳惟荆州’……大抵荆州率敬鬼，尤重祠祀之事，昔屈原为制《九歌》，盖由此也。……其行伍前却，皆有节奏，歌吟叫呼，亦有章典。……始死，置尸馆舍，邻里少年，各持弓箭，遣尸而歌，以箭叩弓为节。其歌词说平生乐事，以至终卒，大抵亦犹今之挽歌。歌数十阕，乃衣衾棺敛，送往山林，别为庐舍，安置棺柩。”[⑤] 庄子是按照楚国古俗办理亡妻的丧事，只不过庄子流亡异地，家穷，无法邀集亲友或延请巫师击鼓歌舞，只好独自为之。江汉地区，即古荆楚之地，至今依然流行着大量的三声腔民歌，朴拙、跳动、不规整，随任性情；依然遗存荆楚古时跳丧鼓的基本节奏型为6/8拍，通过“亮、哑”音的频繁交替，造成重拍移位而非圆舞曲式的规则律动（参见周耘《荆楚跳丧鼓研究》）。然而，从庄子向惠子阐述为什么“鼓盆而歌”的原因来看，庄子已将古俗哲理化了。在反省人间生死哀乐之中，庄子提炼出一个“气”字，从而把溟溟漠漠之道与活活泼泼之生命，一脉贯通。他认为：“生也死之徒，死也生之始，孰知其纪！人之生，气之聚也，聚则为生，散则为死。……故万物一也，是其所美者为神奇，其所恶者为臭腐；臭腐化为神奇，神奇化为臭腐。”对生死一如的生命链条作了这种大化流行

---

① （清）王先谦：《庄子集解·至乐》，中华书局1987年版，第150—151页。

② （清）张廷玉等：《明史》卷281，中华书局1974年版，第7210页。

③ （汉）郑玄：《礼记正义》，（唐）孔颖达疏，北京大学出版社1999年版，第78页。

④ （清）焦循：《孟子正义·滕文公上》，中华书局1987年版，第328页。

⑤ （唐）魏徵等：《隋书·地理志》，中华书局1973年版，第644页。

的观察之后，庄子得出结论："通天下一气耳。圣人故贵一。"[①] 庄子看透了人之生死只不过是天地之气的聚散，通晓了万物皆化的道理，所以，在鼓盆而歌的行为中，便自然蕴含见证天道运行的仪式。《战国策·楚策三》云："张仪逐惠施于魏。惠子之楚，楚王受之……乃奉惠子而纳之宋。"[②] 任魏国宰相长达12年，钱穆考定"定惠施去魏在惠成王后元十三年（前322），张仪为相之岁"[③]。由此可以推断，庄子"鼓盆而歌"是在惠施离魏去楚，又返宋赋闲的岁月，庄、惠都是50多岁的人了。

《秋水》是《庄子》中的名篇，一开头，视境就非常辽阔："秋水时至，百川灌河，泾流之大，两涘渚崖之间，不辨牛马。"黄河洪水汹涌，两岸和水中沙洲之间连牛形马样都分不清，如果庄子没有亲睹巨流而受到精神震撼，是写不出如此壮观而富有实感的景象。但这还是自然视境，还需进入精神视境，随之注入了生命的体验："于是焉河伯欣然自喜，以天下之美为尽在己。顺流而东行，至于北海，东面而视，不见水端。于是焉河伯始旋其面目，望洋向若而叹曰：'野语有之曰："闻道百，以为莫己若"者，我之谓也。……今我睹子之难穷也，吾非至于子之门则殆矣，吾长见笑于大方之家。'"即便"天下之水，莫大于海"，四海在天地之间也不过是大泽的一个小孔；"计中国之在海内，不似稊米之在大仓乎？"如此谈论大小，是以茫茫无际的道作为心灵观察的眼睛，从而进入了形而上的抽象空间。从庄子的事迹考察，庄子一生未到过海。未到过海而偏言海，是由于他觉察到"人之所知，不若其所不知"，唯有借河伯望洋兴叹，才能超越了河与海、人与万物、毫末与泰山、中国与四海的大小相较的有限性，进入"天人之行，本乎天，位于德"的无限性，从而形成了齐物论中"道

---

① （清）王先谦：《庄子集解·知北游》卷6，中华书局1987年版，第186页。

② （西汉）刘向辑录：《战国策·楚策三》，上海古籍出版社1985年版，第543—544页。

③ 钱穆：《先秦诸子系年考辨一零七·惠施去魏考》，商务印书馆2001年版，第394页。

通为一”宇宙一体观，以及“万物一齐，孰短孰长”，“照之于天”的是非价值判断的超越性，演化为“道无终始，物有死生……物之生也若骤若驰。无动而不变，无时而不移。何为乎，何不为乎？夫固将自化”①，这种大化流行的万物运行形式。

那么河伯与北海若这番精彩而深邃的七问七答的对话，是何地、何时、何种情境触发庄子的灵感和神思，而产生如此浩渺无垠的思想放飞呢？庄子没有明说，但有一点是肯定的，这不是来自他的祖籍楚文化的家族记忆。河伯信仰属于黄河文明，但似乎与庄氏家族流亡后的居地关系也不太大，不是蒙泽湿地和陋巷的想象方式。因为河伯的使者大白龟，已经被宋元君宰杀取壳，以供占卜之用，宋人似乎对河伯信仰没有多少真诚感和神圣感。河伯信仰倒是与魏国关系深刻，也为秦人所接受，尤其是魏国失河西之地于秦之后。不过给人印象最深的，还是《史记·滑稽列传》所记载，魏国邺令西门豹禁绝“河伯娶妇”的故事，那时的黄河还是东北取道漳河入海。可以设想，《庄子·秋水》中河伯和北海若对话，是庄子吸取魏国文化的因素，又反思这种文化如河伯“以天下之美为尽在己”的傲慢心态。不同时空故事并置，空间的拼贴使得意义层层相生。黄河巨流，着实牵涉魏国的存亡安危，《史记·苏秦列传》说：“（秦取天下，正告魏曰）决荥口，魏无大梁；决白马之口，魏无外黄、济阳；决宿胥之口，魏无虚、顿丘。陆攻则击河内，水攻则灭大梁。”② 果不其然，后来秦始皇灭六国，“王贲攻魏，引河沟灌大梁，大梁城坏，其王请降，尽取其地”③。由此可以推论，庄子当是在魏地看到“秋水时至，百川灌河”的。

魏国为庄子与惠施辩学时常去的国度。至于庄子观察到的“两涘渚崖之间，不辨牛马”的黄河大水，发生于何年？今存的材料只能看到《水经注》卷八所说：“《竹书纪年》曰：魏襄王十年十月，大霖

① （清）王先谦：《庄子集解·秋水》，中华书局 1987 年版，第 138—144 页。

② （西汉）司马迁：《史记》卷 69，中华书局 1982 年版，第 2273 页。

③ （西汉）司马迁：《史记》卷 6，中华书局 1982 年版，第 234 页。

雨，疾风，河水溢酸枣郛。”[1] 十月河水溢，九月秋水就灌河了。酸枣郛，在今河南省延津县西南，春秋属郑，战国属魏，在魏国首都西北约数十里之程。魏襄王十年是公元前309年，惠施在张仪离开梁相之位后，又回到魏国任职。河伯与北海若的辩论，折射着惠施与庄子的辩论，北海若告诫河伯：“井蛙不可以语于海者，拘于虚也；夏虫不可以语于冰者，笃于时也；曲士不可以语于道者，束于教也。”他们面对浩浩奔流的黄河，真是令人心境苍茫。在这种苍茫心境中，庄子于公元前309年深秋作《秋水》之篇，庄子此时已是年近60。辩论而至于7个来回，反映了老年人好说“车轱辘话”，但庄子的才华未减，《庄子·秋水》以其宇宙怀抱，清旷绝尘，倾倒了天下众多的清逸之才。

三　墨子的东夷文化基因和思想变异过程

《韩非子·显学》说：“世之显学，儒、墨也。儒之所至，孔丘也；墨之所至，墨翟也。”[2] 儒、墨并列显学，却代表着不同的显学形态，儒属于“士君子显学”，墨属于“草根显学”，具有更充分的民间学术特质。“士君子”一语见于《墨子》书41次，其中14次泛指高雅的知识界，27次专指其论敌儒家，均见于它论述自己核心理论的篇章。如《墨子·尚贤下》说：“而今天下之士君子，居处言语皆尚贤，逮至其临众发政而治民，莫知尚贤而使能，我以此知天下之士君子明于小而不明于大也。”《节葬下》说：“今天下之士君子，将犹多皆疑惑厚葬久丧之为中是非利害也。”《天志下》说：“今天下之士君子欲为义者则不可不顺天之意矣。……是故子墨子置立天之（志）以为仪

① （北魏）郦道元：《水经注校证》卷8，陈桥驿校证，中华书局2007年版，第203页。
② 《韩非子集解·显学》，《诸子集成》（五），中华书局1954年版，第351页。

法。事以此知天下之士君子之去义远也。”[①] 这些都把儒者称为“士君子”，颇有微词或訾议，是与墨者的信仰相区分的。

儒者自孔子始，就非常注意“君子之道”，《论语》论君子就有107次。比如：“子谓子产，有君子之道四焉：其行己也恭，其事上也敬，其养民也惠，其使民也义。”（《公冶长》）整部《论语》的第一章就谈到君子：“子曰：学而时习之，不亦说乎？有朋自远方来，不亦乐乎？人不知而不愠，不亦君子乎？”（《学而》）在孔子心目中，君子是高于士的人格模型。墨子以“士”和“君子”组词，是为了区分彼为士、己出身百工的身份标识。但是儒者对此不以为忤，照样接纳。《荀子》用“士君子”一词多达15次，并且重新作出界定。如《荀子·修身》：“良农不为水旱不耕，良贾不为折阅不市，士君子不为贫穷怠乎道。”《荀子·荣辱》则以之区分不同的人格类型：“有狗彘之勇者，有贾盗之勇者，有小人之勇者，有士君子之勇者。……义之所在，不倾于权，不顾其利，举国而与之不为改视，重死持义而不桡，是士君子之勇也。”对于士人而言，在当时更重要的不是勇，而是辩。《荀子·非相》说：“君子必辩。……有小人之辩者，有士君子之辩者，有圣人之辩者：不先虑，不早谋，发之而当，成文而类，居错迁徙，应变不穷，是圣人之辩者也。先虑之，早谋之，斯须之言而足听，文而致实，博而党正，是士君子之辩者也。”荀子在《子道》中还以士君子来阐明孔子之道：“子路入，子曰：‘由，知者若何？仁者若何？’子路对曰：‘知者使人知己，仁者使人爱己。’子曰：‘可谓士矣。’子贡入，子曰：‘赐，知者若何？仁者若何？’子贡对曰：‘知者知人，仁者爱人。’子曰：‘可谓士君子矣。’颜渊入，子曰：‘回，知者若何？仁者若何？’颜渊对曰：‘知者自知，仁者自爱。’子曰：‘可谓明君子矣。’”[②] 这则记载又见于《孔子家语·三恕》。儒门传经，也采用“士君子”的说法，如《毛诗·大雅·既醉》小序云：“《既醉》、

① （清）孙诒让：《墨子间诂》，中华书局2001年版，第66、171、210—213页。

② （清）王先谦：《荀子集解》，中华书局1988年版，第533页。

大平也。醉酒饱德，人有士君子之行焉。”[①] 因此，称儒家为“士君子显学”，是有充分根据的。

墨家的“草根显学”，身份自是卑贱。《仪礼·士相见礼》云：“凡自称于君，士大夫则曰‘下臣’。宅者在邦则曰‘市井之臣’，在野则曰‘草茅之臣’，庶人则曰‘刺草之臣’，他国之人则曰‘外臣’。”[②] 此文也见于武威汉简甲本《士相见之礼》。所谓“草茅”“刺草”，都是自喻身份卑微。因而《孟子·万章下》云：“孟子曰：在国曰市井之臣，在野曰草莽之臣，皆谓庶人。庶人不传质为臣，不敢见于诸侯，礼也。”[③] 一若《荀子·王制》所云：“水火有气而无生，草木有生而无知，禽兽有知而无义，人有气、有生、有知，亦且有义，故最为天下贵也。”[④] 尽管草根卑贱，但它的特点在于接通地气，联系着民间传统和原始文明。《礼记·郊特牲》曰：“天子大蜡八。伊耆氏始为蜡……（有《蜡祭歌》）曰：‘土反其宅，水归其壑，昆虫毋作，草木归其泽。’”[⑤] 可知原始蜡祭，祭及草木。《吕氏春秋·仲夏纪·古乐》又曰：“昔葛天氏之乐，三人操牛尾投足以歌八阕：一曰《载民》，二曰《玄鸟》，三曰《遂草木》，四曰《奋五谷》，五曰《敬天常》，六曰《达帝功》，七曰《依地德》，八曰《总万物之极》。”[⑥] 八阕古乐，第三就歌及草木。墨者以草根自居，就凝聚着民间原始的野性强力。或如《大戴礼记·劝学》所言：“草木畴生，禽兽群居，物各从其类也。”[⑦] 他们崇尚的是旷野上群体的力量。

那么，墨子是如何阐发草根的意义呢？据《墨子·贵义》记载，墨子在回答楚大夫质疑“子之言则成（诚）善矣，而君王天下之大王

---

① 《毛诗正义·大雅·既醉·小序》，《十三经注疏》，中华书局1980年版。

② （汉）郑玄注：《仪礼注疏》，（唐）贾公彦疏，北京大学出版社1999年版，第125页。

③ （宋）朱熹：《四书章句集注·孟子·万章下》，中华书局1983年版，第322页。

④ （清）王先谦：《荀子集解·王制》，中华书局1988年版，第164页。

⑤ （汉）郑玄注：《礼记正义》，（唐）孔颖达疏，北京大学出版社1999年版，第802页。

⑥ 许维遹：《吕氏春秋集释》，中华书局2009年版，第118页。

⑦ （清）王聘珍：《大戴礼记解诂·劝学》，中华书局1983年版，第130页。

也，毋乃曰‘贱人之所为’而不用乎?”时，说了这么一段话：

> 唯其可行。譬若药然，草之本，天子食之以顺其疾，岂曰“一草之本”而不食哉？今农夫入其税于大人，大人为酒醴粢盛，以祭上帝鬼神，岂曰“贱人之所为”而不享哉？故虽贱人也，上比之农，下比之药，曾不若一草之本乎？且主君亦尝闻汤之说乎？昔者，汤将往见伊尹，令彭氏之子御。彭氏之子半道而问曰：“君将何之?”汤曰：“将往见伊尹。”彭氏之子曰：“伊尹，天下之贱人也。若君欲见之，亦令召问焉，彼将受赐矣。”汤曰：“非女所知也。今有药（于）此，食之则耳加聪，目加明，则吾必说而强食之。今夫伊尹之于我国也，譬之良医善药也。而子不欲我见伊尹，是子不欲吾善也。”①

要了解墨子及墨学的身份定位，此语在全部《墨子》中第一要紧，不可轻易放过。墨子自居为草根之人和草根之学（“一草之本”)，他是以“草根显学”与儒家的“士君子显学”分庭抗礼的。《荀子·王霸》也把“墨子之说”与“役夫之道”并称。② 墨子不否认自己的“贱人”身份，《墨子》书中13次称“贱人”，其位置在士、农、工、商四民中“上比之农，下比之药”，就连当个自耕农也不够格，大概属于百工之类。但是，他在知识上竟能攀附“天下之贱人”伊尹，已是具有“天下视野”的士，因而他的身份是出入于士与百工之间。值得注意者，墨子不以夏、周的故实设喻，而以“闻汤之说”“汤将往见伊尹”为喻，折射着墨家与出于东方的商民族存在某种精神联系。《诗·商颂·玄鸟》曰：“天命玄鸟，降而生商。”③ 商族是以玄鸟当图腾的。《左传·昭公十七年》载，东夷部族的郯子对答鲁国叔孙昭子之问，谓：“我高祖少皞挚之立也，凤鸟适至，故纪于鸟，为鸟师而

---

① （清）孙诒让：《墨子闲诂·贵义》，中华书局2001年版，第441—442页。

② （清）王先谦：《荀子集解》，中华书局1988年版，第202页。

③ 《毛诗正义》，北京大学出版社1999年版，第1444页。

鸟名。凤鸟氏历正也，玄鸟氏司分者也……五雉为五工正，利器用、正度量，夷民者也。”① 可见商族属于东夷少皞族系玄鸟氏的一支，它与东夷其他部族存在恩恩怨怨又难分难舍的关系。墨子弘扬的是与东夷部族相关的传统，又以天下视野穿透社会下层，使其学术具有“良医善药”的济世功能。士君子而有学岂足为奇，草根而有学，这就是墨子奇人奇学之所在了。

一旦追问“墨子是谁”，就发现历史记载是那么音影模糊。《史记》的回答只有 24 个字，也许是所述先秦重要思想家中最为粗枝大叶的：“盖墨翟，宋之大夫，善守御，为节用。或曰并孔子时，或曰在其后。”② 暂且不论墨子是否当过宋大夫，把他置于年代晚出的孟子、荀子列传之末而一笔带过，既有失先后，又有失轻重。一代显学的宗师在三百余年后沉落到如此地步，实在令人百感交集。《汉书·艺文志》向来按书籍年代先后排序，却也违例把“《墨子》七十一篇”系于其弟子后学之后，注明作者“名翟，为宋大夫，在孔子后”③。因为有墨子书为证，把墨子年代校正在孔子后，是有充分根据的；但依然沿用“宋大夫”的说法，也未及墨子里籍。最早记录墨子里籍，是汉人高诱注《吕氏春秋》：“墨子名翟，鲁人，作书七十二篇。”④ 今人张知寒沿着这条线索，认为墨子故里在今山东滕州境内，具体在春秋时小郳国，曾为宋之附庸国，春秋晚期为鲁所据，战国初期为齐之下邑。⑤ 但是清人毕沅《墨子注序》、武亿《授经堂文钞·墨子跋》，却把高诱所说的“鲁”，解释为楚国北境之鲁阳。因此，关于墨子里籍起码有鲁、宋、楚几种说法。

应该看到，模糊也是一种意义，有时蕴含很深刻的意义。司马迁、班固（还包括刘向、刘歆父子）这样认真的历史学家、文献学家

① 杨伯峻编著：《春秋左传注》，中华书局 1990 年版，第 1387 页。

② （西汉）司马迁：《史记·孟子荀卿列传》，中华书局 1959 年版，第 2350 页。

③ （东汉）班固：《汉书·艺文志》，中华书局 1962 年版，第 1738 页。

④ 《吕氏春秋》，《诸子集成》（六），中华书局 1954 年版，第 18 页。

⑤ 参见张知寒《墨子里籍新探》，《山东社会科学》1988 年第 6 期；《再谈墨子里籍在今之滕州》，《文史哲》1991 年第 2 期。

未述墨子里籍，大概由于里籍难定，即便他们所说的“宋大夫”也不足凭信，不然墨子止楚侵宋，就变成两国官方交涉，也不可能有作为民间的第三种力量的独特作用。同样也很难令人置信，墨子是楚国子民，若此，他又何来与楚王、与鲁阳文君自由对话的姿态与身份？《墨子》和其他文献记载，墨子经常居鲁，或从鲁出发与齐、楚诸国办交涉，他当为鲁人。但他对楚王说：“臣，北方之鄙人也，闻大王将攻宋，信有之乎？”[①] 这里的“鄙”字有两层含义：(1) 不是达官贵人，而是一介布衣或所谓贱人；(2) 不是北方鲁国上邑人士，而是其边鄙之民。如《左传·隐公元年》：“太叔命西鄙北鄙贰于己。”注曰：“鄙，郑边邑。”《左传·庄公二十六年》：“群公子皆鄙。”注曰：“边邑也。”指的都是鄙野之地。《墨子·鲁问》说：“鲁之南鄙人有吴虑者，冬陶夏耕，自比于舜。子墨子闻而见之。”这里透露两条消息：吴虑自比于舜，可能把舜视为东夷传统中人，或如《孟子·离娄下》所说，舜乃“东夷之人也”；墨子的居地只有靠近鲁之南鄙，才可能如此方便地听闻和会见这个自耕独善的人物。《鲁问》又载：“子墨子出曹公子而于宋。”曹乃周武王弟振铎封国，曹伯阳十五年（前 487）为宋所灭。曹都陶丘（今山东定陶西南），也在鲁、宋之间，曹公子为亡国贵族后裔，以国为氏，流落鲁南鄙师从墨子，被派遣出仕于宋。这个“出”字，与《墨子·公输》的“归而过宋”一语相参，说明墨子并非居宋，或者并非宋人。另外，墨子也只有居地靠近鲁之南方鄙野之地，才有《非攻中》所说的“南则荆、吴之王，北则齐、晋之君”，“东方有莒之国者”的方位感觉。墨子无意中透露了他的故里的定位系统：他的家乡在吴、楚的北面，楚加了吴，就是北面偏东；在齐、晋的南面，不是特别靠北，晋加了齐，就是不那么靠北而偏东；它在东夷民族的莒国的西面，据《括地志》卷三云：“密州莒县，故莒子国。《地理志》云周武王封少昊之后嬴姓于莒，始都计斤，春

① 《吕氏春秋·爱类》，《诸子集成》（六），中华书局 1954 年版，第 282 页。

秋时徒居莒也。”[1] 那么，墨子里籍应在鲁国南部边远处。

勘知墨子里籍在鲁之南鄙，旨在从发生学上厘清墨学作为草根显学的思想文化基因。既名草根，就要弄清楚它的根在何处，那些来自地方风土上的文化要素，甚至比起来自书册上的东西更具有本质的价值。鲁国以南，是《禹贡》所说的北至岱（泰山）、东至海、南及淮的古徐州，《文献通考·舆地考》谓春秋时可考者 14 国：鲁、薛、邾、滕、徐、鄫、郰、纪、郳（小邾）、萧、宋（南境）、牟、颛臾、偪阳。[2] 其实还应加上郯、邳、费，邾分为三的滥国，以及春秋时已迁到鲁东北的杞。这块地方的土著居民是东夷族群，即便周公“东伐淮夷，践奄”，把元子伯禽分封于鲁，使鲁成为周公礼乐久传不衰的中心，它的底层社会仍然延续夷风。曲阜鲁国故城墓地考古证明，西部近城的“望父台”墓葬，为殖民至此的周人墓葬，略远的“斗鸡台”墓葬则为土著东夷人墓地[3]，鲁以南诸小国墓葬的东夷特征就更为随处可见。

而且在春秋战国之世的南部十几个小国相互拥挤，鲁、齐、宋三方诸侯的势力范围犬牙交错，此进彼退，文献难征。春秋晚期，鲁国的势力由邾延伸到滕、薛、小邾以南的鄫、颛臾、偪阳（今枣庄南）一带。附庸之地，国小位卑，名称屡变，加上大国势力犬牙交错，归属莫定的状况，也许是《史》《汉》难以定夺墨子里籍，高诱笼统地归之于鲁的原因所在。况且墨子属于无恒产而出入于士与百工之间的“贱人”之列，其居处之地也不可能恒定。一些袖珍小国地方数十里，甚至十数里，于其间每有游动，也并非不可能。墨子既生于鲁之南鄙，又流动于鲁南鄙相邻的诸小国之间，二者深刻地影响和模塑着墨子学派的思想形态和组织形态，既能把握东夷文化之大端，又能聚集一批慕义从风的服役徒众。

---

① （唐）李泰等：《括地志辑校》卷 3，清孙星衍辑本。

② 参见（元）马端临《文献通考》卷 317，浙江古籍出版社 1988 年影印本，第 2492 页。

③ 参见张学海《试论鲁城两周墓葬的类型、族属及其反映的问题》，《中国考古学会第四次年会论文集》，文物出版社 1985 年版。

鲁南鄙之东夷文化如何促成墨子思想的生成和染色，或者说它给墨子思想嵌入哪些文化基因呢？起码有三种基因嵌入值得注意：其一是天鬼观念。《墨子·尚贤中》说："故国家治则刑法正，官府实则万民富。上有以絜为酒醴粢盛，以祭祀天鬼。……是故上者天鬼富之，外者诸侯与之，内者万民亲之，贤人归之。以此谋事则得，举事则成，入守则固，出诛则强。故唯昔三代圣王尧、舜、禹、汤、文、武之所以王天下、正诸侯者，此亦其法已。"《尚贤下》又说："尚贤者，天鬼百姓之利，而政事之本也。"《天志中》也说："故古者圣王，明知天鬼之所福，而辟天鬼之所憎，以求兴天下之利，而除天下之害。"东夷地区的社会文化理性程度较中原地区偏低，尤其是民间，对天的尊崇和对鬼的恐惧渗透于世俗生活之中。《春秋·鲁僖公十九年》："邾子执鄫子，用之。"所谓"用之"，就是杀鄫国之君以祭社神，即《左传》所说，"宋公使邾文公用鄫子于次睢之社，欲此属东夷"，被宋国司马子鱼斥为"用诸淫昏之鬼"。[①] 又据鲁及其南鄙小国墓葬考古，春秋早期曲阜鲁国故城，春秋中晚期莒南大店都发现有陪葬殉人的古墓，滕州薛国故城有四座古墓殉，其中一座殉四人。[②] 可见神鬼观念广布于东夷社会上下层，只是墨子"顺天鬼百姓之利"（《墨子·非攻下》）抛弃其惨无人道的一面，萃取为社会政治思想及其制裁力量而已。墨子反复申述鬼神的监督和制裁的功能。《墨子·明鬼下》云："吏治官府之不洁廉，男女之为无别者，鬼神见之。民之为淫暴寇乱盗贼，以兵刃毒药水火退无罪人乎道路，夺人车马衣裘以自利者，有鬼神现之。是以吏治官府不敢不洁廉，见善不敢不赏，见暴不敢不罪。民之为淫暴寇乱盗贼，以兵刃毒药水火退无罪人乎道路，夺车马衣裘以自利者，由此止，是以莫放。幽间，拟乎鬼神之明，显明有一人，畏上诛罚，是以天下治。"以天鬼制裁，乃是精神和心理制裁，而非物质或制度的制裁。《墨子·贵义》又载："子墨子曰：凡

---

① 杨伯峻编著：《春秋左传注》，中华书局 1990 年版，第 380—382 页。

② 中国社会科学院考古研究所编著：《中国考古学·两周卷》，中国社会科学出版社 2004 年版，第 312 页。

言、凡动，利于天鬼百姓者为之；凡言、凡动，害于天鬼百姓者舍之。凡言、凡动，合于三代圣王、尧、舜、禹、汤、文、武者为之；凡言、凡动，合于三代暴王桀、纣、幽、厉者舍之。”他主张把鬼神监督、圣王之治相配合，以推行利于百姓的言论和行为。

还不得不提到大禹崇拜。《庄子・天下》云：“墨子称道曰：‘昔者禹之湮洪水，决江河而通四夷九州也。名川三百，支川三千，小者无数。禹亲自操橐耜而九杂天下之川；腓无胈，胫无毛，沐甚雨，栉疾风，置万国。禹大圣也，而形劳天下也如此。’使后世之墨者，多以裘褐为衣，以跂蹻为服，日夜不休，以自苦为极，曰：‘不能如此，非禹之道也，不足谓墨。’”《墨子》书称扬大禹，用了59个“禹”字，每将“尧、舜、禹、汤、文、武之道”，或“三代之圣王、禹、汤、文、武”并称，而往往突出禹。《墨子・大取》云：“为天下厚禹，非为禹也。为天下厚爱禹，乃为禹之爱人也。”以爱天下人之心厚爱大禹，墨子由此寻找自己学派的精神脉络之原型，胸襟极其博大而务实。出诸这种博大务实的崇敬之心，《墨子・兼爱中》对大禹治水的地理空间，展开得异常开阔：“古者禹治天下，西为西河、渔窦，以泄渠、孙、皇之水。北为防、原、泒，注后之邸、嘑池之窦，洒为底柱，凿为龙门，以利燕代胡貉与西河之民。东方漏之陆，防盖〔孟〕诸之泽，洒为九浍，以揵东土之水，以利冀州之民。南为江、汉、淮、汝，东流之，注五湖之处，以利楚、荆、越与南夷之民。此言禹之事，吾今行兼矣。”在先秦典籍中，对大禹治水的踪迹描述，莫详于此；而描述众川湖泽之多而命名之古老，也莫过于此。材料的原始性和丰富性都表明，勤苦坚确、“形劳天下”即“摩顶放踵利天下”的大禹精神，已成了墨家文化的重要特质。

以人文地理学考察，禹道墨承，存在深刻的地理和国族的因缘。周武王所封以延续夏后氏之祀的杞国，于两周之际受宋与淮夷的侵伐滋扰，东迁到鲁东北。如《汉书・地理志》所云：“雍丘，故杞国也，周武王封禹后东楼公。先春秋时徙鲁东北，二十一世简公为楚所灭。”迁徙鲁东北的杞国文物，据山东新泰在晚清出土的一批有“杞伯”铭文的青铜器，清人许瀚已确认“‘鲁东北’者，即新泰也”①。这就使杞国成为墨子故里的近邻。《左传·鲁僖公二十三年》说：“杞，夷也。”“鲁僖公二十七年”：“杞桓公来朝，用夷礼，故曰‘子’。”杜预注云：“杞先代之后，而迫于东夷，风俗杂坏，言语衣服有时而夷。”《左传·鲁襄公二十九年》又说：“杞，夏余也，而即东夷。”② 杞国的东夷化，当使墨子寻找夏政和禹风时，增加几分亲近感。《史记·杞世家》记载，楚惠王四十四年（前445），灭杞。这乃东迁到鲁东北后之杞，非故杞。朱熹说：“杞国最小，所以文献不足。观春秋所书，杞初称侯，已而称伯，已而称子。盖其土地极小，财赋不多，故宁甘心自降为子、男之国，而其朝觐贡赋，率以子、男之礼从事。圣人因其实书之，非贬之也。”（《朱子语类》卷二十五）一个国族的灭亡，意味着它的贵族、巫师、百官流散民间，流散时或携带着古国世代相传的典册，或携带着口耳相传的始祖族源传说，而且东夷化的杞国的始祖传说，当是禹风夹杂着夷风的。比如夏侯氏，就出自姒姓。楚灭杞国，其后奔鲁，以杞侯为夏后氏之后，故以夏侯为姓，后居谯郡。

杞亡之年，墨子大概三十几岁，在以百工身份游动民间时，得以接触这些典册和传说。孔子当年之杞，杞国未亡，从贵族百官访求礼制和典籍，得到《夏时》，整理成《夏小正》；墨子则得来全不费工夫，从流亡民间的贵族、百官、巫师获得典册和传说。他的获得更加民间化和私人化。《墨子·非命下》云：“禹之《总德》有之，曰：‘允不着惟天，民不而葆。既防凶心，天加之咎。不慎厥德，天命焉葆？’”所谓“禹之《总德》”，应是杞国贵族带到民间的故国典册，在经过儒家整理的《尚书》中未尝著录。《墨子·非攻下》对大禹征伐三苗描绘得非常怪异：“昔者有三苗大乱，天命殛之，日妖宵出，雨血三朝，龙生〔于〕庙，大〔犬〕哭乎市，夏冰，地坼及泉，五谷变化，民乃大振。高阳乃命〔禹于〕玄宫，禹亲把天之瑞令，以征有

---

① 许瀚：《周杞伯敦铭跋》，吴式芬《攈古录金文》卷2，清光绪间海丰吴氏家刊本。

② 《春秋左传正义》，《十三经注疏》，中华书局1980年版，第1815、1822、2006页。

苗。四电诱祇，有神人面鸟身，若瑾以侍，搤矢有苗之祥，苗师大乱，后乃遂几。禹既已克有三苗，焉磨〔磿〕为山川，别物上下，卿制大极〔乡制四极〕，而神民不违，天下乃静，则此禹之所以征有苗也。”① 不妨比较一下，儒家典籍多言帝舜“窜三苗于三危”（《尚书·舜典》），与大禹发生关系的记载则有：《尚书·禹贡》“三危既宅，三苗丕叙”②；《荀子·成相》“禹劳力，尧有德，干戈不用三苗服”③；《战国策·魏策二》“禹攻三苗，而东夷之民不起”；《史记·孙子吴起列传》，吴起对魏武侯所言：“昔三苗氏左洞庭，右彭蠡，德义不修，禹灭之。”这些记载都语焉不详，且相当雅驯，不像《墨子》记载的怪异诡谲。尤其是《吕氏春秋·离俗览·上德》云：“三苗不服，禹请攻之。舜曰：‘以德可也。’行德三年，而三苗服。孔子闻之曰：‘通乎德之情，则孟门、太行不为险矣。故曰德之速，疾乎以邮传命。’”④ 这是经过孔子评议的故事，却将禹之攻，归功于舜之德，用为政以德的儒家伦理改造了古老的传说。唯有《竹书纪年》云：“三苗将亡，天雨血，夏有冰，地坼及泉，青龙生于庙，日夜出，昼日不出。”⑤ 这是出自汲冢魏国的史籍，未经儒者的训化，与《墨子》记载差可比较，但尚不及《墨子》记载更多原始野性。

此外，还包括“仁而好生”的信仰行为，这一点深入了墨学的认知体系。《汉书·地理志》说：“东夷天性柔顺，异于三方（南蛮、西戎、北狄）之外，故孔子悼道不行，设浮于海，欲居九夷，有以也夫!”颜师古注：“言欲乘桴伐而适东夷，以其国有仁贤之化可以行道也。”⑥ 这种柔顺而仁爱的族群品格，被孔子纳入周礼而为仁，被墨子加以民间化而为兼爱。其间也包含兼爱自然的风俗，如《后汉书·东

---

① （清）孙诒让：《墨子闲诂》，中华书局2001年版，第146—148页。

② 《尚书正义》，北京大学出版社1999年版，第155—156页。

③ 《荀子集解·成相》，《诸子集成》（二），中华书局1988年版，第463页。

④ 许维遹：《吕氏春秋集释》，中华书局2009年版，第519页。

⑤ 方诗铭、王修龄：《古本竹书纪年辑证》，上海古籍出版社1981年版，第65页。

⑥ （东汉）班固：《汉书·地理志》，（唐）颜师古注，中华书局1962年版，第1658—1659页。

夷列传》所说："《王制》云：'东方曰夷。'夷者，柢也，言仁而好生，万物柢地而出。故天性柔顺，易以道御，至于君子，不死之国焉。"[①]《尔雅·释地》又说："岠齐州以南戴日为丹穴，北戴斗极为空桐，东至日所出为大平，西至日所入为大蒙。大平之人仁，丹穴之人智，大蒙之人信，空桐之人武。"[②] 岠古通"距"，夷字属大，夷、平相通。居住着齐州以东至日所出之处的大平人，即东夷人其特点是仁。这种仁爱自然、人类的民风，潜在地影响了墨子。唐代欧阳询《艺文类聚》卷六引《墨子》佚文曰："禽子（禽滑厘）问天与地孰仁。墨子曰：'翟以地为仁，太山之上，则封禅焉，培塿之侧，则生松柏，下生黍苗莞蒲，水生鼋鼍龟鱼，民衣焉食焉，家焉死焉，地终不责德焉，故翟以地为仁。'"[③] 墨子"以地为仁"的思想与泰山相关，泰山丰饶的生态资源，泽及民众生老病死、衣食取材，有无私奉献之德。这种感恩土地的思维，应是泰山周边的东夷人民的原始思维，墨子由此以万物根于地、出于地为仁。仁而珍爱生命，包括珍爱人间生命为"君子"、自然生命为"不死"，这是容易滋生兼爱思想的。墨子崇义而兼仁，《墨子·非儒下》曰："夫一道术学业，仁义也。"由这种仁义信仰，导引"兼相爱""交相利"等思想观念，成为与儒家并列的另一显学。《墨子·兼爱下》云："子墨子言曰：仁人之事者，必务求兴天下之利，除天下之害……兼即仁矣，义矣。"由此又引申出他上下同此心、同此德的社会政治结构的拟设，如《墨子·尚同上》所言："故里长者，里之仁人也"，"乡长者，乡之仁人也"，"国君者，国之仁人也"，"治者，何也？天子唯能壹同天下之义，是以天下以治也"。他用这种仁人之治，贯通天下四海、百姓上帝、山川鬼神，彰显了一种理想主义。为此，《墨子·非攻下》云："古之仁人有天下者，必反大国之说，一天下之和，总四海之内，焉率天下之百姓，以

---

① （宋）范晔：《后汉书》卷 85，中华书局 1965 年版，第 2807 页。

② （晋）郭璞注：《尔雅注疏》，（宋）邢昺疏，北京大学出版社 1999 年版，第 1999 页。

③ （唐）欧阳询：《艺文类聚》卷 6，汪绍楹整理校订，中华书局上海编辑所 1965 年版。

农臣事上帝、山川、鬼神。”①

讨论墨子言仁义，其犹可注意者是《墨子·经上》曰：“仁，体爱也。……义，利也。”《经下》又曰：“仁义之为外内也，内说在仵颜。”“仵”有相匹敌、相违背之义，如《管子·心术上》“自用则不虚，不虚则仵于物矣”，就是违背的意思。墨子于此是不赞成“仁义之为外内”的说法的。对于这一见解，《墨子·经说下》作了进一步的发挥：“仁，爱也；义，利也。爱利，此也；所爱、所利，彼也。爱利不相为内外，所爱利亦不相为外内。”这里沟通仁与爱、义与利，爱与所爱、利与所利，认为它们是浑然一体、“不相为外内”的。熟悉战国思想流派和简帛材料，就可发现，这些言论是针对“子思五行学说”的。郭店楚墓竹书《五行》曰：“五行：仁形于内谓之德之行，不形于内谓之行。义形于内谓之德之行，不形于内谓之行。礼形于内谓之德之行，不形于内谓之〔行〕。〔智形〕于内谓之德之行，不形于内谓之行。圣形于内谓之德之行，不形于内谓之（德之）行。”② 对此，《荀子·非十二子》极尽嘲讽斥责之能事：“案往旧造说，谓之五行，甚僻违而无类，幽隐而无说，闭约而无解。案饰其辞而祇敬之曰：此真先君子之言也。子思唱之，孟轲和之，世俗之沟犹瞀儒，嚾嚾然不知其所非也，遂受而传之。”③ 所谓“子思唱之，孟轲和之”的“五行”，指的是仁、义、礼、智、圣，是讲究“形于内”和“不形于内”差别的实质性的。墨子反对这种“相为内外”的思维模式，虽然在讲仁义，却又在批判思孟学派的仁义模式。对子思学说作出反应，说明《墨子》的《经上》《经下》，出自墨子晚年，而《经说》上下则可能是后学所为。在一定的意义上说，墨子是一个东夷文化与华夏文化相挑战、相融合的典型。他开拓的文化方向，与后来孟子说的“吾

① （清）孙诒让：《墨子闲诂》，中华书局2001年版，第141页。

② 荆门市博物馆编：《郭店楚墓竹简》，文物出版社1998年版，第149页。

③ （清）王先谦：《荀子集解·成相》，中华书局1988年版，第94—95页。

闻用夏变夷者，未闻变于夷者也”[①]，荀子说的“使夷俗邪音不敢乱雅”[②]，具有实质性的差异。他反拨着华夏中心的倾向，实行夷夏互变的思想方式。他从东夷文化中汲取“仁”的文化基因相当驳杂，唯以兼爱贯串之。

既已考证了墨子的里籍身世，又对墨子的东夷母体文化基因作了一番探索，接下来的问题是考察墨子学说发生和发展的过程。从鲁南鄙东夷文化区域走出来的墨子，其思想的形成、成熟和变异并非径情直遂，而是充满复杂曲折的因应、取舍、反拨和思辨的思想选择。过程性，是把诸子学术的发生发展，视为一种生命活动的关键所在。生命过程分析的方法，旨在破解诸子学说发生过程中的文化基因的汲取、选择、扬弃、编码、重组和创造。切勿忽视，对于墨子而言，他成为思想家过程的第一步，需要实现由贱人到士的文化角色的过渡。没有这番过渡，没有必要的历史文化知识，是不可能把感受提升为思想的，因此“顺先王《诗》《书》、礼、乐以造士”（《礼记·王制》）是不能废弃的。从发生学的过程性，从鲁国的学术文化风气和墨子的士人素质形成之需要来看，我们有必要承认《淮南子·要略》中这段话含有真实性和合理性的成分：“墨子学儒者之业，受孔子之术，以为其礼烦扰而不说，厚葬靡财而贫民，（久）服伤生而害事，故背周道而用夏政。”[③] 这里讲了墨学发生早期的一次重大的思想转折和超越，其开头两句的“学”与“受”，则是讲墨子利用鲁地儒风浓郁和文献丰富而实行自身士人素质的造就。

对于这一点，历史为墨子提供了极佳的契机，他只需从鲁之南鄙进入鲁之上邑，就会感到得天独厚。鲁是周公之邦，诗、书、礼、乐资源丰沛。降至春秋之世，《左传·鲁闵公元年》记载，齐国君臣议论鲁“犹秉周礼。周礼，所以本也。……鲁不弃周礼，未可动也”。百余年后的鲁襄公二十九年，吴公子季札来鲁请观周乐，《诗》之风、

---

① 《四书章句集注·孟子·滕文公上》，中华书局1983年版，第260页。
② 《荀子集解·王制》，《诸子集成》（二），中华书局1954年版，第107页。
③ 《淮南子·要略》，《诸子集成》（七），中华书局1954年版，第375页。

雅、颂及乐舞兼备。难怪数年后，如《左传·鲁昭公二年》记载，晋国上卿使鲁，“观书于大史氏，见《易》《象》与《鲁春秋》”，叹息“周礼尽在鲁矣，吾乃今知周公之德与周之所以王也!”[①] 自孔子兴学之后，诗、书、礼文献开始由官方流布民间，“天下并争于战国，儒术既绌焉，然齐鲁之间，学者独不废也”。甚至已有化为民间习性之概：“岂非圣人之遗化，好礼乐之国哉？……夫齐、鲁之间于文学，自古以来，其天性也。”[②] 由贱人到士人，墨子是不能回避，也不应拒绝鲁国这份丰厚的文化遗产的。

墨子早年曾与孔门七十子后学游，这在《墨子》书中尚能找出不少内证。墨子生年，孙诒让根据《墨子》书的史迹，推定为“生于周定王时”（公元前468—公元前441年在位），如果以周定王元年为生年，则在孔子死后11年，比子思小20岁。但细究《墨子·贵义》，《公输》诸篇及唐代余知古《渚宫旧事》的脉络，当以钱穆考订墨子生于公元前479年[③]，或略晚两年的公元前477年左右为妥，这在后文还有涉及。墨子总角之时的鲁国，孔门弟子流散，曾子门庭独盛。墨子与曾门或儒者交游的内证，可以从三个方面探讨，首先是《墨子·可染》。只要略为校雠，就不难发现《吕氏春秋·当染》是逐录《墨子》的。有70%篇幅，即首段墨子见染丝而叹和核心段落“非独染丝然也，国也有染”，几乎是全抄墨子。其中“王天下”“天下仁义显人”等术语，以及援引古书材料，都可发现儒者对之不同程度的染色。舜、禹、汤、武四王所染当，桀、纣、厉、幽四王所染不当；齐桓、晋文、楚庄、吴阖闾、越勾践五君所染当，范氏、中行氏、吴夫差、知伯、中山尚、宋康王六君所染不当。其中赞扬春秋五霸，就操着与思孟学派不协调的口吻。所举历史事例之四、四、五、六失衡，

---

① 杨伯峻编著：《春秋左传注》，中华书局1990年版，第257、1161—1165、1226—1227页。

② （西汉）司马迁：《史记·儒林列传》，中华书局1959年版，第3116—3117页。

③ 钱穆：《墨子的生卒年代》，《古史辨》（四），上海古籍出版社1982年，第272—278页。

应是四、四、五、五，宋康王所染不当一例，当是墨家后学所增。因此汪中《墨子序》所说“其言宋康染于唐鞅、田不礼，宋康之灭在楚惠王卒后一百五十七年”，为墨子所不及见。这条材料的出入，既是墨家后学所增，就不能否定全篇《可染》为墨子言论的记述。墨家后学更为严重的改动，在《可染》逐录为《当染》的最后一段“士亦有染”中，显而易见。《墨子》成书时，儒墨之争势成水火，墨家后学不愿保留孔子及其徒为“举天下称誉之士”的说法，将之删改得面目全非。倒是《吕氏春秋·当染》虽有儒墨并显的改动，却还保留有“孔子学于老聃、孟苏夔、靖叔”，“子贡、子夏、曾子学于孔子，田子方学于子贡，段干木学于子夏，吴起学于曾子”[①]，这些都是所谓所染得当的儒门学脉事迹。其中对曾子颇多致意，不能说没有透露一点墨子与曾门弟子交游的消息，只不过没有强调曾门最得道统而已。当一个学派成为显学之后，其后学对创派领袖的从师事迹往往会做些藏掖躲闪，此在学术史上不乏其例，研究者切不可为之迷住了眼睛。文本证明生命存在的丰富性和复杂性，而不应割舍文本去证明生命存在的单一性，这是非常简明的道理。

其次是《墨子·三辩》。篇中墨子与程繁辩论“圣王不为乐”，这位程繁虽被孙诒让称为“兼治儒墨之学者”，但程繁观点更倾于儒，只不过尚能尊称墨子为“夫子”。其实程繁质疑墨子非乐的见解，主张政治生活和日常生活应该张弛互济，更具文明气象：“昔诸侯倦于听治，息于钟鼓之乐；士大夫倦于听治，息于竽瑟之乐；农夫春耕夏耘，秋敛冬藏，息于聆缶之乐。今夫子曰‘圣王不为乐’，此譬之犹马驾而不税（脱），弓张而不弛，无乃非有血气者之所不能至邪?”墨子的辩词，采取儒者文献中常用的史料和圣王事迹作判断，甚至对儒者古胜于今的历史观也有所沿袭。他认为一代复一代的王者“因先王之乐，又自作乐”，乐繁扰政，因而“周成王之治天下也，不若武王；武王之治天下也，不若成汤；成汤之治天下也，不若尧舜。故其乐逾

① 《吕氏春秋·当染》，《诸子集成》（六），中华书局 1954 年版，第 18—21 页。

繁者，其治愈寡”。这种辩论方式详于历史而疏于现实，反映墨子学说初脱儒术之缰而未能自由驰骋。

墨子与程繁辩论，还有两则见于《墨子·公孟》。一则是墨子猛烈抨击“儒者之道足以丧天下者，四政焉。儒以天为不明，以鬼为不神，天鬼不说，此足以丧天下。又厚葬久丧，重为棺椁，多为衣衾，送死若徙，三年哭泣，扶后起，杖后行，耳无闻，目无见，此足以丧天下。又弦歌鼓舞，习为声乐，此足以丧天下。又以命为有，贫富寿夭、治乱安危有极矣，不可损益也。为上者行之，必不听治矣；为下者行之，必不从事矣，此足以丧天下。”由此可知，墨子与儒学的决裂带有根本性，而且开始形成体系。

然而墨子与程繁辩时，曾经称述孔子，另一则记述程繁质疑他“非儒，何故称于孔子也”，墨子回答：“是亦当而不可易也。今鸟闻热旱之忧则高，鱼闻热旱之忧则下，当此虽禹汤为之谋，必不能易矣。鸟鱼可谓愚矣，禹汤犹云因焉。今翟曾无称于孔子乎?”尽管墨子说过孔子有些言论“当而不可易”，但遍检《墨子》书，看不到墨子直接称誉孔子之处，如果不是成书时有所删节，就是弟子记述时有意遮蔽。

最后的内证是《墨子·公孟》。除了前述程子与墨子辩论的两则之外，墨子与公孟的辩论多达 12 则。孙诒让引宋翔凤云：“《孟子》公明仪、公明高，曾子弟子。公孟子与墨子问难，皆儒家之言。孟与明通，公孟子即公明子，其人非仪即高，正与墨翟同时。”接着孙诒让加按语：“《说苑·修文篇》有公孟子高见颛孙子莫及曾子，此公孟子疑即子高，盖七十子之弟子也。”[①] 墨子与曾门弟子交游，此最近真。《墨子·公孟》既称程繁为“子”，又称公孟为“子”，表明墨门与他们之间虽然意见相异，却能尊重人格。墨子与公孟子辩论颇多，公孟子讥讽墨子为学不能像钟那样“扣则鸣，不扣则不鸣”，反而到处“行而自衒”，推销自己；墨子则嘲笑公孟子古冠古服，未必就是

① （清）孙诒让：《墨子闲诂》，中华书局 2001 年版，第 449 页。

君子，未必就能仁。连这些生活细节、行为作风都成了辩论的话题，就令人感到他们居处相邻，交往频繁了。

然而与儒门交游密切，并不等于就获得儒学精髓，从墨子只承认“孔子博于《诗》《书》，察于礼乐，详于万物”，而反驳公孟子把孔子列为“上圣”来看，墨子从七十子后学中学到的是文化知识，而非学理和信仰。接下来墨子便操持民间立场与东夷理念，同公孟子就天命、鬼神、祭祀、久丧、礼乐诸命题进行短兵相接的交锋。比如因儒者主张“无鬼神”，又强调“君子必学祭祀”，墨子机智地揭示其自相矛盾：“执无鬼而学祭祀，是犹无客而学客礼也，是犹无鱼而为鱼罟也。”用归谬法置对方于尴尬之地，足见其机敏之幽默。综观《墨子·公孟》之论辩，毕竟机巧大于深厚，只不过还有礼数操控着火气，多少还留点面子吧，说明墨子尚处在脱儒归墨的进程中。

思想的过程性，在这里出现了一个“墨子式S形”。墨子与儒者游，实现由贱人到士的过渡；墨子与儒者辩，实现脱儒归墨的转折。而这种S形旋转的支撑点，是深埋于墨子生命中的东夷文化基因和草根下层意识；与儒者游而后辩，则是其外在的文化推动力。思想者的生命存在不断提出质疑和面对质疑的过程，接纳与抉择是永无休止的交战。在内外因应中《非儒上》（已佚）、《非儒下》的写作，表明了墨子打出旗号，与儒门彻底决裂而自立门庭。《非儒下》全线出击地亮出十二把剑，包括非儒的七个命题和诟孔的五个事例。它采取更加决绝的民间立场和草根意念，继续辩论着曾与公孟子交锋的四个命题：一是质疑“天命不可损益”，认为它导致“群吏怠于分职，庶人怠于从事”，乃儒者“贼天下”之“道教”。二是质疑繁礼久丧，乃是背本弃事、贪食惰作。三是质疑“君子必服古言然后仁”，认为古言曾经是新话，古人说古言未必皆君子。四是质疑“君子若钟，击之则鸣，弗击不鸣”，认为逢急难而不问不言，不可为忠孝贞良。这四个命题，关涉信仰、礼仪和处世态度，随之又提出三个关乎政治结构、军事原则和文化态度的新命题：一是非议“亲亲有术，尊贤有等”的政治结构，“为欲厚所至私，轻所至重”，背离平等原则，“岂非大奸也哉”！二是非议兴师诛罚，胜不逐奔的军事原则，导致“天下害不除”，“不义莫大焉”！三是非议“循（述）而不作”的文化态度，认为这是依样画葫芦的匠人作为，“所循皆小人道也”，是不能实现古君子创制弓、甲、车、舟一类发明的。细作推究，这七个命题都有一种潜在倾向，它们都采取民间实用的立场，质疑和非议儒家好古蹈虚的理念、制度和行为，回避东夷文化中的天鬼观念。这是否意味着墨子与儒者叫板之时，不愿过早地亮明东夷文化身份，以免刺激儒者产生对夷音乱雅的反感，引发尊夏攘夷的情绪对立？

于此不能不考辨《非儒下》是否出自墨子手笔。学界一般认为，篇中有“子墨子言曰”，则为弟子后学所述，无之，则可能是墨子手笔。但清人毕沅认证《非儒下》，却破了此例：“《亲士》诸篇无‘子墨子言曰’者，翟自著也；此无‘子墨子曰’者，门人小子臆说之词，并不敢以诬翟也，例虽同而异事。后人以此病翟，非也。”毕氏注《墨子》，抱持尊儒扬墨的情结，断定“翟未尝非礼”[①]，这是以主观意念割裂墨子，故有此不能自圆其说之言。其实这里需要探究的不是墨子是否自著，而是墨子为何如此著述。在脱儒归墨、亮明旗帜的时候，墨子的态度是大刀阔斧，非常峻急的。他不仅以大奸、大不义抨击儒学，而且从政治品德上诟病孔子。战国学术不生于宁静书斋，而生于风雨旷原，风雨激荡着其生命意志。诟孔五事，连用“孔某”称呼，颇有奚落之意。它诟病“孔某为鲁司寇，舍公家而奉季孙”；诟病“席不端弗坐，割不正弗食”之孔某，穷于蔡、陈之间，不问子路酒肉来路而食；诟病孔某心术，使弟子辅助孔悝乱乎卫、阳货乱乎齐、佛肸叛乎中牟。这些诟病之辞，与儒门的记载和解说大相径庭，传为孔子八世孙孔鲋著《孔丛子・诘墨》专门申驳之。[②]《非儒下》还借晏子之口诋孔，一是孔某在楚，知白公胜叛乱，而奉以勇力死士石乞，致使楚君几乎身灭，白公受戮。据《左传》，白公之乱发生在鲁

① （清）毕沅：《墨子注・叙言》《墨子注・非儒下》，清乾隆四十八年经训堂刊本。
② （秦）孔鲋：《孔丛子・诘墨》，明杭州叶氏翻宋刻本。

哀公十六年（前479）秋七月，孔子已返鲁授徒修书5年，而且已于3个月前去世，诋孔之词大概得自不实的传闻。二是借晏子之口诋孔的材料，也见于《晏子春秋》，并为《史记·孔子世家》所载。[①] 谓齐景公欲以尼溪封孔某，晏子劝阻说：儒者倨傲自顺，好乐信命，盛容修饰以蛊世，其学不可以导众。遂使景公对之礼而不封，怨恨返鲁。《晏子春秋》本属杂传，多采民间对智慧人物的传闻。即便这些材料可信，但把它与30余年后子贡出使齐、吴，导致“齐、吴破国之难”，说成是孔子对已死去16年的晏子、已死去6年的齐景公的报复行为[②]，如此因果联系令人感到空穴来风、匪夷所思。墨子自立门户后所引用的材料，并非经过孔子整理过的正统经籍，多是杂史杂传和民间传闻，这既符合他的草根立场和夷人趣味，充满悖论地使他的思想向一个不受儒家礼乐文化拘束的、更加旷远的自由空间敞开。

过程性原则，为我们从内在的生命过程上辨识《墨子》诸篇的真伪，提供了新的审视眼光。我们不能先验地设定“墨子只能如此”的框架，超出框架者，就不加辨析地断定为伪托。过程往往比框架更丰富，更有生命气息，更接近历史的真实。思想家的复杂多样，是呈现在过程中的；没有思想探索的过程，就不能成就真正深刻的思想家。一旦明白墨子学说的发生经历过S形曲折，存在过一个近儒、脱儒、非儒的学术蜕变的生命过程，就不难发现，《墨子》书之流布，佚失者多（由《汉志》71篇，佚为今本53篇），而假托者少。汉代墨家已成绝学，潜入民间，谁还会以假托博取名利？因此胡适把《墨子》今存53篇分为五组，谓“第一组，自《亲士》到《三辩》，凡七篇，皆后人假造的（黄震、宋濂所见别本，此七篇题曰经）。前三篇全无墨家口气，后四篇乃根据墨家余论所作的”[③]，此语从凝止框架上观《墨

---

① 参见《晏子春秋校注》卷8，《诸子集成》（四），中华书局1954年版，第205—206页；（西汉）司马迁：《史记》卷47，中华书局1959年版，第1911页。

② 晏婴卒于齐景公四十八年（前500），齐景公在位五十八年卒（前490），子贡出使引发吴与齐战争。

③ 胡适：《中国哲学史大纲》，东方出版社1996年版，第133页。

子》，难为信从。梁启超根据胡适的分类，认为前七篇之《亲士》《修身》《所染》“非墨家言，纯出伪托，可不读”，《法仪》《七患》《辞过》《三辩》“是墨家记墨学概要，当先读”[①]。此类伪托说，难免都有某种断定一个学说自发生便成熟，因而先入为主地用凝固的框架去裁判真伪的弊病。

然而只要认识到墨子学说的发生发展是一个生命过程，如实地以过程性原则考量《墨子》，就会把未署“子墨子曰”的《亲士》《修身》二篇，指认为墨子早年与鲁地儒者交游，实行由百工贱人向士人过渡时的作品。清人汪中《墨子序》说：“《亲士》《修身》二篇，其言淳实，与曾子《立事》相表里，为七十子后学者所述。”[②] 此说对二篇之儒学倾向的把握尚为贴切，但由此应该指认，这是墨子与曾门后学游时的少作，因而在《墨子》成书时，按年代置于卷首。《亲士》说：“入国而不存其士，则亡国矣。见贤而不急，则缓其君矣。”《修身》说：“君子战虽有陈，而勇为本焉；丧虽有礼，而哀为本焉；士虽有学，而行为本焉。”重士重行，初学儒还有点模样，虽然称不上新鲜和深刻。重士一端，表明墨子当时是把修行成士作为初期目标。

需要解释的是《亲士》中的两则史实年代过晚：“是故比干之殪，其抗也；孟贲之杀，其勇也；西施之沉，其美也；吴起之裂，其事也。”其中吴起车裂，发生在楚悼王二十一年（前381）卒后；按前面推定的墨子生年（前477），则墨子已90余岁，不合于此篇作于墨子早年的判断。孟贲为古勇士，若按《孟子·公孙丑上》旧题孙奭疏：“案《帝王世说（纪）》云，秦武王好多力之人，齐孟贲之徒并归焉。孟贲生拔牛角，是为之勇士也。”[③] 孟贲活动的秦武王（公元前310年—公元前307年在位）年代，离墨子生年160年以上，为墨子所不及见。解释这种时间错出，应考虑战国简帛抄传流布，易于产生“历史文化地层叠压”的状况。比如郭店楚墓出土的战国中前期《老子》甲

① 吴毓江：《墨子校注》，中华书局1993年版，第1025页。

② （清）汪中：《墨子序》，（清）孙诒让《墨子闲诂》，中华书局2001年版。

③ 《孟子注疏》卷3，《十三经注疏》，中华书局1980年版，第2688页。

编简，相当于今通行本十九章者为："绝智弃辩，民利百信。绝巧弃利，盗贼亡有。绝伪弃诈，民复孝慈。"[①] 而长沙马王堆早期汉墓出土的《老子》帛书甲、乙本，均改作"绝圣弃智，（而）民利百倍。绝仁弃义，（而）民复孝慈。绝巧弃利，盗贼无有"[②]。其改变句序和词语之处，当是老学后辈因应儒家"仁""义""圣"一类理论之挑战而为，"仁""义""圣"都是被子思、孟子学派归入"心性五行"的核心概念。东周秦汉文献版本靠传抄流传，后学增删改动在所难免，这与宋以后刊本流传的形态迥异。研究先秦文献而缺乏这种版本意识，常是前人研究陷入困境的原因。因此，《亲士》中吴起、孟贲之事，或是墨门后学整理成书时的添改，不足以构成否定墨子早期著述的充足理由，正如《老子》帛书和流行本之十九章批判儒家的仁、义、圣，不足以证明《老子》原本晚出一样，只能说明《老子》文本存在不同时期的文化地层叠压。进入先秦文本的内里，解释叠压的状况和原因，还原始的材料于原始，还后起的材料于后起，这才是研究者要做的事。

再考察以下的《所染》《法仪》《七患》《辞过》《三辩》五篇，它们代表着与《亲士》《修身》不同的、不是近儒而是脱儒的精神历程。五篇皆有"子墨子言"或"子墨子曰"，当然是经过墨家弟子整理，或为弟子记述墨子言行。但细察五篇，述学形态存在差异。头四篇皆以"子墨子言"或"子墨子曰"开头，然后通贯全篇。当是墨子所著，弟子收集整理时，加"子墨子言（曰）"以标示对宗师的尊重，并标示著作权的归属。唯《三辩》篇记述程繁与墨子反复争辩，为弟子所记述。那么，为何《亲士》《修身》二篇不加"子墨子曰"？可能因为这两篇明显倾儒，是墨子"觉昨日非"的思想文章。还须说明的是《所染》本也倾儒，已如前面所述，但最后一段已经弟子后学几乎是面目全非的改动，而且改动处称"禽子"，可能是禽滑釐弟子的手

---

① 荆门市博物馆编：《郭店楚墓竹简》，文物出版社 1998 年版，第 111 页。

② 马王堆汉墓帛书整理小组编：《马王堆汉墓帛书〈老子〉》，文物出版社 1976 年版，第 23 页。

脚。又由墨子叹染丝，已成众人所闻的佳话，加上“子墨子言”也在情理之中。

尚可讨论的是，清人比如孙诒让在为这些篇章作题解时，称《法仪》“盖《天志》之余义”，《七患》《辞过》“二篇所论皆《节用》之余义”，《三辩》“所论盖《非乐》之余义”。从语义学上说，这个“余”字既有《说文》“余，饶也”的意思，又有《广雅》“余，盈也”的意思，还有《玉篇》“余，残也”的意思。也就是说，这些篇章只是《天志》《节用》《非乐》等居于核心部分的“墨学十论”的另添饶头，或余兴余波。这是以“十论”为固定框架，以定位其他的思维方式。如果采取有生命感觉的过程性原则，这些篇什应是墨子脱儒之后进行思想探索，思想异常活跃，但尚未形成完整体系的前期著作。《七患》的思想就充满非常活跃的探索性，它提出“国有七患”：城池不修而治宫室，敌国犯境而四邻莫救，虚耗民财而赏赐无能，君修法制而臣子骄惰，君不问事而守备空疏，信者不忠而忠者不信，赏赐不喜而诛罚不威。这里相当广泛地涉及内政外事、君道臣术的荒废松弛之祸患。又提出国有三具：“故备者国之重也，食者国之宝也，兵者国之爪也，城者所以自守也，此三者国之具也。”活跃的思维涵盖广泛，却未能形成突出的特色而多了一点探索过程的芜杂。《法仪》则从百工贱人的立场，强调法度仪轨：“虽至士之为将相者皆有法，虽至百工从事者亦有法。百工为方以矩，为圆以规，直以绳，正以县（悬）。……故百工从事，皆有法所度。今大者治天下，其次治大国，而无法所度，此不若百工辩也。”而且又把法百工与“法天”相贯通：“然则奚以为治法而可？故曰莫若法天。……天必欲人之相爱相利，而不欲人之相恶相贼也……以其兼而爱之、兼而利之也。”这番探索已经直抵墨子十论中的核心观念，以百工立场和天志信念相兼而撑起了墨学创造的广阔空间。

至此考得墨子前期著述的作品六篇，《亲士》《修身》为与孔门七十子后学交游时所著，《所染》为近儒、脱儒之间所著，《法仪》《七患》《辞过》为脱儒后探索自身体系所著，后四篇已为墨门后学标明

“子墨子言”或“子墨子曰”，并作了若干修改。《三辩》虽与此六篇并列于《墨子》书前面，却是其弟子记述墨子言行之作，不应计入前六篇自著之列。明初宋濂曾见过一种特别的《墨子》文本，其《诸子辨》云：“《墨子》三卷，战国时宋大夫墨翟撰。上卷《亲士》《修身》《所染》《法仪》《七患》《辞过》《三辩》七篇，号曰‘经’。中卷《尚贤》三篇，下卷《尚同》三篇，皆号曰‘论’。共十三篇。”① 这个《墨子》版本，也许是当时某位儒者删节而成，它采取儒家典籍的“经—论”体制，删去“十论”中与儒学至为扞格因而也最具墨家特色的部分。值得体味的是，它把上卷七篇号曰“经”，也许多少感到乃是墨子自著；把中、下卷各三篇号曰“论”，或许认为乃是后学手笔。其间不无合理成分。但是，把一种学说探索期间不甚完整和成熟的著述奉为“经”，未免有点把蝌蚪视同成蛙，鼓腹而鸣了。

四　韩非子归本黄老的特征及思想启动的契机

先秦诸子始于老而终于韩，在中国思想高度原创的三百年间，极有力度地勾勒出中国古代“道”这个本体论概念，走了一个循环与深化的轨迹。韩非学说既是“道”的另辟境界，也是“道”的走向极端。作为先秦诸子中最后一位大思想家，韩非系统地考察了列国政治盛衰强弱的原因，透视了政治结构中君臣、君民、国家内部利益集团和列国间战争外交的得失，从而使政治学说脱离天命巫术思维和宗族伦理纠缠而成为独立的理论体系，开创了法、术、势三位一体的封建集权思维模式，以及以法治为唯一标准处理复杂的政务民事的政治原理的先河。

在考察韩非集先秦法家之大成时，不可不注意他这种超越前人的

① （明）宋濂：《文宪集》卷27《诸子辨》，四库全书本。

理论建树；同时另一点不可不注意的是，他的学说受其时代和个人身世的制约。尽管他属于韩国诸公子之列，但他从来没有机会以执政者或参政者的身份谈论政治，只能以观察者和批判者的身份审视现实政治。在韩非生活的时代，秦师东进，韩国首当其冲地承受着覆亡的威胁，亡国危机迫在眉睫。于弱国末世而言法，难免有神经过敏的紧张感和偏执感；失意者言政的无效和冒险，又散发着极而言之的悲愤感，这就使他的思想在浓重的实用意识中，夹杂着刻毒的情绪和阴影。他把人间的欲望、利害、罪恶看得太透了，因而主张疗治乱世病弱用猛剂，投以虎狼之药。其中极端的东西为秦汉以下的枭雄、暴君、悍主们留下了思维成果，他们往往明黜其名，阴用其智，深刻地影响了其身后二千余年的封建主义集权专制的政治。

因此，如果说孔子的伟大是中正的伟大，老子的伟大是超越的伟大，那么韩非的伟大，则是倾斜的伟大了。章太炎说："凡法家必与儒家、纵横家反对。……《韩非·诡使篇》曰：'守度奉量之士，欲以忠婴上而不得见；巧言利辞，行奸轨以幸偷世者数御。'《六反篇》曰：'游居厚养，牟食之民也，而世尊之曰有能之士；语曲牟知，伪诈之民也，而世尊之曰辩智之士。'此拒纵横之说也。《五蠹篇》曰：'儒以文乱法，侠以武犯禁。'《显学篇》曰：'藏书策，习谈论，聚徒役，服文学而议说，世主必从而礼之。''国平则养儒侠，难至则用介士，所养者非所用，所用者非所养，此所以乱也。'此拒儒家之说也。《五蠹篇》曰：'明主之国，无书简之文，以法为教；无先王之语，以吏为师。'此拒一切学者之说也。"[①] 韩非是在百家学术争鸣与排斥的紧张关系中，建立自己的尖锐学说的。这就使我们谈论韩非学说，不能只讲一点，而应该讲足两点，既要考察其政治有效性，又要考察有效性的健康、亚健康和病态。无论先秦诸子多么杰出，我们与他们的文化对话，都应该采取创造性的路线，而不应该采取因循性的路线，应该在返本还原中进行辩证的分析，在理解中发现精髓，在批判中实

① 章太炎：《国学概论附录二·论诸子学》，中华书局2009年版，第114—115页。

现超越。那种穿着古衣冠来迷惑与吓唬今人的态度，是滑稽的，不足取的。回顾历史，触摸古贤，是为了使我们更博大，更有根底，更有开拓性原创的元气。

《史记·老子韩非列传》称，韩非“喜刑名法术之学，而其归本于黄老”。这是对韩非思想过程性和内质复杂性的独到把握。没有司马迁的提醒，人们几乎忽视了韩非与黄老学的渊源。班固曾批评司马迁：“其是非颇缪于圣人，论大道则先黄老而后六经。”① 这从儒家立场发出的批评，从反面说明司马迁深知黄老之学的本质和源流，太史公称韩非“归本于黄老”，并非随意为说，而是深契韩非学说之关键的。所谓“归本”，就是使刑名法术之学回归根本，从本体论领域赋予法术必要性、合理性和正当性的理论说明。对于一门学说而言，“归本”是非常关键的思维取向，这是从老子就开始建立的思维方式，《老子》十六章曰：“致虚极，守静笃，万物并作，吾以观复。夫物芸芸，各复归其根。”孔子曾问学于老子，自然对归本思维也有领会，但他归于仁，如《论语·颜渊》：“子曰：‘克己复礼为仁。一日克己复礼，天下归仁焉。’”《史记·老子韩非列传》附“庄子传”，谓庄子“其学无所不窥，然其要本归于老子之言”。庄子所归，是“归于老子之言”，异于韩非归于与黄帝联手的老子，因而他归于清虚，归于真人、至人，归于精神自由的迷茫邈远的“无何有之乡”。如《庄子·列御寇》所云：“彼至人者，归精神乎无始而甘瞑乎无何有之乡。”② 韩非归本于黄老，与孔、庄大不同，他之所以选择黄老，在于先秦诸子唯道家探讨本体论问题最有建树；而且在战国中晚期老学在向黄帝学连接和转换，并与之结合的过程中，已经成为“君人南面之术”，以其深远的本体论思考和民族始祖的权威性，深刻地介入了形而下的政治操作层面。

20 世纪的考古发现，使我们对韩非学说的渊源和生命意蕴的理

---

① （东汉）班固：《汉书》卷 62《司马迁传》，中华书局 1962 年版，第 2737—2738 页。

② （清）王先谦：《庄子集解·列御寇》，中华书局 1987 年版，第 278 页。

解，出现了可能突破的新契机。1973年长沙马王堆三号汉墓出土的帛书《老子》甲、乙本，均为《德经》居《道经》之前，与老子组简辑录整理的老庄系统的流行本前后颠倒，而且更有意味的是帛书乙本之前有《经法》《十六经》《称》《道原》四种古佚书，共计1.1万余字，经专家考论，总其名为《黄帝四经》。[①] 考《汉书·艺文志》：有《黄帝四经》4篇，《黄帝铭》6篇，《黄帝说》40篇。又谓："《黄帝君臣》十篇。起六国时，与《老子》相似也。""《杂黄帝》五十八篇。六国时贤者所作"，系于道家者流。阴阳家者流有"《黄帝泰素》二十篇。六国时韩诸公子所作"。其余天文、历谱、五行、杂占、医经、房中、神仙诸门，均有具名黄帝之书。[②] 可见战国时，高言黄帝之风甚盛，与韩非身份相似的"六国时韩诸公子"也不例外。此风对医卜术数之类的民俗信仰，浸润甚深。考察韩非"归本于黄老"，是不可忽视这种学术和社会风气的。中国古人喜欢以编书的形式组合思想形态，遂有帛书《黄帝四经》缀合在《老子》书前的出土。在"儒法斗争贯穿中国史"之说盛行的1973年，这些出土帛书多被视为法家著作，但跳出儒法斗争框架而细考战国学术源流，这组帛书实为始于陈、楚而盛于齐稷下的黄老道家的核心经典，即《黄帝四经》与结构重新安排的老子"《道德经》"。经考证，《黄帝四经》的成书年代，"应该是在战国前期之末到中期之初，即公元前四百年前后"[③]。

韩非的时代离齐稷下先生盛言黄老，已经半个世纪以上。黄老之学有史可征，经由慎到、申不害扩散到三晋，已成潮流。如《史记·老子韩非列传》"申子之学本于黄老而主刑名"；《孟子荀卿列传》"慎到，赵人。……皆学黄老道德之术，因发明序其指意"。慎到、申不害推重"术"，乃是将老学导向法家的重要渠道。又有《管子》书，被顾颉刚称为"稷下丛书"，又被冯友兰称为"稷下学术中心的一部

---

① 参见唐兰《马王堆出土〈老子〉乙本卷前古佚书的研究》，马王堆汉墓帛书整理小组《马王堆汉墓帛书〈经法〉》，文物出版社1976年版，第150—154页。

② 参见（东汉）班固《汉书·艺文志》，中华书局1962年版，第1731页。

③ 唐兰：《马王堆出土〈老子〉乙本卷前古佚书的研究》，《考古月报》1975年第1期。

论文总集”，“这部书中，各家各派的论文都有，但中心是黄老之学的论文”[①]。《管子》与《黄帝四经》可相对照的段落文句，曾被唐兰择出23处；而《韩非子》提到管子本人和《管子》书，有逾百次之多。由此可以看出，在黄老思潮中《韩非子》与《黄帝四经》《管子》之中头绪繁多的三维关系了。确如嵇康《游仙诗》所云：“黄老路相逢，授我自然道。”

因此，韩非回归本体论，不是简单地回归《老子》式的本体论，而是从颠倒《道经》和《德经》次序的黄老之学上回归本体论。长沙马王堆帛书《老子》的出土，改写了我们对韩非学术的本体论的思考。这一点，只要分析一下《韩非子》的《解老》《喻老》二篇就明白了。《解老》篇42段文字，有39段是解释《德经》的9章的，只有3段解释《道经》的两章。《喻老》篇19段文字，有13段是解释《德经》的6章的，只有6段解释《道经》的4章。合计起来，61段文字中解释《德经》者52段，占85%，解释《道经》者9段，占15%。不仅在篇幅上解释《德经》者占压倒的优势，而且在顺序上解释《德经》者居前，解《道经》者居后或者夹在中间，这是与黄老之学的系统相一致的。

比如《解老》篇一开头，就以9段文字逐句解释《德经》的首章（流行本为第38章），解释“上德不德，是以有德”，说是“凡德者，以无为集，以无欲成，以不思安，以不用固”，直到解释此章的最后一句“去彼取此”，说是“所谓大丈夫者，谓其智之大也。所谓处其厚不处其薄者，行情实而去礼貌也。所谓处其实不处其华者，必缘理不径绝也。所谓去彼取此者，去貌径绝而取缘理好情实也”。评论以《德经》居首，在论道德仁义礼的顺序时，对道德的取舍强调去华务实，离薄处厚，这就使韩非对法术体系的本体论探究，一开头就趋于现实的有效性，而不耽于空幻的玄妙。由于其引证、解释的切实和独

---

① 冯友兰：《中国哲学史新编》（第二册），人民出版社1984年版，第197页。以上关于范蠡及《管子》的论述，可参看陈鼓应《黄帝四经今注今译》，商务印书馆2007年版，第7—8页。

到，章太炎甚至把这两篇文字作为注疏文本来阅读，他在《国故论衡·原道》中说："凡周、秦解故之书，今多亡佚，诸子尤寡。《韩子》独有《解老》《喻老》二篇，后有说《老子》者，宜据韩非为大传，而疏通证明之，其贤于王辅嗣远矣。"① 其实，韩非解老的真实价值，主要不在于他恢复了老子原本的意义，而在于展示了战国晚期社会需要和思潮演变对老子的改造与发挥。在这种意义上说，韩非的一解二喻，可谓得其精要矣。

我们不妨从语义学上了解一下"解""喻"二字的意蕴。"解"是"会意"字，《说文解字》卷四"角部"："解，判也。从刀，判牛角。"就是说，表示用刀把牛角剖开。本义是"分解牛，后泛指剖开"。进一步引申为解释、说明。如《文心雕龙》云："百官询事，则有关刺解谍。解者，释也。解释结滞，征事以对也。"唐之韩愈《师说》云："师者，所以传道授业解惑也。"又衍化成一种文体，如：扬雄的《解嘲》，韩愈的《进学解》。至于"喻"字，《广雅》曰："喻，告也。"《论语·里仁》："君子喻于义。"皇侃疏曰："喻，晓也。"从语义学分析中可以了解到，韩非采取双向互动的方法解读《老子》，以"解"剖析《老子》的内在蕴含；以"喻"晓告《老子》的现实价值，入乎其里，出乎其表。因而《解老》《喻老》互济互补的好处，就在于"思想的旅行"，在于使自己原有的思想与处在旅行状态的新思想进行对话。旅行发现陌生，对话使陌生思想在叩问、质疑、重释中进行转化吸纳。对话的对象既然是最有智慧的老子和最具权威的黄帝，思想就进入高端和动态，启动了拓展和深化的创造性程序。在解释《德经》中"祸兮福之所倚，福兮祸之所伏"（通行本《老子》58章）的时候，韩非用了两段文字。一是："人有祸则心畏恐，心畏恐则行端直，行端直则思虑熟，思虑熟则得事理。行端直则无祸害，无祸害则尽天年，得事理则必成功。尽天年则全而寿；必成功则富与贵，全寿富贵之谓福，而福本于有祸，故曰：'祸兮福之所倚。'以成其功也。"

---

① 章太炎：《章太炎文选》，姜玢编，上海远东出版社1996年版，第365页。

二是："人有福则富贵至，富贵至则衣食美，衣食美则骄心生，骄心生则行邪僻而动弃理，行邪僻则身死夭，动弃理则无成功。夫内有死夭之难，而外无成功之名者，大祸也。而祸本生于有福，故曰：'福兮祸之所伏。'"[①] 这种正反互证，使老子思想在深入本义之后得到通透的敞开。

由此可知，为早期法家陌生的老子祸福转化的思想，启发了韩非不安于现状而弥漫着忧患意识的辩证思维。他进而在叩问这种辩证思维的内在原因中，发现了天道的两极转化必须根据人为的条件，根据思想行为和社会情理由渐而及著的内在逻辑。若对这些条件和逻辑茫然无知，则人可能受命运播弄；一旦有了理性的自觉，居安思危，励志谨行，趋利避害，祸福伏倚的潜在可能就并非盲目的，而是可以在一定条件下控制的。由此产生的韩非思想就深化了老子的祸福转化观，既充满忧患意识，又采取积极有为的态度。

黄老之学乃是"君人南面之术"[②]，韩非以积极有为的态度叩问和汲取《老子》思想的时候，也积极地将之导向政治社会领域，阐发法术思想的基本原则。《德经》的一句"治大国者若烹小鲜"（通行本《老子》60 章），"鲜"也是"会意"字，从鱼，从羊。"鱼"表类属，"羊"表味美。"小鲜"指鲜美的小鱼。这句名言被韩非引向社会和政治领域的业与功、变与静的思考："工人数变业则失其功，作者数摇徙则亡其功。一人之作，日亡半日，十日则亡五人之功矣。万人之作，日亡半日，十日则亡五万人之功矣。然则数变业者，其人弥众，其亏弥大矣。"由于政治法令涉及的不只是个人甚至万人的更普遍的行为，它的变动应该更谨慎："凡法令更则利害易，利害易则民务变，民务变之谓变业。故以理观之，事大众而数摇之则少成功，藏大器而数徙之则多败伤，烹小鲜而数挠之则贼其泽，治大国而数变法则民苦之，是以有道之君贵静，不重变法，故曰：'治大国者若烹小鲜。'"[③]

① 陈奇猷：《韩非子新校注》，上海古籍出版社 2000 年版，第 386—387 页。

② （东汉）班固：《汉书·艺文志》，中华书局 1962 年版，第 1732 页。

③ 陈奇猷：《韩非子新校注》，上海古籍出版社 2000 年版，第 400 页。

韩非的阐释，与《文子·道德》所云“故‘治大国若烹小鲜’，曰勿挠而已”[①]，若合符契，对后世影响深刻。降至于汉世，《淮南子·齐俗训》所言“老子曰：‘治大国若烹小鲜。’为宽裕者曰勿数挠，为刻削者曰致其咸酸而已矣”[②]，与之一脉相承。《论衡·自然》曰：“天道无为，听恣其性，故放鱼于川，纵兽于山，从其性命之欲也。不驱鱼令上陵，不逐兽令入渊者，何哉？拂诡其性，失其所宜也。夫百姓、鱼兽之类也，上德治之，若烹小鲜，与天地同操也。……老子、文子、似天地者也。”[③] 这就从自然人性上作了发挥，但要旨也出自韩非《解老》。

在人们的印象中，法家多是变法家，这里说“不重变法”似乎自相矛盾，其实这是从黄老思想的叩问汲取中建立的与变法相辅相成的另一个“不变”的思想维度。看问题，不能只看一个方面，而要看到它可能发生转化的另一个方面。只看一个方面，就会使事物走向极端，物极则穷，这是老子“反者道之动”的辩证通则反复告诫人们的。因此，即便讲“变”，也是有限定性的。当原有的法令不适于治世强国时，变法才能走出困境。但新法一经制定，就不能采取翻烙饼、烹小鱼的方式朝令夕改，使大众不知所从而失信于民。使新法保持相对的稳定性和连续性，并将此作为“有道之君”的南面之术，与黄老之学的虚静无为联系起来，乃是韩非思想的重要特征，是以君主之势控制法术之动静的重要原则。

应该认识到，谈韩非而不及其与黄老的关系，就没有深入韩非思想，尤其是他的思想渊源之根。黄老之学在韩非思想体系化过程中的作用，不是枝节性的，而是根本性的。老子智慧博大到了如司马谈之所谓“动合无形，赡足万物”，它能够以原本的《道德经》的方式发展为老庄学派，发展为一种偏重于心斋坐忘的“内圣”之学；也能够以变异了的《道德经》的方式衍化为“君人南面之术”的“外王”之

① 王利器：《文子疏义》，中华书局2000年版，第251页。

② 何宁：《淮南子集释》，中华书局1998年版，第804页。

③ （西汉）王充：《论衡》，陈蒲清点校，岳麓书社2006年版，第237—238页。

学。韩非正是把这种变异衍化了的道与法相对接，作为贯穿自身体系的内在线索。他在《解老》中如此论道："道者，万物之所然也，万理之所稽也。理者，成物之文也。道者，万物之所成也。……万物各异理而道尽。稽万物之理……道与尧舜俱智，与接舆俱狂，与桀、纣俱灭，与汤、武俱昌。"[①] 在这里，理是万物运行之迹，道是万物生成之源。道既支配着天地、日月、列星和四时，又作用于人间的智慧、性情和历史兴衰。

进一步的追踪可以发现，韩非如此讨论道与理的关系，隐隐然联上了帛书《黄帝四经》的思想脉络。比如帛书《黄帝四经》之《道原》这样形容道的生成功能："万物得之以生，万事得之以成"；"独立不偶，万物莫之能令。天地、阴阳、四时、日月、星辰、云气……皆取生，道弗为益少；皆反焉，道弗为益多。"天道与物理之间的这种互蕴互动，生生不息，便是"道纪"，也就是道的法则和尺度。因此《韩非子·主道》说："道者，万物之始，是非之纪也。是以明君守始以知万物之源，治纪以知善败之端。故虚静以待令，令名自命也，令事自定也。虚则知实之情，静则知动者正。"道纪之说，来自《老子》十四章："迎之不见其首，随之不见其后，执古之道，以御今之有，能知古始，是谓道纪。"《文子·微明》又云："民之所以生活，衣与食也，事周于衣食则有功，不周于衣食则无功，事无功德不长。故随时而不成，无更其刑，顺时而不成，无更其理，时将复起，是谓道纪。"[②] 道纪的思维，源自老子。

但是韩非已使道纪之说发生变异衍化，由道的惚兮恍兮的存在形态进入社会历史领域，加以政治化。他所谓"主道"，就是君主之道，衍化为"明君无为于上，群臣竦惧乎下"，"有功则君有其贤，有过则臣任其罪"，"臣有其劳，君有其功，此之谓贤主之经也"[③]。看不到韩非的道纪思想来自老子，是昧于学术源流；看不到韩非的主道思想是

---

① 陈奇猷：《韩非子新校注》，上海古籍出版社2000年版，第411页。

② 李定生等校注：《文子要诠》，复旦大学出版社1988年版，第143页。

③ 陈奇猷：《韩非子新校注》，上海古籍出版社2000年版，第66—67页。

变异了老子思想，也是昧于学术源流之嬗变，其间的关键是黄老之学对原始老子思想的处理方式。明代张鼎文在《校刻韩非子序》中评点篇目，称“‘主道’虚静以待下，黄老之遗术也”，是说到要害处的。明君无为，故虚静；臣下竦惧，故有劳。

既然韩非已把道纪引入社会政治领域，接下来的引申也就是道与法相贯，道与法组合成词，赋予法以道的本体性和合理性。《韩非子·饰邪》提出“道法万全”的概念，认为：“先王以道为常，以法为本，本治者名尊，本乱者名绝。”《大体》篇又说：“守成理，因自然。祸福生乎道法，而不出乎爱恶；荣辱之责在乎己，而不在乎人。”《说疑》篇推许后稷、皋陶、伊尹、周公旦、太公望等名臣，强调他们“通道法而不敢矜其善，有成功立事而不敢伐其劳，不难破家以便国，杀身以安主”。《诡使》篇则总括一句：“道私者乱，道法者治。”[①]这里的道法已经制约着全部君臣关系，渗透到治乱、名实、福祸、爱恶、荣辱、功过、家国等社会问题的枝枝节节。法因道而独尊，道因法而普泛，在一个战争乱世中探寻如何统一意志，构建作为独尊之道的君主集权专制的至高权威。

这种道法联体、道法相贯的思想方式，也可以溯源于盛行于齐都临淄稷下的黄老学派，其中尤为值得注意的是被称为“稷下丛书”的《管子》和在稷下“三为祭酒”的荀子。

《管子》说“道法”，有《法法》篇所谓：“明王在上，道法行于国，民皆舍所好而行所恶。”[②] 这里的好恶，指民性好私欲而恶公义，与《韩非子·大体》篇“祸福生乎道法，而不出乎爱恶”可以参证。《管子·君臣上》标举道法为“治本”，“治民有常道，而生财有常法。道也者，万物之要也。为人君者，执要而待之。……是以知明君之重道法而轻其国也。”[③]《任法》篇的“道法”一词为动宾结构，但其意义也与此一脉相承：“群臣修通辐辏，以事其主，百姓辑睦所令，道法以从

① 陈奇猷：《韩非子新校注》，上海古籍出版社2000年版，第359、555、973、998页。

② 黎翔凤：《管子校注》，梁运华整理，中华书局2004年版，第302页。

③ 同上书，第563页。

其事。故曰：有生法，有守法，有法于法。夫生法者，君也。守法者，臣也。法于法者，民也。君臣上下贵贱皆从法，此谓为大治。”[①] 强调君、臣、民在法治体制中的等级区分，已经成为稷下黄老学派在缺乏法治习惯的国度中推行法治的方式，即执道法之要而从其事。

抱持儒家礼法而出入于稷下的荀子，也不能自外于这股现实政治化的思潮。《荀子·致士》说：“无土则人不安居，无人则土不守，无道法则人不至，无君子则道不举。故土之与人也，道之与法也者，国家之本作也。君子也者，道法之总要也，不可少顷旷也。得之则治，失之则乱；得之则安，失之则危；得之则存，失之则亡。”[②]《荀子·正名》又说：“其民莫敢托为奇辞以乱正名，故壹于道法而谨于循令矣。如是，则其迹长矣。迹长功成，治之极也。”[③] 因此，荀子已不是邹鲁士绅的纯儒，而是受过稷下黄老学派浸染而带有某些法家要素的“变儒”，韩非、李斯从荀子学，主要不是仁政和王道，而是带点黄老色彩的“帝王之术”[④]。战国中后期的诸子学说已经深刻地进入政治运作的行程了，被认证为《黄帝四经》的首篇《经法》，首章为《道法》，首句为“道生法。法者，引得失以绳，而明曲直者也”[⑤]。由道生成法，由道赋予法以本体论的根据，这种学理已作为一种时代思潮，广泛地渗染着诸子的学脉，包括《韩非子》的学脉了。

若要触摸韩非的体温，进一步的问题，是追问韩非潜心黄老，著成《解老》《喻老》诸篇，应在何时？细审《韩非子》55 篇，绝非一时之作，其中蕴含韩非思想初成、发展、高峰、极致和变异的过程，这导致了韩非思想虽有主线，又存在前、中、晚期的有意味的差异。看不到思想的发展过程，而把它看作凝固的一时著作，就可能出现如胡适这样的判断：“大概《解老》《喻老》诸篇，另是一人所作。”或

---

① 黎翔凤：《管子校注》，梁运华整理，中华书局 2004 年版，第 906 页。

② （清）王先谦：《荀子集解》，中华书局 1988 年版，第 260—261 页。

③ 同上书，第 414 页。

④ （西汉）司马迁：《史记》，中华书局 1959 年版，第 2539 页。

⑤ 马王堆汉墓帛书整理小组：《马王堆汉墓帛书〈经法〉》，文物出版社 1976 年版，第 1 页。

者造成容肇祖在《韩非著作考》中追随胡适所作的这种考证："《五蠹篇》说，微妙之言，上智所难知也，今为众人法而以上智所难知，则民无从识之矣……《解老》《喻老》是解释微妙之言，韩非一人不应思想有这样的冲突，可证为非彼所作。"① 另外如蒋伯潜，在否定它们是韩非所作之后，别寻解释："《解老》篇为《老子》之解释，绝似西汉经师解释诸经之故训……《喻老》篇引古时遗闻轶事以说明《老子》，绝似《韩诗外传》……《喻老》之体裁，又极似《淮南子》之《道应训》，且二篇所说《老子》语，无重复者，疑《喻老》与《道应》，本为一篇。汉初崇尚黄老，尊《老子》为经，为之作'传'、作'说'，录于《汉志》者已有四种。疑《解老》《喻老》及《道应》，本为《老子》之'传'或'说'，而后羼入《韩非》及《淮南》者。"② 这些论述，或看到《韩非子》文章的内部矛盾，或看到这些文章与它们以后的某些文章相似，就把它们从韩非的著作中剔除出去了。这些论者的心目中，韩非思想是凝固的、纯粹的。他们唯独没有看到，思想家是探索者，无艰难曲折的探索，就不足以称思想家。每一个富有探索精神而追求博大精深的创造的思想家，都具有复杂性、多面性。理解这种复杂性、多面性，才算理解了杰出的思想家。如果把思想家成熟期的某些思想作为标准，而排斥其余，则无异于看到水果摊上的水果，就否定它的生命过程中曾经生根、发芽、开花、结果。

一个20岁的思想者写的文章，怎会与四五十岁时写的文章出自同一个模子呢？如果把这种凝止的思维换作动态的过程思维，从而破解韩非思想的生命密码，那就可以看到，《解老》《喻老》代表着韩非思想的一个过渡和攀升时期。这是韩非思想初成之后的发展时期，是一个韩国公子在青年时期探求学问，经过初步接受申不害、商鞅的法术思想之后，朝气勃勃地超越原有的法术思想的原教旨倾向，而以当时盛行的黄老之学作为思想资源，把自己的学理所得置于哲学本体论

---

① 胡适：《中国哲学史大纲》，东方出版社1996年版，第324页。

② 蒋伯潜：《诸子通考》，浙江古籍出版社1985年版，第497—498页。

的层面进行反思与辨析。这时他的法术思想还是开放的、动态的，带有过渡阶段的非纯粹性。

既然韩非思想有一个内在生命过程，那么他作为一个思想家的始发点何在？这始发点当然不是黄老之学，而是三晋地区久有根基的刑名法术之学。因此，《史记》说韩非“喜刑名法术之学，而其归本于黄老”，就不应该看作一般的共时性的描述，而应该看到这两句话之间有一个前后相续的历时性过程。刑名法术之学，是《史记·韩世家》所谓“申不害相韩，修术行道，国内以治，诸侯不来侵伐”的学术传统，对于韩非而言是一种“国学”，他的思想始发点就建立在他作为贵族少年公子就受过熏染的这门“国学”上，只不过这门学术不为韩国晚期君主所重视，“国学不国”，给韩非的命运带来许多坎坷和失落。

韩非早年以刑名法术之学为思想的始发点，最有力的证据是《韩非子·问田》记载他与堂谿公的对话：

> 堂谿公谓韩子曰：“臣闻服礼辞让，全之术也；修行退智，遂之道也。今先生立法术，设度数，臣窃以为危于身而殆于躯。何以效之？所闻先生术曰：‘楚不用吴起而削乱，秦行商君而富强，二子言已当矣。然而吴起支解而商君车裂者，不逢世遇主之患也。’逢遇不可必也，患祸不可斥也。夫舍乎全遂之道而肆乎危殆之行，窃为先生无取焉。”
>
> 韩子曰：“臣明先生之言矣。夫治天下之柄，齐民萌之度，甚未易处也。然所以废先王之教，而行贱臣之所取者，窃以为立法术，设度数，所以利民萌便众庶之道也。故不惮乱主闇上之患祸，而必思以齐民萌之资利者，仁智之行也。惮乱主闇上之患祸，而避乎死亡之害，知明夫身而不见民萌之资利者，贪鄙之为也。臣不忍向贪鄙之为，不敢伤仁智之行。先王（生）有幸臣之意，然有大伤臣之实。”①

---

① 陈奇猷：《韩非子新校注》，上海古籍出版社2000年版，第955页。

韩非为创立法术之学，颇有点不避艰险祸患的意志。由他直斥昏暗君主，以及对长者堂谿公的直率态度，可知未脱少年气盛，而以“仁智之行”来定位自己的法术主张，也是早期思想的痕迹。这里需要考明的有三点：一是韩、堂对话发生于何时；二是堂谿公为何许人；三是堂谿公列举的韩非思想出自何篇。

《韩非子·外储说右上》记载：“堂谿公谓（韩）昭侯曰：‘今有千金之玉卮而无当，可以盛水乎?’昭侯曰：‘不可。’‘有瓦器而不漏，可以盛酒乎?’昭侯曰：‘可。’对曰：‘夫瓦器，至贱也，不漏，可以盛酒。虽有乎千金之玉卮，至贵而无当，漏，不可盛水，则人孰注浆哉？今为人主而漏其群臣之语，是犹无当之玉卮也。虽有圣智，莫尽其术，为其漏也。’昭侯曰：‘然。’昭侯闻堂谿公之言，自此之后，欲发天下之大事，未尝不独寝，恐梦言而使人知其谋也。”（接下来还有此事传闻异言的记载，谓“昭侯必独卧，惟恐梦言泄于妻妾”）[①]《康熙字典》释“当”字：“又底也。《韩非子·外储说》堂溪公见韩昭侯曰：人主漏泄群臣语，譬犹玉卮之无当。”《康熙字典》引《玉篇》：卮，“酒浆器也，受四升”。堂谿公把贵胄近臣比喻为无底的玉杯，是会泄露人主的秘密的，而自己是一只卑贱的瓦器，却可以为人主保守秘密，这些话带有法术家的意味。

韩昭侯在位 30 年，时为公元前 362—公元前 333 年，到韩非被害的秦王政十四年（前 233），相距已是百年。如果韩非被害时年逾六旬，那么他大概生于公元前 296 年（韩襄王末）左右。堂谿公和韩昭侯的对话，当发生在韩相申不害去世以后，他是顺着申不害的思想来谈君王之术的。他言外之意是君王的那些“玉卮”（贵族），是漏水的，是会泄露君王谋术的秘密的。我这个瓦器是不漏水的，是可以保守机密的，是应该得到君王的信任的。从堂谿公以瓦器即贱民自居来看，他要获得与韩昭侯对话的机会，起码是二十六七岁。即便他在韩昭侯末年（前 333）与这位国君对话，那么他在韩非 20 岁时，已是

① 陈奇猷：《韩非子新校注》，上海古籍出版社 2000 年版，第 782—783 页。

85岁左右的老人了。这些时间可以略作挪移，但是对于如此高龄的堂谿公，韩非不在20岁左右与之对话就来不及了。而20岁左右的韩非已有著述为堂谿公所知，可见他的早熟，也从他的著述内容可知，他是以商鞅、吴起的变法思想作为自己的学术始发点的。那么，一个80多岁的老人，会称呼一个20岁的年轻人为“先生”而自称“臣”吗？要知道，堂谿公既然以瓦器自居，他最多也只是一个低级的士人，而20岁的韩非是当时国家的富有思想能力的公子，身份如此悬殊，堂谿公能不谦卑地恭维对方为“先生”而自称“臣”吗？而韩非也自称“臣”而回敬堂谿公为“先生”，对于一个年老而多智的士人，也算得礼貌周到了。

堂谿公的名字和身世几乎无从考证。唯一的线索是《左传》鲁定公五年（前505）：吴王阖闾攻入楚郢都后，为申包胥借秦师击退，阖闾弟“夫概王归，自立也。以与王（阖闾）战而败，奔楚为堂谿氏”①。清人江永《春秋地理考实》卷三说：“瀙水出汝南吴房县，吴房西北有堂谿城，即此也。吴房本房子国，楚封夫概于此，故曰吴房。今（河南）汝宁府遂平县西吴房故城，北有堂谿城。”②（堂谿，春秋时属楚，战国时属韩）也就是说，韩非述及的堂谿公是吴夫概相距150年，应是五六代的后裔，由于堂谿地近韩国首都，长期在韩国首都为客。他的身份不同于韩国贵族那种“千金玉卮”，自比不漏的瓦器。而堂谿城所在的韩楚交界之地，是老子之学发生之地，又是黄老之学滋生之地，其东有老子故里苦县（今河南鹿邑），西有宛（河南南阳）人，也是黄老之学的先驱范蠡的故里，堂谿公自小习染于此。从他劝说韩非以“服礼辞让”“修行退智”的全身遂志的道术来看，他实在是黄老学术中人。人们也许会问：堂谿公对韩昭侯讲法术，现在又对韩非反法术，这个矛盾怎么解释？一个人在20多岁讲的话，怎能保证和60年后讲的话没有矛盾呢？更何况他当年顺着韩

---

① 杨伯峻：《春秋左传注》，中华书局1990年版，第1551页。

② （清）江永：《春秋地理考实》卷3，文渊阁四库全书本。

昭侯怀念申不害的心情（申不害是公元前 341 年去世，离韩昭侯末年还有 8 年），讲一点申子之术；现在年事已高，要对一个贵族青年讲一点老到的思想，还不是看菜下饭吗？这些怀疑令人感到未免有点神经过敏。倒是应该说，受了堂谿公劝告的启发和刺激，韩非启动了从“喜刑名法术之学”到“归本于黄老”的心灵历程，并且在 20 岁出头的时候（公元前 275 年左右），写出了《解老》《喻老》诸篇。

韩非学术被堂谿公批评者，出自《韩非子·和氏》：

> 昔者吴起教楚悼王以楚国之俗曰：“大臣太重，封君太众，若此则上逼主而下虐民，此贫国弱兵之道也。不如使封君之子孙三世而收爵禄，绝灭百吏之禄秩，损不急之枝官，以奉选练之士。”悼王行之期年而薨矣，吴起枝解于楚。商君教秦孝公以连什伍，设告坐之过，燔诗书而明法令，塞私门之请而遂公家之劳，禁游宦之民而显耕战之士。孝公行之，主以尊安，国以富强，八年而薨，商君车裂于秦。楚不用吴起而削乱，秦行商君法而富强，二子之言也已当矣，然而枝解吴起而车裂商君者何也？大臣苦法而细民恶治也。当今之世，大臣贪重，细民安乱，甚于秦、楚之俗，而人主无悼王、孝公之听，则法术之士，安能蒙二子之危也而明己之法术哉！此世所以乱，无霸王也。[①]

堂、韩对话，对韩非这段话只撮其要点，但要点中把吴起、商君并论，用语与原文多同。《和氏》当是《韩非子》55 篇中最早的篇章，为韩非 20 岁以前的作品（约公元前 277 年）。吴起教楚悼王，商君教秦孝公，两用“教”字，与韩非后期的极端君主集权的表述方法存在差异。如果不计此文在后期可能有整理改动，四用“民”字，“下虐民”“游宦之民”“细民”（两用），对民使用带分析性的定语，也流露

① 陈奇猷：《韩非子新校注》，上海古籍出版社 2000 年版，第 275 页。本人读清人王先慎《韩非子集解》凡四过，《和氏》为堂谿公所读过的韩非早期著作，后读陈奇猷新校注《问田》，他也持类似看法。

出一点早期的混杂。这些都是早期作品的印记。《和氏》中还有一则寓言最是驰名，楚人和氏三献玉璞，两遭刖足，终至理璞得宝，使“和氏之璧”扬名于世。和氏泣血以啼，“悲夫宝玉而题之以石，贞士而名之以诳”，体现了韩非不避艰险地坚持法术真理的决绝态度，也在他学术生命的开头为自己的终生命运作了极好的象征。

《解老》《喻老》既然是韩非20岁左右的著述，那么它们与韩非中晚年的高峰极致思想出现明显的差异，也就不足为怪了。正因为如此，我们考定《解老》《喻老》属于早期作品，并清理出它们与中晚期作品思想差异的几条基本线索，看这几条线索是如何曲折变化的，那么，我们就几乎可以把《韩非子》55篇，进行粗略的归类和编年。这些曲折变化的基本线索，起码可以从四个方面加以考察和梳理。

其一，是对儒学核心概念的态度。

《解老》篇解释老子《德经》首章“上仁为之而无以为也，上义为之而有以为也”，就认为：“仁者，谓其中心欣然爱人也。其喜人之有福，而恶人之有祸也。生心之所不能已也，非求其报也。”“义者，君臣上下之事，父子贵贱之差也，知交朋友之接也，亲疏内外之分也。臣事君宜，下怀上宜，子事父宜，贱敬贵宜，知交友朋之相助也宜，亲者内而疏者外宜，义者，谓其宜也。”这种对仁与义的阐释，有其与儒学相兼容之处，起码是没有截然相排斥的。甚至可以推测，这些思想要素与一个贵族公子早年的诗书礼乐正规教育密切相关。因为在当时经典文献极为有限，只能以周、鲁所藏为根据的情形下，贵族公子的早年教育不可能不受诗书礼乐的熏染。

这种早期教育，使韩非关注现实后的思想独创，存在一个蝉蜕的过程。因而他的前后期思想存在某种矛盾和扞格，乃在情理之中。比如《说疑》篇云：“有道之主，远仁义，去智能，服之以法。”一句话就包含弃儒、归老、崇法三个维度。又如《外储说左上》批评儒学“道先王仁义而不能正国”，并把国家治乱归咎于此：“夫慕仁义而弱乱者，三晋也；不慕而治强者，秦也。”[1] 到底三晋的弱乱与“慕仁义”有多少关系，这几乎是无法证实的问题，而韩非非要如此说，表明他对儒学的绝望，韩非所读到的《老子》，除了德、道两经颠倒之外，大概文字上也与现在的通行本略有出入，比如《德经》首章“失道而后失德，失德而后失仁，失仁而后失义，失义而后失礼”，每个“后”字都比通行本《老子》三十八章多了一个“失”字。这四个“失”字的有无，对仁义的评价也有差别，因此韩非说：“仁者德之光。光有泽而泽有事，义者仁之事也。”[2] 这种仁义的光泽，在韩非思想达致高峰、走向极致的中晚期，黯然褪尽其色泽。后期韩非以为，“儒者以文乱法，而侠者以武犯禁”，或如康有为《孔子改制考》卷十五所云：“韩非者，出儒学，兼墨学、法术，而实同于老学，故攻儒最甚，即以《诗》《书》《礼》《乐》为虱，儒家之蠹，未有甚于韩非者。”

其二，是对历史人物评价的尺度。

儒家言必称尧舜，黄老道家则宗老子而祖黄帝，如《黄帝四经》之《十大经》尊崇黄帝为“天下宗”，“受命于天，定位于地，成名于人”[3]，显然要在时间上推的假托中自高其权威性。在《解老》《喻老》中，我们看到的不是以黄老拒斥尧舜的做法，反而是把黄帝与尧、舜、汤、武并列的现象。其中认为道之运行而成万物之理，“天得之以高，地得之以藏……轩辕得之以擅四方，赤松得之与天地统，圣人得之以成文章。道与尧、舜俱智……与汤、武俱昌”。这里的轩辕擅四方，与《十大经》称黄帝为“天下宗”时所说的黄帝“作自为像，方四面，傅一心，四达自中”可以参照，应是韩非接受了黄老之学的证明。但接下来讲儒家道统中的尧、舜、汤、武，二者先后相承，并

---

① 陈奇猷：《韩非子新校注》，上海古籍出版社 2000 年版，第 965、683 页。

② 以上所引《韩非子·解老》的文字，参见陈奇猷《韩非子新校注》，上海古籍出版社 2000 年版，第 374—376 页。

③ 马王堆汉墓帛书整理小组：《马王堆汉墓帛书〈经法〉》，文物出版社 1976 年版，第 45 页。

行不悖。这就是他早年接受诗书礼乐教育所留下的痕迹了。

然而，到了韩非思想的蝉蜕期或中后期，他是质疑尧、舜甚至质疑称颂尧、舜的孔子的。《难一》篇记载："历山之农者侵畔，舜往耕焉，期年，甽亩正。河滨之渔者争坻，舜往渔焉，期年而让长。东夷之陶者器苦窳，舜往陶焉，期年而器牢。"孔子为此而赞叹："舜其信仁乎，乃躬藉处苦而民从之，故曰：'圣人之德化乎!'"韩非对此进行质疑："方此时也，尧安在？……圣人明察在上位，将使天下无奸也。今耕渔不争，陶器不窳，舜又何德而化？舜之救败也，则是尧有失也。贤舜则去尧之明察，圣尧则去舜之德化，不可两得也。"[①] 神圣尧舜，虽是儒者把社会理想和学派道统，遥托古荒的一种想象，但韩非以为尧圣、舜仁不可两得的说法，也未察在部族林立（甚至到禹之时，犹有"天下万国"之说）的时代，所谓圣君明察是非常有限的，很难达到边远和底层。

韩非如此说，除了他的法术思想成熟而导致对尧舜的排斥之外，也由于三晋史学对尧舜的解读与儒家异，比如魏王汲冢出土的《竹书纪年》就记载"舜囚尧"，"舜篡尧位"，万廷兰在校注《太平寰宇记》引《纪年》文时将此记载斥为"事涉荒诞，不见经传，非圣者无法，不如去之"[②]。这样就可以解释《韩非子·说疑》在揭发"人臣弑其君者"，列举"舜逼尧，禹逼舜，汤放桀，武王伐纣"的材料，有可能与三晋史学的记载相关。因而《韩非子·忠孝》又说："尧、舜、汤、武，或反君臣之义，乱后世之教者也。尧为人君而君其臣，舜为人臣而臣其君，汤、武为人臣而弑其主、刑其尸，而天下誉之，此天下所以至今不治者也。"[③] 儒家从中解释成"仁"和"义"的禅让、革命事件，在法家评价历史人物的体系中被消解了。历史道德遭到了颠覆，重要的是强化臣民"尽心守法、专心于事主"的专制集权的秩序。

---

① 陈奇猷：《韩非子新校注》，上海古籍出版社 2000 年版，第 845—847 页。

② 方诗铭、王修龄辑证：《古本竹书纪年辑证》，上海古籍出版社 1981 年版，第 64 页。

③ 陈奇猷：《韩非子新校注》，上海古籍出版社 2000 年版，第 978、1151 页。

为此，韩非在《难三》篇中，批判孔子对叶公子高所说的“政在悦近而来远”，孔子对鲁哀公所说的“政在选贤”，孔子对齐景公所说的“政在节财”。他认为关键在于君主“知下明”“诛赏明”，使朋党散而公私分，至于关注悦近来远的民心和施行选贤节财的政策都不重要。比如选贤问题，“尧之贤，六王（尧、舜、禹、汤、文、武）之冠也，舜一从而咸包，而尧无天下矣。有人无术以禁下，恃为舜而不失其民，不亦无术乎？”因此他认为“仲尼之对，亡国之言也”[①]。法家强调法术在政治机制中的核心作用，认为在那个战争乱世中过分讲究仁、义、贤、廉，都会丧失政治的有效性。值得注意的是，韩非此类言论反复地出现在他以“难”命名的诸篇，他的《难一》《难二》《难三》《难四》及《难势》，开创了驳难文体。孟子、荀子好辩，以辩的方式展开思想，而韩非口吃，就以驳难文体反思学术流派，深化思想。在《解老》《喻老》之后，他以一系列的驳难重回法家的基本命题，使自己思想变得更加深刻、严密而独特了。

其三，是关于民心民智的思想。

《解老》篇解释《德经》中的“两不相伤，则德交归焉”（通行本《老子》六十章）时，提出“德上下交盛而俱归于民”的见解，其中增加了一个“民”字值得注意。在他看来，什么是“有德”呢？“民蕃息而蓄积盛之谓有德”，“上盛蓄积，而鬼不乱其精神，则德尽在于民矣”。他对于“治大国而数变法则民苦之”，尚保持警惕。又主张“有道之君，外无怨仇于邻敌，而内有德泽于人民”，并且把德泽于民提到“务本”的高度。[②]

这些见解与儒家的民本思想不无相通之处，但它们在韩非思想过程中可谓昙花一现，到了后期就把“民本”换成“君本”，并对民心民智另作解释了。《南面》篇中说：“夫不变古者，袭乱之迹；适民心者，恣奸之行也。民愚而不知乱，上懦而不能更，是治之失也。人主

① 陈奇猷：《韩非子新校注》，上海古籍出版社2000年版，第904—907页。

② 同上书，第400—405页。

者，明能知治，严必行之，故虽拂于民心立其治。”《显学》篇又说：“今不知治者必曰：‘得民之心。’欲得民之心而可以为治，则是伊尹、管仲无所用也，将听民而已矣。民智之不可用，犹婴儿之心也。”他列举强化耕战、刑罚、赋税，而民不知悦于治安，以为这是残酷，因而“求圣通之士者，为民知之不足师用”[①]。韩非思想达到高峰极致之时，主张在民智低下的情境中敢于拂民心而强化法术的权威，以达到整饬乱局归于安定富强的政治效果。这全然是严峻的法家本色，力图以虎狼之药起沉疴。

其四，是关于国家、社会、家庭的伦理考察。

《解老》篇解说《德经》中“礼者，忠信之薄也”，引申为“实厚者貌薄，父子之礼是也。由是观之，礼繁者实心衰也”，“物之待饰而后行者，其质不美也。是以父子之间，其礼朴而不明”。又解说《德经》中“慈故能勇”，对比论证为“爱子者慈于子……慈母之于弱子也，务致其福，务致其福则事除其祸，事除其祸则思虑熟，思虑熟则得事理，得事理则必成功，必成功则其行之也不疑，不疑谓之勇。圣人之于万事也，尽如慈母之为弱子虑也，故见必行之道”[②]。他体验到人性人情向善的一面，揭示母与子、父与子之间的情和礼的特点，是慈与朴。并由家推衍到国，推衍出在社会伦理中以朴为通，在政治伦理中以慈生勇。

但到了后期，韩非着力考察的是人性人情的另一面，即重欲趋利的邪恶一面。也就是说，一方面是由于他师从荀子，另一方面是基于他的现实观察，他倾向于“人性恶”的理念，主张用严厉的政治刑法手段，对恶劣的人性进行抑制和惩治。《内储说上》谈论君主驾驭臣下的“七术”，主张以威代爱，“爱多者则法不立，威寡者则下侵上”。对此，其论证方式也是由家庭伦理推及政治伦理。《六反》篇说：“母之爱子也倍父，父令之行于子者十母；吏之于民无爱，令之行于民也

---

① 陈奇猷：《韩非子新校注》，上海古籍出版社 2000 年版，第 334、1147 页。

② 同上书，第 379—380、421、563、1009、1141—1142 页。

万父母。……明主知之，故不养恩爱之心，而增威严之势。故母厚爱处，子多败，推爱也；父薄爱教笞，子多善，用严也。”由此韩非建构了政治领域“力的哲学”，如《显学》篇所云：“力多则人朝，力寡则朝于人，故明君务力。夫严家无悍虏，而慈母有败子，吾以此知威势之可以禁暴，而德厚之不足以止乱也。”由此而得出圣人治国“不务德而务法”[①] 的结论，就不仅超越了儒家，而且也扬弃了道家。

由《解老》《喻老》的部分思想，可知韩非高峰期的思想存在以上所述的四个方面的过渡和转折的特征，他对黄老思想的探讨时间不可能偏晚；而应推定在思想发展的前期。不过，这番探讨黄老，对于韩非思想发展的意义不能低估，他在不同学派的对话中把思想做大做深了，这包括他确立“道法相贯”的本体论观念，以及开始从家庭伦理、社会伦理、政治伦理与历史哲学上，展开和深化自己的法术思想体系。思想行程愈曲折，它就愈多地获得拓展和深化的空间。

先秦诸子的学术生命不同于凡庸之辈，因其天才的探索而充满波折起伏，在波折起伏中闪烁着智慧之光。老子出自陈楚之地的母系氏族而染上女性生殖崇拜，高扬柔弱克刚强的坤乾之道；庄子因家族自楚流亡于宋，而魂系楚人的混沌氏之术，以鲲鹏展翅的自由姿态表达对凤凰的崇拜；墨子在鲁南鄙受东夷文化和大禹传统的影响，学儒而脱儒，杂用天志、明鬼与兼爱、非攻；韩非以韩诸公子身份接受法术之学，近距离窥破政治运作的秘密，受堂谿公影响而归本于黄老，又超越黄老。对其文化生命的异样光辉，切不可把蔺相如反抗秦王所说的“臣头今与璧俱碎于柱矣”的话付诸实践，使传统智慧“碎片化”，而应有蔺相如“完璧归赵”的胆魄、智慧和意志，恢复传统智慧的本来面目。对于古代的圣哲之士，我们处在今日，投出去的是“他者”的眼光；但我们又处在自古及今的历史过程中，与古代圣哲是“自家人”。这种“自家人”的“他者”的综合的认知态度，是具有特殊的

---

① 陈奇猷：《韩非子新校注》，上海古籍出版社 2000 年版，第 379—380、421、563、1009、1141—1142 页。

优势的，是无可替代的。我们有必要建立这种“新主体意识”。明白了这一点，我们就应该充分发挥自身的优势，基于一种“新主体意识”返回被研究的客体，以历史编年学探索其复杂的过程性，又要以人文地理学探索其丰富的文化基因。探索的真谛，在于深入地求真，返本还原，回到中国思想文化大创造、大突破、大奠基的源头活水，观水于源，汲取源源不绝又充满活力的智慧，使现代中国的思想文化创造根基深厚而元气充盈。

《论语》章节编年与生命认证*

【内容提要】历史编年学与文献生命分析，是我们走近孔子及先秦诸子的历史现场，还原孔子及先秦诸子之本真的重要的思想方法。本文以此思想方法对《论语》中“述而不作，信而好古，窃比于我老彭”，“岁寒，然后知松柏之后彫也”，“子路、曾皙、冉有、公西华侍坐”，“唯女子与小人为难养也”，“季氏将伐颛臾”，“孺悲欲见孔子，孔子辞以疾”六章以及相关章节，作了真确审慎的编年考订，重现其生气充盈的人物心理和历史现场。

【关键词】历史编年学；文献生命分析；缀合材料碎片

根据以史解经、以礼解经、以生命解经的详密考察，我们已经了解到《论语》编纂是一个历经半个世纪的多次编纂的过程。整个过程以鲁哀公十六年（前479）众弟子为孔子庐墓守心孝，追忆孔子的大量材料为基础。如此众多的弟子回忆材料，字数应有一二十万字之谱。但《论语》作为儒门传道之书，不能竹简繁重，必须严加甄选，突出精华，文字限定在万余字，这已是年代相近的《老子》《孙子兵法》的二三倍了。因此，众弟子的忆述材料除了按照一定的价值标准删除芜言，舍弃歧说，合并重复之外，还须省略背景，突出孔子遗训，然后进行润色，这就出现许多“子曰子曰”的没有

* 2014年10月3日修订。

编年背景的条目。如何搜集先秦两汉散落群籍的材料碎片，进行缜密的辨析缀合，还原孔子之言的历史现场，就成了还原研究的基础性课题。

历史编年学与文献生命分析，是我们走近孔子及七十子的历史现场，还原孔子及七十子之本真的重要的思想方法。这就需要我们把先秦典籍，当成人的生命痕迹来对待，缀合散布于各种文献，包括出土简帛文献的碎片，祛除遮蔽，考究原委，以迹求心，聚散为整，揭示孔子及七十子的真实可信的轮廓和血脉，令今人与古人不再在面目模糊的情形中，而在尽可能真切的音容相接、体温可感的情形中，进行知心知底的文化对话。禅宗有歌偈云："只个心心心是佛，十方世界最灵物。纵横妙用可怜生，一切不如心真实。"[①] 这种缀合与还原，学理方向是"反碎片化"的，犹如考古学对待出土的陶罐碎片，不是进一步把它们打碎，而是按照其出土地层、形制弧度、纹饰模样、断口形状，以科学手段将之仔细黏合，在空缺处补上石膏，使之复原为完整的陶罐。这种还原工作是非常必要的，若其不然，世界许多大博物馆令人震撼的陶罐古物，都还是堆放在库房里的碎片。关键在于对这类历经岁月风雨的文化碎片遗存，一是要抱着珍惜和尊重的态度，二是要对它们的缀合，采取审慎的科学精神。在以史解经、以礼解经的基础上，强化以心解经、以生命解经，从而缀散为整，还原古人的智慧方式和生命基因，使今人与古人得以心心相印，乃是中国古典学的新境界、新风貌。这就是我们对《论语》章节进行编年考订和生命认证的根据。

① （明）瞿汝稷编撰：《指月录》，巴蜀书社 2012 年版，第 49 页。

一 《论语·学而》首章“述而不作，信而好古，窃比于我老彭”之编年考订

要进行编年考订，先须确定老彭是谁。汉代包咸认为是“商贤大夫”。但王弼注：“老，老聃；彭，彭祖也。”[①] 将之离为二人。可能由于孔子曾问礼于老聃，而《论语》不述老聃，遂以这种离为二人的方法，聊补遗憾。《论语》不述老聃，是因为孔子适周问礼的随行弟子唯有南宫敬叔，其回忆材料未被《论语》采录。然而王弼注影响不可小觑，晋人常璩《华阳国志》卷十二谓：“孔子‘述而不作，信而好古，窃比于我老彭’，则彭祖本生蜀，为殷太史。”[②] 直到清代，王士祯《古夫于亭杂录》卷四云：“窃比于我老彭……欲自比于老子之侧，盖谦辞也。考《曾子问》，记孔子问诸老聃者屡矣，《家语》亦云孔子问《礼》于老聃，此孔子欲自附于老聃之侧之验也。旧说以为彭祖，彭祖，六经所不载，圣人所不道，岂孔子之愿比者哉！”[③] 姚鼐《老子章义序》又云：“子曰‘述而不作，信而好古，窃比于我老彭’，老彭者，老子也。”[④] 这千余年间颇有些古人围绕老子、彭祖兜圈子，甚至今人也不乏误入王弼注者。

但王弼未免望文生义，包咸谓老彭是“商贤大夫”之说应是可以取信的。《汉书·古今人物表》在上上品帝汤殷商氏、上中品伊尹之下，列有上下品之“仲虺（师古曰：汤左相也）；老彭；义伯，中伯（师古曰：义、中，汤之二臣）”[⑤]。老彭的品位列于圣人、仁人之下的

---

① 程树德集释：《论语集释》，中华书局1990年版，第431页。

② （晋）常璩：《华阳国志》，重庆出版社2008年版，第420页。

③ （清）王士祯：《古夫于亭杂录》卷4，清康熙原刊本。

④ （清）姚鼐：《惜抱轩文集》卷3，四部丛刊本。

⑤ （西汉）司马迁：《汉书·古今人物表》，中华书局1962年版，第884页。

“智人”，仲虺、老彭相随，属于商朝初期的智者。孔子祖籍在宋，自称“殷人”，对商朝历史熟悉而别有一份感情。他以“我老彭”称之，意谓“我殷人老彭”，是非常亲切的。

孔子对殷商祖源文化，是格外关注的，孔子曰：“我欲观夏道，是故之杞，而不足征也，吾得《夏时》焉。我欲观殷道，是故之宋，而不足征也，吾得《坤乾》焉。《坤乾》之义，《夏时》之等，吾以是观之。”① 孔子有浓郁的文明发生史和礼俗演变史的兴趣，哪怕是沾满历史烟尘的文献碎片或口传遗珍，孔子都作为文化血脉认真探究，窥其原本。因而《大戴礼记·虞戴德》载孔子回答鲁哀公问“教人”，就能信手拈来商初人物事迹予以解答：“否，丘则不能。昔商老彭及仲傀，政之教大夫，官之教士，技之教庶人。扬则抑，抑则扬，缀以德行，不任以言，庶人以言，犹以夏后氏之袝怀袍褐也，行不越境。”② 这就是朱熹《论语集注》所谓“老彭，商贤大夫，见《大戴礼》，盖信古而传述者也”③ 的依据了。在与鲁哀公对答中，孔子窃以“商老彭及仲傀”自拟。仲傀即“汤之左相”仲虺。《尚书》有《仲虺之诰》云：“成汤放桀于南巢，惟有惭德，曰：‘予恐来世以台为口实。’仲虺乃作诰，曰：‘呜呼！惟天生民有欲，无主乃乱；惟天生聪明时乂，有夏昏德，民坠涂炭，天乃锡王勇智，表正万邦，缵禹旧服。兹率厥典，奉若天命。夏王有罪，矫诬上天，以布命于下；帝用不臧，式商受命，用爽厥师；简贤附势，实繁有徒；肇我邦于有夏，若苗之有莠，若粟之有秕；小大战战，罔不惧于非辜，矧予之德言足听闻；惟王不迩声色，不殖货利。德懋懋官，功懋懋赏，用人惟己，改过不吝，克宽克仁，彰信兆民。”④ 虽然《仲虺之诰》属于《古文尚书》，具体诰文需要严加辨析；但仲虺作诰，则是历史存在的事实。可见仲虺即仲傀，乃是商初声名赫赫的政治人物。

---

① 《礼记·礼运》，《十三经注疏》，中华书局1980年版，第1415页。

② （清）王聘珍：《大戴礼记解诂·虞戴德》，中华书局1983年版，第178页。

③ （宋）朱熹：《论语集注》，上海古籍出版社2006年版，第118页。

④ 中华书局编辑部编：《汉魏古注十三经·尚书》，中华书局1998年版，第21页。

孔子将商朝初期的政治人物仲傀与智慧人物老彭配对，称赞他们推行道德教化，以政事教大夫，以官事教士，以技艺教百姓，其方法是高扬的加以平抑，压抑的加以阐扬，实行中庸之道。贯穿其间是德行，而不是高谈阔论的任意言说，他认为任意言说，就像穿着漂亮的衣服而怀抱破棉袄一样，“金玉其外，败絮其中”是行之不远的。把政治人物与智慧人物配对，隐含初回鲁国的孔子受到鲁哀公、季康子的频繁问政，尚存“王者师”的潜在情结，即继而言之的子曰：“君问已参黄帝之制，制之大礼也。”但值得注意者，孔子已经把老彭置于仲傀之前，这透露了微妙的精神取向，已是相当程度地把“王者师”的潜在情结引向道德教化、中庸之道的深度文化思考之中。这便是孔子整理六经之原则的滥觞，自己不要任意发言，而将深邃的意旨蕴含于其间。

那么，《大戴礼记·虞戴德》孔子对鲁哀公称述老彭及仲傀，应在何时？孔子于鲁哀公十一年（前 484）秋由卫返鲁，被奉为国老，鲁哀公、季康子频繁问政，是论及政教时推许老彭的。其后由于“道不同不相为谋”，孔子被冷落后，转而致力修《春秋》。《春秋说》云：“孔子作《春秋》，一万八千字，九月而书成，以授游、夏之徒，游、夏之徒不能改一字。”① 因而孔子自称“述而不作”，并“窃比于我老彭”，应是成《春秋》，受到游、夏之徒的极口赞扬，而作的解嘲之言。解嘲深处，蕴含自信，“《春秋》，信史也”。

由此可以推定，《述而》篇首章“窃比于我老彭”的“子曰”，发生在鲁哀公十四年（前 481）修成《春秋》之时。《公羊传》《穀梁传》皆终《春秋》于此年。杜预《春秋左氏传序》云：“或曰：《春秋》之作，《左传》及《谷梁》无明文，说者以为仲尼自卫反鲁，修《春秋》，立素王，丘明为素臣。言《公羊》者，亦云黜周而王鲁，危行言逊，以避当时之害，故微其文，隐其义。《公羊》经止获麟，而《左氏》经终孔丘卒，敢问所安。答曰：异乎余所闻。仲尼曰：‘文王

① 《春秋公羊传注疏·春秋说》，《十三经注疏》，中华书局 1980 年版，第 2320 页。

既没，文不在兹乎？’此制作之本意也。叹曰：‘凤鸟不至，河不出图，吾已矣夫！’盖伤时王之政也。麟凤五灵，王者之嘉瑞也。今麟出非其时，虚其应而失其归，此圣人所以为感也。绝笔于获麟之一句者，所感而起，固所以为终也。”① 杜氏也以为孔子成《春秋》于此年，即所谓“绝笔于获麟”。这一年离《大戴礼记·虞戴德》载鲁哀公十一年（前484）孔子对鲁哀公称述老彭及仲傀，只相隔三年，其间必然存在内在的精神脉络。原来孔子是将老彭与商汤王的左相仲傀配对，以施行政教理想的；理想受阻，转而不再兼及仲傀，而专以智者老彭的思想行为方式作《春秋》，并告白于游、夏之徒。于一增一减中，可见孔子的思想变迁。他已经把“我”与“老彭”融为一体了。

二　《论语·子罕篇》二十八章“子曰：岁寒，然后知松柏之后彫也”之编年考订

这句话是孔子在何时、何地，向何人说的，似乎向无人考究。其实，只要缀合材料碎片，就会发现它是鲁哀公六年（前489），63岁的孔子率弟子周游列国而厄于陈蔡时讲的。最早记述的是《庄子·让王》：“孔子穷于陈、蔡之间，七日不火食，藜羹不糁，颜色甚惫，而弦歌于室。颜回择菜，子路、子贡相与言曰：‘夫子再逐于鲁，削迹于卫，伐树于宋，穷于商、周，围于陈、蔡，杀夫子者无罪，藉夫子者无禁。弦歌鼓琴，未尝绝音，君子之无耻也若此乎？’颜回无以应，入告孔子。孔子退琴喟然而叹曰：‘由与赐，细人也。召而来，吾语之。’子路、子贡入。子路曰：‘如此者可谓穷矣！’孔子曰：‘是何言也？君子通于道之谓通，穷于道之谓穷。今丘抱仁义之道以遭乱世之

① 《春秋左传正义·春秋序》，《十三经注疏》，中华书局1980年版，第1705页。

患，其何穷之为？故内省而不穷于道，临难而不失其德。天寒既至，霜雪既降，吾是以知松柏之茂也。陈、蔡之隘，于丘其幸乎？’孔子削然反琴而弦歌，子路扢然执干而舞。子贡曰：‘吾不知天之高也，地之下也。’古之得道者，穷亦乐，通亦乐。所乐非穷通也，道德于此，则穷通为寒暑风雨之序矣。”[①]

于陈、蔡绝粮七日，是孔子周游列国群体的严峻厄难，《论语·卫灵公》记载：“在陈绝粮，从者病，莫能兴。子路愠见曰：‘君子亦有穷乎？’子曰：‘君子固穷，小人穷斯滥矣。’”这条材料，应是与“岁寒，然后知松柏之后彫也”前后相承的。子路、子贡均是追随孔子多年的大弟子，他们信仰上的疑惑动摇，可能使厄难变成整个儒门的危机。危机之可怕，不仅存在于外在的围困，而且存在于内在的动摇。孔子是以松柏抵抗严寒的骨气，激励弟子战胜危机的意志的。这则材料又见于《吕氏春秋·孝行览·慎人》、东汉应劭《风俗通义》第七，厄于陈、蔡的孔子对子路、子贡的话是“大寒既至，霜雪既降，吾是以知松柏之茂也”[②]。应该说这则记述，源自七十子的忆述简书，只不过传播时出现了一些传闻异词。不可因为《庄子》也采用，就斥之为虚构的寓言。对于《庄子》所用材料，不应笼统对待，而应参证其他典籍，作出合理可信的解释。这应该是我们对待《庄子》材料的辩证态度。

“松柏之茂”是《诗经·小雅·天保》的句子，孔子对其“如松柏之茂，无不尔或承”[③] 的诗行，作了断章取义式的运用。这是春秋时的士人风气，如孔子所说“不学诗，无以言”（《季氏》），“诵《诗》三百，授之以政，不达。使于四方，不能专对。虽多，亦奚以为”（《子路》）。诗可以作为公共的权威性知识库藏，用于外交和述学的场合，而且多以断章取义的方式。其实孔子讲这句话，时在夏秋之间，

---

① （清）王先谦：《庄子集解》卷 8，中华书局 1978 年版，第 257 页。

② 《吕氏春秋·孝行览·慎人》，《诸子集成》（六），中华书局 1954 年版，第 151—152 页。

③ 《毛诗正义》卷 9，《十三经注疏》，中华书局 1954 年版，第 41 页。

并没有见到霜雪松柏，而是使用了当时流行的赋诗言志的风尚。《左传·哀公六年》记载："秋七月，楚子在城父，将救陈。"[①] 这里的"救陈"，含有解救孔子一行的陈、蔡困厄。因此孔子一行的陈、蔡之厄，发生在鲁哀公六年（前489）夏秋之间，当时并无霜雪。

孔子向弟子强调气节，最要紧者不在布衣授徒、任鲁司寇、晚年归鲁整理六经之岁月，而在周游列国，尤其厄于陈、蔡的艰危关头"孔子知弟子有愠心"之时。这则记载编入《论语》时，删除了背景，而且孔子引诗为证之言，也被加以润色，变得更加精警出彩。《论语》早年编纂的体例，由此也可见一斑。由于众弟子庐墓守心孝时回忆夫子，汇总的材料有一二十万言之多，限于方便流行的篇幅，取舍之时，舍去不少材料，又对许多条目删除背景，只保留"子曰子曰"，并作了润色。这种体例突出了孔子之言，却遗失了这些言行发生的历史现场。需要我们广泛搜集和缀合许多材料碎片，方能返回历史现场，重现孔子的真实生命。

三　《论语·先进》末章"子路、曾皙、冉有、公西华侍坐"之编年考订

经过严密的考证，此章是在曾子去世后，曾门弟子重编《论语》时加入的，因为行文三称孔子为"夫子"，尤其是曾点当面问"夫子何哂由也"，乃是战国时人的称谓方式。这就使《论语》文本在早期三次编纂中，形成类乎考古学的"历史文化地层叠压"，这是竹帛抄本时代不为少见的版本现象。曾皙（点）言志，称"暮春者，春服既成"，孔子喟然叹说："吾与点也!"这乃是曾门用来给本学派宗师的家族血脉添码加分的。

---

① 杨伯峻编著：《春秋左传注》，中华书局1990年版，第1634页。

细察行文脉相，推知四子侍坐此事发生的时间，应在鲁哀公十二年（前483）春夏之际，本年孔子69岁。推定这个时间点的方法，就是缀合材料碎片，勾勒孔子及侍坐四子的生命时间曲线，寻找这些生命时间曲线的交叉点：

（1）孔子自称老不堪用，所谓“以吾一日长乎尔，毋吾以也”，不可能发生在孔子为布衣、为鲁司寇的时候，周游列国的十几年，也没有如此从容言志的空间。此事只能发生在公元前484年深秋周游列国自卫归鲁之后。孔子自称老不堪用，应是面对归鲁之初鲁哀公、季康子频繁问政，因道不同不相为谋，逐渐被冷落；但被冷落不久，尚存某种期盼，因而坦然启发诸弟子“各言其志”，以备寻找从政的可能。

（2）子路随孔子一行归鲁，不久就出任卫国蒲邑大夫。但此时子路尚未离鲁上任，可能蒲邑大夫的差事已经有点谱，但觉得蒲邑过小，因而“率尔而对曰：‘千乘之国，摄乎大国之间，加之以师旅，因之以饥馑。由也为之，比及三年，可使有勇，且知方也。’”流露出一点急于有“千乘之国”施展抱负的焦虑。子路当蒲邑大夫三年有余而罹难，《左传》鲁哀公十五年（前480）冬之闰月，“孔子闻卫乱，曰：‘柴也其来，由也死矣！’”因此必须给留足三年的时间，此事则应发生在鲁哀公十二年。

子路自卫返鲁之后，确实又赴卫当蒲邑大夫，曾向孔子辞行。《论语·子路》首章记载：“子路问政。子曰：‘先之劳之。’请益。曰：‘无倦。’”孔子教导子路以身作则，勤政不倦，就是要约束其野性。《说苑·政理》记载：“子路治蒲，见于孔子曰：‘由愿受教。’孔子曰：‘蒲多壮士，又难治也。然吾语汝：恭以敬，可以摄勇；宽以正，可以容众；恭以洁，可以亲上。’”那么，这番相与答问，应如何系年？子路于鲁定公十二年（前498）为季氏宰，与任鲁司寇的孔子居处甚近，而且那时的重要政略是隳三都，孔子不会脱离政治环境而说“先之劳之”。因而只能发生在子路第二次从政，出任卫国蒲邑大夫辞行之时。子路随孔子周游列国14年，鲁哀公十一年（前484）秋冬之际，自卫返鲁。因而子路辞行，赴卫当蒲邑大夫，应是鲁哀公十二年（前483）。

而且子路当蒲邑大夫三年，孔子、子贡曾有造访。《孔子家语·辩政》："子路治蒲三年，孔子过之，入其境，曰：'善哉！由也恭敬以信矣。'入其邑，曰：'善哉！由也忠信以宽矣。'至庭，曰：'善哉！由也明察以断矣。'子贡执辔而问曰：'夫子未见由之政，而三称其善，其善可得闻乎？'孔子曰：'吾见其政矣。入其境，田畴尽易，草莱甚辟，沟洫深治，此其恭敬以信，故其民尽力也。入其邑，墙屋完固，树木甚茂，此其忠信以宽，故其民不偷也。至其庭，庭其清闲，诸下用命，此其言明察以断，故其政不扰也。以此观之，虽三称其善，庸尽其美乎！'"《韩诗外传》卷六也载此事。既然"子路治蒲三年，孔子过之，入其境"，因而子路治蒲的始年，应是公元前483年。若考虑到孔子过访后，子路过一些时日才于鲁哀公十五年（前480）冬之闰月罹难，那么子路赴蒲上任，应是公元前483年春夏之交。

（3）冉有说："方六七十，如五六十，求也为之，比及三年，可使足民。如其礼乐，以俟君子。"季康子于鲁哀公十二年（前483）春王正月，用田赋，身为季氏宰的冉有，此时尚未因为季氏敛财而受孔子申斥："非吾徒也，小子鸣鼓而攻之，可也。"（《论语·先进》）不然，他不会有如此从容的心态说话，更不敢说为一方人民管理财政。因而此事应是发生于公元前483年春夏，孔子归鲁不到半年、季康子敛财暴富尚处于潜伏期。

（4）曾点说："莫春者，春服既成，冠者五六人，童子六七人，浴乎沂，风乎舞雩，咏而归。"他已过了知天命之年，更愿意"上下与天地同流"。很可能此事就发生在曾点暮春咏归之时，他的"鼓瑟铿尔"，或许还传达了"浴乎沂，风乎舞雩"的清旷乐趣。

以上几条生命曲线运行的交叉点，是鲁哀公十二年（前483）暮春或春夏之交，四子侍坐，各言其志，就发生在此时刻。若系于其他年份，均不能安，譬如孔子早期设帐，不可能有如此阔达的议论，也不能自称老；当鲁国司空、司寇时，进入政务操作，不会有海阔天空地言志的闲心；周游列国，风尘仆仆，不会有这份清闲；返鲁再过二三年后，季康子、鲁哀公冷落孔子，孔子怒斥冉有为季氏敛财，再来侍坐论道，气氛就可能多了几分焦虑，几分苍凉了。

四 《论语·阳货》“子曰：唯女子与小人为难养也”之编年考订

孔子此言在妇女解放、女性主义思潮中，屡受诟病，虽有辩解者巧舌如簧，曲为其说，也无助于为孔子解套，遂成《论语》“子曰”的一大疑难。

关键在于要重回孔子此言的历史现场，弄清它的针对性。离开具体的历史现场而将孔子之言普泛化，认为可以包治百病，这是造圣人的方法，却也每每使圣人要为自己的片言只语，负无限制的责任，陷入难以解脱的尴尬。清理孔子的生命曲线，发现他的政治生涯曾经两次遭遇女子，都是他在政治上摔跟头的倒霉时候。一次是《论语·微子》所载的“齐人馈女乐，季桓子受之，三日不朝，孔子行”。此事发生在鲁定公十二年（前498），孔子55岁，他由此从鲁司寇的高位上折了下来。另一次就是离开鲁国到卫国开始周游列国，二入卫国之时发生的“子见南子”公案。时在鲁定公十五年，即卫灵公四十年（前495），孔子57岁。三年间接连发生两次女子沾污政治，造成孔子政治生涯发生波折的事件，深刻地影响了曾经沧海的孔子的政治观感和政治理念。

“子见南子”公案，起码涉及《论语》中五章文字，可见众弟子对此公案印象深刻。至于《论语》外的文字，为数就更多。但是由于《论语》将同时或先后发生的事件材料，作了分散处理，散布于《雍也》《子罕》《卫灵公》《阳货》诸篇，这又隐藏着《论语》编纂者不想使此桩公案形成清晰命题的苦心。这番苦心导致二千多年来，未见有人对这些材料碎片进行缀合贯穿，因此导致此公案如神龙见首不见尾，使其中的孔子之言扑朔迷离，难得确解，甚至发生严重的曲解或误解。为此，有必要对此历史现场花点笔墨予以清理。这五章是：

《论语·雍也》：子见南子，子路不说。夫子矢之曰："予所否者，天厌之！天厌之！"

《论语·子罕》：子曰："吾未见好德如好色者也。"

《论语·卫灵公》：子曰：由（子路），知德者鲜矣。

《论语·卫灵公》：子曰："已矣乎！吾未见好德如好色者也。"

《论语·阳货》：子曰："唯女子与小人为难养也，近之则不逊，远之则怨。"

缀合贯穿起来便知，包括"唯女子与小人为难养也"在内的这些孔子之言，都应该从编年学上系于鲁定公十五年，即卫灵公四十年（前495），孔子周游列国第二次进入卫国之时。《孟子·万章上》说：孔子离鲁初入卫，"于卫主（客居于）颜雠由。弥子（瑕）之妻与子路之妻，兄弟也。弥子谓子路曰：'孔子主我，卫卿可得也。'子路以告。孔子曰：'有命。'孔子进以礼，退以义，得之不得曰'有命'"[①]。即是说，孔子去鲁，于鲁定公十三年，即卫灵公三十八年（前497）第一次进入卫国，婉拒了子路的连襟弥子瑕提议孔子居住在他家中，以便通过南子，以谋卿大夫之位。居卫期间，卫灵公按鲁国的薪俸把孔子养而不用，还有监视举措。

10个月后，孔子想到陈国，途中被拘于匡地，经过蒲乡返卫，住在蘧伯玉家，发出"美玉待沽"之叹，57岁的高龄使他感到，找个机会施展政治抱负和才能，已是非常紧迫了。这才采取权变的行为，姑且通过弥子瑕的线索，晋见南子。这就是《吕氏春秋·慎大览》所言

---

① （宋）朱熹：《四书章句集注·孟子·万章上》，中华书局1983年版，第311页。

“孔子道弥子瑕见釐夫人”[①]，及《淮南子·泰族训》：“孔子欲行王道，东西南北七十说而无所偶，故因卫夫人、弥子瑕而欲通其道。”[②] 子路看透了他这个连襟的卑下作风，颇是不悦，明人郎瑛《七修类稿》就如此评述：“子路刚强，弥子瑕以色悦人者，同与婿友，不知何以相处。”[③] 这使得孔子对于刚直的子路，只好对天发誓：“予所否者，天厌之！天厌之！”《论语》只有这条材料直接交代“子见南子”，并没有将同类材料集中使用，就已经引起汉代的《盐铁论》中的御史板起道貌岸然的面孔批评孔子：“《礼》：男女不授受，不交爵。孔子适卫，因嬖臣弥子瑕以见卫夫人，子路不说。子瑕，佞臣也，夫子因之，非正也。男女不交，孔子见南子，非礼也。礼义由孔氏，且贬道以求容，恶在其释事而退也！”[④] 孔子是因小人的中介，而见此女子的，四百年后还招致如此訾议。

然而，如此颇受訾议的这场戏，竟是竹篮打水，损伤了孔子的人格尊严，即所谓“丑之”。《史记·孔子世家》记载此事的结果云：“（孔子）居卫月余，灵公与夫人同车，宦者雍渠参乘，出，使孔子为次乘，招摇市过之。孔子曰：‘吾未见好德如好色者也。’于是丑之，去卫，过曹。”[⑤] 孔子在这里以“德”自居，以色指南子。孔子毕竟当过鲁司寇，弟子盈门的名人，竟然被女子和小人拿他开涮，悲愤之情可想而知。由于此事是子路的连襟弥子瑕引起的，孔子又对子路说：“由（子路），知德者鲜矣。”此记述虽然含蓄，但它是与“吾未见好德如好色者也”，形成互文关系的。如果在这种场合孔子因“丑之”，而说出《论语·阳货》中那句“唯女子与小人为难养也，近之则不逊，远之则怨”，岂非允情允理？又何必由注疏家曲为之词，如邢昺辩解为：“此言女子，举其大率耳。若其禀性贤明，若文母之类，则非

① 许维遹：《吕氏春秋集释》，中华书局 2009 年版，第 389 页。
② 何宁：《淮南子集释》（下），中华书局 1998 年版，第 1409 页。
③ （明）郎瑛：《七修类稿》卷 17《义理类》，上海书店出版社 2009 年版。
④ （西汉）桓宽：《盐铁论》卷 2，上海人民出版社 1974 年版，第 26 页。
⑤ （西汉）司马迁：《史记》，中华书局 1959 年版，第 1921 页。

所论也?”[①] 如朱熹把“女子”辩解限定“臣妾”：“为此小人，亦谓仆隶下人也。君子之于臣妾，庄以莅之，慈以畜之，则无二者之患矣。”[②]

孔子三岁丧父，母亲含辛茹苦将他抚养成人，即便有男尊女卑思想，也不会泛泛地说“女子难养”的。人们不要忘记，孔子言孝，在“能养”上还要加一个“敬”字呢。唯有回到本真的历史现场，才会发现，《卫灵公》“子曰：吾未见好德如好色者也”章，与《阳货》的“子曰：唯女子与小人为难养也”章之间，存在隔章呼应、相互阐发的关系。统而言之，是批评“好色”压倒“好德”，因为南子是女色，弥子瑕是男色；分而言之，所谓女子对应于南子，指的是女色；小人对应于弥子瑕之类，孔子之言乃是为其在卫国遭遇的特殊情境而发，指责为政者不能沉迷于女色和小人。这与孔子“为政以德”、任贤使能、戒忌女色小人的政治观，是一脉相通的。既然卫灵公好色压倒了好德，就不能任贤使能，其后他向孔子问军旅之事，孔子就只能敬谢不敏：“俎豆之事，则尝闻之矣。军旅之事，未之学也。”因此，要使这一系列的孔子之言落地生根，就必须返回发生于卫灵公四十年，即鲁定公十五年（前 495），孔子 57 岁时的那个历史现场。而不可为了论证孔子超凡入圣，就将其言行无端普泛化，使之脱离具体情境而失去发生学的根据。

五　《论语·季氏》首章“季氏将伐颛臾”之编年考订

《论语·季氏》首章是就三桓之首的兼并欲望，以透视鲁国政治。“季氏将伐颛臾”，以大夫主征伐，蔑视周公礼制，孔子借与冉有、子路谈话，表达了“为政以德，行己惟仁”政治伦理见解：“丘也闻有

① 《论语注疏》卷 17，邢昺疏，《十三经注疏》，中华书局 1954 年版，第 2526 页。
② （宋）朱熹：《四书章句集注·论语集注》，中华书局 1983 年版，第 182 页。

国有家者，不患寡而患不均，不患贫而患不安。盖均无贫，和无寡，安无倾。夫如是，故远人不服，则修文德以来之。既来之，则安之。今由与求也，相夫子，远人不服而不能来也；邦分崩离析而不能守也，而谋动干戈于邦内。吾恐季孙之忧，不在颛臾，而在萧墙之内也。”① 这里阐述的是一种以均、和、安三原则为支柱的修文来远的政治秩序。

此事发生在何时？二千年来并无确解。郑玄注：“后季氏家臣阳虎，果囚季桓子。”郑玄所言有误，阳虎囚禁季桓子是在鲁定公五年（前505），如《史记·鲁周公世家》所云：“定公五年，季平子卒。阳虎私怒，囚季桓子，与盟，乃舍之。”其时孔子47岁，尚是布衣；冉有18岁，尚未为季氏宰，没有批评季氏的言责。朱熹为“吾恐季孙之忧，不在颛臾，而在萧墙之内也”作注云：“其后哀公果欲以越伐鲁而去季氏。”这也不足以为本章作出明确的编年认定，只能说是以十几年后的历史结果，印证了孔子之言的预见性。朱氏所言，指的是鲁哀公晚年的行为，即《左传》哀公二十七年（前468）记载：“公患三桓之侈也，欲以诸侯去之。三桓亦患公之妄也，故君臣多间。……公欲以越伐鲁，而去三桓。”此时孔子已故去11年，孔子对季氏的警告，成了富有洞察力的预言。而到了鲁穆公（公元前408—公元前376年在位）时期，季氏衰落到只有费作为立足点，甚至被称为“费君”。而本来作为鲁之附庸的东夷小国颛臾，在今山东省平邑县东南30里之故城，地邻于费。季氏如果能够把颛臾及早收入囊中，是可以增加其干预鲁国政治的地理支撑点的分量。如此说来，季氏将伐颛臾，是一种未雨绸缪的流产了的政治策划。

要准确地考订孔子师徒对季氏阴谋的议论发生在何时，必须对与事的孔子及冉有、子路的生命曲线，进行历史编年学的政治气候追踪和人物心理分析。

---

① （魏）何晏等注：《论语注疏》卷16，（宋）邢昺疏，《十三经注疏》，中华书局1954年版，第2520页。

（1）孔子自卫返鲁的时间，是鲁哀公十一年（前484）深秋。由于该年春，冉有率领季氏的军队，在郎之战中，挫败齐师。并向季康子鼓吹孔子的军事才能："夫孔子者，大圣，无不该，文武并用兼通。求也适闻其战法，犹未之详也。"孔子被迎回鲁国，尊为"国老"。国老并非实职，乃是荣誉尊号，如《礼记·王制》所云："有虞氏养国老于上庠，养庶老于下庠。夏后氏养国老于东序，养庶老于西序。殷人养国老于右学，养庶老于左学。周人养国老于东胶，养庶老于虞庠，虞庠在国之西郊。"郑玄注云："东胶即辟雍，在王宫之东。"孔颖达疏引熊氏云："国老谓卿大夫致仕者，庶老谓士也。"[①]《左传》哀公十六年："夏，四月，己丑，孔丘卒。"杜预注："仲尼既告老去位，犹书'卒'者，鲁之君臣，宗其圣德，殊而异之。"[②] 也就是说，国老是卿大夫60岁以上致老后的荣誉身份，并无实权，聊表尊老敬贤之意而已。因此，中药里和谐众药，却无甚大效力的甘草，后来也被称为"甘国老"，如宋人郑樵《通志略·昆虫草木略》所云："凡草属惟甘草为'国老'，大黄为'将军'，不言君臣佐使也。"[③] 处于如此位置，对现实的政治运作是不能过于认真的。

（2）孔子返鲁之初，哀公、季康子对之尊崇有加，请教政治，咨询甚勤，此中材料于《论语》、大小戴《礼记》及战国秦汉其他文献颇多记载。比如《论语·为政》："季康子问：'使民敬、忠以勤，如之何？'子曰：'临之以庄，则敬；孝慈，则忠；举善而教不能，则勤。'"又："哀公问曰：'何为则民服？'孔子对曰：'举直错诸枉，则民服；举枉错诸直，则民不服。'"《论语·颜渊》："季康子患盗，问于孔子。孔子对曰：'苟子之不欲，虽赏之不窃。'"又："季康子问政于孔子，孔子对曰：'政者，正也，子帅以正，孰敢不正？'"再又：

---

① （汉）郑玄注：《礼记正义》，（唐）孔颖达疏，北京大学出版社1999年版，第425—426页。

② （周）左丘明传：《春秋左传正义》，（晋）杜预注，（唐）孔颖达正义，北京大学出版社1999年版，第1689页。

③ （宋）郑樵：《通志略·昆虫草木略一》，王树民点校，中华书局1995年版，第1988页。

“季康子问政于孔子曰：‘如杀无道，以就有道，何如?’孔子对曰：‘子为政，焉用杀？子欲善而民善矣。君子之德风，小人之德草。草之上风，必偃。’”这种殷勤问政的“蜜月期”，只存在于孔子归鲁的公元前484年深秋至公元前483年春。孔子此时相当重视哀公、季氏的问政，对政治思想原则，作了非常认真的有针对性的阐释。庄、敬、忠、勤，注重执政主体；枉直之辨，注重政治结构和人才政策；又主张为政者能正能善，以改良社会政治风气。这些都是孔子政治学中值得仔细体味的方略原则。

（3）然而，孔子归鲁才三四个月，与季康子之间的芥蒂就呈露端倪。《左传》哀公十一年岁杪：“季孙欲以田赋，使冉有访诸仲尼。仲尼曰：‘丘不识也。’三发，卒曰：‘子为国老，待子而行，若之何子之不言也?’仲尼不对。而私于冉有曰：‘君子之行也，度于礼：施取其厚，事举其中，敛从其薄。如是，则以丘亦足矣。若不度于礼，而贪冒无厌，则虽以田赋，将又不足。且子季孙若欲行而法，则周公之典在；若欲苟而行，又何访焉?’弗听。”于是有次年“十二年春王正月，用田赋”[①] 即是说，在鲁哀公十一年岁杪到“十二年春”，季康子就有不顾身为国老的孔子之非议的施政行为。

（4）由于道不同者，不相与谋，孔子就逐渐被冷落，连装模作样的政治咨询也被取消了。这番冷落，见于《论语·子路》：“冉子退朝。子曰：‘何晏也?’对曰：‘有政。’子曰：‘其事也。如有政，虽不吾以，吾其与闻之。’”从孔子责怪中透露，季氏商议政事，开始回避这位国老。这种势态，应是出现在鲁哀公十二年（前483）初夏。同时发生的事情，就是《论语·八佾》所载：“季氏旅于泰山。子谓冉有曰：‘女弗能救与?’对曰：‘不能。’子曰：‘呜呼！曾谓泰山不如林放乎?’”因为同篇载：“林放问礼之本。子曰：‘大哉问！礼，与其奢也，宁俭。丧，与其易也，宁戚。’”[②] 泰山不如林放，是由于季

① 杨伯峻编著：《春秋左传注》，中华书局1990年版，第1667—1670页。

② 《论语·八佾》，《十三经注疏》，中华书局1954年版，第2466页。

氏旅祭泰山，尽失“礼之本”，尽失《礼记·王制》所云“天子祭天地，诸侯祭社稷，大夫祭五祀。天子祭天下名山大川……诸侯祭名山大川之在其地者”[①] 的规范。这种僭越礼制的行为，使季氏自为田赋制度，出现了季氏富于周公，而冉有不顾孔子曾“私于冉有”的特别交代而为季氏聚敛。《国语·鲁语下》对孔子特别叮嘱冉有，作了专门的记载：“季康子欲以田赋，使冉有访诸仲尼。仲尼不对，私于冉有曰：‘求来！女不闻乎？先王制土，籍田以力，而砥其远迩；赋里（市廛）以入，而量其有无；任力以夫，而议其老幼。于是乎有鳏、寡、孤、疾，有军旅之出则征之，无则已。其岁，收田一井，出稷禾、秉刍、缶米，不是过也。先王以为足。若子季孙欲其法也，则有周公之籍矣；若欲犯法，则苟而赋，又何访焉！”[②] 既然孔子专门对冉有作了交代，冉有却当成耳边风，遂使孔子简直有点怒不可遏，怒斥曰：“非吾徒也，小子鸣鼓而攻之可也。”有言在先，而冉有未从，孔子焉能不加以怒斥？此事载于《论语·先进》，当发生在鲁哀公十二年六月以后。

（5）由于季氏绕过孔子与闻朝政的程序，导致孔子无法知闻季氏欲伐颛臾的决策。兹事体大，身为季氏宰的冉有大概觉得事态严重，自己不能阻止，又不敢单独向老师面陈，更不可不向夫子面陈。他屡受夫子的斥责，“吃一堑长一智”，只好拉上老资格的子路作陪壮胆挡风。因此出现了两个并不同时为季氏宰的人，一同向孔子禀报季氏欲伐颛臾的场面。从谈话中一再指责“求”如何如何，可知冉有是负有直接责任的现职季氏宰。孔子曰：“丘也闻有国有家者，不患寡而患不均，不患贫而患不安。盖均无贫，和无寡，安无倾。”针对的依然是季氏聚敛而富可倾国之事。鲁国政治的定式和孔门师徒的心理状态，以生命形态的双曲线交叉的方式，证得“季氏将伐颛臾，冉有、季路见于孔子”此章，发生在鲁哀公十三年（前 482），孔子 70 岁之

---

① 《礼记·王制》，《十三经注疏》，中华书局 1954 年版，第 1336 页。

② 上海师范大学古籍整理研究所编：《国语·鲁语下》，上海古籍出版社 1978 年版，第 218 页。

时，冉有至此已当了10年季氏宰。还原研究，必须科学地缀合各种材料碎片，对历史现场进行准确的定位，方可感受到当事人的神经颤动，激活他们带着体温的生命。

六 《论语·阳货》"孺悲欲见孔子，孔子辞以疾"章之编年考订

今本《论语·阳货》第二十章："孺悲欲见孔子，孔子辞以疾。将命者出户，取瑟而歌，使之闻之。"鲁哀公曾派孺悲向孔子学礼，孔子竟然不愿当面说明理由，就作弄这个后生小子，发生了类乎"阳货欲见孔子，孔子不见，归孔子豚。孔子时其亡也，而往拜之"的诡异行为，即所谓"拜阳货则时其亡也，辞孺悲则歌使闻之"。

孔子究竟根据哪种礼数而为，是对鲁哀公心存芥蒂，还是对孺悲有所不屑？朱熹注曰："孺悲，鲁人，尝学《士丧礼》于孔子。当是时必有以得罪者。故辞以疾，而又使知其非疾，以警教之也。"[①] 朱熹所据来自《礼记·杂记下》："恤由之丧，哀公使孺悲之孔子，学《士丧礼》。《士丧礼》于是乎书。"郑玄注："时人转而僭上，士之丧礼已废矣，孔子以教孺悲，国人乃复书而存之。"[②] 文献言之凿凿，这似乎不失为礼学承传上的一桩佳话。

然而，朱熹所谓"当是时必有以得罪者"，也只是揣测之词，并不言明何所得罪的缘由。这就需要以礼解经，辅以以心解经，方能透视事件的微妙底细。其实，孔子冷落孺悲，反映了孔子一种悲郁莫名的心理情结。鲁哀公十一年（前484）深秋，孔子结束14年的列国之游返鲁，被尊为国老，始而鲁哀公、季康子经常向他咨询政务。由于

---

① （宋）朱熹：《四书章句集注·论语集注》，中华书局1983年版，第180页。

② 《礼记·杂记下》，《十三经注疏》，中华书局1954年版，第1567页。

治国理念悬殊，渐受冷落。哀公不再亲自问政，而是派遣孺悲问士丧礼。不是亲自请教，而是派使者请问具体的礼仪，这就等于不再把孔子当政治家，而是当成礼仪专家对待。因此，孔子以取瑟而歌的方式奚落孺悲，作弄孺悲，实则对哀公以示不满。唯有如此观察，方能读出孔子心灵深处的生命感受和情绪颤动。此事当发生归鲁后短暂的问政“蜜月期”之后，即在鲁哀公十三年（前482）左右。

清人朱彝尊并不细究其间的人事和心理的奥秘，却在《孔子弟子考》中执意把孺悲列入孔子弟子行列。他认为：“《小戴礼·杂记》：恤由之丧，哀公使孺悲之孔子学《士丧礼》，《士丧礼》于是乎书。郑康成注云：‘士之丧礼已废矣，孔子以教孺悲，国人乃复书而存之。’方悫注云：‘丧礼将亡，圣人不可以不书，必待孺悲学之，然后孔子书之者，以明礼之不废，亦有所因也。’盖孔门自子夏兼通六艺而外，若子木之受《易》，子开之习《书》，子舆之述《孝经》，子贡之问《乐》，有若、仲弓、闵子骞、言游之撰《论语》，而传《士丧礼》者，实孺悲之功也。惟因《论语》纪‘悲欲见，而孔子以疾辞’。疑孔子拒之门墙之外，不屑教诲。当知始虽辞疾，终授以礼。以亲受礼于孔子之儒，反不得与配食之列，斯则祀典之阙矣。”① 皮锡瑞《经学历史》也赞叹朱彝尊此言，曰：“于《论语》，则郑康成以为仲弓、子夏等所撰定也。后汉徐防上疏曰：《诗》《书》《礼》《乐》，定自孔子。发明章句，始于子夏。……朱彝尊《经义考》云：‘孔门自子夏兼通《六艺》而外，若子木之受《易》，子开之习《书》，子舆之述《孝经》，子贡之问《乐》，有若、仲弓、闵子骞、言游之撰《论语》。而传《士丧礼》者，实孺悲之功也。’”② 究其实，朱彝尊并没有弄清楚孺悲既是国君派遣，是不可无端“拒之门墙之外”的，但孔子对这种热心拜见中蕴含冷落的实情的行为，内心蕴蓄着不舒服的尴尬，也就对孺悲求见采取尴尬的方式略作发泄了。

---

① （清）朱彝尊：《曝书亭集》卷56《孔子弟子考》，世界书局1937年版，第651页。

② （清）皮锡瑞：《经学历史》（二）《经学流传时代》，中华书局1954年版，第48页。

朱彝尊不明于此，还专门写了一篇《孺悲当从祀议》加以发挥："《杂记》曰：'恤由之丧，哀公使孺悲之孔子，学士丧礼。《士丧礼》于是乎书'，则孺悲实传经之一人也。惟因《论语》纪悲欲见，而孔子以疾辞，疑孔子拒之门墙之外，不屑教诲。于焉孔氏《家语》，司马迁《史记》，皆摈而不书。以亲受《礼》于孔子之儒不获附，一无表见之邽、鄡、燕、狄、廉、乐诸子，反得与配食之列，斯则祀典之阙矣。且夫互乡、阙党之童子，未尝无诲，何独悲之学《礼》，以君命临之，反绝之已甚乎！故夫《礼》有《丧服》，纲也。既授子夏作传矣。《士丧礼》，目也，以授悲。目言其常，而《曾子问》尽其变，然后丧礼备矣。噫！悲一学《礼》，而《士丧礼》之书传，其功岂小也哉！且既授之《礼》，则为弟子。《礼》，六艺之一，悲身通之，学者毋徒泥《论语》之文，谓悲不在弟子之列。必合《杂记》论之，而悲当配食于孔子之庑可信已。"[①] 这种喋喋不休的议论，只关注孔庙祀典，而忽视了孔子晚年遭遇的复杂的政治关系和生存处境，忽视了从鲁哀公问政到孺悲问礼之间孔子感慨多端的情绪变化，其弊在于被浩繁的书卷压得透不过气来，而没有以生命意识点醒文献材料。缀合文献碎片，不应该停留在冷冰冰的堆砌上，而应该注入生命感觉，化出古人的情感状态和生命体温。应该说，孺悲是曾经受君命问学于孔子的士人，但并非孔子乐意收受的入门弟子，孔子只不过完成一桩国君指派的任务而已。因此二千年间孺悲未获列入七十子行列的冷落，也是事出有因的。以心解经，必须心心相照，始能照见古人生命的深微处，把一部《论语》当成"活的《论语》"来读。因而把经籍文献如实地视为古人的生命痕迹，缀合多种材料碎片和历史线索，以逼近古人喜怒哀乐的精神世界，从而在以史解经、以礼解经的基础上，强化以生命解经，是非常必要的，是带有实质性创新价值的。

---

① （清）朱彝尊：《曝书亭集》卷60《孺悲当从祀议》，世界书局1937年版，第698页。

借问孔子何时见老子*

一　诸子百家的开幕式

孔子到成周洛阳向老子问礼，这是先秦诸子百家争鸣拉开帷幕的重大历史性事件，由此展开了中国思想文化史上一片灿烂的时空。然而，《论语》不载此事，“窃比于我老彭”指的并非老子、彭祖之类，而是指商朝初期的智者老彭，孔子亲昵地称呼他是“我殷人的老彭”，是别有深意的。但是《论语》“不载”老子，存在材料整理上的裂缝，本身就是一种值得追问的编纂价值选择。由于老聃职位不显，孔子尚未为大夫，他们在春秋晚期的这次会面，没有达到官方文献同步记载的政治级别，就如孔子为中都宰，《春秋》《左传》均无记载，唯有当上鲁司寇才够级别一样。这就给那些没有考虑官方文献内含价值选择的疑古者，留下了质疑孔子是否确实见过老子的文献裂缝。有疑古者甚至认为老子在庄子后，那么孔子就无从见老子，所有战国秦汉记述这两位学术大佬会面的文字都成了古人在作伪，由此留下了中国文明

* 本讲演是在澳门大学及 2015 年 5 月 18 日在北京大学、5 月 19 日在吉林大学讲演的部分内容，取材于《论语还原》《老子还原》，2015 年 5 月 26 日整理。

史上千古浩叹的一个“超级疑难”。幸好伟大的太史公不受汉代已经抬头的“世之学老子者则绌儒学，儒学亦绌老子”的门派之见的束缚，通过“细史记石室金匮之书”及实地调查所得，在《史记·孔子世家》及《老子韩非列传》中以相当篇幅记述了此番文化盛事。如此独具只眼地为一些不见于先秦官方文献记载的文化巨人立传，太史公由此成为中国思想文化史上不可替代的功臣。

历史上曾经存在过的事件，是不容闭目无睹的。源自战国简帛的《礼记·曾子问》《庄子》《吕氏春秋·当染》《孔丛子·记义》《韩诗外传》，都言之凿凿地记有孔子问礼于老子之事。太史公之后的《新序》《说苑·反质》《潜夫论》《论衡·龙虚》及《知实》、边韶的《老子铭》《孔子家语·观周》，多次提及“孔子师老聃”“孔子观周”或孔子曰：“吾闻诸老聃。”这些材料虽然芜杂，但多是录自战国秦汉简帛，汉代祠堂墓穴画像石、画像砖也不乏对此事的展示。尤其是孔子自言“闻诸老聃”，《礼记·曾子问》四见，《孔子家语》四见，《白虎通义》一见，从不同角度泄露了孔子适周问礼、问《易》、问五帝与五行于老子。一个历史事件存在来自四面八方的如此繁多的古老材料，实属罕见。其中当然存在传闻异辞或流派偏见，但老孔会面是言之凿凿，并不因后来的圣人之徒为保护“道统之纯粹”，就可以一笔勾销。这就有必要深度缀合文献材料碎片，沟通其内在的生命脉络，从历史编年学上确定孔子适周问礼于老子的年份，破解这个千年留存的“超级难题”，以便去妄存真地走近生机勃勃的历史现场。

二　破解“老孔会”的超级难题

启用史源学，考索史料的原本性、真确性、完整性、变异性及其直接性、间接性，于此有正本清源的功能。《史记·孔子世家》以正史方式郑重记载，孔子派南宫敬叔向鲁君请准适周，“鲁君与之一乘车，两马，一竖子俱，适周问礼，盖见老子云”。但是行文将此事置于孔子年 17，孟僖子病且死，诫其嗣孟懿子及南宫敬叔向孔子学礼之后，而居于“孔子盖年三十”之前。其实南宫敬叔小孔子 21 岁，即便孔子 30 岁，也不可能派一个 9 岁孩子向鲁君请示。从史源学上考索，这是太史公误用《左传》鲁昭公七年（公元前 535 年，孔子 17 岁）的记载：“（鲁昭）公至自楚。孟僖子病不能相礼，乃讲学之，苟能礼者从之。及其将死也，召其大夫”，遗嘱送“孟懿子与南宫敬叔师事仲尼”。其实，“病不能相礼”的“病”字，作担忧解，指孟僖子因鲁昭公参加楚灵王章华台落成典礼归国，担忧不知使用何等礼仪。因为半年期，他作为相礼的副使（“介”），随昭公经过郑国到楚国，在郑伯慰劳时及在楚国郊劳的场合，都不知道使用什么礼节，对于这次辞楚归国的礼节，只好请教知道礼仪的人以应急。但是，孟僖子死，是 17 年后（鲁昭公二十四年，公元前 518 年）的事情，这在《春秋》有明确记载。孟懿子、南宫敬叔是 4 年后，即鲁昭公十一年（前 531）孟僖子与泉丘女子私奔而生。孔子 17 岁时，孟懿子、南宫敬叔还没有出生。太史公一人著成如此大书，对《左传》记载不够清晰的历史细节未及深究，未能将两个相距 17 年的事件明晰分疏，造成了孔子见老子年份的混乱。这一混乱被东汉桓帝时边韶作《老子铭》坐实为大错：“孔子以周灵王二十年生，到景王十年，年十有七，学礼于老聃。”郦道元《水经注》卷十七沿袭此说：“至周景王十年，孔子年十七，遂适周见老聃。”尽管这些都是周、秦、汉、晋的古老材料，但其史源采用中已经出现以讹传讹的错误。近世学者或以为唐以前碑刻和地理名著值得珍视，力主“孔子年十七问礼于老子”，这是史源学上的失察。

又添混乱的是《庄子》外篇、杂篇有六处记老孔会面问学，除了证明“其要本归于老子之言”的庄子及其后学，知道历史上曾经存在过“老孔会”，对孔子求学于老子津津乐道，以张扬“道为儒师”之外，其《天运》篇称：“孔子行年五十有一而不闻道，乃南之沛，见老聃。”众所周知，孔子自称“五十以学《易》”，“五十知天命”，《庄子》却偏偏说“孔子行年五十有一而不闻道”，显然是对儒学的揶揄嘲讽，是以“重言”方式贬孔扬老，因而不可将其所讲年岁当真，不然就可能陷入《庄子》所设的陷阱。更何况鲁定公九年（前501），孔子51岁出任中都宰，在很短时间内就连升为司空、司寇。到了50岁还是一介布衣的孔子，岂会放下公务，而南之沛问玄虚之道于老聃？后人无法弥合孔子见老聃之年份裂缝，只好说孔子多次见老聃，其实是没有绕开《庄子》布下的迷魂阵。

孔子见老子，必须满足三个条件：一是孔子赋闲有长途旅行的时间；二是孟僖子卒后，南宫敬叔拜孔子为师，孝期满后得以随行；三是据《礼记·曾子问》，这一年发生日食。这些条件清代学问家阎若璩多少是看到了，而且特别强调第三个条件，孔子随老子参加一次出殡，遇上日食。阎若璩《尚书古文疏证》卷八云：“有以孔子适周之年来问者，曰：《孔子世家》载适周问礼，在昭公之二十年，而孔子年三十。《庄子》，孔子年五十一南见老聃，是为定公九年。《水经注》孔子年十七适周，是为昭公七年。《索隐》谓僖子卒，南宫敬叔始事孔子，实敬叔言于鲁君，而得适周，则又为昭公二十四年。是四说者，宜何从？余曰：其昭公二十四年乎！案《曾子问》，孔子曰：‘昔者，吾从老聃助葬于巷党，及堩，日有食之。’惟昭公二十四年夏五月乙未朔日有食之……见《春秋》。此即孔子从老聃问礼时也。”

应该承认，阎若璩讲究证据，比庄子、边韶向孔子见老子的历史现场走近一步。但他的结论还存在三重扞格：一是孟僖子卒年即鲁昭公二十四年（前518），南宫敬叔才13岁，孔子不可能指派如此年龄的少年去疏通鲁君。二是南宫敬叔父丧于二月，南宫敬叔不可能随孔子适周，五月见日食。《礼记·杂记下》云：“大夫三月而葬，五月而卒哭。”其时孟僖子尚未下葬，南宫敬叔岂能未尽孝就千里迢迢地随孔子赴周？三是鲁昭公二十四年（前518），东周王室发生王子朝之乱，周敬王出奔狄泉，成周洛邑动荡不宁，孔子不可能乘乱适周。那样既会危及孔子一行的性命，也可能找不到避乱的老子。

当代学人有关注鲁昭公二十四年周室不宁者，遂以日食发生年份为着眼点，将孔子适周见老子，提前到周乱之前的昭公二十一年（前525），这一年也有日食，如《春秋》鲁昭公二十一年记载："秋七月壬午朔，日有食之。"但这种意见忽视了南宫敬叔此时仅9岁，尚未师事孔子，也就谈不上其他与孔子适周的行为了。而且这一年的日食发生在下午五点半左右，与周人出殡在上午的礼制不合。为何不将年份后推？因为他们考虑到此后"鲁国无君"，似乎又观照到孔子让南宫敬叔沟通鲁君。《左传》鲁昭公二十五年（前517）记载：鲁昭公因季氏和郈氏斗鸡结怨，遂与郈氏发兵围季氏，被三桓击败，流亡到齐、晋边境，直至鲁昭公三十二年（前510），客死于乾侯。确实在这8年中，鲁国存在无君状态。

关键是对于被季氏驱逐到国外的鲁昭公，孔子还认不认他是鲁君。很重要的一条材料是《左传》鲁定公元年（前509）记载："秋七月癸巳，葬昭公于墓道南。孔子之为司寇也，沟而合诸墓。"孔子为鲁司寇是在9年后，即鲁定公十年（前500），如果他与鲁昭公没有深刻的认可和人事因缘，岂会拂逆大权在握的季氏，将已经远葬的鲁昭公重新开沟划回鲁公墓地的范围中。《孔子家语·相鲁》说得更清楚："先时，季氏葬昭公于墓道之南，孔子沟而合诸墓焉。谓季桓子曰：'贬君以彰己罪，非礼也。今合之，所以掩夫子之不臣。'"可见孔子坚持周礼标准，对于被季氏驱逐的鲁昭公，依然认可为国君，并指责季氏逐君贬君的行为，为"非礼"。此举拂逆了权倾鲁国的季氏，孔子如果与鲁昭公没有特殊的因缘，是很难如此果断的。

进而言之，在对各家之说进行深入的史源学和文献学辨析、勘谬和排查的基础上，就可以确认孔子适周问礼于老子，是在鲁昭公三十一年（前511），孔子41岁，南宫敬叔20岁。《春秋》该年记载："三十有一年春王正月，（鲁昭）公在乾侯。……十有二月辛亥朔，日有食之。"这一年，晋定公拟出兵纳鲁昭公归国，季氏也相当卑恭地到乾侯迎接昭公，即是说，鲁昭公获得国君礼节上的尊重，只因"众从者胁公，不得归"。孔子应是此时派南宫敬叔向鲁昭公请准，以鲁国使者的名义而适周，由于鲁昭公终不得归鲁，客死于晋国边境的乾侯，依然是国君不君的状态，所以不记载鲁昭公的明确谥号，泛称为“鲁君”，此乃儒门常用的“春秋笔法”。

又由于鲁昭公流亡在外，靠晋、齐周济渡日，只能赠予“一乘车，两马，一竖子俱，适周问礼”。这是相当寒碜的赠予，对于名人孔子和三桓子嗣南宫敬叔，正常国君起码要赠予五辆十辆车，甚至派武士随行护卫。参看《史记·孔子世家》所记孔子告辞时，老子赠言：“吾闻富贵者送人以财，仁人者送人以言。吾不能富贵，窃仁人之号，送子以言，曰：聪明深察而近于死者，好议人者也。博辩广大危其身者，发人之恶者也。为人子者毋以有己，为人臣者毋以有己。”孔子以一车、二马、一竖子，风尘仆仆见老子，可能对国君有怨言，老子才会有如此赠言。当然，人们也可以《逸礼·王度记》所云“天子驾六马，诸侯驾四，大夫三，士二，庶人一”，以孔子尚未为大夫的“士”，聊以塞责。但他既然请准为鲁国使者，应该有“准大夫”的礼仪。

三　动用人文与科技结合的研究手段

至为关键者，孔子随老子参加出殡时，遭遇日食。《礼记·曾子问》记载孔子曰：“昔者，吾从老聃，助葬于巷党，及堩，日有食之，老聃曰：‘丘。止柩，就道右，止哭以听变。’既明，反而后行。曰：‘礼也。’反葬，而丘问之曰：‘夫柩不可以反者也，日有食之，不知其已之迟数，则岂如行哉！’老聃曰：‘诸侯朝天子，见日而行，逮日而舍奠。大夫使，见日而行，逮日而舍。夫柩不蚤出，不暮宿。见星而行者，唯罪人与奔父母之丧者乎？日有食之，安知其不见星也！且君子行礼，不以人之亲痁患。’吾闻诸老聃云。”从这则记载“柩不蚤出，不暮宿”，可知周人出殡是在上午、中午之间。《仪礼·既夕礼》记述入葬之日，“厥明，陈鼎五于门外”，举行郑重而简单的祭奠、哭、踊礼仪之后，“主人拜送，复位，杖，乃行”，可知按照周制，葬礼是在上午举行。因为葬礼之后还有虞祭，《礼记·檀弓下》云：“日中而虞。葬日虞，弗忍一日离也。”疏曰：“虞者，葬日还殡宫安神之祭名。”《释名·释丧制》又云：“既葬，还祭于殡宫曰虞。谓虞乐安神，使还此也。”既然将尸体下葬后，紧接着就有将灵魂迎回祖庙的虞祭之礼，必须在当日中午举行，那么孔子从老聃助葬途中所遇到的日食，应发生在上午10时左右，才能符合周朝礼制。古人的葬礼必须遵从严格的礼制，如《孟子》所云：“丧祭从先祖。”这是不能随意处置的。

于此，不妨以现代天文学验之，查《夏商周三代中国十三城可见日食表（食分食甚）》及“Five Millennium Canon of Solar Eclipses：－1999 to ＋3000（2000BCE to 3000CE）”，可知在洛阳可见的日食的准确时间是，鲁昭公三十一年（前511）在公历11月14日（周历十二月初一，夏历十月初一）上午9点56分前后，按周制上午出殡，适遇日食。《春秋》用的是周历，记载该年“三十有一年……十有二月辛亥朔，日有食之”是准确无误的。向下推到鲁定公五年（前505）公历2月16日15时15分前后也有日食，但按周制出殡，不能遭遇日食。

必须补充说明，之所以于此顺带提及鲁定公五年，是为了全面扫描从孔子17岁到他52岁当鲁司寇、周游列国之前这30多年间的所有可能存在的时间缝隙，以便对孔子适周问礼的真实年限，作进一步的“无缝确认”。在前面的分析，排除鲁昭公三十一年以前的种种可能性之后，还要进而排除鲁昭公三十一年以后的种种可能性，确认孔子适周问礼于老子，只能发生在鲁昭公三十一年的唯一性。这是严密的研究必须下的功夫。南宫敬叔此年20岁，在孟僖子卒后，他13岁拜孔子为师，3年孝满，鲁昭公已被季氏驱逐出境，他不可能如期继承为大夫，到鲁定公继位后，才得以为大夫。一任大夫，他就迅速露富。《孔子家语·曲礼子贡问》云：“南宫敬叔以富得罪于定公，奔卫。卫侯请复之，载其宝以朝。夫子闻之曰：‘若是其货也，丧不如速贫之愈。’……敬叔闻之，骤如孔子，而后循礼施散焉。”此记载得到《礼记·檀弓上》的印证："南宫敬叔反，必载宝而朝。夫子曰：'若是其货也，丧不如速贫之愈也。'丧之欲速贫，为敬叔言之也。"以上言南宫敬叔之富，至于车马，《孔子家语·致思》记载孔子曰："季孙之赐我粟千钟也，而交益亲。自南宫敬叔之乘我车，而道加行。故道有时而后重，有势而后行。微夫二子之贶财，则丘之道殆将废矣。"可见南宫敬叔为大夫之后，车马甚多，如果此时鲁君只赠予"一车二马一竖子"，他是否领受就很难说。由此可知，孔子派南宫敬叔向鲁君请准适周而发生的许多事情，不可能发生在南宫敬叔在鲁定公初年为大夫之后。只能发生在鲁昭公三十一年，南宫敬叔未为大夫，尚无车马之资之时。

尚须注意者，鲁昭公三十一年，东周洛邑政局略为安定。从鲁昭公二十二年（前520），周景王崩，周王室内乱，晋立敬王，居于狄泉，尹氏立王子朝，把持成周。直到鲁昭公二十六年（前516），周敬王才在晋师的帮助下入主成周，王子朝奔楚。因而孔子不可能在鲁昭公二十三年至二十六年之间适周，而鲁昭公三十一年孔子进入成周，则具有相对稳定的政治环境。孔子说："危邦不入，乱邦不居。"他不可能带着一个20岁的贵族弟子和一个"竖子"，驾着二马拉的轺车（汉画像石呈现的是轺车，轻便的四向远望的小马车，如《史记·季布列传》云："乃乘轺车之洛阳。"《汉书·平帝本纪》云："征天下通知逸经古记者，在所为驾，一封轺传，遣诣京师。"）闯进战火纷飞的险地，必然等到战祸远去之后才到成周访学。

然而，孔子适周问礼于老子之事，为何在《论语》中是缺席的？《论语》在庐墓守心孝的最初编纂中，遵循严格的价值标准，对众弟子忆述的材料作了论衡、取舍、润色的处理，而留下编纂者认为最符合他们所理解的"真孔子"的条目。因而并非《论语》不载者，历史上就不存在，比如《史记·仲尼弟子列传》所载"子贡一出，存鲁，乱齐，破吴，强晋而霸越。子贡一使，使势相破，十年之中，五国各有变"这桩儒门大事，《论语》就只字不提。至于孔子适周问礼于老子，众弟子中只有南宫敬叔随行，而南宫敬叔的材料，《论语》并无采纳。尽管《公冶长》篇记述："子谓南容，'邦有道，不废。邦无道，免于刑戮'。以其兄之子妻之。"朱熹注："南容，孔子弟子，居南宫。名縚，又名适。字子容，谥敬叔。孟懿子之兄也。"但从孔子对南容品行的嘉许，以及对三桓子弟南宫敬叔的称扬和贬责来看，二者与孔子的关系不可同日而语，并非同一人。南宫敬叔在《论语》编纂中并无话语权，《论语》也言不及老子，这都是编纂者遵循颜回、曾子路线理解"真孔子"所致，并非《论语》不载者，历史上就不存在，大量的战国秦汉文献及出土简帛已经证明这一点。对于文献记述与历史存在的关系，我们应该心存几分辩证思维，切不可落入清人毛奇龄所嘲讽的："六经无髭髯字，将谓汉后人始生髭髯，此笑话矣。"汉以前的人有无胡子，与掌有文献记载权力的人是否注意到它，是否记载它，这并不是一回事。只有进行如此全息性的研究，包括孔子及南宫敬叔的生命信息，鲁国政治中之鲁君流亡和周室动乱平息的信息、古代天文学信息及周人丧礼信息，在学术方法高度综合中严密地进行排除和聚焦、辨析和缀合，最终加以编年学定位，才可能廓清先秦诸子开幕期的老孔会面这个千古之谜。

四　孔子赴洛阳问礼的思想收获

孔子到了成周洛阳，有些什么活动呢？考明这一点，可以洞开老子与孔子的精神秘密。《孔子家语・观周》记载："问礼于老聃，访乐于苌弘，历郊社之所，考明堂之则，察庙朝之度。于是喟然曰：'吾乃今知周公之圣与周之所以王也！'"孔子在明堂中看到绘有圣王、暴君的壁画，在太祖后稷庙的右阶之前看到"三缄其口"的金人，背上刻有铭文即《金人铭》，受到心灵的震撼。《金人铭》的思想，上半部分与《大戴礼记》卷六《武王践祚》有可参照之处，取自西周初的文献。后半部分和老子思想存在微妙的联系，起码有三点与《老子》相通。一是“慎言”的行为哲学，谓“古之慎言人也。戒之哉！戒之哉！无多言，多言多败”。这是《老子》反复强调的思想：“圣人处无为之事，行不言之教”；“知者不言，言者不知”；“善者不辩，辩者不善”。而且进一步把慎言与天道相联系：“天之道，不争而善胜，不言而善应。”二是“卑下”的文化姿态。《金人铭》称赞：“夫江河长百谷者，以其卑下也。”《老子》也说：“江海之所以能为百谷王，以其善下之。”又说：“水善利万物而不争，处众人之所恶，故几于道。”三是“守雌”的专门思考。“守雌”是带有老子个人标志的用语，如“知其雄，守其雌，为天下谿”。而《金人铭》说：“执雌持下，莫能与之争。”除了“雌”字含有母性崇拜之外，“莫能与之争”是《老子》相关章节中一字不差地重复使用过的短语。此外，铭文中“强梁者不得其死”，与《老子》四十二章中句子完全相同。不能认为这是偶然的巧合，而应该说，孔子适周问礼时期，以精于礼的史官而闻名遐迩的老子，是有资格和方便参与铭文的拟定的。这篇铭文的前半截与王朝礼器铭文相近，后半截则近乎《老子》提倡的“不争之德”。可见老子此时已经开始了“道德五千言”的十年沉思，他的《道德经》并非仓促出关时的急就章。

孔子向周大夫苌弘问乐，是由于苌弘擅长天文和音乐，以为乐可以沟通天人。访问过后，苌弘称赞孔子“洽闻强记，博物不穷”。后来孔子与宾牟贾谈论音乐，还说：“丘之闻诸苌弘，亦若吾子之言是也。”（《礼记·乐记》）至于老聃，孔子除了向他问礼之外，还问过五帝和五行，这才有季康子向孔子请教这一命题时，孔子回答“昔丘也闻诸老聃”云云。更值得注意者，孔子曾经向老聃请教过《易》，因此子夏向孔子谈论“易本命”，孔子说：“然，吾昔闻老聃，亦如汝之言。”有必要强调，孔子从老聃处接触的《易》，是老聃著成“道德五千言”之前的原始《易》，混合着许多术数巫卜的因素。即便如此，它也启迪了孔子6年后，即57岁时开始潜心钻研《易》学，并如《论语·述而》中子曰：“加我数年，五十以学《易》，可以无大过矣。”《史记·孔子世家》的记载略为详细：“孔子晚而喜《易》，序象、系、象、说卦、文言。读《易》，韦编三绝。曰：‘假我数年，若是，我于《易》则彬彬矣。’”孔子晚年喜读《周易》到了如此地步，时常翻阅，爱不释手，以致穿连《周易》竹简的皮条也断了几次。马王堆帛书《要》记载：“夫子老而好《易》，居则在席，行则在囊。”孔子对《周易》的研究，已达到痴迷的状态。更为难能可贵的是，孔子的研究富有超越性、创造性，不再拘守于原始之《易》，而是超越象数而提升出哲思，如同一帛书记载的孔子之言：“《易》，我后其祝卜矣，我观其德义耳也。……君子德行焉求福，故祭祀而寡也；仁义焉求吉，故卜筮而希也。祝巫卜筮其后乎！”孔子学《周易》，以其独特的方式通向道德理性，深化了本是精通诗书礼乐的孔子思想的纵深度。他甚至发出这样的感叹：“天何言哉？四时行焉，百物生焉。天何言哉？”《易》学是与融合哲思和玄思的“天学”相通的，如章学诚《文史通义》所言：“学《易》者，不可以不知天。”孔子正是通过“五十以学《易》”，而达到“知天命”的生命境界。

五　深度解读孔子的生命

笔者曾经仔细考证过，《论语》是孔子的弟子后学从孔子“既卒”的公元前479年开始，在50年间先后三次精心编纂成书的。因此，《论语》是离孔子最近的一部书。弟子后学抱着“事师如事父”“三年无改于父之道”的虔诚孝心，对孔子的真实生命进行近距离的回忆和呈现，留下了一个严正、温润、睿智、可亲的圣哲和老师的奕奕风采。因此透过《论语》深度解读孔子的生命，是我们发现一个“活的孔子”、一部“活的《论语》”的关键所在。

孔子自述生命体验，年龄跨度最大的一章是《论语·为政》，其中子曰：“吾十有五而志于学，三十而立，四十而不惑，五十而知天命，六十而耳顺，七十而从心所欲，不逾矩。”这当然不是孔子30、

40、50岁时说的，而是70岁时对人生哲学大彻大悟之后说的。由于此言家喻户晓，“而立”“不惑”之类已经成了人们指称年届三十和四十的标志性语言；但人们往往不去深入叩问孔子为何如此说，不去深入探究孔子如此表述自己生命的实现过程的深层意义，这就辜负了孔子的那番大彻大悟的文化人生哲学。贯通《论语》全书、战国秦汉群书及出土简帛，并注入殷切的生命体验，就可能对这段话得出全新的理解。所谓“十有五而志于学”，是与《论语·公冶长》中“十室之邑，必有忠信如丘者焉，不如丘之好学也”紧密相连的。孔子把学习当成自己人生方式上比“忠信”更加突出，并且为别人所不及的品格特征。孔子出生在一个武士家庭，是自学成才的，因而最知学习的艰辛、门径和价值。其父叔梁纥在偪阳之战中，双手托住守军放下的城门，放攻城的诸侯之师入城；在桃之战中，曾率领“三百甲士”，夜袭齐师，救出鲁军的主帅。叔梁纥因战功被封为郰邑大夫，孔子就出生在鲁国昌平乡郰邑，所谓“十室之邑”，就是这种在乡之下的“邑”。《论语》说：“子入太庙，每事问。或曰：‘孰谓鄹人之子知礼乎？入太庙，每事问。’子闻之，曰：‘是礼也。’”武士之子懂得礼仪吗？孔子就是依靠好学，依靠“每事问”和“学无常师”的方法，祛除了邑人的疑问，改变了自己的形象和命运。更重要的是在整部《论语》开宗明义的首章，就以“学而时习之不亦说乎”作为第一圣训，激励众人以学习提升人生，以学习提升文明。因之，中华文明是讲究学习的文明，在其文明形态中深刻地植入了学习的性能。

至于“三十而立”，“立”是一个“会意”字，甲骨文、金文都像一个正面的人，大大方方地站立在地面上，颇有点巍然屹立的气概。《左传》说：“太上立德，其次立功，其次立言。”《世说新语》说：“人患志之不立。”包括立志和“三不朽”，所立都是人生的荦荦大端。略作清理，就可以发现《论语》用“立”字24次，诸如“君子务本，本立而道生”；“己欲立而立人，己欲达而达人”，都触及根本，相当重要。但更重要的，是“立于礼”。礼是宗法社会的典章制度、行为规范和文明仪式，是早期人类脱离禽兽行而变成文明人的第一道门槛。正因为他出身平民，反而觉得人类应该抱持一点贵族性的君子风度；如果是贵族，许多人就享受贵族等级制度，啃食这种制度，并最终毁坏这种制度了。《论语》中与孔子自身的这种生命体验联系最密切的有三章：(1)《季氏》篇记孔子的家教，“不学诗，无以言”，“不学礼，无以立”。(2)《泰伯》篇记孔子的话：“兴于诗，立于礼，成于乐。”(3)《尧曰》篇孔子曰：“不知命，无以为君子也；不知礼，无以立也；不知言，无以知人也。”这三处反复陈述的话，都说明孔子说“三十而立”，是指向“立于礼”，礼一旦立起来，孔子进入了以“诗书礼乐”立学、立身和立业的人生历程。这就是《史记·孔子世家》所说“孔子以诗书礼乐教”，在人类教育史上第一次正式开展“有教无类”的平民教育，逐渐发展到“弟子盖三千焉，身通六艺者七十有二人”。他要把贵族才有资格享有的东西，还给平民，这就是他的伟大。

要把“四十而不惑”切入孔子的生命历程，就存在相当的难度。朱熹的意思是：“四十而不惑，五十而知天命。不惑，谓知事物当然之理。知天命，谓知事物之所以然。便是知天、知性之说。”（《朱子语类》卷六十）这是望文生义的泛泛之论。这里所谓“惑”，指的是精神迷乱，智者不惑，说明孔子已达到智者的境界。考察孔子的生平，《左传·昭公十七年》记载郯子所言少皞氏时代的官制，言：“我高祖少皞挚之立也，凤鸟适至，故纪于鸟，为鸟师而鸟名。凤鸟氏历正也，玄鸟氏司分者也，伯赵氏司至者也，青鸟氏司启者也，丹鸟氏司闭者也。”孔颖达《正义》曰：“诸书皆言君有圣德，凤皇乃来，是凤皇知天时也。历正，主治历数，正天时之官，故名其官为凤鸟氏也。”分、至、启、闭是指春分、秋分、冬至、夏至、立春、立夏、立秋、立冬与四季相关的八大节气，而少皞分别以四鸟分掌，以凤鸟统为历法之正。此时27岁的孔子，即向郯子问学，郯子之学涉及远古官制和天文学。孔子感慨：“吾闻之，天子失官，学在四夷，犹信。”这就刺激了孔子旅行问学、考察尧舜及夏商周三代的礼制之源流和典籍遗存的兴趣。考察礼制就是考察上古有所规范的人类行为方式，考察典籍就是考察上古的文明记录。在他35岁时，季氏驱逐鲁昭公，由于鲁国动乱，孔子到齐国，学到舜帝的韶乐，“三月不知肉味”。其后的二三年，他又到过大禹后代的杞国、殷人后代的宋国搜集天文历法和礼仪制度的材料。这就是孔子说的：“我欲观夏道，是故之杞而不足征也，吾得《夏时》焉。我欲观殷道，是故之宋而不足征也，吾得坤乾焉。”从夏商两代顺势而下，孔子在41岁时到成周洛阳向老子请教礼仪制度。这就在孔子54岁到68岁周游列国之前，潜在地存在一次35岁到41岁以搜集古邦文献和礼制为主要目的的“小周游列国”。这就难怪孔子说：“丘也，东西南北人也。”数年间访古于齐国、杞国、宋国，尤其是41岁赴东周问礼于老子，使孔子内心充实明澈，对古今礼制的变化脉络了然于心，权衡比较，历历在目，因而他才充满自信地说，已经达到了精神上“不惑”的境界。

孔子赴东周问礼于老子，并接触到原始之《易》，47岁开始研习《周易》，超越祝巫卜筮而探究“天学”，皈依道德理性，从而在50岁时“究天人之际”而知天命。对于“六十而耳顺”，何晏《论语集解》引郑玄曰：“耳顺，闻其言而知其微旨也。”强调的闻其言、察其心的精神深度和力度。《周易·豫卦》说：“豫顺以动，故天地如之。”疏解为：“圣人和顺而动，合天地之德，故天地亦如圣人而为之。”《孝经·开宗明义》又说：“先王有至德要道，以顺天下。”讲的是以德行契合与顺应天地之道。也就是说，“六十而耳顺”牵涉到人的德行和精神深度。就孔子60岁前后的14年，他率领众弟子周游列国，历尽艰辛，奔波于卫、曹、宋、郑、陈、蔡、楚诸国之间，四处碰壁，“累累若丧家之狗”，尤其是畏于匡，阻于蒲，厄于宋之桓魋拔树，困于陈、蔡绝粮七日。逆境自然多拂逆之言，但他泰然以“耳顺”待之，可谓“岁寒，然后知松柏之后彫也”。以“顺”化解“逆”，这是孔子60岁时的大智慧。

年近70之后，孔子结束14年的周游列国回到鲁国，短期接受鲁哀公、季康子咨询政治，道不同不相为谋后，退而整理“六经”。西汉韩婴《韩诗外传》卷七以登高言志的方式记录了孔子此时的心态：

“孔子游于景山之上，子路、子贡、颜渊从。孔子曰：‘君子登高必赋。小子愿者，何言其愿。丘将启汝。’子路曰：‘由愿奋长戟，荡三军，乳虎在后，仇敌在前，蠡跃蛟奋，进救两国之患。’孔子曰：‘勇士哉！’子贡曰：‘两国构难，壮士列陈，尘埃张天，赐不持一尺之兵，一斗之粮，解两国之难。用赐者存，不用赐者亡。’孔子曰：‘辩士哉！’颜回不愿。孔子曰：‘回，何不愿？’颜渊曰：‘二子已愿，故不敢愿。’孔子曰：‘不同，意各有事焉。回其愿，丘将启汝。’颜渊曰：‘愿得小国而相之。主以道制，臣以德化，君臣同心，外内相应。列国诸侯，莫不从义向风，壮者趋而进，老者扶而至。教行乎百姓，德施乎四蛮，莫不释兵，辐辏乎四门。天下咸获永宁，蝖飞蠕动，各乐其性，进贤使能，各任其事。于是君绥于上，臣和于下，垂拱无为，动作中道，从容得礼。言仁义者赏，言战斗者死。则由何进而救，赐何难之解？’孔子曰：‘圣士哉！大人出，小人匿。圣者起，贤者伏。回与执政，则由、赐焉施其能哉！’”类似的记载也见于西汉刘向《说苑》卷十五《指武》，文字颇有差异，但“勇哉士”“辩哉士”及“美哉德乎”的价值评判则相近。孔子甚至表述：“吾所愿者，颜氏之计，吾愿负衣冠而从颜氏子也！”实际上，在春秋晚期子路的勇士行为最是适时，子贡的策士行为也逐渐流行，而颜回的“圣士”行为则是当权者不感兴趣、难以接受的。孔子高度称赞颜回，表明他对现实政治已经绝望，不足与为，不再热衷现世功业，而开始思考为千古文化、文明、政治理想寻找根基，为后世留下丰厚的社会理想准则。

因而，孔子潜心于以文献整理的方式，作了中华文明史上流传百世的不朽事业。尤其是他博通《周易》之后修成《春秋》，自然而然地进入了“从心所欲不逾矩”的生命境界。他已经放下了一生的政治纷扰，精神飞驰到思通天人的苍茫之际，慨叹“大道之行也，天下为公。选贤与能，讲信修睦，故人不独亲其亲，不独子其子，使老有所终，壮有所用，幼有所长，矜寡孤独废疾者，皆有所养”。这就是他理想中的“大同”，而把他一生致力的禹、汤、文、武、成王、周公的政治，名之曰“小康”。他放下一切，放飞思想，发现了一种大彻悟、大悲悯、大禅悦的“人类终极关怀”。没有终极关怀的思想，是一种断尾巴的思想。孔子以这种终极关怀，拨亮了人类心中一盏永远的灯。由此可知，由于我们破解了孔子41岁赴东周促成的“老孔会”这个“超级难题”，以及从“超级难题”辐射出来的种种文化可能性的效应，对于孔子一生步步向前、层层深入的真实生命体验，就豁然贯通了。“老孔会”是先秦诸子的开幕式，帷幕一经拉开，诸子流脉就获得了发生学的本源。返本还原研究，是为了寻找本根、发掘智慧、贯通生命。如此破解疑难，剔骨及髓，其延展效应往往是能够直抵文化生命的本源的。

回眸中华文明的创世纪*

——《论语还原》是这样写成的

这部105万字的《论语还原》，是我近年来用功最多、最深的一本书，因而难免有一点敝帚自珍的私人感情。书出之后，心头感慨一时难以平抑。我早年多次读过《论语》，只是读过而已。从2007年写《论语还原初探》才正式启动专门的思考，至今已8年，抗日战争也是8年，时间不可谓短。正式撰述时，2011年写出此书的初稿50万字，因立项和出版上的波折，4年间陆陆续续大幅度修改了5稿，才最终松了一口气，交给中华书局。屈指算来，我前前后后用了8年的大量精力，对《论语》作了材料的搜集阅读和返本还原的深度研究，反复琢磨，呕心沥血。此书的出版，令我慨叹："惟天地之无穷兮，哀人生之长勤。"以长勤的人生，印证无穷的生命，还原本真的活泼，端是不能偷懒取巧的事情。

真理往往因其朴素自在，而对人心潜移默化。朴素令人亲，自在令人乐。初读《论语》的第一印象，就是它以极其朴素平易的文字，进行日常经验性的表述，却启迪着最是触及人的心尖、触及人生之根本的道理，让大众觉得，许多朴素的真理因其扎根在日常生活中而别具恒久长青的生命力。深入阅读，就感觉到《论语》这种特质出现在

---

* 2015年5月15日作，7月26日修改。

人类文化超越巫风而形成模式的初始时期，显得如芳草鲜美、繁花耀眼，又明珠满盘、隽永动人。它以一种人性之学、人伦之学、人间之学的卓越特色，超越时空限制，在世界上人口最多的文明古国久传不绝。这印证了“修词立其诚”，“谈言微中，足以解纷”，“言之无文，行之不远”，“言以足志，文以足言”，真诚的朴素乃是“文”的本质之所在。我们为《论语》以朴素语言蕴含中国人的文化基因，蕴含中国文化的底色，而深为感动，更何况这些底色、基因中还潜伏着丰富的“温故知新”、萌发新义的功能，可以为解决当代世界精神困境和社会难题，提供重要的启示。它的字里行间，每每令人感受到一种原始、简捷而饱含睿智的力量。

古人云“千金好买回头看”，回头看就是对千古文明进行溯源和反思。记得有一幅《张果老倒骑驴图》，有人题词云：“世间多少人，无如此老汉。不是倒骑驴，万事回头看。”回头看的反思，是为了向前走得更坚实、更稳当、更自觉。这就是我们所说的“还原”，还原有“四义”：还原经典的本义，还原它的发生过程，还原它的生命踪迹，还原它的文化脉络。遥想在两三千年前，人类还行进在神怪巫灵的迷雾中的时候，孔子就第一次以“仁”的精神肯定了人作为人的理性尊严，建立了“道不离人”的思想体式；又以“礼”的设置使人类脱离飞禽走兽的生存方式，规范自己的文明行为和文明形态。如《礼记·曲礼》曰：“鹦鹉能言，不离飞鸟；猩猩能言，不离禽兽。今人而无礼，虽能言，不亦禽兽之心乎？……是故圣人作，为礼以教人，使人以有礼，知自别于禽兽。”伦理的第一步，就是解决人与兽的情欲行为方式的区别。礼是早期人类步入文明的台阶，既不应止步不前，满足于前人铺筑的第一级台阶躲避风险；也不应在走上现代性的第十级、第百级台阶后，就嘲笑第一级台阶低矮简陋，沾泥带水。与禽兽区分开来后，进而言之的作为是教育，即《论语·子路》所云：“既富矣，又何加焉？曰：‘教之。’”或如《孟子·尽心上》所言：“善政不如善教之得民也。善政，民畏之；善教，民爱之。善政得民财，善教得民心。”在教育体制的开创上，孔子更是可圈可点，他属于人类发展史上最有贡献的老师。为了创造更高级的文明形态，孔子面对那愚昧凶残横行的世道，他心中存着一个以文明战胜野蛮的愿景，第一次打破了学在官府的传统，促进学术和知识下移，以私学教育将知识还给人民。孔子“志于道，据于德，依于仁，游于艺”，以卓异的君子人格教育多士，使我们在应对变化多端的世界时，变得更加刚毅、浑厚、从容和大度。

当然，孔子的世界是一个充满辩论、对话、学习、思考和坚持的生气勃勃的世界，并不如某些圣人之徒形容的那样一味端庄而枯槁。孔子还迈步走在茫茫大地的旷野之上，接触过“耦而耕”的长沮、桀溺，“植其杖而芸”的荷篠丈人，唱着《凤兮歌》的楚狂接舆，又赞同“暮春时咏而归”的曾点，呈现了他精神世界的丰富性、明澈性、苍茫性。如果像某些孔子之徒那样，将这些旷野清风都视为道家者言的渗入，那就有可能把可爱可亲的夫子删改成味如嚼蜡的传道者。实际上，这是一些充满灵性的叙事，一是孔子弘毅入世，“知其不可而为之”的品格，唯有这些旷野隐逸之人，才在反衬中使其彰显；二是如鲁迅所言：“文化之兴，须有余裕。”造化生人，须在庄重中接纳余裕，才能产生有分量而多滋味的本真价值。余裕就使得生命有了弹性，可以绵里藏针、柔中带刚，与生存智慧共舞。世界的起源和创造，本来就是丰富的，气象万千的，五彩缤纷的。正因为其丰富、气象万千、五彩缤纷，才使得我们返本还原的古典学研究，变得意态从容，生机勃勃，趣味盎然。

一经回头看，文化流脉就历历在目，大有白居易所云“夫源远者流长，根深者枝茂”之概。毕竟是观水有术，必观其澜，必溯其源。《论语》由此成为中华文明的一个汩汩涌流的“影响源”。因此寻找中国文明的源头活水，离不开深度解读《论语》的内蕴之本源。如朱熹《观书有感》诗云：“半亩方塘一鉴开，天光云影共徘徊。问渠那得清如许，为有源头活水来。”不认识文化的源头活水，难以鉴识百家流脉的“天光云影”，何以如此运转而相汇合、“共徘徊”。正如《论语还原》的英文书名用了 Genesis 标示起源、发生和创世纪一样，孔子是一个创世纪的伟人，《论语》是一部创世纪之书，它翻开了古老中国思想发生和文明创始的新的一页。《论语》既直击混乱人间的痛处，又给中国文化提供源头活水，给中国思维提供了许多思想发动的着力点。这就是“子在川上曰，逝者如斯夫”，没有《论语》，很难想象中国思想文化是一个什么样子。古人讲求“为天地立心”，于此需要率先为《论语》立心；为《论语》立心，先要明白《论语》心从何来，由何而立。这就是“返本还原”。因此，要对这么一部经典进行返本还原的探索和解读，本身就是一种胸襟，一种文化态度，一种思想方法。归根结底，是一种战略性的文化工程。

如何探究这一创世纪的文化之根？这就要需要开启“海纳百川，有容乃大”的文化哲学，用以统合和超越汉学、宋学，统合和超越今文、古文，统合和超越汉学中的刘向、刘歆、班固、郑玄，以及宋学中的二程、朱熹，超越是扬弃和综合并举的，叩其两端而取其宜，应廓清者予以廓清，应辨析者予以辨析，应深化者予以深化，应另开新局者予以另开新局。即所谓“审正旧疑，详开新制”，在破解千古疑难中开创精湛详明的新古典学体制；又所谓“池塘得月开新鉴，楼阁如春改旧观”，池塘得到现代性明月的照耀，所鉴见的应该是春光明媚而非死气沉沉的老楼阁的新景观。这些思想理念和方法论的更新，都是为了以返本还原的新思路，穿透密密层层的材料的裂缝，展开文化的根中之根的探寻，把激活《论语》的生命，作为根本性的命题。这就是发生学和古典学的复合维度的研究，以创世纪的方法探究创世纪之书，旨在使我们对元典的前世今生能够知根知底、知心知性。中国人要明白自己的家底，要做一个明白人，明白的第一要义就是明白自己。此所谓“知人者智，自知者明”是也。

既然我们在读《论语》，《论语》也就与我们发生关系。“在”与“发生”就如此订立了契约。“在”为“发生”提供基础，“发生”为“在”提供了现世的因缘。为此我在《论语还原》的导言中提出了52个问题，就是把曾经为我们的文化家底留下底色的《论语》，作为深藏繁复的问题而又珠圆玉润的生命体来对待。没有问题意识，就很难叩开《论语》生命的深层；没有生命意识，就很难剖视疑难问题的真谛。问题意识和生命意识的深度结合，才可能发现《论语》中孔子及七十子的生活感觉和行为心像。首先深入《论语》文本，寻找《论语》为何取名《论语》的接近孔子七十子用语习惯的内证。由此敞开《论语》的大门，以历史编年学、人文地理学的纵横坐标，认识诸多的“子曰”发生的历史现场，认识七十子后学在编纂《论语》中留下的生命痕迹，认识文本中20篇近500章所蕴含的篇章政治学和结构形态学的文化密码。由此逐渐形成以史解经、以礼解经、以生命解经的方法论形态。中国文化讲究“人”“世”关系，因人明世，知世论人，而贯通人与世的是礼。在古典学研究中，不知礼，无以论人，无以知世。识礼始能识文明。孔子不是说“生事之以礼；死葬之以礼，祭之以礼”吗？这就要求我们从众弟子按照殷礼为孔子庐墓守心孝入手，破解了《论语》在春秋战国之际，从“夫子既卒”（前479）到曾子卒（前432）的50年间的三次重大的编纂过程，以及由此形成的叠压状态的生命痕迹，这是两千多年来没有扎实、严密、全面地解决的一个版本发生学上的超级难题。以史解经，着重在对大量的孔子之言作出历史编年和历史现场的定位，还原出已成语录体的一系列“子曰”的具体针对性和孔子的音容笑貌、喜怒哀乐。以礼解经，着重考察夏、商、周三代礼俗的损益变化，用以剖析孔子和孔门的行为方式所依据的礼仪规范，尤其是对众弟子依照殷礼，为孔子庐墓守心孝三年间，斋戒祭祀，鸣金击磬，《礼记·檀弓上》曰：“骨肉归复于土，命也，若魂气则无不之也。”为了尽孝、尽哀、尽礼，须把死者的灵魂招回来，从而对启动《论语》编纂的心理契机进行历史现场的空间展示。以生命解经，则深入清理《论语》何以有六弟子上了篇名，为何“四科十哲”无曾子，以及许多篇章为何出现中断和跳跃，从诸如此类的材料裂缝中发现生命行为的痕迹，以自己的心去体验古人的心，从而发现一部“活的《论语》”。

应该明白，《论语》是人忆述和编纂的，所谓“七十子学孔子而各得其性之所近”，由此造成篇章结构上存在许多断续、变异、皱褶和裂缝。比如《昭明文选》卷五十三载有三国时期魏国文学家李康（字萧远）的《运命论》，其中说："仲尼至圣，颜冉大贤，揖让于规矩之内，訚訚于洙泗之上。"这里把孔子门徒颜回、冉雍（仲弓）并列为"大贤"，可见两汉三国时期的儒者士人，是承认仲弓曾经在《论语》编纂的最初启动上，发挥过关键性的作用。东晋葛洪在《抱朴子·文行》中，评议孔门四科说："德行者，本也；文章者，末也。故四科之序，文不居上。"仲弓名列德行科，是有深刻的发生学原因的。研究者需有一种通透的敏感，发现其中蕴含编纂者行为的生命痕迹的玄机，这样读书才算得上通窍。倘若被陈陈相因的成见鬼迷心窍或被五花八门的标签痰迷心窍，就会阻遏心神，意识混沌，那是无法触及古代智者的体温、脉搏和精神症状的。

《论语》创世纪的根中之根，不是孤立存在，凭空发生的。为此必须对浩瀚的材料，包括传世典籍和出土文献，锐意穷搜，洞烛幽隐，以实学求精深。鲁迅《野草·题辞》说："根本不深，花叶不美。"鲁迅又在《破恶声论》中感叹："根本且动摇矣，其柯叶又何半焉！"既然儒学历两千年而枝叶扶疏，就说明它一颗种子落地，根系伸向四方，有根底牢固才会生命繁茂。因此，不从根上开始研究，就不能接触生命的本原。《论语》中每句话，都不是无源之水，无本之木，每句话都有它的根子。有根子才有生命。拔根式的所谓"研究"，是不足取的。

《论语》的生命之根，向上关联着"六经"，向下延伸到七十子之学，旁出又牵连着战国秦汉古史、诸子、杂录，深入还缠绕着出土文物简帛，具有纷繁复杂的血脉渊源。因此不清理孔子整理"六经"、问礼授徒的人生历程，不清理七十子传道、传经的多元脉络，以及由此相关的浩繁的存世文献和出土文献，就不可能抵达《论语》的生命之源。既然涉及浩瀚的传世文献和出土文献，就必须深入战国秦汉的书籍制度，敞开其口传和抄本、成组竹简或单篇流传和校雠整理交互出现的过程性，清醒而透彻地厘清上古书籍制度迥异于宋元以后的刻本制度的具体形态。如果依据宋元以后的版本目录学"一版定乾坤"

的形态硬套战国秦汉书籍，抓住片言只语而谥之为“伪书”，就有可能自造学术陷阱，使传统文化碎片化或空心化，这种教训不可谓不沉重。对待中国原始经典态度，不是要有简单的取舍，而是要考究源流委曲而开展深度的文化对话、深度的“生命直观”，那种不究原委的过度“伪书说”，可谓疯狂痛快矣，但实际上是关闭了与珍贵的古老经典进行平等对话和生命直观的大门。

研究是要苦心孤诣地寻找能够打开对象大门的钥匙，而不是简单爽快地在对象大门上再增加一把沉重的锁。具体解决问题时，就要重视“一把钥匙开一把锁”的契合性。大量的出土简帛给学术史提供了深刻的晓谕，战国秦汉典籍中存在“历史文化地层叠压”的现象，我们应该坦坦荡荡又小心翼翼地打开这些折叠和皱褶，以慧眼即“心灵的眼睛”，看取其中存在的人的何种生命行为对文本产生的各种各样的干扰、介入和变异。对此不能简单地判其真伪，更重要的是究其原委，应该采取“与其辨其真伪，不如考其原委”的工作原则，考察其间的变异与文本在不同时段、不同地域、不同学派群体间书写和传播的复杂关系。以此考察孔子到杞国搜集到《夏时》并在传承过程中最终衍变成《夏小正》文本，又以此考察曾子、子夏、子游、子张、子贡及子思在传道、传经、传事上特征各异、流向互殊的脉络，以及孔府之学坚执原本性在古文经取代今文经过程中的潜在功能。所有这些绵密细致的探寻，都可能在广阔的视野上疏通一股股波光潋滟的文化流脉，拓展一幅丰富全面、生机盎然的孔子文化地图。文化地图，是文化生命展开的空间形态，或者说是展现为空间形态的文化生命。

走进《论语》的深水区，遇到的最大难题在于要还原一张文化地图、一个历史现场、一个事件的完整过程，此中的传世材料有限还在其次，更为疑窦丛生的是相关的材料枝枝节节、零零碎碎、隐隐显显、真真伪伪，散落在古史、正史、诸子、杂录、家族档案、出土简帛的各个角落，扑满了历史烟尘，要“贯穿经传，驰骋古今”，非拥有卓异的连接和穿透能力不能奏效。因此，在《论语还原·年谱编》的发凡起例中，就要安排正文、文献记载、考证、时事考异、杂录、杂录辨证等六个子目，对孔子的生平和《论语》“子曰”的发生现场，以及《论语》的编纂、流布、定型和进入主流意识形态，进行逐年、逐时段的清理、考证、辨析和透视，目的无非就是重现孔子、七十子、《论语》的生命过程，感触智者与经典的体温。其实，这种清理、考证、透视遍布全书，比如“岁寒，然后知松柏之后彫也”，是孔子何时何地讲的；“唯女子小人难养也”，具体针对哪个公案，孔子此言的本义何在；孔子到洛阳向老子问礼，发生在哪年，甚至孔子与老子参加一次出殡，途中遇到日食，能否依照周代丧礼的仪轨，用现代天文学测定其真实可信的年月日时。数以百计的这些言语、公案、事件的梳理，都要求贯通纷繁复杂的材料碎片，除了文本细读和运用史源学、历史编年学、人文地理学、礼俗学、家族制度上的学问之外，甚至动用了现代科学检测手段，把丰富的思想方法熔铸在我们的文化情趣和学术能力之中，力求做到扎实周详、入情入理、真实而深入。

碎片上凝聚了哲学意义上的“有”与“无”，有而非全有，无而非全无，非与全之间有无相生。明白了碎片的这种意义，遂使缀合材料碎片，以还原完整鲜活的历史生命，成了全书无所不在的基本方法。把一个人和一部历史综合起来考察，历史赋予人生存的空间和生存的形态，人则反过来赋予历史活泼泼的生命精彩。人与历史互为有血有肉的存在。缀合碎片的研究方式，有若考古文物中根据出土的地层、器物的形制、纹饰、弧度、断口的形态，把许多陶片按科学手段修复成完整的古陶罐一样，没有这番精心的修复，世界许多大博物馆的大量古器物也许还是堆在库房里的凌乱碎片，是不能唤醒令人心灵震撼的历史生命力量的。因此，“缀碎为整”的“缀”字，假如出自灵心妙手，慧然独悟，就能够发现哪些碎片有价值，如何连缀可以激活生命，又能够采用富有穿透力的解读方法，使故书残简中隐藏着的或沉睡了的生命重新苏醒，生气勃勃地与现代人实行古今智慧对接，就可以激发出令人耳目一新的创造境界。这岂是寻章摘句或炒作心灵鸡汤所能抵达的学术之境？生命要切切实实地回到生命发生的地方，告别支离灭裂的琐屑，告别浮泛不实的游谈，带着他们的文化基因、人间情趣、智者胸襟、生存哀乐，带着他们充满质感的姿态走到今人视野和交谈的现场，令古代的智者和现代的思想者开心地邂逅，实在是其乐何如。子曰“游于艺”，心灵通透，才能使得学艺游动而富有生趣。

如此说来，我们就应该置身于“文献群”的聚散存佚和“文献流”冷热浮沉之中，“群”是注重文献浩瀚的空间性，“流”是注重文献流转奔腾的时间性。在此广阔的“群”与“流”的时空中，设身处地，情感移入，激活生命，进行思想智慧的批判性和穿透性的对话，以深度的实证和实证的深度，解码文化根本上的隐晦莫名的秘密。研究经典，应该尽可能保留更多的人性记忆，保留更多中国性的韵味。人性千古不灭，保留人性，就是保留永恒。为此，还原既然要还原出人性，就是要返回本来存在过的文化脉络、文化基因、历史现场和生命形态。这既是对古人智慧和人性的由衷尊重，也是对今人的创造力的诚挚开发。应该自觉到人的生命的流失，是一种文明精髓的流失，容易造成文明的贫血和疲惫。唯有具备如此文化自觉，才能开通《论语》文化润泽古今的源头活水，探寻传统思想发生的真实的初始过程及其当代价值，既反思民族文化基因的生命之源，又可用以充实和滋育现代大国学术思想创造的浩然元气。也唯有如此，才能无愧于一个源远流长的文明古国对其后继者磅礴振兴的现代大国的丰厚赐予，才能享受一个中国人拥有得天独厚的文化精华的无限福分。

李杜与盛唐：一种诗性文化名片的产生*

【内容提要】李白和杜甫使盛唐文化名片，闪射出熠熠动人的诗性神采。唯有采取“李杜合观”的学术思维方式，才能综合考察中国诗性智慧和语言魅力在一个盛世中可以达到何等彪炳千古、震撼人心的力度。后世的李杜优劣论，是以一定的标准裁判无限的诗学智慧所致。宋人在盛唐诗人中发现“圣”，在盛唐诗中发现“经”。幅员广袤的中国人文地理，起了潜在的文化基因浸染作用。李白的身上有胡气，他是长江文明夹杂着胡地习气的产物；杜甫的身上有诗书旧家子弟气，是黄河文明夹杂着诗书旧家子弟习气的产物。诗歌意象史，蕴含风尚史和文人精神史。李、杜代表的盛唐，是中华民族人文精神和诗性智慧的“枢轴时代”。

【关键词】李杜合观；人文地理；文化基因；枢轴时代

一　盛唐文化名片

众望所归，可以用作中华民族名片的大时代，一是汉朝，一是唐朝。汉唐雄风，向为国人津津乐道。如宋人苏辙所云：“汉唐之盛，

* 2010 年 9 月 23 日初稿，2014 年 5 月修改，2014 年 8 月再修改。

旷无与伦。”清人薛雪《一瓢诗话》又云：“汉、唐之远，知心之迩，千古同怀，何曾少隔。”因此，以汉唐名片，是中华民族共同体身份认同的一种心理默契，其中蕴含深刻的历史荣誉感和共同的生命意志追求。由此确定的国家名片，融合着刻骨铭心的民族记忆。国家名片的功能，一是激发国人“千古同怀”凝聚力，二是吸引举世景仰思慕的钦佩感。由名片树立起文化精神的风标，可以凝聚民族意志，无论个体、群体，都以风标为旗帜，为标志，来指认自己的国族身份。即以个人起名字而言，也可以当作高洁庄严的精神品质的一张名片。东汉王逸为《离骚》开头“皇览揆余初度兮，肇锡余以嘉名：名余曰正则兮，字余曰灵均”一句，作注云：“《礼》云：‘子生三月，父亲名之；既冠而字之。’名所以正形体，定志意也。字者所以崇仁义，序长幼也。”因此对于屈原，“名我为平以法天；字我为原以法地”[①]，他以命名来贯通天地的品性，打造身份名片。至于孔子，《仪礼·士冠礼》贾公彦疏曰：“三月名之曰丘，至二十冠而字之曰仲尼。”[②] 由于孔子是殷人，殷礼二十而冠的字中就区分了排行的伯仲，周礼是五十岁才分伯仲的。孔子从年轻时候起就以孔丘之名及仲尼之字，给中国文化史打下深刻的名片式的烙印。

历史反复昭示，盛唐作为一个文明史的存在，对于中国人来说，具有万古长青的精神价值。体验一个民族国家存在的意义时，拥有万古长青精神价值的盛世气象，就可以彰显这个民族国家有多大的能量，能为人类提供哪一个当量的建树，因而万古长青的文化名片给这个民族输入了雄心勃勃又坚韧不拔的精神血脉。由此，一个时代，也就成为一个民族的永恒。连民族迁移，也往往带着这种永恒的血脉，带着这种尊贵的记忆，甚至迁移到海外的华侨也带着这条血脉，将China Town称为“唐人街”。中华民族生而名，名就是汉；冠而字，字就是唐。汉是名，唐是字，就印在我们的民族身份的名片上。《说

---

① （汉）王逸注：《楚辞章句补注·楚辞集注》，岳麓书社2013年版，第4页。

② （汉）郑玄注：《仪礼注疏》卷3，《十三经注疏》，（唐）贾公彦疏，中华书局1980年版。

文解字》训“名”为“自命也”，可谓意味深长。

汉唐名片更应该经由文学经典印在全民族的心上。如此方能做到历史在铸造着民族，民族在认知着历史，民族生命力就在这种反复的铸造和认知中，变得根底深厚，活力丰沛。鲁迅称赞“汉唐魄力”，意味着唐代与汉代一样，都是这个民族共同体博大弘毅的生命力的见证。唐王朝建立后，在近百年间迅猛崛起为人类世界第一流大国的伟大奇观。唐王朝极盛时期的疆域，如《新唐书·地理志》所说：“开元、天宝之际，东至安东（府治今朝鲜平壤），西至安西（府治今新疆库车，边境至中亚咸海），南至日南（郡治今越南清化），北至单于府（北境过小海，即贝加尔湖）。”人口在5000万左右。仅北方内迁的少数民族也在200万人以上。李唐王族本是一个父汉母胡的族姓，唐太宗又立了一个“天可汗”的传统：“自古皆贵中华，贱夷狄，朕独爱之如一，故其种落皆依朕如父母。”[①] 这种空前宏大的天下视境，赋予以诗歌为最高精神方式的盛唐诗人无比开阔的创造精神空间。这就是为什么闻一多说，不仅要研究“唐诗”，而且要研究“诗唐”，诗的唐朝，诗的中国。这就是说，不仅要研究诗学，而且要研究存在于文化之中，存在历史之中的诗学，由此建构新的文学研究范型。

一个民族的精神谱系的创新发展，是离不开巨大的充满青春气息的精神空间的。唐朝诗人为其后千余年的中华民族精神谱系的发展开拓了新的精神形式和精神空间。唐人在无比开阔的自由精神空间中，以诗为最高精神方式，可以说是一个“诗歌的枢轴时代”。诗轴心的高峰，就是李白和杜甫。如果说，唐诗宋词也是中国文化的一张名片，那么在唐诗名片中有一个光芒万丈的标志，就是李、杜的“大名垂宇宙”。在唐代，诗歌是感天动地的。“天”是中国人频频仰望的无限空间，甲骨文、金文的“天”字，是一个正面的人形，加大它的头部，表示至高无上，段玉裁《说文解字注》云：“天，颠也。……颠者，人之顶也。以为凡高之称。……至高无上，是其大无有二也，故

① （宋）司马光：《资治通鉴》卷189，中华书局1956年版，第6247页。

从一大。"《山海经》中的"刑天"就是砍掉了脑袋，依然挥舞着反抗的武器的悲剧英雄。李白被称为天上派来的诗人，李白对此也是引为荣幸的，他在《对酒忆贺监》（秘书监贺知章）的诗序中说，他与贺知章在长安紫极宫见面时，贺知章"呼余为'谪仙人'，因解金龟换酒为乐"，并作诗云："四明有狂客，风流贺季真。长安一相见，呼我'谪仙人'。"杜甫也神往这个故事，在《寄李十二白二十韵》中一开头就说："昔年有狂客，呼尔谪仙人。笔落惊风雨，诗成泣鬼神。"贺知章、李白、杜甫都以一个"天"字，推崇天马行空的诗性智慧，表达了盛唐诗人对诗的本质之呈现的惊喜、认定和钦慕。以后杂记、野史、文集序跋、墓志铭中对这个诗仙神话，几乎代不绝书了。"谪仙人"，也就成了令人频频回顾的诗的一种精神形态、一种天人风采。

鲁迅认为，李白是从天上看人间的，杜甫是从地上看人间的。二人共同构成唐诗的"天地精神"。他们启示后世，诗在自然抒写或千锤百炼中，可以达到何等千姿百态，又精妙绝伦的程度。李、杜的诗性智慧，是在无比高明和精微的层面上并峙互补的。但是后人崇拜杜甫，非要把杜甫拉到天上和李白比个高低不可。后唐冯贽记录异闻的古小说集《云仙杂记》卷一记载："杜子美十余岁，梦人令采文于康水。觉而问人，此水在二十里外，乃往求之。见鹅冠童子，告曰：'汝本文星典吏，天使汝下谪，为唐世文章海。九云诰已降，可于豆垄下取。'"天上给杜甫的任命书是从豆子田里找出来的，可见杜甫和土地的缘分更深一些，天书称杜甫为"诗王"。据说后来杜甫把这个金字石板的任命书带进卖葱的市场，回来后满地冒火星，石头发声说："把我带到污秽的地方，让你诗歌写得再好也不能富贵！"[①] 因此杜甫就一辈子颠沛流离，以苦难和困厄作为诗性智慧果的天然营养，成为吃尽苦头的"飘飘何所似，天地一沙鸥"了。

李白和杜甫，都是改变了作为堂堂诗国的中国诗的存在方式和表达方式的伟大诗人。他们使盛唐文化名片，闪射出熠熠动人的诗性神

① （唐）冯贽：《云仙杂记》卷一，四部丛刊续编本。

采。然而李白与杜甫改变中国诗的存在和表现方式所用的各自方式又存在明显的不同。因此，应该以沉潜澄明之思，透入他们异异同同的诗性智慧的深层，以窥察和把握中国诗学文化之丰富和博大。虽然后世的诗人或扬杜抑李，或扬李抑杜，都有他们审美趣味或时代潮流上的理由；但是从中华民族诗性智慧及精神谱系的整体结构上说，较之扬此抑彼，更有本质意义的是“李杜合观”，从对他们不同的诗学方式的综合考察上寻找中国文化兼容创造的巨大魄力，以及这种巨大魄力在盛唐的尽情爆发；寻找中国精神谱系的丰富多彩，以及这种丰富多彩在盛唐达到的高峰状态。《淮南子·主术训》对于见仁见智的思想分歧，曾经评议道：“故仁智错，有时合，合者为正，错者为权，其义一也。”① 因此，抑扬属于“权”，合观才是“正”。李杜合观，乃是采取一种新的学术思维方式，综合考察中国诗性智慧和语言魅力在一个盛世中可以达到何等彪炳千古、震撼人心的力度。从这里可以发现，李杜诗学所蕴含的盛唐精神，乃是我们民族诗意地生存的能力的极好证明。只要以盛唐精神看李、杜，就会体验到，合观思维是一种文化胸襟，又是一种方法论。如魏源所言：“散听则歧，合听则圣。散观则支，合观则性。”② 唯有采取“合观”的方法，才可以体验到诗性的圣明之境，才可以综合地把握盛唐诗性文化名片的分量和魅力。

二　李杜与盛唐的阴阳分割

李杜合观的思想，久已有之。比如韩愈《调张籍》诗云：“李杜文章在，光焰万丈长。”《醉留东野》诗又云：“昔年因读李白杜甫诗，常恨二人不相从。吾与东野生并世，如何复摄二子踪？”孟郊对此也

① 何宁：《淮南子集释》，中华书局1998年版，第699页。

② （清）魏源：《国朝古文类钞叙》，《古微堂外集》卷3，清同治九年刻本。

有回应，其《戏赠无本二首》其一亦云："诗骨耸东野，诗涛涌退之。有时踉跄行，人惊鹤阿师。可惜李杜死，不见此狂痴。"这些都是"合而观之"而不是"分而别之"，是中唐诗人以李杜合观的方式对盛唐诗性风采的追思。清人薛雪《一瓢诗话》称赞韩愈的合观眼光，誉之为"大家气息"，所谓"后人那得知之？若得知之，必不致以气息都尽者为大家也。要知清溪幽涧，虽则照人凛冽，实未可与龙门、碣石相比"[①]。龙门、碣石是黄河的关键处和出海口，合而观之，总览全黄河最有特征性的大关节，才能相互比较、相互借鉴、相互补充、相互深化，更有效地对一个不可重复的盛世和一个难以企及的诗歌时代的整体性，作出宏观的综合审视和深度的特异错综性的发现。合观思维，对于考察李杜的诗歌存在，既是一种文化胸襟，又是一种方法论的理由，就在于此。

几乎是今存杜诗开卷之作的《望岳》写道："岱宗夫如何？齐鲁青未了。造化钟神秀，阴阳割昏晓。"即是说，杜甫出手不凡，以泰山祭笔，尽显盛唐魄力。众岳之宗的泰山，高耸云霄，把阴阳也分割开来了，就像李白和杜甫，把高耸入云的盛唐也分割成阳面和阴面。李白代表的是盛唐的阳光灿烂的阳面，他昂首高歌，神采飞扬地走向盛唐泰山的顶峰；杜甫代表的是盛唐的风雨如磐的阴面，他苦吟挽歌，神情沉郁地颠连于盛唐泰山的下坡路上。李白生于701年（武则天长安元年），杜甫生于712年（唐睿宗延和元年，唐玄宗李隆基改元为先天），年龄相差11岁，但小小的年岁落差，却使他们各自代表了盛唐之世的各半个时代。不读李白，就不知盛唐上升期的潇洒飞扬；不读杜甫，就不知盛唐崩塌期以痛苦换来的深刻。李杜合观，才可以领略盛唐的伟大的复调性，才可以体会到盛唐留给这个民族的文化遗产的不可代替的丰厚性和多样可能性。一个民族既要拥有发愤图强的勃勃雄心，也要拥有居安思危的忧患意识，单有一面还不够，唯

---

① （清）薛云：《一瓢诗话》，（清）王夫之等《清诗话》，上海古籍出版社1978年版，第675页。

有同时拥有二者，才是一个永远立于不败之地的成熟的民族。有幸的是，盛唐同时拥有李、杜，同时拥有的自信心和忧患心左右两个心房。自信容纳忧患而深刻，忧患容纳自信而坚毅，魄力是在相互涵容中形成的。

李白、杜甫是盛唐的两条硕大无朋的生命曲线，李白预示着杜甫，杜甫反思着李白。李、杜都是盛唐之子，其文化视野和审美魄力，都离不开盛唐雄厚国力的培育。对于盛唐国力，杜甫在《忆昔二首》其二中有所描绘："忆昔开元全盛日，小邑犹藏万家室"，人口国力是非常丰足的；"稻米流脂粟米白，公私仓廪俱丰实"，国家和民间的粮食储存都很充足，粮价相当低；"九州道路无豺虎，远行不劳吉日出。齐纨鲁缟车班班，男耕女桑不相失"，商路畅通，人民安居乐业，外出旅行也不需要怀着恐惧心去选择良辰吉日了。日本、新罗的遣唐使，大食（阿拉伯）、拂菻（拜占庭）、印度、师子国（斯里兰卡）的使节，纷至沓来，形成"万国来朝"的盛况。尤其是西域康、安、曹、石等国，经由丝绸之路，来中原经商，居住长安、洛阳等大都市者甚多。白居易《醉吟先生墓志铭》自称是"秦将武安君（白）起之后"①，但是陈寅恪依据《太平寰宇记》谓龟兹国"王姓白，国人总姓白"，考出白居易的家族来自西域。如此种姓融合，是盛唐的一大奇观。社会的繁荣安定，使出游、经商得交通之便。唐朝杜佑《通典》记载："东至宋汴，西至岐州，夹路列店肆待客，酒馔丰溢。每店皆有驴赁客乘，倏忽数十里，谓之驿驴。南诣荆襄，北至太原、范阳，西至蜀川、凉府，皆有店肆，以供商旅，远适数千里，不持寸刃。"② 清平的社会情境，刺激了少年诗人远游或壮游的冲动，在读万卷书、行万里路的生活方式中，拓展视野、胸襟、情趣和体魄。正如孔子周游列国而后修六经，重耳流亡十九载而后成霸业，司马迁年二十远游江淮齐鲁及巴蜀而后著《史记》一样，都为他们的胸间注入磊

① （唐）白居易：《醉吟先生墓志铭》，《全唐文》卷 679，中华书局 1985 年影印嘉庆本。

② （唐）杜佑：《通典》卷 7，浙江古籍出版社 1988 年版，第 41 页。

落之气和丰富的阅历。这些对于他们激励壮志宏图，写出旷世文章，都有相当关键的作用。

李、杜的旅游，是诗与山水对话的高品质的旅游。李白一经远游，走出盆地，就融入长江。他自述："士生则桑弧蓬矢，射乎四方，故知大丈夫必有四方之志。乃仗剑去国，辞亲远游。南穷苍梧，东涉溟海。见乡人相如夸云梦之事，云楚有七泽，遂来观焉。"又"东游维扬，不逾一年，散金三十余万，有落魄公子，悉皆济之"[①]，等等。李白把自己的远游，与一种敬告天地的仪式联系起来。《礼记·射义》云："故男子生，桑弧蓬矢六，以射天地四方。天地四方者，男子之所有事也。故必先有志于其所有事，然后敢用谷也，饭食之谓也。"孔颖达疏云："男子重射之义，以男子生三日，射人以桑弧蓬矢者，则有为射之志，故长大重之。'桑弧蓬矢'者，取其质也。所以用'六'者，'射天地四方'也。"[②] 好男儿志在四方的这种敬告天地的仪式，安排在人生之初，以桑木为弓，蓬草为箭，足见其草木蒙昧的原始性、庄严性和神秘性，应是起源于渔猎时代。

出了三峡，"桑弧蓬矢，射乎四方"的李白心胸，就不仅有"峨眉山月半轮秋，影入平羌江水流"（《峨眉山月歌》）的清越，而且敞开了"渡远荆门外，来从楚国游。山随平野尽，江入大荒流"（《渡荆门送别》）的浩荡。开阔的江面，已经成了他的生命之流。《秋下荆门》写道："霜落荆门江树空，片帆无恙挂秋风。此行不为鲈鱼脍，自爱名山入剡中。"片帆挂上秋风，也会"无恙"吗？总之它把片帆看作一种生命的存在，不作悲秋之态而独得豪爽明快。剡中在浙江，至今已成了唐诗之路的佳丽山水地，一到江南，李白就陶醉于山光水色，形成"名山情结"。李白"一生好入名山游"，其主体的感受就是"心爱名山游，身随名山远"。这个"远"字，就是远离尘俗纷扰，追

---

① （唐）李白：《上安州裴长史书》，《李太白全集》卷 26，中华书局 2011 年版，第 1244—1245 页。

② （汉）郑玄注：《礼记正义》卷 62《射义》，《十三经注疏》，（唐）孔颖达疏，中华书局 1980 年版，第 1689 页。

慕魏晋风流，或如陶渊明所说“心远地自偏”，“复得返自然”。其中的趣味，又与比李白又大了11岁的孟浩然相通，比如那首《黄鹤楼送孟浩然之广陵》：“故人西辞黄鹤楼，烟花三月下扬州。孤帆远影碧空尽，唯见长江天际流。”广陵郡的治所在今日的扬州，史载当时“扬州富庶甲天下，时人称‘扬一益二’”。李白送朋友远游，送别了朋友，也放飞了心灵，有所谓“语近情遥，有手挥五弦，目送飞鸿之妙”（《唐宋诗醇》卷六）。目送手挥的语源，来自嵇康，也属魏晋风度，李白送飞心灵，融入了天际江流。宋人葛立方《韵语阳秋》卷二十云：“李白诗云：‘朝发汝海东，暮栖龙门中’；又云：‘朝别凌烟楼，暝投永华寺’；又云：‘朝别朱雀门，暮栖白鹭洲’；又云：‘鸡鸣发黄山，暝投虾湖宿’，可见其常作客也。范传正言：白偶乘扁舟，一日千里，或遇胜境，终年不移，往来牛斗之分，长江远山，一泉一石，无往而不自得也。则白之长作客，乃好游尔。”[①] 在旅游中，李白朝朝暮暮，精神无拘无束地驰骋于“长江远山”之间，这自然也深度洗涤和无限拓展着诗人的胸襟，形成了一种拥抱天地江流的开阔怀抱，有所谓“登高壮观天地间，大江茫茫去不还，黄云万里动风色，白波九道流雪山”（《庐山谣寄卢侍御虚舟》），此之谓也。

堪资比较者，杜甫称少年出游为“壮游”，有别于李白称“远游”。远游追求心远的境界，壮游追求用世的情怀。杜甫《壮游》诗云：“往者十四五，出游翰墨场。”这是京师文学之游，作为中原诗书之家的子弟，杜甫一开始就生活在京师文学圈中，但他已感觉到“饮酣视八极，俗物多茫茫”，自是不满足于京师文学圈的世俗心态。尊崇杜甫的黄庭坚（山谷）“尝为子弟言，士生于世，可百不为，惟不可俗，俗便不可医也”[②]。杜甫是要超越京师文学圈的无药可医的“俗”，他“饮酣视八极”，也带点李白所言的“士生则桑弧蓬矢，射乎四方”的大丈夫“四方之志”。然而在这个年龄，李白一再地说，

① （宋）葛立方：《韵语阳秋》卷20，中华书局1985年版，第165页。

② （清）刘熙载：《艺概》卷5《书概》引，上海古籍出版社1978年版，第161页。

他“十五观奇书”，“十五学剑术”，“十五学神仙”，显示了与京师文学圈不同的山野气息。李、杜早年的志趣就有京师和山野之别。大概在20岁后，杜甫走向旷野，漫游吴越四年，即《壮游》诗所云：“东下姑苏台，已具浮海航。到今有遗恨，不得穷扶桑。”大概他在京师已经知道有日本遣唐使，因而曾生浮海之望。但他还是回过身来，捡拾历史的遗迹：“王谢风流远，阖闾丘墓荒。剑池石壁仄，长洲芰荷香。嵯峨阊门北，清庙映廻塘。每趋吴太伯，抚事泪浪浪。蒸鱼闻匕首，除道哂要章。枕戈忆勾践，渡浙想秦皇。越女天下白，鉴湖五月凉。剡溪蕴秀异，欲罢不能忘。”杜甫的壮游也在欣赏风景，但更多的心思用在吟味历史兴亡的脉络，从泰伯奔吴、阖闾称霸、勾践复仇、秦皇巡游、王谢风流，他借助旅游穿行于两千年的历史废墟之间。杜诗的“史”的气质，于此已见萌芽。李、杜远游、壮游的不同趣味，折射着诗人的内在性情，二人青少年时代投掷出的诗学方式的曲线，均有唐人的伟岸，但一开始就轨迹各异。

这两条曲线也曾有所交叉，形成李杜交游上令后人仰慕不已的千古佳话。杜甫《壮游》继而写道：“放荡齐赵间，裘马颇清狂。春歌丛台上，冬猎青丘旁。呼鹰皂枥林，逐兽云雪冈。”从江浙返回河南、山东、河北一带的这段清狂放荡的漫游，发生在杜甫到洛阳参加京兆贡举落榜之后的26岁至30岁之间。其后杜甫又与高适、李白一起漫游梁、宋、东鲁，时在天宝三四载，他们共同走近盛唐的阴阳分割线。这次诗歌史上著名的“三杰游”，给杜甫留下终生难忘的记忆，其《昔游》诗云：“昔者与高李，晚登单父台”；《遣怀》诗又云：“昔我游宋中，惟梁孝王都。……忆与高李辈，论交入酒垆。两公壮藻思，得我色敷腴。气酣登吹台，怀古视平芜。”杜甫感受到他们藻思犹壮，气度犹酣，心头是热的。

《新唐书·文艺列传》记载：“（杜）甫旷放不自检，好论天下大事，高而不切。少与李白齐名，时号‘李杜’。尝从白及高适过汴州，酒酣登吹台，慷慨怀古，人莫测也。”[①] 在河南开封的吹台上，建有祭祀李白、杜甫、高适的三贤祠，以纪念他们共饮吹台，酒酣悲啸，怀古赋诗的梁宋游。清人钱泳《履园丛话》云：“吹台，汉梁孝王筑，在开封城东南二里许，即师旷繁台。梁孝王增筑之，一曰平台，环然高耸，郁然深秀，阮嗣宗诗所谓‘驾言发魏都，南向望吹台。箫管有遗音，梁王安在哉’是也。……上有禹王庙，故土人又谓之禹王台。又有三贤祠，祀李白、杜甫、高适三人。今又增李崆峒、何大复，为五贤矣。”[②] 梁地在汉唐两代都堪称人文荟萃，但是从翰林院赐金放归的李白，在此处感受到的，是与杜甫很不一样的历史苍凉。李白《梁园吟》诗云：“我浮黄云去京阙，挂席欲进波连山。天长水阔厌远涉，访古始及平台间。平台为客忧思多，对酒遂作梁园歌。……梁王宫阙今安在？枚马先归不相待。舞影歌声散绿池，空余汴水东流海。沉吟此事泪满衣，黄金买醉未能归。”梁宋游时，杜甫还在追梦，李白的梦却已残，尽管他将这已残的梦，写得光昌流丽。

经历不同的诗人远行壮游，精神关注各异的两条生命曲线，以内在的潜质规约着二者的诗歌形态。李白宣泄自由豪纵的生命的追求，高歌盛唐的繁华与酣畅，表达了享有盛世的神采飞扬。因此他在盛唐前中期感到得其所哉，作为诗界明星成名在先。而杜甫继而敏锐感觉到社会裂痕带来的民间疾苦，吟咏盛唐崩裂时刻骨铭心的灾难，咀嚼着人在经历颠沛流离时的心境苍凉。同是乐府歌行，李白那首为贺知章“读未竟，称叹者数四，号为谪仙”的《蜀道难》，一开头就有若开山力士面对险峻群山，石破天惊地喊出一首开山谣：“噫吁嚱！危乎高哉！蜀道之难，难于上青天！”其脱口而出之处，犹若川江号子，或是鲁迅所说的“杭育杭育派”的荒腔野调，这是在宣泄人的原始的也是自由的心声。但是李白的天才，在于赋予这种原始自由的心声神话的色彩和崇高的力度。他把时间抛回四万八千岁，抛回蚕丛和鱼凫

① （宋）欧阳修等：《新唐书》卷201《文艺列传》，中华书局1975年版，第5738页。

② 上海古籍出版社编：《清代笔记小说大观》，上海古籍出版社2007年版，第3604页。

的邈远时代，又把空间抛向鸟道、山巅、天梯、石栈，甚至太阳的龙车，以及可以触摸星斗的高处。大手笔之为大手笔，在于他在如此紧张的想象中，还能忙中有闲，探问西游入蜀的人氏："嗟尔远道之人胡为乎来哉?"因为它不是以蜀人赞美蜀道，而是从盛唐天下一统的角度考察蜀道："剑阁峥嵘而崔巍，一夫当关，万夫莫开。所守或非亲，化为狼与豺。"这是大视野地对于蜀道的人文地理思考，它思考着长安与锦城、交通与政治，发出了"锦城虽云乐，不如早还家"的感慨。他的精神的"家"在哪里?从他精神认同来说，不能说是偏在锦城的蜀中，而只能说是以长安为中心的中原。这就是李白的家乡地理和精神地理的差异，而所有这些，都在他奇丽曲折的神话叙事和抒情中被崇高化，从而产生巨大的精神震撼力。他吆喝出属于盛唐的强音。殷璠《河岳英灵集》赞曰："其为文章，率皆纵逸。至如《蜀道难》等篇，可谓奇之又奇。然自骚人以还，鲜有此体调也。"[①] 殷氏以"奇"推举李白为诗坛第一人。

感叹"蜀道难"的李白，是以四海为家、浪迹天涯作为人生方式的。杜甫对"家"的体验则采取另一种方式、另一种精神指向。蜀道是李白离别的家，又有杜甫客居的家，他们诗中宣泄着不同的家园意识。杜甫的根基在中原，对于浪迹天涯，他感受到的是流离失所的凄惶。安史之乱后，他举家流亡入蜀，49 岁时获得朋友的帮助，建造一个并不牢固的草堂于成都浣花溪畔。次年秋风袭击了他的生存，作《茅屋为秋风所破歌》云："八月秋高风怒号，卷我屋上三重茅。茅飞渡江洒江郊，高者挂罥长林梢，下者飘转沉塘坳。"开头采用"萧肴"韵，发出仰天长啸的悲怆长调。此时他的朋友严武还差三四个月未来当成都尹，他还是一个没有靠山的客户，因此南村群童无所顾忌地当面抢走他的茅草，他只好"唇焦口燥呼不得，归来依杖自叹息"，流亡的客户没有乡亲的救援。这里换为入声韵，给人饮泣吞声之感。此后诗人经受长夜苦雨的万般孤独，可贵的是他能破解孤独，发出一种

① 王克让：《河岳英灵集注》，巴蜀书社 2006 年版，第 36 页。

人类的关怀，愿天下寒士能得广厦千万间以安居乐业。这可以称为“杜甫草堂精神”。他关心战乱流离中同类的痛苦，写出了盛唐崩塌过程中的生存灾难，与李白漫游时的张扬个性相比，显示了不同的人间意识。

然而，无论是杜甫破解孤独而普济天下的精神关怀，还是李白超越险阻的焦虑而思慕太平的“蜀道难”意识，都体现了广阔宏博的内在精神创造空间，无不充溢着盛唐气象和魄力。《四库全书》为乾隆十五年御选的《唐宋诗醇》四十七卷作提要云：“凡唐诗四家：曰李白、曰杜甫、曰白居易、曰韩愈。宋诗二家：曰苏轼、曰陆游。诗至唐而极其盛，至宋而极其变。盛极或伏其衰，变极或失其正。亦惟两代之诗最为总杂，于其中通评甲乙，要当以此六家为大宗。盖李白源出《离骚》，而才华超妙，为唐人第一。杜甫源出于《国风》、二《雅》，而性情真挚，亦为唐人第一。自是而外，平易而最近乎情者，无过白居易；奇创而不诡于理者，无过韩愈。录此四集，已足包括众长。至于北宋之诗，苏、黄并骛。南宋之诗，范、陆齐名。然江西宗派，实变化于韩、杜之间。既录杜、韩，可无庸复见。《石湖集》篇什无多，才力识解亦均不能出《剑南集》上，既举白以概元，自当存陆而删范。权衡至当，洵千古之定评矣。”① 这里将李杜并列为“唐人第一”，也是以合观的眼光考察盛唐，贯通唐宋，从而彰显了民族文化名片的不可磨灭的文化血脉效应。

三　李杜优劣论的公案

合观所得到的是盛唐风采的整体性，分观关注的是盛唐诗艺的长短处。由合观到分观，是对盛唐诗性略其风采，而窥其诗艺。二者的

---

① 《四库全书总目提要》卷190《集部四十三》，中华书局1965年版。

胸襟和方法，自是差池。后世出现纷争不休的李杜优劣论，是以一定的标准裁判无限的诗性智慧所致。智慧的类型不可划一，关键在于我们要对古贤类型各异的诗性智慧，给出一个可以进入现代意识的充满生命力的说法。

其实，李白诗名显于盛唐，差可与之齐名的是王维，二人同岁，都是公元701年出生。杜甫成名较晚，于盛唐不显，或在入蜀后受到赞赏，毕竟地域人数有限。连杜甫自己也忍不住发出“百年歌自苦，未见有知音”（《南征》）的感慨。平心而论，杜诗有章法，学之可增功力；李诗往往超章法，学之易致浮泛。如胡应麟《诗薮》云：“李、杜二家，其才本无优劣，但工部体裁明密，有法可寻；青莲兴会标举，非学可至。……李声价重生前，杜誉望隆身后。”① 兼之杜诗关切现实，比起张扬个性的李诗来，更容易对上从《诗经》毛序中训练出来的中国人的胃口。更何况人间灾难常八九，承平只有一二，因而对悲情沉郁的杜诗，尤多共鸣。然而由于李白毕竟盛名在前，李阳冰序李白诗，推为“自三代以来，《风》《骚》之后，驰驱屈、宋，鞭挞扬、马。千载独步，唯公一人。故王公趋风，列岳（侯）结轨，群贤翕习，如鸟归凤”②。揆之诗界风气，早期扬杜者的初愿，无非要把杜甫抬高到与李白齐名。至于“李杜优劣论”的公案，实质上是面对多姿多彩的诗性智慧，应该如何处理的态度与方法问题。

李白诗名在他生前、身后，已经逐渐蒙上神话色彩。最有影响者，莫过于《唐诗纪事》卷十八所记载：李白在沉香亭为唐玄宗、杨贵妃赏牡丹，应诏而赋《清平调》三章。这个记载与真实的历史矛盾不少。它说年代在“开元中”，实际上李白是天宝元年到三年的待诏翰林。记载称杨玉环为“太真妃”，实际上天宝三年杨太真的身份是“女官”，宫中号为“娘子”，尽管“凡仪体皆如皇后”。她被册封贵

---

① （明）胡应麟：《诗薮·外编四》，上海古籍出版社1979年版，第190页。

② （唐）李阳冰：《唐李翰林草堂集序》，《全唐文》卷437，中华书局1985年影印嘉庆本。

妃，是天宝四年秋八月的事[①]，此时李白已不再待诏翰林而被赐金放还一年多了。但李白应诏赋诗时，她虽无贵妃之号，已有贵妃之实，如此称呼也无妨。至于让高力士脱靴，那只能看作后人对李白笑傲权贵的一种想象。唐玄宗命当时唱歌第一的李龟年拿着金花笺去宣召李白，李白醉意未消，挥笔写下《清平调》三章。其中第一章“云想衣裳花想容”，以瑶台仙女比拟贵妃；第二章“一枝红艳露凝香”，以巫山神女、汉宫皇后比拟贵妃；第三章“名花倾国两相欢”，则极度形容皇帝对贵妃的恩宠，立意谈不上有多少惊人之处，但清辞丽句，充满着意象之美，声情之美，把杨贵妃比喻为牡丹仙子，也是深得盛唐神韵的。[②] 在这则盛唐诗歌神话中，聚集了权势第一的唐玄宗、美貌第一的杨贵妃、内官第一的高力士、唱歌第一的李龟年、名花第一的沉香亭牡丹，并且画龙点睛地烘托出诗歌第一的李白，六个第一聚首，浓墨重彩地打造出盛唐诗歌一张令人神往的名片。这张名片表明，人们早就以神话式的超越性，把李白形容为盛唐诗歌的风流倜傥的魁首，以之戏弄世俗的权势之网。

盛唐诗歌的另一位魁首杜甫，在当时是实已至而名未归。因此随着时代和思潮的转移，加上诗人、诗派的个性差异，在一定的历史距离上重新论衡李杜，也是必然会发生的公案。扬杜抑李的公案引人注目的有两起，一起是杜甫身后40多年，中唐诗人元稹应杜甫的孙子之请，作《唐故工部员外郎杜君墓系铭并序》说：“至于（杜）子美，盖所谓上薄风骚，下该沈（佺期）、宋（之问），古傍苏（武）、李（陵），气夺曹（植）、刘（桢），掩颜（延之）、谢（灵运）之孤高，杂徐（陵）、庾（信）之流丽，尽得古今之体势，而兼今人之所独专矣。使仲尼考锻其旨要，尚不知贵其多乎哉！苟以为能所不能，无可不可，未有如子美者。时山东人李白，亦以奇文取称，时人谓之李杜。予观其壮浪纵恣，摆去约束，摹写物象及乐府歌诗，诚亦差肩

① （宋）司马光：《资治通鉴》卷215，中华书局1956年版，第6862—6866页。

② （宋）计有功：《唐诗纪事》卷18，中华书局1965年版，第266—272页。

于子美矣。至若铺陈终始，排比声韵，大或千言，次犹数百，词气豪迈而风调清深，属对律切而脱弃凡近，则李尚不能历其藩翰，况堂奥乎！”[①] 杜甫之孙既然选择元稹捉笔，元稹既然为人捉笔，这都说明元稹与杜甫有心灵契合之处。尽管元稹一二十年前曾说过“李杜诗篇敌”（《代曲江老人百韵》）这样的话，但他“致君尧舜”的心与杜甫相通，贬官江陵多年迹近杜甫的流离失所，提倡新乐府又取法于杜甫讽刺时事，自然跟杜甫心心相印之处多于跟李白。从一定的角度上说，李白重在以天性和神思为诗，放飞想象，奇气荡漾；杜甫重在以时事和才学为诗，直面现实，格调精严。元稹多是注重诗艺，而难免对神采飞扬地驾驭和贯通诗艺的诗性风采有点怠慢了。假如与前述韩愈、孟郊对李杜合观相比较，元稹扬杜抑李，似乎折射了中唐另一个诗派，即元白诗派的诗学观念和趣味。当然在元白诗派中，被唐末江南诗人张为《诗人主客图》称为“广德大化教主”的白居易，诗学路子自然比元稹更宽，其《读李杜诗集因题卷后》云：“翰林江左日，员外剑南时……吟咏留千古，声名动四夷。”白氏的这种眼光，实在比元氏高明许多。后起诗人如元稹根据自己的时代需要、志趣、个性作出选择，自无可厚非，问题是何必由此形成李杜优劣论的固定模式，而后人的后人又对之斤斤计较？

另一起公案是宋朝王安石编《四家诗选》。据《文献通考》记载：“陈氏曰：王安石所选杜、韩、欧、李诗，其置李于末，而欧反在其上，或亦谓有抑扬云。”[②] 这前面的“陈氏曰”，乃是宋人陈振孙《直斋书录解题》卷十五“《四家诗选》十卷”条。这样的选本当然会引起轩然大波，宋代的和尚惠洪编纂《冷斋夜话》，在该书卷五中说：“舒王（王安石）以李太白、杜子美、韩退之、欧阳永叔编为四家诗，而以欧公居太白之上，世莫晓其意。舒王尝曰：‘太白词语迅快，无疏脱处，然其识污下，诗词十句九句言妇人、酒耳。’欧公，今代诗

---

① 杨军：《元稹集编年笺注》，三秦出版社 2008 年版，第 208—209 页。

② （宋）马端临：《文献通考》卷 248，浙江古籍出版社 1988 年版，第 1957 页。

人未有出其右者。”[①] 这里透露了诗选以别样结构，折射着裁判诗性智慧类型的独特的态度，其中当然带有政治家对天才诗人的隔膜。

李白确实写了不少的酒，诗中也不乏女人。问题在于不能只看他写了什么，更重要的是看他怎样写，写得怎样。怎样写、写得怎样，往往比写什么更具有本质价值。比如《将进酒》一诗写了酒，并且以酒为主题：“君不见黄河之水天上来，奔流到海不复回。君不见高堂明镜悲白发，朝如青丝暮成雪。人生得意须尽欢，莫使金樽空对月。”它以酒牵动了天、海、黄河、朝暮等巨大空间，以及迅疾的时间。这只是沉溺于酒吗？它举杯装进了一个醉态的盛唐，写出了盛唐人的自由、豪迈、雄视千古，连他们的醉态也足以呼唤出千古难得一见的人的伟岸雄姿，千古难得一见的诗和它的语言形式的创造。因此王安石选诗的眼光，难免带有一个政治人物讲究文章“以适用为本”，“所谓文者，务为有补于世而已矣”[②] 的政治功利主义的局限。这令人不由得联想到，欧阳修曾经称赞王安石“翰林风月三千首，吏部文章二百年”（《赠王介甫》）。王安石对李翰林的那些风月诗不感兴趣，倒是对韩吏部的文章颇为景仰，在《奉酬永叔见赠》中说：“他年若能窥孟子，终身何敢望韩公？”他以孟子取代李白，可见其道统信念之浓重，是超过审美意趣的。

陆游出于为诗辩解的苦心，站出来调和李白与王安石。《老学庵笔记》说：“世言荆公四家诗后李白，以其十首九首说酒及妇人，恐非荆公之言。白诗乐府外，及妇人者实少。言酒固多，比之陶渊明辈，亦未为过。此乃读白诗未熟者妄立此论耳。四家诗，未必有次序，使诚不喜白，当自有故。盖白识度甚浅，观其诗中如‘中宵出饮三百杯，明朝归揖二千石’，‘揄扬九重万乘主，谑浪赤墀青琐贤’，‘王公大人借颜色，金章紫绶来相趋’，‘一别蹉跎朝市间，青云之交不可攀’，‘归来入咸阳，谈笑皆王公’，‘高冠佩雄剑，长揖韩荆州’

① （宋）释惠洪：《冷斋夜话》卷五，中华书局1985年版，第23页。

② 《王安石集》卷77《上人书》，明嘉靖三十九年抚州刊本。

之类，浅陋有索客之风，集中此等语至多，世但以其辞豪俊动人，故不深考耳。又如以布衣得一翰林供奉，此何足道，遂云‘当时笑我微贱者，却来请谒为交欢’，宜其终身坎凛也。”[①] 陆游列举的诗句中既包含李白笑傲王侯的风采，也不排除李白有庸俗的一面，他在相当一段时间里并无俸禄，全凭诗名获取一点酒资，作诗娱人的同时，也会说点大话，然而难道杜甫、韩愈之辈就没有类似的庸俗？看一个诗人在大节不亏的情况下，重要的是看他为整个时代、整个民族的诗性智慧和文化，作出了哪些创造性的贡献，在这一点上，李白与杜甫都以自己的独特性而无愧盛唐。

固执于李杜优劣论的人，斤斤计较于杜甫对李白的尊崇和李白对杜甫的嘲讽，存在严重的不对称。他们并不设身处地地想一想，李白是比杜甫年长 11 岁的诗坛长辈。在齐鲁梁宋游的时候，李白刚从翰林院赐金放还，对此名满天下的诗坛巨擘，尚未获得大名的杜甫只有尊敬的份儿。杜甫很重视他们的机缘：“醉眠秋共被，携手日同行。”（《与李十二白同寻范十隐居》）有时对李白也有一点欣赏性的调侃：“痛饮狂歌空度日，飞扬跋扈为谁雄？”（《赠李白》）更多的是对李白的敬仰：“白也诗无敌，飘然思不群。清新庾开府，俊逸鲍参军。”（《春日忆李白》）他对李白总是牵肠挂肚，以致后来听到李白放逐的消息，就噩梦连绵，叹息“冠盖满京华，斯人独憔悴”，“千秋万岁名，寂寞身后事”（《梦李白二首》）。他甚至以崇高的敬意，为李白的诗名立传：“昔年有狂客，号尔谪仙人。笔落惊风雨，诗成泣鬼神。”（《寄李十二白二十韵》）值得特别一说者，杜甫以“清新”“俊逸”，把握李白诗性智慧的类型，而对这种与自己不同的智慧类型并无排斥，而致以“白也诗无敌”的崇敬，这与那些扬杜抑李者具有不同的胸襟。杜甫描绘的醉态盛唐的精神自由中，也忘不了给李白写上非常传神的一笔：“李白一斗诗百篇，长安市上酒家眠。天子呼来不上船，自称臣是酒中仙。”（《饮中八仙歌》）为了突出李白诗人的尊荣，甚至

① 孔凡礼、齐治平编：《陆游资料汇编》，中华书局 1962 年版，第 410—411 页。

拉出天子作陪衬，这也是盛唐才有、历代难以重复的一大景观。

李白对于这位崇敬自己的年轻人也是有好感的，他也怀念杜甫："鲁酒不可醉，齐歌空复情。思君若汶水，浩荡寄南征。"（《沙丘城下寄杜甫》）他有时也调侃杜甫，显得两人浑无芥蒂："饭颗山头逢杜甫，头戴笠子日卓午。借问因何太瘦生？总为从前作诗苦。"李白是斗酒百篇的敏捷之才，他哂笑杜甫"语不惊人死不休"的苦吟状态。这不是恶意，而是把他当作可以开开玩笑的年轻朋友，后人千万不要以险恶的心情去解释唐人的自由心态。

后人对李杜喜好的程度不同，在相当的意义上说，是由李杜之间不同的诗歌表现方式和诗人风度导致的。南甜北咸、东辣西酸，没有必要和可能把众人的口味调为一致。如清人钱泳《履园丛话》所云："饮食一道如方言，各处不同，只要对口味。口味不对，又如人之情性不合者，不可以一日居也。"[①] 如果你是个诗人，要在历史上的诗人中寻找同调，寻找精神的共鸣点，更喜欢杜甫，或者更喜欢李白，又有何妨？但是如果要全面理解中国诗歌智慧，或者全面把握中国人的审美精神方式，就需要对李杜不同的诗性智慧类型和诗歌表达方式，既能分而析之，又能合而观之，把他们的智慧创造都作为中国人的诗性能力来综合理解。偏枯思维，是与大国思维格格不入的。宋人严羽的《沧浪诗话》对于李白、杜甫的诗歌个性，曾经作过非常精彩的比较："李杜二公，正不当优劣。太白有一二妙处，子美不能道；子美有一二妙处，太白不能作。太白《梦游天姥吟》《远别离》等，子美不能道；子美《北征》《兵车行》《垂老别》等，太白不能作。论诗以李杜为准，挟天子以令诸侯也。"说到诗法，又有妙喻焉："少陵诗法如孙吴，太白诗法如李广，少陵如节制之师。"[②] 这一连串的比喻性语言，以比较的方式展开"合观"的思路，是可以拓展人们的诗学文化视野的。不妨就以这种比较方式，走近一步，考察李杜诗法或诗歌方

① （清）钱泳：《履园丛话》卷12《艺能》，中华书局1979年版，第329页。

② （宋）严羽：《沧浪诗话·历代诗话》，中华书局1981年版，第679页。

式的特征。就以上面提到的杜甫《北征》和李白《梦游天姥吟留别》作为样本。

《北征》70韵140句，是杜诗中篇幅最长的一首五言古诗。它写于杜甫46岁时，因在左拾遗任上进谏而触犯了唐肃宗，被批准回鄜州探亲。此诗一向评价甚高，有所谓“似骚似史，似记似碑……足与国风、雅、颂相表里”[①]之誉。将杜诗拟经，实质上就是把杜甫视为“诗圣”。宋人范温尝学诗于黄庭坚，其《潜溪诗眼》云：“孙莘老（孙觉）尝谓老杜《北征》诗胜退之《南山》诗，王平甫（王安石之弟王安国）以谓《南山》胜《北征》，终不能相服。时山谷（黄庭坚）尚少，乃曰：若论工巧，则《北征》不及《南山》；若书一代之事，以与《国风》《雅》《颂》相为表里，则《北征》不可无，而《南山》虽不作未害也。二公之论遂定。”[②]孙莘老，即北宋高邮人孙觉，与苏东坡诸人多有交游。苏东坡虽尊杜诗，然始学李太白，晚学刘梦得，与杜诗气脉不同。黄庭坚（山谷）外舅谢师厚与孙莘老二人皆学杜诗，黄庭坚诗法得之谢、孙，故专以杜诗为宗。然诗法出于杜工部，而句法不尽出于杜工部，黄山谷所以名世者以此。陈师道《后山诗话》则认为：“王介甫以工，苏子瞻以新，黄鲁直以奇，惟杜工部工拙、新陈、奇常无一不佳。”[③]清人方东树《昭昧詹言》也附和黄庭坚的说法：“《南山》盖以《京都赋》体而移之于诗也。《北征》是《小雅》《九章》之比。”[④]这就把杜诗推崇到与《诗经》相表里的政治诗学的高度。这就是宋人在盛唐诗人中发现“圣”，在盛唐诗中发现“经”。

诚然，杜甫诗法颇有拟经的笔法，以拟经显示其典重的气质。《北征》开头就用了《左传》那类纪事笔法：“皇帝二载秋，闰八月初吉。杜子将北征，苍茫问家室。”他是恋恋不舍地离开唐肃宗凤翔行在的：“东胡反未已，臣甫愤所切”，“乾坤含疮痍，忧虞何时毕！”诗

① （清）黄周星：《唐诗快》卷2，清康熙二十六年书带草堂刻本。
② 转引自王志清《唐诗十家精讲》，商务印书馆2013年版，第269页。
③ （宋）王炎：《双溪类稿》卷22，明嘉靖十二年王懋元刻本。
④ （清）方东树：《昭昧詹言》卷1《通论五古》，人民文学出版社2006年版，第40页。

中是把归路历程和心路历程交融叙写的，接下来写诗人踏上人烟萧索的行程，看到了苍崖如虎，看到了战乱带来的流血和呻吟，诗人在倾听着伤痕累累的土地的颤抖和崩裂。杜甫的诗法如孙吴，其讲究节制之处在于能以旷野上卑贱却又顽强的生命，来节制那无边的苍凉："菊垂今秋花，石载古车辙"，"山果多琐细，罗生杂橡栗。或红如丹砂，或黑如点漆。雨露之所濡，甘苦齐结实"。这种神来之笔，赞扬的不是温室的花朵，而是贫瘠的土地上生命的坚持。这里生命的境遇是鸱鸣鼠拱的纷扰，战场寒月照白骨的阴森。

穿越这一路的荒凉，诗人终于到家了。茅屋下却见妻哭儿啼，老少衣衫褴褛，杜诗用了史笔，把描写的触角伸到生活细节，开拓了以诗写日常百态的审美可能性。写人世凄凉不难，更具匠心的是写出凄凉中的笑影。以下的描写最见性情："那无囊中帛，救汝寒凛栗。粉黛亦解包，衾裯稍罗列。瘦妻面复光，痴女头自栉。学母无不为，晓妆随手抹。移时施朱铅，狼藉画眉阔。生还对童稚，似欲忘饥渴。问事竟挽须，谁能即嗔喝？翻思在贼愁，甘受杂乱聒。"如此细微的心理体验，除非亲身经历，否则是写不出的。杜甫之前，未见有人把如此辛酸而慰藉的曲折心理写入诗中，他实在为诗歌打开了一个真实婉曲的心理空间。至于结尾的48句，由家事思及国事，评析朝廷借助回鹘兵收复二京，以及消除致乱的祸根，可望恢复"煌煌太宗业"，自然体现了微臣胸怀天下的胸襟。前人对此"君国之忧"评价甚高，誉之为"《北征》诗识君臣之大体，忠义之气秋色争高，可贵也"[①]。清人叶燮《原诗》卷四却从盛唐诗人开启宋诗散文化、议论化的角度立论："唐人诗有议论者，杜甫是也。杜五言古议论尤多，长篇如《赴奉先县咏怀》《北征》及《八哀》等作，何首无议论？而独以议论归宋人，何欤？"[②] 其实《北征》开拓了国仇家恨并同抒写的模式，对后世影响甚远，而艺术上倒是比较平实的。整首长诗结构严密工整，

---

① 吴文治编：《宋诗话全编》，江苏古籍出版社1998年版，第2434页。

② 《原诗·一瓢诗话·说诗晬语》合刊本，人民文学出版社1979年版，第70页。

叙事抒情曲折而流畅，充分体现了杜甫被喻为“节制之师”的诗法，具有步步为营，张弛有致，气度周圆地操控诗歌法式的深厚功力。

说李白诗法如李广，是由于李广号为“飞将军”，在此李与彼李之间，取一个“飞”字一脉贯通。李白写诗是会飞的，自然清妙，风流俊逸，并不计较步步为营。这就是“无法之法”的化境。唐人以诗取人，王昌龄尝称：“王维诗天子，杜甫诗宰相。”但后人又觉得，李太白、王龙标（昌龄），绝伦逸群，王龙标更有“诗天子”之号。白居易《与元稹书》则说：“知我者以为诗仙，不知我者以为诗魔。”但诗仙的美称，最终还是非李白莫属。朱熹云：“李太白诗非无法度，乃从容于法度之中，盖圣于诗者也。”[①] 清人阮葵生《茶余客话》提出一个有趣的命题：“吴修龄（昆山人吴乔）论诗云：意喻之米，文则炊而为饭，诗则酿而为酒。饭不变米形，酒则变尽。噉饭则饱，饮酒则醉。醉则忧者以乐，喜者以悲，有不知其所以然者。李安溪（李清植）云：李太白诗如酒，杜少陵诗如饭。二公之论诗，皆有意味可寻。”[②] 清人刘熙载《诗概》：“太白诗言在口头，想出天外。”[③] 那时候没有外星人的概念，如果有，人们也许会怀疑李白诗是外星人所作。

还是以《沧浪诗话》提到的那首《梦游天姥吟留别》为例。此诗被形容为“夭矫离奇，不可方物”，它一开头就有横空出世之概：“海客谈瀛洲，烟涛微茫信难求。越人语天姥，云霓明灭或可睹。天姥连天向天横，势拔五岳掩赤城。天台四万八千丈，对此欲倒东南倾。我欲因之梦吴越，一夜飞渡镜湖月。”以海上仙山铺垫吴越名山，以天姥山倾倒五岳和天台，诚然气势淋漓，又以一梦放飞想象。梦魂似乎穿行于时空隧道飞越剡溪，探访六朝“谢公（灵运）宿处”，大摇大摆地“脚着谢公屐，身登青云梯”，从而到达了一个神奇的境界：“半壁见海日，空中闻天鸡。”杜甫的排律是很少换韵的，以韵脚的固定，

---

① （宋）黎靖德编：《朱子语类》卷140，中华书局1986年版，第3326页。

② （清）阮葵生：《茶余客话》卷11，清光绪十四年刊本。

③ （清）刘熙载：《艺概》卷2《诗概》，上海古籍出版社1978年版，第58页。

来显示他能打硬仗；李白此诗行文至此才 18 句，已经五换韵脚，语句也在五言、七言间参差错落地跳跃，用了一些“拗律句”，五字四仄声或五仄声，五字五平声的句式，又掺杂着一些六字句、四字句，在浑无章法中呈现出神入化的章法。接下来的梦境又是错综迷离，惊心动魄，千岩万转，迷花倚石，熊咆龙吟，霹雳崩峦，洞天的石门轰然敞开，在浩荡的青冥中托出了一个“日月照耀金银台”。

“金银台”的意象值得注意，它乃是李白梦魂萦绕的神仙表演舞台。李白梦天姥，是在天宝五年（746），与杜甫同游齐鲁别离之后。此年李白还写了《沙丘城下寄杜甫》，杜甫写了《冬日有怀李白》。六年前，即开元二十八年（740）杜甫写作《望岳》诗的那年，李白携子女赴居东鲁。两年后（天宝元年，742）四月李白从故御道上泰山，作《游泰山六首》，其一云：“登高望蓬瀛，想象金银台。天门一长啸，万里清风来。玉女四五人，飘飖下九垓。含笑引素手，遗我流霞杯。稽首再拜之，自愧非仙才。旷然小宇宙，弃世何悠哉！”李白的泰山，比起杜甫的泰山，多了一个神仙游乐的金银台。这么一多，就多出了一个与天同游的视角。从金银台意象中，可以看出李白是借鉴了郭璞《游仙诗十九首》，其六云：“吞舟涌海底，高浪驾蓬莱。神仙排云出，但见金银台。”但是李白对金银台的谱写，使游仙之作更得屈原《九歌》的神韵。而金银台的传说，出自《史记·封禅书》：“自（齐）威、宣、燕昭使人入海求蓬莱、方丈、瀛洲。此三神山者，其传在勃海中，去人不远。患且至，则船风引而去。盖尝有至者，诸仙人及不死之药皆在焉。其物禽兽尽白，而黄金银为宫阙。未至，望之如云。及到，三神山反居水下。临之，风辄引去，终莫能至云。”① 四年前登泰山，李白的想象就飞驰到海上三神山“黄金银为宫阙”；四年后在梦游天姥山中，李白又使海上三神山的金银台，“飞”到了天姥山，而且更加惊心动魄地描绘了金银台上的神仙表演：“霓为裳兮风为马，云之君兮纷纷而来下。虎鼓瑟兮鸾回车，仙之人兮列如麻。”

① （西汉）司马迁：《史记》卷 28《封禅书》，中华书局 1959 年版，第 1369—1370 页。

这里更多地使用了《楚辞·九歌》的意象，由此也出现了“类楚辞”的九言句子，与前面出现的四言句子形成反差。诗中语句不拘一格，跌宕腾挪，宛若怀素的狂草笔墨。梦境也能设计或随意驱遣吗？诗笔如醉如梦又如醒，毕竟“忽魂悸兮魄动”，猛然惊醒后“失向来之云霞”。醒悟的结果，是评论此梦、此社会：“世间行乐亦如此，古来万事东流水。”诗人想到归隐和游仙，“且放白鹿青崖间，须行即骑访名山”，究其原因，都出自对权贵社会的满腔愤懑。他仰天长啸一声作为结尾：“安能摧眉折腰事权贵，使我不得开心颜!”他欣欣然编造了一个梦，又愤愤然撕碎了这个梦，他在梦中放飞了自由，又因自由不容于人世而发出抗议。46 岁的李白充满迷惑，在超越迷惑中张扬着自己不愿摧眉折腰的人格主体。从翰林院放还而失落了自己位置的他，以诗中人格和出神入化的诗歌方式，证明了他具有盛唐创造力的失落不了的诗性存在。

盛唐气象存在于李白飞扬的自由和杜甫精严的规矩之中，在以诗歌为最高精神方式的时代，诗的方式以李白的自由和杜甫的规矩作为一纵一横的坐标，构成了时代的精神标志。这就是《沧浪诗话》为何说“论诗以李杜为准，挟天子以令诸侯”。本来古人曾称王昌龄为“诗天子”，但是，严沧浪就这样把“诗天子”的称号移赠给李白、杜甫，或者说他们的权威在“诗天子”之上，可以“挟天子以令诸侯”了。对唐诗人的这类比拟，向来不见谁以非礼僭越而挑剔之，这种情形只见于唐朝，可见诗在唐人的心目中，颇有南面而治的气概了。

四　人文地理学视野中的李杜

那么，为何盛唐的天空违反了“天无二日”的常规，出现这么一些“诗天子”，还要出现二位“挟天子以令诸侯”的超级“诗天子”呢？究其原因，除了盛唐的超级魄力之外，幅员广袤的中国人文地理，起了潜在的文化基因浸染作用。对于民族文化名片，必须考察人文地理学中的地域部族因素对其深度的染色。李白的身上有胡气，他是长江文明夹杂着胡地习气的产物；杜甫的身上有诗书旧家子弟气，是黄河文明间杂着诗书旧家子弟习气的产物，当然都是天才的产物。但地理空间的因素不能忽视，那是融入诗人血液中的文化基因。刘勰《文心雕龙·物色》云："若乃山林皋壤，实文思之奥府。……然屈平所以洞监《风》《骚》之情者，抑亦江山之助乎?"[①] 这较多地是从自然地理景观上着眼，作家自然会将生于斯长于斯的地域山川景物、气象物候融入笔端。而地域部族、家族人文传统，随风弥漫，润物无声，更是作为不可回避的文化基因浸染着诗人的灵魂。

先看李白所接受的文化基因。李白的出生地和早年身世，就存在一些令人争论不休的谜。读李白，要看哪些记述离他最近，材料存在的状况不是并列关系，这是古典学判别材料的一个原则。最切近的材料，一是李白的族叔李阳冰在李白去世当年，受托付为李白编纂诗集，并作《草堂集序》，交代李白的家族为"陇西成纪人，凉武昭王暠九世孙"，"中叶获罪，谪居条支"，"神龙之始，逃归于蜀"[②]。唐高宗龙朔元年（661），也就是李白出生前 50 年，设置了条支都督府。李白《战城南》诗云："洗马条支海上波，放马天山雪中草。"条支海，即今吉尔吉斯斯坦的伊塞克湖（或哈萨克斯坦境内的巴尔喀什湖）。这是李白家族谪居的西陲地域。既然李白委托李阳冰编书，他对自己的身世不能没有交代；以李阳冰的身份，在家族谱系上攀缘权贵的作风或许有之，但对于家族迁移的路线不必造假。二是在李白去世 56 年后，宣歙池等州观察使范传正作为父母官，找到李白的孙女，看到李白之子伯禽手疏残纸。他在为李白作《唐左拾遗翰林学士李公新墓碑》时，提出李白出生于中亚细亚的碎叶城（今吉尔吉斯斯坦的托克马克附近），当时属于条支都督府，唐高宗时为安西四镇之一。

---

① （南朝·梁）刘勰：《增订文心雕龙校注》，黄叔琳注，李祥补注，中华书局 2012 年版，第 579 页。

② 李浩选：《唐文选》，人民文学出版社 2011 年版，第 240 页。

并且记述李白祖先乃“陇西成纪人”，为“凉武昭王九代孙”，“隋末多难，一房被窜于碎叶”，“神龙初，潜还广汉”。[①] 这与李阳冰的说法相吻合，而且把李白的出生地由条支都督府，具体化为其所辖的碎叶城，属于安西四镇之一。

考察李白的出生地，关键不在于罗列多少种说法，而在于辨析哪些说法是直接的，哪些说法是间接的，甚至是道听途说的。李阳冰的说法得自李白的私授，范传正的说法是通过实地考察，并获得李白之子伯禽手疏残纸，二者若合符契，因而最可取信。至于说什么“山东人李白”之类，那是由于李白在山东居住数年，随口而说，是不足为数的。李白本人也亲自暗示过他的安西故乡，有诗云：“安西渺乡关，流浪将何之。”（《江西送友人之罗浮》）他把安西四镇之一的碎叶当作“乡关”，诉说着流浪的滋味。这就与李阳冰、范传正的说法形成表里相应的证据链。西域碎叶城，是唐高宗调露元年（679）大将军裴行俭、王方翼所筑，武则天圣历二年（699）以阿史那解瑟罗为平西大总管，镇守碎叶，这在李白出生的前两年。此后不久，西突厥占领碎叶，解瑟罗率领部民六七万人迁移到内地，李白五六岁时，大概也是随着这股难民潮到了四川的。李白的崇拜者魏颢在《李翰林集序》中说：“（李）白始娶于许（宰相圉师之孙女），生一女，一男曰明月奴。……次合于鲁一妇人，生子曰颇黎。”[②] 李白子女的这些名字，不是取义于儒家经典，而带有相当浓郁的胡地风味。前面提到，中原规矩是“名所以正形体，定志意也；字者所以崇仁义，序长幼也”，这是不容轻忽过去的。

内迁后的李白当然受到长江文明的养育，他从天上来，又在水中长。他出川的第一歌《峨眉山月歌》就是抒写对长江支流、峡谷的故乡恋情：“峨眉山月半轮秋，影入平羌江水流。夜发清溪向三峡，思君不见下渝州。”李白的峨眉山月是映照江流，属于长江的。清人顾

---

① （唐）范传正：《赠左拾遗翰林学士李公新墓碑》，《全唐文》卷614，中华书局1982年版。

② （唐）魏颢：《李翰林集序》，《全唐文》卷373，中华书局1983年版，第3798页。

嗣立《寒厅诗话》引四明周斯盛的话说："太白《峨眉山月歌》，四句中连用峨眉、平羌、清溪、三峡、渝州五地名，绝无痕迹，岂非仙才！"[①] 李白把长江的流速，用于赋长江的诗中了。这首诗颇得同属长江文明，且同是蜀人的苏轼的激赏和共鸣。宋人胡仔《苕溪渔隐丛话前集》卷四十二云："东坡《送人守嘉州》古诗，其中云：'峨眉山月半轮秋，影入平羌江水流。谪仙此语谁解道，请君见月时登楼。'上两句全是李谪仙诗，故继之以'谪仙此语谁解道，请君见月时登楼'之句。此格本出于李谪仙，其诗云：'解道澄江净如练，令人还忆谢玄晖。'盖'澄江净如练'，即玄晖全句也。后人袭用此格，愈变愈工。"[②] 从谢朓到李白，再到苏轼，长江一脉流贯，使其诗情带上长江的酣畅和明快。

到了李白晚年重过三峡的时候，这种长江情已发生了令人深思的延伸和变异。这就是他的《早发白帝城》："朝辞白帝彩云间，千里江陵一日还。两岸猿声啼不住，轻舟已过万重山。"清人施补华《岘佣说诗》云："太白七绝，天才超逸，而神韵随之。如'朝辞白帝彩云间，千里江陵一日还'，如此迅捷，则轻舟之过万山不待言矣。中间欲用'两岸猿声啼不住'一句垫之。无此句，则直而无味；有此句，走处仍留，急语仍缓，可悟用笔之妙。"[③] 尤其值得注意的是，首联最后的"还"字，还到哪里？不是还到李白的故乡青莲镇，他缺乏农业文明中"落叶归根"的意识，他的家族在青莲镇也只是个客户。这里渗透着胡地客商四海为家的意识，只不过他还回江南，已把一条既有江之头，又有江之尾的长江，作为自己的精神归宿了。

但是，李白中年以后也进入黄河，甚至京师。黄河也确实给李白的诗歌壮了颜色，比如《将进酒》："君不见黄河之水天上来，奔流到

---

① （清）顾嗣立：《寒厅诗话》，（清）王夫之等《清诗话》，上海古籍出版社1978年版，第85页。

② （宋）胡仔：《苕溪渔隐丛话前集》卷42，人民文学出版社1962年版，第287页。

③ （清）施补华：《岘佣说诗》，（清）王夫之等《清诗话》，上海古籍出版社1978年版，第998页。

海不复回。”比如《西岳云台歌》：“西岳峥嵘何壮哉，黄河如丝天际来。黄河万里触山动，盘涡毂转秦地雷。……巨灵咆哮擘两山，洪波喷箭射东海。”比如《公无渡河》：“黄河西来决昆仑，咆哮万里触龙门。”这些诗行都如巨人在操纵黄河，穿越大时空，激荡着力之美。然而李白也并不一味用力，他有时变得婉转多姿，如《行路难》由黄河而梦日：“欲渡黄河冰塞川，将登太行雪满山。闲来垂钓碧溪上，忽复乘舟梦日边。”《古风》其十一，将黄河与时间流逝相联系：“黄河走东溟，白日落西海。逝川与流光，飘忽不相待。”这就给孔子叹逝川，平添了许多气势。至于《赠裴小四》说“黄河落天走东海，万里写入胸怀间”，却以胸怀承接无限的气势；《赠崔侍郎》说“黄河二尺鲤，本在孟津居。点额不成龙，归来伴凡鱼”，却借用黄河鲤鱼讲了一个怀才不遇的关于人的命运的寓言。李白写长江，是分段写，写其名山古迹、古人和朋友；他写黄河，则是全程概览，由天到海。由此也可以看出他与这两条江河的心理距离，他是沉浸于长江而操纵着黄河的。

李白这样豪纵不羁的诗人能够进入翰林院，大概与李唐王朝沾染了胡气，职官体制上存在许多弹性有关。尤其在玄宗后期，想借助火爆浓艳的胡音胡乐刺激疲惫的身心。李白赋《清平调》三章，又是“云想衣裳花想容”，又是“一枝红艳露凝香”，又是“名花倾国两相欢”，以牡丹比喻贵妃，本是俗套，却被写得如此潇洒俊逸，风流灵动，使贵妃连带着使牡丹都带上几分缥缈的仙姿，几分流动的神韵。李白在长安，给人印象深刻的，除了诗，就是酒。这位斗酒诗百篇的诗仙兼酒仙，是在长安市上哪些酒店饮酒和醉眠呢？在很多时候，是在胡姬酒家。这种消费场所不像平康里，斯文得带点酸味，而是醉酒歌舞，热烈得有点疯狂。李白曾经拟作《上云乐》，形容“金天之西白日所没”的月窟所生的康老胡雏，一副碧眼红发、浓眉高鼻，如此之人是“女娲戏黄土，团作愚下人”，如此人之胡歌兽舞宛若“抚顶弄盘古，推车转天轮”，把西域胡人与东土神话熔为一炉，充满神奇感和游戏心态。自然李白从不把自己等同于胡人，他是从中原的立场上谈论、接纳和评判胡人的，尤其在安史之乱中，他贬斥叛军为“胡沙”“胡尘”“逆胡”，在《古风》中说：“俯视洛阳川，茫茫走胡兵。流血涂野草，豺狼尽冠缨。”《永王东巡歌》中又说：“但用东山谢安石，为君谈笑静胡沙。”这都是从维护国家统一的立场上立论的，在他复合型文化基因中，这是占有显在优势的。

但从悦近来远、共享盛世文明成果的心情来看，李白确实对酒家胡姬别有柔肠。看那《少年行》写得多么潇洒：“五陵年少金市东，银鞍白马度春风。落花踏尽游何处，笑入胡姬酒肆中。”又看那《白鼻䯄》写得何等排场：“银鞍白鼻䯄，绿地障泥锦。细雨春风花落时，挥鞭直就胡姬饮。”这还没有进酒店，一进酒店就发现有如《前有樽酒行》所说：“胡姬貌似花，当垆笑春风。春风舞罗衣，君今不醉将安归？”这三首诗四次使用“春风”一词，“春风”简直是胡姬的代名词。“春风”一词在李白诗中出现频繁，《清平调》就两次使用“春风”与杨贵妃、牡丹花相匹配，可见他那时把盛唐视为春风得意之岁月。李白以“春风”拟胡姬，可见他是把胡姬酒店当成盛唐景观来对待的，不妨设想，李白进入胡姬酒店应有如沐春风之感。那么，出入胡姬酒店的《少年行》中的五陵少年，《白鼻䯄》中的无名骑者，就与李白本人无关吗？在《相逢行》中可以发现，李白在写他自己：“胡骑五花马，谒帝出银台。”银台指的是唐朝的翰林院，其位置在右银台门内，麟德殿西，重廊后面，是待诏翰林李白出入之所经。从翰林院出来后，“金鞭遥指点……疑是天上来。蹙入青绮门，当歌共衔杯。……愿因三青鸟，更报长相思”。这种歌行是否在胡姬酒店中乘醉挥毫而成，那就不得而知了。

向达《唐代长安与西域文明》云：“昔者汉灵帝好胡服、胡帐、胡床、胡坐、胡饭、胡箜篌、胡笛、胡舞；京城贵戚，皆竞为之。所谓上有好者下必有甚也。李唐起自西陲，历事周隋，不唯政制多袭前代之旧，一切文物亦复不间华夷，兼收并蓄。第七世纪以降之长安，几乎为一国际的都会，各种人民，各种宗教，无不可于长安得之。太宗雄才大略，固不囿于琐微，而波罗球之盛行唐代，太宗与有力焉。

开元、天宝之际，天下升平，而玄宗以声色犬马为羁縻诸王之策，重以蕃将大盛，异族入居长安者多，于是长安胡化极盛一时，此种胡化大率为西域风之好尚：服饰、饮食、宫室、乐舞、绘画，竞事纷泊；其极社会各方面，隐约皆有所化，好之者不仅帝王及一二贵戚达官已也。”① 总之，所谓“酒家胡”者，多聚于长安西市。隋唐时代，西域少数民族和外国音乐大量传入中原地区，衍变成新兴音乐，不仅流行于民间，也进入上层社会和宫廷。宋人沈括《梦溪笔谈》卷五《乐律》云：“自天宝十三载，始诏法曲与胡部合奏。自此乐奏全失古法，以先王之乐为雅乐，前世新声为清乐，合胡部者为宴乐。”这说明胡乐开始改造宫廷音乐体制。元稹《法曲》诗云：“女为胡妇学胡妆，伎进胡音务胡乐。……胡音胡骑与胡妆，五十年来竞纷泊。”胡乐、胡妆成了唐朝社会的时髦，甚至有如王建《凉州行》诗云“洛阳家家学胡乐”，重新结构了中原人士的娱乐趣味。胡人好酒，胡舞放荡，胡姬狐媚，这在唐人笔记中不乏描写，都和李白豪侠狂放的性格颇有契合之处。契合的缘由，不应忽视李白出生于碎叶，以及其父辈曾是往来于丝绸之路商人的交往圈子中的风气，这些都会给李白自小而来的文化基因染色。这种文化基因在国际都会长安中，促成了这位天才诗人的诗酒狂欢。

五　由醉态盛唐蜕变的清雅风流与意象经营

杜甫的文化基因则来自京兆、河洛的中原核心地区的文化，这与他的远祖杜预、近祖杜审言存在深刻的联系。杜预是司马昭的妹婿，为晋镇南大将军灭东吴，号称“杜武库”；又酷爱《左传》，将之与《春秋经》合并作注，成为“十三经注疏”的范本，号称“左氏癖”。

① 向达：《唐代长安与西域文明》，重庆出版社 2009 年版，第 30 页。

杜甫30岁时，曾亲赴墓地，祭奠杜预，作《祭远祖当阳君文》，以继承家族的儒家史学为“不敢忘本，不敢违仁”的志向。[①] 这一点深刻地影响了杜甫诗的“诗史”品格，即黄庭坚所说的“千古是非存史笔，百年忠义寄江花”（《次韵伯氏寄赠盖郎中喜学老杜之诗》）。

杜甫一生每每以“杜陵布衣”“杜陵老翁”自称。这是古人以郡望认同族姓的常用方式。如《进封西岳赋表》这样自报家门：“臣甫言，臣本杜陵诸生，年过四十。”他在长安求职，备受辛酸，叹息“长安苦寒谁独悲，杜陵野老骨欲折”（《投简献华两县诸子》），又叹息“杜陵野客人更嗤，被褐短窄鬓如丝”（《醉时歌》）。他上路探亲，也说：“杜陵有布衣，老大意转拙。”（《自京赴奉先县咏怀五百字》）流浪到夔州异乡，总说自己是杜陵来的客人：“巫峡寒江那对眼，杜陵远客不胜悲”（《立春》）；“君不见夔子之国杜陵翁，牙齿半落左耳聋”（《复阴》）。这时他已经56岁了。后来他漂泊到长沙，更是凄凉：“杜陵老翁秋系船，扶病相识长沙驿。强梳白发提葫芦，手把菊花路旁摘。”（《惜别行送刘仆射判官》）那么，杜甫为何对“杜陵”故地念兹在兹呢？只要读一读《晋书·杜预传》就清楚了，开头说：“杜预，字元凯，京兆杜陵人也。”[②] 杜甫自称“杜陵老翁”，是认同其远祖的里籍的。这种认同伴随杜甫终生的乡土维系，使杜诗成了黄河文明的典型代表。

杜甫的祖父杜审言，在武则天朝曾任国子监主簿，加修文馆直学士，善五言诗，格律谨严，是唐前期格律诗趋向成熟过程中的重要诗人。杜审言甚至放言：“吾文章当得屈宋作衙官，吾笔当得王羲之北面。”[③] 这是把诗当作杜家的最高荣耀。因此杜甫在儿子生日时说：“诗是吾家事。”（《宗武生日》）他自我夸耀：“吾祖诗冠古。”（《赠蜀僧闾丘师兄》）杜甫自称“七龄思即壮，开口咏凤凰”，从小家庭作业

① 参见周绍良主编《全唐文新编》，吉林文史出版社2000年版，第4130页。

② （唐）房玄龄等：《晋书》卷34《杜预传》，中华书局1974年版，第1025页。

③ （宋）欧阳修、宋祁：《新唐书》卷201《杜审言传》，中华书局1975年版，第5735页。

当然离不开格律诗的训练，以至于晚年达到随心所欲的境界。杜甫表白："为人性僻耽佳句，语不惊人死不休。"这里所说的癖性，乃是家族文化遗传基因所致。准于此，一是远祖杜预，一是近祖杜审言；一者长于史，一者长于诗。这些黄河文明基本的文化要素成为纵横双轴，植入了杜甫诗性精神方式的深处。

正由于杜甫属于黄河农业文明和诗书文明，他的故土情结非常浓重。与李白59岁在白帝城遇赦，欢快地"千里江陵一日还"，就还到远离家乡的江南大为不同，杜甫52岁在蜀中作《闻官军收河南河北》，回首中原，简直归心似箭："剑外忽传收蓟北，初闻涕泪满衣裳。却看妻子愁何在，漫卷诗书喜欲狂。白日放歌须纵酒，青春作伴好还乡。即从巴峡穿巫峡，便下襄阳向洛阳。"襄阳是杜预建功立业之地，《新唐书·杜审言传》云："杜审言，字必简，襄州襄阳人，晋征南将军预远裔。"洛阳是杜甫出生地巩县（今巩义市）的首府，杜甫的曾祖杜依艺，曾任洛州巩县令，祖父杜审言也任过洛州洛阳县丞，由此可知，杜甫的原乡意识和还乡意向是非常强烈的。在还乡意向上，杜甫诗和李白诗，存在不同的精神指向。诉说乡愁，崔颢诗《登黄鹤楼》令人心有戚戚焉："昔人已乘白云去，此地空余黄鹤楼。黄鹤一去不复返，白云千载空悠悠。晴川历历汉阳树，芳草萋萋鹦鹉洲。日暮乡关何处是，烟波江上使人愁。"元人方回《瀛奎律髓》卷一"登览类"评点说："此诗前四句不拘对偶，气势雄大。李白读之，不敢再题此楼，乃去而赋《登金陵凤凰台》也。"李白所赋《登金陵凤凰台》诗云："凤凰台上凤凰游，凤去台空江自流。吴宫花草埋幽径，晋代衣冠成古丘。三山半落青天外，二水中分白鹭洲。总为浮云能蔽日，长安不见使人愁。"虽然"太白此诗与崔颢《黄鹤楼》相似，格律气势未易甲乙"，但李白以长安指代乡关，是幻化了的乡关，杜甫则以"便下襄阳向洛阳"来指代乡关，连着自己的家族故土血脉，更是切实、沉痛。

文化基因的差异，影响及于诗性智慧的类型，包括其形式选择和意象选择。李白来长安而赋牡丹，杜甫入西川而赋梅花。牡丹荣华富贵，宣泄着唐朝丰沛的元气；梅花高洁坚贞，预示着宋人高洁的气节。李白诗弘扬了大唐，杜甫诗启迪了两宋。杜甫有《和裴迪登蜀州东亭送客逢早梅相忆见寄》诗云："东阁官梅动诗兴，还如何逊在扬州。此时对雪遥相忆，送客逢春可自由。幸不折来伤岁暮，若为看去乱乡愁。江边一树垂垂发，朝夕催人自白头。"唐朝有两个裴迪，一为天宝、大历、元和间的诗人，与王维、杜甫唱和；一为唐末由节度使而变成后梁太祖朱温的幕官，《五代史》有传。王维晚年隐居在今陕西蓝田县南的辋川，与诗人裴迪过从甚密，有《赠裴迪》诗云："不相见，不相见来久。日日泉水头，常忆同携手。携手本同心，复叹忽分襟。相忆今如此，相思深不深。"可见王、裴之间，携手同心，感情极深。裴迪有《辋川集二十首》，都是与王维唱和的收获，其中《竹里馆》诗云："来过竹里馆，日与道相亲。出入唯山鸟，幽深无世人。"这是与王维《辋川集·竹里馆》诗"独坐幽篁里，弹琴复长啸。深林人不知，明月来相照"，相互唱和，其幽清的境界也可参照。裴迪《辋川集二十首》又有《漆园》诗云："好闲早成性，果此谐宿诺。今日漆园游，还同庄叟乐。"这已经超出了辋川风景的范围，而追踪他们诗风的源头出自庄子，并把王维比拟为庄叟了。《旧唐书·文苑列传下》记载："（王）维弟兄俱奉佛，居常蔬食，不茹荤血。晚年长斋，不衣文彩。得宋之问蓝田别墅，在辋口。辋水周于舍下，别涨竹洲花坞，与道友裴迪浮舟往来，弹琴赋诗，啸咏终日。尝聚其田园所为诗，号《辋川集》。"① 明人王衡有《郁轮袍》杂剧，专门描写王维、裴迪的交谊，以"哥哥"称呼王维，敷衍出"维摩居士，化作王维；儒童菩萨，化作裴迪"的故事。

王维、裴迪辋川酬唱，已经成为中国诗人清雅交游的一个典型，一种在醉态盛唐的狂欢失落之后，诗人与山水禅心相许的典型。他可以作为由盛唐向中晚唐过渡的文人心态的一个标本来解读。宋人陈振孙《直斋书录解题》卷十六云："《王右丞集》十卷，唐尚书右丞河中

① （后晋）刘昫等：《旧唐书》卷190《文苑列传下》，中华书局1997年版，第5052页。

王维摩诘撰。……维诗清逸，追逼陶、谢。《辋川别墅图画》摹传至今。尝与裴迪同赋，各二十绝句。集中又有与迪书，略曰：‘夜登华子冈，辋水沦涟，与月上下。寒山远火，明灭林外。深巷寒犬，吠声如豹。村墟夜舂，复与疏钟相间。此时独坐，僮仆静默，每思曩昔，携手赋诗。当待春中，卉木蔓发。轻鲦出水，白鸥矫翼。露湿青皋，麦雉朝雊。傥能从我游乎？’余每读之，使人有飘然独往之兴。迪诗亦佳，然他无闻于世，盖亦高人也。辋川在蓝田县西南二十里，本宋之问别圃，维后表为清源寺，终墓其西。”① 明代郎瑛《七修类稿》卷二十五谈及一幅《七贤过关》的图画，谓：“以谓李白、李颀、之逊、孟浩然、綦毋潜、裴迪、司马承祯出关访王维。国初夏节又亲见古图，谓开元冬，李白、张九龄、王维、张说、郑虔、李华、孟浩然，同游洛南之龙门，遇雪而虔图之。”② 在后人的想象中，这么一大群诗人结伴出游的地点已经不是散发着酒气及胡风的长安，而是山野清静的辋川，雪中洛阳的龙门。清人贺裳《载酒园诗话》感慨：“辋川倡和，裴迪尤多，其诗体反不甚与王近，较诸公骨格稍重。裴早友王维，晚交杜甫，篇什必多。今所存惟维集数篇，不胜遗珠之恨。”③

裴迪在唐肃宗时，曾任蜀州（今四川省崇州市）刺史幕僚，与杜甫友善。杜甫有《和裴迪登新津寺寄王侍郎》诗：“何限倚山木，吟诗秋叶黄。蝉声集古寺，鸟影度寒塘。风物悲游子，登临忆侍郎。老夫贪佛日，随意宿僧房。”又有这首“东阁官梅动诗兴”的《和裴迪登蜀州东亭送客逢早梅相忆见寄》。但清人对杜甫、裴迪二诗人交往的历史现场，并无多少兴趣，他们更感兴趣的是作为专家之学的格律，是对格律的遵守和变异，以及由此显示的功力。对于此诗的格律，清人赵执信《声调谱》说：“东阁官梅动诗兴：起句即拗，今俗云必拗第三句方可，误也。”翁方纲《赵秋谷所传声调谱》又对赵执

---

① （宋）陈振孙：《直斋书录解题》卷16，上海古籍出版社1987年校点本，第468—469页。

② （明）郎瑛：《七修类稿》卷25《辩证类》，上海书店出版社2001年版，第261页。

③ （唐）王维：《王维诗集笺注》，杨文生编，四川人民出版社2003年版，第366页。

信（号秋谷）的说法进行反驳："杜《早梅》七律起句，'东阁官梅动诗兴'句，注云：起句即拗，今俗云必拗第三句者，非也。按此种句法，不过以第五第六两字平仄互换，乃古人之正格，元不得云拗。且夫何处有俗云必拗第三句之说，此皆不可为据。"如此评诗的嗜好，难免使旧时诗歌多在格律的框架中翻跟头，很难翻出诗人的真性情了。

对于此诗的本事和典故，宋人葛立方《韵语阳秋》则认为："老杜诗云：'东阁官梅动诗兴，还如何逊在扬州。'按逊传无扬州事，而逊集亦无扬州梅花诗，但有《早梅诗》云：'免园标物序，惊时最是梅。衔霜当露发，映雪凝寒开。枝横却月观，花绕凌风台。应知早飘落，故逐上春来。'杜公前诗乃逢早梅而作诗，故用何逊事，又意却月凌风，皆扬州台观名尔。近时有妄人假东坡名，作《老杜事实》一编，无一事有据。至谓逊作扬州法曹，廨舍有梅一株，逊吟咏其下，岂不误学者！"[①] 对于这种说法，明人杨慎《升庵诗话》卷六作了附和及考证。古人论诗，好讲格律和本事，因此杜甫比李白更有讲头，更符合他们对诗的功力的嗜好。比起杜甫《秋兴八首》《登高》等模样宏大的七律来，杜甫赋早梅的这首诗写得自由随便，以谈话的口吻写诗，情感真切，历来被推为咏梅诗的上品。如明代谢榛《四溟诗话》卷一云："子美《和裴迪早梅相忆》之作，两联用二十二虚字，句法老健，意味深长，非巨笔不能到。"[②] 王世贞更推崇此诗为"古今咏梅第一"[③]。杜甫此诗好用虚字来牵引情感的回环波折，开了宋代江西诗派的先河。比如说"幸不折来伤岁暮，若为看去乱乡愁"，借梅花抒写流落异地的难民乡愁，而"幸不……若为……"句式，起了一推一挽的作用；又说"江边一树垂垂发，朝夕催人自白头"，又借用自己草堂浣花溪畔的梅花催人老，来抒写老境颓唐，那个"自"字也是杜甫所好用，于寂寞中透出一点无可奈何。此时，杜甫白发上头，已临

① （清）何文焕辑：《历代诗话》，中华书局 1981 年版，第 610 页。

② （明）谢榛：《四溟诗话》卷 1，中华书局 1985 年版，第 2 页。

③ （清）仇兆鳌：《杜少陵集详注》卷 9，文学古籍出版社 1955 年版。

近知天命之年了。应该说，如此写梅，与宋人使用梅花意象隐喻士人高洁的情怀和气节，是大异其趣的；但此诗的驰名，很大程度上又是由于宋人尊梅，想到老祖宗杜甫处寻找源头。

杜甫对于花的意象经营和选择，还有一个虚幻的故事值得探究。“楚辞无梅，杜诗无海棠”，本是诗歌史上的公案。这个公案也与杜甫赋梅花有牵连，元人方回《瀛奎律髓》卷二十云：“少陵在西川，不赋海棠诗。初自薛能拈出，此语事见薛能、郑谷诗集。郑谷《海棠》诗云：‘浣花溪上堪惆怅，子美无心为发扬。’今半山却引而归于梅，奇矣。‘东阁官梅动诗兴’，老杜本以称裴迪，今指为老杜亦可也。诗话或云：‘子美母名海棠，故集中无海棠诗。’或云：‘晓看红湿处，花重锦官城，非海棠不能当也。’惟陆放翁六言诗云：‘广平作《梅花赋》，子美无海棠诗。政自一时偶尔，俗人平地生疑。’此说得之。”[①] 广平乃是开元名相宋璟，皮日休《桃花赋并序》云：“余尝慕宋广平之为相，贞姿劲质，刚态毅状。疑其铁肠石心，不解吐婉媚辞。然睹其文而有《梅花赋》，清便富艳，得南朝徐庾体，殊不类其为人也。后苏相公味道得而称之，广平之名遂振。呜呼！夫广平之才，未为是赋，则苏公果暇知其人哉！将广平困于穷，厄于踬，然强为是文邪？日休于文尚矣，状花卉，体风物，非有所讽，辄抑而不发。因感广平之所作，复为桃花赋。”[②] 宋璟赋梅，改变了自己的命运；杜甫赋梅，叹息着自己的命运。梅花的命运联系着盛唐的到来和盛唐的崩溃，其间也有冥冥之宿命存焉乎？

海棠的意象，与杜甫结下了很深的“不是缘分的缘分”，这实在是匪夷所思。杜甫 48 岁（乾元二年，759）入蜀，隔年的早春作《和裴迪登蜀州东亭送客逢早梅相忆见寄》，直到 57 岁（大历三年，768）离开夔州出三峡，在巴蜀地区居留了将近十年。蜀地向有“海棠国”的美名，到了蜀地的陆游就作《海棠》诗大加赞美：“蜀地名花擅古

① （元）方回：《瀛奎律髓汇评》卷 20《梅花类》，李庆甲集评校点，上海古籍出版社 2005 年版，第 759 页。

② （唐）皮日休：《皮子文薮》，萧涤非整理，中华书局 1959 年版，第 9—10 页。

今，一枝气可压千林。”不料杜甫居处近十年时间，却没有写过海棠诗。由于宋朝诗人青睐海棠，发觉自己的老祖宗杜甫从未写过海棠，实在是大惑不解，以致有点失落。陆游在《海棠》诗后自注：“老杜不应无海棠诗，意其失传尔。”王安石赋梅花的诗中如此解释：“少陵为尔牵诗兴，可是无心赋海棠。”认为杜甫对梅花的趣味压倒了对海棠花的趣味，到底是将高雅还给杜甫。苏东坡则游戏笔墨，据宋代《庚溪诗话》说，苏轼流放的时候，常与官伎喝酒，即兴赋诗。但色艺俱好的伎女李宜，却没有得诗的荣幸。她在苏轼即将调离的筵席上，哭泣求诗，苏轼出口成章：“东坡居士文名久，何事无言及李宜。恰似西川杜工部，海棠虽好不吟诗。”[①] 苏轼如此应对歌伎，是充满风流而快捷的智慧的，不是你的色艺不佳，杜甫对于鲜艳娇媚的海棠花，也没有吟诗呢！而且作为蜀地诗人的苏轼，对于杜甫没有海棠诗似乎并不介意，他不写由他去吧，我来写就得了。

然而，更多的宋人是介意的，他们要为杜甫没有写海棠，寻找一个合理的解释，才能放心。宋人蔡正孙《诗林广记》卷八引《古今诗话》说：“杜子美母名海棠，子美讳之，故集中绝无海棠诗。”[②] 诗话论古今，那么“古”到谁呢？李渔《闲情偶寄》“种植部”追踪到王禹偁：“王禹偁《诗话》云：‘杜子美避地蜀中，未尝有一诗及海棠，以其生母名海棠也。’”[③] 王禹偁是北宋前期诗人，也像后来的欧阳修、苏东坡一样，由翰林学士，贬谪滁州、黄州，他文宗韩愈、柳宗元，诗崇杜甫、白居易，其《村行》诗云：“马穿山径菊初黄，信马悠悠野兴长。万壑有声含晚籁，数峰无语立斜阳。棠梨叶落胭脂色，荞麦花开白雪香。何事吟余忽惆怅，村桥原树似吾乡。”他对杜诗没有赋海棠，是心存遗憾的。

宋人兴犹未尽，由于李白把杨贵妃比拟牡丹，宋人就兴致勃勃地非要造出一个用海棠比拟杨贵妃的故事不可。恰好苏轼有一首《海

① 吴文治主编：《明诗话全编》，江苏古籍出版社1997年版，第743页。

② （宋）蔡正孙：《诗林广记》卷8，中华书局1982年版，第142页。

③ （清）李渔：《闲情偶寄》，《李渔全集》，浙江古籍出版社2010年版。

棠》诗："东风袅袅泛崇光，香雾空濛月转廊。只恐夜深花睡去，故烧高烛照红妆。"这是最好的海棠诗，是经得起编织几个有关花与美人的神话的。宋代释惠洪《冷斋夜话》卷五赞扬此诗用语之妙云："造语之工，至于荆公、东坡、山谷，尽古今之变。荆公曰：'江月转空为白昼，岭云分暝与黄昏。'又曰：'一水护田将绿绕，两山排闼送青来。'东坡《海棠》诗曰：'只恐夜深花睡去，高烧银烛照红妆。'又曰：'我携此石归，袖中有东海。'山谷曰：'此皆谓之句中眼，学者不知此妙语，韵终不胜。'"宋人把殷切缠绵的情感，赋予山川花鸟百物，诚然比唐人细腻。同是《冷斋夜话》，卷一记述了一个别开生面的故事："东坡《海棠》诗：只恐夜深花睡去，故烧高烛照红妆。事见《太真外传》，曰：'上皇登沉香亭，诏太真妃子。妃子时卯酒未醒，命（高）力士从侍儿扶掖而至。妃子醉韵残妆，鬓乱钗横，不能再拜。上皇笑曰：岂妃子醉？真海棠睡未足耳！'"[①]（按：宋人乐史编撰的传奇小说《杨太真外传》，有李白为沉香亭赏牡丹而赋《清平调》之事，并无"海棠睡未足"的记载。当是宋人因由东坡《海棠》诗，偷梁换柱，编造成如此绝世美人与名花，又以诗为媒的神话，这个魅力动人的故事引发了以后的诗词屡屡出现"睡海棠"的意象。）

宋人王楙《野客丛书》卷二十四转述了这个"睡海棠"故事后，还引了手法相似的李贺《美人梳头歌》中的句子："西施晓梦绡帐寒，香鬟堕髻半沉檀。辘轳咿哑转鸣玉，惊起芙蓉睡新足。"以及五代后蜀阎选的《虞美人》词的句子："一枝娇卧醉芙蓉。"[②] 这就使得以苏轼《海棠》诗比附杨妃，在艺术手法上更是因缘有自了。以睡海棠喻美人，可见宋人在理学空气渐浓的时候，还保留和发展了晚唐五代以来的那点香艳与风流。但是他们皆以唐朝宫闱故事抒发宋人的"海棠情结"，可见宋代诗歌的生存环境和生产方式，已经大异于唐代了。

应该说，宋人崇杜，由杜诗无海棠的迷惑与焦虑，引发了"杜母

---

① （宋）惠洪：《冷斋夜话》卷1、卷5，中华书局1985年版，第2、23页。

② （宋）王楙：《野客丛书》卷24，中华书局1987年版，第268页。

名叫海棠”的猜测。对于这种猜测，元人吾衍已斥其非：“杜甫无海棠诗，相传谓其母名海棠，故讳之。余尝观李白、李贺等集，亦无之，岂其母亦同名耶？则知蜀中多海棠，以时人往往入诗，若后宋之言梅花，特厌而不言耳！”① 其实不仅李白、李贺集中无海棠，元稹、白居易、韩愈、柳宗元的集子中也无海棠。海棠作为诗词意象，是中晚唐以后的事情。宋李昉等人编的《文苑英华》卷三百二十二，收入海棠诗七首，把王维《左掖梨花》改名为《左掖海棠咏》，又把中唐李绅的《海棠梨》改题为《海棠》，系在王维的名下。如此乱改诗题、张冠李戴，说明宋人刻意要把海棠意象的营构追踪至盛唐。李绅用了《海棠梨》的题目，已经够早了，他在中唐与李德裕、元稹同时，号为“三俊”。李绅属于9世纪，比属于8世纪的杜甫晚几十年，李绅尚且在海棠的后面缀上一个“梨”字。《文苑英华》收晚唐薛能、温庭筠、郑谷的五首海棠诗，倒是货真价实。薛能作《海棠诗并序》说：“海棠有闻而诗无闻，杜工部子美于斯有之矣。……何天之厚余，获此遗遇。”他的七言《海棠》诗，写得也热闹：“四海应无蜀海棠，一时开处一城香。”② 可见晚唐诗中的海棠才成气候，至于杜甫的时代，海棠尚未作为引人瞩目的诗性意象，进入诗人的视野。因而杜甫母亲，又何从以海棠为名。那都是尊崇杜诗的宋人，以幻觉造出的错觉。至于李白和杜甫，他们咏花，分别注意到牡丹和梅花。海棠意象的兴起，时在中晚唐，需要有中晚唐那种敏感而略多感伤的神经，才能感受这种娇媚而纤细的意象。正如属于艳科的词，也兴起于此时，词体就是诗体中的海棠。意象史，蕴含风尚史和文人精神史，这就使得文学成为人性重塑的心灵史。对诗的研究，应该返回文化与人性之根，这是古典学的要义所在。

李白和杜甫在盛唐的前半期和后半期相继崛起于诗界，以蕴含广大而又各自不同的长江（兼胡地）、黄河的文化基因及个性风采，代

① （元）吾衍子行：《闲居录》，中华书局1991年版，第4页。
② （宋）李昉等：《文苑英华》卷322，中华书局1990年版。

表中国诗歌的两大美学形态。他们凭借元气淋漓的盛唐魄力和创造力，双峰并峙，显示了中华民族诗性智慧生生不息的丰富性、包容性和创造可能性。可以说，李、杜代表的盛唐，是中华民族人文精神和诗性智慧的“枢轴时代”。李、杜所创造的盛唐诗性文化名片，具有不朽的标杆功能。何为“枢轴”?《周礼·考工记》云：“察车自轮始。”[①] 大车能周行天下，车轮是关键。而车轮的结构，如《老子》云：“三十辐共一毂。”[②] 贯穿在毂中的枢轴，载重行远，因而枢轴又成了关键的关键。李、杜诗的枢轴性功能，表现在为人文表达树立了一个诗性的高标准，广泛的审美可能性，以及周行大地的文化承载含量。清人吴乔《围炉诗话》卷三云：“盛唐博大沉雄”，指的首先是李、杜；“唐无李、杜，便当首推摩诘，秋水芙蓉，倚风自笑，不足尽之，庶几‘咳唾落九天，随风生珠玉’耳”；“于李、杜后，能别开生路，自成一家者，惟韩退之一人，既欲自立，势不得不行其心之所喜奇崛之路。于李、杜、韩后，能别开生路，自成一家者，惟李义山一人，既欲自立，势不得不行其心之所喜深奥之路”[③]。这些诗性智慧之高峰比较，都是围绕着李、杜为枢轴，以李、杜作为标杆的。明人冯时可《雨航杂录》卷上又云：“屈原之骚，庄生之书，司马子长之史，相如之赋，李杜之诗，韩苏之序记，驰骋纵逸，天宇不能限其思，雄矣哉!”[④] 这又把李杜诗性智慧的枢轴和标杆功能，拓展到整个中华民族的人文天地了。

---

① （汉）郑玄注：《周礼·考工记》，《十三经注疏》，（唐）贾公彦疏，中华书局1980年版，第907页。

② 《老子道德经》上篇，《诸子集成》（三），中华书局1954年版，第6页。

③ 郭绍虞编：《清诗话续编》（第一册），上海古籍出版社1983年版，第560页。

④ （明）冯时可：《雨航杂录》卷上，中华书局1985年版，第2页。

重回鲁迅*

——如何认识“全鲁迅”

这次“鲁迅与百年新文学”学术研讨会，是澳门大学校长倡议和支持召开的。澳门大学校长不仅主张“任何一流大学，都应该有一流的本国语文，中外概莫能外”，而且主张澳门大学“亮出鲁迅的旗帜”。作为澳门大学的讲座教授，本人为研讨会奉献了三卷《鲁迅作品精华（选评本）》。评点本以分类和编年的方式，采取经典文化标准，选录鲁迅作品220余篇。我从鲁迅的文化血脉、哲人眼光、志士情怀、巨人智慧等多元角度，以古今文献、金石文物、野史杂著、风俗信仰、地域基因、时代思潮以及鲁迅的深层生命体验方面的丰富扎实的材料，对220余篇文章进行力求有根底、有趣味、有独到眼光的逐一评点。这实际上是为“五四”前后的半个世纪的文化精神谱系作注，为20世纪最深刻的一位思想文学的巨人，作方方面面的细致深入的带古典学意味的解读。以一人之力进行如此充满挑战性的事情，诚如《诗经》所谓：“战战兢兢，如临深渊，如履薄冰。”如今将这些评点奉上研讨会，意在获得更多的批评指点，以避免“独学而无友，则孤陋而寡闻”之弊。

鲁迅研究是我的学术研究的始发点。从1972年在北京西南远郊

---

* 在澳门大学“鲁迅与百年新文学”研讨会，以及中国鲁迅研究会2014年理事会（福州）上的发言。2014年9月15日整理。

的工厂库房里通读《鲁迅全集》十卷本至今，已经40多年了。1978年，我考入中国社会科学院研究生院，师从唐弢及王士菁先生，开始系统地研究鲁迅。此后我发表的若干关于鲁迅的文字，创造了个人学术生涯的颇有几个“第一”。1981年上半年的《论鲁迅小说的艺术生命力》，是我在《中国现代文学研究丛刊》发表的第一篇文章；1982年7月的《鲁迅小说的现实主义的本质特征》，是我在《中国社会科学》发表的第一篇文章；1984年4月在陕西人民出版社出版的《鲁迅小说综论》，是我的第一本学术专著。这些所谓第一，在很大程度上透露了我初出茅庐的稚嫩和惶恐。鲁迅在《华盖集·这个与那个》中说：“孩子初学步的第一步，在成人看来，的确是幼稚，危险，不成样子，或者简直是可笑的。但无论怎样的愚妇人，却总以恳切的希望的心，看他跨出这第一步去，决不会因为他的走法幼稚，怕要阻碍阔人的路线而‘逼死’他；也决不至于将他禁在床上，使他躺着研究到能够飞跑时再下地。因为她知道：假如这么办，即使长到一百岁也还是不会走路的。”这种辩证思想，坚定了我的勇气。

由此迈出的最初的学术脚步，是我后来研究《中国现代小说史》并孜孜矻矻探寻中国古往今来的文学，乃至整个中国思想文化的本源和本质的第一个驿站。选择这个学术思想出发的驿站，在与鲁迅进行一番思想文化和审美精神的深度对话之后，再整装前行，对古今叙事、歌诗、民族史志、诸子学术进行长途奔袭，应该说，多少是储备了弥足珍贵的思想批判能力、审美体验能力和文化还原能力的。唐太宗说过：“取法乎上，仅得乎中；取法乎中，只为其下；自非上德，不可效焉。”（《帝范后序》）在学术研究起步时，建立登高临下的高起点，是非常有必要的。我是从鲁迅研究这个起点上出发的。当我在审美文化和思想文化上历尽艰辛地探源溯流30余年之后，再反过头来清理鲁迅的经典智慧和文化血脉，便可以进入一种会通的境界。于是在最近两年陆续推出了《鲁迅文化血脉还原》（安徽大学出版社2013年版）、《遥祭汉唐魄力——鲁迅与汉石画像》（《学术月刊》2014年第2期）和三卷本《鲁迅作品精华（选评本）》（生活·读书·新知三联书店2014年版)，以新的知识结构对我的学术生涯第一驿站的存货进行翻箱倒柜的大清理。清理的结果，使我对鲁迅的思想和文学的存在，油然生出深深的敬佩和感激之情。有此标杆，令人在思想学术上精进不已，不容稍微懈怠。

最近，我把总字数133万言的这三份材料，作了一次校对，把校勘所得写成两篇文章：《鲁迅给我们留下什么》《如何推进鲁迅研究》，每篇都是两万多字，前一篇还是草稿。文章写得很仓促粗糙，只不过想把近年重回鲁迅的心灵轨迹作一番清理。此度重回鲁迅，说实在话，心存两个疑惑：一是30年前写《鲁迅小说综论》的杨义，是现在这个杨义吗？二是现在我经历30多年的古典小说、古典诗歌、叙事学、文学地理学、少数民族文学、先秦诸子学的研究之后，又能在鲁迅研究中做点别人难以重复的发明吗？作为一个学者，必须对这些疑惑有所交代，才能不至于浪掷有限的精力。古人云：“日月悬终古，乾坤别逝川。”信哉斯言！

我深深感觉到，重回鲁迅应该两条腿走路：一是关切思潮，二是注重血脉。鲁迅说：“他的任务，是在有些警觉之后，喊出一种新声；又因为从旧垒中来，情形看得较为分明，反戈一击，易制强敌的死命。”(《坟·写在〈坟〉后面》)这是他从进化论和文明批评的角度看问题。如果从文化学的角度看问题，“从旧垒中来”，谈论的是“我从何来”的本源，以及文化基因的继承和发生；“反戈一击”，谈论的是现实的文化行为，是对新思潮的反应，是对现实的参与，是“我何为”的当代价值。本源连着血脉，是潜在的，关系到民族群体潜意识；行为连着思潮，是显性的，关系到中西文化大对话的形势。文化形势是流动不居的，文化基因是生生不息的。如果我们讲鲁迅只讲思潮，那就只讲了鲁迅的一半，但鲁迅绝不是只有一半的鲁迅；即便你讲鲁迅与传统文化的关系，如果只是采摘鲁迅对之作出思潮性的批判的一面，“半个鲁迅”的观感，还没有得到根本性的改观。鲁迅既是吃狼的乳汁养大的莱莫斯，如瞿秋白所言；又是一个汲取传统文化极深的“庞大的斯芬克斯”，如增田涉在鲁迅那里进修翻译《中国小说史略》时所感觉到的。如果只看到莱莫斯的一面，看不到斯芬克斯的一面，鲁迅就会变得单薄许多。鲁迅如斯芬克斯那样提出了关于“人”的旷世之谜。鲁迅穿着长袍，以“金不换”毛笔写文章，作旧体诗馈赠友人，搜集文物杂品和汉代石画像拓片，出版笺谱，买通俗小说给母亲娱乐，买《芥子园画谱》给许广平研习，就连他以“鲁迅”为笔名，也考虑过周、鲁同姓，牵连着三千年前的国族姓氏制度，这样一个鲁迅，不从中华民族深厚的文化底蕴中作出全面的也是正面的深刻研究，能够说你是在作“全鲁迅”的研究吗？因此如何超越“半鲁迅”研究，深化“全鲁迅”研究，是突破鲁迅研究旧格局的关键性切入口。

鲁迅给我们留下了什么？以往思考这个问题，往往胪列鲁迅的一系列观点，不妨换一个角度，看鲁迅在精神特质和思想方法上留给我们什么启示。观点是具体的，容易随着历史的行进而增光或褪色；精神特质或思想方法，则具有潜在的普适性，运用之妙，可以进入新的精神过程。鲁迅的精神特质和思想方法在于以下几点。

第一是鲁迅眼光。眼光是一个人凝视世界、透视万象的精神行为，是一个人的思想力的体现。鲁迅全部 33 篇小说中，有 16 篇写到“眼光”。《奔月》写羿“身子是岩石一般挺立着，眼光直射，闪闪如岩下电，须发开张飘动，像黑色火”，把眼光看作人物精神的要紧处。《拿来主义》：“要运用脑髓，放出眼光，自己来拿。”把眼光作为对中外文化遗产进行理性辨析，实施拿来主义的关键所在。《绛洞花主·小引》谓对于《红楼梦》，“单是命意，就因读者的眼光而有种种：经学家看见《易》，道学家看见淫，才子看见缠绵，革命家看见排满，流言家看见宫闱秘事……”眼光是多元的，带有选择性和折光效应，无论如何，认知世界脱离不了形形色色的眼光。如清人吴乔《围炉诗话》卷六说：“读书须眼光透过纸背，勿在纸面浮去。”眼光的要点，是锐利和深刻，要从世界的底里看世界，要从文字的背面看意义。与眼光相反的是盲，《说文解字》：“盲，目无牟子也。”《韩非子·解老》：“目不能决黑白之色则谓之盲。”盲就是失去眼光，眼睛里没有瞳子，看世界不辨黑白，“盲人骑瞎马，夜半临池塘”，不掉到水中那才怪呢。眼光是人生的定向仪，有眼光，才能看清路在何方。仓颉造字，传说他有四只眼睛，可见眼睛是聪明通透的关键。我怀疑，仓颉四目，是他早已预示读书过劳，非戴眼镜不可，两眼加上一副眼镜，就是四目。

在《鲁迅作品精华（选评本）》每一本书中，都夹着我手写的书签：“读鲁迅可使心灵的眸子如岩下电。”其中“岩下电”典故出自《世说新语》，我用来强调的是把人的“眼光”擦得铮亮，奕奕有神，增加体察人生、洞幽察微的能力。中国香港地区出版的《鲁迅作品精华》之《弁言》说的也是同一个意思，“我们观察中国事物之时，灼灼然总是感受到他那锐利、严峻而深邃的眼光，感受到他在昭示着什么，申斥着什么，期许着什么”，“‘鲁迅眼光’，已经成为20世纪中国智慧和精神的一大收获，一种超越了封闭的儒家精神体系，从而对建构现代中国文化体系具有实质意义的收获。在鲁迅同代人中，比他激进者有之，如陈独秀；比他机智者有之，如胡适；比他儒雅者有之，如周作人；唯独无之者，无人如他那样透视了中国历史进程和中国人生模型的深层本质，这就使得他的著作更加耐人重读，愈咀嚼愈有滋味。鲁迅学而深思，思而深察，表现出中国现代史上第一流的思想洞察力、历史洞察力和社会洞察力，从而使他丰厚的学养和深切的阅历形成了一种具有巨大的穿透力的历史通识”。洞察天地鬼神，乃是人的智慧的大喜欢。

比如解剖国民性的命题，《阿Q正传》是展示国民性的兼杂着喜剧、悲剧、闹剧的戏台。对于阿Q式的革命，令人读来说不清楚是“开心”，还是心酸。阿Q所梦想的革命武器，不是民主共和，他连自由党都讹成“柿油党”，反而在《三国》《水浒》《封神》等小说及地方戏剧《龙虎斗》中，搬出各种兵器，板刀、钢鞭、三尖两刃刀、钩镰枪，夹杂着炸弹、洋炮，都成了他想象中合群打劫式的“阿Q式的革命”中用的家伙。这种民俗狂欢的描绘，隐藏着令人越想越揪心的针对“为私欲而革命”的讽喻。项羽、刘邦要取代威仪赫赫的秦始皇，何尝不抱着阿Q式的心理状态？鲁迅对这种革命把戏是感慨不已的："我们国民的学问，大多数却实在靠着小说，甚至于还靠着从小说编出来的戏文。虽是崇奉关（羽）岳（飞）的大人先生们，倘问他心目中的这两位'武圣'的仪表，怕总不免是细着眼睛的红脸大汉和五绺长须的白面书生，或者还穿着绣金的缎甲，脊梁上还插着四张尖角旗。"鲁迅眼光看透了群体潜意识下的种种欲念骚动的奥妙，用小说戏文对民间心理的熏染，为思想启蒙提出切实的命题。鲁迅有一种透入人们灵魂的发现："专制者的反面就是奴才，有权势时无所不为，失势时即奴性十足。"这是鲁迅的眼光，那种认为鲁迅解剖国民性是受西方传教士影响的"殖民思想"，是离开事物的本质或把事物本质虚无化的不实之论。鲁迅是考察阿Q们，而不是套用西方传教士的眼光来思量中国国民性的，这就是鲁迅比某些他的研究者高明的地方了。

第二是鲁迅智慧。智慧就是佛学中的般若（Prajna），民国初年研究佛典的鲁迅很清楚，般若就是以直觉的洞察所获得最高的知识和启悟，如慧眼洞察世间的一切现象；慧光能了彻一切。南朝宋刘义庆《世说新语·文学》："殷中军被废东阳，始看佛经，初视《维摩诘》，疑般若波罗蜜太多，后见《小品》，恨此语少。"刘孝标注："波罗蜜，此言到彼岸也。经云到者有六焉……六曰般若，般若者，智慧也。"鲁迅在《魏晋风度及文章与药及酒之关系》这篇著名讲演中，大量采用《世说新语》的材料，对这些掌故和解释，自然也是了然于心。智慧是人世的精华，有智慧，人生才精彩。

我在中国香港地区出版的《鲁迅作品精华·弁言》中对鲁迅的这种大智慧作了还原，认为："谁能设想鲁迅仅凭一枝形小价廉的'金不换'毛笔，却能疾风迅雷般揭开古老中国的沉重帷幕，赋予痛苦的灵魂以神圣，放入一线晨曦于风雨如磐？他对黑暗的分量有足够的估计，而且一进入文学旷野便以身期许：'自己背着因袭的重担，肩住了黑暗的闸门'，放青年一代'到宽阔光明的地方去，此后幸福的度日，合理的做人'。这便赋予新文化运动以勇者人格、智者风姿。很难再找到另一个文学家像他那样深知中国之为中国了。那把启蒙主义的解剖刀，简直是刀刀见血，哪怕是辫子、面子一类意象，国粹、野史一类话题，无不顺手拈来，不留情面地针砭着奴性和专制互补的社会心理结构，把一个国民性解剖得物无遁形，淋漓尽致了。读鲁迅，可以领略到一种苦涩的愉悦，即在一种不痛不快、奇痛奇快的大智慧境界中，体验着他直视现实的‘睁了眼看’的人生态度，以及他遥祭‘汉唐魄力’，推崇‘拿来主义’的开放胸襟。他后期运用的唯物辩证法也是活生生的，毫无‘近视眼论匾’的隔膜。我们依然可以在他关于家族、社会、时代、父子、妇女，以及文艺与革命，知识者与民众，圣人、名人与真理一类问题的深度思考中，感受到唯物辩证法与历史通识的融合，感受到一种痛快淋漓的智慧禅悦。他长于讽刺，但讽刺秉承公心，冷峭包裹热情，在一种‘冰与火’共存的特殊风格中，逼退复古退化的荒谬，逼出‘中国的脊梁’和‘中国人的自信力’。鲁迅使中国人对自身本质的认识达到了一个新的历史深度，正是这种充满奇痛奇快的历史深度，给一个世纪的改革事业注入了前行不息的、类乎‘过客’的精神驱动力。”

孔夫子有言曰：“智者乐水，仁者乐山；智者动，仁者静；智者乐，仁者寿。”智慧就是快乐地流动着的水，水是生命之源，既可渊深沉潜，又可怒浪排空，端是仪态万千，改变着芸芸众生的大千世界。鲁迅杂文，是智慧之文，得力于他那种信手拈来的杂学。杂是百物存在的必然形态，如《国语·郑语》所云：“故先王以土与金木水火杂，以成百物。”文章杂得到了家，就是一种从心所欲不逾矩的激进。鲁迅超越了经史诸子一类的正经书，而及于野史、小说、杂记、图谱、宗教、民俗、民间传说和赛会演艺，他在许多旮旮旯旯之处，发现正人君子、传统文人不屑一顾的另一个绿满山川的野草世界。因而民初鲁迅，作为一个独特的精神存在，迟疑于野草世界的小径之间，校古碑，阅佛教，搜集金石小件，寻找汉画石拓片。他以沉默排遣痛苦，也以沉默磨炼内功。思想痛苦的医治，使思想者真正深刻地咀嚼出文化的真滋味。如果没有民国初年的校古碑，抄佛经，搜集汉画像和金石文物，就没有这位具有如此深邃的精神深度，深知中西文化之精髓之鲁迅。鲁迅的人文兴趣广泛，少好绣像、俗剧，长嗜古碑、汉砖和木刻，以人难比拟的生命直觉，借以体验文化趣味和古人心灵。文学家的鲁迅，是以博识者作为其文化修养背景的，他笔下的许多篇章写得如此事例奇诡，脱尽格套，针针见血，驱遣自如，显示了一个博识真知者的风采。杂文，乃是鲁迅创造的与民族国家共患难的文化方式。可以想知，他写到得意的地方，心中一片粲然。

第三是鲁迅骨头。脊椎动物有骨骼，是动物界的一大进化，自此便以其坚硬的特质，支撑自身的形态和动作。人如无骨，是不能挺直腰杆站立起来的。鲁迅是大智大勇的启蒙斗士，其学其文独具风骨，独立不阿，重振中国文坛的骨气雄风。他面对的是抽掉骨头的时代，如他所言："我曾经和几个朋友闲谈。一个朋友说：现在的文章，是不会有骨气的了，譬如向一种日报上的副刊去投稿罢，副刊编辑先抽去几根骨头，总编辑又抽去几根骨头，检察官又抽去几根骨头，剩下来还有什么呢？我说：我是自己先抽去了几根骨头的，否则，连'剩下来'的也不剩。所以，那时发表出来的文字，有被抽四次的可能……因此除了官准的有骨气的文章之外，读者也只能看看没有骨气的文章。"（《花边文学·序言》）为了彰显自己的硬骨头，鲁迅写下《自嘲》诗云："横眉冷对千夫指，俯首甘为孺子牛。"横眉、俯首，都是骨气的彰显。有骨气，方能笔底生风，风生水起。

鲁迅不否认自己笔头厉害了得，甚是感慨地说："我自己也知道，在中国，我的笔要算较为尖刻的，说话有时也不留情面"，"倘使我没有这笔，也就是被欺侮到赴诉无门的一个；我觉悟了，所以要常用，尤其是用于使麒麟皮下露出马脚"。哪怕周围的明枪暗箭，又何妨鲁迅用来试炼自己的骨头。鲁迅有独立不阿的人格，往往以曲笔接招解招，以骨头碰钝枪尖和箭头，并以此显示"我写故我存在"。其骨头之硬，来自鲜明而热烈的爱与憎的锤炼和淬火。宣称："敢说，敢笑，敢哭，敢怒，敢骂，敢打，在这可诅咒的地方击退了可诅咒的时代!"又说："我的坏处，是在论时事不留面子，砭痼弊常取类型。"这就是，他的骨头硬，但不是以骨头耍横，而是在“不留面子”的笔墨中，为认识此社会留下可以反复寻味的“类型”。他不说“我的长处”，而说“我的坏处”，就是“以天下为沉浊，不可与庄语”，只能正言反说，给那个坏透了的社会使一点“坏”。《女吊》所使的“坏”可就使大了，它“创造了一个带复仇性的，比别的一切鬼魂更美，更强的鬼魂”，写一种“民俗活化石”，甚至是“女鬼活化石”。“鬼”也有化石吗？鬼本该连着“黑暗”和“死”，鲁迅却从中激活强悍的生命，由此建构了现代中国文学上无可重复的反抗复仇的意义方式和意义深度。这是一篇铁骨铮铮的文字，以一种从容的怪异、红蓝异彩，在恐怖中挖掘出正义，铸成不世出的奇文。

第四是鲁迅情怀。情怀是一块田，需要人们勤劳耕作，栽禾除草，施肥浇水，使之绿绿葱葱，收获精彩的金黄。如《礼记·礼运》说：“人情者，圣王之田也，修礼以耕之，陈义以种之，讲学以耨之，本仁以聚之，播乐以安之。”中国由此有耕读传家的传统，把耕与读结合起来，所耕的更重要的是心田。鲁迅对情怀之田的栽植兴趣和耕耘工具，自是不同，带有深刻的现代性和批判性。不过周作人有《自己的园地》，鲁迅也有“自己的园地”。考究起来，情怀是一种情感性的胸怀，混合着感性、理性和情调趣味，有之自可使文章独具风华，文品高远。鲁迅的文学心田，写实性杂着古典性，浪漫性杂着象征性，笔致曲折，一笔多彩，文字上很有点苦涩味、辛辣味而不失其甘旨入脾。鲁迅由1918年写《狂人日记》惊世骇俗，到1919年写《孔乙己》委婉精妙，在不到一年间，其小说的情调和形式，发生了本质性的变化，激越趋于老成，显示了鲁迅文学世界的出手不凡和高深莫测。在《孔乙己》中，鲁迅捡起故乡街市有如随风飘落的一叶陈旧人生的碎片，夹在狂飙突起的《新青年》卷页之间，由此审视着父辈做不成士大夫的卑微命运，行文运笔充满着悲悯之情。咸亨酒店，这就是它的“含弘光大，品物咸亨”吗？其地名、其人名，充满反讽的张力。

鲁迅确实如日本增田涉所言，是一个“庞大的斯芬克斯”，文章上组合在人与兽，露出了关于“人”的神秘莫测的苦笑和忧郁。他的作品不仅篇与篇之间追求思想形式的原创，而且书与书之间呈现了精神求索的独特深度。鲁迅情怀的变迁和调整，改写了他看世界和解读人生的角度和方式。《呐喊》的精神冲击力强，《彷徨》的思潮反思性深。当众人纷纷趋慕启蒙之时，他富有预见性和洞察力，把“反思启蒙”当作《彷徨》的重要思维方式和思想特征。《祝福》的中心关注，是祥林嫂的悲剧人生，但它有个副主题，是反思“五四”的启蒙。辛亥革命过去近10年，“五四”大潮正在奔涌，然而讲理学的本家叔辈老监生鲁四老爷大骂的“新党”还是康有为，似乎“五四”的启蒙虽然在京沪知识界洪波涌起，但在二线三线的乡土城镇，依然是“雨过地皮湿”的状态，盘根错节的历史并没有由于思潮推涌而立即迈步前进。孤独，自“五四”始，成了时髦的状态名词。《孤独者》却来反思“孤独”。胡适1918年发表《易卜生主义》，里面引用易卜生《国民公敌》的话：“世界上最强有力的人就是那个最孤立的人。”对此深度反思的结果，孤独的魏连殳，怎么能说是“世界上最强的人”呢？他只有一句“我还得活几天”，这是魏连殳求生意志的宣言，在行文中反复鸣响。在走投无路之际，他当了军阀杜师长的顾问，出卖人生价值为代价的胜利意味着失败：“我已经躬行我先前所憎恶，所反对的一切，拒斥我先前所崇仰，所主张的一切了。我已经真的失败，——然而我胜利了。”这里的孤独的胜利，成了一种“反胜利”。

我幼时读《千家诗》，读到一首无名氏的《题壁》诗，印象很深，诗云：“一团茅草乱蓬蓬，蓦地烧天蓦地空。争似满炉煨榾柮，漫腾腾地暖烘烘。”据说此诗题在嵩山法堂壁，司马光和他兄弟朋友去那里游览，随手在旁边题了四个字：“勿毁此诗。”榾柮就是树根疙瘩，可代替木炭烧火取暖。中国的启蒙很有必要，但与其用徒张声势的大声疾呼，不如采用经过深沉反思的鲁迅式的老树疙瘩，来做持久而坚韧的燃烧升温，更能从根基上解决问题。历史的行程，要透视下层的变动，才能看得清楚它的分量。

鲁迅对思潮的反思，立足于他对现实的深刻观察。观察得深了，容易产生悲观甚至绝望，但反抗绝望而获取的希望，是更为沉甸甸的希望。鲁迅感叹：“可惨的人生！桀骜英勇如 Petőfi（裴多菲），也终于对了暗夜止步，回顾着茫茫的东方了。他说：绝望之为虚妄，正与希望相同。倘使我还得偷生在不明不暗的这‘虚妄’中，我就还要寻求那逝去的悲凉缥缈的青春，但不妨在我的身外。因为身外的青春倘一消灭，我身中的迟暮也即凋零了。”（《野草·希望》）这种思想由于深刻而导致的忧伤，使他在《伤逝》中沉浸于对更年轻一代知识者的思想文化的反思，反思了易卜生《傀儡家庭》的浪漫性。本篇一开头就说，“如果我能够，我要写下我的悔恨和悲哀，为子君，为自己”，为全篇定下了哀婉的忏悔格调。哀婉源自对青年知识者的青春礼赞，以及对青春失落的哀伤。其中剔出了一种“被系住的蜻蜓的哲学”：“就如蜻蜓落在恶作剧的坏孩子的手里一般，被系着细线，尽情玩弄，虐待，虽然幸而没有送掉性命，结果也还是躺在地上，只争着一个迟早之间。”这条摆脱不掉的细线，就是社会习俗、宗法势力、经济体制，左右着青年知识者的命运，是他们成为“线上的蜻蜓”。《离婚》反思启蒙主义和女性主义思潮翻滚后的乡村依然是士绅的厅堂原则压倒和制约着乡野原则。七大人故弄玄虚的“屁塞”，轻而易举地打翻了爱姑的“钩刀脚”，这就是中国乡村社会权力结构的“无阵之阵”。鲁迅在《题〈彷徨〉》诗中不是感叹“寂寞新文苑，平安旧战场。两间余一卒，荷戟独彷徨”吗？但是，“反思启蒙”使他的彷徨增加了思想深度，是清醒的“有思想的彷徨”。然而有深度的表达，是不会马上造成轰动效应的，它需要用心仔细咀嚼，日久才知滋味。因而小说集《彷徨》，就不能重复《呐喊》诸篇，以其“表现的深切和格式的特别”，“颇激动了一部分青年读者的心”了。

至于“如何推进鲁迅研究”，可讲的问题不少，这里不及细说。我一直认为，鲁迅是一口以特别的材料制造的洪钟，小叩则小鸣，大叩则大鸣。叩钟的角度可以前后左右，缓急疾徐。鲁迅研究还存在不少可以深入开垦的思想、知识、气质和精神文化的园地和土层，就看研究者举起敲钟的槌棒的材质和大小，就看研究者的知识储备和思想能力，是否与研究对象相称。我本来想讲推进鲁迅研究的五个维度，即更深一层地疏通文化血脉，还原鲁迅生命，深化辩证思维，重造文化方式，拓展思想维度。但今天只能着重就如何强化对鲁迅文化血脉的研究，谈点看法。

以往的鲁迅研究的显著特点，是侧重于思潮，尤其是外来思潮对鲁迅的影响。这方面取得的重大突破，自不待言，然而以往即便谈论鲁迅与传统文化的关系，也只是演绎批判国粹之类的文字，侧重于思潮对这种血脉联系的冲击而产生的变异，就脱离了文化血脉的原本性了。似乎鲁迅已经脱下长衫，改穿西装革履了。但鲁迅也许觉得长衫披风更舒服。即便鲁迅探寻外国思潮时，他也不忘记说："外之既不后于世界之思潮，内之仍弗失固有之血脉，取今复古，别立新宗，人生意义，致之深邃，则国人之自觉至，个性张，沙聚之邦，由是转为人国。"他采取"既不……仍弗……"的双构句式，表达思潮和血脉并举，而使之相互对质，一个巴掌拍不响，两个巴掌才能拍出文化新宗、人生意义和国人之自觉的巨响。思潮离血脉而浮泛，血脉离思潮而沉滞。血脉筛选和吸纳着思潮，思潮撞击和激励着血脉，二者良性关系的建立，刺激了真正的创造精神的发生。因而重思潮而轻血脉的研究，只能是"半鲁迅"的研究，只有思潮、血脉并举，才能还鲁迅应有的"深刻的完全"。

即便是研究思潮，也要有血脉研究的底子，才能理解鲁迅为何接受思潮，接受何种思潮，如何接受思潮，而使思潮转换流向和形态，为己吸收化合。诚如鲁迅所言："新主义宣传者是放火人么，也须别人有精神的燃料，才会着火；是弹琴人么，别人的心上也须有弦索，才会出声；是发声器么，别人也必须是发声器，才会共鸣。"（《热风·随感录59》）文化血脉是解释思潮为何及如何"着火""出声""共鸣"的内在根据。血脉是一只左右着接受何种思潮，如何接受思想的"无形的手"，而思潮的反灌，又滋育着和改造着血脉，激活血脉的生命力。鲁迅由此不是全盘西化者，也不是国粹主义者，而是脚踏实地的文化改革者和创造者。

鲁迅的文化血脉既深且广，深入历史，广涉民间，令人有无所弗届之感。鲁迅吸纳思潮的根基，扎实而深厚，依地气以吸纳洋风。鲁迅连着地气的文化血脉，论其大宗，相当突出的是要从庄子、屈原、嵇康、吴敬梓，要从魏晋文章、宋明野史、唐传奇到明清小说，甚至要从绍兴目连戏、《山海经》、金石学和汉代石画像中去寻找、去把握。文化血脉，纵横交错，巨细兼杂，大可及于一代文学、一种文体，细可及于一个掌故、一个物件，无不收入胸中，释放出波诡云谲的奇思妙喻，尖锐不失趣味。比如解释《朝花夕拾》开篇的《狗·猫·鼠》，就可以启动地域文化和文献学的角度，上溯到八百年前陆游《剑南诗稿》卷十五有《赠猫》绝句云："裹盐迎得小狸奴，尽护山房万卷书。惭愧家贫策勋薄，寒无毡坐食无鱼。"这对猫的捕鼠功劳相当感激，如南宋吴自牧《梦粱录》记述"猫，都人畜之，捕鼠"；陆游又借猫来吐露家境的贫寒，连累了猫也挨饿受寒。《剑南诗稿》卷三十八又有《嘲畜猫》诗曰："甚矣翻盆暴，嗟君睡得成。但思鱼餍足，不顾鼠纵横。欲骋衔蝉快，先怜上树轻。朐山在何许，此族最知名。"注云："俗言猫为虎舅，教虎百为，惟不教上树。又谓海师猫为天下第一。"陆游为山阴（今绍兴）人，与鲁迅有同乡之仪。鲁迅幼年听到的故事与这里的"俗言"一脉相承，但鲁迅听到的猫是虎师傅，陆游却说是"虎舅"，多了一层亲缘关系。在鲁迅手中，猫、虎奇思，源于民俗，却超越民俗，深切地使之透入社会，嘲讽世相，尤其那些"正人君子"之流，从而把来自民俗的血脉注入当代思潮和文明批评之中，生发出嬉笑怒骂也能出神入化的批判锋芒。

鲁迅对美术关注，开放性中洋溢着文人趣味，最终又以发现"东方美的力量"为旨归。他不是随便玩玩，关注过去，而是为了充实当今，开拓未来，追寻几被遗失的民族精魂。图画中自然也融合着他对人生境界的追求，他曾说过："外国的平易地讲述学术文艺的书，往往夹杂些闲话或笑谈，使文章增添活气，读者感到格外的兴趣，不易于疲倦。但中国的有些译本，却将这些删去，单留下艰难的讲学语，使他复近于教科书。这正如折花者；除尽枝叶，单留花朵，折花固然是折花，然而花枝的活气却灭尽了。人们到了失去余裕心，或不自觉地满抱了不留余地心时，这民族的将来恐怕就可虑。”（《华盖集·忽然想到》）他提倡木刻，出版画集，既有战斗的成分，也融进了使民族在战斗的紧张中舒畅心气的兴趣，保存枝叶，呵护繁花。1935 年，他给木刻家李桦写信：“以为倘参酌汉代的石刻画像，明清的书籍插画，并且留心民间所赏玩的所谓‘年画’，和欧洲的新法融合起来，许能创出一种更好的版画。”他的创造思维方式，是跨时代、跨文化的，唯有这一跨，才跨出了融合创新的开阔空间。他由此设想一种新的美学形态：“以这东方的美的力量，侵入文人的书斋去。”“东方美”是鲁迅文化血脉所系，所系又在民间、在墓穴壁画、在与口头传统相配合的绣像，而不局限于“文人的书斋”。清理这条血脉，应该从重新认识民国初年的鲁迅开始收集碑刻和石画像。鲁迅一生，主要是 1915 年至 1936 年这二十多年的两端，购得碑刻及石刻、木刻画像拓片近 6000 种。这成为鲁迅文化血脉上拥有的一笔重要的思想资源。鲁迅收藏的山东嘉祥等地的汉画像拓片 405 种，多是民初沉默期所得；南阳汉画像 246 种，则是 1935 年 12 月至 1936 年 8 月通过王冶秋转托相关人士拓印所得，其时南阳汉画像还发现不久。我们多关注鲁迅与魏晋的关系，由汉画石又可以窥见鲁迅与“汉学”的关系。这种汉学不是经学，而是“民间汉学”，由此牵引出鲁迅与民间学的对接点，在于遥祭汉唐魄力。

鲁迅搜集汉代石画像拓片，不是为了淘宝升值，而是为了考证其中展示的生活情态及其蕴含的民间精神情态，用以作为古代生活史、精神史和文明史的证据。许寿裳称赞：“至于鲁迅整理古碑，不但注意其文字，而且研究其图案……即就碑文而言，也是考证精审，一无泛语。”可见做的是精粹的古典学和金石学的造诣。这不是玩物丧志，而是玩物长志，增长见识，认知世界，连通血脉，涵养精神。其间曾用南宋人洪适的金石学著作《隶续》，校订《郑季宣残碑》。考证古碑时，对清人王昶（号兰泉）的《金石萃编》多有订正。1915 年年末，从北平图书馆分馆借回清人黄易的《小蓬莱金石文字》，影写自藏本的缺页。鲁迅的金石学、考据学修养，于此立下了精深的根基。他也于此接上了清代考据学的传统，正因由心细如发，才能使其在后来的文明批评中旁通博识，眼光如炬。没有如此精深的传统学术修养，鲁迅是不可能写成《看镜有感》这类杂文，从一面古董店家都称为“海马葡萄镜”，甚至“我的一面并无海马”，体验到“汉武通大宛安息，以致天马蒲萄，大概当时是视为盛事的，所以便取作什器的装饰”，“遥想汉人多少闳放，新来的动植物，即毫不拘忌，来充装饰的花纹。唐人也还不算弱，例如汉人的墓前石兽，多是羊，虎，天禄，辟邪，而长安的昭陵上，却刻着带箭的骏马，还有一只鸵鸟，则办法简直前无古人”，思慕着“魄力究竟雄大”，针砭了后世文化精神的“萎缩”。没有这种金石学修养，也不可能以山东嘉祥和河南南阳的汉代石画像考见汉人的生活史和心灵史，从中发现“东方美的力量”，借以遥祭“汉唐魄力”。鲁迅不是从高头讲章，而是从墓穴石刻，获取古老文明的直接性，作为他批判现实、追求审美的高远境界的着力点。他的文化血脉连通了本源，连通了地气，连通了民族精神的剖析和重铸。由此可知，以古典学打开文化血脉奥秘，才能知道鲁迅之大，鲁迅之深，鲁迅之坦坦荡荡的情怀。研究鲁迅文化血脉，乃是当今鲁迅研究的当务之急，既关注鲁迅借鉴外来思潮，又顾及鲁迅植根于本国文化血脉，并使文化血脉焕发出生机勃勃的创造力，唯有如此研究，才能超越研究“半鲁迅”的局面，还原一个“全鲁迅”，还原出“全鲁迅”所留下的丰厚精彩的精神启示。

鲁迅与中国文化的现代启示*

本文为纪念鲁迅先生逝世七十周年而作。主要从文化观的感受形态与学术文化方式开拓的层面论述鲁迅为中国文化建立起的崇高风范，并引导出开辟新世纪中国文化方向的现代启示。

一 问题的提出

鲁迅研究发展到今天，面临历史突破的大契机，或者说，历史已经水到渠成地提出新命题：在鲁迅研究中寻索现代启示，以博大而开放的视野疏通文化血脉和开启文化新机，使鲁迅之学成为中国总体文化精神的一个有机、强劲又充满活力的流脉，从而建立现代大国的文化风范。之所以说“水到渠成”，是由于这种“通脉启新立风范”的工程，已经具备了三项历史根据。

第一项根据在于鲁迅研究自身。20 世纪 80 年代改革开放以来，鲁迅研究开始了研究视野多维化的进程，新一代学人在史料发掘和文本分析，在启蒙文化剖析和作家精神结构透视，在哲学方式和文体学阐释，在地域文化因缘和学术史脉络等起码八个方面都取得了长足的

---

* 本文曾载于《文学评论》2006 年第 5 期。

进展和可观的深入。比起以往相对狭隘和单一的研究维度来，学术界在提出新问题上解放思想，在开发新材料上锐意搜求，在建构新学理上讲究创新，在这 20 余年的研究中，我们在许多领域发现了一个“新的鲁迅”。对 20 余年鲁迅研究中呕心沥血、标新立异、积学深功的丰硕成果进行深度的反思、广度的整合与高度的提升，将有可能把鲁迅研究置于很高的起点，开拓出鲁迅研究的新境界和新局面。

第二项根据在于中国文化智慧和文化哲学。人类文化进程无可辩驳地证明，中国文化历五千年而川流不息、气象万千、涉险重振、终至波澜壮阔，磨炼了和铸就了它自身非常独特的文化品格和文化哲学，一言以蔽之，就是：能创始强，有容乃大。《庄子·秋水》借河伯望洋兴叹的寓言，称赞“天下之水，莫大于海，万川归之”的壮阔胸襟和雄伟魄力。《论语·子罕》记述孔子面对川流，叹息“逝者如斯夫，不舍昼夜”，传达了一种不失时机、永不放弃的坚毅精神。《老子》不是说过“天下莫柔弱于水”，又说过“江海所以能为百谷王”吗？在从善如流的中国古风和新说中，水的意象一再被采用，隐喻了中国人的时间意识和空间意识，强弱转化意识和兼容意识。百川归海，成为有容乃大的文化哲学的极佳隐喻。现代文化建构当然也应该采取“能创始强，有容乃大”的八字文化哲学，在具体的操作层面上，还历史上的伟人以足够的伟大，还现代人以充分的自由创造的精神空间，形成双还双赢的文化心理机制和运作机制。在学术史研究上，有必要对历史上的思想文化流派作全面的深入的探讨，但在现代文化建构上却不一定要把传统文化的哪家哪派作为完整的价值体系照搬过来，更重要的是深入其内里，剔出那些最闪亮、最有活力的价值因子，在现代阐释中使之成为现实文化建构的深厚的资源和有机的构件。如果我们对历史文献足够熟悉，上述此类嘉言妙理、文化精髓当可列出许多，为现代文化的创新提供丰富的文化因子和深长的文化根系。对于文化机制中不同层面的问题应该采取不同的处置方式，这才是辩证法与历史理性的结合，这才能培育大国文化风范的深厚的元气。鲁迅对古代的名人名篇，在学术著述和杂文写作，即在历史评价和现实文化批评的不同层面，其处置方式也有分别。我们研究鲁迅繁博而新锐的具体言论，更应该采取这种辩证法和历史理性相结合的态度。研究鲁迅而不能展示现代大国的文化风范，只是像鲁迅所嘲讽的关帝庙前近视眼说匾（《三闲集·扁》）那样游谈无根，我们是会愧对中国文化的博大精深的。

第三项根据在于中国文化的现代进程。中国文化经过自晚清，尤其自五四的百余年对外来思想文化的引进、消化和吸收，已具备在现代意义上的自主创新能力。长时间对本土经验和智慧的批判、清理、认证与阐释，已使我们在与传统对话中获得现代意识的许多理论逻辑起点。世界视野和现代理性的广泛认取，使我们处理文化问题已获得了百年后的应有的从容裕如，不必像面对晚清颟顸大臣、民初顽梗反对派和“文革”毒辣阴谋家那样采取过度偏激的态度，对花样百出的外来思潮术语也不必采取饥不择食的随波逐流的姿态，反而由于精神空间的开阔而更多几分心境澄明。值此时际，我们对时代的感受已经和鲁迅的时代感受有所差异，这是不应该抱着盲目崇拜的情结加以误读的。鲁迅谈他的时代感受：“试将记五代，南宋，明末的事情的，和现今的状况一比较，就当惊心动魄于何其相似之甚，仿佛时间的流逝，独与我们中国无关。现在的中华民国也还是五代，是宋末，是明季。”① 这种季世式的“历史似是感”，已经成为过去时态。在改革开放后中国经济持续 20 余年保持 9%以上的高速增长，迅速成为世界第二经济体的时候，连一位英国学者都感觉到“21 世纪始于中国的 1978 年”，这一年，“一个社会主义国家开始从平均主义向市场经济迈出了尝试性的一步……它创造了一个完全不同的历史。中国的转变已经使世界的重心东移”（《他们影响了近代中国》，《环球时报》2006 年 7 月 28 日）。毋庸讳言，现实虽然还存在不少矛盾和缺陷，但总体而言，季世之感已经成了遥远的历史陈迹，或者成了我们居安思危、进一步振奋精神的历史警示。问题在于我们在新的时代感受和文化语境

① 《华盖集·忽然想到》，《鲁迅全集》第 3 卷，人民文学出版社 1981 年版，第 17 页。

中，充分深刻而又与时俱进地发掘作为文化巨人的鲁迅的伟大价值和当代活力。承认时代差异而又穿透时代差异的文化对话和心灵对话，是一种大智慧，它有可能在创造性的学理阐释中升华出现代大国的文化风范。

以上三项根据使鲁迅成为现代文化新三维观照中的鲁迅，而鲁迅也会在文化新三维空间的观照中成为获得精深的新义的现代文化启示录。把历史根据所提供的可能，转化成学术建设的实践工程，无疑是需要不断探索的繁难之事。在这里，我们有必要从鲁迅的文化观和他提供的学术文化方式入手。

二　文化观的独特形态

鲁迅抱持“为人生”的启蒙主义文化观，旨在疗治和革除他所直面的文化与人生的痼疾，推动中国文化由古典阶段向现代阶段的转型。因此他为历史所规定的着眼点聚焦于揭示固有文化的弊端，论证现代文化取代固有文化的历史合理性，他只不过在这个基本方向上带上了难以比拟的深刻的感受性。历史赋予这代先驱者的任务是从传统文化的围城中突围，并在文化突围中引进外国的新异因素与传统对话，在突围的对话中重建现代中国的民族之魂。这种现代民族之魂的建构，是带有始建之时的抗争感、紧张感和忧患感的。在这里，鲁迅是一个伟大的独特，他的文化观以眼光犀利、质地劲锐而内涵深邃著称。在20世纪前期，他与中国的命运相联系而为自己的文化观苦苦求索二三十年，并且赋予文化观以独特的感受形态，概括起来就是“双轨三事一内核”。

先论鲁迅文化观的双轨性或复调性。写于1907年的《文化偏至论》赋予双轨性以“洞达世界之大势”的“明哲之士”的话语形态：

> 此所为明哲之士，必洞达世界之大势，权衡校量，去其偏颇，得其神明，施之国中，翕合无间。外之既不后于世界之思潮，内之仍弗失固有之血脉，取今复古，别立新宗，人生意义，致之深邃，则国人之自觉至，个性张，沙聚之邦，由是转为人国。①

这是鲁迅文化观的纲领性言说。中国自19世纪以来面临两股文化潮流需要处理，一股是西学东渐，另一股是旧学更新，二者互为表里，因果相推。如何处理这个问题，关系到中国文化的未来走向和命运。鲁迅当时处于留学生文化圈，或者留学生文化圈的日本学派，因而对世界之大势、世界之思潮，存在有异于足未出国门者的特殊敏感和特殊兴趣。或者说他之所以要留学，就是要了解世界思潮的新知，在这方面采取积极进取的态度。了解的结果，是他对世界思潮采取“不后于”三个字的态度。“不后于”可以理解为与世界思潮接轨或同步，也可以理解为不为世界思潮之后而亦步亦趋。关键在于那个“取”字，强调具有主体性而非流于奴才性的择取。同时鲁迅又是从中国文化深处走出来的思想者和革新者，与中国文化存在谁也不能否认的缘分，虽然他对这种浸染极深的文化缘分往往采取批判性的态度，但是他还是操持“权衡校量，去其偏颇，得其神明”的比较性的文化方法论，采取“外之”“内之”双管齐下的双轨性或复调性的文化策略。他对传统文化采取“弗失血脉”四个字的态度。既讲“弗失”，就必然要进行革新，才能谈得上失与不失。很值得注意的是，他以“血脉”来比喻固有的并且处在革新过程中的中国文化。所谓血脉，指称的是文化血统和文化脉络，是中国人之为中国人的标志，这是语义学早已规定好的“血脉”一词的意义。比如《史记·乐书》说：“故音乐者，所以动荡血脉，通流精神而和正心也。”所指乃礼乐

① 《坟·文化偏至论》，《鲁迅全集》第1卷，人民文学出版社1981年版，第56页。

文明的文化血脉。唐人罗隐诗云："敢将衰弱附强宗，细算还缘血脉同。"① 这又是讲认同祖宗的人伦血统了。

论列双轨性文化观，不可忘记它的立足点，在于"施之国中，翕合无间"，也就是适合中国社会文化的发展，把文化的现代化过程和中国化过程结合起来。对立足点的深度关注，也就形成鲁迅文化观的立足点之立足点，这就是作为鲁迅文化观之内核的"立人"学说，在"取今复古"的双轨性思维中建立具有文化合金形态，又具有文化超越形态的中国现代文化"新宗"，从而深刻地探究人生意义，推进个性自觉，建立健全的以人为标志，而不是以家为标志的"人国"而非"家国"。为此，他提出了一个著名的也是众说纷纭的命题："掊物质而张灵明，任个人而排众数。"② 以前的一些学者看到物质、灵明这类词语就神经过敏，迫不及待地把鲁迅这段话纳入哲学史上唯物主义和唯心主义斗争的理论框架，将之隶属于哲学唯心主义，然后再为贤者辩解。实际上，鲁迅并不是思辨型的哲学家，他本质上是一个具有世界眼光和现代意识的现实文化的观察者和富有批判精神的思考者。他这里讲的是物质文明、制度文明和精神文明之关系的问题，思考的是现代中国要在处理三者关系中建设什么样的文化形态的问题。他明明观察到晚清的洋务派提倡"制造商估"，维新派提倡"立宪国会"，前者在张扬物质，后者在夸饰多数；他又明明观察到 19 世纪的西方"物质文明之盛，直傲睨前此二千年之业绩"，可能导致物质崇拜、物质万能的世俗心理，观察到套用西方的制度文明可能会导致市侩、无赖的投机，造成这般人等"以多数临天下而暴独特者"，以致"民不堪命矣"的弊端。由此鲁迅发出这样的质疑："第不知彼所谓文明者，将已立准则，慎施去取，指善美而可行诸中国之文明乎，抑成事旧章，咸弃捐不顾，独指西方文化而言乎？"他是针对物质崇拜而强调精神文明，针对制度弊端而强调个人的创造权利的。

---

① （唐）罗隐：《寄酬邺王罗令公》其三，《校编全唐诗》（下），湖北人民出版社 2001 年版，第 3729 页。

② 《坟·文化偏至论》，《鲁迅全集》第 1 卷，人民文学出版社 1981 年版，第 46 页。

有人以此指责鲁迅"只会破坏，不会建设"，"不但是反中国的传统，也反对西方的东西"，这是由于其未能参悟鲁迅所说的"取今复古，别立新宗"那个"别"字之妙谛。所谓"别"，有区分、特异和另外等意义，如谭嗣同《仁学》所说："破有国有家者之私，而纠合同志以别立天国。"这就是说，鲁迅所要别立的文化新宗，不是中国传统的模式，也不是西方的模式，而是在双轨文化的互质中创造出来的另一种现代中国文化和文明的模式。至于所要别立的文化新宗有什么方案，谭嗣同的"天国"和鲁迅的"人国"蓝图如何，这都不应该要求是先验的、乌托邦式的，而应该是一个执着于现实的不断探索的长期实践过程。作为这个探索过程的第一步，是与他的"立人"学说相对应的解剖和改造国民性。1907 年他讲到民族的生存和竞争的要务，"其首在立人，人立而后凡事举：若其道术，乃必尊个性而张精神"。15 年后，他回想自己弃医从文的经历，告知"我便觉得医学并非一件紧要事，凡愚弱的国民，即使体格如何健全，如何茁壮，也只能做毫无意义的示众的材料和看客，病死多少是不必以为不幸的。所以我们的第一要著，是在改变他们的精神，而善于改变精神的是，我那时以为当然要推文艺，于是想提倡文艺运动了"[①]。又是"首在"，又是"第一要著"，在重要性的权衡和时代的次序上，可见鲁迅的精神指向。这番流产了的文艺运动，从现存的材料看，带有泛文化性质。

作为一个留学生面对当时的西方思想文化资源，他选择性地借用了两个流派，一者是他称为"神思宗之至新者"，即 19 世纪末以尼采、施蒂纳、叔本华、克尔凯郭尔为代表的唯意志论和唯我论这类"世纪末"思潮。旨在反对"近世文明之伪与偏"，"会为大潮，以反动破坏充其精神，以获新生为其希望，专向旧有之文明，而加之掊击扫荡焉"。另者是他所称的"摩罗诗力"，即十八九世纪以英国拜伦、

① 《坟·文化偏至论》《呐喊·自序》，《鲁迅全集》第 1 卷，人民文学出版社 1981 年版，第 57、417 页。

雪莱，俄国普希金、莱蒙托夫，波兰密茨凯维支、斯洛伐支奇以及匈牙利的裴多菲为代表的浪漫派诗潮。其中采取一种开放性思维，“首在审己，亦必知人，比较既周，爰生自觉”，着重阐扬“立意在反抗，指归在动作”，“举一切伪饰陋习，悉与荡涤”，进而呼唤“致吾人于善美刚健”，呼唤“精神界之战士”的出现。[①] 值得深思的是，“唯我”“浪漫”一类词语在鲁迅行文中也曾出现过，而且日本汉字也用同类词语对应翻译西方术语，而鲁迅却偏要从《文心雕龙》中取来“神思”，从汉译佛典中取来“摩（魔）罗”，以标示西方这两个文学和文化流派。这就构成了中西文化的对话，既以中国词语的特殊意义，强化了对西方流派“争天抗俗”之恶魔性的阐释力度，又以西方流派的异样作为，丰富了中国词语张扬个性的内涵。研究者理应重视，话语的择定对于学术的建构，具有关键功能。鲁迅文化观的这种双轨性和双向性的叙事策略，在在都指向他的文化观内核的“立人”学说。

追寻着鲁迅文化观的双轨一核心，我们与他谈论文化思想的“三事”即三个话头相遇。这三事就是：铁屋子、海马蒲萄铜镜、大宅子。首先是铁屋子，这个话头见于《呐喊·自序》，老朋友金心异（钱玄同）到S会馆（绍兴会馆），为《新青年》向鲁迅约稿，鲁迅对这场新文化运动尚保留质疑的态度，反问说：

> 假如一间铁屋子，是绝无窗户而万难破毁的，里面有许多熟睡的人们，不久都要闷死了，然而是从昏睡入死灭，并不感到就死的悲哀。现在你大嚷起来，惊起了较为清醒的几个人，使这不幸的少数者来受无可挽救的临终的苦楚，你倒以为对得起他们么？[②]

首先是对铁屋子中大嚷的质疑，其实也是对自己从1907年前后提倡“第二维新之声”以来的文化精神历程的反思和质疑。质疑别人

---

① 《坟·摩罗诗力说》，《鲁迅全集》第1卷，人民文学出版社1981年版，第65—100页。

② 《呐喊·自序》，《鲁迅全集》第1卷，人民文学出版社1981年版，第419页。

的同时质疑自己，这是鲁迅常见的精神方式。青年鲁迅在留日时期策划的文化新生运动的失败，使他感受到灵魂中如毒蛇缠身的寂寞和社会上如置身毫无边际的荒原的寂寞。这双料的寂寞使他在S会馆时期沉入国民中，回到古代去，在看佛典、抄古碑、辑故书中听凭“我的生命却居然暗暗的消失去了”。挫折使人深沉，他自然对新起的文化运动的社会效应作出比别人更深一层的质疑，新文化运动正是在这种质疑中增强它的深度和韧度。因此，当鲁迅的思想产生进一步的自我质疑性的思考，称述“我虽然自有我的确信，然而说到希望，却不能抹杀的，因为希望是在于将来，决不能以我之必无的证明，来折服他之所谓可有”的时候，他承担着对自己和对别人，对现在和对将来的多重质疑的重量，对于那间“绝无窗户而万难破毁”的铁屋子的攻击，就采取“狂人式”的决绝的姿态了。中国现代文学以一个狂人的“荒唐之言”开端，在阴郁和激切中蕴含它的非幸、非不幸的性格。

铁屋子的比喻并非古代文献的存货，音影仿佛者有唐代释道安的《法苑珠林》讲六道轮回，说害人手血者、谄媚奸猾者下大叫唤地狱，在炽热的铁城中，被放在铁堂、铁屋里烧烤成灰烬。[①] 鲁迅当然熟知佛典，但他的铁屋子之喻与此无关，如果硬要说有什么来历，大概是院子里的槐树上缢死过一个女人的S会馆的特殊感觉。铁屋子象征旧文化和习惯势力的阴暗、冷漠、封闭、顽固和死硬，先驱者要启蒙和动员民众打开门窗，肩住黑暗闸门，走向新鲜开阔的天地，是一个痛苦的、艰难的过程。这个无窗铁屋的意象在鲁迅心灵中扎根甚深，长期重复出现，以下这些话都可以领略到这屋子的影像：

> 自己背着因袭的重担，肩住了黑暗的闸门，放他们（孩子们）到宽阔光明的地方去；此后幸福的度日，合理的做人。（《坟·我们现在怎样做父亲》）

> 可惜中国太难改变了，即使搬动一张桌子，改装一个火炉，

① 参见（唐）释道安《法苑珠林》卷12《六道篇》，四库全书本。

几乎也要血；而且即使有了血，也未必一定能搬动，能改装。(《坟·娜拉走后怎样》)

> 中国人的性情总喜欢调和，折中的。譬如你说，这屋子太暗，须在这里开一个窗，大家一定不允许的。但如果你主张拆掉屋顶，他们就会调和，愿意开窗了。没有更激烈的主张，他们总连平和的改革也不肯行。(《三闲集·无声的中国》)

> 老先生们保存现状，连在黑屋子开一个窗也不肯，还有种种不可开的理由，但倘有人要来连屋顶也掀掉它，他这才魂飞魄散，设法调解，折中之后，许开一个窗，但总在伺机想把它塞起来。(1935 年 4 月 10 日《致曹聚仁》)[①]

“屋”也就是“家”，《说文解字》释屋、释家，意义都是“居也”。鲁迅对屋的体验，潜伏着对古圣贤之所谓“家为国之本”的质疑性体验。铁屋子的体验，使鲁迅双轨性的文化观发生了不均衡的“菱形效应”，他一方面自觉地“别求新声于异邦”[②]，“多看外国书，来打破这包围的圈子”[③]。另一方面，在传统的“骸骨的迷恋”风气极浓，衰老国度废料沉积极厚的时候，他主张首先应该“蔑弃古训”，扫荡陈腐，以便为承续固有血脉准备良性环境、清明意识和新鲜活力。

其次是关于铜镜的话头。这一点牵涉着鲁迅贯彻终生的金石学的兴趣。金石学自两宋间欧阳修的《集古录》，赵明诚、李清照夫妇的《金石录》之后形成专门学问，到清代顾炎武、钱大昕、阮元助以精到的考据，由金石碑刻逐渐扩展到印玺、封泥、画像石、瓦当、钱币、墨砚等古物的搜录和研究，终于到清末、民国把眼光转向地下出

① 《鲁迅全集》，人民文学出版社 1981 年版。

② 《坟·摩罗诗力说》，《鲁迅全集》第 1 卷，人民文学出版社 1981 年版，第 65 页。

③ 《三闲集·现今的新文学的概观》，《鲁迅全集》第 4 卷，人民文学出版社 1981 年版，第 137 页。

土的西域木简、敦煌文献和殷墟甲骨，走上与西方考古学相融合的道路。鲁迅早年即留心金石，周作人《知堂回想录·金石小品》回忆："我在绍兴的时候，因为帮同鲁迅搜集金石拓本的关系，也曾收到一点金石实物。……金属的古钱和古镜，石类的则有古砖，尽有很好的文字图样。"鲁迅《看镜有感》说，从衣箱里翻出几面古铜镜，大概是民国初年到北京买的。这是鲁迅潜心金石，收获颇丰的时期。从1912年起的几年间，他大量抄录金石目录，抄录汉唐各朝碑帖、墓志、造像一二千张。1913年从北京琉璃厂购得古墓明器七件，绘制成图，对其中的独角人面兽身雕像有胡须翘起如洋鬼子，尤感奇趣盎然。对这些金石器物文字，他还作了许多功力深到的考证、校勘和分类性研究，为蔡元培称为"完全用清儒家法"，又输入科学意识，"不为清儒所囿"[①]。就在鲁迅1925年2月写《看镜有感》的前年夏，他借赴西安讲学之机，从古董铺中购得《蔡氏造老君像》《张僧妙碑》等石刻拓片，以及包括铜镜在内的一批别致的古器物。直至逝世前两年，他还托台静农通过友人购得南阳汉画像拓片200余幅。并且这样设计选印画像集的标准："印汉至唐画像，但唯取其可见当时风俗者，如游猎，卤簿，宴饮之类，而着手则大不易。"[②] 这与鲁迅著小说史和文学史，注重风俗文化和精神变迁，是一脉相通的。对于鲁迅金石学趣味的评说，缘于时代文化的激荡而充满着悖论，从新文化运动的角度来考量，连鲁迅也说那是用来"驱除寂寞"，"麻醉自己的灵魂"。然而当鲁迅秉持深厚的典籍文献和金石学修养而进行文化批评的时候，连他的反对派也无从讥其浅陋，其犀利的笔锋所向披靡，为新文化运动壮其行色，这种独到的旧学根底有无量功焉。

《看镜有感》是鲁迅的金石学根底与新文化灼见的结合点。没有金石学的根底，无论如何是不能从汉代铜镜的"海马蒲萄"这些来自西域三十六国的物品纹饰的鉴赏中，发出这番宏论："遥想汉人多少

---

① 《鲁迅全集·卷首蔡序》，上海复社1938年版。

② 《书信·致台静农》，《鲁迅全集》第12卷，人民文学出版社1981年版。以上关于鲁迅金石学的材料，参见赵英《籍海探珍》，中国文史出版社1991年版，第71—86页。

闳放，新来的动植物，即毫不拘忌，来充装饰的花纹。唐人也还不算弱，例如汉人的墓前石兽，多是羊，虎，天禄，辟邪，而长安的昭陵上，却刻着带箭的骏马，还有一匹鸵鸟，则办法简直前无古人。”他赞扬汉唐魄力及其豁达闳大之风，对宋代文化的琐碎、封闭和国粹气味熏人则予以严厉的贬责，这些言说也许带有新文化先驱的急进色彩，但它终归是在中国文化内部进行分时段、分层面的阐扬和拷问，也可以说是“内之仍弗失固有之血脉”的。以汉唐魄力为依据，鲁迅进一步阐述他的文化观中“外之既不后于世界之思潮”的另一面：“汉唐虽然也有边患，但魄力究竟雄大，人民具有不至于为异族奴隶的自信心，或者竟毫未想到，凡取用外来事物的时候，就如将彼俘来一样，自由驱使，绝不介怀。”这“将彼俘来，自由驱使”，显示了何等充分的接受主体性和文化自主性的姿态，准于此，鲁迅进一步呼吁：“放开度量，大胆地，无畏地，将新文化尽量地吸收。”[①] 鲁迅搜集金石古物，并非从中看到商机，而是从中看到承续血脉、启动新机的可能。它代表这个文化先驱者也许不那么吸引眼球，甚至可能被忽视、被误解的另一个本质的方面，这个先驱者以裕余的心情，寂寞地沉观默察，把锈迹斑斑的古器物看活了，看出生命来了。

最后是关于大宅子的话头。这个话头见于《拿来主义》，呈现鲁迅晚年文化观上更多的辩证思维。他面对的不仅是外国的文化思潮，而且包括中国的文化遗产，对二者作辩证的选择和综合的处理。也可以说这所大宅子是由前述的铁屋子衍化而来的，但人物设置已非黑暗的封闭的屋中少数觉醒者和众数昏睡者之分，而是一个穷青年（喻知识有限，未来无限），作为这所大宅子的新主人，他有资格拥有这里的所有遗产，就看他处置遗产的态度。大宅子之喻也许与鲁迅熟知的佛教《法华经・譬喻品》中的火宅喻存在一些关系，它以火宅比喻烦恼的俗界：

① 《坟・看镜有感》，《鲁迅全集》第1卷，人民文学出版社1981年版，第197—200页。

> 有大长者，其年衰迈，财富无量，多有田宅及诸僮仆。其家广大，唯有一门。……忽然火起，焚烧舍宅。长者诸子若十，二十，或至三十，在此宅中。……于火宅内乐着嬉戏，不觉不知，不惊不怖。火来逼身，苦痛切己，心不厌患，无求出意。……尔时长者即作是念：此舍已为大火所烧，我及诸子若不时出，必为所焚；我今当设方便，令诸子等得免斯害。父知诸子先心各有所好，种种珍玩奇异之物，情必乐着。而告之言："汝等所可玩好，希有难得，汝若不取，后必忧悔。如此种种羊车、鹿车、牛车，今在门外，可以游戏，汝等于此火宅宜速出来。随汝所欲，皆当与汝。"尔时诸子闻父所说珍玩之物，适其愿故，心各勇锐，互相推排，竞其驰走，争出火宅。①

火宅之喻宣扬佛门以智慧方便，拔济众生超脱三界火宅，因而是出世的。鲁迅大宅子之喻，主张对于宅内遗产"首先是不管三七二十一，'拿来'!"因而是入世的，执着于文化变革和文化创造。它由此概括了社会上三种不成器的穷青年类型，一种是"孱头"，怕受遗产污染而徘徊不敢进门，采取文化逃避主义；另一种是"昏蛋"，为保持自己洁白而一把火烧光遗产，算得上极端反文化的暴徒；还有一种是"废物"，全盘接受，享受遗毒，属于没有任何文化理想和创造力之类。如此之辈，倒有点像火宅中忘形嬉戏的那班不肖子弟。

重要的是对负面的文化态度的畸左畸右进行剖析之后，着重对文化革新的态度进行阐发和建设，那种以为鲁迅只有破坏、没有建设的说法是缺乏根据的。鲁迅称这种带批判性的建设态度为"拿来主义"，并对之作了颇有质感的解释：

> 他占有，挑选。看见鱼翅，并不就抛在路上以显其"平民化"，只要有养料，也和朋友们像萝卜白菜一样的吃掉，只不用

---

① 《大正新修大藏经》第九卷《妙法莲华经》卷2，佛陀教育基金会出版部1990年版，第1、2页。

它来宴大宾；看见鸦片，也不当众摔在茅厕里，以见其彻底革命，只送到药房里去，以供治病之用，却不弄“出售存膏，售完即止”的玄虚。只有烟枪和烟灯，虽然形式和印度，波斯，阿剌伯的烟具都不同，确可以算是一种国粹，倘使背着周游世界，一定会有人看，但我想，除了送一点进博物馆之外，其余的是大可以毁掉的了。还有一群姨太太，也大以请她们各自走散为是，要不然，“拿来主义”怕未免有些危机。①

行文是非常老辣俏皮而富有隐喻的。它打破了二元对立的简单化分析模式，对复杂的文化遗产作出多层面、多维度的分类性批评，以是否有益于现代人的健康发展对之作出多层次的优劣不等的价值分离。即便同一个对象，它的价值虽受质地的支配，却也并非一成不变的，而是对之置于不同的位置和采取不同的处理方式，就可能出现价值的差异和转移。

值得注意的是，鲁迅作为取样分析的这所大宅子取自何方，很可能就取自鲁迅故里，取自绍兴东昌坊口新台门。它不是金玉满堂的贵族之家，也不是驱牛荷锄的平民之家，宅子内被取样研究的鸦片、烟具和一群姨太太，都留有鲁迅刻骨铭心的童年记忆。如果我们对鲁迅家庭的祖辈、叔辈有所了解，则不难明白，“二妻三妾四仆”，以及老爷少爷吸鸦片为乐，弄得形销骨立，对新台门周家败落有着什么样的关系。② 这种家庭风气在清末、民国初年的大户人家中带有典型性。鲁迅是自觉还是不自觉地流露这份童年记忆和中年体验，我们不必深究，总之他是以审视家庭文化的方式来宣示自己对中外文化遗产的姿态和理念的。由于对家庭文化有切肤之痛的体验，他在宣示“拿来主义”的时候强调主体意识和主动姿态，“要运用脑髓，放出眼光，自己来拿”。并且以历史辩证法的逻辑，诠释拿来者应该有何种动机和素质，

---

① 《且介亭杂文·拿来主义》，《鲁迅全集》第 6 卷，人民文学出版社 1981 年版，第 39—40 页。

② 参见周建人《鲁迅故家的败落》，湖南人民出版社 1984 年版，第 13 页。

应该如何拿来，又应该如何使拿来成为整个新文化建设的有机构成：

> 总之，我们要拿来。我们要或使用，或存放，或毁灭。那么，主义是新主义，宅子也就会成为新宅子。然而首先要这人沉着，勇猛，有辨别，不自私。没有拿来的，人不能自成为新人，没有拿来的，文艺不能自成为新文艺。①

相比于早期对开创“文术新宗”和“立人”的追求来说，这里在新的精神境界上理解了文化与人。鲁迅在 30 年间的文化观虽然屡经变迁，但变迁中有深层的统一性存在，使之成了内容丰富深邃的有机整体，它的独特体现就是上述的“双轨三事一核心”。它以“双轨”拓展了新文化创造的世界视野和本土根基，使之成为有立足点的融合了主体性和开放性的创造。它以“三事”形成了有重点突破又有广泛汲取，还能不断开创的动力系统，使文化建设处在不断开创的历史进程之中。它以“一核心”确立价值系统，始终围绕以人为本、尊重人的价值，促进人在文化中全面的自由的现代发展。鲁迅的文化观为现代中国的大国文化风范的建设，提供了文化理念上和方法论上的有力支持。

三　学术文化方式的广为开拓

拥有如此丰富而独特、深刻而峻急的文化观的鲁迅，是一个伟大的存在，也是一个复杂的存在。他与那蓝天圆月沙滩上的乡间少年有着深刻的精神联系，但他远不是那种一任纯真的少年，从本质上说，他是一个伟大的复杂。鲁迅从进化论的角度剖析自己的精神结构，指认自己是“历史的中间物”，他这样解剖自己：

① 《鲁迅全集》（编年版），人民文学出版社 2014 年版，第 120 页。

> 自己却正苦于背了这些古老的鬼魂，摆脱不开，时常感到一种使人气闷的沉重。就是思想上，也何尝不中些庄周韩非的毒，时而很随便，时而很峻急。孔孟的书我读得最早，最熟，然而倒似乎和我不相干。大半也因为懒惰罢，往往自己宽解，以为一切事物，在转变中，是总有多少中间物的。动植物之间，无脊椎和脊椎动物之间，都有中间物；或者简直可以说，在进化的链子上，一切都是中间物。①

行文运用了典籍文化和近代生物学知识，作了精神的反思和哲理的提炼。鲁迅对自己的解剖，也难免有他自己反省的那份峻急，但是这“中间物”本身就是一个充分复杂的关键词。鲁迅之所谓“中间物”，不仅指文化思潮演进上的蜕旧变新，而且指知识结构上的中西共铸，同时还包括人物形态上的古今相兼。这种蜕变、共铸和相兼，绝非处于静止状态，而是充满骚动不安，离合求进。我们说鲁迅是新文化的先驱，他对中国文化转型和文明推动的重要价值，当然首先要从这个方面加以深度的说明；但许广平又说，鲁迅是中国的“最后一个士大夫”②，先驱者和士大夫就这样匪夷所思地进行异质合构。鲁迅在五四新文化运动以后，是一个身着长衫，早已率先剪去发辫而留上一字浓髭，手执“金不换”毛笔（绍兴产的每枝五分的便宜笔）写着小说、杂文和旧体诗，经常逛逛琉璃厂和后来的内山书店，兴趣广泛地出版着创作、翻译、传统画谱笺谱和外国版画的长者、智者和文化主将。他的身上有一种大家兼奇才的气象，如果把他描绘成街头广场振臂高呼的黑旋风，就把鲁迅看扁了。鲁迅主张研究文学和作家，要“知人论世”，要读作家的全部作品，“倘有取舍，即非全人，再加抑扬，更离真实”③。以鲁迅的思想和意愿来理解鲁迅，应该从多角度上

---

① 《坟·写在〈坟〉后面》，《鲁迅全集》第1卷，人民文学出版社1981年版，第285—286页。

② 许广平：《元旦忆感》，《许广平文集》第2卷，江苏文艺出版社1998年版，第150页。

③ 《且介亭杂文二集·“题未定”草》，《鲁迅全集》第6卷，人民文学出版社1981年版，第421—422页。

看到他的全人，或者说，建立鲁迅研究的“全人观”。

在“全人观”照顾到问题的全部复杂性和多维性的基础上，再来思考鲁迅所提供的学术文化方式，就可以避免把鲁迅看扁或看偏，可以减少一些曲解和误读。从“全人观”出发，有必要把鲁迅置于中国学术文化的总体构成中予以认识。那么，什么是中国文化的总体构成呢？我曾经说过，中国学术文化乃是“二四之学”，即四库之学和四野之学，前者贯穿着王朝官方的价值系统，后者充溢着不拘一格的民间智慧，二者相对峙、相转化而相交融。敦煌文献之可贵，在于它提供了一个不同于四库全书价值系统的另样图书馆。到了现代，文化在中外交通中转型，“二四之学”增加了“四洋之学”，形成了中国学术文化“三四之学”的总体构成。鲁迅的独特存在，在于他扎根于四野之学，援引四洋之学，以破解四库之学的价值结构，在推动中国文化的现代化转型和创造中显现了他的学术文化方式的强大的生命力。此非简单的“断裂”二字所能尽纳。鲁迅的学术文化方式博大精深，治文学史的许多扎实、新颖、有效的学术方式，都可以从他的著述或片言只语中找到典范和萌芽，这里只谈较有感受的五端。

第一端：读书与治学。1925 年 2 月，鲁迅应《京报副刊》的征求，开列“青年必读书”的书目，却交出了一份无书目之书目的奇文，其时引起轩然大波，至今仍众说纷纭。他说：“我以为要少——或者竟不——看中国书，多看外国书。”究其缘由，他申述要当“活人”，“与人生接触”，落实“现在的青年最要紧的是‘行’”。[①] 这是博识精思者的“白卷”，而不是浅陋狂妄者的“白卷”，其表意策略有如宋元山水画之留空白。这空白并非空洞的无，而是以“无”蕴含无限，其意义需要从“周围之有”中进行超越性的获取。1925 年前后的“周围之有”如何？且不说守旧的学究，就是提倡新史学和新文化的人物如梁启超、胡适都热心开列青年必读书目，胡适开列的《一个最

① 《华盖集·青年必读书》，《鲁迅全集》第 3 卷，人民文学出版社 1981 年版，第 12 页。

低限度的国学书目》仅文史之部就有千种之多，还是最低限度。当一般的青年尚未学会从读古书中获得现代的活人气和创造力，尚不能“恰如吃用牛羊，弃去蹄毛，留其精粹，以滋养及发达新的生体”[①] 的时候，就让他们背负起如此沉重的必读书目，这很可能就为他们的精神布置了一个“活埋庵”。面对这种“周围之有”的沉重气氛，出于对“活人”“新的生体”的高度关切，鲁迅以极而言之的神来之笔著为白卷，意在挽狂澜于既倒。提交如此答案，也只有旧学根底极深的鲁迅才有这份资格、这份胆量，换一浅学之徒当思人言可畏。

鲁迅果真反对青年读古书吗？那是因时因人因情境而异，并且一开书单，就要循循教诲读书的窍门，这有点孔子因材施教的意味，他说孔孟“似乎和我不相干”，也只是“似乎”而已，并未言及集体潜意识。可以跟那篇奇特的白卷相对照的，是五年后，即 1930 年开给许世瑛的书单[②]，此书单的手稿还在。许世瑛此时 20 岁，到清华大学中文系读书，他是鲁迅谊同昆弟的同乡挚友许寿裳的长子，因而书单可以视为父执对子弟的垂教。书单开列的书 12 种，按线装书分卷法也只有 1081 卷，可谓简明的人文书。首列《唐诗纪事》《唐才子传》以及《历代名人年谱》，可见对作家传记、文坛掌故和大事编年的重视。其次要读系统的全面的文本，不可满足于以“选本”来研究文学，这样才可能识破以往成见对意义的遮蔽，窥见深层的精神动向和作家的全部面目，因而开列了严可均的《全上古三代秦汉三国六朝文》和丁福保的《全汉三国晋南北朝诗》。这些总集是不同于御修的《全唐诗》《全唐文》的私家编制，未收常见的《论语》《孟子》《诗经》《楚辞》，孔子之文只从《韩非子·内储说上》中收入《为鲁哀公下救火令》，从碑拓本中收入《观吴季札之子葬题字》，总共收录 27 个字。严可均《全上古三代秦汉三国六朝文·总叙》说：“嘉庆十三

---

① 《且介亭杂文·论“旧形式的采用”》，《鲁迅全集》第 6 卷，人民文学出版社 1981 年版，第 23 页。

② 《集外集拾遗补编·开给许世瑛的书单》，《鲁迅全集》第 8 卷，人民文学出版社 1981 年版，第 441 页。

年，开全唐文馆，不才越在草茅，无能为役，慨然曰：唐之文盛矣哉，唐已前要当有总集，斯事体大，是不才之责也。其秋始草创之。广搜三分书，与夫收藏家秘笈金石文字，远而九译，旁及释道鬼神，起上古迄隋，鸿裁巨制，片语单辞，罔弗综录，省并复叠，联类畸零。作者三千四百九十七人，分代编次为十五集，合七百四十六卷。肆力九年，草创粗定；又肆力十八年拾遗补阙，抽换之，整齐之，划一之，于事而竣。"① 其收录范围关注三教九流，远及边疆殊域，虽然杂有零碎和某些讹误，但价值标准与御制的总集有些很不一致的地方，保留了一些可以审视多重文化之景观，甚至可供沟通华夷和雅俗之界限的文化资源。

书单随之开列了明人胡应麟《少室山房笔丛》和清代《四库全书简明目录》。后者注明："其实是现有的较好的书籍之批评，但须注意其批评是'钦定'的。"可见其对目录学的高度重视，这是治学的基本门径，但要警惕其间的王朝价值系统的遮蔽。至于《少室山房笔丛》作为学术考证笔记，博览典籍，读书有得，多见民间风习和小说戏曲材料，治古代文学史者是不能忽视笔记的材料和智慧的。书单以下开列的书籍，都一一作了简要的评点：刘义庆《世说新语》可见"晋人清谈之状"，五代王定保《唐摭言》可见"唐文人取科名之状态"，葛洪《抱朴子外篇》"内论及晋末社会状态"，王充《论衡》"内可见汉末之风俗迷信等"，王晫《今世说》可见"明末清初之名士习气"。这些评点，把士风、制度、民俗都容纳在文学史研究的视野之中了。或者说它敞开了一个视角：时尚和趣味的交叠作用，影响了学术和文章的表现形态。鲁迅的文学史研究虽然接受了西方的学科体制，但他始终立足于中国的历史文化和学术经验，在强调文本解读的同时突出"知人论世"而兼及文史杂学，可见他的文学观已近于"大文学观"。由此我们更能理解他遗愿中的"《中国文学史》分章是(一)从文字到文章，(二)思无邪(《诗经》)，(三)诸子，(四)从

① 严可均校辑：《全上古三代秦汉三国六朝文》(第一册)，中华书局1958年版，第1页。

《离骚》到《反离骚》，（五）酒，药，女，佛（六朝），（六）廊庙和山林”[①]。他是以丰富的文化文献资源来审视文学模式的嬗变和发展，从而逼出自己独具慧眼的新锐领悟。这样写成的文学史就不是某种枯燥刻板的概念的演绎，而是一种智慧书。

第二端：文献学与文化学。治学应从文献学入手，扎实的文献学知识是一种硬功夫；但治学又须从文化需求开拓，从文献学知识中探寻到或透视出文化学的深层意义，又是一种真本领。鲁迅属于学与识兼济、硬功夫与真本领兼长的学人。鲁迅著《中国小说史略》，序言的首句就称：“中国之小说自来无史。”自来无史，意味着以往文献荒芜，线索未尝清理，非有过硬的文献功夫无以入乎其里；自来无史，又意味着以往没有形成学科体系和够格的深度的学理把握，非有出色的文化器识无以出乎其表。梁启超 1923 年写《中国近三百年学术史》，如此评价王国维的戏曲史研究：“最近则王静安（国维）治曲学最有条贯，著有《戏曲考原》《曲录》《宋元戏曲史》等书。曲学将来能成为专门之学，则静安当为不祧之祖矣。”[②] 对王国维在自来无史的戏曲领域的治学条贯、学术方式和取得的成就的称许，也可以移于鲁迅治小说史上。鲁迅早年即与小说有缘，祖父周介孚的“教育法却很特别”，“唯第一步的方法是教人自由读书，尤其是奖励读小说，以为最能使人‘通’，等到通了之后，再弄别的东西便无所不可了。他所保举的小说，是《西游记》《镜花缘》《儒林外史》这几种”[③]。甚至传言少年鲁迅避难舅家时，读到很多“无从见到”的小说，而且他“过目不忘，对《红楼梦》几能背诵”[④]。少年时代非正规教育的旷野阅读趣味，为鲁迅日后立足于四野之学，汲纳四洋之学，从而消解四库之学的价值系统，奠定小说史的模样，埋下了最初的精神动因。

---

① 许寿裳：《亡友鲁迅印象记》，人民文学出版社 1953 年版，第 50 页。

② 梁启超：《中国近三百年学术史》，中华书局 1936 年版，第 364 页。

③ 周作人：《自己的园地・镜花缘》，人民文学出版社 1998 年版，第 100 页。

④ 周遐寿：《鲁迅的故家・百草园・娱园》，人民文学出版社 1981 年版；张协和：《忆鲁迅在南京矿路学堂》，《新华日报》1956 年 10 月 19 日。

对于“自来无史”的中国小说研究，鲁迅首先是从文献学入手的，首先摸清家底，然后才谈得上把住脉搏。这项工作从1909—1927年，大约下了18年的工夫。1909年归国后，赴杭州任浙江两级师范学堂的化学、生物学教员，又返绍兴府中学堂任监学，兼教博物学，此期间就业余从《北堂书钞》《太平御览》《初学记》等类书中辑录出从周到隋的散佚小说36种，成《古小说钩沉》，于1912年发表《〈古小说钩沉〉序》。此时鲁迅已经历了留日期间流产了的新生文化运动和翻译出版了《域外小说集》，因而他不只是凭着少年时代自发的小说兴趣，而且具有留学时代获得世界知识视野，也就有意于把小说文献的清理，作为一种具有独立价值的学问来开垦。所谓“钩沉”，是说文献材料已经沉没难觅，需要从头钩取，正是出自同样的意念，他1911年在绍兴府中学堂时期，又业余抄录《穆天子传》，并辑录《搜神记》《神异经》等七种书，成《小说备校》。这种文献辑录工作是非常艰辛的，但是唯有它才是原始创新的可靠基石。鲁迅从1920年起，兼任北京大学及北京高等师范学校的讲师，讲授中国小说史课程，同时从70种左右的明清人著述和地方志中，辑述小说源流、评说等方面的材料，被评说的小说有41种，成《小说旧闻钞》。他这样诉说艰辛：“《小说旧闻钞》者，实十余年前在北京大学讲中国小说史时，所集史料之一部。时方困瘁，无力买书，则假之中央图书馆，通俗图书馆，教育部图书室等，废寝辍食，锐意穷搜，时或得之，瞿然则喜。故凡所采掇，虽无异书，然以得之之难也，颇亦珍惜。”由于有了这番锐意穷搜的硬功夫，他才能打破传统文化雅俗观的成见，“取关于所谓俗文小说之旧闻，为昔之史家所不屑道者”①，成就了为小说写史立名的真学问。而且由于有了这番硬功夫，他才能在《中国小说史略》的结构体例、名目论定和独立见解上发挥自己的创造性，在回答论敌关于这部史略剽窃日本盐谷温的著作时，堂堂正正地以此为据：

① 《小说旧闻钞·再版序言》，《鲁迅辑录古籍丛编》第2卷，人民文学出版社1999年版，第349页。

“这工夫曾经费去两年多，稿本有十册在这里。”①

鲁迅对小说史料的清理是史、论并行，把小说文本的辑录辨伪和小说旧闻的采掇审订相结合，在文献处理上层面丰富而眼光独到。他绝不盲从某些书商雇人编集的丛书和总集，而是从这些丛集中考察编集出版者的动机，发现其中的文化学的秘密。他严肃地指出：《说海》《古今逸史》《五朝小说》《龙威秘书》《唐人说荟》《艺苑捃华》一类书包含商贾牟利的动机，“为欲总目烂然，见者眩惑，往往妄制篇目，改题撰人，晋唐稗传，黥劓几尽”。这就迫使严肃的小说史初创者，必须对第一手材料经手、经目、经心，在真伪考辨上另起炉灶。因而鲁迅历时 10 余年，辑录《唐宋传奇集》八卷四十五篇，参校异本，厘定异文，考证作者和故事渊源，做了大量的“扫荡烟埃，斥伪返本”② 的工作，逐篇撰写《稗边小缀》。比如对于《补江总白猿传》，以明代长洲顾氏《文房小说》重刊宋本为底本，校以《太平广记》所录本，并引史籍艺文志和目录学专书为证，最后考其故事源流并作解题：

> 长孙无忌嘲欧阳询事，见刘《隋唐嘉话》（中）。其诗云：“耸膊成山字，埋肩不出头，谁怜麟阁上，画此一猕猴！”盖询耸肩缩项，状类猕猴。而老玃窃人妇生子，本旧来传说。汉焦延寿《易林·坤之剥》已云：“南山大玃，盗我媚妾。”晋张华作《博物志》，说之甚详（见卷三《异兽》）。唐人或妒询名重，遂牵合以成此传。其曰“补江总”者，谓总为欧阳纥之友，又尝留养询，具知其本末，而未为作传，因补之也。③

这在故事溯源，故事层累，故事与历史交叉中考索了传奇小说的

① 《华盖集续编·不是信》，《鲁迅全集》第 3 卷，人民文学出版社 1981 年版，第 230 页。

② 《唐宋传奇集·序例》，《鲁迅辑录古籍丛编》第 2 卷，人民文学出版社 1999 年版，第 3—4 页。

③ 《唐宋传奇集·稗边小缀》，《鲁迅辑录古籍丛编》第 2 卷，人民文学出版社 1999 年版，第 300—301 页。

成因。经过对小说文献的深度稽考，鲁迅对文化源流了然于心，自可在《中国小说史略》中发挥创造的自由，从文献学中透视深层的文化学意义："传言梁将欧阳纥略地至长乐，深入溪洞，其妻遂为白猿所掠，逮救归，已孕，周岁生一子，'厥状肖焉'。纥后为陈武帝所杀，子询以江总收养成人，入唐有盛名，而貌类猕猴，忌者因此作传，云以补江总，是知假小说以施诬蔑之风，其由来亦颇古矣。"[①] 此所谓"假小说以施诬蔑之风"是鲁迅有感而发，以今察古，透视自古及今某种创作动机上的诡计。它指的是民国初年的"黑幕小说"之风，包括林纾于1919年二三月间发表文言短篇小说《荆生》《妖梦》，影射、丑诋、诅咒新文学运动者的作风。鲁迅1919年3月为准备在《新青年》上发表的小说《孔乙已》作《附记》说："这是一篇很拙的小说，还是去年冬天做成的。那时的意思，单在描写社会上的或一种生活，请读者看看，并没有别的深意。但用活字排印了发表，却已在这时候，——便是忽然有人用了小说盛行人身攻击的时候。大抵著者走入暗路，每每能引读者的思想跟他堕落：以为小说是一种泼秽水的器具，里面糟蹋的是谁。这实在是一件极可叹可怜的事。所以我在此声明，免得发生猜度，害了读者的人格。"[②] 古今的人情物理、文心艺性本有许多一脉相承之处，鲁迅这种以今察古、古今合观，讲究文献学与文化学相参证，为我们谈论文学研究的古今融贯，提供了独特的学理思路。

第三端：人文地理与历史精神。人的原始记忆与其乡土具有深刻的因缘，假如他出生于一个不忌讳读杂书的士大夫家庭，就可能对这块土地的山川人文的相关文献格外动心，这也是非常自然的事。鲁迅自小就关心采录乡邦文献，他以周作人的名义出版的《会稽郡故书杂集》序言中说："作人幼时，尝见武威张澍所辑书，于凉土文献，撰集甚众。笃恭乡里，尚此之谓。而会稽故籍，零落至今，未闻后贤为

---

① 《中国小说史略》第8篇，《鲁迅全集》第9卷，人民文学出版社1981年版，第71页。

② 《孔乙己·附记》，原载1919年《新青年》第6卷第4号，《鲁迅全集》第1卷，人民文学出版社1981年版，第438页。

之纲纪。乃创就所见书传，刺取遗篇，累为一帙。”此书广搜文献，钩稽校勘，于十余年间三易其稿，分出序目，考证作者，计得人物类书4种，即谢承《会稽先贤传》、虞预《会稽典录》、钟离岫《会稽后贤传记》、贺氏《会稽先贤像赞》，山川类书也有4种，即朱育《会稽土地记》、贺循《会稽记》、孔灵符《会稽记》、夏侯曾先《会稽地志》，分为八卷。应该注意到，对乡邦文献的重视，已成浙东学术的一个强劲的流脉。东汉袁康、吴平《越绝书》为滥觞，降至明清，继范氏天一阁藏书以方志、科举录最有特色之后，鄞县万斯同参修康熙《宁波府志》，李邺嗣及胡文学、全祖望先后辑成《甬上耆旧诗》四十卷及其续编一百二十卷。[①] 宁波张寿镛于民国年间编纂《宁波经籍志》，并且刊行《四明丛书》八集一千一百余卷。在学理体例的阐发上，会稽章学诚著《方志略例》，总结前人编撰方志的得失，强调实地调查，注重乡邦文献，探讨修志义例和理论，自己也致力于多种方志的编纂。会稽李慈铭著作《拟修郡县志略例八则》及《乾隆绍兴府志校记》《乾隆山阴县志校记》，所编《越中先贤祠目》为鲁迅所注意。鲁迅继之编有《绍兴八县乡人著作目录》，记载乡贤著作78种，此事与辑录《会稽郡故书杂集》相辅相成，成为浙东学术流脉上的一个亮点。

问题在于鲁迅辑录《会稽郡故书杂集》三辍其业，辗转成书，包含一个从老学问中开发出新生机的思想深化过程。他自述：“中经游涉，又闻明哲之论，以为夸饰乡土，非大雅所尚，谢承、虞预且以是为讥于世。俯仰之间，遂辍其业。”也就是说，他曾经以世界意识压抑内心的乡土情缘，后经现实教训，体悟到须从乡邦文献中开发民族精神的血脉。他接着上面那段话说：“十年以后，归于会稽，禹、勾践之遗迹故在。士女敖嬉，睥睨而过，殆将无所眷念，曾何夸饰之云，而土风不加美。是故序述名德，著其贤能，记注陵泉，传其典

① 参见管敏义主编《浙东学术史》，华东师范大学出版社1993年版，第365—377页。

实……用遗邦人，庶几供其景行，不忘于故。”[①] 他以乡邦文献追踪禹、勾践的精魂，从而开拓了人文地理与历史精神结合的学术文化方式。书中此类记载不少，记述大禹者有：

> 会稽山有禹井，去禹穴二十五步。谓禹穿凿，故因名之。（贺循《会稽记》）
>
> 郡有禹穴。案《汉书·司马迁传》云：“上会稽，探禹穴。”又有禹井。
>
> 会稽山在县东南。其上，石状似覆釜。禹梦玄夷仓水使者，却倚覆釜之上是也。今禹庙在其下。秦始皇尝配食此庙。
>
> 永兴县东北九十里，有余山。传曰：“是涂山。”案《越书》：“禹娶于涂山。”涂山去山阴五十里。检其里数，似其处也。
>
> 禹葬茅山，有聚土平坛，人工所作，故谓之千人坛。（孔灵符《会稽记》）[②]

涉及勾践者，有虞预《会稽典录》记越王谋臣范蠡、计倪事；有夏侯曾先《会稽地志》记范蠡所立越王之宫，吴越交战的查浦；有孔灵符《会稽记》所载诸暨北界西施、郑旦所居（苎）罗山，对西施、郑旦进行教习的土城山与西施晒纱石，以及大夫文种墓所在的重山，善射者陈音葬身的陈音山。乡邦文献的这些禹、勾践遗迹，鲁迅整理出来，是为了重振和改造国民的精神提供资源。他为了推动 1912 年元月创刊的绍兴《越铎日报》能够“纾自由之言议，尽个人之天权，促共和之进行，尺政治之得失，发社会之蒙覆，振勇毅之精神”，就动用了乡邦文献中的这种资源，重提“于越故称无敌于天下，海岳精液，善生俊异，后先络绎，展其殊才；其民复存大禹卓苦勤劳之风，

① 《会稽郡故书杂集·序》，《鲁迅辑录古籍丛编》第 3 卷，人民文学出版社 1999 年版，第 235—236 页。

② 《鲁迅全集》第 2 卷，中国人事出版社 1998 年版，第 1479—1480 页。

同勾践坚确慷慨之志，力作治生，绰然足以自理”[①]。心仪禹、勾践，阐扬古越实践、坚强、奋进精神以针砭国民懦弱性格，自此成为鲁迅学术文化的一条重要精神线索。他多次探访会稽山下的禹陵、禹穴、禹庙，以金石学的方法作《会稽禹庙窆石考》。又作中国小说史，专门关注《古岳渎经》中禹治水而降伏神兽无支祁的传说：“禹理水，三至桐柏山，惊风走雷，石号木鸣，土伯拥川，天老肃兵，功不能兴。禹怒，召集百灵，授命夔龙，桐柏等山君长稽首请命，禹因囚鸿蒙氏，章商氏，兜卢氏，犁娄氏，乃获淮涡水神名无支祁……”进而考索这个“形若猿猴，缩鼻高额，青躯白首，金目雪牙，颈伸百尺，力逾九象，搏击腾踔疾奔，轻利倏忽”的无支祁与《西游记》中孙悟空的关系。[②] 在一般的小说史研究中的这种特殊注意，折射着鲁迅缠绕乡邦情缘审视民族精神脉络的深刻情结。

鲁迅后期又把乡邦文献开发出来的历史精神引申到小说、杂文，对之进行立体性的多方位处理。他在《理水》中写了实践苦干的大禹：“我查了山泽的情形，征了百姓的意见，已经看透实情，打定主意，无论如何，非‘导’不可！”[③] 同时他又梳理了大禹、墨子的精神承传系列，即所谓：“禹大圣也，而形劳天下也如此，使后世之墨子多以裘褐为衣，以跂蹻为服，日夜不休，以自苦为极。曰，不能如此，非禹之道也，不足谓墨。”[④] 从而写了《非攻》，描绘了那个反对以大凌小的战争，“摩顶放踵，利天下为之”的墨子形象。古越文化精神，为鲁迅终生用以自励，如果说他是新文化战士，那么具有他自身特点的，乃是“越风战士”。在他晚年，他还一再地提到明末王思

① 《集外集拾遗补编·〈越铎〉出世辞》，《鲁迅全集》第8卷，人民文学出版社1981年版，第39—40页。

② 参见《中国小说史略》第9篇，《鲁迅全集》第9卷，人民文学出版社1981年版，第84—85页。

③ 《故事新编·理水》，《鲁迅全集》第2卷，人民文学出版社1981年版，第383—384页。

④ （清）王先谦：《庄子集解·天下》卷8，中华书局1987年版，第289—290页。

任的话："会稽乃报仇雪耻之乡，非藏垢纳污之地！"[①] 此语中"会稽"二字，原文作"越"，鲁迅凭记忆信手拈来，反而说明已嵌入他的心中，终生弗忘。以至晚年言及曾遭当道者诬陷通缉事，还大义凛然地说："'会稽乃报仇雪耻之乡'，身为越人，未忘斯义。"[②] 鲁迅是把乡邦文献的清理，与民族精神的探寻、自我意志的淬砺融为一体，他以独特的学术文化方式给现代中国文化的总体结构，植入了古越精神的因子。

第四端：文史杂学与专门学问。浙东学术重于史，章学诚所谓"浙东史学，自宋元数百年来，历有渊源"，他倡言"六经皆史"，"言性命必究于史"[③]，从而把经学史学化了。鲁迅上承浙东学术流脉，对史学特别关注，他认为："历史上都写着中国的灵魂，指示着将来的命运，只因为涂饰太厚，废话太多，所以很不容易察出底细来。正如通过密叶投射在莓苔上面的月光，只看见点点的碎影。但如看野史和杂记，可更容易了然了，因为他们究竟不必太摆史官的架子。"并且进一步认为"读史，就愈可以觉悟中国之改革不可缓了"。他还说："我以为伏案还未功深的朋友，现在正不必埋头来哨线装书。倘其咿唔日久，对于旧书有些上瘾了，那么，倒不如去读史，尤其是宋朝明朝史，而且尤须是野史；或者看杂说。"这是因为"野史和杂说自然也免不了有讹传，挟恩怨，但看往事却可以较分明，因为它究竟不像正史那样地装腔作势"[④]。可以说，鲁迅在章学诚把经学史学化的基础上，进一步把史学野史化了，这符合他以四野之学消解四库之学的价值结构的思维方向。史学野化，自然也就敞开了通向杂学的精神通道。或者说，他幼年的杂学趣味使他的史学容易野化，这种精神通道

---

① 《且介亭杂文末编·女吊》，《鲁迅全集》第 6 卷，人民文学出版社 1981 年版，第 614 页。

② 《书信·致黄苹荪》，《鲁迅全集》第 13 卷，人民文学出版社 1981 年版，第 306 页。

③ 章学诚：《校雠通义》外编《与胡雄君论校胡稚威集二篇》；《文史通义》内篇卷一《书教》，内篇卷五《浙东学术》。

④ 《华盖集·忽然想到（四）》《华盖集·这个与那个》，《鲁迅全集》第 3 卷，人民文学出版社 1981 年版，第 17、138—139 页。

是双向的。他曾经从远房叔祖周兆蓝（字玉田）处读到陆玑的《毛诗草木鸟兽虫鱼疏》，最爱看有许多图的《花镜》。叔祖告诉他，“曾经有过一部绘图的《山海经》，画着人面的兽，九头的蛇，三脚的鸟，生着翅膀的人，没有头而以两乳当作眼睛的怪物”，于是当长妈妈把他渴慕的绘图《山海经》购回，他就把此书当作“我最初得到，最为心爱的宝书”[①]。日后又曾抄录过陆羽《茶经》三卷、陆龟蒙《耒耜经》与《五木经》及花木谱录《说郛录要》。[②] 杂学包含童心童趣，最足以淡化和消解那种道貌岸然、拿腔摆谱的道学气。鲁迅后期把主要精力由小说转向杂文写作，自然与社会抗议、文明批评的时代需要相关，但也不能排除他的史学和杂学趣味的潜在作用。

史的地方化、野史化、杂学化，在一个会稽人士的手中，很容易指向古越精神和魏晋风流。鲁迅辑录的乡邦文献中，多有禹、勾践遗迹和魏晋人物的行踪。会稽山水名胜如稽山、禹迹亭、若耶溪与古越精神有联系，如兰亭、山阴道、鉴湖、剡中、天姥山，均有六朝人物，尤其是王谢家族子弟的游赏和吟咏。《世说新语·言语》记下王献之的话：“从山阴道上行，山川自相映发，使人应接不暇。若秋冬之际，尤难为怀。”晚明袁宏道（中郎）把唐宋以后名满天下的杭州西湖与越中山水相比较，写了《山阴道上》诗云：“钱塘艳若花，山阴芊若草。六朝以上人，不闻西湖好。平生王献之，酷爱山阴道。彼此俱清奇，输他得名早。”这种乡土文化的优势和缘分，很早就浸润鲁迅的精神世界，他早年接触不少魏晋会稽人氏的文章和记载，中年大量购阅和研究汉魏六朝碑碣、墓志、造像，终身服膺魏晋文章的风格和笔调。因此，1927 年 7 月他在广州市立师范学校礼堂作学术讲演的时候，就以厚积薄发、诙谐从容的风采，出神入化地讲述了《魏晋风度及文章与药及酒之关系》。值得注意的是，他讲魏晋风度，没有讲与会稽郡因缘很深的王谢家族，使王羲之、谢灵运的名士气和山水

---

① 《朝花夕拾·阿长与〈山海经〉》，《鲁迅全集》第 2 卷，人民文学出版社 1981 年版，第 246—248 页。

② 参见周作人《鲁迅的青年时代》，中国青年出版社 1957 年版，第 26 页。

风淡化，而着重讲建安风骨和竹林七贤，尤其是孔融为曹操以不孝罪杀害，并且强化了服药嗜酒背后的愤世嫉俗的一面。取舍之间，印证了他的时代精神指向："在广州之谈魏晋事，盖实有慨而言。"[①] 同时鲁迅谈论他理想中的文学史，首先从魏晋这个文学开始自觉、思想相当自由、情绪非常激愤的时代切入，而且从时代风尚、士人习气切入，都很值得深思。

讲演讲得最入化境的，是谈论正始名士服药，竹林名士饮酒。这与鲁迅深研魏晋，长于杂学有关，尤其与他曾经学医而知晓药性，出身酒乡而了解酒趣脱不掉干系。正始名士如何晏是"空谈的祖师"和"吃药的祖师"，服用的"五石散"是一种毒药，服后毒性发作，须出外"行散"，这"行散"就不是一般步行之意。为预防发烧的皮肤擦伤，非穿宽大的衣服不可，所谓晋人轻裘缓带，宽衣而高逸，岂不知是他们吃药的缘故。由于皮肤易破，只宜穿旧衣，不能常洗，就多虱子，"所以在文章上，虱子的地位很高，'扪虱而谈'，当时竟传为美事"。这些知识自然与鲁迅读《三国志》，读《晋书》，尤其是读《世说新语》相关，但讲得如此活灵活现、妙趣横生，就不能不关涉到他知医晓药，读过隋代巢元方的《诸病源候论・寒食散发候》，又注意到唐人的《解寒食散方》一类杂书了。

关于竹林七贤之饮酒，鲁迅讲了阮籍、刘伶的一些有趣的掌故，并对他们的精神世界作了非常精辟的剖析。不过更值得注意的是对嵇康的评议，那里存在他的专门之学，一种几乎称得上具有他的专利权的学问。他在讲演中说，嵇康脾气很大，而且始终都是坏脾气，做不到阮籍式的"口不臧否人物"。嵇康的论文，比阮籍更好，思想新颖，往往与古时旧说相反对。鲁迅尤其关注嵇康《与山巨源绝交书》中的"非汤武而薄周孔"，强调了嵇康思想的异端性，并且认为这与他的性命攸关："非薄了汤武周孔，在现时代是不要紧的，但在当时却关系非小。汤武是以武定天下的；周公是辅成王的；孔子是祖述尧舜，而

---

① 《书信・致陈濬》，《鲁迅全集》第 11 卷，人民文学出版社 1981 年版，第 646 页。

尧舜是禅让天下的。嵇康都说不好，那么，教司马懿篡位的时候，怎样办才是好呢？没有办法。在这一点上，嵇康于司马氏的办事上有了直接的影响，因此就非死不可了。”①

进一步追踪就可以发现，鲁迅于魏晋人物特别关注嵇康，固然由于他是一位带异端性的竹林名士，同是他又是一位已经迁徙却不忘根本的会稽同乡。嵇康之姓，源于稽山的合字，如鲁迅辑录的《虞预晋书》“嵇康”条说：“康家本姓奚，会稽人。先自会稽迁于谯之铚县，改为嵇氏，取‘稽’字之上，（加）山以为姓，盖以志其本也。”② 因此，鲁迅对嵇康的姓氏缘由，是很清楚的。鲁迅自1913年至1935年的20余年间，校勘《嵇康集》10余次，用以校勘的刻本5种，参校书10余种，订其讹脱，存其本真，留下亲笔抄本3种，批校本5种，终成泽及后世的《嵇康集》十卷精校本。正由于鲁迅对嵇康下过一番如此精审的专门功夫，他才看透了嵇康的全部精神结构。他在讲演中列举嵇康《家诫》中对不满十岁的儿子的教训：

有一条是说长官处不可常去，亦不可住宿；长官送人们出来时，你不要在后面，因为恐怕将来长官惩办坏人时，你有暗中告密的嫌疑。又有一条是说宴饮时候有人争论，你可立刻走开，免得在旁批评，因为两者之间必有对与不对，不批评则不像样，一批评就总要是甲非乙，不免受一方见怪。还有人要你饮酒，即使不愿饮也不要坚决地推辞，必须和和气气地拿着杯子。我们就此看来，实在觉得很稀奇：嵇康是那样高傲的人，而他教子就要他这样庸碌。因此我们知道，嵇康对于自己的举动也是不满足的。

鲁迅是以透过皮相看本真的方法论，来实现他的“全人观”的；并且由此看到了嵇康性格的二重性，看到他生逢乱世不得已的行为和他的本态的差异。这种非常具有穿透力的方法论，影响了他对陶渊明

---

① 《而已集·魏晋风度及文章与药及酒之关系》，《鲁迅全集》第3卷，人民文学出版社1981年版，第501—517页。

② 《虞预晋书·嵇康》，《鲁迅辑录古籍丛编》第3卷，人民文学出版社1999年版，第224页。

的考察，既看到“再至晋末，乱也看惯了，篡也看惯了，文章便更和平。代表平和的文章的人有陶潜。他的态度是随便饮酒，乞食，高兴的时候就谈论和作文章，无尤无怨。所以现在有人称他为‘田园诗人’，是个非常和平的田园诗人”；又看到“《陶集》里有《述酒》一篇，是说当时政治的。这样看来，可见他于世事也并没有遗忘和冷淡”。鲁迅由此建立他的文学批评的“全人观”，也为日后与朱光潜辩论陶渊明的评价张本。应该说，鲁迅 1907 年作《文化偏至论》，称述西方 19 世纪末思潮，援引过尼采、斯蒂纳、叔本华、克尔凯郭尔、易卜生等人“神思宗之至新者”，使其精神结构具有世界思潮的开放视野，这一点是非常关键的。但他除了对其中的尼采、易卜生理解颇深之外，对其余诸人只不过作为思潮中人而涉及。对于鲁迅精神结构更具有内在意义的，是他对魏晋文章和嵇康的长期赏鉴及专门研究。我曾经在鲁迅文章中分析出“嵇康气”，这一点得到唐弢先生的肯定。鲁迅兼及文史杂学和专门研究的学术文化方式，不仅建构了学术，而且建构了他自身的精神和气质。

第五端：民俗智慧与美学趣味。在美学趣味中注入民俗智慧，这是鲁迅学术文化方式的独特贡献，其方向与四野之学消解四库之学的价值结构相一致。他有一篇奇文《门外文谈》，以夏夜门外谈天的方式表述一种所谓门外汉（“门外闲人”）的文学意见。以门外汉自居，就是不入古人的框套，也不入西方某些“文学概论”的框套，从而获得自主创造的自由。这种自主创造，就是打出一套民间的或民俗的牌。他认为：“旧文学衰颓时，因为摄取民间文学或外国文学而起一个新的转变，这例子是常见于文学史上的。不识字的作家虽然不及文人的细腻，但他却刚健，清新。”[①] 他甚至还作了这样的比喻：“士大夫是常要夺取民间的东西的，将竹枝词改成文言，将‘小家碧玉’作

---

① 《且介亭杂文·门外文谈》，《鲁迅全集》第 6 卷，人民文学出版社 1981 年版，第 95 页。

为姨太太，但一沾着他们的手，这东西也就跟着他们灭亡。”[①] 这一点大概是一些新文学运动者的共识，胡适就说过：

> 文学史上有一个逃不了的公式。文学的新方式都是出于民间的。久而久之，文人学士受了民间文学的影响，采用这种新体裁来做他们的文艺作品。文人的参加自有他的好处：浅薄的内容变丰富了，幼稚的技术变高明了，平凡的意境变高超了。但文人把这种新体裁学到手之后，劣等的文人便来模仿；模仿的结果，往往学得了形式上的技术，而丢掉了创作的精神。天才堕落而为匠手，创作堕落而为机械。生气剥丧完了，只剩下一点小技巧，一堆烂书袋，一套烂调子！于是这种文学方式的命运便完结了，文学的生命又须另向民间去寻新方向发展了。[②]

胡、鲁比较，胡适之言相对公允周到，鲁迅之言另有深刻独到。首先鲁迅不是采取简单的二元对立思维模式，他看到了民间文学的复杂性：“平民所唱的山歌野曲，现在也有人写下来，以为是平民之音了，因为是老百姓所唱。但他们间接受古书的影响很大，他们对于乡下的绅士有田三千亩，佩服得不了，每每拿绅士的思想，做自己的思想，绅士们惯吟五言诗，七言诗；因此他们所唱的山歌野曲，大半也是五言或七言。这是就格律而言，还有构思取意，也是很陈腐的，不能称是真正的平民文学。”[③] 他看到了不同社会阶层的文化是有区分的，但并非绝缘的。既有上层社会对下层社会的采风，又不能排除下层社会对上层社会的学样，二者之间的相互濡染，使我们即便推许民间文学，也存在一个精芜辨析的问题。

---

① 《花边文学·略论梅兰芳及其他（上）》，《鲁迅全集》第5卷，人民文学出版社1981年版，第579页。

② 胡适：《〈词选〉自序》，《胡适古典文学研究论集》（上），上海古籍出版社1988年版，第554—555页。

③ 《而已集·革命时代的文学》，《鲁迅全集》第3卷，人民文学出版社1981年版，第422页。

其次，鲁迅的独特处是不止于山歌野曲的民间文学层面，而是更为深刻地进入融合歌、舞、剧多重表演仪式的民俗伎艺原生形态。应该看到，多重表演仪式之原生形态的体验和阐释的可能性，远远大于单纯的口语吟唱，因而更能逼近民间野性和血性的精髓。在这方面体现得最为充分的，是鲁迅对绍兴目连戏之穿插戏的喜爱及其具有异样光芒的记忆重读。《目连戏》的本事源于据说是西晋竺法护翻译的《佛说盂兰盆经》，敦煌石窟出土的《大目乾连冥间救母变文》等多种文献，说明目连救母的故事已经在佛教寺院俗讲中广为流传，并与儒家的“孝为德之本”的观念相调适而通向民间。宋代孟元老《东京梦华录》于“中元节”条目中记载，北宋都城汴梁从七夕到七月十五日搬演《目连救母杂剧》，印卖《尊胜目连经》。至明万历年间郑之珍作《新编目连救母劝善戏文》三卷一百折，成为剧目中最长者之一。[①] 这类戏文记载佛陀十大弟子中以“神通第一”驰名的目连尊者，见其母堕入饿鬼道，向佛问拯救法，于每年七月十五日以百种供物供僧众，以救其母出地狱，是为盂兰盆节。值得注意的是，鲁迅对这部连演几夜的戏并非全盘接受，而是略其主干、拾其枝叶，对目连救母的主干故事不甚留意，而高度评价那些撷取民间社会情态的枝节性穿插表演。取舍之间，贯穿着鲁迅所主张的运用脑髓、放出眼光、能挑选、有辨别的“拿来主义”。《门外文谈》说到目连戏：

> 这是真的农民和手业工人的作品，由他们闲中扮演。借目连的巡行来贯串许多故事，除《小尼姑下山》外，和刻本的《目连救母记》是完全不同的。其中有一段《武松打虎》，是甲乙两人，一强一弱，扮着戏玩。先是甲扮武松，乙扮老虎，被甲打得要命，乙埋怨他了，甲道：“你是老虎，不打，不是给你咬死了？”乙只得要求互换，却又被甲咬得要命，一说怨话，甲便道：“你

---

① 参见［日］丸尾常喜《“人”与“鬼”的纠葛》，秦弓译，人民文学出版社 1995 年版，第 19—21 页。

是武松，不咬，不是给你打死了?”我想：比起希腊的伊索，俄国的梭罗古勃的寓言来，这是毫无逊色的。[①]

中国民间智慧真可谓异彩纷呈，它在本体论意义上成了中国灿烂辉煌的文学智慧的深厚而肥沃的土壤。即以武松打虎来说，《水浒传》景阳冈那一幕当然也汲取了民间智慧，写吊睛白额大虫拿人，只是一扑，一掀，一剪，就博得金圣叹拍案叫绝：“传闻赵松雪（孟）好画马，晚更入妙，每欲构思，便于密室解衣踞地，先学为马，然后命笔。一日管夫人来，见赵宛然马也。今耐庵此文，想亦复解衣踞地，作一扑、一掀、一剪耶？东坡画雁诗云：野雁见人时，未起意先改。君从何处看，得此无人态？我真不知耐庵何处有此一副虎食人方法在胸中也。圣叹于三千年中，独以才子许此一人，岂虚誉哉!”[②] 此处所引关于赵孟画马学马的民间传闻，与绍兴《目连戏》武松打虎的片段的相通之处，就是以民间幽默消解了名人的端庄和英雄的豪气，实际上揭示了一条通向浩瀚无垠的民间智慧和新鲜活泼的创造力的重要通道。

更深刻地联系着鲁迅的生命体验和文化个性的，是他介绍了绍兴目连戏中两个极具特色的鬼：无常和女吊。从鬼中体验生命，这是鲁迅的独特。也许是社会太黑暗，公理受戏弄吧，鲁迅说：“若问愚民，他就可以不假思索地回答你：公正的裁判是在阴间!”因此这种鬼体验，也牵涉着鲁迅对当时社会的“季世”感觉。无常鬼虽是阴间的勾魂使者，但“我至今还确凿记得，在故乡时候，和‘下等人’一同，常常这样高兴地正视过这鬼而人，理而情，可怖而可爱的无常；而且欣赏他脸上的哭或笑，口头的硬语与谐谈……”在鲁迅笔下，无常不但活泼而诙谐，单是那浑身雪白这一点，在红红绿绿的迎神赛会鬼物中就有“鹤立鸡群”之概。只要望见一顶白纸的高帽子和他手里的破

---

① 《且介亭杂文·门外文谈》，《鲁迅全集》第6卷，人民文学出版社1981年版，第100页。

② 《水浒传会评本》，北京大学出版社1987年版，第424页。

芭蕉扇的影子，大家就都有些紧张，而且高兴起来了。鲁迅尤其突出他蹙眉握扇，鸭子浮水似的跳舞的一幕，他一上台就打一百零八个喷嚏，放一百零八个屁，然后自述履历。他因同情孤儿寡妇为庸医所误，暂放鬼魂还阳，受到阎王责罚后，随着目连号筒的悲音高唱不再通融了："那怕你，铜墙铁壁！那怕你，皇亲国戚！"这无常并非佛教本有，鲁迅认为，他大概是中国人根据"人生无常"的话头所作的具象化创造。鲁迅不仅在回忆性散文《无常》中把他写得憨态可掬、诙趣荡漾，而且在《门外文谈》中以之和目连戏片断《武松打虎》并列，称赞他"何等有人情，又何等知过，何等守法，又何等果决，我们的文学家做得出来么?"① 这是从文人创作与民间创作的比较中，衡量出其不可企及的创造性。

女吊的创造更是充溢着民间的悲情力度和凄艳之美，这为鲁迅所激赏，以为绍兴目连戏"创造了一个带复仇性的，比别的一切鬼魂更美，更强的鬼魂"。冯雪峰回忆道："当他写好《女吊》后，大约是（1936）九月二十或二十一的晚间，我到他那里去，他从抽屉里拿出原稿来：'我写好了一篇。就是我所说的绍兴的'女吊'，似乎比前两篇强一点了。'我从头看下来，鲁迅先生却似乎特别满意其中关于女吊的描写，忽然伸手过来，寻出'跳女吊'开场那段来，指了道：'这以前不必看，从这里看起罢。'我首先感到高兴的是从文章中看出先生的体力恢复了。"② 所谓"跳女吊"，就是这段描写："自然先有悲凉的喇叭；少顷，门幕一掀，她出场了。大红衫子，黑色长背心，长发蓬松，颈挂两条纸锭，垂头，垂手，弯弯曲曲的走一个全台，内行人说：这是走了一个'心'字。……她将披着的头发向后一抖，人这才看清了脸孔：石灰一样白的圆脸，漆黑的浓眉，乌黑的眼眶，猩红的嘴唇。……她两肩微耸，四顾，倾听，似惊，似喜，似怒，终于发

---

① 《朝花夕拾·无常》，《鲁迅全集》第2卷；《且介亭杂文·门外文谈》，《鲁迅全集》第6卷，人民文学出版社1981年版。

② 冯雪峰：《鲁迅论及其他·鲁迅先生计划而未完成的著作》，充实社1940年版，第23页。

出悲哀的声音，慢慢地唱道：‘奴奴本是杨家女，呵呀，苦呀，天哪！……’”① 这些描写强调女吊不同于无常白衣白帽的“大红衫子”，强调她生存的苦难、怨恨和为鬼的复仇性，其中是包含鲁迅对生命之大限的死的体验的。

死亡意识的深度体验，使女吊这个复仇的阴魂别具精彩，美得有阴郁气。《女吊》的写作离鲁迅逝世仅一个月，而此前的两个月，他患肺病和肋膜炎的严重情形，竟致美国的D医生诊察后说，倘是欧洲人，则在五年前已经死掉。那次大病略有起色，也就是作《女吊》前半个月，他写了随感《死》。他虽然自称对于死是个“随便党”，而且相信人死无鬼，但还是留作七条遗嘱。第七条是：“损着别人的牙眼，却反对报复，主张宽容的人，万勿和他接近。”又进一步强调：“只还记得在发热时，又曾想到欧洲人临死时，往往有一种仪式，是请别人宽恕，自己也宽恕了别人。我的怨敌可谓多矣，倘有新式的人问起我来，怎么回答呢？我想了一想，决定的是：让他们怨恨去，我也一个都不宽恕。”② 这是鲁迅借死的题目来宣示的人生原则的坚定性。他又超越人生的生死界限，把坚定性注入女吊的复仇性中。鲁迅在绍兴目连戏中最爱女吊和无常，他在《朝花夕拾·后记》中自绘高冠执扇而跳荡的无常，而女吊则没有自绘。但1925年绍兴画家陶元庆（字璇卿）绘《大红袍》，展示一个蓝衫、红袍、高底靴的女子，半仰脸而作扬手握剑下垂状，就叠影着女吊的影子。鲁迅取此画作许钦文小说集《故乡》的封面，称赞道：“璇卿的那幅《大红袍》，我已亲眼看见过了，有力量；对照强烈，仍调和，鲜明。握剑的姿态很醒目!”无常多人情而女吊多骨气，代表鲁迅追求的审美精神的两个侧面，而他是以女吊作为死之纪念的。《故事新编》杂糅古今，《魏晋风度及文章与药及酒之关系》映照人我，《无常》《女吊》超越阴阳，可知鲁迅老辣之笔运转如风，他追求的审美境界是宏富而有异彩的。

---

① 《且介亭杂文末编·女吊》，《鲁迅全集》第6卷，人民文学出版社1981年版，第614—619页。

② 同上书，第611—612页。

鲁迅一生出入于四野、四洋、四库这云水激荡的“三四之学”，操持着学术文化方式上充满智慧和锐气的“五端”方略，成为中国新文化开创期的一代巨匠。应该说，鲁迅并非心无旁骛的纯粹学者，而是一个有精深学养和卓越器识的思想家型的文学家。之所以专门从学术文化方式的角度考察之，是因为他处在“三四之学”强烈碰撞、融合和转型的时期，学术文化态度和方式中的忧患意识、拯救意识、改革意识，对于这个文明古国的文化现代性的转型、新生和创造是至关重要的。鲁迅在学问上的精深功力和透彻悟性，使其无论小说、散文，尤其是杂文、旧体诗的著述，都滋润着一种能拿得起、洒得开、化得透的学术气质；在文学上的敏锐感觉和犀利表述能力，又使其文献整理、文史著述、文化杂谈和金石考证，都流贯着一种看得深、悟得彻、说得妙的美学光泽。所有这些，使之成为中外古今文化大融会、大碰撞、大突围中富有革新精神、创造能力、大家风范的文学家和学问家。他在铁屋子的呐喊，在大宅子中抉择，一代启蒙者胸襟与和平崛起时期建设文化大国风范是遥相呼应的，由此使其上下求索之姿、开辟草莱之功成了我们民族必修的文化启示录。

俗文化的本质与功能*

一　俗文化的本源性和结构性功能

从人的生存本质来说，人是生活在俗世之中的，不能整天高雅，不食人间烟火，高雅是从俗常中生长和提升出来的。就算高雅是红花，凡俗也是绿叶，“红花虽好，还要绿叶扶持”，红花绿叶的生命是多姿多彩，不离不舍，联系在一起的。我们不妨从语源学的角度，考察“俗”字的意义生成。《说文解字》解释说：“俗，习也。从人，谷声。”[①]从金文、篆字、隶体到楷体，这个“俗”字，都是人旁、谷声。汉人刘熙《释名·释言语》则深入一层，认为“俗，欲也，俗人所欲也”[②]。这是由于右面的“谷”字，既当声旁，也含有形义，是“欲”字的省笔。因此，“俗”的本义，是食谷有欲的凡人。引申为平凡的人世间生活，有大众化而流行的，以及平庸而缺乏教养的旁出之义。由此沉积为风尚、习惯和传统，对社会成员的行为发生了非常潜在的

---

*　2011年11月12日初稿，2012年2月11日修订。

①（东汉）许慎：《说文解字》，中华书局1963年版，第165页。

②（东汉）刘熙：《释名》卷4《释言语》，《四部丛刊》影印明嘉靖翻宋本。

规约作用，这就是《礼记·曲礼》为何告知，要“入国而问俗”[①]，不然就会招来许多难堪了。

既然俗与人的天性、欲望和本能联系在一起，那么有了人的天性本欲这块土壤，谁也不能不让它滋生。天性本欲，是关联着深刻的生命诉求的。甚至古人云：“食、色，性也。”[②] 因此没有俗，人就生活在空幻枯槁或装模作样中。鲁迅批评说：“最可叹的是几位雅人，也还不能如《镜花缘》里说的君子国（按：应为淑士国）的酒保一般，满口‘酒要一壶乎，两壶乎，菜要一碟乎，两碟乎’的终日高雅，却只能在呻吟古文时，显出高古品格；一到讲话，便依然是‘鄙俚浅陋’的白话了。”（《热风·随感录五十七》）自然，也不能以此为理由，排斥高雅。高雅是文明的花朵和果实，是文明的标准和标志。没有高雅，人就生活在低质量的“好死不如赖活着”之中。雅与俗是相互依存、渗透、改造和提升的。人的生活构成，亦雅亦俗，但是雅俗的比例、形式都有许多区别，有时是俗得有趣，有时是雅得多味，这才能使生活具有多种多样的趣味。

由于雅是从俗中生长、发展和提升出来的，俗对于雅而言就具有本源性的意义。如龚自珍在《破戒草》诗中说：“雅俗同一源，盍向源头讨。”许多文学艺术形式，往往生于俗，成于雅，大成于大雅大俗。雅俗互动，是文学走向高台阶的一种推动力。这一点也可以从年龄心理学上考察，人往往在童年好俗，成年趋雅。唐代大诗人骆宾王七岁能赋诗，开口就是一首《咏鹅》：“鹅，鹅，鹅，曲项向天歌，白毛浮绿水，红掌拨清波。”这一开口，可并不是追求高雅，却在明白如话中，洋溢着俗趣和童心。只不过俗趣和童心中，潜伏着聪颖的悟性，悟性可以化俗为雅。这才有他中年为官，多次上书讽刺武则天的朝政，40多岁得罪入狱，写下了《狱中咏蝉》：“露重飞难进，风多响易沉。无人信高洁，谁为表余心？”托物寄兴，感慨幽深。50多岁又

---

① （汉）郑玄注：《礼记·曲礼》，《十三经注疏》，（唐）孔颖达疏，中华书局1980年版，第1251页。

② （宋）朱熹：《孟子·告子上》，《四书章句集注》，中华书局1983年版，第326页。

为徐敬业写下《讨武曌檄》，武则天读了只是“嘻笑”，一直读到“一抔之土未干，六尺之孤安在”，才猛然一惊，追问是谁写的，责备“宰相安得失此人!”[①] 骆宾王就这样从开口“鹅，鹅，鹅”的童年，走到了写成初唐名诗名文的高雅的中晚年。

在文化发生学上，俗文化具有本源性；而在文化结构学上，俗文化和雅文化却又构成互动互化的层面性。所谓俗文化，是指在各地域、各民族广泛存在的富有泥土味的民风、民俗、民间技艺、世俗信仰和风俗心理。俗文化是一种日常的身边的文化，无人不染有俗世烟尘。晚唐著名诗人李商隐，律诗骈文，风华盖世，尤其是《无题》诗，构思奇雅，风华深婉。人们脱口就能背出他的不少名句“夕阳无限好，只是近黄昏”；“身无彩凤双飞翼，心有灵犀一点通”；“春蚕到死丝方尽，蜡炬成灰泪始干”。如此一个诗人，千古共仰，想不到他还留下一本搞笑的小册子《义山杂纂》。元朝马端临《文献通考·经籍考》评论说：“俚俗常谈鄙事，可资戏笑，以类相从。今世所称‘杀风景’，盖出于此。……虽不雅驯，然所谓诃诮，多中俗病。闻者或足为戒，不但为笑也。”[②] 鲁迅《中国小说史略·唐之传奇及杂俎》说：“书皆集俚俗常谈鄙事，以类相从，虽止于琐缀，而颇亦穿世务之幽隐，盖不特聊资笑噱而已。”[③] 在“牛李党争”使自己沉沦下僚的岁月，李商隐在精心锤炼律诗骈文的同时，能够借《杂纂》方式“姑妄言之供一笑”，自然也是调节精神、滋润人生的一种好办法。我们的文学史可不要把丰富多彩的诗人，变成没有厚度的“片面人”。

比如，《义山杂纂》在“必不来”一条下面，列有：“穷措大唤妓女。醉客逃席。把棒唤狗”；在“不相称”一条下面列出：“先生不甚识字。贫斥使人。穷波斯。瘦人相扑。病医人。老翁入娼家。屠家念经。肥大新妇”。从这条可以知道，唐代长安的波斯富人很多，“贫

① （宋）欧阳修、宋祁：《新唐书》，中华书局1975年版，第5742页。

② （元）马端临：《文献通考》，浙江古籍出版社1988年版，第1758页。

③ 《中国小说史略·唐之传奇及杂俎》，《鲁迅全集》第9卷，人民文学出版社1981年版，第95页。

穷”与波斯人不沾边，当时就有“富波斯”“黑昆仑”之说。唐代以胖为美，为何又说肥大新妇不相称呢？可能到了晚唐之后逐渐以瘦为美，开了宋朝以瘦为美的审美风气。又比如“相似”条有“京官似冬瓜，暗长”；“县官似虎狼，动要伤人”，对官场风气极尽调侃。“虚度”提到“阉官有美妇”，大概当时太监可以娶媳妇，即便如此，也是繁华虚度。“枉屈”条，例子不少，其中“家藏书不解读，明月夜早睡，有好花不吟诗酌酒，近好山水不游玩，有美味悭藏臭腐”，这是以俗笑俗的归类方式，取笑俗气熏天的人。《西清诗话》云：“《义山杂纂》，品目数十，盖以文滑稽者。其一曰杀风景，谓清泉濯足，花上晒裈，背山起楼，烧琴煮鹤，对花啜茶，松下喝道。晏元献庆历中罢相，守颍，以惠山泉烹日注，从容置酒，赋诗曰：‘稽山新茗绿如烟，静挈都蓝煮惠泉，未向人间杀风景，更持醪醑醉花前。’王荆公元丰末居金陵，蒋大漕之奇夜谒公于蒋山，驺唱甚都。公取‘松下喝道’语作诗戏之，云：‘扶衰南陌望长楸，灯火如星满地流，但怪传呼杀风景，岂知禅客夜相投。’自此杀风景之语，颇著于世。”[①] 全书调侃意味甚浓，从官场调侃到平民，展示了市井百态，如果作为唐代民俗的小百科来读，在文学李商隐的雅味之外，平添了几分令人会心一笑的俗味。

人生在演奏着多声部的和弦。唱出“鹅，鹅，鹅，曲项向天歌”的骆宾王，又写了《狱中咏蝉》《讨武曌檄》；好写“无题诗”的李义山，也写《义山杂纂》，尽管其中有历时性和共时性的不同，但都证明了一个人的精神结构是一种雅中有俗、俗中见雅的千姿百态的复合型结构。外之以社会文化层面的雅俗共构和互动，内之以个人精神结构的复合而产生张力，俗文化就具有内外相应的动力源，驱动着它出现多维度的功能，与文学、史学、哲学，与民族记忆和人群生存状态，结下了由俗生雅，雅因俗而大，俗因雅而精的因缘。

---

① （宋）胡仔：《苕溪渔隐丛话前集》，人民文学出版社 1962 年版，第 147 页。

二　俗文化与文学

俗文化与文学，是互渗互生的近亲，俗文化的审美提炼生出文学，文学的社会传播反馈俗文化。对于俗文化与文学的关系，鲁迅从发生学的角度讲得非常风趣。他在《门外文谈》中说："就是《诗经》的《国风》里的东西，好许多也是不识字的无名氏作品，因为比较的优秀，大家口口相传的。王官们检出它可作行政上参考的记录了下来，此外消灭的正不知有多少。希腊人荷马——我们姑且当作有这样一个人——的两大史诗，也原是口吟，现存的是别人的记录。东晋到齐陈的《子夜歌》和《读曲歌》之类，唐朝的《竹枝词》和《柳枝词》之类，原都是无名氏的创作，经文人的采录和润色之后，留传下来的。这一润色，留传固然留传了，但可惜的是一定失去了许多本来面目。到现在，到处还有民谣、山歌、渔歌等，这就是不识字的诗人的作品；也传述着童话和故事，这就是不识字的小说家的作品；他们就都是不识字的作家。"鲁迅由此得出结论："旧文学衰颓时，因为摄取民间文学或外国文学而起一个新的转变，这例子是常见于文学史上的。不识字的作家虽然不及文人的细腻，但他却刚健，清新。"[①] 这里揭示，民间的俗文学是一股源源不绝的新鲜血液，它在文学史的许多关键时期，给"雅"到了萎靡不振的文学进行"透析"，发挥着重新焕发生命活力的功能。

俗文化既然具有感染力与活性，在雅俗互动中，它就形成与时偕进的生命过程。一种新文体产生的时候，因为它未脱俗文化的俗气，往往强调"通俗"的重要性，以建立自己的合法地位。黄宗羲《柳

① 《且介亭杂文·门外文谈》，《鲁迅全集》第 6 卷，人民文学出版社 1981 年版，第 94—95 页。

敬亭传》云："说书虽小技，然必句性情，习风俗。"话本小说《冯玉梅团圆》有一句话："话须通俗方传远，语必关风始动人。"它还引用一首吴歌开头："月子弯弯照九州？几家欢乐几家愁，几家夫妇同罗帐，几家飘散在他州。"（缪荃孙刻本《京本通俗小说》）话本文体，既宣言以通俗来改良社会风气，又关注民间儿女悲欢离合的"弯月情缘"，对比士大夫文坛，确实是一股清新活泼的空气。新兴的文体经过长期探索锤炼而趋于成熟之后，就开始讲究雅俗的调和了。比如《中原音韵》就这样谈论文气和俗气："长篇要腰腹饱满，首尾相救。造语必俊，用字必熟，太文则迂，不文则俗；文而不文，俗而不俗，要耸观，又耸听，格调高，音律好，衬字无，平仄稳。"① 既然要评头品足，修饰字句，揣摩声调，本是浑然天籁的民间曲子，眼看着就要落入框套了。元曲到明而衰，看来还须接通民间的"地气"。

每个时代、每个民族都有自己的"俗文化"，但"俗文化"随着时间的推移，也会逐渐演变成"雅文化"。俗的色彩往往是大红大紫、热烈火爆，雅的色彩却趋于浓而不烈、美而不艳、乐而不淫、怨而不怒，是一种蕴藉沉着、意味深长的表达方式。时间可以使本属俗文化的作品出现氧化层的"包浆"，减弱其浮躁的色调，而归于幽光沉静。过程性蕴含转化的契机。元曲、南戏、昆曲、京剧，以及中国古典小说"四大名著"的崛起，莫不如此。鲁迅在《中国小说史略》中提到："说《三国志》者，在宋已甚盛，盖当时多英雄，武勇智术，瑰伟动人，而事状无楚汉之简，又无春秋列国之繁，故尤宜于讲说。东坡（《志林》六）'谓王彭尝云，途巷中小儿薄劣，其家所厌苦，辄与钱，令聚坐听说古话，至说三国事，闻刘玄德败，频蹙眉，有出涕者，闻曹操败，即喜唱快。以是知君子小人之泽，百世不斩。'"②《东坡志林》这则材料，也被鲁迅收入《小说旧闻钞》，可见印象之深。

---

① 周德清编著：《中原音韵·正语作词起例》，王文璧增注，明嘉靖刻本。

② 《中国小说史略·元明传来之讲史（上）》，《鲁迅全集》第9卷，人民文学出版社1981年版，第128页。

说书既然要吸引听众，就要关注世俗的情感和趣味，感动世人的眼泪和笑声。

正史《三国志》及裴松之注，经过宋元时代说书艺人的发挥、想象、渲染，以“说三分”的名目，风行于瓦舍勾栏，后经文人整理和再创造而成《三国志通俗演义》，从大众娱乐场所走上案头。《水浒传》《西游记》都有这样的发生学的履历。即便成了案头读物，它们在当时也是不登大雅之堂，却时时跳下案头走进说书场。明末清初著名的说书人柳敬亭的说书艺术，主张说书时忘掉自己，达到“我即成古，笑啼皆一”的境界，使说书人和被说的古人融为一体。张岱《陶庵梦忆》卷五有一篇《柳敬亭说书》：“余听其说‘景阳冈武松打虎’白文，与本传大异。其描写刻画，微入毫发，然又找截干净，并不唠叨。㗳夬声如巨钟，说至筋节处，叱咤叫喊，汹汹崩屋。武松到酒店，店内无人，謈地一吼，店内空缸空甓，皆瓮瓮有声，闲中着色，细微至此。”[①]《三国演义》《水浒传》《西游记》的大雅大俗的大运作成书过程，使中国民间与文人智慧产生“相互倒注”的效应，民间智慧注向文人，文人智慧注向民间，既成就了鸿篇巨制的文本，又改造着中国人的精神心理结构。鲁迅所谓中国民间有“《三国》气”“《水浒》气”，此之谓也。雅俗之间的“相互倒注”，极大地拓展了中国文学的地盘。这些古典小说名著作为明清时代留下的文本，已经取得文学史的崇高地位，被雅化为民族文化经典，但是它们本是大雅大俗的复合品格，已经练就了十分了得的“分身术”，“可上九天揽月，可下五洋捉鳖”，衍化出经典剧目、说唱评弹、连环图画、电视连续剧的十八般武艺，与流行的俗文化争夺市场，不亦乐乎。

① （明）张岱：《陶庵梦忆》，上海书店出版社1982年版，第40页。

三　俗文化与历史

俗文化自身也包含“历史”，没有文字时代的神话传说和代代相传的族源记忆，有了文字之后街谈巷语的搜集、“齐东野语”的采编、口述历史的记录。历史往往在筛选着人世间的行为，主观上要淘沙存金，淘去的却不乏金，存下的也混着沙。有些深刻的思想家看透了这种悖谬，反而爱读野史，因为在那里可以窥见某些未被粉饰的历史真情。比如鲁迅就说过：“历史上都写着中国的灵魂，指示着将来的命运，只因为涂饰太厚，废话太多，所以很不容易察出底细来。正如通过密叶投射在莓苔上面的月光，只看见点点的碎影。但如看野史和杂记，可更容易了然了，因为他们究竟不必太摆史官的架子。”（《华盖集·忽然想到》）不过如果要着重考察的是在俗文化与正式史书之间，其中也不乏俗事“注入”正史的现象，存在揆情度理，“转俗归正”的相互对流、相互转化的关系。如钱锺书《管锥编》所言：“史家追叙真人实事，每须遥体人情，悬想事势，设身局中，潜心腔内，忖之度之，以揣以摩，庶几入情合理。盖与小说、院本之臆造人物、虚构境地，不尽同而可相通。”这就是他的“诗具史笔”与“史蕴诗心”的思想。中国有世界上第一流的历史记载，中国人对于历史，也有着第一流的热情。实际上，历史书写，包括最著名的正史书写，也不排除俗文化的渗透和滋养。反过来，历史故事被改编成演义、说唱、戏曲、电影、电视，历代都有流行不衰的记录。

不妨以著名的《史记》为例。它写得最精彩的《项羽本纪》，实际上是讲了项羽的三个故事：第一个故事“巨鹿之战”，项羽率师北上，在河北的巨鹿与秦军的主力对垒。各路诸侯胆怯不敢向前，项羽却破釜沉舟，带着军队强攻进去，把秦军的主力打垮，震慑了作“壁上观”的其他诸侯军，从而奠定了他的霸王地位。这是项羽一生最辉煌的战功。第二个故事是“鸿门宴”，刘邦先进关中，项羽后到，恃强凌弱，范增计谋叵测，要除掉刘邦。鸿门宴上刀光剑影，最后项羽犹豫不决使刘邦借机逃回自己的军营，成了项羽命运的转折点。第三个故事就是“垓下之围”和“乌江自刎”，刘邦、韩信会师于今安徽省北部的垓下，把项羽围困起来，四面楚歌，项羽后来突围到长江边上的乌江（今安徽和县）自刎，走到了一个威风凛凛的悲剧英雄的终点。

这么三个故事，写了6000多字，占了《项羽本纪》一半以上的篇幅。实际上，项羽从24岁起兵到31岁自刎，我们可不能被京剧里面的大胡子给蒙住了，他其实还是一个小伙子，31岁就“霸王别姬”之后又离别人世。在这8年中，三个故事所占的时间，加起来也就一个多月，这是非常讲究的叙事时间速度的处理。巨鹿之战十几天，鸿门宴一天，垓下之围和乌江自刎，也就十几天，加起来一个多月。就是说8年当中，用6000字聚焦在一个多月的关键事件上，可见时间速度的操作在司马迁那里运用得何等得心应手。现在来了一个问题，垓下之围和乌江自刎是历史存在，《史记》是一部“信史”，真实性不容怀疑。但是“垓下之围”，项羽听闻四面楚歌，感到唱楚歌的人这么多，可能楚地都给刘邦占领了，于是精神崩溃，悲观至极。不过英雄的精神崩溃，也崩溃得有声有色。项羽、虞姬在中军帐里喝酒歌舞，唱《垓下歌》[①]：“力拔山兮气盖世，时不利兮骓不逝。”一曲悲歌，在历史长空中千古震荡。问题是，谁听到和记录下来这首《垓下歌》？凡是在项羽中军帐的人，项羽自杀了，虞姬自杀了，江东八百子弟全部阵亡了。难道是刘邦派了探子潜伏在帐中偷听来的吗？难道是安了窃听器吗？也许是太史公好奇，采访垓下古战场的时候，当地的父老讲了这么一个故事，唱了这么一首歌。太史公把这个口传故事写进了历史，这里带有口头传说的成分，带有民间文学的特征。然而，两千年来中国人就相信了从茫茫原野传来的这一声历史的夹杂着

---

① （西汉）司马迁：《史记》，中华书局1959年版，第333页。

呐喊音符的呻吟。没有霸王别姬这一幕，好像项羽英雄悲剧这个圆，就没有画圆。以民间传说画圆了这个圆圈，才引起人们对历史哲学充满感慨的沉思。如杜牧《题乌江亭》诗云：“胜败兵家事不期，包羞忍耻是男儿。江东子弟多才俊，卷土重来未可知。”《霸王别姬》也成了传统戏曲的著名剧目，久传不衰。大家想一想，最好一部史书的最好一篇的最好章节，一种神来之笔，竟然是带有民间传说的成分。俗文化竟然玉成了历史的精华。

南宋郑樵是主张修史必须依据“仲尼、司马迁会通之法”的杰出史学家。他极为博学，被称为“惟有莆阳郑夹漈，读尽天下八分书”。他著《通志》二百卷，在“总序”中说：“仲尼既没，百家诸子兴焉，各效《论语》，以空言著书（《论语》，门徒集仲尼语）。至于历代实迹，无所纪系。迨汉建元、元封之后，司马氏父子出焉。司马氏世司典籍，工于制作，故能上稽仲尼之意，会《诗》《书》《左传》《国语》《世本》《战国策》《楚汉春秋》之言，通黄帝、尧、舜至于秦、汉之世，勒成一书，分为五体。《本纪》纪年，《世家》传代，《表》以正历，《书》以类事，《传》以著人，使百代而下，史官不能易其法，学者不能舍其书，六经之后，惟有此作。故谓：‘周公五百岁而有孔子，孔子五百岁而在兹乎。’是其所以自待者已不浅。然大著述者必深于博雅，而尽见天下之书，然后无遗恨。当迁之时，挟书之律初除，得书之路未广，亘三千年之史籍，而局蹐于七八种书。所可为迁恨者，博不足也。凡著书者，虽采前人之书，必自成一家言。左氏，楚人也，所见多矣，而其书尽楚人之辞。公羊，齐人也，所闻多矣，而其书皆齐人之语。今迁书全用旧文，间以俚语，良由采摭未备，笔削不遑。故曰：‘予不敢堕先人之言，乃述故事，整齐其传，非所谓作也。’刘知几亦讥其多聚旧记，时插杂言，所可为迁恨者，雅不足也。大抵开基之人不免草创，全属继志之士为之弥缝。晋之《乘》，楚之《梼杌》，鲁之《春秋》，其实一也。《乘》《梼杌》，无善后之人，故其书不行。《春秋》得仲尼挽之于前，左氏推之于后，故其书与日月并传。不然，则一卷事目，安能行于世？自《春秋》之后，惟《史记》

擅制作之规模。”①

所谓司马迁之书“间以俚语”，所谓刘知几亦讥其“多聚旧记，时插杂言”，就是说《史记》虽是信史，难免有“俚语”“杂言”之类的俗文化因素插入而点染其间。不过，话又说回来，司马迁作《史记》之前，“读万卷书，行万里路”，在三万里行程中考察上古的和近代的遗迹轶闻，以及公卿家族和文化家族的档案存简。如果没有这种工作方式，只在文献堆中钻牛角尖，又何来《史记》写人叙事的笔下生风，何来“究天人之际，通古今之变，成一家之言”的不输于先秦诸子的风采？在一定意义上说，民间的俗文化，蕴含《史记》的行文活力和精神力量的根基，人们应该以开明开放的心胸来对待这种不同文化层面的交融。

四　俗文化与哲学

切莫以为哲学只存在于高头讲章、玄妙思辨之中，更重要的是应该看到人间有哲学，哲学在人间。哲学是智者之思。哲学的人间性，是哲学活泼泼的生命源泉。非常重要的一个典型，在于先秦诸子的一个很重要的贡献，就是从口头传统、原始民俗、人间百态这类俗文化中，寻找到或升华出高明的哲学思想，从而打破王官之学的一统天下，导致思想世界的大震荡和大突破。在《老子》说了“道可道，非常道”之后，《庄子·知北游》反而说：“东郭子问于庄子曰：‘所谓道，恶乎在？’庄子曰：‘无所不在。’东郭子曰：‘期而后可。’庄子曰：‘在蝼蚁。’曰：‘何其下耶？’曰：‘在稊稗。’曰：‘何其愈下邪？’曰：‘在瓦甓。’曰：‘何其愈甚耶？’曰：‘在屎溺。’东郭子不

① （宋）郑樵：《通志·总序》，浙江古籍出版社1988年版，第1页。

应。”[①] 在老子将道推向本体论的另一个维度上，庄子将道推向宇宙万物。当人们认为“道”高不可攀、茫然莫辨，有如东郭子之所想，这里所说乃是道之本体。而在庄子的眼中，道贯通一切，物物平等，本无贵、贱、善、恶、大、小、久暂之分别。庄子所说乃是道之功能：无所不在，遍及万有。俗文化与哲学的关系，乃是从道之功能，上升及于道之本体的关系，这就是“人间道论”。

老子之道在先秦诸子中显示特异色彩者，是《老子》书有母性生殖崇拜的意味，他由母性生殖崇拜引导出宇宙的本体论。一些博学卓识的历史学家、哲学家及一些外国汉学家，都有这种认识。历史学家吕思勉说：“《老子》书辞义甚古；又全书之义，女权皆优于男权，俱足证其时代之早。”《老子》六章就是最为明显的例证：“谷神不死，是谓玄牝。玄牝之门，是谓天地根。”[②] 应该如何解读老子的这段本体论的阐发？《说文解字》训“牝”为“畜母也”。牝的原始字形是“匕”，作女性生殖器形状，正如牡字去掉“牛”旁，乃男性生殖器形状一样，二者是相互对应的。苏辙解《老》，认为“玄牝之门，言万物自是出也，天地自是生也”，只是解释了字面意义。更深一层，玄牝之门就是玄深神秘的女性生殖器之门，它竟然是天地之根，由此生出天地万物，这不是母性生殖崇拜，又该作何解释？而且“牝”字又有孔穴之义，如河上公注《老子》：“玄，天也，于人为鼻；牝，地也，于人为口。”《礼记·月令》郑玄注，则把接纳门闩的孔穴，叫作“牝”。如此说来，“玄牝”简直就是老子形容的生成天地万物的无限幽深的“黑洞”了。难怪哲学家冯友兰就认为：“《老子》在这里所说的‘牝’，就是女性的生殖器。它所根据的原始宗教，大概以女性生殖器为崇拜的对象。因为它不是一般的女性生殖器，所以称为‘玄牝’。”[③]《老子》六十一章又说：“大邦者下流，天下之交，天下之牝（马王堆汉墓帛书甲本作‘天下之牝，天下之交也’）。牝常以静胜牡，

---

① （清）王先谦：《庄子集解》，中华书局1987年版，第190、150—151、61、186页。

② 《老子道德经》，《诸子集成》（三），中华书局1954年版，第4页。

③ 《中国哲学史新编》（修订本）第二册，人民出版社1983年版，第44页。

以静为下。”这些话用“牝”与“交”来表述，都语义双关，充满暗示，因而从神圣的生殖崇拜上，导引出或阐发了极具老子特色的致虚守静、以柔克刚的思想。这是对原始崇拜的哲学化过程。

认证了《老子》书有女性生殖崇拜又对之进行哲学化提升之后，进一步的问题就是破解这种女性生殖崇拜是从何而来，也就是说，它是通过何种俗文化提升为哲学的。在原始人类的母系氏族社会，母系生殖崇拜带有普遍性，比如红山文化的女神头像和女神庙就印证了这一点。存世的遗迹表明，老子故里的李母庙就在老子庙的北面，而李父庙缺席，说明老子知有母而不知有父。这就令人产生疑窦：老子出生在一个母系部落，才会如此。唐玄宗开元年间的弘文馆学士司马贞《史记索隐》提供了一条很值得注意的材料，他在解释老子“姓李氏”时说：“按：葛玄曰‘李氏所生，因母姓也’。又云‘生而指李树，因以为姓’。”[①] 这是母系社会获得姓氏的方式。以往人们把这些话当成神仙家言，认为不足信。其实，略有道教史知识的人都明白，神仙家没有编造老子无父的理由，他们从来不必忌讳有父母，这条材料或出于道教的秘籍。

那么老子时代已经离周公封建诸侯，制礼作乐三百年，还会存在母系氏族吗？应该看到，上古中国是一个多元共构的，并非都是同步发展的文化共同体，非均质、非同步是其突出的文明形态的特点。周室及其分封诸国的中心地区，已是经济文化比较发达的城邦。而远离城邦的边鄙之地，则存在明显的原始性，中央政权和邦国的力量相当虚薄，依然活跃着许多氏族、部落和部落联盟。《荀子·仲尼》说：“齐桓、五伯之盛者也……并国三十五。”《韩非子·有度》说：“荆庄王并国二十六，开地三千里……齐桓公并国三十，启地三千里。”《韩非子·难二》又记述晋国臣子的话：“昔者吾先君献公并国十七，服国三十八。”李斯《谏逐客书》说：“（秦）穆公……并国二十，遂霸西戎。”《新序·善谋下》说：“秦缪公……辟地千里，并国十二。”这

① （西汉）司马迁：《史记》，中华书局1959年版，第2140页。

些记述表明，这些诸侯城邦之间还存在大量的氏族（所谓“小国”）活动的空隙。其中一些边远地区，就很可能存在母系氏族或母系氏族的遗风。甚至20世纪的中国西南部还有母系遗风，那么二三千年前的属于陈楚边远之地的苦县赖乡，又怎么能排除有母系氏族或它的遗存形态生存在山谷溪流之间呢？

太史公谓“老子者，楚苦县厉乡曲仁里人也”，其实老子出生时，苦县尚属陈，楚还没有最后灭陈。《礼记正义·曾子问》唐孔颖达疏引《史记》云：“老聃，陈国苦县赖乡曲仁里（人）也。为周柱下史，或为守藏史。”唐段成式《酉阳杂俎》卷二云：老君“生陈国苦县赖乡涡水之阳”。似乎唐人所见《史记》，将老子里籍系于陈国。陈国（今河南淮阳市）本是“太皞之虚”，伏羲女娲的故土，伏羲是他的母亲华胥踩着神的脚印受孕而生的，此乃知有母而不知有父的母系氏族传说。《帝王世纪》云：“大皞帝包牺氏，风姓也。母曰华胥，燧人之世，有大人迹出于雷泽，华胥履之而生包牺。”（《礼记正义·月令》孔颖达疏引）至今淮南市每年三月还表演伏羲母亲踩着神的脚印的舞蹈，名曰“履迹舞”。陈地原属东夷文化，武王克商后，分封陶正之子胡公于陈，以祀舜帝；并将长女太姬许配胡公。太姬早年无子，“好祭鬼神，鼓舞而祀”，终于生子，故而深信巫觋，生殖崇拜气氛甚浓。如今淮阳有一种陶器玩具叫作“泥泥狗”，狗头一个、两个、三个直到九个头不等，胸前都绘有色彩斑斓的女人阴部的图案，非常显目，是女性生殖崇拜的遗存。淮阳人传说，泥泥狗是为太皞守陵的神犬。陈楚边远之地，东夷部落繁杂，应是存在一些母系氏族，即所谓“小国寡民”。

值得注意的是，《老子》二十一章在讲了“道之为物，惟恍惟惚。……窈兮冥兮，其中有精，其精甚真，其中有信”之后，特别讲到“自今及古，其名不去，以阅众甫。吾何以知众甫之状哉？以此”。“众甫”二字，马王堆帛书甲、乙本均作“众父”，母是唯一的，父是众数的，这种用语是否在无意中透露了某种群婚制的信息呢？老子是否也因而知有母，而不知有父呢？老子文化，是一种“坤乾文化”，有别于《周易》的“乾坤文化”，它强调的是“柔弱克刚强”，而非“天行健”的君子品格。老子正是从故乡的母系氏族遗风中，找到哲学的突破口。可见俗文化在先秦诸子最初的足迹中，留下过不可磨灭的生命基因。

春秋战国之世，礼崩乐坏，雅俗文化层面并非处在稳定状态，而是处在错动不已和崩裂重组之中。社会上逐渐丧失了维护社会秩序的统一的价值标准，这样就成了产生庄子“此亦一是非，彼亦一是非”的价值相对论的极好土壤。就以音乐来说，孔子对颜回说“郑声淫”，要“放郑声”。但是半个多世纪以后，魏文侯却对孔子弟子说：“吾端冕而听古乐，则唯恐卧；听郑卫之音，则不知倦。”① 再过一个世纪，也就是孟子、庄子的时代，齐宣王对孟子说：“寡人非能好先王之乐也，直好世俗之乐耳。”② 所谓“世俗之乐”，旧注说是“郑声”。可见朝野音乐的雅俗，处在混乱状态，俗乐以其清新悦耳大有取代古乐之势。

在一个雅俗价值标准混乱变动的时代，先秦诸子在创造其学说的时候，除了面对非常有限的文字文献系统之外，他们主要是面对非常丰富多彩的民间口头传统和原始的民风民俗。不了解这一点，我们就会陷入一个文化怪圈，总觉得诸子喜欢假托或对黄帝、尧舜无中生有地造假。其实，这是俗文化对官方文化的挑战。以往未见于文字记载的民风民俗和口头传统，沉积深厚，一旦被诸子著录为文，精彩点化，就令人惊异于闻所未闻，造成巨大的思想学术冲击波。春秋战国之世彪炳千古的思想原创，与诸子沟通哲学思考与俗文化资源有着深刻的关系。我们不妨考察一下庄子丧妻时很是惊世骇俗的行为：

> 庄子妻死，惠子吊之，庄子则方箕踞鼓盆而歌。惠子曰：

① 《礼记》，《十三经注疏》，中华书局1980年版，第1538页。

② 《孟子·梁惠王下》，《四书章句集注》，中华书局1983年版，第213页。

“与人居，长子老身，死不哭亦足矣，又鼓盆而歌，不亦甚乎!”庄子曰：“不然。是其始死也，我独何能无慨然！察其始而本无生，非徒无生也，而本无形，非徒无形也，而本无气。杂乎芒芴之间，变而有气，气变而有形，形变而有生，今又变而之死，是相与为春秋冬夏四时行也。人且偃然寝于巨室，而我嗷嗷然随而哭之，自以为不通乎命，故止也。”①

这个故事以独特而驰名，以至后世文人以“鼓盆”作为丧妻的雅称或象征。庄子是先秦诸子中对生死理解得极为深刻、最是通达的思想者，他有一句名言：“大块载我以形，劳我以生，佚我以老，息我以死，故善吾生者，乃所以善吾死也。”② 有如此通达的生死观，妻死鼓盆而歌，似乎不足为怪。但是庄子此番举动，颇受儒者诟病，因为《周礼·春官·大宗伯》说：“以凶礼哀邦国之忧，以丧礼哀死亡。”③这是常情，岂能违之？但这也事出有因，它与楚国的原始民俗存在深刻微妙的关系。据《明史·循吏列传》：“楚俗，居丧好击鼓歌舞。”④祭丧之礼，起源于原始信仰，具有久远承传的特征，载于明史，却源于远古。此前关于这种楚俗的记载，还有正史《隋书·地理志》所记载“蛮左”（今土家族）的丧葬习俗：“始死，置尸馆舍，邻里少年，各持弓箭，绕尸而歌。”⑤ 唐代号称“青钱学士”，曾经贬窜岭南的张文成在《朝野佥载》卷二记载：“五溪蛮父母死，于村外搁其尸，三年而葬，打鼓路（踏）歌，亲戚饮宴舞戏，一月余日。”⑥ 元人周致中的地理考古书《异域志》卷下“五溪蛮”条，也有一番描述：“遇父母死，行鼓踏歌，饮宴一月。”⑦ 仪式的期限、繁简有异，但歌舞娱丧

① （清）王先谦：《庄子集解》，中华书局 1987 年版，第 150—151 页。

② 同上书，第 61 页。

③ 《周礼》，《十三经注疏》，中华书局 1980 年版，第 1538 页。

④ （清）张廷玉等：《明史》，中华书局 1974 年版，第 7210 页。

⑤ （唐）魏徵：《隋书》，中华书局 1973 年版，第 898 页。

⑥ （唐）张鷟：《朝野佥载》，中华书局 1979 年版，第 40 页。

⑦ 周致中：《异域志》，中华书局 1981 年版，第 59 页。

之风则同。所谓“蛮左”，战国属楚，如北魏郦道元《水经注·沅水》云：“武陵有五溪，谓雄溪、樠溪、无溪、酉溪、辰溪。其一焉，夹溪悉是蛮左所居，故谓此蛮‘五溪蛮’也。”清王鸣盛《十七史商榷·北史合魏齐周隋书三·蛮左》又云：“《隋地志》末段云：‘南郡、夷陵诸郡，多杂蛮左。’……蛮左，即蛮夷，乃当时语。”可见楚风与蛮风，是互相渗透的。

这种风俗渊源古老，从文化人类学的方法，可以上溯先秦楚地，而又流传久远，湖北西部及贵州、浙江、岭南的少数民族地区的县志也有记述，并在丧礼唱歌中，掺入了佛、道宗教因素。以至清雍正十三年（1735）十一月初二皇帝上谕：“朕闻外省百姓有生计稍裕之家，每遇丧葬之事，多务虚文，侈靡过费。其甚者至于招集亲朋邻族，开筵剧饮，谓之闹丧。且有于停丧处所，连日演戏，而举殡之时，又复在途扮演杂剧戏具者……此甚有关于风俗人心，不可不严行禁止。”[①]这种到明清时期犹存楚地的古俗，说明庄子妻死“鼓盆而歌”出自家族风俗记忆，因为在古中国的习惯中，其他生活方式或可入乡随俗，唯有“丧祭从先祖”，这个惯例是不能随便变更的。根据澳门大学一位研究生提供的材料，即便到了21世纪，即便迁移到海外，广东惠州迁徙到马来西亚的一位102岁人瑞逝世时，这个四世同堂的家族亲友40多人，穿着红衣，拉着红龙须，顶着烈日步行两公里，把丧事当喜事办理。[②]根据我的考证，庄子老婆60岁死，在古时已是长寿，鼓盆而歌，也表达了庄子对老婆长寿而终感到的安慰。只不过也许庄子流亡异地，家境孤贫，无法邀集亲友或延请巫师击鼓歌舞，只好独自拿起盆子敲打唱歌。

从庄子向惠施阐述为何“鼓盆而歌”的原因来看，庄子已经不再沉溺于古俗巫风，而是将古俗哲理化了。在反省人间生死哀乐之中，庄子提炼出一个“气”字，从而把溟溟漠漠之道与活活泼泼之生命，

① （清）王先谦：《东华续录·乾隆二》，清光绪十年长沙王氏刻本。

② 参见《中国报》2010年10月16日。

一脉贯通。他认为："生也死之徒，死也生之始，孰知其纪！人之生，气之聚也，聚则为生，散则为死。……故万物一也，是其所美者为神奇，其所恶者为臭腐；臭腐化为神奇，神奇化为臭腐。"对生死一如的生命链条作了这种大化流行的观察之后，庄子得出结论："通天下一气耳。圣人故贵一。"① 庄子的生死观具有超越性，他看透了人之生死只不过是天地之气的聚散，通晓了万物皆化的道理，所以，在鼓盆而歌的行为中，便自然蕴含见证天道运行的仪式。并且以这么一种简化了的仪式，沟通了俗文化与哲学创造，思维方式联系着原始与超越。

五　俗文化与民族记忆

俗文化正因其俗，往往被主流文化看得无足轻重，或者不够"雅驯"，得不到记录而流失。而在某种特殊的历史机遇中，俗文化以文字形式突然现身，使人为其神异而震惊。汉魏六朝志怪之作的大量涌现，除了由于社会动荡、宗教蔓延之外，很重要的原因是北方士人渡江南迁之后，接触了南方少数民族神奇怪异的俗文化，好奇心受到了极大的刺激，从而笔之于书。中国开天辟地的神话，最著名的是取代女娲补天神话的盘古神话。经过仔细的考察可以发现，女娲神话源于北方，盘古神话源于南方，它们是广袤的不同地域部族给中华文明输入的原始神奇的元素。盘古神话是由南方少数民族在与汉族毗邻地区迁徙和聚居，叠加了许多俗文化成分，并与自己的族源想象相结合而创制成的。这个神话在汉族开发南方的时代，最早进入文献记载。三国时徐整的《三五历纪》，以及题为南朝梁人任昉撰的《述异记》记载，天地原本混沌得像一个鸡蛋，盘古生在其中，过了一万八千岁，

① （清）王先谦：《庄子集解》，中华书局 1987 年版，第 186 页。

天地开辟，阳清者（似蛋清乎）上升为天，阴浊者（似蛋黄乎）下降成地。盘古矗立其间，天每日增高一丈，地每日增厚一丈，盘古每日长高一丈，过了一万八千年，天离地九万里。盘古垂死化身，头和四肢变成五岳，血液和眼泪变成江河，眼睛变成日月，毛发变成草木；他嘘气成风雨，发声成雷霆，目光变为闪电；睁眼成白天，闭目是晚上；开口为春夏，闭口为秋冬；高兴为晴天，生气为阴天。[①] 中国神话的创世神，是以血肉之躯化为宇宙的，因而宇宙也洋溢着生命，宇宙的结构与血肉之躯的结构形成对应关系。

那么，盘古神话起源何地？《述异记》交代，盘古神话或出于古说，或盛行于吴楚之地，桂林建有盘古庙，南海建有盘古墓，南海中还有盘古国。所谓“南海中盘古国”的后人，“皆以盘古为姓”，而以盘为姓，主要是属于信奉盘瓠的瑶族。这些等于说，盘古神话源于南方百越民族。瑶族把盘古视为民族始祖神，将盘古开天辟地的传说与本民族源起传说联系起来。南宋当过桂林通判的周去非于《岭外代答》中说：“瑶人每岁十月旦，举峒祭（祀）都贝大王。于其庙前，会男女之无夫家者，男女各群，连袂而舞，谓之踏摇。”[②] 这就是至今还流传于瑶族民间的农历十月十六日盘王的生日，祭祀盘王并唱盘王歌、跳长鼓舞的民俗。据广西兴宾区瑶族《盘王歌》清咸丰九年（1859）抄本及口传材料的整理，瑶族《盘王图歌》云：“大岭原是盘古骨，小岭原是盘古身；两眼变成日和月，牙齿变作金和银；头发化作草和木，才有鸟兽出山林；气化为风汗成雨，血成江河万年春。”这与《述异记》关于盘古以血肉之躯化为宇宙万物的记载如出一辙，可以相互参照。湖南零陵地区瑶族流传的一首歌谣唱道：“盘古开天又辟地，又制青山又造田，先赐瑶人十二姓，后赐百姓造朝堂。”十二姓的说法，蕴含部族分支之间的“兄弟情结”。

这种族源神话的“兄弟情结”，在瑶族流传着的始祖传说中，体

① 参见（南朝·梁）任昉《述异记》，中华书局1985年版，第1页。

② 杨武泉：《岭外代答校注》，中华书局1999年版，第423页。

现得相当充分。传说云：古时，番王入侵，平王出榜招贤，谁能斩下番王首级来献，就把公主许配与他。龙犬盘瓠听到这个承诺，就摘下金榜，渡海到了番王的身边。盘瓠取得番王的宠信后，趁着番王喝醉酒，咬下了番王的头献给平王，因此功勋娶了三公主为妻。盘瓠想变成人，就叫公主架起蒸笼，蒸煮他七天七夜。蒸到六天六夜，公主担心蒸死了丈夫，偷偷揭开盖子看，盘瓠果真变成人了，只因时辰不足，头上、腿上还有许多黑毛未脱落，只好用布带裹头缠腿。盘瓠被平王派到会稽山为王，号称“盘王”。盘王和三公主婚后生下六男六女，平王各赐一姓，成为瑶族最早的十二姓。至今瑶族还保留不食狗肉的习惯。①

这则盘瓠族源传说，以蒸煮火候不足，头和腿上黑毛未脱净，解释少数民族用布带裹头缠腿的穿戴习俗；其余情节则与《后汉书·南蛮传》的记载大略相近。由于盘古、槃瓠音近，夏曾佑《中国古代史》认为：槃瓠为南蛮奉为其天地开辟之祖，而后华夏人误用以为己祖。其后闻一多、顾颉刚、杨宽、袁珂等学者均认从此说。近年来，壮学专家经过广泛的田野调查，证明盘古神话发祥于广西来宾，是壮族先民始创的族源传说。另外，湖南省沅陵，河南省桐柏及泌阳，贵州苗族，福建畲族，都有盘古神话遗迹或《盘王书》《盘瓠歌》。这些材料蕴含古老部族迁徙的痕迹，以及盘古神话传播变异的过程。福建畲族《盘瓠歌》，开头便是“盘古开天苦嗳嗳，无日无夜造成来。……盘古开天到如今，一重山界一重人”，再说到“当初皇帝高辛王，出朝游睇好山场”的盘瓠故事，把创世神与民族始祖联系起来。《魏书·蛮传》：“蛮之种类，盖盘瓠之后，其来自久。”宋范成大《吴船录》卷下：“〔涪州〕虽不与蕃部杂居，旧亦夷俗，号为四人。四人者，谓华人、巴人、廪君与盘瓠之种也。”在瑶、壮、苗、畲民族民间传统观念中，盘瓠、盘古，既是祖源的象征，也是社会组织中的“王者”和部族的始祖。

---

① 参见盘才万等《盘王歌》，广东人民出版社 1990 年版。

值得注意的是，瑶族把开天辟地神话与族源神话叠合在一起。瑶族《盘王歌》讲述一个经典的民族迁徙的故事：相传在古老洪荒的年代，瑶民乘船漂洋过海，遇上狂风大浪。船在海中漂流了七七四十九天，眼看就要船毁人亡。于是在船头许下大愿，祈求始祖盘王保佑子孙平安。瞬即风平浪静，瑶人的船只平安靠岸。靠岸之日，农历十月十六日，正好是盘王的生日。上了岸的瑶民就砍来树干，制成木碓，把糯米蒸熟舂成糍粑。大家唱歌跳舞，庆祝瑶人的新生和盘王的生日，这就成了世代相传的“盘王节”。这种水上风浪的叙写，折射着古老部族是从湘江、资江、沅江和洞庭湖一线南迁的，它使开天辟地的创世神话和颠沛流离的族源神话浑然一体，并且沉积为庄严神圣的民俗节日。至此可以明白，盘古神话最初是南方少数民族将族源神话，提升为开辟神话，再反馈到汉族文献中；汉族文献剔除了其中的族源回忆部分，丰富了开天辟地的部分，并且与中原的阴阳化生思想相融合，最终成为中华各民族共同认可的创世神话。盘古创世神话，启动于南方少数民族，完成于中原汉族，三国吴人徐整、南朝梁人任昉将之最早记入文献并非偶然，因为他们处在南方开发的两个关键时代。其时志怪小说盛行，也是基于相似的原因。在儒家“不语怪、力、乱、神”的信条，制约着官方文化的传统中，少数民族俗文化向中原的渗透，发挥了丰富甚至解放中华民族想象力的功能。如唐人陈陶《钟陵道中作》诗云：“烟火近通槃瓠俗，水云深入武陵乡。”

六　俗文化与人群生存方式

俗文化是一种落地生根的文化，连泥带水，藤藤蔓蔓，生命力极强，所谓“野火烧不尽，春风吹又生”，往往在有意无意之中潜伏着一个人群、一个种族的某种文化基因。或者说，某些种族、某些人群往往以某种俗文化形式，作为它们的标志，甚至有一股“走到哪，带到哪”的韧劲。从而形成了俗文化的流动性或移植特征。明朝洪武年间，派兵平定云贵。农民出身的朱元璋颇知国情，认为“养兵而不病于农者，莫如屯田”[①]。为了防范“诸蛮”归顺和叛乱无常，朱元璋命令择地建筑城堡，沿着平坝、安顺一线，设置屯、堡、卫、所，在贵州设有 24 个卫、26 个守衙千户所，其中安顺有 3 个卫、两个守衙千户所，史料上称呼卫所军士为“屯堡人”。“屯堡人”融祭祀、操练、娱乐为一体，以“跳神戏”演习屯戍武艺，创造了军傩，从而将中原的民间傩，与驻地民情、民俗结合，形成了以安顺为中心的贵州地戏。傩戏在移植和延续的过程中，保存了它的原始性，又融入了新的地域文化元素。

安顺地戏的表演者青巾蒙头，战裙围腰，额前戴着“五色相”（文将、武将、少将、老将、女将五种脸谱）的假面，手持刀枪剑戟，以带点弋阳老腔的余韵，演唱着七言、十言韵文，边说边唱交代剧情，表演征战格斗，一派古朴刚健、雄浑粗犷。其中的装扮、表演、唱腔，体现了“屯堡人”原籍与黔中少数民族文化因素的剪切、叠加和新制。诚有若《续修安顺府志》所言：“跳神者首蒙青巾，腰围战裙，戴假面于额前，手执戈矛刀戟之属，随口而唱，应声而舞。”庄严得有趣的是，地戏面具已经具有神格和人格，由专门从事脸子雕刻的艺人制作。面具需要“开光”，先将脸子郑重地陈列在神龛上，杀一只大公鸡，取鸡血点在脸子上，然后由雕刻艺人念动开光词，赋予脸子以神性生命。所表演的三十来部大书，以封神榜神物、三国志英雄、瓦岗寨好汉和薛家将、杨家将、狄家将、岳家将为主角，全是金戈铁马的征战故事。地戏由安顺一带的屯堡人（汉族）扩展到周围的布依、仡佬、苗等民族。这种又称“跳神”的地戏，演出于乡村院坝，不用戏台。每年演出两次，在新春佳节期间断断续续演出约半个月，叫“玩新春”；农历七月中旬稻谷扬花之际，演出 5 天左右，称“跳米花神”。在民间娱乐、祈求丰年的同时，饰演中增加了许多青面

---

① （清）夏燮：《明通鉴》卷九，清同治刻本。

獠牙的人物，以吓走鬼物、增浓驱邪逐祟的气氛。贵州地戏创自屯戍的汉人，成于多民族杂居的黔中。它渊源于原始文化，生长于民间文化，是一种由汉人与少数民族共同创造的辉煌而神秘的特种文化方式。西南少数民族聚居之地，古老的信仰和民俗犹存，使得这种“文化活化石”式的原始艺术获得了有利于保存的文化防腐剂，从而对人类文化的多样性作出令人瞩目的贡献。

傩戏是从原始傩祭中蜕变出来的一种“似戏非戏，非戏亦戏”的超戏剧形式。上古文献记载“百兽率舞”，透露了早期人类模拟群兽舞蹈，以原始傩的方式驱逐疫鬼的准宗教行为。这种“超戏剧形式”，原本是一种“前戏剧形式”，滥觞于史前，盛行于周代。《周礼·夏官司马》说：“方相氏，掌：蒙熊皮，黄金四目，玄衣朱裳，执戈扬盾，帅百隶而时难，以索室驱疫。”[①] 宫廷特设的专职驱疫赶鬼的军官方相氏，由武夫充任，作为宫廷傩礼的主角，头上蒙着熊皮，熊皮的头部安着四只金黄的眼睛，穿着黑衣红裙，双手分别拿着戈矛和盾牌，率领百名隶卒，在宫中逐个房间地搜索疫鬼，驱赶出宫。西周宫廷傩礼的仪式，威武而粗犷，不设戏场，是一种原始的“地戏”。《吕氏春秋·季冬纪》云：“命有司大傩。”东汉高诱注：“大傩，逐尽阴气为阳导也。今人腊岁前一日，击鼓驱疫，谓之逐疫。其仪：选中黄门子弟年十岁以上，十二岁以下，百二十人为侲子。皆赤帻皂制，执大鼗。方相氏黄金四目，蒙熊皮，玄衣朱裳，执戈以恶鬼于禁中……因作方相氏与十二兽舞。欢呼，周遍前后省三过，持炬火，送疫出端门；门外驺骑传炬出宫，司马阙门门外五营骑士传火，弃洛水中。”[②] 这已经将由周朝传到汉朝的宫廷傩礼，记述得相当详细了。其服饰、道具、仪式、舞姿，散发着一种原始的强力。

“傩文化”是一种复合的“超戏剧文化”。它作为俗文化中融合了原始自然崇拜和复杂宗教成分，以及多种民俗和民间艺术的文化形

① 《周礼》，《十三经注疏》，中华书局1980年版，第851页。

② 《吕氏春秋》，《诸子集成》（六），中华书局1954年版，第114页。

态，一方面被誉为“中国戏剧的活化石”，另一方面又被称为我们民族的又一道“文化艺术长城”。有所谓“中国戏剧史或许将因此而改写”（曹禺语），又有所谓巫傩面具是“民间艺术的宝库”（华君武语），因而成为一种古今联通、雅俗共赏、娱神又娱人的重要文化遗产。傩文化以土得掉渣的形式，一头关联着平民百姓天真无邪的笑，一头关联着文人雅士返璞归真的梦，显示俗文化竟然“俗”出了难以抗拒的魅力。

“俗”字实在是一个值得大写的字。《汉书·地理志》云：“凡民函五常之性，而其刚柔缓急，音声不同，系水土之风气。故谓之风。好恶取舍，动静亡常，随君上之情欲，故谓之俗。”风俗生长着“系水土之风气”的俗文化。俗文化以其文化发生学上的本源性、文化结构学上的基础性，在丰富的维度联通了文学、史学、哲学，还有宗教学，联通了人类的日常生存状态。在漫长的历史发展中，它的文化内涵和文化价值是取之不尽、用之不竭的。鲁迅说：“一道浊流，固然不如一杯清水的干净而澄明，但蒸溜了浊流的一部分，却就有许多杯净水在。”（《准风月谈·由聋而哑》）俗文化是一个浑浊的文化源泉，一条泥沙俱下的滚滚洪流，研究者临川浩叹之余，应负起任重道远的担当，从混有糟粕中提炼出精华，从夹杂腐朽中点化出神奇。倘能如此，现代文化的创新沟通了雅俗，把握了大雅大俗，展开了原始和现代的对撞，是可期以大成的。

书在读我*

——关于读书的“颠倒歌”

【内容提要】 此乃读书的“颠倒歌”，把“人读书”颠倒为“书读人”。在以往书与人的互动关系中，人多为主体。但当人书地位倒转，书占据主动地位之时，书将质疑和挑战人的阅读。书本反客为主，首先是以群书触发人的问题意识，要求进行多维度思考，以小见大，举一反三，由此及彼，以新的领悟及阐发回应书本知识，从中发现生命。其次是群书要求人持谦逊之姿，调动主体潜力，尊重书本所反映的时代与地域文化特征。最后是群书要求人将已得知识融会贯通，追本溯源，作有据的推断，不可妄加蠡测。总之，群书读人，需要以书为本，调动多维的方法，借前人的智慧激活自我思想，方可开卷无愧，掩卷有得，亦正乃“书在读我”之乐趣所在。

【关键词】 书读人；颠倒歌；返本归原

一　枕上得来的话题

今天在澳门大学图书馆跟大家讲读书，应该抱着对图书十分崇敬的心情才对得起这林林总总的几十万本藏书，以及数量浩大的电子图

---

* 2015 年 4 月 15 日在澳门大学图书馆的讲演，2015 年 4 月 12—13 日初稿，4 月 29—30 日修改。

书，它们都在窗子外面听着我们说三道四呢。因此我就想，要找一个高明的话题才好。我以往多讲如何读书，今天就讲讲书是如何读我的。

宋朝的欧阳修是一代文章宗师，他四岁丧父，母亲郑氏教他读书。家贫买不起更多的纸，就用芦荻画地学书。考进士的时候，两试国子监，一试礼部，都得了第一。他喜欢用数字表达自己得意的事，后来居住在颍州，家中集古一千卷，藏书一万卷，琴一张，棋一局，酒一壶，他就以一翁老于五物间，自号“六一居士”。他自称作文的灵感多来自“三上”，即“马上、枕上、厕上”。“三上”之说，出自欧阳修的《归田录》：钱思公［钱惟演，吴越末代国王钱俶第七子，西昆体诗歌的领袖，当过枢密使，参与修撰《册府元龟》，钱惟演家藏书极富，可与秘阁（国家图书馆）相比］虽生长富贵，自少嗜好读书。在洛阳时，曾对他的幕僚说：“平生惟好读书，坐则读经史，卧则读小说，上厕则阅小辞，盖未尝顷刻释卷也。”每次上厕所，必挟书以往，讽诵之声琅然闻于远近，其笃学如此。欧阳修说：“余平生所作文章，多在三上：乃马上、枕上、厕上也。盖惟此尤可以属思尔。”①

为什么要提起欧阳修的故事呢？因为我在思考今日的讲演提纲时，在一天早晨躺在床上的时候，突然想到这个题目：“书在读我。”这就切合了欧阳修的“马上、枕上、厕上”，讲演的构思来自枕上。既然书要读人，那么我们就要明白书是何物。《说文解字》说：“书，著也。”② 小篆的“书”字，是上面一支笔，下面一个“著作”的“著”字。但在甲骨文中，“书”字是上面一只手拿笔，在一块方板上书写，“著于竹帛谓之书”。《易经·系辞下》讲了文字和书的起源：“上古结绳而治，后世圣人易之以书契。百官以治，万民以察，盖取诸刔。”汉代郑玄注解“结绳”，说是“事大大结其绳，事小小结其

---

① （宋）欧阳修：《归田录》卷 2，中华书局 1997 年版，第 24 页。

② （东汉）许慎：《说文解字注》，（清）段玉裁注，上海古籍出版社 1988 年版，第 117 页。

绳”[①]。有了“书契”之后，百官靠它治理政务，百姓用它了解世界，官民就以书契来决断万事。书的功能好生了得，它胸罗万卷，是知识的宝库，人们从中了解治理政治社会的方法，提供各种各样的决策参考。人的见识在浩瀚的书海中，只不过是沧海一粟。因此书读人，就是以包罗万象的知识来考察人的一孔之见了，以大观小，岂不令人诚惶诚恐？

人读书和书读人，角度完全颠倒过来。读书的角度一变，领略到的知识滋味就全然不同。书读我，书是活的，书中隐藏着聪明的古人、前人、中国人、外国人的智慧和生命，可以从多种多样的角度，给人们的思想注入智慧和生命的泉水。“读万卷书，行万里路”，可以开阔视野，敞开心窍，接受书中智慧和生命的灌溉。由此书读人的路径，也是通过眼学、耳学、手学、心学，尤其是脚学，反灌到人们心中。这种反灌，来自书里书外。民间传说，是一种流动着的书。河南民间流传舜帝与二妃的故事，说是四五千年以前的舜帝不太喜欢尧帝的大女儿娥皇，而喜欢尧帝的小女儿女英，想立女英为皇后而找不到理由。于是就赠给女英一头骡子，而把一头老牛赠给娥皇，告诉她们谁先赶到他那儿谁就是皇后。女英骑着骡子，一路领先，春风得意，感到胜券在握，不料骡子中途产下一只骡驹，耽搁了许多时间，眼睁睁地看着娥皇骑牛跑到前头，抢先赶到舜帝的面前。舜帝枉费心机，未能如愿，把气都撒到骡子身上，命令骡子以后不许生骡驹。因此直到现在，就只有牛、马能够生牛犊、马驹，骡子没有生育能力。这种物种本源的想象，不是熟读典籍而不接触民间的知识者所能想象出来的。民间传说中的舜帝，比文字记载中的舜帝更多人间的情感。但它毕竟还是人在议论骡子，全是人在说话，骡子没有话语权。所谓“学海苍茫，敢问路在何方？”这就牵引我们进一步反思，在先秦诸子那里，黄帝及尧舜的传说在春秋战国时进入思想创造的前沿，诸子何尝是在“伪托”，他们何尝只是来自“王官之学”，他们常常透过口头传

① （唐）孔颖达：《周易正义》卷8，北京大学出版社2000年版，第356页。

统，窥探中国文化的本源。于是诸子书启示我们，引导我们走向苍茫大地，以脚丈量中国文化的血脉是怎样发生、怎么流派纷呈的。诸子书处在主动的位置，促使我们不要以僵硬的教条去套先秦诸子的智慧，反而应该借先秦诸子书激活我们思想的活力。这就是书读人的妙处。

书处在主动的位置，书主动说话，书中的人物、动物、植物也跳出来发言，就会使我们对问题的结论发生反客为主的根本性改变。我曾经强调，读书做学问，要“眼馋心勤”，眼馋就是看见好书就恨不得拿过来一口吃掉；心勤就是把书吃下之后要细细地在心里头咀嚼消化；消化的办法，既要能够“百尺竿头，更进一步”，也要学会“百尺竿头，懂得转身”。为学之妙，在于改变脑筋。有些百思不解的问题，只要一转身，换了一个角度，就豁然开朗，生发出新的思路和意义。已经书写下来或者没有书写下来的书从它们的立场出发，促使我们开眼，开通思想的新经纬。有一个外国的幽默故事，是可以使我们开眼醒脾的。它说：母鸡和奶牛在拉家常。母鸡埋怨人类对它采取双重标准，叽叽咕咕地说：“你看你看，人类自己节制生育，却拼命地挤兑着我们母鸡多下蛋。”母牛“哞”地叹了一口气，抬头望着苍天说：“母鸡妹妹，我受的委屈更是无处诉说，天下那么多人天天喝我的奶，但是就没有一个人叫我一声‘妈’。只好我整天自己叫自己‘妈呀，妈呀’地叫了。”书中的母鸡、母牛开口说话，告诫我们不可固执己见，要懂得多视角前后左右看世界，这样才能开窍。书读人，是从各种角度读人，我们也要懂得转换角度，才能吸收书中从舜帝到骡子、母鸡、母牛的丰富智慧和不拘一格的思维方式。人读书与书读人的转身互换，讲究的就是“通透”，心灵通达透彻，精神游翔天地，知识糅合生命，处处发出智慧的笑声。

这头奶牛和这只母鸡简直成了精，它们一转身就变成文化的牛和鸡，开口说的是文化人的话。它们一开口说话，就“幽”了人类一个“默”，使人类无言以对，很是尴尬。这就要求我们行走于苍茫大地，接纳八面来风，才能超越自身的狭隘。必须沟通人、牛、鸡，正如必须沟通文、史、哲。中国有一句古谚，说："肺腑而能语，医师面如土。"明代三大才子之首是杨慎（杨升庵），他是正德年间的状元，《明史》本传说："明世记诵之博，著作之富，推（杨）慎为第一。"[①]他编辑的《古今谚》就收录了"肺腑而能语，医师面如土"这条谚语。我们听到书中鸡啼牛鸣，腔调出乎意料，是否也会面色如土？鲁迅应美国人伊罗生之约，和茅盾共同编选了中国现代短篇小说集《草鞋脚》，他1934年在上海为之作的序言中曾经引用了杨慎记录的这则谚语，鲁迅说："至今为止，西洋人讲中国的著作，大约比中国人民讲自己的还要多。不过这些总不免只是西洋人的看法，中国有一句古谚，说：'肺腑而能语，医师面如土。'"[②] 鲁迅是希望中国的文学艺术，应该由中国人给出一个有主体性和创造性的说法，以中国的声音和世界进行深度的对话。我们有自己的心、肝、肺，我们要在世界民族之林中发出自己的深刻、独特又具有说服力和吸引力的声音。澳门的学者也应从中受到启发，走到学术的前沿，建立影响卓著的"澳门学派"。澳门从16世纪起，曾经站在中西文化交汇的前沿。因而不能单纯地靠外人来读澳门，而是澳门人自己读澳门，还要以澳门读中国，以澳门读世界。有学者说，"澳门性"，就是"小地方，大文化"。这种"大文化"的文本，刺激着阅读地域性和世界性相渗透、相融汇的"小地方"，阅读人心中的"时空崩溃"和精神再造。用大视野读澳门，面向海洋吐纳风云，才能读出澳门的真谛。

那么书睁眼读人，开口说话，对读书人、研究者评头品足，是否也会使人惊吓得目瞪口呆、面色如土呢？书读人，使人开窍，使人不固执，人与书将心比心。既然我们读书，一向提倡问题意识，提倡刨根究底，提倡返本还原。我们总是会追问，书的作者是谁，为何把书写成这个样子？老子、庄子是谁？为何把《老子》书、《庄子》书写成这个样子？由此追寻书中的生命痕迹、智慧形态、微言大义，以及

---

① （清）张廷玉等：《明史》卷192，中华书局1974年版，第5083页。

② 《草鞋脚·小引》，《鲁迅全集》第6卷《且介亭杂文集》，人民文学出版社2012年版，第21页。

它所表述的原本意蕴，这样就能把书读活，读出一部“活的《论语》”，“活的《老子》《庄子》”。书既然被激活了，它于是站出来“读人”了，它也会反问：读书者、研究者诸君，那么你们是谁？为什么对我们区区之书，用红笔、蓝笔画道道，圈圈点点，还得出如此这般的结论？书读人，要反问人是否够格，是否具有“四心”：一是诚心。你们热情、诚实，感到开卷有益，对我们书别有一份尊重，还是浅薄荒唐，糟蹋书，让我们感到痛心？二是恒心。你们面对我们书，是否孜孜不倦，有阅读的恒心和毅力，还是三天打鱼两天晒网？三是贴心。你们是深入我们书的内在脉络，“博观而约取，厚积而薄发”（苏轼《稼说》）[①]，从大量的材料上托出创新的见解，还是找一些八竿子打不着的概念，给我们书乱贴上五颜六色的各种概念标签？是否设身处地，体谅到有些标签贴得使我们书感到舒服还是不舒服？四是慧心。你们是把我们书当成没有生命的故纸堆，满足于读死书，还是能够慧眼观书，融会贯通，点醒我们蕴蓄的生命？书在用冷峻的眼光考量着人读书的诚信度和解读的能力，只要你“四心”俱足，就会在对着书时，书乐，人也乐。南宋末年的翁森《四时读书乐》诗云：“读书之乐何处寻，数点梅花天地心。”明人吴应箕辑《读书止观录》卷三云：“万金之富，不以易吾一日读书之乐。读书者当观是。”[②] 能够如此，书与人就生命互换、趣味交融了。

二　老虎分南北的启示

书是沧海，海纳百川，烟波万顷。个人的知识无论怎么渊博，对于浩瀚无垠的书海而言，不啻涓涓细流。因此对于如此沧海，只能采

① （宋）苏轼：《稼说送张琥》，《苏轼文集》，中华书局1986年版，第339页。

② （明）吴应箕辑：《读书止观录》卷3，黄山书社1985年版，第35页。

取流水朝宗的谦虚态度。古代臣子朝见帝王，“春见曰朝，夏见曰宗，秋见曰覲，冬见曰遇”（《周礼·春官·大宗伯》）[①]。《尚书·禹贡》说：“江汉朝宗于海。”[②] 孔颖达疏：“朝宗是人事之名，水无性识，非有此义。以海水大而江汉小，以小就大，似诸侯归于天子，假人事而言之也。”因而近人黄药眠《我梦》诗云：“我梦作羽薄的白云，飘流光海无踪——但我终是江波一滴，向着大海朝宗！”沧海一般的许多书都是腹笥便便，胸罗万卷，眼光灼灼地看着读书人，看你能否入乎其里而知其趣，出乎其表而通其妙。因此我们也应该眼光灼灼然，运用识力，选取适合书籍本身的思想方法，游翔书海，多维度对书中万象进行意义类比编码，引发智慧的爆发和思想的原创。既要我读书，发挥自我的主体潜力；又要“书读我”，检验我们返本还原、进行有根原创的能力。由此书为吾友，吐纳知识而成沧海。

在中国古代群书的海洋中，有很多关于老虎的故事。虎故事不是一堆死材料，多是虎虎有生气的，但它们散布于各种各样的书籍之中，为了避免叠床架屋，互相踩踏，就应该选择一个明快敏捷的角度，如庖丁解牛那样将之进行分类和编码。群书灼灼逼人的眼光，使我们诚惶诚恐地选择了人文地理学的利刃，使虎故事在连通“地气”时进行有意义的排比编码。唯有如此，知识海洋中的一滴水，也能成为有生命的一滴水。《说文解字》云，虎乃“山兽之君”。古代的中原是有老虎的，连甲骨文也记载了商王打死一只老虎，在虎骨头上刻字，一块儿陪葬。甲骨文的“虎”字，以巨口利齿、斑纹利爪为特征。中国西部的古羌族，是以虎作为图腾，古羌族分流出来的彝族、纳西族、土家族，都是用虎作为图腾崇拜的神圣对象。所谓“麟凤龟龙，谓之四灵”，加上老虎，就占据了东、南、西、北、中央五方：龙，东方也；虎，西方也；凤，南方也；龟，北方也；麟，中央也。老虎从西方虎视眈眈地窥视着研究者，看你如何编排它们、解读它

---

① （清）孙诒让：《周礼正义》卷33，中华书局1987年版，第1348页。

② （唐）孔颖达：《尚书正义》卷6，上海古籍出版社2007年版，第211页。

们，切不可落了一个“画虎不成反类犬”的窘态。

文化典籍在春秋战国之世群峰崛起，引导我们思索老虎故事的成熟与中国思想方式的成熟，存在某种同步的状态，出色的虎故事就出现在这个时期。故事一旦成熟，是可以影响人的思想方式的。春秋战国时期有三个虎的故事最有名，一个关联着圣人，两个关联着国王。第一个是《礼记·檀弓》的“苛政猛于虎”①。孔子过泰山侧，听闻一个妇人哭得很伤心，孔子问她为何如此恸哭，她说老虎把他三代的男人都吃掉了。那么，为何不搬走呢？因为这里没有苛政，没有苛捐杂税。孔子叹息：苛政猛于虎！从政治维度、时间维度进行解释，这个虎故事是用孔子的仁学和德政思想批判苛政。但是如果换为空间维度、人文地理的维度，为老虎的生态设想，就发生了意义变化。它透露了人的政治经济活动，使一部分人进入了老虎的生存领地，所以产生了人虎的对抗，老虎才凶狠地把这家三代男人吃掉。这个是齐鲁之交的泰山老虎。

第二个有名的虎故事是《战国策·魏策二》的“三人成虎”②，魏国的老虎。魏王派庞葱（又作“庞恭”）陪伴太子到赵国邯郸做人质。庞葱临行前忧心忡忡地对魏王说：“现在有一个人说，街市上出现了老虎，大王您相不相信？”魏王说：“不信！”“有两个人说，街市上出现一只老虎，大王您相信吗？”魏王回答：“这我就有些怀疑了。”“那么要是三个人都说街市上出现一只老虎，大王您会相信吗？”魏王就回答：“寡人信之矣。”庞葱说：“街市上明明白白没有老虎，然而三人这么说，就成了真有老虎。现在赵国的邯郸离我们大梁（今河南开封市）远于街市，而议论我的人何止三人？但愿大王明察。”这就是所谓古人有言：“众口铄金，三人成虎，不可不察也。”以往从故事本身论故事，其意义就是谣言重复多遍，好像就成了真实，有如邹阳《狱中上梁王书》所说“众口铄金，积毁销骨”③，铄金毁骨，意思是

① （清）孙希旦：《礼记集解》卷 7，中华书局 1989 年版，第 292 页。

② 诸祖耿：《战国策集注汇考》卷 23，江苏古籍出版社 1985 年版，第 1233 页。

③ （西汉）司马迁：《史记》卷 83，中华书局 1959 年版，第 2463 页。

毁谤太多，使人无以自存。但是如果从空间维度、从自然生态的角度考察，由于人的密集活动，魏国的老虎在城市里已经绝迹，近郊也不易见到，但远郊山区还有。魏国据有山西南部、河南大部、河北小部，这些中原地区的老虎已经和人形成了排斥关系。

第三个有名的虎故事是《战国策·楚策一》[①] 中的“狐假虎威”。江乙对荆（楚）宣王说：“老虎到处寻找百兽来吃，抓到一只狐狸，狐狸说：‘虎先生，你是不敢吃我的。天帝使我作百兽中的老大，现在你要吃我，是违背天帝的旨意的。你如果以为我的话不可信，那我就在你的前面走，你跟随在我后面，看看百兽见到我，胆敢不逃命吗?’老虎觉得有道理，故尔与之同行。百兽见了都逃走。老虎不知道百兽是害怕自己而逃跑，以为它们害怕狐狸。”从时间维度、从政治社会意义来看，“狐假虎威”是以狐狸假借老虎的威风吓退百兽，比喻依仗别人的势力来吓唬人。即所谓狐假虎威，狗仗人势，虚张声势，倚势欺人。如果换为空间维度来贴近看这只楚国的老虎，在人虎关系上，人对老虎还保持着一定的审美距离，把老虎当成笨伯，嘲讽它傻乎乎上当受骗，并无凶残的本性，其中还带有一点幽默感；老虎周围的食物链是完整的，有狐狸、有兔子之类的小动物，人与虎并没有发生对抗。这个是楚国，也就长江流域的人虎关系。这种人虎关系的存在，实在令人感受到“谣俗分南北，江山割楚齐”。

为何要列举三个虎故事呢？书海游翔，需要有准确的指南针和航海图。只有总览群书，综合对比，才能发现老虎类型的版图分布。泰山的老虎、魏国的老虎属于北方中原的老虎，那里已经发生了人虎对抗；狐假虎威的老虎属于南方楚国的老虎，这里还保留着人虎之间的神秘关系。书在读人，往往不是孤零零的一本书在读人，而是东南西北各种书，聚焦起来读人。这就使得书读人，被读的人要设置心灵的指南针、方域的航海图，对群书综合会通、相互对比。多种书对比着、聚焦着读人，举一反三，就不怕人不开窍。由于地理的差异，南

① 诸祖耿：《战国策集注汇考》卷14，江苏古籍出版社1985年版，第711页。

北不同地理空间上生物群的差异，就可以从空间维度上把握住中国两千多年南北分驰的虎故事的叙述类型，形成了北方系统的虎故事和南方系统的虎故事的鲜明对比。在北方系统的虎故事中，人与虎是对抗的，是英雄主义的写法；在南方的虎故事中，人与老虎是带有人情味，相互关系染上了一层神秘感，是非英雄主义、反英雄主义的写法。二者的类型分界虽然不可绝对化，但其大体面貌存在南北分流的特征。两千年来的书籍都在看着我们，甚至忽南忽北地与人捉迷藏，考验着我们能否举出南北两个老虎系统的充分而坚实的例证。

古代南方多虎，明知山有虎，偏向虎山行，书引导我们先看南方山野间的老虎。晋朝干宝的志怪小说集《搜神记》，多讲鬼怪神仙，如蒲松龄《聊斋志异·自序》[①] 所谓："才非干宝，雅爱搜神；情类黄州，喜人谈鬼。"干宝讲了庐陵就是欧阳修的家乡江西吉水的一个虎故事。说有个老虎跑到村子里，叼走了一个会接产的老太太，原来是山里母老虎难产。老太太帮助母老虎产下三个虎仔后，老虎把她送回家。这只老虎以后每天给老太太叼去很多小动物，来酬报她。志怪书使这老虎变得精灵，竟然知道谁有接生的本领，不仅不伤人，而且知恩图报。还有传为唐朝太子宾客刘禹锡写的《刘宾客佳话》，刘禹锡诗云："巴山楚水凄凉地，二十三年弃置身。"他在四川、湖南这些地方流放有 23 年，于是写了一个发生在浙江诸暨（西施的故乡）的虎故事。说是诸暨有一个老太太在山里走路，看来南方老虎总是跟老太太打交道，这就是南方老虎的诡异之处。因为老太太心慈手软，无力跟老虎较量，就出现了另类的人虎关系。老太太在山里走路，看见远处小道上有个老虎在痛苦爬行，爬到了她面前，伸出前掌，原来前掌有个大芒刺，老太太就把它掌上的芒刺拔了。老虎很惭愧没有什么能够报答，站了一会儿就走了。以后那只老虎每天夜里都给老太太家里叼来小动物，老太太生活改善了，吃得肥肥胖胖的。但是她多嘴，跟

① （清）蒲松龄：《聊斋志异会校会注会评本》，张友鹤辑校，上海古籍出版社 1986 年版，第 1 页。

亲戚说老虎怎么样给她叼食物。老虎好像有灵性，当晚就给她叼来一个死人，害得老太太吃了一场官司。老太太讲清楚是老虎叼来的死人，就被释放回家。这老虎当晚又叼来小动物。老太太爬到墙头上说，虎大王你可不要再叼死人来了。老虎对人是知恩报恩，心也通灵，老太太多嘴就给她来个恶作剧，这种关系实在是带点万物皆灵的神秘主义①。

明朝冯梦龙是苏州人，曾经编撰过《喻世明言》（又名《古今小说》）、《警世通言》《醒世恒言》等白话小说。冯梦龙是很推崇智慧的，他说："人有智犹地有水，地无水为焦土，人无智为行尸。"他的《古今谈概》以幽默的智慧，对南方老虎说三道四："荆溪吴康侯尝言山中多虎，猎户取之甚艰，然有三事可资谈笑。其一，山童早出，往村山易盐米，戏以藤斗覆首。虎卒搏之，衔斗以去。童得免。数日山中有自死虎。盖斗入虎口既深，随口开合，虎不得食而饿死也。其一，衔猪跳墙，虎牙深入，而墙高难越，豕与虎夹墙而挂，明日俱死其处。其一，山中酒家，一虎夜入其室，见酒窃饮，以醉甚不得去，次日遂为所擒。"② 荆溪属于温州雁荡山的南山区，此处老虎傻头傻脑，误食误饮，出尽洋相。如此说虎，可见人与虎并无多少敌意，还觉得它们憨态可掬，令人开心。

还有安徽黄山的老虎，也是那样令人发笑。明代谢肇淛生于钱塘（今浙江杭州），祖籍福建长乐。他的一部颇有影响的博物学著作《五杂俎》，分天部、地部、人部、物部、事部等五个部分，多记掌故风物，其中写了安徽黄山上的老虎。说是有个壮士晚上在山涧小屋里，看磨米磨面的水磨。一会儿进来一只老虎，把壮士吓坏了。老虎一把将壮士抓过来，坐在自己屁股底下。老虎一看水磨转个不停，也看入迷了，忘记屁股底下坐着一个人。老虎屁股底下的壮士，过一会儿缓过神来，明白处境危险，这怎么脱身呢？他睁眼一看，看着老虎的阳

---

① 参见（宋）王谠《唐语林校证》卷 6，周勋初校证，中华书局 1987 年版，第 582 页。

② （明）冯梦龙：《古今谈概》卷 35，中华书局 2007 年版，第 475 页。

物，翘翘然，就在他的嘴巴上方，他一口就咬住老虎的阳物，疼得老虎哇哇叫，一下子就落荒而逃。第二天这个壮士就到处夸口，说他把老虎赶跑了。笔记中这样评点：过去的英雄是“捋虎须”，如今的壮士是“咬虎卵”。[①] 这是一种消解英雄的写法，南方的老虎变得这样愣头愣脑，屁股底下坐着一个大活人也忘了，还要琢磨水磨的工作原理，活该被人咬伤阴部，这种老虎和人的关系简直就匪夷所思。地理空间维度一进来，南方老虎大惊失色，自己虽然有些神秘莫测，却也免不了如此不堪。

书中的老虎，实际上已经由自然生物转化为文化景观，融入了区域文化的视野。《淮南子》说：“南方有不死之草，北方有不释之冰。”[②] 草木蒙茸，衬托老虎的神秘；冰雪厚积，凸显老虎刚猛。较之南方的老虎，北方的老虎就可以夸口自己威猛，它们不是吃素的，面对的也不是等闲之辈，其间散发着英雄主义的气息。比如说，黄须儿曹彰，魏文帝曹丕之弟，曹植之兄，是曹操的儿子中武艺最高强的一个，从小就善于射箭、驾车，臂力过人，徒手能与猛兽格斗。曹操说：“黄须儿竟大奇也！”王维《老将行》诗云：“少年十五二十时，步行夺得胡马骑。射杀山中白额虎，肯数邺下黄须儿。”当时乐浪郡进贡了一只老虎，乐浪郡属于汉代辽东四郡之一，在朝鲜平壤附近。乐浪郡进贡了一只大白虎，锁在笼子里面，整天发威大吼，笼外的好汉们听了，个个都心寒胆战。黄须儿曹彰进入铁笼，把老虎尾巴绕在自己的胳膊上，使劲抖了几下，就把老虎治服了。后来南越国献上一只白象给魏武帝曹操，曹彰用手捏住象鼻子，象就乖乖地趴在地上不敢动。曹彰面对的老虎是非常凶猛的老虎，自己又是非常勇猛的人，这是人虎对抗的英雄主义写法。最著名的北方虎和英雄的故事，当然应该算是《水浒传》中的武松打虎。景阳冈的老虎是吊睛白额大虫，使附近行人和猎户都闻风丧胆，“原来那大虫拿人，只是一扑，一掀，

---

① （明）谢肇淛：《五杂俎》卷 9，中华书局 1959 年版，第 242 页。

② 刘文典：《淮南鸿烈集解》卷 4，中华书局 1987 年版，第 141 页。

一剪”的绝技。武松与老虎打斗，最后把老虎按在地上，“提起铁锤般大小拳头，尽平生之力，只顾打。打得五七十拳，那大虫眼里、口里、鼻子里、耳朵里，都迸出鲜血来。那武松尽平昔神威，仗胸中武艺，半歇儿把大虫打做一堆，却似躺着一个锦布袋”。《水浒传》第二十三回有诗为证：“别意悠悠去路长，挺身直上景阳冈。醉来打杀山中虎，扬得声名满四方。”①

但是，案头著书、街头演艺、舞台说书，地及南北，就使文化在地域间的流动，深刻地影响了文化景观的呈现形态。书在流动中读人，读出了人间百态，连同老虎也改变了身段。英雄主义的武松打虎故事，传播、旅行到南方之后，它会变得诡异多端。比如这只老虎到了鲁迅的家乡绍兴，那里“目连戏”的游行表演中有武松打虎的插曲，鲁迅的《门外文谈》对它作了记载。就是说农夫某甲扮武松，某乙扮老虎，扮演武松打虎，某甲很壮，某乙很弱，打斗起来，强壮的武松把老虎打得哇哇叫，老虎就说：你干吗这样打我啊？武松说，我要不狠狠打你，你不把我咬死了吗？某乙就说：那我们换一下，我当武松，你当老虎。结果强壮的老虎就把武松咬得哇哇乱叫乱跑。老虎说：我不狠狠咬你，你把我打死了？鲁迅说：比起希腊的伊索、俄国的梭罗古勃的寓言来，这个目连戏中“武松打虎”是毫无逊色的。②其实“武松打虎，虎打武松”这种颠倒错综，以民间的幽默消解了英雄，颠覆了《水浒传》的经典叙事。

武松打虎故事传到淮扬，古书可是把扬州描绘得非常风光、非常有情调，即唐朝徐凝诗中所谓：“天下三分明月夜，二分无赖是扬州。”老虎碰上绍兴的黄酒、扬州的明月，喜欢得不亦乐乎，不知陶醉成什么样子。笔者欣赏过扬州评弹说唱武松打虎。是说武松喝了这十八碗酒后，上了景阳冈，醉劲上来，就在青石板上睡着了。一会儿来了一阵风，出现虎吼，武松就惊醒了，他瞪大眼睛到处找老虎，没

---

① （明）施耐庵：《水浒传》，人民文学出版社 1985 年版，第 296 页。

② 参见《鲁迅全集》第 6 卷《且介亭杂文集》，人民文学出版社 2012 年版，第 103 页。

有发现，找不到藏在树丛中的老虎。老虎躲在树丛子里说：“哈哈，武松你没有发现我，我可发现你了。”老虎变得像小孩子那样顽皮，简直跟人玩捉迷藏。武松与老虎开打，武松的棍子不是打在松枝上折断的，而是打到老虎的前面，老虎歪着脑袋说：“这是什么？是不是香肠啊？”“咔嚓”一口，就把棍子咬掉了半截，老虎好像在吃淮扬大餐。老虎似乎变成顽童，在紧张的气氛中添加了轻松，从而对英雄主义的叙事作了智性的超越。

与武松开打的老虎往南走，沾染了逗乐开心的习气。这只老虎往北走，走到蒙古，又沾染上漠北草原的风尚。清朝蒙古有个喀尔喀蒙古语翻译本《水浒传》，今藏乌兰巴托。蒙古人不懂得用南拳北腿打虎，骑在马上弯弓射箭，把虎射死，并非难事。蒙古好汉有三种绝技：骑马、射箭、摔跤。《水浒传》翻译，需要随风入俗，才会令人惊心动魄。武松跟景阳冈老虎搏斗，武松抓住老虎的胳膊，老虎抓住武松的肩膀，人与虎之间一招一式，来了一个蒙古式摔跤，在景阳冈上滚来滚去，把摔跤写得格外精彩。景阳冈上还有个水坑，武松最后把老虎摔到水坑里，窝着它的头，骑着它的背，挥拳猛打。景阳冈上的老虎哪里见过蒙古式摔跤，只好败下阵来。总之，老虎在北方，在人虎对抗中，都要抖擞威风，准备采取英雄主义的姿态。地理空间维度的加入，造成了老虎重新排队，出现了南北两个老虎系列。这些描写虎故事的书按捺不住要说话了：老虎分别南北来排队，种种表现如此不堪，这不能怪老虎，老虎没有话语权；老虎如果有话语权，它们会反问：这是写我们老虎吗？是写你们人类，北方人强悍而粗鲁，南方人机智而狡猾，或如鲁迅所言：“北人的优点是厚重，南人的优点是机灵。但厚重之弊也愚，机灵之弊也狡。”[①] 你们把自己的地方民性折射到跟我们老虎的关系上了。

所谓“江分南北岸，月照去留人”，群书使人关注南北文化的差异，从中获取解开古代文明多样性的钥匙。清人方薰《山静居画论》

---

① 《鲁迅全集》第6卷《花边文学》，人民文学出版社2012年版，第435页。

卷上讨论绘画与禅宗，也强调南北分野，他认为：“画分南北两宗，亦本禅宗南顿北渐之义。顿者根于性，渐者成于行也。”[①] 这也折射了南北刚柔的风气差异。老虎如果能读书，会说话，也会振振有词地辩解说：你们不要把北人称少女为“妞妞”，南人称少女为“娘娘”，都安在我们老虎的头上，好吗？书读人，书中的老虎就跳出来和人辩论，实在令人大吃一惊。更有甚者，那些存活在古书中的老虎，还责难人：人类也应扪心自问，你们人是如何作贱天物，糟蹋自然，在古书中还写着北方老虎凶悍、南方老虎诡秘的多样性，如今却弄到几乎只能在动物园的铁栏里看老虎的地步了。岂不痛哉也乎！悲哉也乎！以书反观人的生存环境，就要从书面踏上地面，在当今世界人口猛增和城市化提速严重影响自然资源和自然物种的存在和发展之时，如何改变那种杀鸡取卵、竭泽而渔的索取方式，切切实实地从国土整治、环境保护、资源合理利用及改善民生等综合维度上，建立人与自然的良性平衡与和谐互利的关系，已成为人类生活普遍关注的历史命题。

三　女子小人的疑难

书会给人出难题，疑难越大，越能锤炼人的文化阐释能力和兴趣。许地山说过：“要做书虫必须具备五个条件：第一要身体健康，第二要家道富裕，第三要事业清闲，第四要志趣淡薄，第五要宿慧超越。”[②] 许多条件我们并不具备，但“宿慧超越”，就是心灵通透，务求开窍，则值得我们不断修炼，自我发掘。书读人的时候，给人出了一大堆难题，有的还是千古之谜，难得人们傻瓜一样抓腮挠发，百思莫解。书读人，留下了难解之谜；人反过来读书，破解难解之谜，其

① （清）方薰：《山静居画论》，中华书局 1985 年版，第 7 页。

② 许地山：《牛津的书虫》，《许地山散文》，上海科技文献出版社 2013 年版，第 219 页。

间苦涩莫大焉，乐趣也莫大焉。难题出乐趣，难题越大，乐趣也就越大，它考验我们思想能力的强度。北魏菩提留支译《入楞伽经》卷四云：“求乐境界生诸天中。彼须陀洹不取是相而取自身内证回向进趣胜处。”[①] 须陀洹（梵语：Srotāpanna），又译为预流、入流，是佛教修行证得的第一个果位，意思是通过修行断尽“见惑”，开始见到佛道，进入圣道之法流，通过证悟，“信根成就，即是慧根”。陈寅恪《〈敦煌劫余录〉序》云：“一时代之学术，必有其新材料与新问题。取用此材料，以研求问题，则为此时代学术之新潮流。治学之士，得预于此潮流者，谓之‘预流’（借用佛教初果之名）。其未得预者，谓之未入流。此古今学术史之通义，非彼闭门造车之徒，所能同喻者也。”[②] 他强调新材料、新问题，其实以新的思想方法，缀合新旧材料碎片，进行返本还原的研究，断疑立信，也可达最高的觉悟，游翔书海，此乐何极。

比如《论语·阳货》说：“子曰：唯女子与小人为难养也，近之则不逊，远之则怨。”[③] 对于这则孔子之言，如果孤立地只读一书，就莫明本源，莫得本义。就这么字面上并无多少繁难的一句话，就使得千古经师、注疏家、孔学的崇拜者陷入疑惑、沮丧之中。孔子此言在当今妇女解放、女性主义思潮中屡受诟病，虽有辩解者巧舌如簧，曲为其说，也无助于为孔子解套，遂成《论语》“子曰”的一大疑难。宋代邢昺疏解说：“此章言女子与小人皆无正性，难畜养。所以难养者，以其亲近之则多不逊顺，疏远之则好生怨恨。此言女子，举其大率耳。若其禀性贤明，若文母之类，则非所论也。”[④] 他所举的典故，源自《诗经·周颂·雝》：“既右烈考，亦右文母。”[⑤] 文母，大姒也。

---

① 《入楞伽经》卷4《集一切佛法品》第三之三，《中华大藏经》（汉文部分）第17卷，中华书局1990年版，第658页。

② 陈寅恪：《〈敦煌劫余录〉序》，《金明馆丛稿二编》，上海三联书店2001年版，第266页。

③ （清）刘宝楠：《论语正义》卷20，中华书局1990年版，第709页。

④ 黄怀信主编：《论语汇校集释》卷17，上海古籍出版社2008年版，第1599页。

⑤ （清）马瑞辰：《毛诗传笺通释》卷28，中华书局1989年版，第1083页。

周文王之妃，周武王之母。大姒生十男：长伯邑考、次武王发、次周公旦、次管叔鲜、次蔡叔度、次曹叔振铎、次霍叔武、次成叔处、次康叔封、次聃季载。大姒教诲十子，自少及长，未尝见邪僻之事。及其长，文王继而教之，卒成武王、周公之德。这是汉代刘向《列女传》卷一《母仪传》的话。因而文母这类女子自然不能包括在内，而与小人同列。

宋代朱熹《论语集注》则作另外的解说："此小人，亦谓仆隶下人也。君子之于臣妾，庄以莅之，慈以畜之，则无二者之患矣。"① 他以身份低贱的仆隶、臣妾，概括小人、女子，也是以偏概全。如此"增字解经"的做法，是不足为训的，如清人王引之《经义述闻·通说下》云："经典之文，自有本训。得其本训，则文义适相符合，不烦言而已解；失其本训而强为之说，则阢陧而不安，乃于文句之间增字以足之，多方迁就，而后得申其说。此强经以就我，而究非经之本义也。"② 今人某氏在《百家讲坛》将《论语》通俗化，产生了广泛的影响。但她把"唯女子与小人难养也"中的"小人"解释为小孩。她认为："这句话可以有几种解释，把小人理解成与君子相对的不道德的人，这是一种解释。第二种是把小人解释为襁褓中的婴儿，也就是我所说的，把小人单纯地理解成小孩，因为女人与小孩有共同的心性。我个人更喜欢这种解释，因为这种解释更有性情，更贴近我们当下的社会现象。"以"我个人更喜欢"来解释经典，背离了《论语》中大量使用的"小人"一词的本义。《论语·述而》云："君子坦荡荡，小人长戚戚。"③《颜渊》云："君子成人之美，不成人之恶。小人反是。"④ 诸如此类，在《论语》20篇中，"君子"一词出现106次，"小人"一词出现24次，都是含有严格的道德褒贬判断的。把"小

① （宋）朱熹：《论语集注》，齐鲁书社1992年版，第141页。

② （清）王引之：《经义述闻》卷32，中国训诂学研究会编《高邮王氏四种》，江苏古籍出版社2000年版，第53页。

③ （清）刘宝楠：《论语正义》卷8，中华书局1990年版，第284页。

④ （清）刘宝楠：《论语正义》卷15，中华书局1990年版，第504页。

人”解释为“小孩”，不合《论语》的惯例。孔子三岁丧父，母亲含辛茹苦将他抚养成人，即便有男尊女卑思想，也不会泛泛地说“女子难养”，把“女子”与“小人”相提并论的。人们不要忘记，孔子言孝，在“能养”上还要加一个“敬”字呢。书在读人，它面对人们手忙脚乱地维护“圣人”、曲解“圣训”，大概也觉得好笑吧，笑中含有几分酸涩。

书读我，考验人对于书之本义的真诚。要提升这种真诚的档次，一是不应局限于单本书读我，而是群书读我，力求融会贯通；二是我也不是消极的纯粹的“被读者”，而是在被读中潜观默察，以正读和反读激活思路，抵近本源。被读与反读相对而行，就使书与人发生心灵的撞击，撞得火花四溅，撞出探寻的兴致和创造的激情。两千年的诠释迷惑表明，书与人的心灵碰撞要获得文化结果，关键在于重回孔子此言发生的历史现场，弄清它的具体针对性，把《论语》当成“活的《论语》”来对待。离开具体的历史现场而将孔子之言普泛化，认为片言只语“一句顶一万句”，可以包治百病，这是造圣人的方法，却也每每使得圣人要为自己的片言只语负无限制的责任，陷入难以解脱的尴尬。

根据汉儒的说法，《论语》编纂始于“夫子既卒”，“既卒”的时间刻度，只能是为夫子守丧期间。公元前479年，64个弟子为孔子庐墓守心孝三年（25个月大祥），在群体斋戒、祭祀中，达到“祭如在”的心理峰值，激发了对孔子的深切怀念。众弟子为了实行“三年无改于父（师）之道”的至诚至孝之心，陆续忆述夫子的文字有十几万字之多。如果全部采录，所用竹简就非常繁重，不便于作为传道的载籍。主持者在评议选择中，去芜存菁，即便采录的材料也删去背景，再作精简润色，保留下来的多是精练化了的“子曰子曰”，简直是在沧海中探取骊珠，读其书要领略诸弟子对夫子的这份孝心和孝行。《论语》这种编纂方式，有利于孔子之言成为历代统治者安邦治国的鉴戒，成为广大民众立身修德的箴言，却也使得不少孔子之言游离了的历史现场。然而七十子及其后学对夫子忆述的文字，未得入选著录者，也散落在先秦诸子和两汉群书之中。只要我们明白战国秦汉书籍在官方和民间不同地域人群中不断口传、记录、组简流传、汇辑整理的体制，不被由此形成的“历史文化地层叠压”弄花了眼，以致看到个别或少数后出的文字就怀疑伪书满眼，不去究其原委，而是对历史遗存采取尊重的态度，就可以缀合材料碎片，有若文物考古以碎片复原陶罐那样，还原古人的生命征象和历史现场。书读人，人不能“攻其一点，不及其余”地怀疑饱经风霜而顽强地留存下来的经典群籍总在作伪。我们是在为大国文化探寻根本，就要对此根本充满信心，激活它的生命活力。

苍茫书海呈现的孔子生命曲线，丰富复杂而牵连着理智和感情。孔子作为一个刚毅的男子，他的政治生涯曾经两次遭遇女子，都发生在他政治上摔跟头的时候。失败给人的教训最是深刻。一次是《论语·微子》所载的“齐人馈女乐，季桓子受之，三日不朝，孔子行”[①]。此事发生在鲁定公十二年（前 498），孔子 54 岁，他由此从鲁司寇的高位上折了下来，感到鲁国政治不足与为，踏上周游列国之途。另一次是《论语》《孟子》《吕氏春秋》《史记》告诉我们的，孔子离开鲁国到卫国开始周游列国，二入卫国之时发生了“子见南子”公案。时在鲁定公十五年，即卫灵公四十年（前 495），孔子 57 岁。三四年间接连发生两次女子插手政治，造成孔子政治生涯发生重大波折的事件，深刻地影响了曾经沧海的孔子的政治观感和政治理念。

“子见南子”公案，起码涉及《论语》中五章文字，关注得不可谓少。至于《论语》外的文字，为数就更多。但是，《论语》将同时或先后发生的事件分散处理，散布于《雍也》《子罕》《卫灵公》《阳货》诸篇，可见这桩公案在儒门引起过广泛的精神震动，但《论语》的编纂者不愿把材料堆积在一起，形成一个众所关注的严重事件。由于材料处在散落状态，两千年来只是仰头看圣贤书，未见有前人穿行于群书的字里行间，对这些材料碎片进行缀合贯穿，因此导致此公案

① （清）刘宝楠：《论语正义》卷 18，中华书局 1990 年版，第 717 页。

有如神龙见首不见尾，使其中的孔子之言难得确解，甚至发生严重的曲解或误解。书在读人，要求我们理解编书者的良苦用心，花点心思钩沉索隐，贯通其来龙去脉。《论语》这五章是：

(1)《论语·雍也》：子见南子，子路不说。夫子矢之曰："予所否者，天厌之！天厌之！"[①]（按：此章记述得最直接）

(2)《论语·子罕》：子曰："吾未见好德如好色者也。"[②]（按：此章由于《史记》的叙述，已经与此公案发生联系）

(3)《论语·卫灵公》：子曰：由（子路），知德者鲜矣。[③]（按：此章与上述二章相联系，以子路同孔子的师生关系、与引进者的亲戚关系，而与公案脱不了干系）

(4)《论语·卫灵公》：子曰："已矣乎！吾未见好德如好色者也。"[④]（按：此章比《子罕》的同一记述，增加了感慨系之的感叹词）

(5)《论语·阳货》：子曰："唯女子与小人为难养也，近之则不逊，远之则怨。"[⑤]（按：此章与公案的联系相当隐晦，由"女子""小人"的意义指向，产生了蕴含更丰富的关联）

群书中的材料碎片考验人们的联想力和贯通力，连缀贯通就可以发现，这些孔子之言，都应该从编年学上系于鲁定公十五年，即卫灵公四十年（前495），孔子周游列国第二次进入卫国之时。《孟子·万章上》说：孔子离鲁初入卫，"于卫主（客居于）颜雠由。弥子（瑕）之妻与子路之妻，兄弟也。弥子谓子路曰：'孔子主我，卫卿可得也。'子路以告。孔子曰：'有命。'孔子进以礼，退以义，得之不得曰'有命'。"[⑥] 即是说，孔子去鲁，于鲁定公十三年，即卫灵公三十八年（前497）第一次来到卫国，婉拒了子路的连襟弥子瑕提议孔子居住在他家中，以便通过南子谋卿大夫之位。居卫期间，卫灵公按鲁

---

① （清）刘宝楠：《论语正义》卷6，中华书局1990年版，第244页。

② （清）刘宝楠：《论语正义》卷9，中华书局1990年版，第349页。

③ （清）刘宝楠：《论语正义》卷15，中华书局1990年版，第614页。

④ 同上书，第625页。

⑤ （清）刘宝楠：《论语正义》卷20，中华书局1990年版，第709页。

⑥ （清）焦循：《孟子正义》卷19，中华书局1987年版，第657页。

国的薪俸把孔子养起来而不用，还有监视举措。

10个月后，孔子想到陈国，途中被拘于匡地，经过蒲乡返卫，住在蘧伯玉家，发出“美玉待沽”之叹。57岁的高龄使孔子感到，寻找机会施展政治抱负和才能已是非常紧迫了。子曰：“弗乎弗乎，君子病没世而名不称焉。吾道不行矣，吾何以自见于后世哉。”此之谓也。这才采取权变的行为，姑且通过弥子瑕的线索，晋见南子。弥子瑕是卫灵公的男宠，子路看透了他这个连襟的卑下“小人”作风，颇是不悦，使得孔子只好对天发誓：“予所否者，天厌之！天厌之！”直至汉代的《盐铁论》卷二还板起道貌岸然的面孔批评孔子：“《礼》：男女不授受，不交爵。孔子适卫，因嬖臣弥子瑕以见卫夫人，子路不说。子瑕，佞臣也，夫子因之，非正也。男女不交，孔子见南子，非礼也。礼义由孔氏，且贬道以求容，恶在其释事而退也。”[①] 孔子是因小人的中介而见此女子的，过了四百年还招致如此訾议。顾炎武《日知录》卷二十七说：“《论语》‘子见南子’注，‘孔安国曰：行道既非妇人之事，而弟子不说，与之祝誓，义可疑焉。’此亦汉人疑经而不敢强通者也。”[②] 奈何今人不顾《论语》本义和事件的历史现场，用了种种说辞而强为之通哉！《朱子语类》卷三十三谈论“子见南子”说：“此是圣人出格事，而今莫要理会它。向有人问尹彦明：‘今有南子，子亦见之乎？’曰：‘不敢见。’曰：‘圣人何为见之？’曰：‘能磨不磷，涅不缁，则见之不妨。’”[③] 这里使用的是《论语·阳货》孔子的话：“不曰坚乎？磨而不磷。不曰白乎？涅而不缁。”[④] 坚硬得磨不薄，洁白得染不黑，比喻人的意志坚定不移，不受环境的污染。宋儒也只好用圣人的话为圣人解嘲了。

群书言之凿凿，互相印证，记录了人的生命和命运，传达人的喜

① 王利器校注：《盐铁论》卷11，中华书局1992年版，第151页。

② （清）顾炎武：《日知录集释》卷27，黄汝成集释，上海古籍出版社2014年版，第1489页。

③ （宋）黎靖德编：《朱子语类》卷33，中华书局1986年版，第838—839页。

④ （清）刘宝楠：《论语正义》卷20，中华书局1990年版，第686页。

怒哀乐。领会到这一点，书读人就不算白读，因为书把写书的人、被书写的人和读书的人，连通一气了。在历史现实中，如此颇受訾议的这场“子见南子”的好戏，竟是竹篮打水一场空，损伤了孔子的人格尊严，他甚至感到“丑之”，这是不可以简单解嘲了事的。《史记·孔子世家》记载此事的结果云：“（孔子）居卫月余，灵公与夫人同车，宦者雍渠参乘，出，使孔子为次乘，招摇市过之。孔子曰：‘吾未见好德如好色者也。’于是丑之，去卫，过曹。”① 孔子在这里以“德”自居，以色指南子的“女色”和弥子瑕的“男色”，是简而言之的。孔子毕竟是当过鲁司寇，弟子盈门的名人，竟然被女子和小人拿来开涮，悲愤之情可想而知。由于此事是子路的连襟弥子瑕引起的，孔子又对子路说：“由（子路），知德者鲜矣。”如果在这种场合孔子因“丑之”，愤而说出《论语·阳货》中那句“唯女子与小人为难养也，近之则不逊，远之则怨”，岂非入情入理？又何劳注疏家曲为之词，如邢昺把禀性贤明的“文母之类”排除在外，如朱熹把“女子”辩解限定为“臣妾”，作出不足为训的添油加醋、增字解经？

唯有回到本真的历史现场，才会发现，《卫灵公》“子曰：吾未见好德如好色者也”章，与《阳货》的“子曰：唯女子与小人为难养也”章之间，存在隔章呼应、相互阐发的关系。合而言之，“未见好德如好色”的“色”，包括南子的女色和弥子瑕的男色。分而言之，所谓女子对应于南子，指的是女色；小人对应于弥子瑕之类。孔子之言乃是为其在卫国遭遇的特殊情境而发，指责为政者不能沉迷于女色和小人。他提倡戒女色而勤政，远小人而亲贤。这与孔子“为政以德”、任贤使能、戒忌女色小人的政治观，是一脉相通的。因此，要使这一系列的孔子之言落地生根，就必须返回发生于卫灵公四十年，即鲁定公十五年（前 495），孔子 57 岁时的那个历史现场。而不可为了论证孔子超凡入圣，就将其言行无端普泛化，使之脱离具体情境而失去发生学的根据。《论语》读人，读入人心；人心反观《论语》，有

---

① （西汉）司马迁：《史记》，中华书局 1959 年版，第 1905 页。

必要从史书《史记》、子书《孟子》《吕氏春秋》中获得解读的纵横坐标。唯有如此，群书读人，才能使人返回书的本源、本义；如果迷失了书的发生学的根据，人读书就失去根本了。

最后我们还要总结一下，书读人，人读书，那么什么是“读”呢？所谓“读”者，是打开书之心，同时也打开人之心，两面心镜互相映照，以心印心，心心相契，心心互质。以书为岸，寻找心灵停泊的码头，又是心灵出发的加油站。平心而论，书并非总是板着面孔给人出难题，它也会以心换心，温馨地告诉人读书的方法。《说文解字》云：“读，诵书也。”那就是大声朗诵书了。段玉裁作注解时，展开了新的意义层面。一是“汉儒注经，其章句为读”，古代诵读文章，要区分句和读，极短的停顿叫读，稍长的停顿叫句，“读”也就是今日的逗号。读书要有句有读，不能读破句子，而且要细嚼慢咽，不能囫囵吞枣。二是他引用西汉扬雄《方言》卷十三说：“抽，读也。抽绎其义蕴至于无穷。”[①] 要从书中演绎出奥妙无穷的意义，这就需要深读细读，读得入木三分了。怎样才能做到深读、细读呢？朱熹《童蒙须知》这样谈论读书：“读之，须要读得字字响亮，不可误一字，不可少一字，不可多一字，不可倒一字，不可牵强暗记，只是要多诵遍数，自然上口，久远不忘。古人云：读书千遍，其义自见。谓熟读，则不待解说，自晓其义也。予尝谓读书用三到：谓心到、眼到、口到。心不在此，则眼不看子细；心眼既不专一，却自漫浪诵读，决不能记，记亦不能久也。三到之法，心到最急，心既到矣，眼口岂不到乎！”[②] 读书讲究“三到”，“心到”最要紧，我们应该以心灵的眼睛去读书，读出书的本义和生命。宋人许顗《彦周诗话》说：“古人文章，不可轻易，反复熟读，加意思索，庶几其见之。东坡《送安惇落第诗》云：‘故书不厌百回读，熟读深思子自知。’仆尝以此语铭座右而

---

① （东汉）许慎：《说文解字注》，（清）段玉裁注，上海古籍出版社 1988 年版，第 90 页。

② （宋）朱熹：《童蒙须知》，朱杰人、严佐之、刘永翔主编《朱子全书》（第 13 册），上海古籍出版社、安徽教育出版社 2010 年版，第374 页。

书诸绅也。"[①] 反复熟读深思，自可做到"心到"，使书中生命一点一点地钻入心里，把自己的心反反复复地钻入书中。东坡诗有句云："非人磨墨墨磨人。"墨磨人，磨出人的智慧，磨去人的青春。书钻研人，也是要钻凿、研磨人的心智，磨成细末以重塑，钻出深洞以探源。

一方面是书，另一方面是人，二者互为本质性的存在。人读书、书读人，一要讲究方法，二要有一股"钻劲"，在木头疙瘩上钻出火来。唐朝慧能《六祖坛经》云："若能钻木取火，淤泥定生红莲。"[②] 木能钻火，泥能生莲，都是有热量的生命行为，可以借用来形容活人读活书，活书读活人。说到钻木取火，就牵连出中国火的发生的经典故事。东汉应劭《风俗通义·皇霸》引《礼含文嘉》云："燧人始钻木取火，炮生为熟，令人无复腹疾，有异于禽兽，遂天之意，故曰遂人也。"[③] 一旦发明了火，就可以熟食，有助消化，是人类生存史的一大进步。人与书对读，也须心头有一把火，把字里行间的意义煮熟，便于消化吸收，才能化为自己的血肉，这是人书对读加深一步。《论语·阳货》宰予提到"钻燧改火"，燧是用来摩擦生热，以取得火种的工具，古分阳燧、木燧两种。马融注曰："《周书·月令》有更火：春取榆柳之火，夏取枣杏之火，季夏取桑柘之火，秋取柞楢之火，冬取槐檀之火。一年之中，钻火各异木，故曰改火也。"[④] 钻木取火讲究木头的材质和施工的时令之契合，看起来讲得井井有条，其中不知包含多少成功和失败的经验。书读人，也要讲究书的材质和被读人的精神状态之契合，这其中也包含许多甘苦。尽管这种取火方式有种种讲究，宋朝朱熹还是将取火的方法，转换为读书的方法。《朱子语类》卷四十七记述："问'钻燧改火'。直卿曰：'若不理会细碎，便无以

---

① （宋）许顗：《彦周诗话》，（清）何文焕辑《历代诗话》，中华书局 1981 年版，第 383 页。

② 尚荣注释：《六祖坛经》卷 3《疑问品第三》，中华书局 2010 年版，第 62 页。

③ （汉）应劭：《风俗通义校注》卷 1，王利器校注，中华书局 2010 年版，第 3 页。

④ （清）程树德：《论语集释》，中华书局 1990 年版，第 1233 页。

尽精微之义。若一向细碎去，又无以致广大之理。’曰：‘须是大细兼举。’”① 书要人接受，既要深入细节，更要把握大端。“读书种子”在与书打交道时须下足钻木取火的功夫，才能实现生命的精彩。哪怕粗茶淡饭、居室简陋，“谈笑有鸿儒，往来无白丁”，也能成为刘禹锡《陋室铭》的亮点。

书与人的因缘，有时简直是生死不渝，生既以书为友，死亦以书为伴。连荆州战国楚墓、长沙马王堆汉墓、临沂银雀山汉墓都有大量竹简入葬，人死了还尊崇读书，以竹书来守护灵魂。有幸的是通过随葬的简帛，后世才读懂在墓里长眠两千年的古人。这些简帛书中潜伏着智慧，又被复活，发挥了“好学近乎知”的功能，以好学催生觉悟，觉悟到书有人之魂、人为书之灵的本质。河北定州汉墓出土《论语》残卷，尽管《学而》篇残缺最甚，但人们还是记住了“学而时习之”是孔子的第一遗训，置于全书近500章之首，而且还启迪世人“学而不思则罔，思而不学则殆”。但“读书”一词，在《论语》500章中只出现过一次。《先进》篇记述子路推举他的师弟高柴（子羔）到费邑担任行政长官。高柴身不满6尺（战国时1尺相当于23.1厘米，身高不到1.40米），相貌丑陋，孔子以其为愚。孔子对子路说：“你这样做，是害了人家的子弟。”子路说：“那地方有人民，有社稷，何必非读书才算是学习呢？”孔子说：“所以我讨厌你这种巧言狡辩的人。”② 孔子主张读书是从政的一种必备内功，“学而优则仕”，担心高柴一去做官吏，不肯再学习上进，蹉跎岁月，断送自己广大的前程。《孟子·万章下》也讲到读书，孟子对弟子万章说：“颂其诗，读其书，不知其人，可乎？是以论其世也，是尚友也。”③ 读书要知人论世，才能尚友古人，尚友四方，才能满腹经纶，朋友遍天下。书可以拓展人的心胸，拓展人生存的世界。

对于凡夫俗子如此，即便对于衮衮公卿，《汉书·霍光传》也注

---

① （宋）黎靖德编：《朱子语类》卷47，中华书局1986年版，第1190页。

② （清）刘宝楠：《论语正义》卷14，中华书局1990年版，第464页。

③ （清）焦循：《孟子正义》卷19，中华书局1987年版，第726页。

重评议其学识，班固赞曰："霍光……受襁褓之托，任汉室之寄……临大节而不可夺，遂匡国家，安社稷……虽周公、阿衡（伊尹，名挚，小名阿衡），何以加此！然光不学亡（无）术，暗于大理，阴妻邪谋，立女为后，湛溺淫溢之欲，以增颠覆之祸，死财三年，宗族诛夷，哀哉！"[①] 遂使宰辅重臣因"不学无术"贻害国家，毁灭身家，成为政治学上的千古鉴戒。不学无术或许还有拯救的方法，既已不学无术矣，却要以权术把自己装扮成富有学养，就成了无耻，就不可救药了。东汉王符在《潜夫论》中讨论治国安民的政治道理，他把《赞学》列为第一章，说是"工欲善其事，必先利其器；士欲宣其义，必先读其书"[②]。他把读书明义，作为"国以民为基，贵以贱为本"的知识论前提。可见，书读人，是人类生命灵性上的大事，也是人类生存政治学的大事，忽略不得。一个不喜欢读书的民族是可悲的，一个不喜欢读书的人是浅陋的。唯有人爱读书，书爱读人，才能造就一个高素质的文明社会。书在读我，我要开卷无愧于书，掩卷有得于书。书读人，可以使人春风入怀，变得睿智而强大。人生大笑能几回，对着自己喜爱的书，是可以任其读我，如沐春风，开怀大笑的。

---

① （汉）班固：《汉书》卷68，中华书局1962年版，第2967页。

② （汉）王符：《潜夫论笺校证》卷1，（清）汪继培笺，中华书局1997年版，第3页。